全国人大常委会副委员长周铁农给“中华大地之星”
“十佳优秀新闻工作者”谢吉恒颁奖

笔耕墨耘钢铁业人生

▲ 著名作家周明（右二），著名作家、中国散文学会常务副会长红孩（左一）为文友郝国彬（左二）颁奖后与作者合影

▲ 作者与国务院稽查特派员、部长刘吉（右二）合影

▲ 著名作家、中国现代文学馆副馆长周明（右三）给作者颁奖并合影

荣誉证书

谢吉恒同志从事新闻工作三十年，为社会主义新闻事业作出了积极贡献，特此颁发荣誉证书。

中华全国新闻工作者协会

2019年11月

▲ 作者荣获中华全国新闻工作者协会颁发的奖章和证书

▲ 2017 年 8 月，时任津西钢铁销售公司副经理赵一臣，在北京王府井书店选购作者编著作品《丝路采风随笔》

▲ 祝贺《新时代风采》一书出版

◀ 作者与中国冶金作协副主席兼秘书长郑洁（右）及文友王继祥（左）合影

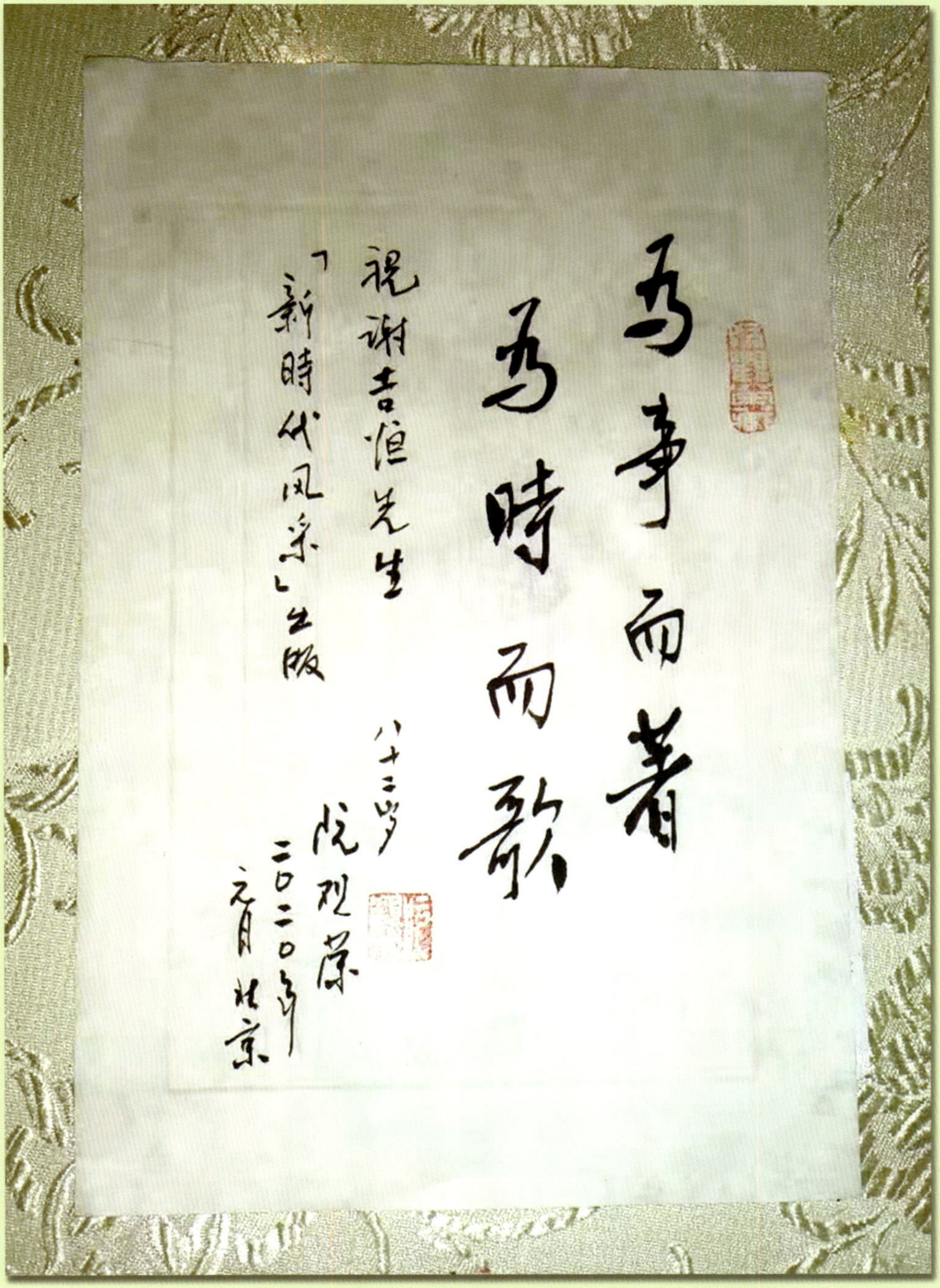

阮观荣：中华全国新闻工作者协会国内部兼学术部原主任、高级记者、
“中华大地之光”征文评选组委会主任

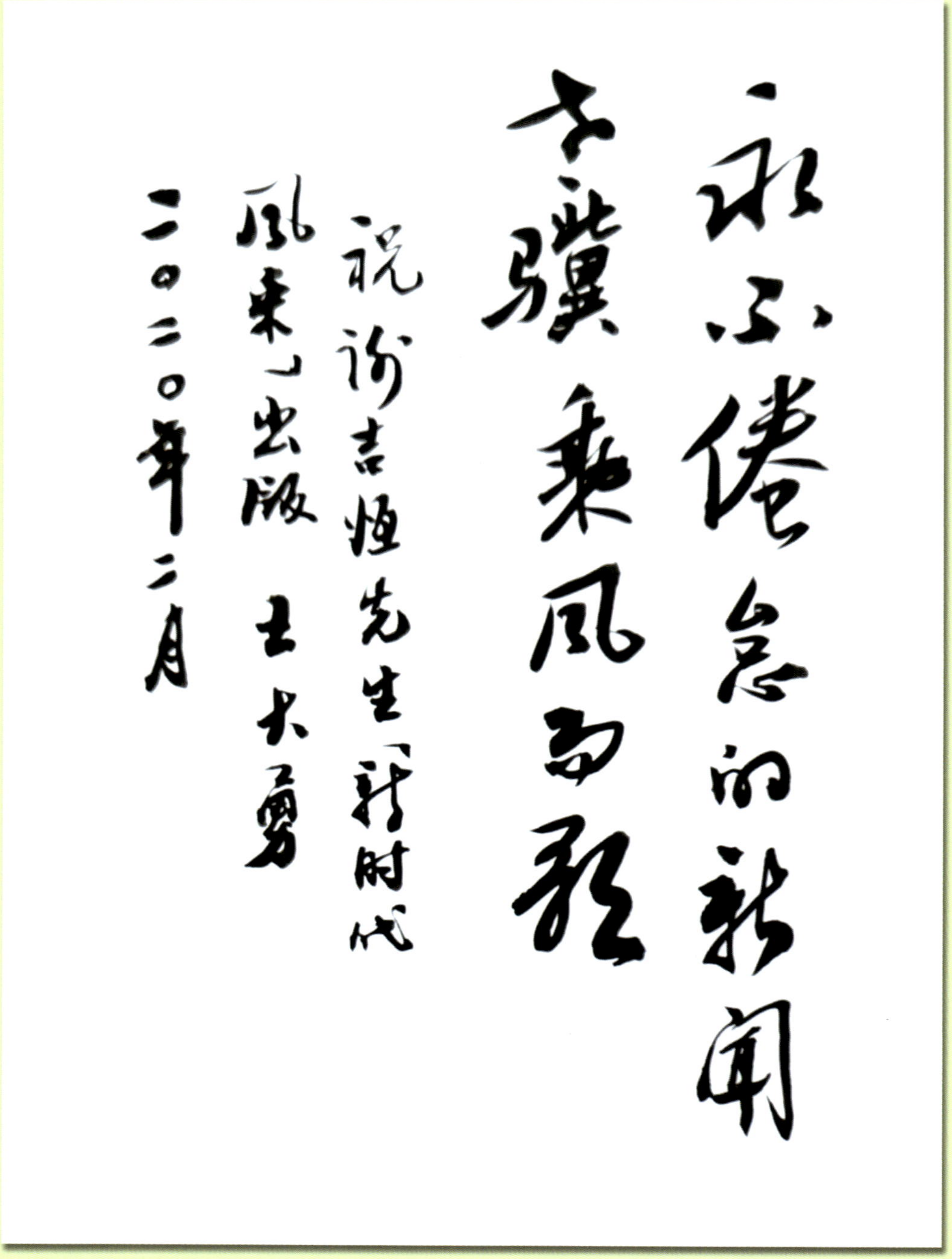

王大勇：河北省冶金行业协会副会长兼秘书长。书法家侯宪台书写。

畅快旅游陶冶情操

▲ 北极村采风

▲ 健走团于曹雪芹公园留影

◀旅游团于宝岛台湾高雄市候机楼留影

▲ 黄河小浪底景区采风

▲ 作者与洛阳孟津县田延通一家人合影

▲ 幸福开心聚餐

▲ 朋友于银川相聚乐开怀

二冶三中5班毕业50周年同学聚会剪影

（赵庆文摄影）

▲ 同学聚会于包头赛汗塔拉城中草原

▲ 作者（右二）身着民族服装与同学合影

▲ 游览黄河谣

▲ 固阳县春坤山景区起舞

▲ 甘德尔巴音大草原合影

▲ 包头植物园合影

▲ 作者与庄鸿浦（左）老师

津西集团绿色高质量发展

（李春静　吴杰　摄影）

集团董事局主席韩敬远
荣获建国 70 年 70 位经济功勋人物

津西股份荣获全国五一劳动奖状

首届钢结构建筑论坛在唐山举行，
国家级装配式标准化建筑研究院落户津西

国产首台电子束芯片检测设备
在津西集团东方晶源下线剪彩

百年

津西

津西集团研发中心

国家级装配式钢结构建筑研究院

型钢标准研发基地

新金超低排放高质量发展

（乔玉顺摄）

▲ 新金集团厂区一角

▲ 新金集团被“时代风采”授予“环保超低排放领军示范企业”荣誉

▲ 作者到新金集团采风

▲ 作者与新金集团总经理高扬（左）

▲ 新金集团智能原料大棚

▲ 新金智能管控中心

▲ 新金万利公司生产的镀锌产品

洛阳孟津县民兵连在抗疫一线

▲ 民兵严格管控把好关

▲ 孟津县民兵运输连抗疫应急分队

▲ 孟津县民兵运输连被授予“全国国防动员工作先进单位”荣誉

▲民兵连长田延通手捧中央军委等单位颁发的牌匾

▲ 记者采访田延通

▲ 民兵抗疫奋战在公路收费站

▲ 民兵参加公共环境卫生消毒

黑山烧结机点火炉绿色发展掠影

（赵庆文摄）

▲ 孙小平（左）手捧“2019 年钢铁装备技术品牌供应商”证书和奖牌

▲ 常州市黑山烧结机点火炉制造有限公司

中国冶金报

2019 品牌 钢铁

权威发布

2019年 卓越钢铁企业品牌

2019年 优秀钢铁企业品牌

2019年 钢铁装备技术品牌供应商

2019年 卓越建筑用钢生产企业品牌

2019年 优秀建筑用钢生产企业品牌

▲ 权威发布钢铁装备技术品牌供应商

▲ 采风组到公司采风合影

▲ 设备制造车间一角

装配式钢结构业前景广阔

作者与津西集团董事局主席韩敬远（右二）、副总裁李明东（右一）、津西赛博思副总赵一臣（左一）

作者与国家装配式标准化钢结构建筑院长蔡玉春博士（中）、全国钢标委型钢分委会秘书长刘宝石（右二）及研究院执行院长赵一臣（右一）、津西市场部张云馨（左一）

作者与研究院院长蔡玉春博士（右二）、陈建伟（右一）、二十二冶金结公司总经理张世梁（左）合影

张忠浩著《大跨度钢结构张弦梁施工技术》出版

作者与中科院院士兼中冶建研总院董事长岳清瑞（中）、钢结构总工张忠浩（左）

作者与河北津西钢铁股份副董事长、党委书记兼总经理于利峰（右）

作者与中国钢结构协会常务副会长刘毅（右）

心手相牵情意浓浓

▲ 记者采访 93 岁铸造业资深老专家李传轼（右）

▲ 张俊庭（左）获作品金奖

▲ 左占财（左）获“健走团示范人”称号

▲ 采风组留影

▲ 作者与获奖文友合影留念

▲ 冀玉花获作品特等奖

▲ 白树良获“创新营销功勋经理人”称号

新时代风采

谢吉恒　著

北　京
冶　金　工　业　出　版　社
2020

内 容 提 要

本书收集了作者2016~2019年期间在《中国冶金报》《中国网》《新华网》《凤凰网》《政商参考网》《搜狐网》等媒体上发表的报告文学、散文等120余篇。全书分为“迎接新时代　旅行展风采”“走进新时代　开启新征程”“拥抱新时代　焕发新气象”“奉献新时代　担当新作为”4个部分，内容丰富、取材广泛，将“钢铁元素＋文学元素”融为一体，选用多种体裁，以翔实的事例、生动的语言、饱满的热情、全方位多角度，讴歌钢铁业迈入新时代的光辉历程，展现人民群众奋斗激情，书写新时代的绚丽画卷。

图书在版编目（CIP）数据

新时代风采／谢吉恒著．—北京：冶金工业出版社，2020.6
ISBN 978-7-5024-8424-8

Ⅰ．①新…　Ⅱ．①谢…　Ⅲ．①中国文学—当代文学—作品综合集　Ⅳ．①I217.2

中国版本图书馆CIP数据核字（2020）第070363号

出 版 人　陈玉千
地　　址　北京市东城区嵩祝院北巷39号　邮编　100009　电话　(010)64027926
网　　址　www.cnmip.com.cn　电子信箱　yjcbs@cnmip.com.cn
责任编辑　李培禄　美术编辑　吕欣童　版式设计　彭子赫　孙跃红
责任校对　郑　娟　责任印制　李玉山
ISBN 978-7-5024-8424-8
冶金工业出版社出版发行；各地新华书店经销；北京捷迅佳彩印刷有限公司印刷
2020年6月第1版，2020年6月第1次印刷
169mm×239mm；38.5印张；6彩页；605千字；585页
135.00元

冶金工业出版社　投稿电话　（010）64027932　投稿信箱　tougao@cnmip.com.cn
冶金工业出版社营销中心　电话　（010）64044283　传真　（010）64027893
冶金工业出版社天猫旗舰店　yjgycbs.tmall.com

序一　时代的歌者

告别2019年，迎来了崭新的2020年，以展示时代风采、弘扬时代精神为宗旨的时代风采活动已走过了整整15个春夏秋冬，同样，伴随着时代风采征文活动共同走过15年的还有敬爱的谢吉恒老师。《新时代风采》一书是谢吉恒老师继《汗水智慧铸丰碑》《难以磨灭的记忆》《走进红松的故乡》《丝路采风随笔》《改革大潮赛风流》《燕赵儿女走进人民大会堂》等书作之后，从自己的文学之树上摘取的又一枚殷实硕大的果实，也是他再次奉献给社会和世人的一掬甘甜与芳香，着实可喜可贺。我谨代表“中国时代风采”征文组委会、中国散文学会、北京钟南山创新公益基金会对谢吉恒老师出版新作表示衷心的祝贺！

我和谢吉恒老师相识相处多年，他作为中国时代风采骨干作者和多种奖项的获得者，自2005年始至2019年多次进京，或开会，或领奖。而我作为中国时代风采征文组委会的领导，在多次的相会相聚之中，我们的感情越聚越亲。

在我眼里的谢吉恒老师，淳朴敦厚、待人谦和，尤其是虚心求教、广交文友，他言谈中流露出的“甘为时代英模讴歌，誓为文学事业献身”的可贵品德，给我留下了深刻的印象。他一直在努力，一直在探索，因为他心里装着太多的人、太多的事，他要把他们用最生动的文字、最丰富的情感、最美的意境表现出来。多次的采访体验，是他保持创作激情的源泉和动力，也促使他为我们呈现出了一个壮丽的世界、感人的世界。不仅蕴含着外在的生命气象，更重要的是，经过他内心的孕育和构思，表现出了启发道德人格、追求善意和美景的文学艺术的理想，作为一名文学工作者，面对谢吉恒老师这样的前辈，低调做人、高调做事，我感到由衷的欣赏和敬佩。

更可喜的是，在文坛的勤奋耕耘中，谢吉恒老师总能不断地拿出沉甸甸的“硬货”。他之所以能够在中国时代风采等全国征文活动中多次摘金夺银，荣获“全国优秀新闻文化工作者”并被冠以“金奖作家”也就不足为奇了。

《新时代风采》是一部纪实文学作品集，全书各篇，或长或短，大都采用现实笔法，所用语言质朴无华而富有哲理，且层次分明，事例生动，用笔流畅，内容真实感人，显现出了谢吉恒老师对读者高度负责的胸怀和其驾驭文字的不凡功力。

在反映重大事件的篇章中，谢吉恒老师站在高处，从全方位的俯视空间之中寻找最佳的着笔点，通过精细的描绘刻画，以点带面地展示出一幅幅感人的画面，记录下一段段难忘的奋斗史实。

在叙事文章中，他则选用倒叙笔法，先将当前的“美好”

置于读者面前，然后笔锋一转，牵拽出现象背后勇于奉献的人物群像和感人事例，读来尤为引人入胜。

在推介典型人物的文章里，他把笔当作摄像机，采用纯记录手法，紧跟人物走向，随着事件的延伸突出细节，步步深入烘托出主题，给人以身临其境而面对鲜活人物之感。

在刻画精英人物的写作中，他以声情并茂的事例作为开篇，在颇具吸引力的故事情节中，极好地映衬出一位位活灵活现的勇者形象……

谢吉恒老师运用多种艺术表现手法，使之同现实生活中的人物和事件得以完美组合，创作出一篇篇接地气、扬正气、提人气、长志气的纪实作品，从而汇聚凝结成了《新时代风采》一书高唱主旋律、弘扬正能量、激发新活力、催人齐奋进的主基调。

谢吉恒老师把自己的笔触延伸到四面八方、各个行业单位的各个层面，并且渗透到各色典型人物和事例之中，广泛收集、尽情采撷、潜心创作、精心编撰，这才会有此前多部厚重的作品，才会有眼前这部更厚重更精致的《新时代风采》。

这部书蕴含的文学价值、学术价值、史料价值自不待言，而其传承精神、昭示后人和催生社会正能量的无形价值，则将伴随着影响的远播、历史的前行而愈会显得厚重和深远……

几十年来，谢吉恒在辛勤笔耕过程中，付出了多少心血汗水，品尝了多少酸甜苦辣。

记得2016年夏天，来到天津蓟州八仙山风景区采风，谢老师带我们去爬山。八仙山是天津地势最高、群峰汇集的地方，900米以上的山峰有19座，主峰“聚仙峰”海拔1052米，为天津最高峰，爬到一半时，我们爬不动了，就想下山，当时他虽已是古稀老人，仍坚持爬山。他告诉我：不登山，不知山高，不赏奇景就不知其绝妙；爬山一定要登顶，才会有“会当凌绝顶，一览众山小”的感觉，不仅可以尽览山上的风光美景，而且所有山下美景尽收眼底，看到最美丽的风景。是啊，谢老师的人生也是如此，一定要有登顶目标的精神，脚踏实地，一步一步地上台阶！谢吉恒老师文品好，艺品好，人品好，是我最最敬重的老师之一。

2020年新年伊始万象更新，我祝愿谢吉恒老师身体健康！为新时代鼓与呼，创作出更多更好的作品！

“中国时代风采”征文组委会秘书长
中国散文学会副秘书长　　安军
北京钟南山创新公益基金会执行理事长

2020年1月于北京

序二　后洼·谢老·新时代风采

一些看似互不相连的事物，因为某种机缘会巧妙地发生某种联系。这种联系有时细若游丝，转瞬即逝；有时铭记于心，牵挂一生。比如有这样一句诗：因为一个人爱上了一座城市；比如有这样一种情怀，让石头学会了飞翔；比如有这样一个村庄，让我们素不相识的手握在一起。

谢老，一个著作等身的资深记者；后洼，一个地处河北青县的偏僻村庄；《大地之光》，一本传播正能量的知名杂志，以及以此命名的旅行采风团；《新时代风采》，一本献给新中国七十华诞的报告文学集；王洪彦，一个有梦想的乡村支部书记；我，一个生活在小县城的小文人。这些看似并不相关的人和事，在2019年的秋天走到了一起，并且深深地影印在我的脑海里，今天再次汇聚本文，就此成为一个无法拆散的整体和故事。

这要从“后洼”说起——

后　洼

后洼，青县西北边缘一个地理位置极偏僻的小村子，全村330户，1140人。村西有一条河，叫黑龙港，河水清澈，岸边芦苇苍翠挺拔，河中常有野鸭游弋。过了河，就是大城县的地界。

村名后洼，原因有三。其一，往南还有中洼和前洼；其二，地势低洼，雨后积水易涝，庄稼欠收；其三，交通闭塞，经济落后，很难引起外界的光顾。但是，后洼却有着极为耀眼的光芒，这光芒一束来自战争年代的烽火，一束闪烁着新时代的梦想。这与本文谈到的“大地之光”不谋而合。

后洼是革命老区。抗日战争时期，乡亲们用鲜血和生命掩护我党地下工作者和伤病员，后洼是名副其实的坚强后方和红色堡垒。日寇曾对这里进行过疯狂的扫荡，制造了震惊世人的“后洼惨案”。但后洼人从未屈服过，惨案的第二天，一个叫王如造的青年依然在党旗下举起了宣誓的拳头。后洼，有多少刚毅的目光被他的煤油灯照亮，有多少痊愈的战士从他的身边走向战场，有多少老茧的双手捧出过红枣、鸡蛋和仅有的粮食，又有多少不屈的身影在烈火中傲然挺立。当我第一次站在后洼高坡上一棵老枣树下的时候，年轻的王洪彦告诉我，在这棵树上，日本鬼子吊死过一个宁死不屈的村民。树是惨案的见证，是后洼精神的象征。我用手抚摸着伤痕累累的树干，身上仿佛有电流闪过。我后来的组诗《崛起》中的《红色的后洼》最初的灵感就出现在那一刻。

历史总是在某一个节点，推出一个或一群有梦想敢担当的人，他们高大、突出，身上带着光芒，成为群众的领袖，选择一个目标一条道路,勇往直前。这正如鲁迅先生所说“自古以来,就有埋头苦干的人,有拼命硬干的人,有为民请命的人,有舍身求法的人……这就是中国人的脊梁。”大而言之,一个国家一个民族如是,小而言之,一个村庄一个家庭亦如是。新的时代,一个青年才俊在后洼脱颖而出,他带领后洼重新选择道路,奔向文明富足的康庄大道。

王洪彦,土生土长的后洼人,身高一米八身材魁梧的硬汉子。1972年出生,1995年退伍回村,创办装饰装修公司。2014年当选村支部书记,一场带领村民创业发展的大戏就此拉开帷幕。

我第一次见到他是2015年麦收之后的一天。县文联组织部分作家、书画家下乡采风。刚刚下过小雨,田野吹着清爽的风,才钻出地皮的禾苗一片葱绿。我们走在后洼的村街上,老旧的民房,窄狭的街道。说实话,最初的感觉老旧而沉闷。真正引起大家兴趣的是村中那棵有六百多年树龄的老槐树。树身遭过雷击,留下一个巨大的疤痕,但树冠依旧葱茏,新枝茁壮,绿叶茂盛。此外,还有那棵宅坡上倔强的百年枣树,还有坑塘里的一池新荷,还有文化墙上彩线纵横的后洼规划图,还有广场对面的“革命老区红色大舞台”,让人们耳目一新。其实,能够留下人们脚步、让人们安静下来的是“老区纪念馆”,墙上一帧帧黑白模糊的烈士遗像,玻璃柜里一件件战争年代的衣帽、号角、刀枪,老式留声机里低低传出的解放区的老歌。人们观看、抚摸、思考，一片静穆。当我站在村外兴建中的百亩“硒旺农场”工地上的时候，我隐约感觉王洪彦的一篇大文章才刚刚开头。

我感动了，被后洼感动，被洪彦感动。我把这份浓重的情感融进文字，写成组诗《崛起的后洼》，先后发表在《沧州日报》《齐鲁文学》《中国诗》和多家平台，后来又被《北京文学》选发。这是我与后洼的缘分，后洼给我激情给我动力给我诗意。我像一颗种子找到了泥土，像一只小鸟飞进了辽阔的蓝天。之后，我用心关注着这个先前几乎不知道名字的村庄。闲暇的时候，就带几个文友到后洼转转，每次归来，都会有新的发现，新的感受，也都会写出新的诗歌。这期间，我写出了组诗《后洼记》《后洼的秋天》《春到后洼》《后洼，桑葚熟了》《在后洼纪念馆》等。这期间，沧州报社的笔会来了，沧州文联的艺术家们来了，沧州文化八仙桌来了，后洼杯文学大赛颁奖大会来了，本县的作家诗人来了，县四套班子的领导们来了，省、部的专家们来了，众多的媒体来了，各级的荣誉来了，大地之光采风团来了，谢老来了。

谢　老

2019 年深秋的一天，洪彦给我打电话，说北京的记者、作家、编辑们要来后洼采风，采风团的名字叫“大地之光”。

多好啊，大地之光！革命老区的大地之光，新时代的大地之光，九百六十万平方公里的大地之光！

这时，我已经融入后洼，成为这个村庄首任受聘的名誉村长，自然有一份“有朋自远方来，不亦乐乎”的兴奋。当晚，洪彦在一家饭店特意安排了一桌“蔬菜宴”。一桌子新鲜的蔬菜，大约有十五六种人们叫不出名字的叶菜和果蔬。服务员一一作了介绍，从它的性状、口感到健康功效，引得满座从城里来的客人赞不绝口。然后，朗声说笑的中华大地之光外联部孔建超主任把一本崭新的《大地之光》杂志递给我，并逐一介绍采风团的来宾。坐在正中的老者是中国记者协会原国内部主任、高级记者、中华大地之光征文组委会主任阮观荣，老人面带微笑，浓重的眉毛之下，一脸的慈祥。接下来就是谢老，那略微偏瘦的形象，谦逊和蔼的气质，一看便知这是一位资历深厚、满腹学识、修养极佳的学者。从孔建超主任那里我了解到，谢老本名谢吉恒，现为《中国冶金报》资深记者、中国艺术家协会会员、中国报告文学学会会员、中国散文学会会员，先后出版《汗水智慧铸丰碑》《改革大潮赛风流》《燕赵儿女走进人民大会堂》《难以磨灭的记忆》《走进红松的故乡》《丝路采风随笔》等报告文学、散文著作。谢老从业媒体四十余载，写出过大量有影响的作品，12次走进人民大会堂、钓鱼台国宾馆，获报告文学、散文、调查报告等各类奖项，受到国家领导人接见并出席颁奖及合影留念。他经常深入一线采访调研，足迹遍及燕赵大地。他的作品，内容详实，语言生动，情感饱满，多以传神的笔触讴歌中国钢铁事业迈进新时代的光辉历程。现虽已年过七旬，仍保持着旺盛的精力，老骥伏枥，笔耕不辍。他是采风团的主笔之一，眼下正运筹出版《新时代风采》一书。听着孔建超主任的介绍，钦佩和敬重之情油然而生。那一晚，我破例端起红酒，连敬谢老。

新时代风采

在采风团结束后洼采访几天后，我欣喜接到从北京打来的电话，谢老先是谈起后洼之行的收获和印象，他说后洼是可歌可泣的革命老区，可写的靓点太多。在他看来洪彦正用三种颜色描绘着这块土地：红色，这是后洼作为革命老区的底色；绿色，以“硒旺农场”引领新的乡村经济模式，这是后洼通向富足的大道；彩色，文化兴村，挖掘、整合、利用、弘扬当地的文化资源。短暂的采访，谢老就把后洼发展的思路说得那么清晰。接着，谢老说准备把我的诗作《红色的后洼》编进《新时代风采》一书，征询我的意见，并请我为该书作序。前者当然是我求之不得的事，至于后者我却不敢贸然应允。因谢老执诚相邀，并把书稿传发给我，我欣然动笔。

这是一本反映新时代、新气象、新作为的大书，书稿来自谢老2016~2019年间采写并刊登在《中国冶金报》《中国网》《新华网》《凤凰网》《政商参考网》《搜狐网》及各类期刊网站上的120余篇散文和报告文学，洋洋52万字。内容之丰富、取材之广泛、文字之优美、笔触之细腻，让我由衷叹服。书的出版不仅是谢老记者生涯的一座里程碑，更是一位笔耕老人献给新中国七十华诞的拳拳之心。全书紧紧围绕“新时代”这个宏大主题，分为四个部分：迎接新时代，旅行展风采；走进新时代，开启新征程；拥抱新时代，焕发新气象；献身新时代，担当新作为。“迎接”“走进”“拥抱”“献身”，四个章节，一条清晰的脉络，四个动词，四幅宏阔的画卷。

细细品味书稿，始终被一种情感打动着。读罢思索，感觉《新时代风采》所收录的文章有如下特点：

（1）从钢铁企业出发，或纵笔秀美风光，或展现文化情怀。谢老是老“钢铁”，钢铁自然是他笔下钟情的热词，是本书的重头戏所在。作者着力书写我国步入世界钢铁大国并向世界钢铁强国奋进转型升级的重要时期，那些勇立潮头的先进群体和模范人物。“钢铁板块”之外，还有反映祖国绿水青山的“旅行板块”、表现人文情怀的“文友板块”以及诗情画意的“书画板块”。“四大板块”交相辉映，闪烁着光彩夺目的新时代风采。

（2）依材料所需，或开门见山，或委婉切入。书中每一篇文章，采写内容不同，立意选材、布局谋篇各异。一气读来，仿佛进入一个别有特色的百花园。《绿色钢铁的窗口》从一则消息切入，再写参观所见，分列“看点”，作者好像导游，一一解读。文章有极强的“带入感”和“现场感”。《钢厂里遇见小猪佩奇》，作者别出心裁，不写钢铁的硬度，而写孩子的可爱，写“六一儿童节”的欢乐。钢铁的环境和孩子的笑脸，在这儿神奇地叠印、融合在一起，如诗如画，引人神往。读者自然会想到这个钢厂环境的优美和人们生活的幸福。不错，篇末揭开谜底，这里是全国首批绿色工厂、首都蓝天行动科技示范工程、全国两化融合贯标体系试点单位。

（3）用文学的表达，或率性大笔写意，或精致工笔素描。作者像一个国画大师，或写意或工笔，得心应手。对一个单位或个人的报道，点面结合，虚实相映，概况介绍和细节描写都恰到好处。我更关注的是细节，细节见精神，也见功力。这里仅举一例：“哇，好美呀！”在孩子和家长的惊叹声中，风中摇曳着婀娜身姿的月季，从假山上哗哗淌出的水流，朵朵绽放的睡莲，鹅卵石砌成的小径，柳树、南天竹、金叶榆、火炬、蜀葵等绿的、红的、黄的树木花卉，泥土里冒出尖尖芽角的青草，观鱼湖中游动的鱼儿仿佛欢迎着大家的到来。“妈妈，这些树上有树种的介绍，有冬枣树、苹果树、石榴树、樱桃树、海棠树、杏树、山楂树。”“快来看，那棵开满火红小花的树是石榴树，到了秋天，这里一定是硕果累累！”一位家长赞叹道：“如果说灯光篮球场和办公楼构成了一个现代化的世界，那么这座生态园让人好像走进世外桃源！”孩子和家长的对话，摇曳的花朵和溪中的游鱼，一幅田园诗般的美景跃然纸上。

（4）以详实的材料，或直书所见所感，或引证众议旁白。真实是新闻的生命。如何反映真实，是一个文字工作者的必修课。谢老是高手，文中既有直观的描述，又有独到的思考和评价；

既有现场的见闻，又有相关的旁白和链接。这里，不再一一举例，随便翻开《新时代风采》即有佐证。

一个村庄，吸引着那么多探寻的脚步；一次采风，连接起那么多友谊和期待；一本书，见证了一个时代的风采。此刻，我的脑海里不断闪过一些笑脸一些事物一些美好的词汇。谢老、后洼、王洪彦、红色老区、硒旺农场、老枣树上的疤痕、黑龙港河的芦苇、钢铁、花朵、诗歌、新时代，辽阔的大地、青山绿水间一本书闪闪发光……

感谢一个美好的机缘，把我与谢老与《新时代风采》连在一起。

中国作家协会会员
沧州市作家协会副主席　祝相宽[1]
河北省青县作家协会主席

2020年1月写于清州

---

[1] 祝相宽，中国作家协会会员、沧州市作家协会副主席、青县作家协会主席。曾在《诗刊》《诗选刊》《人民文学》《北京文学》《中华诗词》《中国作家》《文艺报》《当代人》等报刊发表作品。著有个人诗集《祝相宽诗歌》《盘古，梨花开了》《感动》《心声》等六部。作品收入《中国年度诗歌》和多种选本。曾获《人民文学》《诗刊》等文学赛事奖项。

前　言

迎接改革开放40周年、新中国成立70周年之际，为弘扬我国人民砥砺前行的奋斗精神，展示新中国70年来的伟大历程，特别是党的十八大以来新时代的辉煌成就和历史性变革，《中国冶金报》与时俱进以“庆祝改革开放40周年”和庆祝新中国成立70周年“我和我的祖国”及“壮丽70年，奋斗新时代”等为主题，全方位、多角度、深层次开展了“爱国奋斗、建功立业、不忘初心、牢记使命”多种丰富多彩的征文活动。作者踊跃撰写征文稿件，并作为《新时代风采》的核心内容，见证了新时代、新思想、新目标、新征程、新气象，“奋斗、爱国、建功立业”成为《新时代风采》的精神支柱。

作者现为《中国冶金报》资深记者，中国艺术家学会会员、中国报告文学学会会员、中国散文学会会员。著有《汗水智慧铸丰碑》《改革大潮赛风流》《燕赵儿女走进人民大会堂》《难以磨灭的记忆》《走进红松的故乡》《丝路采风随笔》等多部报告文学、散文集著作。

作者从业媒体40余载，爱岗敬业，老骥伏枥，笔耕不辍，足迹遍及燕赵大地钢铁业，以旺盛精力、昂扬斗志、深入一线、调研采访、与时俱进、接地气正能量将“钢铁元素＋文学元素”融为一体，选用多种体裁，翔实的事例、生动的语言、饱满的热情、全方位多角度，讴歌钢铁业迈入新时代的光辉历程，展现人民群众奋斗激情，书写新时代的绚丽画卷。

《新时代风采》内容为四大板块：

（1）旅行板块。迎接新时代，旅行展风采。进入新时代，我国旅游业蓬勃发展，已跻身于世界旅游大国前列，旅行走进千家万户，没有旅行的生活只能是生存的理念成为全民共识。新时代给全社会带来丰厚福祉，选择外出旅行的方式，使身体放松，心胸宽阔、陶冶情操、愉悦心情，已为大众所接受，成为生活不可缺少的一部分。本章作品展现钢铁业为大力助推旅游发展做出积极贡献、投身融入国人旅行之中，饱览祖国锦绣河山和历史、文化、生态遗迹等，通过旅行完成心灵的旅程。

（2）钢企板块。走进新时代，开启新征程。新时代、新思想、新目标、新征程成为钢铁业发展的关键词。钢铁业员工站在历史全新的起点，以人民群众对美好生活的向往，就是我们的奋斗目标”为己任再出发，不负重托，不辱使命。本章反映我国步入世界钢铁大国向世界钢铁强国奋进的转型升级重要时期，钢铁业咬定青山绿水就是金山银山的发展目标、改革创新是增强企业活力的重要源泉、科技创新是转型升级的重要支撑、全方位开辟企业实现高质量发展的新途径等诸方面展现新时代风采，谱写砥砺奋进新华章。出彩钢铁业唯改革者进、唯创新者强、唯改革创新者胜的“全国五一劳动奖状”“卓越钢铁企业品牌”“绿色发展标杆企业”等方面靓丽群体及“全国五一劳动奖章”“劳动模范”等先进人物的经典故事。

（3）文友板块。拥抱新时代，焕发新气象。新时代要有新气象，更要有新作为，本章作品汇集与京津冀钢铁业的“中国散文学会会员”“中国诗歌学会会员”及作家等搭建相互交流学习的平台，撰写钢铁业头条逸闻轶事，充满对新时代幸福生活的憧憬，执着追求，体现幸福都是奋斗出来的真谛。作品取材中有著书的序言、读后感悟、采风随笔、交流研讨、诗歌……篇篇文章都显现文友呕心沥血、精心策划、巧妙布局、集思广益、精耕细作、爱岗敬业的心路。文友以洋溢饱满之情、挥动手笔、高手荟萃、各显神通，用辛勤的汗水和聪明的智慧，投入写作，收获幸福。讴歌伟大的新时代，奉献出一份丰盛的精神大餐。

（4）书画板块。奉献新时代，担当新作为。作者采访京、津、冀、豫、苏、宁等省、市、自治区多位书画名家、大家走进钢铁业、服务钢铁业创作之路、也见证青年书画家健康成长的历程。采写作品展现出书画家响应新时代的呼唤，把握新时代的脉搏，聆听新时代的声音，凸显出三个特点：一是坚持与新时代同步伐，深入生活，深入基层，扎根人民，接地气正能量。

二是坚定文化自信，明德引领风尚，用手中的笔，胸中的画意，表现积极向上彰显新时代的人民风貌，为人民服务。三是讴歌党、讴歌祖国、讴歌人民，为时代画像、为时代立传、为时代明德，奉献创作精品。

《新时代风采》搜集入编书稿来自作者2016~2020年四年期间，曾刊用在《中国冶金报》和相关期刊，以及《中国网》《新华网》《凤凰网》《政商参考网》《搜狐网》等多家大网站120余篇报告文学、散文等，本书内容丰富、取材广泛、文字优美，笔触细腻，图文并茂；集思想性、文学性、故事性、知识性、趣味性、专业性于一体，融可读性、导游性、交流性、互动性于一炉。

谢吉恒

2020年3月

目 录

第一章 迎接新时代 旅行展风采

第二章　走进新时代　开启新征程

第三章　拥抱新时代　焕发新气象

第四章　献身新时代　担当新作为

第一章

迎接新时代　旅行展风采

旅游走出去吧！大好河山在那里等候。她饱含岁月的积淀，像一个历经沧桑的老人。故而，你看到的，不仅是她的奇特容颜，还会体悟到她深沉的思考，更与她有着情感的碰撞与心灵的对话。

（任宝亭）

（一）秀美风光

北极村采风拾趣

北极村国家5A级景区。从1997年开辟“北极村风景旅游区”，历经十七个春秋开发，2014年已成为全国最具诱人的旅游景区之一，与天涯海角共列全国旅游景点榜单前十名。许多旅游爱好者将此列为人生一定要去一次的地方。北极村旅游景区，缘何具有如此显赫名气和巨大魅力呢？我与许多人一样从小从地理书上认识了漠河这个名字，因有着特殊的地理位置。近十年我曾多次去哈尔滨出差，没遇到合适机会去观赏它美丽风貌，到此一游。今年七月下旬，河北钢铁业一些文友商议组团到北极村采风，我愉快应约参加，了却梦寐以求的心愿。

采风团在北极村合影

机会给有准备的人。采风出发前，我阅读了出生于北极村的著名女作家迟子建的《北极村童话》一书，对北极村有了全貌了解。是缘分，巧遇此次跟团导游邹广成，他祖籍是唐山滦县，祖父是木匠，20世纪60年代定居漠河。小邹出生漠河，在漠河旅行社做导游十余年，对这里一草一木了如指掌。接连几天采风中，他对于我这个来自唐山的老乡十分热情亲切，对北极村旅游景区介绍格外周详，为满足我们深度游提供极大帮助。

采风归来，我细心梳理归结北极村景区魅力的源头所在。一是北极村得益于拥有得天独厚的地缘和资源优势。享誉神州北极、神奇天象、神秘源头，闻名遐迩大森林、大冰雪、大界江，风光独特、空气清新、景色宜人等金字招牌。这些吸引游客来此找北、找冷、找奇、找纯、找美、找净、找自然。二是北极村随着旅游业开发，知名度、美誉度迅速飙升，释放诱人的魅力；人们消费理念转型，寻求和神往远离城市的喧嚣与烦恼，寻觅休闲、消暑、摄生、休假的需求。北极村景区凸现魅力效应，每年博得海内外几十万游客争相前来观光旅游。

魅力之一：风光秀美

高高的兴安岭，一片大森林。大兴安岭海拔 1100~1400 米，主峰黄岗梁海拔 2019 米，总面积为 8.46 万平方公里，它是森林的海洋、河流的故乡、动物的乐园、植物的王国，享有“千里兴安、千里画卷”的美称。它是地球仅存两片肺叶之一。中国地图像引吭高歌的一只金鸡，北极村就是镶嵌金鸡冠上的一颗翡翠。

北极村位于大兴安岭北麓七星山、元宝山脚下，依偎在黑龙江身旁，处于东经 122° 和北纬 53° 线上，雄居祖国最北端，它的东、西、南三面环绕连绵的青山，西邻滔滔奔流的黑龙江。中俄界河黑龙江是中国第三条大河，与长江、黄河并称为中国三大水系，它是世界十大河流之一。它是当今世界唯一未被污染的两国之间的大界河。中国境内黑龙江全长 3420 公里，流经面积 90 万平方公里、总境流量 2709 亿立方米。

据导游小邹介绍，北极村原名漠河村，隶属大兴安岭地区漠河市。漠河县于 2018 年 6 月撤县设市（县级市），漠河市总面积 18367 平方公里。北极村 1860 年开始有人居住，面积有 16 平方公里的，村民 243 户、民居大部分为砖瓦结构平房，稍有一些“木刻楞”小木屋，人口 1865 人。临江小镇北极村，依山傍水，民风淳朴，静谧清新、乡土气息浓郁、植被和生态环境保存完好，森林覆盖率达 87%，负离子浓度高，有“醉人”天然大氧吧之说。烟波浩渺的黑龙江从这村流过，江里盛产哲罗、细鳞、重唇、鳇鱼等珍贵冷水鱼，用江水炖江鱼，其味之鲜，其情之美，无与伦比。还可以用丝网挂鱼，江边垂钓，其乐无穷。

北极村四季风光优美。春季，斑斓鸟雀在绿林中飞翔，鸣啭令人惬意。夏季，绿草丛中奇花异葩，争妍斗艳，金色的野生罂粟花、粉色野玫瑰、火红的百合、白色珍珠梅，流香溢彩。深秋，霜染群山、树叶五彩缤纷、一片殷红、一片淡黄、一片翠绿、座座大山像天公用彩笔绘画一般，号称“五花山”。冬季，到处白雪皑皑，大森林向水晶宫一样，背上猎枪，坐着马爬犁，奔驰狩猎，别有一番情趣。在冰封的江面上凿开坚冰，用丝网从冰眼里拽出一条条鲜鱼，更增添北国的乐趣。

浩瀚的大兴安岭宛如一幅泼墨山水画，绝好的笔墨就取在美丽的北极村。北极村吸引无数来自国内外寻梦人。吸引采风团画家在这里寻找色彩、诗人在这里寻找灵感、摄影家在这里寻找光影……众多游人寻找开心、放飞心情，找回自己心中的“幸福”。

魅力之二：慕名找北

采风团成员来自钢铁业的书画家、作家、摄影家及旅游爱好者，慕名来北极村找“北”。“找着北了吗？”这是我国有名一句俗语，意为做事明确方向。可见，“北”字在人们心中有极特殊的分量，找着了北就有了目标，就成功一半。北极村景区流行一句广告宣传语“方向决定成败，找北非去不可”。去何处找呢？答案：到北极村。

北极村景区最大的特点就是突出“北”字，这里是祖国最北端的景区，游客到这里无一例外都是来找“北”的。北极村景点以“最北”和找北有关命名的，完全是北的氛围，可以说这是一个做足“北”字文化，精心打造出来的旅游景区。这里有“最北一家”“最北邮局”“最北哨所”“最北一店”“最北气象站”“最北医院”“沙洲北字碑”等旅游景点。景区聚合各类“最北”，这里四周都是“北”。可以说，在北极村随意到什么地方都是中国最北。

进入北极村，看到许多标志性建筑石碑、雕塑等，游客争先恐后在这里拍照留念。最令人注目的——北极洲，这是一处自然景观与人文景观融为一体的大型综合景点。导游小邹告诉大家，1958 年北极村发生历史上最大一次洪水，水最深处达 190 多米，整个村子全被淹没洪水中，给村民带来极大灾难。洪水过后，多处河流改道，沙洲就此形成。北极洲植物覆盖率达 98%，环境幽雅，空气清新，让人心旷神怡。北极洲内建有北极广场、北斗七星桩、玄武广场、北极定位广场、森林浴场等多处景观。采风团选择重点景观观赏。

村北部、黑龙江南岸的神州北极碑。其碑身与底座均为不规则形状天然花岗岩略加雕琢而成，高 2.8 米，正面刻有“神州北极”四个大字，此石与号称天涯海角“南天一柱”齐名，并与之遥相呼应。字体苍劲有力，耐人寻味，听当地人讲由漠河市书法家马广甫题写。此碑成为北极村最靓丽的名片，是一个象征性标志，是中华北极的标志性建筑物。游客凡来此均会在石碑前摄影留念，以证北极之约。采风团成员与导游小邹在此合影留念。

游客参观村内“最北邮局”，来到营业厅购买纪念品和明信片。采风团成员购买了图书和明信片，写上祝福的话语，让工作人员盖上最北邮局的戳儿，给自己旅途增加一份特殊意义。

沙洲岛的北望垭口草坪上置放着很多巨石和现代雕塑。巨石上雕刻都是一个“北”字，字体都是从中国历代著名书法家的真迹中精选的。矗立一座金属艺术钢雕，它是一个小篆体的“北”字，是清代书法家邓石如书写的，设计者将它设计成立体的三角形，绝妙的是无论从哪个方向看，都是一个立体“北”字。高大的“北”字塑像,标志中国的“北极点”。雕塑“金鸡之冠”，中国版图酷似一只雄鸡，北极村就是鸡冠的位置，故起名“金鸡之冠”，在金鸡模型下面用篆体书写“金鸡之冠”四个大字赫然醒目。广场地图刻有最北点至全国各省会、直辖市、行政区的距离和纬度。

采风团王老师问导游:“在北极村能找多少个‘北’字呢？”。“景区内大大小小，字体各异的“北”字石雕有 100 多个”，导游说。找着，找着……众多游客兴奋围着一块刻有“我找到北了！”的石碑前留影。

游客到北极村找到打造极致的“北”字文化，数不清的书法“北”、雕塑的“北”、极光的“北”、商家的“北”……形成了一种象征，一种坐标。采风团也为找“北”乐而不疲，真正体验收获了最“北”的内涵和底蕴。

魅力之三：追逐“极光”

游客来北极村来追逐“北极光”可谓是最重要的目标。北极村有三大自然奇景。一是白夜。我国坐落北半球，夏天形成昼长夜短，北极村在我国最北端，白昼极长、黑夜极短。夏至这一天，日照时间长达近 20 小时，日落之后晚上 11 点仍然很亮，人们在白夜里能看书写字、下棋打球。午夜所谓夜幕降临，此时晚霞与朝晕在上空交相辉映，景象异常绚丽，夜幕持续不足两小时天又放亮。北极村冬天漫长，夜长昼短，冬至前后白天只有 3 小时，当地人称之为“黑昼”，又叫作长夜城。到了中午天上的太阳就像夜晚都市街道暖色球型路灯。二是低气温。地质资料显示，漠河高纬度，地处多年连续冻土区，冻层最厚达 100 米以下，冻土融冻的地方最大融冻上界面为 20 厘米左右。冬季寒冷漫长，9 月开始逐渐降雪，直到次年 5 月中旬解冻。冬季低温常达零下 40 度，历史极端最低气温达零下 52.3 度。夏天十分短暂，只有 7 月中旬到月末半月之久，夜间平均气温 11 度。三是北极光。北极光虽是一年四季都出现，但在漠河唯有每年的夏至前后 9 天左右时间容易看到。因夏至前后漠河常出现万里晴空的天气，当极光与地面之间没有云层隔离时，人们就可以看到壮观至极的北极光。漠河是中国唯一能观测北极光的最佳地方。

采风团深游北极村，悟出“旅游长见识，行走即读书”这副对联的真谛。游览中增长了“北极光”成因、颜色、形状及观测等相关科普知识。北极光是星球北极的高磁纬地区上空的一种绚丽多彩的发光现象，由来自地球磁层或太阳高能带电粒子流使高层大气分子或原子激发而产生。北极附近的阿拉斯加、加拿大及中国北极村是观赏北极光的最佳地点。极光是一种大自然天文奇观，它没有固定的形态，颜色不尽相同，以绿、白、黄、蓝居多，也会出现艳丽的红紫色，曼妙多姿又神秘难测。形状可分为弧状、带状、幕状、放射状态等种类。

北极村最为吸引人的自然是北极光。北极光多在半夜时出现，一般夏季极昼现象后最适合等候极光。如果能在此时有人看见极光，想是一辈子都会念念不忘的幸运了。

夏至季节为最佳旅游季节，漠河市把夏至这一天定为“夏至节”，每年夏至这天，海内外成千上万游客欢聚在江边，举办篝火晚会，载歌载舞，通宵达旦，欢度难得的白昼，又盼望能观赏到神奇的北极光。

但北极光并非年年出现。据来自漠河市气象站统计数据，从 1957 年建站至 2004 年的 48 年中，共有 16 年中有 39 天测到了“北极光”。也许是不会每年都会出现北极光。48 年中，只出现 18 年次，另外 30 年没有出现，不会每个月都会出现北极光的，12 年中有 9 个月出现，3 个月没有出现。据当地老年人介绍，当地一些中老年人见过北极光，年轻人见过的并不多。其实看到北极光是可遇不可求，在北极村能见到北极光的概率是微乎其微的。况且采风团在夏至时节过后一个月后到来，没看到“白昼”现象，也没遇到北极光。但大家并不遗憾。

七月下旬进入盛夏高温伏天，京津冀地区连续多日高温 37~38 度，北极村夜间气温 20 度，睡觉不用开空调。北极村景区一位工作人员戏说“南拜观音北拜佛，避暑就来北极村”。采风团一行饱餐北极村的“凉爽味”。我发给朋友圈的微信写道：“酷暑盛夏汗淋淋，爽风氧吧何处寻？一路向北再向北，直到边陲北极村！”一位唐山网友这样回复：“真乃神仙般享受！”，北极村一位导游点赞道：“我非常喜欢你写的这几句话”。我在北极村景区采风，遇到几对来自河南的古稀之年老夫妇，身体硬朗，游过海南、广西、西北等多处知名景点，还列有去周边国家的旅游计划。为什么要这样做呢？他们高兴地用诗句回答道：“日落西山人未老，抓紧时间到处跑。可别等到脚走不了，让人扶着走不了。”多有深意啊！道出退休老人的快乐心声。大家觉得北极村景区是值得前往的地方，不虚此行。

魅力之四：异国风光

到了北极村，游览黑龙江是最佳选择。黑龙江是中国、俄罗斯的界河，以江中心为界。采风团一行从北极村码头登艇游览黑龙江。江水晶莹，游艇沿江缓缓而下，游艇尾部挂着中国国旗，艇尾抛出长长的浪花。游艇慢慢行驶，让我们细细观赏两岸秀丽景色和异国风情。两岸的青山、绿水，村庄、哨所尽收眼底，水碧山青、蓝天白云、江风吹拂、惬意难得，给我们回归自然的感觉。隔江相望，对岸是俄罗斯阿穆尔州的伊格纳思依诺村。游艇行驶中，异国乡村景观展现在眼前：靠近江边的是围栏，民居依山靠林而建，街道上有人骑车。江边一条船不知是在装货还是在卸货，一些俄罗斯村民在上上下下忙着。导游小邹全程陪伴，他一路不停地介绍情况。据说，两岸人经常打招呼，懂几句俄语的人和懂几句汉语的人还会互相问好。俄罗斯的村庄规模并不大，边境线上村庄相隔几百公里，森林覆盖率很高，常有棕熊、野鹿、狍子、野兔……还有狼等动物出没原始森林。俄罗斯村民居多为土木结构，屋顶用麦秸覆盖，土墙围院，前院种植树木花草，后院架设畜圈，建有库房，挖有地窖。村民有良好卫生习惯，屋内很整洁。

游艇在国境线中方一侧行驶，近距离观赏俄罗斯村庄后，游艇掉头回开，速度加快。游览不到半小时驶回北极村码头。上岸后，采风团与游客在江边捡起河卵石，根据自己喜爱选择形状、颜色和大小不同的河卵石，带回家去做“纪念品”。

北极村码头

离开江边前，我与游艇司机聊天。一位游艇司机介绍，夏季北极村旅游升温，游艇生意红火。2011 年北极村成立游艇协会，27 户村民在当地海事部门进行安全培训，每户出资 10 万元购一批新游艇，现有 13 艘游艇，统一定价，提高服务质量，效益上升，每户年挣 4 万余元。许多家庭办起家庭旅馆。北极村成立家庭旅馆协会、马爬犁协会……加入协会中的村民成为这些协会的股东。村民依靠当地独特的生态环境和区位特点，在多重身份之间切换，许多村民成为环卫工、园林绿化工、防火队员等，实现增收致富，2017 年全村人均收入超过 2.6 万元。北极村旅游生意蒸蒸日上……

魅力之五：奇中之奇

作者（左）同友人邹广成在景区合影

来过北极村观光旅游，无人不晓漠河市有一个非常值得一去的“奇中之奇”景观，全国城市中心唯一的原始森林公园，它就是松苑公园，距北极村 70 公里。它坐落于漠河市中心 16 区。1971 年当时漠河县城初建时，城中心保留一片原始森林，供游人观赏和净化城区大气。1983 年建成为松苑公园。公园东西长 282 米、南北宽 182 米、面积 51324 平方米，森林覆盖率高达 98%，园内林木蓄积量 400 立方米，主要树种大部分是樟子松、少量为落叶松。这片树林位于谷地缓坡处，和兴安杜鹃长在一起，也称杜鹃－落叶松林。

采风团一行走进松苑公园内，古树参天，高高低低、错落有致、各展风采。一般树龄在百年之上，有棵树王至今已有 270 多岁。园内被人称颂挺拔俊秀的“美人松”，高傲潇洒、苍翠雄奇，那偌大的树冠犹如一顶天然大伞，遮阳蔽日，似人造凉亭，整座公园绿树成荫，园内修有林中小径和石桌、木椅，供游人在树下小息、看书、娱乐、纳凉。采风团为眼前宛如一幅绝美风景画所震撼。画家张老师驻足观赏，瞬间拍下神美的镜头，灵感来了，他决意创作一幅风景画。

“松苑”不仅有诗情画意般美，还是一块“风水宝地”，演绎了风生水起的传奇故事。1987年5月6日，漠河发生一场震惊世界的特大森林火灾。这场大火燃烧了28天，整个县城的房屋树木完全被烧毁。有数据显示，这场大火过火面积1.7万平方公里，波及公园四周的建筑物，烧毁林地101万公顷，参加扑火军民5万人，牺牲了200余人，直接经济损失5亿元。奇迹般的是坐落在城中的松苑公园毫无受损。滚滚浓烟熏黑松枝树干，满园的林木却巍然屹立，依然苍郁。松苑公园奇迹般逃过火劫，实在令人称奇。又因漠河还有清真寺、茅厕、坟地等未烧，人们总结为“四不烧”。

松苑入口处立有“松苑记”民间传曰：“松苑不烧，因吉祥之地，火魔不忍也；清真寺不烧，因真主威仪，火魔不敢也；茅厕不烧，因污秽之所，火魔不屑也；坟地不烧，因鬼魔同宗，火魔不犯也。”松原乃华夏无双，称得奇中之奇。

采风团游览松苑，林在城中，天然生成原生态，感悟“松苑记”铭，重温大自然真情；采风团身临福地，从林间挑拣个头均匀的松篓，带回家中，用作栽培松树盆景及其他工艺品，尽享瑞气。

7月28日，采风团一行结束北极村采风。北极村，美丽的边陲，它给我们留下深刻的印象。如能在冬季再来看“千里冰封，万里雪飘”的景色，将是对自己能力的最大考验，作为梦想期待吧！

（作者：谢吉恒，原载于《中国冶金报》，2018年8月31日；《凤凰网》2018年8月22日）

台湾宝岛环游记

如果说人生是一场漫长的旅行，那么旅行就是浓缩的人生。生活因为有了旅行而变得丰富多彩，因为有了旅行才更加令人满足和快乐。

——作者题记

一次环岛游，一生宝岛情。环游中国台湾宝岛是我梦寐以求的旅行目的之一。10 月中旬，参团由高雄进出的 8 日环游台湾之旅。我最在意的是通过此次环岛游，留下对祖国宝岛台湾真实完整的印象，实现多年的夙愿。

我们这个河北团一行 27 人，10 月 12 日搭乘天津飞往高雄的国际航班，历时 3 个小时抵达高雄国际机场。在带团导游王聪、地接台湾导游蔡雄崇的带领下开启了环岛游。蔡雄崇是位中年敬业的导游，性格开朗、话语幽默，知识面广，很受游人喜欢。当天下午，他和司机接团，操着标准的台湾普通话自我介绍说："我姓蔡，名叫蔡雄崇，就称我大雄，为大家开始八天的旅程服务……"。

每天随着大雄的"大家早上好！"的洪亮问候，他习惯地拿出这张台湾旅行地图，指着红笔标明的景点，说明当天的行程。他也会讲禁烟，不乱扔垃圾，等等。又是这张旅行地图，帮助我们对台湾有了更多了解。台湾东临太平洋，北临东海，西隔台湾海峡与福建相望。台湾东西长 142 公里，南北长 395 公里，主要分为台北、台中、台南、台东四个区域，总面积 36000 平方公里，居住着 2300 万人口。

王聪和大雄两位导游协作默契，每次游览景点结束，汽车启动前清点人员是否到齐。当结束一天的行程时，为我们辛苦开了一天车的司机师傅，弓着身子，低着头，把一个个行李箱从车厢里提出来，有秩序地摆在路边的地上。这些看似小事细节却让我们感受到台湾同胞的亲热好客。

本次出行环岛一圈，从高雄出发向北经台南、南投、台中、台北、台东、花莲、屏东、垦丁、再到高雄。

台湾是旅游胜地，美丽迷人、名胜古迹，比比皆是。从清代开始就有“八景十二胜”之说，随着旅游业蓬勃发展，台湾民众和专家投票选出新的十二名胜。我们盘点八天台湾旅行，选择顶尖必游景区，旅行中所见逸闻轶事，留下诸多难忘的印象。

印象之一：景区魅力

1. 漫步阿里山

旅行团于阿里山集体合影

前往闻名于世的阿里山旅游风景区，我们站在海拔 2000 多米的山上，向顶峰 2663 米处眺望，朦胧的云海像白色的棉花糖。云海、日出、林涛、晚霞与阿里山小火车被誉为“阿里山五奇”，故有“不到阿里山，不知台湾的美丽”之说。我们徒步经过阿里山小火车站，翻越海拔 2140 米处，游览观赏非常珍贵的红桧木原始林，只见树木青翠，溪水蔚蓝，确实让我们领略了“高山青，涧水蓝”的魅力！

阿里山森林游极为有趣，在森林深处，盘根错节的参天大树，千姿百态，随处可见。我们走到在一棵粗壮、高大直插云霄的大树前停下，这里围聚不少游客。这树呈现红褐色的树皮，条片状纵裂开来，昂首挺立，树旁竖立的标牌写着“阿里山神木”。它的树围 12.3 米、树高 45 米、树龄 2300 年，这棵森林中的巨无霸是一种名贵珍稀树种——红桧。

令人游兴大增惊奇的是：导游大雄手指着在同一红桧树的根上长出三代树木，被称为“三代木”。难得见到的是在地上的古老树根是树龄 1500 年的第一代，它枯死后经过 250 年，一颗种子偶尔飘落其上，借枯树为养分，又生长出第二代。二代根老壳空，经过 300 年又长出第三代，至今枯而复荣的红桧长得枝叶繁盛。如此珍稀景观，这里还有两株、三株、四株长在一起的红桧，被称为“两妯娌”“三兄弟”“四姊妹”，形成特有的景观。

红桧生长于海拔 1050~2400 米处台湾中央山脉高山森林中，是世界级自然遗产，属国家二级保护植物，材质优良，被台湾人称之为“阿里山神木”。

在这里最值得记忆的红桧流传“千年神木群”传奇故事。台湾在日本占领时期，阿里山的红桧遭到“大劫难”。阿里山红桧曾被大量砍伐，被运送到日本建造皇室宫廷建筑及神社庙宇等。这些幸存的千年神木，都是因树干空心或是不够挺直被留下。至今阿里山上还留下许多大大小小红桧树根，仿佛在向今天的人们诉说着那段悲惨历史。在这“千年神木群”中，建有一特别石塔，名为“树灵塔”。此塔来历令人悲伤，大雄介绍，此塔建于 1935 年，那时日本人为大肆掠夺阿里山的红桧，不惜重金开山建造铁路，将山上生长数千年的巨大红桧树肆意砍伐运回日本。此时，阿里山间森林时常发生怪异事情，让日本人毛骨悚然！原本行走正常的小火车突然翻车并滚落到山谷间；原本艳阳高照时，突然暴雨倾盆，山体

旅行团部分团员观赏红桧树后留影

滑坡掩埋监工的日本兵；晚上原本好好的大树，突然倒下压在日本士兵的帐篷上；许多伐木工人染上怪病而死……此事多了，日本人认为，是这些被砍伐的红桧树灵在作祟，心生不安。于是，赶紧建了这座“树灵塔”以祭祀这些被砍伐的红桧之灵。如今，树灵塔仍屹立在阿里山，是在向人们呐喊当年日本人将阿里山的红桧巨木砍伐殆尽的罪行。

我们一小时的森林漫步，置身于这片森林中，尽情享受茂密森林所带来的清新芬芳空气，让人神清气爽，流连忘返。阿里山的乌龙茶叶走俏海内外，这种茶种植在高海拔地区，常年饱受特殊环境云雾熏陶，吸大地之灵气，乌龙茶列为我们购物首选之物。

2. 泛舟日月潭

日月潭是台湾最著名风景区之一，最大天然淡水湖泊，堪称宝岛明珠。日月潭坐落于嘉义县森林公园，海拔 2000 米以上，群山环抱，景致迷人。日月潭由玉山和阿里山的断裂盆地积水而成。环潭周长 35 公里，平均水深 30 米，水域面积 900 多公顷，比杭州西湖大三分之一左右。潭中的拉鲁岛，把整个潭隔成为两半湖，抗战胜利后，为庆祝台湾光复此岛名改为“光华岛”。岛的东北面湖水形圆如日，称日潭；西南面湖水弧如月，称月潭，统称日月潭。

日月潭留影

我们已进入景区，顿时有秀色可餐的感觉，湖面辽阔，潭水澄澈、水波涟涟、雾薄如纱、林木葱茏。日月潭景区团客众多，道路狭窄易堵车。一般游客从西岸坐游船东岸下，上山游览后坐船返回。我们到东岸后，这里有名的外婆茶蛋必须品尝的。外婆茶蛋名气大，是用灵芝香菇煮的鸡蛋，口味蛮好。山上是供奉玄奘法师的玄光寺，观景台上可一览日月潭美景。回到船上，船家会介绍的蒋夫人专供日月潭香烟，别的地方买不到，此地独有，先付钱预定，由台湾烟草管理部门派员送来。

旅行团部分团员与导游在日月潭码头留影

3. 观故宫博物院

台北故宫博物馆（世界公认四大博物馆之一）位于台北市士林区外双溪，中国著名的历史与文化艺术史博物馆，内藏全世界最多的无价中华艺术宝藏，其中藏品的年代几乎涵盖整部五千年的中华历史。建筑设计系中国传统的宫殿建筑，共四层，淡蓝色琉璃瓦屋顶，覆盖这米黄色墙壁，洁白的白石栏杆环绕在青石基台之上，风格庄重典雅，极富民族特色。典藏历代文物艺术精粹。据了解，藏品包括清代北京故宫、沈阳故宫和原热河行宫等处文物精品，共约 70 万件国宝。分为古画、碑帖、铜器、玉器、陶瓷、文芳用具、雕漆、珐琅器、雕刻、刺绣及图书文献等 14 类。博物院经常维持在 5000 件的书画。此处是国内外游客必访之地。文物展出以定期或不定期举办各种特展，每三个月馆内展品更换一次。我有幸亲眼目睹了珍藏于台北故宫内的稀世珍宝。尤其是三件独有的国粹“毛公鼎”、栩栩如生的“翡翠玉白菜”、形象逼真的“肉型石”的镇馆三宝，大饱眼福。

4. 登台北 101 大楼

台北 101 大楼，台北新地标。101 大楼置身于台北地价最贵的商业区信义商圈，其周边有数十家百货公司、时尚餐厅、精品名店街区。据资料介绍，楼高 509.2 米，地上楼层共有 101 层，为台湾第一高楼，曾于 2004 年 12 月 31 日至 2010 年 1 月 4 日拥有世界第一高楼的记录，目前为世界第 9 高楼。其电梯速度是世界最快的，从 5 楼直达 89 层的室内景观只需 37 秒，电梯攀升的速度为每分钟 1010 米,其长度也是世界第一。由 89 楼下行至 5 楼仅需 46 秒，至 1 楼仅需 48 秒。

我们游览进入 101 大楼后，先乘一般电梯至 5 楼，然后乘坐高速电梯开往 89 楼室内观景台，可以绕行一周，透过透明的窗玻璃俯瞰整个台北市的风光，可随意拍取每 1 张好片。走出 101 大楼，随后大家参观土特商品店和精品店。

5. 野柳奇特景观

游客排队在野柳地质公园与“女王头”留影

著名的《野柳地质公园》景观，是由海浪侵蚀岩石风化及海陆相对运动、地壳运动等地质作用影响而形成的罕见地形地貌。这种被海浪雕塑成似人像物的各种奇特形状的海岸，海滩上奇岩怪石密布，种类繁多，各尽其妙。该海岸被《中国国家地理》“选美中国”活动评选为“中国最美的八大海岸”第二名，最为人们称道和熟悉的是突起于斜缓石坡上高达 2 米的“女王头”。

野柳地质公园的自然奇特景观，世界罕见“闻名全球”，使此成为旅游者到台湾必看的景点。野柳地质公园景区地处台湾东北角，东边是太平洋，北边是东海，是一处突出海面的岬角。奇石名称多象形而立，如海蚀洞沟、蜂窝石、烛状石、蕈状石、溶蚀盘等。在蕈状岩中而闻名国际的“海蚀奇观”——女王头雍容尊贵的形态，早已成为“野柳风景区”的象征，因为它们太珍贵，在女王头前拍照的游客很多，需排队还得快点拍照。

6. 太鲁阁峡谷奇景

太鲁阁峡谷奇观一角

驱车沿途欣赏花东海岸线美景，游览《北回归线纪念碑》，远眺“长虹桥”“石梯坪”之后，驱车前往花莲参观秀丽的《太鲁阁公园》。据相关资料介绍，如果说台湾是美丽宝岛，太鲁阁峡谷则是美上加美的奇景。太鲁阁公园位于台湾东部花莲、台中、南投三县交融，名副其实的国际级观光胜地，崇山峻岭、断崖深谷、凌空飞瀑、清澈溪流、处处蔚为壮观。园内有台湾第一条东西横贯公路通过，称为中横公路，全长 180 公里。20 公里长的太鲁阁峡谷是世界最大规模的大理石峡谷。景色之雄奇，可谓之鬼斧神工，参天地造化之最，被列为“台湾八景”之一。其主要建筑有长春祠、燕子口等。

导游大雄告诉我们，长春祠是为纪念因修路而殉难的国民党退伍老兵所建，20 世纪 60 年代，蒋经国带领他们来到这片大山里，老兵用凿子一点点地凿，用了 3 年 9 个月凿通这条公路，但却有 200 余名老兵为修建穿山隧道而牺牲在这片大山上，长春祠供奉着这批牺牲老兵的灵位。太鲁阁公园不仅是一个美丽的游览景点，而且这里还有台湾老兵的心血。

7. 垦丁必看的景点

我们沿着高屏公路欣赏台湾海峡美丽风光，前往电影《海峡七号》拍摄基地，南台湾度假基地“垦丁”。垦丁公园位于恒春半岛南侧，三面环海，是岛内唯一涵盖陆地与海域的森林公园。垦丁名称来历源于，清朝光绪年间，这里还是没被开垦的蛮荒之地。当时清政府从广东招募大批壮丁到这里开垦土地，数万壮丁为开垦这块土地付出无数生命，为纪念这些壮丁，当地人就称这个地方为垦丁。游览垦丁公园，我们选择主要饱览“鹅銮鼻”“猫鼻头”“白沙湾”等景点。

鹅銮鼻是南海与太平洋往来的必经航道。地处台湾岛的最南端，地处中央山脉的台地，尖端挺伸海外呈半岛，三面临海，一面靠山，是太平洋、巴士海峡和台湾海峡的分界处。著名的东亚之光的鹅銮鼻灯塔高18米昂然挺立，颇有名气，为台湾“八景之一”。站在灯塔下，尽情领略天海一角和珊瑚礁林的秀丽的景色。因鹅銮鼻灯塔外形像一个鼻子，故此取名为鹅銮鼻。

猫鼻头，这里有来自太平洋的风，有碧蓝纯净海滨风光，只有台湾最南端二个岬角有。猫头鼻因岩石的形状似一只蹲伏的小猫而取名。公园里巨大的珊瑚礁岩著名，从这里可以欣赏到各种奇岩怪石景观。左边观景台大，地势高，观景的效果更好。

白沙湾是一片长达百米的沙滩，由海洋生物的壳体和细白的沙粒组成，因沙白水清而闻名，到此感受阳光沙滩海浪。

买份油炸椒盐“那个鱼”好美味！

导游大雄在大巴车上介绍说，垦丁这个地方有一种独有海味小吃，大家不可不尝。这个小吃叫什么？“那个鱼”。“那个鱼”是什么鱼？大雄诠释道：那个鱼学名叫“小鳍鳒齿鱼”，这种鱼最大可长到70厘米，一斤多重。这种鱼特别好吃。但捕捞不易，现在市场见到的多是一般在半尺多长。此鱼前半部分无鳞，仅尾部或侧线上有少许鱼鳞，鱼鳞极为薄且易脱落，一般人都以为它是无鳞鱼类，俗称“水晶鱼”。因为“鳍鳒齿鱼”名字太咬口，人们习惯用手指说“那个鱼”，到后来这种鱼就称为“那个鱼”了。这个团很多人排队买了份油炸椒盐“那个鱼”。“美味好香很好吃！”大家边尝边赞道，不留下遗憾离开垦丁。

8. 高雄驳二艺术特区

参观台湾南部城市高雄《驳二艺术特区》是我们这次环台湾游的一项重要内容。我从相关资料获悉，高雄港集商港、旅港、军港功能齐备于一体的大港，目前进出口量在全球排名第11位，有102个码头。20世纪六七十年代，是专门堆放出口香蕉的专用仓库，因高雄港的第二号接驳码头，故称驳二，后来香蕉出口渐趋没落，远洋渔业开始繁盛，驳二作为水位较浅的内港，没办法停靠大吨位货轮而衰落。2002年整建为艺术特区，驳二艺术特区就落户这里。如今已成为实验与艺术的关系展示模块，也很完美地融合了文化创新精神和自然风光。细节、创意让废弃的仓库活了起来，现代文化创意和码头文化巧妙融合，迸发特有的激情，这就是高雄驳二艺术特区。其中有奇异的雕塑、引人注目的小火车、独特颠倒房子、各种钢铁艺术品等，让游人玩个痛快开心。在导游大雄、王聪引领下，我们在这艺术氛围浓厚的地方到著名的《诚品书局》徜徉一番，受益匪浅。

印象之二：周到服务

八天环岛游，我们不仅实现赏心悦目的一游，还亲身感受到在食、宿、购物方面得到的满意服务。每日正餐一般为八菜一汤，菜肴能够做到色香味俱全，并能品尝到市县的地方特色菜肴。旅游中间安排一顿火锅、一顿牛肉面，风味独特，很受欢迎。每天自助早餐，品种多样，口味也非常好。住宿是住四花、五花宾馆，非常舒服。导游大雄除了向游客介绍台湾历史文化、风土人情，还满足游客购物之需是不可缺少的项目。一方面，他保证介绍购物给游客带来价格的实惠和品质保障，介绍正宗的产品。另一方面，针对这个团购买力不高，总是说，来到台湾，尽量多少买点自己需要的东西。有时全团从一个购物店出来，看到团友们也没有购什么，他及时调整心态，又继续为团友热诚服务。

印象之三：环境干净

到台湾旅行，亲眼所见城市环境很干净，马路极少见到垃圾桶，也很少见到清洁工。台湾有很多夜市，摊贩和游客都严格做到垃圾不落地，保护地面干干净净。究其原因，成功的经验就是，台湾靠教育和严厉处罚，杜绝了公共场所吸烟和乱扔垃圾的行为。

这次宝岛台湾环游，了解了台湾的历史和现状，看到勤劳智慧的台湾同胞热情好客。看看台湾街道、农田、夜市、茶园，还有挺拔的红桧树……我们期望两岸同胞携手并进，进一步加强两岸文化、经济交流与合作，更期望两岸能早日统一，共同实现中华民族伟大复兴！

作者与导游大雄（右二）、王聪（右三）和友人王广新（左）在高雄驳二艺术特区合影

（作者：谢吉恒，原载于政商参考网，2019年10月25日）

呼伦贝尔草原行

去了呼伦贝尔大草原才知道，什么叫“一马平川”，什么叫“天高地厚”，什么叫“天堂是绿色的”。

——作者题记

呼伦贝尔大草原腹地

七月中旬，我与北京、天津、河北几个媒体好友相约组成采风组，开始了期盼已久的呼伦贝尔大草原之旅，正逢草原旅行最佳黄金季节。进入草原使我感悟到正如歌词所描绘那样：“天边有一片辽阔大草原，草原茫茫天地间，洁白的蒙古包散落在河边……”的诱人景象。呼伦贝尔大草原是中国人为之骄傲的地方。她以辽阔、宽广、美丽，令人向往。

呼伦贝尔大草原位于内蒙古的东北部，大兴安岭以西，东高西低，海拔在650~700米之间，面积10万平方公里，谓之世界著名的四大草原之一，天然牧场。呼伦贝尔草原风光旖旎、水草丰美，分布300余条纵横交错的河流。500多个星罗棋布的湖泊，组成一幅绚丽画卷，素有“北国碧玉”“绿色净土”之称。

采风组一行从海拉尔出发，乘坐旅游大巴沿途行进巴尔虎，额尔古纳、根河、大兴安岭地区。蔚蓝的天空，碧绿的草原，洁白蒙古包，成群的牛羊，映入眼帘。放眼望去，漫山遍野的油菜花，竞相开放，从路边到田边，从田边到山边，从山边到天边，一望无际。绵延的金黄色花海和青翠的草地，交相辉映，花天相连，起伏交错，胜似人间仙境。这样的美景，随手一拍，都是一幅唯美的画卷。呼伦贝尔大草原有看不够的风景，收不回的目光。

一路上，蒙古族导游巴音热心为大家介绍“呼伦湖、金帐汗、巴尔虎、敖鲁古雅、额尔古纳湿地、套娃广场、186彩带河、黑山头马场…”等热门景点，返程归来，谈起感受时，同车大部分游客兴奋地说：“到呼伦贝尔大草原不到金帐汗、巴尔虎、敖鲁古雅等景点是等于没来”，同行的文友也建议我着重撰写这方面的内容。综合考虑，呼伦贝尔我还会再来，作出决定，此次草原行就写这三方面内容。

拥抱草原腹地——金帐汗

作者与蒙古族导游巴音（右）
在金帐汗蒙古部落留影

呼伦贝尔草原奇特之美，令人叹为观止、蕴古今之秀，是一曲穿越时空的交响乐。采风组一行在这里尽情去察知自然与世界、感悟地球的绿色脉搏、感慨大自然的神奇。我们领悟到去呼伦贝尔大草原旅游真谛，一定要记住风景全在路上，没有哪一个景点会比路上的景色更美。

金帐汗蒙古部落坐落于呼伦贝尔草原腹地，莫尔格勒河畔，距呼伦贝尔市海拉区约40公里。这里天空蔚蓝，旷野辽阔，闻名于世。这里是呼伦贝尔大草原经典的景点，也是以部落为景观的草原旅游最美丽的景点，游人必去之地。这里是著名中外的天然牧场，历史上许多北方游牧民族都曾在此游牧，成长壮大，繁衍生息。12

世纪末到 13 世纪初，一代天骄成吉思汗曾在这里秣马厉兵，与各个部落战斗争雄，最终占领了呼伦贝尔草原。

金帐汗旅游景点建立于 1994 年，现占地面积 100 万平方米。景区建筑是一种部落式的主体，服务区由砖木蒙古包组成的，具有蒙古族特色，质朴典雅，风格独特。金帐汗景区布局依照当年成吉思汗的行帐及部落缩影建成的，再现了当年蒙古部落的风貌，素有草原“好莱坞”之誉。莫尔格勒河的直线长度只有 290 公里，但其曲折河流的总长度达到 1000 公里，这条河是老舍先生笔下九曲十八弯，竭尽所能蜿蜒曲折，静静地流到呼伦贝尔大草原上，誉为“天下第一曲水”。

每逢夏季，在陈巴虎旗中漫步“奥特”的蒙古族和鄂温克族牧民来此地方放牧，自然形成了以游牧部落为主体的美丽图画：蓝天白云、弯弯河水、茵茵绿草、群群牛羊、点点毡房、袅袅炊烟，使这个地方成为世界罕见游牧圣地、少有绿色净土和生灵乐园。

采风组抵达景点，陶醉于茫茫无际的天然牧场，清新宁静，置身于美丽的大草原，令人心胸豁然开朗。有蒙古族姑娘献上草原独特的蒙古族迎宾仪式一下马酒，之后跟随导游巴音参加草原上最传统的祭祀活动—祭敖包。我们在此遥想，北方游牧民族的历史，体验成吉思汗的雄伟壮举，感受草原上每一寸土地都带有游牧民族的血性与勇敢。我们在这里每一个地方，都可以让心灵从繁华的都市解放出来，也可以让烦躁的心情一下子变得安静，融入大自然，尽情地欢唱、舞呀、拍摄呀……拥抱大草原。

体验草原文化——巴尔虎

巴尔虎蒙古部落民俗旅游度假景区（以下简称巴尔虎度假区），位于满洲里东 36 公里，是呼伦贝尔唯一一家以展现原生态巴尔虎民族、民风、民俗为特点的民族风情景点。全方位、多角度向游客展示蒙古民族博大精深的文化。

巴尔虎度假区是国家 4A 草原景区，占地面积 4000 亩，已建成中心、民

采风组在巴尔虎蒙古部落

族竞技表演、民族娱乐活动、民族歌舞表演、牧民生活体验等区。巴尔虎度假区是“中国第一家”走进人民大会堂，并获得表彰的草原景区，又是呼伦贝尔首家具有大型演绎及民俗园的草原景区。这里夏秋两季，绿草如茵、牛羊肥壮、气候凉爽、幽静怡人。

导游巴音告诉我们，需要去呼伦贝尔草原打卡的地方很多，有很多精髓的地方需仔细体验观赏，但有些景点，远远看看风景就可以了。为此他为我们选择参观体验四个项目：

其一、参观富有民族特色民俗欢乐园。其中包括民族文化展示、特色表演和文化餐饮体验、欢乐牧场、民族竞技体验、草原活动拓展区等五区 36 项体验活动。通过参观体验精彩的巴尔虎民间艺术、丰富的民俗活动、生动的民俗生活、民俗介绍和展示、神秘的萨满文化、丰富多彩的蒙古餐饮文化和香浓悠远的甘甜奶酒……体验给每位游客带来难忘的草原之旅。

其二、大型马上竞技表演——马之舞。“来呼伦贝尔绝不能错过马之舞表演！”导游巴音介绍，这里的男子非常擅长骑马射箭，还会在马身上跳舞，表演各种高难动作，可以与马共舞。节目表演开始了，值得一提的是马队阵容强大，演员队伍庞大，节目精彩！草原为根、马者为魂，人马合一、马为舞者！欣赏最壮观的马上的竞技表演“马之舞”系蒙古马术表演为主,包含套马、赛马以及博客等多种项目。历时一个小时精彩表演，专业蒙古马术团队携百骑马匹出演：马镫藏人 、马上拾物、马上倒立、马上平衡、人马共舞等十几项内容，非常值得人们去体验和观赏。

其三、大型篝火晚会。“巴尔虎之夜”大型篝火晚会场地，可容纳数百人。夜幕降临，近百人专业演员为游客演出，精彩呈现草原之夜。阿爸唱起悠长的祝词，萨满法师点燃圣火，在篝火的映存下，跳起祈福舞步，虔诚的人们相聚在圣火旁，与亲人、爱人、朋友一起跳起安代舞，接受圣火的洗礼和祝福。夜宿蒙古包，侧耳倾听阵阵牧歌，抬头试数点点繁星，投入大自然的怀抱，那都市的喧嚣已在九霄云外。

其四、宫廷第一宴——诈马宴。它是古代蒙古民族最隆重的宫廷宴会，是蒙古族特有的庆典盛宴，巴尔虎蒙古部落把这一宫廷盛宴完整呈现，让前来体验感受的游人可以身临其境感受这一蒙古文化的魅力。在这里，穿上华丽的王爷、王妃服装，置身于诈马宴当中，群宴百官，品尝蒙古美食、欣赏歌舞、参与竞技，感受古老的蒙古族宫廷礼仪文化，体验蒙古族宫廷文化的尊贵享受。

探寻驯鹿故乡——敖鲁古雅

给驯鹿喂食

到敖鲁古雅使鹿部落景区旅行，有机会零距离接触驯鹿、亲近驯鹿，探访这个神秘的部落，触摸历史直面自然，列为采风组重要采风目的。“敖鲁古雅”为鄂温克语，意为杨树林茂盛的地方，在全国素有“驯鹿之乡和最后的狩猎部落”之美誉。

敖鲁古雅鄂温克狩猎乡，以狩猎和放养驯鹿为主。它位于根河市西郊四公里，核心景区三面环山，独特的建筑风格，独一无二的使鹿部落生活体验尽在其中，政府在定居点 270 公里范围内的大兴安岭密林中，保留几处较原始的猎民点，保留原始自然放牧生活方式，弘扬独特的民俗文化。

我们采风组一行穿过呼伦贝尔大草原，来到敖鲁古雅，此行就是要看到真实的驯鹿。敖鲁古雅建有鹿苑，林中饲养几十只驯鹿，游人在这里可以和驯鹿零距离接触。没来鹿苑前，我们查找并阅读驯鹿相关资料，做足功课准备。使我们从三个方面对驯鹿有深入了解和认知：一是驯鹿誉为“林海之舟”。驯鹿形态十分古怪，俗称“四不像”。它的角似鹿、头似马、蹄似牛、身似驴。

驯鹿雄雌均有角，一般身长2米左右、身高1米多、体重100~150公斤。毛呈灰褐色或白色、黑色、杂色等，尾巴较短。驯鹿原本是野生动物，生于贝加尔湖、勒拿河上游地区。后来被游猎的鄂温克族猎人捕获饲养，喂食苔藓、蘑菇及木本植物的嫩芽，逐渐驯化成为他们生产、生活的工具，不可缺少的珍贵经济动物，被誉为“林海之舟”美称。

二是驯鹿主要特征生性温顺。鄂温克猎民在大山中与驯鹿为伴，易饲养放牧，驯鹿体壮，能负重35公斤，日行20公里。平时主人的猎获物，迁徙的炊具、篷布、粮食等一切生活用品用驯鹿运输。

三是驯鹿定为吉祥物。长期以来鄂温克人同驯鹿建立了很深感情，对待驯鹿如同对待自己的孩子一样，非常疼爱驯鹿，给每只驯鹿都取个好听的名字，戴上木铃或铜铃，便于寻找。不让孕鹿和幼鹿驮重东西，出汗时不让鹿饮水，以免流产和生病。主人轻易不宰杀驯鹿、驯鹿的寿命在20年。驯鹿从蹄到角全身是宝。它的毛皮可穿，即可制革又能做裘，柔软耐磨；肉可食，奶品等营养丰富。茸角、鹿鞭、鹿筋、鹿心血、鹿尾都是名贵药材。鄂温克人男女老少都将驯鹿视为吉祥、幸福、进取的象征，定为鄂温克族的吉祥物。驯鹿属国家二级保护动物，在我国仅剩下不足千只。

采风组一行来到鹿苑，看到苑内林中，鄂温克服务人员用干枯的桦树枝燃起烟来，帮助驱赶蚊虫。二十多只大小、高低、颜色不同驯鹿在烟的下风头，或躺或卧，也有的晃晃脑袋。见我们拿着几篮苔藓喂食它们，并不怯场，忽的一下子都奔过来了，有头上顶着两撮绒毛没长出鹿角的小鹿、有几只硕大枝丫般的头角没有据去的头鹿，鹿角足有一米多，个个憨态可掬，很亲人。它不踢人不咬人，讨人喜爱。

采风组王广新捧着苔藓篮子喂头鹿，见它吃完了篮子里苔藓还要吃，用鼻子拱倒篮子，追着我们装满苔藓的篮子到处走。我手中苔藓喂驯鹿，它用舌头在我的手心舔舔着，感觉蛮好。我们抓住喂食驯鹿时机，拍照驯鹿多种造型镜头。一阵阵欢笑声，犹如驯鹿的铃声，荡漾在林间。这是美好的一天，我们看到心仪已久的原生态驯鹿，在茫茫林海中也看到了内心最美的净土。

根河是呼伦贝尔辖下的一个县级市，根河水清澈透明，又是一个十分特殊的地方，气温全国最低，年平均气温零下5.3度，极端低温零下58度，年封冻期210天以上，被称为“中国冷极”。这种严寒气候是很适合驯鹿的生存。

敖鲁古雅鄂温克狩猎乡，是中国唯一的使鹿部落乡，也被称为“中国最后的狩猎部落”。

随着大兴安岭的开发和现代文明的渗透，年轻一代的驯鹿鄂温克人更多选择了山下的现代生活方式，逐步遗忘本民族语言和传统文化。最后一代纯正血统的驯鹿鄂温克人正在不断减少，世世代代赖以生存的驯鹿也在不断减少，这一民族传统文化面临严峻考验，成为濒危文化！

（作者：谢吉恒，原载于政商参考网，2019 年 10 月 21 日）

阳朔山水甲桂林

“世外桃源”，多么醉美的字眼，令人艳羡。首先映入我脑海的是上学时，从课本上读过一千六百多年前，晋代大诗人、文学家陶渊明笔下《桃花源记》：“晋太元中，武陵人扑鱼为业。缘溪行，忘路之远近。……”，这篇流芳千古的杰作，至今我仍清晰记得借鉴武陵渔人行踪这一线索，展开一个栩栩如生的故事，表达陶渊明先生追求美好生活的理想。

（一）钢铁人心中有世外桃源

许多人对陶渊明笔下的《桃花源记》中描绘的人间仙境心生向往。《桃花源记》激起无数人们对理想世界的追求：一个与世隔绝、没有纷争，人人安居乐业的地方，因此成语“世外桃源”世代相传，成了一个鲜明的中华文化的符号。人们从各个方面探寻查证桃花源的真实存在，众说纷纭，直至今日，无法有一个公认的答案。

世外桃源其实就是一个人生活理想向往的世外之地，类似柏拉图笔下的乌托邦。陶渊明的《桃花源记》是虚构的。当今随着商业步伐加快发展，真正的与世隔绝的“世外桃源”，可以这样说，很难找到。

世外桃源，久闻其名，不见其身，相信传说不如相信自己。在阳朔有一个比传说更美的地方，名字就是世外桃源。近两年，夏秋季节分期分批有来自京津冀钢企、冶建等单位退休员工跟团游，选择“友松国际”提供的“全心造福老龄社会，建设老年服务平台”，为老年人做到“老有所养、老有所依、老有所乐、老有所为”，实施“吃、住、行、医、学、玩、乐、尊”等特色服务，越来越多退休老人到桂林阳朔安养中心秀丽田园山庄颐养天年。桂林阳朔安养中心位于矮山镇，距世外桃源仅十多公里。机会终于有了……去年6月中旬，笔者与画家张世才、摄影师朱新随同采风组来桂林阳朔安养中心采风，采写钢铁业退休员工来此安养生活的乐趣。陶渊明先生的“采菊东篱下，悠悠见南山”的逍遥境界、“阡陌交通，鸡犬相闻”的诗意生活也是我内心的向往。

桂林山水甲天下，阳朔山水堪称甲桂林。在桂林山水王国中，离都市最近的地方就有这么一个“世外桃源”，风景堪比仙境，十分值得游览与欣赏。世外桃源是国家首批4A级景区，被联合国世界旅游组织推荐旅游目的地，全国农业旅游示范点、国家绿色环保基地。我有机会漫步在“良田美池桑竹之属”，按照陶渊明笔下《桃花源记》中描述的情景，他却没到过，我却能来的地方。与这些退休钢铁员工一道寻找属于自己心中的“世外桃源”，感受特有的魅力。

（二）钢铁人游景区世外桃源

世外桃源位于阳朔县白沙镇，距桂林44公里、沿桂阳公路北上，距阳朔县城15公里处，只有十几分钟车程。这景区是根据陶渊明所著《桃花源记》中描绘的意境做蓝本，结合当地的田园、山水风光所建的民俗风景园区。虽是一处人造景区，秀美风景如画及营造的民俗风情异常吸引人、特有魅力。

一是开放的景区有魅力。景区没有围墙和隔桩。田园山水、路桥村舍，天衣无缝地自然融合，尽纳天地之美。主要景点有荷花池、燕子湖、燕子洞、侗乡风情和原始部落等。世外桃源展示一幅古桥、流水、田园、老村与水上民族村融为一体的绝妙画图。

二是游览方式有魅力。身临其境，欣赏到山水如画的美。主要是分为水上游览和徒步观赏两部分，全程1~2小时。六月中旬，采风组与十多位钢铁退休老人一起深度游世外桃源。

前半程，水上游览。我们一行从一号码头乘轻舟，约三十分钟游完十里

乘轻舟游燕子湖

山水画卷风景。环绕湖光山色、经田园村舍、过绿树丛林、又穿山而出。沿途可经原始形态的迎宾、祭祀、狩猎，又可以欣赏到民族特色的狂歌劲舞、边寨风情。乘坐轻舟游览燕子湖无疑是一种难得享受，燕子湖因形状像一只展翅欲飞的燕子而得名。每艘轻舟载25位游人，在绿丝绸般的湖面上裁波剪浪、悠然滑行。放眼望去，天旷云近、岸阔波平，村庄和田野相映成趣。山为魂，水为魄，这梦幻般的湖水，托着轻舟缓缓前行，来到一个小山村，因坐落于燕湖旁，故名为燕子山村。据轻舟上导游介绍，它始建于1737年，距今已有280多年历史，居住40多户人家。每家每户房檐底下都留有一条长方形巢口，通风透气，方便燕子出入，搭窝建巢繁育后代。村民视燕子为吉祥鸟，哪户人家飞入燕子越多，哪家就越吉祥如意。据了解，生活在燕子山村的人，虽家境不富足，依然是粗茶淡饭，布衣茅舍，单就其拥有的一方水土、一片蓝天而言，他们是最富足的，生活中能体会劳作上的艰辛却也有劳动的娱乐。

“林尽水源，便得一山，山有小口，仿佛若有光，便舍船，从口入”，轻舟行至燕子岩，水道变得狭窄，前方神秘幽暗，山重水复疑无路，岩洞全长120米，里面无任何灯光与人工修饰，纯属天然，进去领略大自然之美。

穿越时光隧道，寻觅梦中的桃花源。似《桃花源记》中的“初极狭，才同人。复行数十米，豁然开朗。”轻舟通过燕子洞口，桃花岛突现眼前，真有世外桃源之感觉，小岛四面环水，桃花盛开，桃花瓣瓣，远离喧嚣世间嘈杂，所见的桃花林真像陶渊明笔下所描绘那般：“中无杂树，芳草鲜美，落英缤纷”，这里的桃花一年四季都占据枝头，桃花不凋不谢。

“世外桃源依靠自然景观吸引人，融入人文景观留住人”，同舟上几位钢铁退休老人感慨道。轻舟行至极具鲜明的人文风情的水乡侗寨。引起大家的兴趣共鸣，看到这里无溪不架桥、无路不柱亭、无村不建寨、无寨不起楼的抢眼风景，充分感受少数民族风情，连声赞叹太有亮点！摄影师朱新不停地举起相机拍照。我们饱览水上胜景，触景生情，无不感触大自然的清新博大怀抱，使人尘虑尽涤、俗念顿消。世外桃源所构建的诗境，不仅洋溢着自然山野之趣，而且恰到好处地融进中国传统儒雅文化和桂北民俗风情的精华。从那时起，我心底就萌生写一篇“世外桃源”的散文。

后半程，徒步观赏。我们从二号码头登岸，徒步观赏民寨。这是桂北各少数民族建筑的一个缩影。鼓楼、风雨桥、对歌台、花楼、长廊、图腾，充分展示了各族人民文化的光彩特征。2003 年为纪念古代著名文人所建的陶渊明山庄，融合了苏州园林和桂北名居的建筑风格。从隐逸文化起笔，再造中国传统文化艺术的精华片段，受到中外游客青睐。观赏中游客参与互动，亲身体验古代农耕、造纸、印刷、织布、制陶、书画雕刻等多种传统文化精品的无穷魅力。

世外桃源四季有景

三是文化内涵丰厚有魅力。据旅游业专家介绍，世外桃源在美景魅力度、原始保存度、游客渴望度、宁静隐蔽度等诸多方面，在全国旅游系统征询答卷中都技高一筹。“这是一个被遗忘的故乡，这是一个放松身心快乐人生的乐土”。导游介绍，世外桃源处处是景，一年四季都有风情。春来时烟波浩渺、夏来时荷花满湖、秋来时田野金黄、冬来是桃花依旧。仁者乐山，智者乐水。对于大多数性本爱自然的游人来说，也许一方山水田园已足以慰藉心灵。来这里安养的钢铁业退休员工深有感触地认为，游世外桃源，能游出情趣，游出健康；到世外桃源玩，能玩出文化，玩出艺术。来这里采风多家媒体高度评价，世外桃源的自然造化及其隐含的文化内涵就像一壶陈年老酒，越品越香，回味绵长……

（三）钢铁人爱画中世外桃源

今年五月上旬，国画家张世才历尽两个月潜心创作，绘画出 8 尺 ×4 尺大幅山水画《世外桃源》。张世才近三年情系津冀钢铁业，以“青山绿水就是金山银山”绿色发展理念为主题，深入基层、深入生活，接地气，正能量、乐于奉献为钢铁企业送书画服务上门。他先后深入燕山、太行山、六盘山等地采风写生，为河北敬业、津西、德龙、新金、宁夏等钢铁企业创作20余幅山水国画作品，深受钢铁员工的喜爱。

张世才创作国画《世外桃源》

去年六月，他又随同钢铁业采风组，由笔者陪伴亲身体验感受秀美桂林阳朔山水风光，为迎接党的十九大召开、2018年5月10日“中国品牌日”创作新画作。到桂林阳朔，令画家膜拜神往的写生圣地。张世才在采风的日子里，人在路上，画在心上。他在阳朔连续采风写生七日中，迷恋阳朔兴坪美景，越看越爱看。阳朔十里画廊，皆皆是景、处处入画，美景画不尽。采风写生对于他来说从不放过，为节省时间多画画，一路食宿在农家、晴天现场席地写生、雨天在屋挥毫泼墨搞创作、骑自行车往返20余公里外到“世外桃源”景区深度采风、又是骑车到闻名于世的西街、参观我国著名画家徐悲鸿纪念馆，与当地画家同行进行交流……还忙里抽闲为在阳朔安养的钢厂退休员工绘画山水小品。

过硬采风写生基本功，铸就创作坚实基础。沉思酝酿，巧妙构思。五月上旬张世才一幅洋溢浓厚新时代气息的《世外桃源》山水画作品出彩问世。他以惊人的毅力与悟性，展示多年对艺术倾心追求与扎实的艺术功底，受到书画界及收藏者的欢迎与好评。赢得多名著名老画家点赞，极高评价他这幅作品清新俊逸、秀美多姿。此幅作品有三个看点：一是使人有耳目一新、心灵净化、一尘不染之感，洋溢灵性与活力，巧妙画意烘托出青山绿水的明洁意境。二是对艺术理想的真诚，执着追求创新。放宽视野与想象，精准抓住拔地而起的奇峰、一平如镜的湖面、远近迷离的群山、青翠欲滴的桃红绿竹、远处泛起渔舟及隐约村舍，使画作流溢诗的情致。三是构图擅长空间想象，简繁对比，详略得当。注重实景描绘，其余适当放松，疏而不空，将情感融入山水画中，表露热爱祖国山川之情。他的这幅作品在2018年“中国品牌日”

中国钢铁品牌榜发布日期间，刊发于《中国冶金报》副刊，是他近两年刊于《中国冶金报》副刊第八幅山水画作品，并已为中国500强企业津西钢铁收藏。

张世才系河北兴隆人，现为张世才书画艺术馆馆长。他多年痴情于中国山水画创作，钟情家乡燕山的雄强峻拔，深厚苍茫，坚持体验自然、感悟自然，将全部心灵投入到大自然的怀抱，获得创作灵感。他以燕山为创作基地，尊传统，师造化、求己意，用笔或重彩或水墨，创作出大量为人称赞的作品；画为心迹，表现出笔墨随心、刚柔相济、温润华滋、清新秀丽，自然天成的风格。他的作品多次在国家级、省市级书画展中获奖。他的山水画作品两次在人民大会堂展示。

（作者：谢吉恒，原载于《凤凰网河北》，2018年5月24日）

烟花三月下扬州·随笔

扬州，一座古老的城市，从春秋时的“邗国”算起，至今已有2500多年建城史；扬州，一座英雄的城市，千百年来英雄辈出，尤其是明末民族英雄史可法更是名垂青史；扬州，一座如诗如画的城市，更有着“中国运河第一城”之称，古往今来，许多文人墨客都沉浸在“淮左名都，竹西佳处”的美誉中。

“故人西辞黄鹤楼，烟花三月下扬州；孤帆远影碧空尽，惟见长江天际流”这是唐代诗人李白在《黄鹤楼送孟浩然之广陵》中的名句，诗中的“广陵”，正是现在的扬州。有人说扬州是被古诗捧红的城市。诗中说道“烟花”是指什么？许多人认为靠谱的说法是指“柳絮如烟、繁花似锦”，柳絮在这里被称作“柳絮如烟”。

烟花三月的扬州城春暖花开，清风细雨、草长莺飞、桃红李白、琼花绽放……堪称一年中最美的时候。“烟花三月下扬州”已成为流行在江南的旅游风尚。今年三月中旬，《中国冶金报》记者结束对常州市烧结点火炉公司董事长孙小平“绿色环保智慧”专题采访，与“我和我的祖国”主题征文采风组来到扬州又一次零距离游览这一闻名遐迩的景观。

瘦西湖景美

瘦西湖位于扬州市北郊，被国务院列为“具有重要历史文化遗产和扬州园林特色的国家重点名胜区”，成为扬州市首家全国5A级景区。“天下西湖，三十有六”，唯有扬州的瘦西湖，以其清秀婉丽的风姿独异诸湖。清代钱塘诗

采风组于瘦西湖留影

人汪沆来到距杭州300公里处的扬州西湖，饱览了美景后，与家乡杭州西湖媲美咏赞道：“垂柳不断接残芜，雁齿虹桥俨画图。也是销金一锅子，故应唤作瘦西湖。”瘦西湖由此得名，相比杭州西湖的邈远，瘦西湖更像楚王所好盈盈一握的纤腰，像敦煌飞天身上飘舞的罗绮，瘦得恰到好处，蜚声中外。

瘦西湖湖面清瘦狭长，面积不足杭州西湖十分之一，水面长约4公里，宽不及100米，现有游览面积100公顷。原是纵横交错的河流，历次经营沟通，运用我国造园艺术的特点，将园林艺术与花情柳意、山姿水色融为一体。错落有致的园林精致，巧妙组合，融南方园林之秀丽，汇北方园林之雄奇，建造了很多风景建筑。瘦西湖自隋唐时期开始建园，至清代康熙、乾隆两代帝王六次“南巡”，地方官吏为迎接皇帝大兴土木，能工巧匠，巧妙布局，把园林建设得曲径通幽，流风遗韵至今。瘦西湖以自然风光旖旎多姿著称于世。四时八节，风晨月夕，使瘦西湖幻化出无穷的天然之趣。丰富的历史文化，使瘦西湖如醇厚的佳酿，常看常新，品味其中，回味无穷。

瘦西湖为我国著名的湖上园林，为扬州雍容华贵的象征、龙头景点。亭台楼阁、蜿蜒水道、绿植环绕，景点诸多，也是外地人到扬州必去的地方。人们游玩瘦西湖方式有两种，一种是步行，一种是游船。采风组选择两者兼顾，半程路，半程船。去年金秋九月，我游西湖时，游船诸多，有龙舟、手摇船。我选择手摇船，船娘成湖面一道亮丽的风景。船娘居扬州“十二娘”之首（船娘、绣娘、织娘、茶娘、扇娘、灯娘、琴娘、蚕娘、花娘、

作者与孙小平（中）、孙亚珍（左）

画娘、蚌娘、美娘），船娘指摇橹撑船人。起源于隋朝隋炀帝下扬州时，在古运河上不用壮丁划船，偏爱美女背纤，船娘得以出现。

孙小平（左）与孙亚珍在扬州瘦西湖梅园

瘦西湖船娘都是心灵手巧，勤劳善良的扬州妇女代表。回忆去年船娘划船的形象，记忆犹新：船娘举止优雅，简练素美的打扮，摇橹船头，肩负导游，边行边介绍前方每一个景点，时而唱起软语细长的歌谣，给人妩媚之感。每快到一个景点，放慢速度，船娘用一根竹竿撑船，使劲一撑，竹竿一弯，身体靠上着力，臀部腰部的曲线和竹竿的曲线，配合异常匀称协调，为游人增添了愉悦美感。此次游人多，采风组选乘“龙舟”游，配有音响喇叭介绍景点。荡舟湖上，沿岸美景，应接不暇，心迷神驰。窈窕曲折的湖道，串以长堤春柳、荷蒲熏风、四桥烟雨、徐园、小金山、吹台、水云胜概、五亭桥、白塔晴云、二十四桥景区、石壁流舯、春流花舫、万松叠翠等景点都聚焦在视野里。

其中最出名的有五亭桥、二十四桥景点格外引人注目。龙舟碧波行，人在画中游。远处一座金顶五亭桥横在水央，湖面留下一道淡白水光。这座行跨瘦西湖南北两岸，巍然屹立环拱石桥展现眼前，这就是五亭桥。

五亭桥不但是瘦西湖的标志，也是扬州城的象征。五亭桥始建于乾隆二十二年（1757年），桥上建有富有南方特色的五座风亭，风亭均匀分布，像五朵莲花。亭上有宝顶，亭内绘有天花，亭外挂着风铃。五亭桥的桥墩由12大块青石砌成，形成厚重有力的“工”字形基。五亭桥身由大小不一形状不同的15个卷洞组成。空灵的拱顶卷洞配上敦实的桥基，桥基在直线配上桥洞的曲线，取得和谐统一的视觉效果。中国著名桥梁专家茅以升高度评价：中国最古老的桥是赵州桥，最壮美的桥是卢沟桥，最具艺术美的桥就是扬州的五亭桥。

龙舟行驶到二十四桥景区。“二十四桥”出自唐代著名诗人杜牧诗句“青山隐隐水迢迢，秋尽江南草为凋；二十四桥明月夜，玉人何处教吹箫”。这首

采风组在扬州瘦西湖二十四桥留影

诗已流传了一千多年，可谓妇幼皆知。扬州人心目中的二十四桥由落帆栈道、单孔拱桥、九曲桥及吹箫亭组合而成，中间的玉带状拱桥长 24 米、宽 2.4 米，桥上下两侧各有 24 个台阶，围以 24 根白玉栏杆、24 块栏板。关于二十四桥到底指哪些桥，至今众说纷纭，不如我们丢开那些繁琐考证，来细细品味杜牧诗句中的那“只可意会，不可言传”的朦胧意境。

龙舟湖游约半小时到码头，采风组一行上岸往南折回徒步游，路边随意一个景色，都是一处美景，颇有园林的意境。经过近两小时逐个景点回游，重点拍照，深度游览，加深体会，远离城市喧嚣，瘦西湖是看美景放松心情、感受慢节奏的好地方。

逛东关古街

大凡去过扬州旅行的人，都会选择去东关街走一走。这次采风，为感悟东关街，我和唐小勇从街西走到街东，又从街东走到街西，步行个来回，加深烟花三月下扬州对东关街的感受。东关街缘何像磁铁一样吸引游人，又有何种魅力吸引游人做出必去的选择呢？

一是历史文化有魅力。东关街一条街是免费国家 4A 景区，东关街是中国十大历史文化古城之一。东关街是扬州城的缩影，东至古运河边，西至国庆路，全长 1122 米，距今已有 1200 多年历史。追溯东关街的历史，传说从隋炀帝开挖京杭大运河开始。隋炀帝久闻扬州出产一种奇异的琼花，琼花是中国特有名花，以叶茂花繁，洁白无瑕名扬天下，现为扬州市花。隋炀帝为达到下扬州观琼花的目的，不惜动用国力，从京城开凿到杭州的大运河。大运河全长1700公里于公元610年开凿成功，至今处于长江边的扬州城东关街前身一个码头——利津古渡，便是昔日古运河的上岸码头。从宋代开始，东关街不仅是扬州水路交通要道，而且是扬州的商业、手工业和宗教文化中心。

作者（左）与唐小勇于扬州东关留影

二是古街原汁原味文化有魅力。东关街位于扬州最繁华最具代表性的一条历史老街。进入街道会感觉到古色古香的味道，沿街两旁房屋，清一色的马头墙、木板门，青砖砌成屋顶覆盖黑色的瓦，房子下面挂着红色灯笼。市井繁华、商家林立、行业齐全、生意兴隆。如陆陈行、油米坊、鲜鱼行、八鲜行、瓜果行、竹木行近百家之多。人来人往，熙熙攘攘，非常热闹。路两边的各色小吃、芝麻糖、烧饼……琳琅满目让人眼花缭乱。

古街里面除了不少“百年老字号”的店铺，四美酱园、谢馥春香粉店、潘广和五金店、夏广盛豆腐店、陈同兴鞋子店、乾大昌纸店、震泰昌香粉店……等，东关街还是手工业的集中地，前店后坊的连家店遍及全街。汇集扬州传统色彩浓厚的手工艺、特色小吃，行业俱全，生意兴隆。在东关街上还集中了许多古迹文物：有逸园、汪氏小苑、个园、广陵书院等，可随时购张门票进去参观。

采风组在东关街采风，远远看见一面陈旧的旗帜上写着苍劲有力五个毛笔大字“扬州三把刀”，我走进一看，原来三把刀是指厨刀、剃刀、修脚刀。这三种职业在有人看来是“不入流”的活儿，非“人上人”所为，但朴实可爱的扬州人将它们流传至今并发扬光大。

东关街一幅大型“扬州八怪”画展会广告，引起采风组钢铁业画家的兴趣，这八怪是哪几个、又怪在哪？“扬州八怪”，是清朝乾隆年间，扬州地区的一个画派，这八位有名画家是郑板桥、金农、汪士慎、黄慎、高翔、李鱓、李万膺、罗聘，这八个人的名字都被郑板桥的名字盖住，另外七怪不甚了了。他们的画风不同流俗，突破正统画派的旧框框，创造了具有自己的独特风格的新画派。

因不被正统的旧画派所接受，说他们的画是丑八怪。因时间关系不允许，采风团画家有为遗憾，但表示以后争取机遇，再来扬州去参观“扬州八怪纪念馆”。东关街不仅使外地众多游客慕名而来，同时也深深吸引扬州本地人。

三是古街美食文化有魅力。记得有位哲人说过，认识一个地方或一座城市，最好的办法是走近和体验它的美食。到了扬州去哪体验美食呢？径去东关街“天香阁”品尝百年老字号，正宗淮扬菜。扬州是淮扬菜系的发源地。淮菜最大特色，就是南北皆宜，讲究原汁原味。扬州人常说：“早上皮包水，晚上水包皮”，扬州人注重早茶，爱泡茶馆。早茶不是纯喝茶像广式的早茶一样，吃一顿丰盛早餐。我们先泡上一壶茶，点上几道诸如烫干丝、大蟹黄汤包、狮子头、盐水鹅等地道淮扬菜。吃过早茶去参观采风东关街，体会大不相同，优哉游哉！

（作者：谢吉恒，原载于《大地之光杂志》，2019 年 4 月 2 日）

“世外桃源”何处有

听其名，“世外桃源”，多么醉美的字眼，令人艳羡。首先映入我脑海的曾经是上学时，从课本上读过一千六百多年前，晋代大诗人、文学家陶渊明笔下《桃花源记》:“晋太元中,武陵人扑鱼为业。缘溪行,忘路之远近。……”，这篇流芳千古的杰作，留下深刻的记忆。至今我仍清晰记得借鉴武陵渔人行踪这一线索，展开一个个栩栩如生的故事情节的描述，表达陶渊明先生追求美好生活的理想。

世外桃源心中有

千百年来，许多人对陶渊明笔下的《桃花源记》中描绘的人间仙境心生向往。《桃花源记》激起无数人们对理想世界的追求：一个与世隔绝、没有纷争，人人安居乐业的地方，因此成语“世外桃源”世代相传，成了一个鲜明的中华文化的符号。人们从各个方面探寻查证桃花源的真实存在，众说纷纭：据地名说，湖南桃源县有一景点恰似桃花源；据时代说，湖北武陵地区的苗民村落；据作者家乡说，有人认为是陶渊明家乡……种种说法，各有千秋，莫衷一是，直至今日，无法有一个公认的答案。

世外桃源其实就是一个人生活理想向往的世外之地，类似柏拉图笔下的乌托邦。陶渊明的《桃花源记》是虚构的。当今随着商业步伐加快发展，真正的与世隔绝的“世外桃源”，可以这样说，很难找到。

世外桃源，久闻其名，不见其身，相信传说不如相信自己。在阳朔有一个比传说更美的地方，这就是世外桃源。近两年，夏秋季节分期分批有来自京津冀钢企、冶建等单位退休员工跟团游，选择“友松国际”提供的“全心造福老龄社会，建设老年服务平台”，为老年人做到“老有所养、老有所依、老有所乐、老有所为”，实施“吃、住、行、医、学、玩、乐、尊”等特色服务，越来越多退休老人到桂林阳朔安养中心秀丽田园山庄颐养天年。桂林阳朔安养中心位于矮山镇，距世外桃源仅十多公里。机会终于有了……去年6月中旬，笔者与画家张世才、摄影师朱新随同采风组来桂林阳朔安养中心采风，采写钢铁业退休员工来此安养生活的乐趣。陶渊明先生的“采菊东篱下，悠悠见南山”的逍遥境界、“阡陌交通，鸡犬相闻”的诗意生活也是我内心的向往。

桂林山水甲天下，阳朔山水堪称甲桂林。在桂林山水王国中，离都市最近的地方就有这么一个“世外桃源”，风景堪比仙境，十分值得游览与欣赏。世外桃源是国家首批4A级景区，被联合国世界旅游组织推荐旅游目的地，全国农业旅游示范点、国家绿色环保基地。我有机会漫步在“良田美池桑竹之属”，按照陶渊明笔下《桃花源记》中描述的情景，他却没到过，我却能来的地方。与这些退休钢铁员工一道寻找属于自己心中的“世外桃源”，感受特有的魅力。

世外桃源景中有

世外桃源位于阳朔县白沙镇，距桂林44公里、沿桂阳公路北上，距阳朔县城15公里处，只有十几分钟车程。这景区是根据陶渊明所著《桃花源记》中描绘的意境做蓝本，结合当地的田园、山水风光所建的民俗风景园区。虽是一处人造景区，秀美风景如画及营造的民俗风情异常吸引人、特有魅力。

一是开放的景区有魅力。景区没有围墙和隔桩。田园山水、路桥村舍，天衣无缝地自然融合，尽纳天地之美。主要景点有荷花池、燕子湖、燕子洞、侗乡风情和原始部落等。世外桃源展示一幅古桥、流水、田园、老村与水上民族村融为一体的绝妙画图。

二是游览方式有魅力。身临其境，欣赏到山水如画的美。主要是分为水上游览和徒步观赏两部分，全程1~2小时。六月中旬，采风组与十多位钢铁退休老人一起深度游世外桃源。

前半程，水上游览。我们一行从一号码头乘轻舟，约三十分钟游完十里山水画卷风景。环绕湖光山色、经田园村舍、过绿树丛林、又穿山而出。沿途可经原始形态的迎宾、祭祀、狩猎，又可以欣赏到民族特色的狂歌劲舞、边寨风情。映入眼帘的湖面，湖边吊脚楼式的建筑，远处是一座又一座奇峰，好像从湖中或远处的田野拔地而起似的。乘坐轻舟游览燕子湖无疑是一种难得享受，燕子湖因形状像一只展翅欲飞的燕子而得名。每艘轻舟载25位游人，在绿丝绸般的湖面上裁波剪浪、悠然滑行。放眼望去，天旷云近、岸阔波平，村庄和田野相映成趣。两岸近处，桃红柳绿、芳草萋萋、湖面清波荡漾，鱼儿清晰可见、美景使人怡然自得、仿佛进入与世无争的梦境。

山为魂，水为魄，这梦幻般的湖水，托着轻舟缓缓前行，来到一个小山村，因坐落于燕湖旁，故名为燕子山村。据轻舟上导游介绍，它始建于1737年，距今已有280多年历史，居住40多户人家。每家每户房檐底下都留有一条长方形巢口，通风透气，方便燕子出入，搭窝建巢繁育后代。村民视燕子为吉祥鸟，哪户人家飞入燕子越多，哪家就越吉祥如意。据了解，生活在燕子山村的人，虽家境不富足，依然是粗茶淡饭，布衣茅舍，单就其拥有的一方水土、一片蓝天而言，他们是最富足的，生活中能体会劳作上的艰辛却也有劳动的娱乐。

“林尽水源，便得一山，山有小口，仿佛若有光，便舍船，从口入”，轻舟行至燕子岩，水道变得狭窄，前方神秘幽暗，山穷水尽疑无路，岩洞全长120米，里面无任何灯光与人工修饰，纯属天然，进去领略大自然之美。

曲水泛舟，穿越时光隧道，寻觅梦中的桃花源。似《桃花源记》中的“初极狭，才同人。复行数十米，豁然开朗。”轻舟通过燕子洞口，桃花岛突现眼前，真有世外桃源之感觉，小岛四面环水，桃花盛开，桃花瓣瓣，远离喧嚣世间嘈杂，所见的桃花林真像陶渊明笔下所描绘那般“中无杂树，芳草鲜美，落英缤纷”，这里的桃花一年四季都占据枝头，桃花不凋不谢。

“世外桃源依靠自然景观吸引人，融入人文景观留住人”，同舟上几位钢铁退休老人感慨道。轻舟行至极具鲜明的人文风情的水乡侗寨。引起我们的兴趣共鸣，看到这里无溪不架桥、无路不柱亭、无村不建寨、无寨不起楼的抢眼风景，充分感受少数民族风情，连声赞叹太有亮点！摄影师朱新不停地举起相机拍照。我们饱览水上胜景，触景生情，无不感触大自然的清新博大怀抱，使人尘虑尽涤、俗念顿消。洞悉蕴藏了中国传统文化的修身养性和隐逸休闲的特殊意境。我联想到从湖畔蛙声到草屋笛鸣、从渔歌唱晚到芦笙踩堂、从风雨长廊到渊明山庄，一切都浑然天成。“纳千倾之汪洋，收四时之浪漫”世外桃源所构建的诗境，不仅洋溢着自然山野之趣，而且恰到好处地融进中国传统儒雅文化和桂北民俗风情的精华。从那时起，我心底就萌生写一篇“世外桃源”的散文。

后半程，徒步观赏。我们从二号码头登岸，徒步观赏民寨。这是桂北各少数民族建筑的一个缩影。鼓楼、风雨桥、对歌台、花楼、长廊、图腾，充分展示了各族人民文化的光彩特征。2003 年为纪念古代著名文人所建的陶渊明山庄，融合了苏州园林和桂北名居的建筑风格。从隐逸文化起笔，再造中国传统文化艺术的精华片段，受到中外游客青睐。观赏中游客互动参与其中，亲身体验古代农耕、造纸、印刷、织布、制陶、书画雕刻等多种传统文化精品的无穷魅力。

三是文化内涵丰厚有魅力。据旅游业专家介绍，世外桃源在美景魅力度、原始保存度、游客渴望度、宁静隐蔽度等诸多方面，在全国旅游系统征询答卷中都技高一筹。“这是一个被遗忘的故乡，这是一个放松身心快乐人生的乐土”。导游介绍，世外桃源处处是景，一年四季都有风情。春来时烟波浩渺、夏来时荷花满湖、秋来时田野金黄、冬来是桃花依旧。仁者乐山，智者乐水。对于大多数性本爱自然的游人来说，也许一方山水田园已足以慰藉心灵。来这里安养的钢铁业退休员工深有感触地认为，游世外桃源，能游出情趣，游出健康；到世外桃源玩，能玩出文化，玩出艺术。来这里采风多家媒体高度评价，世外桃源的自然造化及其隐含的文化内涵就像一壶陈年老酒，越品越香，回味绵长……

世外桃源画中有

今年五月上旬，国画家张世才历尽两个月潜心创作，绘画出 8 尺 ×4 尺大幅山水画《世外桃源》。张世才近三年情系津冀钢铁业，以“青山绿水就是金山银山”绿色发展理念为主题，深入基层、深入生活，接地气，正能量为钢铁企业送书画服务上门。他先后深入燕山、太行山、六盘山等地采风写生，为河北敬业、津西、德龙、新金、宁夏等钢铁企业创作20余幅山水国画作品，深受钢铁员工的喜爱。

去年六月，他又随同钢铁业采风组，由笔者陪伴亲身体验感受秀美桂林阳朔山水风光，为迎接党的十九大召开、2018年5月10日“中国品牌日”创作新画作。到桂林阳朔，令画家膜拜神往的写生圣地。张世才在采风的日子里，人在路上，画在心上。他在阳朔连续采风写生七日中，迷恋阳朔兴坪美景，越看越爱看。阳朔十里画廊，皆皆是景、处处入画，美景画不尽。采风写生对于他来说从不放过，为节省时间多画画，一路食宿在农家、晴天现场席地写生、雨天在屋挥毫泼墨搞创作、骑自行车往返20余公里外到“世外桃源”景区深度采风、又是骑车到闻名于世的西街、参观我国著名画家徐悲鸿纪念馆，与当地画家同行进行交流……还忙里抽闲为在阳朔安养的钢厂退休员工绘画山水小品。

过硬采风写生基本功，铸就创作坚实基础。沉思酝酿，巧妙构思。五月上旬张世才一幅洋溢浓厚新时代气息的《世外桃源》山水画作品出彩问世。他以惊人的毅力与悟性，展示多年对艺术倾心追求与扎实的艺术功底，受到书画界及收藏者的欢迎与好评。赢得多名著名老画家点赞，极高评价他这幅作品清新俊逸、秀美多姿。此幅作品有三个看点：一是使人有耳目一新、心灵净化、一尘不染之感，洋溢灵性与活力，巧妙画意烘托出青山绿水的明洁意境。二是对艺术理想的真诚，执着追求创新。放宽视野与想象，精准抓住拔地而起的奇峰、一平如镜的湖面、远近迷离的群山、青翠欲滴的桃红绿竹、远处泛起渔舟及隐约村舍，使画作流溢诗的情致。三是构图擅长空间想象，简繁对比，详略得当。注重实景描绘，其余适当放松，疏而不空，将情感融入山水画中，表露热爱祖国山川之情。他的这幅作品在2018年“中国品牌日”中国钢铁品牌榜发布日期间，刊发于《中国冶金报》副刊，是他近两年刊于《中国冶金报》副刊第八幅山水画作品，并已为中国500强企业津西钢铁收藏。

张世才系河北兴隆人，现为张世才书画艺术馆馆长。他多年痴情于中国山水画创作，钟情家乡燕山的雄强峻拔，深厚苍茫，坚持体验自然、感悟自然。将全部心灵投入到大自然的怀抱，获得创作灵感。他以燕山为创作基地，尊传统，师造化、求己意，用笔或重彩或水墨，创作出大量为人称赞的作品；画为心迹，表现出笔墨随心、刚柔相济、温润华滋、清新秀丽，自然天成的风格；他的作品多次在国家级、省市级书画展中获奖。他的山水画作品两次在人民大会堂展示，受到全国人大副委员长周铁农的亲切接见。他本人荣获金奖书画名家殊荣。

世外桃源何处有？在人们心中、在秀美的景中、在山水画中。

（作者：谢吉恒，原载于政商参考网，2018 年 5 月 21 日）

六盘山：钢铁人传承长征精神进行时

六盘山，举世闻名。随着“京津冀一体化”和“一带一路”倡议的实施，在最近3年间，笔者先后5次与京津冀媒体采风团的成员们一起，前往宁夏回族自治区，采写津冀两地的钢厂、冶建施工企业、勘探设计单位以及钢贸企业等参与宁夏重点工程、民心工程建设的深度报道。同时，笔者忙里抽闲，深入六盘山地区采风，撰写散文、报告文学等文学作品。今年“八一”建军节前夕，为纪念中国人民解放军建军90周年，继承和发扬长征精神，应津冀地区参加银川重点工程建设的钢厂、钢贸企业邀请，笔者又一次前往六盘山走访。

六盘山的魅力

据六盘山所在地区一位负责人介绍，如今，六盘山已成为爱国主义教育示范基地，近几年，来此参观的人数以每年20%的速度增长。笔者询问长期在宁夏工作的来自京津冀等地的钢铁业界人士，六盘山的魅力是什么？他们给予了如下回答。

魅力之一：红旗漫卷西风

六盘山是红军长征中翻越的最后一座大山。当年，毛泽东同志写下《清平乐·六盘山》（即《长征谣》）这首词的时候，也就意味着长征最为艰难的岁月已经过去。今天，人们可以从隧道中轻而易举地翻越六盘山，而在长征中，六盘山则是横亘在陇东高原上的一座天险。

1935 年、1936 年，红二十五军、中央红军先后翻越六盘山。1935 年 9 月份，毛泽东率领红一方面军中由一、三军团和中央领导机关组成的陕甘支队北上。1935 年 10 月 5 日，红军进入宁夏西吉县境内。1935 年 10 月 7 日，毛泽东等同志率领中央红军翻越六盘山。当日下午，毛泽东等中央领导同志率军登临六盘山主峰，时值仲秋，云淡天高。毛泽东目穷千里，心潮激荡，临风寄景，气贯长虹，遥想红军走过的艰难历程，展望革命前途，即兴畅吟这首气吞山河的光辉词章《清平乐·六盘山》。"……六盘山上高峰，红旗漫卷西风。今日长缨在手，何时缚住苍龙？"这首词将高山美景、红军英姿、伟人壮志传颂天下，六盘山名扬海内外。六盘山成为长征胜利的曙光之山、幸运之山、红色之山、胜利之山。

魅力之二：文化遗存"古、贵、多"

六盘山，曾因山路险狭，须经六重盘道始达峰顶，故此得名。

六盘山是古丝绸之路东段北道必经之地，也是历代兵家必争的要塞重镇。据史书记载，秦始皇在此建筑行宫，祭拜山岳；汉武帝六临六盘山，在此观览和眺望过苍茫悲壮的固原河山；唐太宗过陇山至甄亭（西吉）观马政……另据记载，隋、唐、元、明、清历代都在六盘山屯垦养马。六盘山还是北方游牧文化与中原文化的结合部，是古代多民族人群聚居地，文化遗存有"古、贵、多"的特点。

魅力之三：自然和人文资源丰富

六盘山自然资源丰富，这里的自然景观集北国风光之雄，又兼江南水乡之秀，且是一座天然的动植物乐园：六盘山国家级自然保护区是我国西部地区重要的水源涵养林基地，森林覆盖率达到72%，有高等植物788种、野生动物213种、昆虫905种，年平均降雨量为680毫米，是泾河、清水河、葫芦河的发源地，被誉为黄土高原的“绿岛”和“湿岛”。

同时，六盘山地区具有回乡风情的建筑、音乐、舞蹈、饮食文化和民间工艺极具特色。

重温红色历史

六盘山是中国革命史上的一座丰碑。为全面贯彻习近平总书记“把红色资源利用好，把红色传统发扬好，把红色基因传承好”的重要指示精神，以“走长征路、读长征史、登胜利山”为主题的六盘山红军长征景区，吸引了一批批参观者来这里探寻革命历史遗迹，接受革命传统教育。今年7月上旬，笔者与采风团一行深入走访了六盘山红军长征景区这一爱国主义教育示范基地。

一是走长征路。在“走长征路”参观区建设有长征重大事件微缩景观参观步道（也称红军小道）。这条小道全长2.5公里，象征红军长征二万五千里。红军小道给大家的印象是：设计独具匠心，再现了长征路上“出发于都河”“血战湘江”“四渡赤水”“飞夺泸定桥”“奠基大西北”等18个重大事件的历史场景，参观者每走到一处就能看到一组雕塑作品，聆听到一段长征故事。行走在红军小道上，我们观看长征知识展板、听着导览录音、唱着红色歌曲，追随着当年红军的脚步，用心灵感悟着长征的艰辛与伟大。

二是读长征史。走过红军小道，采风团一行来到建在六盘山主峰上的红军长征纪念馆。纪念馆中展出的红色文物，集中展示了红军在六盘山地区活动的情况。据纪念馆工作人员介绍，六盘山红军长征纪念馆建筑面积为2159平方米，于2005年落成，由序厅、“红军不怕远征难”专题厅、“红旗漫卷西风”专题厅、“三军过后尽开颜”专题厅、“不到长城非好汉”专题厅5个展厅组成，系统地展示了中国工农红军长征的历史，再现了六盘儿女在长征精神鼓舞下，努力建设家园取得的巨大成绩。400余幅珍贵照片、220件文物和丰富多样的现代化电子多媒体展示手段，让采风团的成员们详尽地了解了长征历史，受到了深刻的教育。

三是登胜利山。采风团一行走出纪念馆，前去瞻仰红军长征纪念碑。面对纪念碑“巍巍六盘，浩浩长风，长征精神，永放光芒”的碑文，采风团的成员们肃然起敬。

从山上下来，回望六盘山雄姿，听当地负责人介绍说，现在的六盘山是“春赏醉美花海，夏享爽爽清凉，秋观层林尽染，冬品水墨画卷”。采风团成员们慨叹：“当年的红军胜利山，今日是绿色生态区。”

传承长征精神进行时

“长征之路有终点，传承长征精神无终点，永远在路上。”参加六盘山走访活动的几位钢铁企业家在交流时说道。

2013年9月份和10月份，中国国家主席习近平在出访中亚和东南亚国家期间，先后提出共建“丝绸之路经济带”和“21世纪海上丝绸之路”（以下简称“一带一路”）的重大倡议。随后，津冀两地的河钢、津西、敬业、友发等钢铁企业，唐山云峰、天津津港等钢贸企业，以及中冶集团的施工单位踊跃参加宁夏银川滨河新区、“中阿之轴”景观区、三沙源旅游度假区、全球单套规模最大的煤制油工程、中华回乡文化园等20余项重点工程和民心工程的建设，启动了钢铁行业的“新丝路长征”。

4年间，建设者们取得了优异的成绩，获得宁夏回族自治区政府和用户的赞扬。参加走访活动的唐山云峰工贸有限公司副经理张泓介绍说：“参加新丝路建设，云峰公司得到宁夏钢铁物资流通协会的大力支持，为云峰公司创造了良好的经营条件，我们销售的‘津西’牌优质H型钢成为抢手货。云峰公司也努力为宁夏的发展做出自己的贡献。”

“发扬长征精神为贫困人群献爱心”，这是参加走访活动的津港物资有限公司经理周少邦常说的一句话。他在了解到国家率先在六盘山建立旅游扶贫试验区的情况后，积极响应，并参加了宁夏消防行业服务协会赴宁夏南部山区捐助慰问贫困儿童和孤残老人的活动，积极捐款捐物。这份深情厚谊，受到了宁夏回族自治区政府的表扬。

周少邦表示："服务'一带一路'建设，要实现3个面向，即面向重点工程、面向'由坐商到行商'的转变、面向强强联合打造销售联盟，合作共赢，抱团服务终端优质用户。"今年6月份，津港公司被友发钢管集团评为全国优秀代理商。

在新的征途上，钢铁人发扬长征精神，正在服务"一带一路"建设中努力奋进！

（作者：谢吉恒、韦剑飞，原载于《中国冶金报》，2017年8月25日8版）

黄河小浪底风光壮美

中华大地之光采风团在黄河小浪底大坝上合影

举世闻名的黄河小浪底景区，系“国家级水利风景区”“国家 AAAA 级旅游景区”“河南省十大旅游热点景区”。八月下旬，“中华大地之光”组团到洛阳孟津采风，我高兴地应邀参加。河南省政府制定郑州、开封、洛阳及三门峡沿黄旅游线（简称三点一线）规划，加大力度把旅游业做大做强。洛阳居“三点一线”的中心部位。《中国冶金报》正在开展“庆祝改革开放四十周年”主题征文活动，钢铁、冶建企业等如何为洛阳旅游业蓬勃发展凝心聚力做贡献呢？成为《中国冶金报》记者采访的重点，为此到访小浪底景区、洛阳交运集团二十一分公司、河南鑫润置业公司等单位采风。

惠民交通获点赞

8 月 29 日，记者从京起身到黄河小浪底景区采风，出了洛阳龙门高铁站快到下午七点，洛阳交运集团司机小许接站，我俩一路边行边聊，赶到孟津约需一个小时的车程。

回忆两年前，我参加第33届中国洛阳牡丹文化节活动，第一次来小浪底景区采风，对孟津县有了较深了解。孟津县是一个有着4000多年文明史的历史名县，南融洛阳市区，北有59公里黄河河岸线。孟津给我留下两点深刻的印象：一是文化灿烂。文化底蕴深厚悠远，“河图之源、六朝帝京、邙山福地、黄河明珠”四大名片奠定中原历史文化地位。孟津走出了西汉文学家贾谊、唐代文学家韩愈、北宋画家武宗元、明清书法家王铎、现代作家李凖等文化巨匠，形成中国历史上一座座文化高峰：“人文之祖”伏羲依照龙马负图画出河图八卦，开创了中华文明；汉光武帝陵景展示厚重的汉代历史文化；汉魏古城国家考古遗址公园作为丝绸之路起点，被列入世界文化遗产名录。二是风光优美。黄河横贯东西，一串串明珠点缀其中，境内的山水游、生态游、人文景点星罗棋布。小浪底景区被河南省、洛阳市列为重点发展的龙头项目，将洛阳北线孟津黄河文化旅游线路列为重点推荐线路。

洛阳交运集团二十一分公司实行“一分钱”惠民公交

两年过去了，孟津交通运输如何助推旅游业蓬勃发展呢？谈起“旅游+交通”发展的话题，小许了如指掌，津津乐道，他谈起所了解的中国十七冶承建孟津县交通基础设施一期工程情况。即：洛吉快速改扩建工程和洛阳市环城高速孟津城区站改扩建工程（包括路基、路面、桥梁、涵洞、交叉、排水、照明、养护等工程），路线全长10.07公里，全线路基宽61.5米，推荐设计时速80公里，按一级公路兼城市快速路技术指标改扩建；连霍高速孟津城区站提升改造工程主要为匝道加宽、增加服务性停车区、应急停车位和景观提升等。此项工程属省重点工程、是落实洛阳市“一中心六组团”的建设部署，尽快实现“半小时经济圈”梦想的重要组成部分，是洛阳市区通往小浪底主要通道。

据记者采访了解到，承建此项工程为中国十七冶交通技术公司，从2017

年 10 月开工，认真组织、合理安排、严格苛求、精心施工、攻坚克难、创品牌争信誉。今年 8 月中旬，洛阳市委领导查看施工现场提升改造工程，听取十七冶工程项目部关于工程进度、安全文明施工、环保等方面情况汇报后，对各项工作进展表示充分肯定。目前，孟津城区改扩建工程已完工。洛古快速通道改扩建工程正在进行管线、涵洞及路基工程施工，计划明年年底通车。

“一分钱能坐公交！”，这是民众对孟津交通发展获得感的赞赏。一分钱能在孟津坐一次县域内公交车，不仅出行便民，也非常惠民。洛阳交运集团二十一分公司经理田延通接受记者时说：“实施一分钱坐公交，不仅提倡绿色出行，更是方便了居民幸福出行，坐享改革的红利”。一分钱公交由孟津县政府、洛阳交运集团、中国银行洛阳分行联合开启。据了解，孟津县随着经济的快速发展，为适应新老城区间的衔接及发展旅游业的需要，对原有的线路进行优化。县政府投资 3000 余万元，购买 50 台纯电动新能源公交客车，现已到位 30 台，对客运车辆进行提升。新开辟三条线路，基本覆盖县城的站点及旅游景区。洛阳交运集团二十一分公司在经理田延通的带领下，为实现全国城乡交通一体化进程中，开拓创新，取得丰硕成果，2017 年田延通被评为“全国道路运输企业优秀场站站长”。孟津县惠民出行放大招，率先在洛阳实施“一分钱坐公交”，从 2018 年 8 月 16 日启动。参与活动手续便捷，凡是乘坐新开通的公交车的居民，只通过中国银行手机银行二维码付款，“一挥即付”。一分钱乘车，每天优惠不限次数。对年满 60 周岁老人和未满 18 周岁的未成年人也可以到中行孟津支行办理专用银行卡，享受一分钱乘车的优惠待遇。

大坝景观光环多

8 月 30 日，采风团一行在友人陈华南、许光斌和井小伟陪同下，来到小浪底景区采风。“小浪底”名称缘何而来？当地人这样解读：小浪底大坝上溯 25 公里，黄河三峡，其中八里峡河床狭窄，水流湍急，浪花汹涌，掀起大浪。但是出了八里峡，进入小浪底，河床宽阔，水流变缓，河流只能卷起小小浪花，居住在这里的先民就把这里称为小浪底，意思是大浪到头，小浪到底。小浪底工程坝址就选在黄河南岸的孟津县小浪底村，按照我国水利水电工程命名习惯，都是以地名命名的。

小浪底大坝是黄河第一大坝。黄河因地理因素和环境被破坏，千百年来无数次洪水泛滥，给中下游人民造成巨大危害。治理黄河是我国人民几千年的梦想，而真正治理好黄河，惟有中国共产党。新中国刚成立不久，一代伟人毛泽东发出了“要把黄河的事情办好”的指示，经过几十年大批专家勘测选址，从 1991 年开始启动。国家投资 400 亿人民币，广招天下河工，汇聚 51 个国家 700 多名专家、承包商，调集国内数万建设者，历时十余年，2001 年小浪底大坝胜利竣工，创造出人间奇迹！不仅是中国治黄史的丰碑，而且是世界水利工程史最具挑战性的杰作，也是我国跨世纪第二大水利工程。

采风团一行参观了小浪底展览馆，听取讲解员有关小浪底施工过程、特点及影响等详细介绍后来到小浪底大坝。小浪底大坝是壤土地斜心墙堆石坝。坝体是中间采用黏土，两边由沙子、鹅卵石、石块等 17 种填筑料一层一层填筑，碾压而成的实心坝，坝体填充量 5073 万立方米，如果把它砌成 1 米见方的土石堤，可围绕地球一圈多，属中国之最。

大坝南接邙山，北连王屋，拔天通地。大坝长 1667 米，最大坝高 154 米，坝顶宽 15 米，坝底最大宽度 870 米，是我国江河修筑的最大土石坝。大坝呈红色，在中上部位置用白色乳胶漆书写了“小浪底”三个庞然大字，每个字面积为 46×64 平方米，在青山绿水的拱卫中格外醒目，给游人照相留下久远的记忆。

小浪底水利枢纽工程主要建筑有，一座土石拦河大坝、10 座进水塔、16 条泄洪排沙引水隧洞和近百条支洞、一座地下发电厂。大坝是黄河干流三门峡以下唯一能够取得较大库容的控制性工程，可使黄河下游花园口的防洪标准由六十年一遇提高到千年一遇，基本解除黄河下游凌汛的威胁。建大坝遇见世界水利工程最复杂的地质情况，大坝下面河床深达 78 米沙土卵石层，如果只建大坝不处理坝基的沙漏问题，一定会危及大坝的安全问题。所以在 80 米以下的基岩上，用钢筋混凝土筑起一道深 81.9 米、长 440 米，厚 1.2 米的深覆盖防渗墙，成为一座“坝中坝”，并在这座大坝中埋有几百种先进仪器，像眼睛一样监视大坝安全状况。

记者在采风中得知，小浪底水利枢纽工程在设计和施工中破解十几项世界性难题，创造了世界最雄伟的进水塔群、最大的孔板隧洞、最大的消力池三项“之最”，并刷新 6 项全国纪录。

据了解，小浪底工程共完成土石方挖填 9478 万立方米、混凝土 346 万立方米、钢结构 3 万吨，安置移民 20 万人，工期提前、投资节约、质量优良的好成绩被世界银行誉为该行与发展国家合作项目的典范。全国有十余家钢厂竞相参与宏伟小浪底工程施工建设，其中“中国企业 500 强”济源钢铁厂凭着“以诚待人、以情感人、以质服人”的理念，生产的“国泰”牌螺纹钢产品以质量第一的优势，占领小浪底这块高地，受到外商高度赞誉，整个小浪底工程，济源钢铁厂产品占到了用钢量的 80%。

小浪底水利枢纽工程是一项集防洪、防凌、减淤、并兼顾供水、灌溉和发电等社会效益、经济效益、生态效益为一体的特大型控制性工程。它的建成不仅锁住驯服“黄龙”，可控制黄河流域面积的 92.3%、径流量的 91.2%、输沙量的 100%，水库设计库容 126.5 亿立方米，其中淤沙库容 75.5 亿立方米，长期有效库容 51 亿立方米，还为我国增添一道亮丽旅游景观。观赏这些赫赫有名的现代水工建筑是游人的一大幸事，开拓眼睛，振奋精神受益匪浅。

壮美的自然风光

小浪底壮美风光

两次来小浪底景区采风，深情感悟到大坝、进水塔、地下电厂等堪称一座巨大精雕细刻的艺术品，给人留下难以磨灭的记忆。

登上大坝，小浪底工程一览无余。大坝北部进水塔群高耸入云，一百余条大小隧洞集中在塔下的山体内，其中三条导流洞的中闸室均能装下 18 层大楼。那座山被齐齐劈去一半，成为通天绝壁，山内部几乎掏空。由于山体单薄，有20多条断层线，像多层馅饼。为加固山体，确保工程质量，施工者用3224根粗大的锚体，578根坚固的锚索，把岩壁钉的密密麻麻，人称“纳鞋底子”，给这座山安装钢筋铁骨大动脉，使黄河水按照人的安排，穿过大山绕道而行。

漫步在大坝上，领略水利工程的伟大与神奇。建在山肚子里的地下式发电厂因出于安全的考虑，不对外开放。这座发电厂，整体埋藏在山体中，目前是全国最大的地下发电厂，装机6台，总容量180万千瓦，年发电51亿千瓦时。地下电厂厂房长251米、最大跨度26米、最大高度26米，三项均为全国第一。站在大坝顶上，举目远眺，蓝天白云，微风吹拂、波光粼粼，近处高山绿幔披身，远处湖面烟色浩渺。半岛、孤岛、险峰，山水相融，河港密布、游船如织，高峡平湖交相辉映，构成一幅山清水秀北国江南的壮丽画面。

小浪底水库穿越中条山、王屋山旳晋豫峡谷中，巍峨大坝把滔滔黄河水拦腰截住，形成了库区全长130公里，库区总面积1262平方公里，其中水面面积272平方公里。大坝截流后，晋豫黄河峡谷与库区的柏崖山、红崖山、神树龄和黄鹿山等景观风光如画与雄伟的水库大坝交相辉映，形成“湖光山色，千岛星布”的秀美自然风光和巨型水利工程佳美组合，打造体现黄河历史文化和自然风光的大型山岳湖泊型景区。小浪底景区分为西霞湖、大坝湿地公园、张岭半岛度假区、黄河三峡四大精华片区，13个景区，113个景点，特色各异。四大片景区恰如镶嵌在母亲河上的四颗珍珠，成为令世人瞩目的旅游热点。这里山、水、天、人浑然一体，景观以美、函、奇、胜满足人们高尚的享受和回归自然的追求，在风格上既有田园风情的古朴典雅，又有现代时尚的豪华气魄。小浪底景区是当代人亲近大自然的最佳去处，享有“北方千岛湖”“中原北戴河”之美誉。

湿地公园有魅力

大坝湿地公园是在小浪底水库下游，大坝截流后，这里成了石渣场，其内没有任何植物覆盖。枢纽工程建成后，小浪底建管局对坝后的生态环境非常重视，加大力度对大坝湿地公园景区进行规划和整治。景点创意新颖，把文化和绿化结合起来，使游人在观赏宏伟工程同时，也了解黄河的发展史、文明史。尤其是参观小浪底枢纽工程后，会对我国的水电工程更加喜爱、更加赞美。大坝湿地公园是小浪底景区的核心区域，面积 10 平方公里，其中水域面积占 30%,花木连绵,绿荫浓郁。水面众多,各类草木上千种,水鸟 175 种。月牙岛、湖心岛、瀑布、亭台楼阁，小桥流水，鸟语花香，环境幽雅。“四季鸟语花香，处处人景相映”，休闲度假的最佳去处。

“三足鼎立”雕塑，寓意为主方、设计方、施工方共同建筑小浪底土石大坝

湿地公园设东南西北四个大门，分为大坝、工程文化、黄河故道、黄河文化、工程纪念等区。记者一行从南门进入观光平台，《建设之歌》雕塑广场中央设立一座主体雕塑高约 21 米，三根柱子意为“三足鼎立”，意含代表主方（水利部小浪底建管局）、设计方（黄委会设计院）、施工方（外国承包商和中国水电建设者），三方共同承担小浪底水利枢纽工程建设。中间的石头（表明小浪底枢纽是以土石建筑为主的工程），这座雕塑从不同角度看都像英文字母“H”即黄河的缩写。再往前看到由 5 根柱子支撑着 5 片不锈钢造型，五片不锈钢构成波浪形，一层高于一层，寓意“逐浪高”的诗境。站在浪花的观景台上，整个景区尽收眼底。大家在这里驻足瞭望，浮想联翩，领悟到人定胜天的真谛，欣赏人与自然和谐共处的美景。

难得一见。采风团长、年逾八旬高级记者阮观荣来到工程文化区参观兴趣极浓，刚看到设置 1:18.7 比例缩小大坝断面模型。通过断面模型对坝体里面的构造有了直观的了解。又和记者们看这边洞群施工用的钢模抬车，它代替了传统的木模浇注工艺，大大提高了工效，而且确保洞体的浇注质量，为导流洞施工立了战功。转身去那边端详一辆自卸载重汽车，这辆车叫“佩尔地尼”，载重量 65 吨，轮子直径 2 米，由意大利生产制造，拦河大坝的土石填筑就是用这种车辆运输的。钢模抬车、“佩尔地尼”仅仅是小浪底大型机械化施工的一个缩影。它们长年守候在这里，与大坝相伴，永远不愿意离开，仅仅是大型机械化施工的一个缩影。大坝在填筑施工中选择国际上一流的设备。其中推土机、装载机、平地机、为美国的 CAT 产品，挖掘机为日本产品，汽车为意大利产品，液压自行式孔钻机为芬兰产品。

大家来到黄河故道区，首先看到的是小浪底工程建设者的殉职纪念碑。纪念碑为长方形，用大理石镶嵌而成。碑面为绛紫色，寓意小浪底建设者心血、汗水、智慧、生命与黄土铸成，碑文共 183 个字，字字铿锵、行间悲壮。碑文两边是在灰色大理石上雕刻成的腾云图案，寓意壮士们直“云霄九”的寄托。大理石上面工整的刻着为小浪底枢纽殉职的 152 名建设者的名字，其中有 7 名外籍人员。碑前长长的大理石上勒石为花，花的后面植松柏。“立碑镌石、寄思缅怀、精神永存、千古彪炳”。

采风团一行饱赏黄河水光山色、文物胜迹和风土人情，领略黄河风采，激发爱国热情，振奋民族精神，树立振兴中华之志。

调水调沙观飞瀑

小浪底大坝的壮观，难得一见调水调沙的奇观，无不为游人称绝！每当夏季小浪底调水调沙，开闸泄洪时，场景极其壮观，数股黄白交放的激流从洞群中喷涌而出，气势磅礴，堪称“世界最壮观的泥沙瀑布”。据景区工作人员介绍这里的瀑布不会常有的，调水调沙是一项科学调度活动，受汛情天气和黄河整体水情等诸多因素影响，时间存在不确定性，中间有随时停止，也有可能连续多天形成景观，一般每年 6 月底 7 月初“瀑布节”才会出现。对于普通游人来说，观赏小浪底水库人造瀑布是可遇不可求的。

采风团一行很幸运，8 月 30 日上午 9 时半来到“观瀑阁”，巧遇赶上水库调水调沙，只见从洞群喷涌而出三股巨大的飞瀑，如黄龙腾空而起，从天而降，带着呼啸的风声和震耳欲聋的轰鸣，浪花飞溅潜入世界最大的消力塘。瀑流

飞瀑

翻滚搏杀，掀起排排巨浪，咆哮着直向黄河下游冲去，把洛阳的黄河泥沙冲到远在800公里之外的山东东营。可谓惊心动魄，令人叹为观止！此时大家倍感有沧海横流，五岳崩摧之势，世界最壮观的瀑布与之相比，都会显得逊色。此时，我仿佛觉得小浪底青山绿水的景色会风格大变，展示它汹涌澎湃的一面。近距离感受“黄河之水天上来”的意境和瀑群一泻千里的场面。飞瀑夹裹着大量泥沙，由于放水量大，空气已被水珠侵袭，小浪底景区的温度也会比外面低十多度。

此次来小浪底观飞瀑，更觉得融入自然，身心皆醉，流连忘返。

改革大潮“犁浪人”

采风团采访洛阳鑫润置业有限公司董事长徐维国及其产业、工地、文化园林，参观了鑫润置业有限公司正在施工的办公楼、居民大院等建筑工地，参观了具有汉朝建筑风格的大河文化园。徐维国1948年出生，1969年参加工作。他当过工人，担任过建筑公司经理、农房构建厂和木器厂的厂长、县二轻局局长、县政协经委会主任等职务，荣获省市多项先进称号。他是一位开拓创新，乐善好施的成功企业家。2018年6月被评为中华大地之光“十佳新闻人物”，授予“中华优秀企业家”称号。国家领导人、全国人大副委员长周铁农给他颁奖、合影留念。

8月31日，徐维国在他的办公室接受记者采访，并回答了记者关心的问题。徐维国在20世纪80年代初期，改革开放热潮中，富有开拓创新精神，时任孟津县建筑公司经理，他大胆提出工程承包和质量考核联产责任制，大大提

徐维国董事长参与编纂的大型文化书籍

高了工作效率和产品质量，使这个县办企业一跃成为河南省的先进企业。1981 年他在孟津县第一个创建预应力生产线，产品质量跃升为洛阳地区榜单之首。拼搏创新，是他事业的主旋律。他任木器厂厂长期间，闯关夺隘，强化管理、严把质量、安全关，企业晋级为省二级先进企业。徐维国是一位勤奋学习，善于思考的企业家。《大地之光》杂志发表他的《商海感悟》《处世格言》，展示了他商海弄潮的经验和为人的品格。他说：事业的成功，靠的是刻苦钻研、艰苦奋斗的精神；靠的是独到的判断力、果断的决策力；靠的是做人立德，讲究诚信；靠的是知人善任，关心员工；靠的是善于沟通，广交朋友，朋友多了路好走。徐维国领导的企业，除按章缴纳税费，遵纪守法外，还乐善好施，致富不忘乡邻。村内外修路、建学校、整理街道，修建文化广场，打水井，他积极捐资。他还参与《中华徐氏文化通鉴》《中华姓氏文化大观》等大型书籍的编撰工作。筹措捐赠的资金突破百万元，受到党和政府以及乡亲们的高度赞扬。

采风团一行来到鑫润置业有限公司采风，一路走、一路看、用笔记录改革开放、转型发展的成就及经验，用镜头定格改革开放每一个精彩瞬间……

然而，徐维国所打造的一切，看起来似乎与旅游业关系不大。其实，他创建的建筑公司、预应力生产线、木器厂等曾参与小浪底工程建设；正在建的仿汉代大河文化园也是为发展小浪底旅游业甘配绿叶；已编著出版相关的“徐氏及姓氏”书籍，也是为丰富孟津旅游文化的底蕴；还有这次为采风团到小浪底采风，提供各种有力的配合……在庆祝改革开放四十

记者采访徐维国（中），左 阮观荣、右 谢吉恒

周年到来之际，徐维国所努力践行改革开放的人生轨迹，足以标明他就是改革大潮中的犁浪人。

（作者：谢吉恒，原载于《中国冶金报》，2018 年 8 月 25 日；
政商参考网，2019 年 9 月 18 日）

平遥古城手记

平遥古城是中国汉民族城市在明清时期的杰出范例。平遥古城保存了其所有特征，而且在中国历史的发展中为人们展示了一幅非同寻常的文化、社会、经济及宗教发展的完整画卷。

——作者题记

“我在平遥，你在哪？”热门广告流行语，牵出中外游客热捧国家级著名平遥古城 5A 景区的缘由：古稀珍贵、完整画卷、文化厚重。平遥古城被称作为我国保存度最完好的四大古城（即四川阆中、云南丽江、山西平遥、安徽徽州）之一著称于世，是中国仅有的以整座古城申报世界文化遗产获得成功的两座古城之一，它还是中国最大的钱庄博物馆和著名的同兴公镖局等亮点，吸引无数游人竞折腰、点赞，平遥古城是非常值得一去的好地方！

9 月 3 日至 5 日，为迎接新中国华诞七十周年，“我和我的祖国”采风组来到平遥古城采风。

平遥古城位于山西省中部，归晋中市管辖，全县面积 1260 平方公里，人

平遥县衙留影

口 51.6 万人。“世界文化遗产、文化名城、100 多年前的全国金融中心”。成为采风平遥古城的关键词。采风组有幸零距离亲身感悟古城的风采，欣然命笔写下手记。

历史悠久名人辈出

平遥古城始建于西周宣王时期（公元前 827~782 年），西周大将尹吉甫驻扎时为抵御外族而建至今已有 2700 多年历史。明洪武二年（1370 年）开始，持续十几年进行重筑扩建，并对城墙全面包砖距今已有 600 多年历史。清朝时也进行多次修建。20 世纪 80 年代，政府也陆续出资千万元进行维修。整个古城面积 2.25 平方公里，住着 4、5 万居民。平遥古城以南大街为中轴线，市楼为中心点，分布四大街八小街 72 条蚰蜒巷。保存着 400 多处明清民居院落，3797 间古民居。古寺庙、古街道、古民居、古店铺、古市楼、古城墙、汇集一成，构成了一个宏伟壮观的古文物建筑群。

平遥古城墙，被列入世界文化遗产名录最重要的景点。采风组从北城门登上城墙，放眼瞭望，一目了然。据了解，城墙身高 10~12 米、顶宽 3~6 米、底宽 8~12 米、城墙周长 6163 米，共有城门六道，南北各一道，东西各两道。整座城墙由墙身、马面、挡马墙、垛口、城门以及瓮城组成。城墙顶部附属物包括敌楼、角楼、城楼、魁星楼、点将台，环城共有垛口 3000 个，敌楼 72 个，据说象征孔子周游列国讲学时的三千弟子和七十二圣人。城顶均为青砖铺地，能并行两辆马车。

古城内大都为北方民居严谨的四合院建筑，坐北朝南，正屋为是平遥古城西北地区的窑洞形式，多为三孔或五孔，砖砌而成，外加木廊瓦檐，以抵挡风沙和阳光。有钱人家都加盖二层，用作会客或书房。大门基本都是拱券式，高而窄的门廊式或垂花门式。我们漫步街头，还会看到各种古色古香的院门、院铺、秸雕细刻的古建筑装饰，甚至还能看到门前的接马石桩、下马石等，一派古城风貌。

平遥不仅历史悠久，而且名人辈出。有资料介绍，有敢于不顾“满门抄斩”的恐吓、秉笔直书的著名晋代史学家孙盛、以“映雪读书”流传千古的孙康等古代名人，当代已故中科院历史研究所所长侯外庐、已故语言研究所副所长侯秸一、已歇中国文学研究会会长王瑶、著名画家李苟、著名歌唱家郭兰英等都出生在这片土地上。平遥古城不愧为历史文化名城。

平遥古城又称“龟城”

平遥古城景点主要有城墙、县衙、市楼、二郎庙、城隍庙、文庙、同兴公镖局、百川通、古兵器博物馆、珍奇报纸陈列馆、天吉祥博物馆、蔚盛长、故民居博物馆、中国票号博物馆、协同庆钱庄博物馆等21个景点遍布古城内。此次采风时间短促，重点选择游人必去的5个景点：平遥县衙、古城墙、文庙、同兴公镖局、中国票号博物馆。游人到古城游览各景点，其中21个景点收费，可买通票也可单买。古城内有四、五十辆电瓶游览车可带游人到达各个景点。

9月4日下午，采风组一行乘坐一辆运号为320号的电瓶游览车，年近半百的司机杨起栋和导游裴云梅专为我们提供热情温馨服务，穿街走巷介绍街景概况，有问必答，每到一个景点还协助拍照。

平遥县衙是国内保存非常完整的明县衙之一，规模庞大，最早的建筑距今已有600多年历史，是平遥最出名的景点，颇受游客青睐。我从县衙里面人行通道登上听雨楼，在导游的指点下，俯瞰古城，它形似龟状，城门六处，门外两眼水井似龟眼，北门为龟尾，是全城最低处，东西一共四座瓮城，双双相对，上西门、下西门、上东门都是向南开，只有下东门是向东开的，据说人们是为了不让乌龟爬行才把它的左腿拉直拴在距城二十里的麓台上，因此平遥古城又称为“龟城”。

平遥古城南门城楼

采风组拍照县衙门后，来到

平遥古街标志性建筑，位于古城中心的市楼，它重建于康熙二十七年（1688年），高18.5米三重檐木构架楼阁，歇山屋顶，黄绿琉璃瓦相间，下面中间南北向为通道。

我们特意安排乘车穿梭于古城这些静静的小巷里，深深感悟到每一处都绝不是人工再造的，全是明清古民居。每一砖一瓦都是风景，一家一户都是盆景。虽然生活在这里许多人早已远去，可是他们留下的家园仍在无言的诉说曾经的过往，展示着它的曾经的荣耀与辉煌。在古城内看到许多这种细长的巷子，这就是平遥人俗称的蚰蜒巷子。

文化是根、文化是源、文化是魂。平遥文庙建筑历史悠久。文庙是中国官方兴建祭祀孔子的场所。

平遥文庙坐落于城隍庙街67号，坐北朝南，占地面积8649.6平方米，建筑面积3472.3平方米。许多游人认为游平遥古城，文庙应是首选。在他们看来，如果把平遥古城比作一个完整而丰富的生命体，文庙就是她的灵魂；如果把平遥文庙看做一个有血有肉的生命体，大成殿就是她的心脏部分。明伦堂是向人们灌输儒教伦理道德的讲堂。平遥文庙始建于唐贞观初年，是我国现存各级文庙中历史最悠久的文庙，是中国保存最完整的文庙建筑群。文庙为五进院落，主体建筑棂星门、大成门、大成殿、明伦堂、敬一亭、尊经阁排列中轴线上。主体建筑大成殿是全国现存文庙中罕见的宋金时期建筑。

镖局与票号博物馆

同兴公镖局位于古城南大街105号，坐西向东，占地面积986平方米，镖局创始人为平遥南良庄人王正清（生于1801年），曾师从贾殿魁，贾曾教过道光帝习武。王正清学的是少林散手108势等多套手艺，成为名扬全国的武术大师。同兴公镖局创建于清咸丰五年（1855年）。当时平遥商业，票号非常兴隆，业务辐射全国，大量贵重货物和银两需要长途运输，王正清受众商家邀请，成立这家镖局，为众商家业务往来保镖护航。

平遥古城市楼南大街

同兴公镖局自成立即日起，被列为全国著名镖局之列。后来，王正清的儿子王树茂也加入进来，直至民国二年（1913 年）歇业。更使这家镖局名声大噪的是，1900 年八国联军打进北京，慈禧太后挟裹光绪帝外逃西安。有 93 万两黄金需要运输无镖局敢接。只有同兴公镖局接下此差事并经过半个月运输,分毫不差保驾运到了西安。由此得到慈禧太后钦赐“春旨议叙”匾额。同兴公展馆为明代建筑，全面系统介绍了清代咸丰至民国初年同兴公镖局创办、发展及歇业的过程。来这里可以了解许多武林镖局方面的知识。

参观游览中国票号博物馆最重要的是，一方面了解晋商票号历史文化；另一方面如果你是做企业的，如果真正了解了日升昌，一定会有所启发的。中国票号博物馆位于平遥日升昌旧址，古城西大街 38 号，建筑面积 1600 平方米，坐南朝北三进院落，有大小建筑 21 座。日升昌票号前身是“西裕成”颜料庄，经营多年，资力雄厚。道光三年（1823 年），在雷履录提议下，经财东同意，正式成立中国第一家票号日升昌，意思是如日东升，生意昌盛。雷履录任总经理。日升昌票号是全国银行的鼻祖，创建汇票制度，做到了汇通天下。日升昌票号成立是中国第一家专营存款、放款、汇兑业务的私人金融机构，解决了商业贸易往来的大宗银两运输的困难，并很快在全国四十多个大中城市设立了分号。馆内有 14 个展室，分别展出票证资料类、木器家具类、实物器件类、古玩字画类 490 多件藏品。

繁华商城文化名城

在平遥走在繁华的南大街或西大街上，让人不由得惜步缓行。南大街是

平遥古城蚰蜒巷子

平遥古城的中轴线，也是平遥古城商业街的精华所在。南大街长约 740 米，聚集上百家古香古色的商家店铺。那些琳琅满目的山货、小吃、土特产及民间工艺中，最能吸引人们眼球的莫过于冠以“平遥”二字品牌奇货，诸如平遥的牛肉、长山药、黄酒、陈醋、推光漆器、剪纸、布老虎、布鞋、鞋垫等，别有一番风味，不一而足。有一首《夸土产》的山西民歌里“平遥的牛肉，太谷的饼……”风靡大江南北。这首由著名歌唱家郭兰英唱响的歌曲，让平遥牛肉成了家喻户晓的驰名特产与琛物。平遥牛肉连同平遥碗脱儿、长山药，很早享有“平遥三宝”的美誉，在清代时平遥牛肉就誉满三晋。我在古城宝聚源平遥牛肉直销处许老三超市与服务人员攀谈起，如今冠以“冠云”牛肉、牛肉干是全国知名品牌。平遥牛肉不仅畅销国内，而且行销朝鲜、蒙古、新加坡、印度尼西亚、泰国、菲律宾等国家，深受国内外食客喜爱。平遥牛肉加工、制作的工艺方法相当精细独特。平遥牛肉在加工过程中，不用酱油，不上色，全凭生牛屠宰、生肉切割、腌渍、锅煮时运用食法，把握原料与火候。平遥这样加工出来的牛肉色泽红润、肉丝纹络清晰、醇香可口、肥而不腻、瘦而不柴，含有多种营养，老少皆宜，适应南来北往的食客需求，还有扶胃健脾的功效。

（作者：谢吉恒，原载于北国网，2019 年 9 月 16 日）

天河山情缘

2017年，“十一”国庆节前夕，由艺术家、作家、诗人和媒体记者组成的采风团，来到河北省邢台市天河山采风。天河山的生态、人文的独特景观，让人们对这座“爱情山”留下美好、难忘的印象。

“爱情山”的情缘

天河山缘何叫“爱情山”呢？带着这个疑问，我们来到天河山。“大家都熟悉‘牛郎织女’的传说故事，但大家可能不太清楚，这个传说故事的原生地在哪儿吧。”邢台旅游局相关负责人风趣地向采风团的团员们介绍说：“远在天边，近在眼前，就是咱们邢台。”邢台是仰韶文化、尧山文化发源地之一，有“燕赵名城”的美誉。同时，邢台山水风光独具特色。距邢台市西部65公里的天河山，位于太行山脉中段，因其状如天河，故此得名。天河山主峰天河梁海拔1780米。以天河山为中心，方圆20平方公里的冀晋交界地区，“牛郎织女”的故事在当地老百姓中世代相传，天河山也就有了“中国爱情山”之称。2006年7月份，中国民间文艺家协会授予邢台市“中国七夕文化之乡”“中国七夕文化研究基地”称号；2008年，天河山被河北省文化厅评为“河北省首批文化产业示范基地”。

情缘就是美

采风团有人问道：“如何概括你们到天河山后的第一感受？”“美！”大家齐声回答。生态自然美。森林覆盖率高达 90% 以上的天河山，承袭了太行山脉山清水秀、植被丰茂的靓丽景色，集“雄、奇、险、秀、幽”于一山。这里既有北国风光的雄伟，又有江南水韵的俏丽。说它山奇，这里奇峰秀岭连绵不断。漫山遍野的原始次生林，让天河山从山脚绿到山顶。山中一道瀑布连着一道瀑布、一泓碧潭接着一泓碧潭、一沟浪花叠着一沟浪花，谷深峡幽，岩瀑飞雪，泉鸣如筝，数不清的水韵奇观，让这里四季水流不断。登上天河山顶，一脚踏两省，冀晋美景尽收眼底：东望太行山深处，危峰林立，层峦叠嶂，云山雾海变幻无穷；西望山西平原，沃野无际，林茂草丰，牛羊遍地。这一切，让人明白了为什么“牛郎织女”的传说会在这里产生。

文化底蕴美。据介绍，早在新石器时代，天河山地区就有人类活动。相传，春秋时期，孔子曾游学至此，“夫子岩”由此得名。抗日战争时期，这里是八路军的重要根据地之一。至今，129 师医院、冀南银行（中国人民银行前身）等革命遗址保存完好。说到与“牛郎织女”传说相关的大量文化遗存，更是多不胜数。因为有“爱情山”的美名，天河山的“情侣漂流”等野外活动项目吸引了众多户外运动爱好者参与。跳动的轻舟、开心的笑声，在青山绿水间荡漾起一曲曲情爱之歌。在天河山七夕广场，笔者与来自邢台一家民营钢厂的几位游客相遇。笔者问他们游山的感受，他们争着说：“天河山的青山绿水与美丽传说是绝配，天上人间情缘亲！”我还碰到来自周边铁矿的一对情侣，问他们：“你们是头一回来这里吗？”他们回答说：“今年我们已经来了 3 回了，去年七夕节我们就是在这里举行的婚礼。”

中华传统文化的魅力

“没有文化的景区是没有生命力的。‘爱情山’的灵魂就是中华民族传统的爱情文化。”天河山景区董事长崔慧君向采风团团员们介绍说：“天河山开发历经15年，以中国传统的爱情文化为坐标，挖掘每一个景观的‘爱情元素’，保护并重新修造了一批与‘牛郎织女’爱情故事相关的一系列标志性景观，如天河梁、九天银河、天河湖、瑶池、牛郎庄、织女庙、鹊桥、月老峰等，使自然景观与人文景观的完美融合，彰显中国传统爱情文化的独特魅力。”

看点一：锅穴奇观。

天河山锅穴，状如当地村民家中所用的瓮，又称“石瓮”。在地质学上说的锅穴，是由湍急的溪水经亿万年冲刷在溪底巨岩上形成的圆形坑。此处锅穴自上而下依次呈串珠状排列，相传是七仙女洗浴时牛郎盗衣之所。此处的锅穴每个的直径为3~5米、深3~4米，穴壁光滑，穴中有小鱼浮游。目前，在天河山地区发现锅穴20余处，数量之多，世上罕见，属我国规模较大的“锅穴群”。联合国教科文组织的地质专家到此考察后称此处锅穴奇观，不仅有较高的观赏价值，且在水文地质学和水力学方面有重要的科学研究价值。

看点二：爱文化博物馆。

天河山情爱文化博物馆于2016年开馆，占地面积为460平方米。展馆以爱情为主线，从考古学、生理学、心理学角度展示爱情文化，促进家庭幸福。

看点三，“七夕节”文化展示。

天河山每年举办一届“七夕节”活动。采风团来采风时，正巧天河山景区在举办第十二届河北省情侣节暨第三届“寻找今日织女星”颁奖仪式，七夕文化论坛、演唱会、乞巧大赛以及向织女星（才女、巧女、善女、孝女）颁发奖牌等活动异彩纷呈。据活动组织者介绍，他们希望通过开展这些活动，展示天河山的秀美风光，歌颂纯洁、美丽的爱情，倡导文明、高尚的爱情新观念。

“中国时代风采”采风团于天河山合影

（作者：谢吉恒、沈五群，原载于《中国冶金报》，2017年10月13日）

杭州灵隐寺赏析名联

杭州西湖是国家著名的5A级风景名胜区，蜚声海内外。有人说，到杭州，一看西湖，二看灵隐。也有人说，到杭州不游灵隐，等于没到达杭州。二十年间，我两次旅游灵隐寺，第一次西湖、灵隐全游遍，留下深刻记忆。灵隐寺缘何有着这么大迷人魅力呢？在我的记忆中，一是优美自然景观。灵隐寺藏于西湖西面深山中，背靠北高峰，面朝飞来峰之间，秀峰辉映、古木茂盛，云烟缥缈很是迷人。二是著名佛教圣地。灵隐寺是我国最早的佛教寺院，中国十大古刹之一。佛祖定居的地方、活佛“济公”的寓所。灵隐寺其拥有悠久的历史文化和优美的自然风光融为一体，始建于东晋咸和元年（公元326年），至今已有约1700年历史。

作者在“灵隐寺”前留影

今年5月中旬，中国工程院在杭州召开“中国钢结构发展高峰论坛”，我是应邀媒体人之一，全程参会跟踪进行报道。会议期间，忙里抽闲，抓抢半天时间第二次“转悠”灵隐寺，重点观赏“飞来峰”和灵隐寺的一幅名联。据说“灵隐”两字来源于是指当时的一个叫慧里的印度高僧从中原来到杭州，看到山峰如此奇秀、风景绝异，蕴藏灵气，认为这是“仙灵所隐”，是天竺国之岭飞来于此，故名曰“飞来峰”，就在此处建下了寺，取名“灵隐寺”。

5月20日早晨七点半，我从开元名都酒店出发坐地铁转公交车，约一小时车程到了灵隐寺景区。相约在杭钢老友柳春的陪同下，步出公交站，同游灵隐寺。老柳年已古稀，身板硬朗，家住西湖旁，退休后每天坚持晨练，散步灵隐寺，对这里一草一木了如指掌。他自然当起导游，边讲解边为我拍照。

飞来峰石窟造像

飞来峰端坐于北高峰东南，与灵隐寺隔着一条冷泉溪，我俩边走边聊。“溪山处处皆可庐，最爱灵隐飞来孤”我们眼前方出现现一座海拔168米的小山峰，这就是苏东坡诗句中提到的“飞来峰”。凡游人到此“不可不去”，为啥呢？

山不在高，有仙则名。杭州是全国历史文化名城，七大古都之一，历史上素有东南佛国之称。这里名山名水、名人轶事、名泉名亭、名寺名佛融为一体，形成了一个优雅、秀丽、文化氛围浓郁的佛山佛国。

有资料介绍，飞来峰形成于地质史上的二叠纪时期，已有2亿年历史，是一座石灰岩的山峰，易受水蚀和分化，长年累月就形成了很多形状迥异的岩洞，大自然造就了“无石不奇、无洞不幽、无树不古”的飞来峰。我顺着老柳手指的方向望去，清晰看到天然岩洞里和山崖上布满了五代、宋、元时期的大批石刻造像。他介绍说，在这长600米、宽200米的区域内共有150龛470余尊造像，保存较为完整的有338尊。这些精湛的雕刻艺术品，不仅给奇峰增添神秘色彩，而且使飞来峰成为我国石窟造像中的艺术宝库。

灵隐寺石窟造像

在参观中最吸引游人眼球、争相拍照留影是山崖间那尊长9.9米、宽3.6米袒腹露背，笑脸相迎的大肚弥勒佛，它是飞来峰造像中最大一龛。瞧！“他慈眉善目，安然坦坐，一手按布袋，一手捻佛珠，在两旁十八罗汉的拥簇下，他开口便笑世间可笑之人，大肚能容天下难容之事。”

“飞来峰山洞里除有古代石刻外，还有不少济公传说故事的遗迹”，老柳说。他指着前方这块酷似石床的岩石，这就是“济公床”。传说济公常在洞里喝酒吃狗肉，吃饱喝足就在床上呼呼而睡。看！这块石头有巨大手印，这就是济公为救飞来峰压住的小孩，用力顶开倒塌留下的。

飞来峰是浙江省最大的一座摩崖造像群，被国务院列入重点文物保护单位。

灵隐寺赏析名联

灵隐寺有怡人景色，更有深厚文化底蕴。灵隐寺有一幅著名对联“人生哪能多如意，万事只求半称心”短短十四个字，语言朴实、富含哲理、写尽人生，其中“半称心”三个字实乃点睛之笔，点醒无数世人。这副名联经历1000多年的风风雨雨，说尽了千古人生之道，许多游人就是为了看14字真言，专程赴灵隐寺参拜。这幅名联，我曾多次在朋友圈交流，期盼亲眼所见。机遇给有准备之人，此次来灵隐寺就是奔名联前来参读、感悟人生、领悟哲理的。

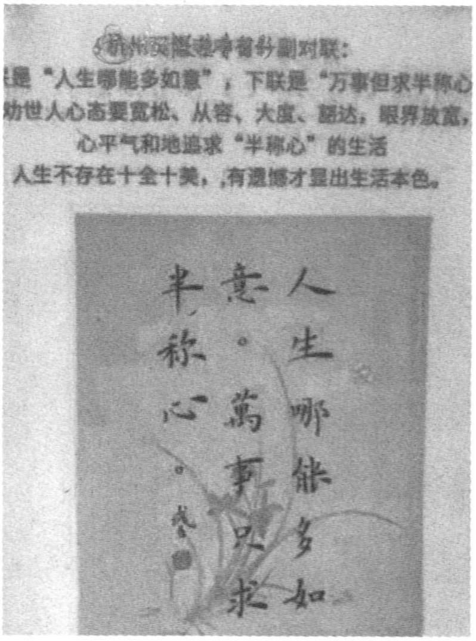

在老柳的引领参与下，如愿以偿赏析这幅名联。

这幅名联写尽人生，被国学大师林语堂评价点赞为“中国人最健全的生活理想”！

谈起这幅名联的意境，老柳颇有见识。我俩有相似的“三观”，交流情投意合，他侃侃而谈，他说上联我说下联。

老柳诠释上联“人生哪能多如意”。苏轼云：“人有悲欢离合，月有阴晴圆缺，此事古难全”，人生短暂几十载，不存在十全十美，有遗憾方显出生活本色，故名“百味人生。人生有走不完的路，也有过不了的河，坎坎坷坷，不如意的事情充斥在人生各个阶段，当迷茫时看下这幅名联，就会幡然醒悟对生活充满信心。不如意在人生路上将成为常态，老刘概括其主要原因有二：一是“人生不如意事十之八九”，那一二就显得弥足珍贵。命运不会把所有的幸福和快乐跻身于一个人身上。得到爱情未必拥有金钱，获得金钱未必能拥有快乐，拥有快乐未必能享受到健康……未必如愿以偿。二是人生在世，不能事事追求完美。如今人们的生活和事业上快节奏、压力陡增，加上浮躁、急功近利心理，对己苛刻要求，警示人们不要过于追逐不现实的事情。

下联“万事只求半称心”。“半称心”之所以成为关键的点睛词，我的理解，其一，古语讲：月盈则亏、水满则溢、人满则骄。“半字”是传统文明的精华。所谓：识破浮生过半，半之受用无边。“半称心”不是无可奈何和消极，而是一种豁达和智慧。自古人生最忌满，半贫半富半自安、半命半天半机遇、半取半舍半行善、半聋半哑半糊涂、半智半愚半圣贤、半人半我半自然、半醒半醉半神仙、半亲半爱半苦乐、半俗半禅半随缘、一生一半在于我，另外一半听自然。半字之道，寓意深深，细细品琢，句句在理，耐人寻味，半字奉劝世人获得从容、大度、豁达。其二、世事皆有度，过者不迭。凡事做得“不迭”或是“太甚”都是难成大事的。人生在世，恬淡以明志，安静以致远，不被虚名所愚，不为功利所惑，用“半称心”去做人办事，必可通达圆融。

这幅名联挂在灵隐寺千年之久，影响成就无数中国人。据说，灵隐寺是阿里巴巴总裁马云每年必去的一个寺庙。兴许这幅名联，“半称心”成就了一代首富马云先生。

这幅名联的横批应是什么？应在每个人的心里，或是“知足常乐”“随遇而安”“且行且乐”“笑口常开”……我从灵隐寺归来，请书法名家侯宪台先生书写此名联书法作品，挂在客厅成了我的座右铭，这幅名联的“半称心”唤醒我看清一件事时开窍了、看破一件事时理性了、看透一件事时成熟了、看淡一件事时放下了。俗话说，人活着开心是一天，不开心也是一天，那为什么不开心呢？学会惜福，才会更幸福。遇事时若有这种“半称心”，人生必将百事可成！

（作者：谢吉恒，原载于《大地之光杂志》，2019 年 6 月 10 日）

孟津文化底蕴采风

四月下旬，由京津冀地区媒体、作家、画家、出版、企业家等组成“我和我的祖国”主题征文采风组，在孟津县美协常务副会长兼秘书长陆甲甫的协助下，先后采访了被誉为“交运战线旗帜，创新创业楷模”的洛阳交运集团二十一分公司，听取总经理田延通介绍“新时代民兵连新作为”的经验，并到龙马负图寺、传统古村卫坡、牡丹画第一村、王铎故居等处采风，特别是听取陆甲甫对历史名县孟津的旅游文化详尽介绍，耳目焕然一新。

孟津县文化底蕴深厚

采风组此次来孟津采风，与相关单位广泛交流，看到孟津自古人杰地灵，人文底蕴深厚。归结主要表现四个方面：其一、孟津县是有4000多年文明史的历史名县。文化遗址灿若繁星，旅游景观星罗棋布。华夏文明的摇篮，河洛文化发祥地，更有“河图之源”“人文之根”之说，龙马负图、伏羲画卦、八百诸侯会盟等许多历史事件都发生在这里。其二、洛阳被称为13朝古都，其中有6个朝代定都在孟津。北邙陵墓群、汉魏洛阳故城、龙马负图寺、王铎故居、卫坡古民居等40多处古文化遗址被列为国家

陆甲甫（左二）与采风组交谈

或省市级重点文物保护单位。古人以“生在苏杭，葬在北邙”为荣，在孟津北邙山上留下汉光武帝刘秀为代表就有50多个。约在四五千年前，人文始祖伏羲就来到这里，带领先民渔猎生息，画八卦，造书契，正人伦，结束了结绳记事的蒙昧时代，开创人类文明先河。其三、历史上许多帝王将相、文人骚客，都曾在此生息创业，创造出博大精深的东方文明。武王兴兵伐纣八百诸侯会盟于此，刘邦在这里绝河亡秦，张衡在此发明“地动仪”，大文学家贾谊、诗人王维、一代名相狄仁杰、书坛泰斗神笔王铎等，不胜枚举的显达名士，有的出生孟津，有的长期生活奉职在孟津。从古至今走出许多闻名于世的人物，也有不少名人故居完整地保存下来。其四、充分发挥历史文化资源优势，积极培育有吸引力、影响力的文化产业品牌。着力将平乐牡丹画、龙马负图寺、传统古村卫坡、王铎故居、汉光武帝灵、小浪底风景区等打造成耀眼的、知名的文化旅游品牌。

龙马负图寺世人敬仰

千百年来，河图洛书一直披着神秘的外衣，而这个千古之谜的源头就在龙马负图寺。龙马负图寺位于孟津县会盟镇雷河村，占地面积40亩，因龙马负图出于孟河之中而得名。始建于晋穆帝永和四年（公元348年），是为纪念“人文之祖”伏羲的功绩，在图河故道上建起的第一座祭祀场所，是河洛文化中的“河图”发现地、中华易学文化的发源地。被誉为“风水之源”，距今已有1600多年的历史，为河南省重点文物保护单位，国家3A

采风组在龙马像前留影

级旅游景区。

《易经》载,“河出图,洛出书,圣人则之”。相传六七千年前,有龙马身负“河图”跃出黄河，神龟背负“洛书”浮出洛水，伏羲氏依“河图洛书”演绎出阴阳八卦。据研究，河图即指中原的山川地理图、洛书则是龟甲卜文。

采风组为对龙马有更深入了解，做足准备功课，收看相关龙马负图寺信息。现经修缮的龙马负图寺共有三进院落，一进为山门，二进为伏羲、文王、孔圣三殿，三进为三皇殿。参观游览后给我留下记忆最深的一点就是用实物或模型来介绍河图洛书及易经文化。能使人身临其境最形象感受中华古文明的智慧和乐趣，感受河图洛书的魅力。4 月 28 日下午，我们一行走进这个被历史浓墨重彩熏陶过的古寺，大门为朱红城楼式外观，左右红墙分别刻有“河图之源”“人文始祖”的字样。进入山门两侧的钟楼、鼓楼之前分立“图河古道”“龙马负图处”两幅巨碑。正前方映入眼帘的是一座栩栩如生的龙马像，龙马足下是翻滚的浪花恍若踏浪而行，并附有《龙马记》曰:“龙马者，天地之精，其为形也，马身龙鳞，古之龙马。高八尺五寸，类骆有翼，蹈水不没，圣人在位，负图出于孟河之中焉。”传说这是一个背负河图的一种兼具龙和马形态的生物，被人们普遍认为是祥瑞之兽。伏羲殿巍峨高耸，文王周公殿庄严肃穆。龙马负图寺前临林茂草丰的邙山岭，后靠奔腾不息的大黄河、东临八百诸侯会盟地、西望炎黄祖籍平逢山，如诗如画，令人心驰神往。

从伏羲殿出来向里直走就来到三皇殿，该殿采用重檐庑殿顶结构，高台建筑，殿高 21 米、宽 30 米，雕梁画栋、金碧辉煌。殿内伏羲像据中间位置，炎黄二帝塑像分列两侧，这三人皆为中华人类的始祖、华夏文明的缔造者。大殿顶部根据《易经》“观天象于天”语，底为天蓝色，中有伏羲六十四挂方位园图,卦象黑白相同,中间呈金色北斗七星图。其据《易经》“时乘六龙以御天语”在顶部两侧各绘三条龙，金色的四条，黑色两条。四角写有“元”“享”“利”“贞”四个吉祥字。游览过后给我留下另一个深刻记忆就是，寺内现存最为珍贵的应属石刻石雕。据专家介绍，“古河图”“图河故道”“一画开天”“渊源”等字迹苍劲，刀法古掘，可谓稀世珍品。“伏羲圣像”“伏羲庙全图”“三十六宫卦文雕刻”，还有历代易理学士撰写并书的诗文碑碣等 20 余尊。山门外威武雄壮的石狮、龙马雕像、伏羲殿前的大型青石浮雕中的先天八卦，上为云天，下为海水，两边附龙攀风，玲珑剔透不失为雕刻珍品。

寺内香火旺盛，寺外车水马龙，吸引众多海内外华人到此寻根朝圣。

传统古村落卫坡特色

卫坡古村位于孟津县朝阳镇，被誉为“中国传统村落”“中国美丽乡村”、河南省历史文化名村、河南省重点文化保护单位。始建于清代嘉庆、道光年间，村内古民居是目前豫西地区最大、保存完整的清代建筑群，具有较高的历史文化和开发利用价值。

采风组在传统古村落卫坡合影

4 月下旬一天大清早，采风组一行刚进入村庄，孟津交运公司司机小许说：“路两旁停满了车，今天游人不算多，要是周末一天能有上万人，春节期间，每天来这观光的游客都有四五万人。”卫坡村缘何引起游人兴趣，受到极大青睐呢？有数据显示全村面积 2800 亩，410 户、1760 人。我们一行出了停车场，来到卫坡村门口，见到用青砖砌成的挺拔高大阙门，古街两头各有一棵古槐树，当地人分别叫这两棵老槐树为“龙头槐、龙尾槐”，这两棵老槐树已有四五百年的历史，依旧四季常青，枝繁叶茂，见证了卫坡村悠久历史文化，仿佛诉说古街昔日的辉煌和岁月的沧桑。

我们一行迈入村门，古朴典雅的建筑群在眼前一亮，一条古街道随着视线向前延伸，古街两边造型典雅、雕梁画栋的各式古店铺鳞次栉比，一个集文化旅游、民俗文化展示、休闲体验、旅游观光于一体的古村落已初具规模。一位年近七旬魏氏村民向我们热情打招呼并自我介绍说，我是村导游员，负责大家参观游览解说，就称我“魏导”。他一口乡音，声音洪亮。他介绍卫坡村前世今生、风生水起的经历。魏导一方面给游人讲卫坡村的传说故事。

传说北宋时，卫坡村是宰相魏仁溥的私人花园所在地，即“魏氏地馆”。他酷爱牡丹以重金买下一株紫牡丹后，将这株绝世国色移植于此，闻名后世的“魏紫”牡丹便诞生了。又传说，清初祖居黄河以北的一支卫氏族人，为避战乱迁居于此，将“卫”姓改成魏。清乾隆年间，卫氏族人在朝中做官，开始建卫氏老宅，经百年修建，形成较完整的封建宦官家族宅院。在清代卫氏家族先后出过 4 位诰命夫人，20 多位七品以上官，富甲一方。清末卫氏家族逐渐衰落下来，古街老宅规模较大。目前卫坡村现存清代民居建筑 16 所宅院，5000 多平方米，房屋 248 间，沿着一条 186 米古街铺开，东高西低，依地势而建，蜿蜒向上如龙盘卧，古街地面由青石铺就，岁月把每块青石板打磨得光滑发亮犹如散发光亮的龙鳞。

魏导另一方面带领游客穿街走巷、挨门串户，参观古街路两侧清代古宅院。古街路北边称卫家北院，南边称卫家南院，南北院各自独立，形成整体建筑群。路两旁宅院是一色青砖灰瓦，布局对称，房上有五脊六兽、狮子、海马等装饰。路南是七进院、路北是五进院。形成了集祠堂、靠山窑洞、天井窑院、私塾院等于一体的完整的官宦家族宅院。魏导指出“院内有院、院中套院、院院相通”是卫家宅院最大的特点。

魏导又领游人来到五进院的文官宅第门口看“门当”“户对”格外显眼，踏入五进院，各种木雕、砖调、石雕，随处可见，过天井，走穿堂，就来到月台，月台对着就是客厅，客厅面积超过 100 平方米，12 扇精美雕刻的木门镶嵌在内，再往深处就是堂屋和后院，分别是主家和下人的居所。后院有一条颇为陡长的台阶叫望楼，其功能类似今天的安全通道和瞭望塔。

在和游客交流互动时，魏导强调卫坡村占据着天时地利，充分保护文物，开发旅游双到位。引来投资焕发生机。据老村民介绍，因历经数百年洗礼，到前些年古民居面目虽具在，却风采不在，在栉风淋雨中年久失修，风雨飘摇，一派残垣断壁，杂草丛生的破落景象。2011 年，洛阳魏紫旅游开发公司与卫坡村达成协议，启动卫坡古村落文化旅游项目，分三期进行，对卫坡村的古建筑进行修复、配套。第一期工程投资 5.77 亿元，占地 475 亩，计划将卫坡村建成中原地区集民俗特色、生态观光、休闲度假人文体验为一体的民俗文化休闲旅游度假区。卫坡村在老村东南新建了整洁的新村，安置从老宅搬出的村民。村里一边是古街，一边是新居。昔日与土地打交道的村民，摇身变成了景区管理人员、做旅游生意的商贩。将古村落保护与文化旅游融合发展，卫坡村焕发新的生机。

（作者：谢吉恒，原载于政商参考网，2019 年 6 月 25 日）

偶游智珠寺攻略

一个偶然的机会，5 月底我应《中国冶金报》资深记者谢吉恒老师之约，赴冶金工业出版社办理图书出版业务。路上谢老对我说，今天挤时间带我去距离故宫仅 400 米的胡同深处，看一所由老外用五年时间修复成、具有 600 年历史古建筑群，全年免费对外开放参观。此举对保护文物、具有较高历史文化和开发利用价值，这就是比利时人温守诺修复的智珠寺。我深为这种情怀所吸引，顿时便来了兴致，有机会一睹智珠寺的风采。

中午到了北京，谢老与冶金工业出版社李培禄主任商谈完书稿交接意向后，共进快餐，席间谢老提到了参观智珠寺的事。李主任一听，不谋而合，连说："巧了，智珠寺就在我们单位对面。"。午饭后，李主任带我们走进深藏胡同里面的智珠寺。

智珠寺坐北朝南，从山门殿至后殿共五层殿宇。山门外有大门及红围墙。山门三间，门楣有石额"敕建智珠寺"。院子大约 3000 多平方米。

智珠寺的前生后世

据李主任介绍，"智珠寺"就是"智慧之寺"。在初建智珠寺时向前推延 200 年，大约公元 1409 年（明成祖永乐七年），伴随着故宫的修建，永乐皇帝选址故宫东北角和景山东沿创建皇家御用印经厂，是皇家印刻汉文和梵文经文典籍之所。在巅峰时期，曾有 60~80 位秀才组成的团队与大约 860 名僧人共同在印经厂内工作。而这就是智珠寺古建筑群的前生起点。

公元17世纪末，康熙帝推崇藏传佛教，提倡在全国广建佛教寺庙，并建寺赠予二世章嘉活佛。康熙五十一年（1712年）时，“奏请命名嵩祝寺”。自二世章嘉开始，嵩祝寺成为历世章嘉活佛在北京的主要驻地。北京的原御用印经厂被选为建造三座重要寺庙的地址，这三座寺庙自东向西排成一线，分别为智珠寺、法渊寺和嵩祝寺，形成了一组较大规模的佛教寺院群。康乾盛世之时，智珠寺和相邻的嵩祝寺、法渊寺，成为北京城内最重要的藏传佛教圣地。据说，“智珠寺”三字还是乾隆皇帝钦笔题写的呢。

1949年后，智珠寺经历了一系列翻天覆地的变化。由于社会政治的变革，北京许多座寺庙变为民用。20世纪70年代，成立了北京东风电视机厂，该电视机厂将嵩祝寺的天王殿、钟鼓楼和法渊寺的全部建筑拆除，嵩祝寺的天王殿、钟鼓楼原址建成了生产车间，法渊寺原址建成了组装车间。后来，该电视机厂又占用了智珠寺的前殿及西配殿。北京第一台黑白电视机就是在智珠寺生产出来的，1991年，北京东风电视机厂同牡丹集团合并，嵩祝寺、智珠寺的部分旧址及部分建筑被牡丹集团的下属单位占用，将文物建筑作为生产车间、库房使用。2005~2007年，智珠寺还充当了3年的废品回收站。

2007年，租住北京四合院的比利时人温守诺发现智珠寺后，便和他的东景缘管理团队前后花了5年多时间，采取修旧如旧的办法对智珠寺这座古庙建筑进行了修复，并且保留了少部分共和国成立后各个历史时期的建筑，以确保一种历史和时代的延续性。

文物古迹保护典范

智珠寺，说是寺庙，其实只是保留了寺院的外观，并对建筑进行了修缮。从内部而言，这里不再是宗教场所，不能烧香拜佛。一进门，西侧有些艺术品的展示，东侧是一台大的电视机循环播放着智珠寺修复的经过和记者采访的纪实纪录片。

看了纪录片中的内容，我才知道当年修复智珠寺是相当不易。老外工作很执着，也很严谨，光古建队就先后找了四家，最后才与第四家签订了施工合同。修复之初光清理工作就进行了近 3 个月，共清出 200 卡车瓦砾，相当于 500 吨生活垃圾。翻新重建工作购买了 80 立方米的新木材，换掉了 71 根木柱，并整修了 1400 平方米的棚顶。整修工作共修复了 43000 块棚顶瓦片，在修复大殿层顶梵文画作时，老外请当时著名的书法家汤国和一位水墨画家利用两个月的时间从天花板上移除了 400 多块面板，其中有 70 块可以完全恢复，120 块能够恢复到良好情形。修复后的古庙以主厅智株寺为中心，寺中处处充溢着丰富浓郁的文化氛围。

2012 年，作为亚太地区古迹保护的典范，智珠寺古建筑修复工程荣获当年联合国教科文组织亚太区年度文物古迹保护奖“优异项目奖”和“文化遗产保护奖”，这也是北京建筑首获此殊荣，并且，法国总理和丹麦女王也都先后来过这里。

游览智珠寺看点多

在智珠寺门前，请一位游客给我们拍了张三人留影

天王殿与东配殿间有两棵高大的法桐树，树下有一条约 0.4 米高的长条石橙，供游客休息乘凉。东面的五间配殿，全都改成了展厅。

参观展厅，看点多多。看点之一，雕塑作品有深意。在天王殿与第二间展厅之间的过道有一处现代雕塑作品，黑色的八个光头汉子蹲在地上，双手抱拳置于颌下，他们身着对襟衣裤，光着双脚围成一圈。中间是一根石柱，石柱向南的一端雕有龙头，但是从尺寸上看并不像一块石碑。他们在干什么？开会、思考、祝祷，也许就是发呆。他们是谁？失去寺庙的和尚、老乡、香客，也许就是雕塑者随便塑出来的，反正我猜不出其中的意思。

看点之二，看显影绘展。第三展厅门前两侧各有一盆铁树，里面展的是艺术家孙彦初的显影绘作品展，所有的作品都不是用镜头和相机拍摄，而是用化学、相纸和画笔作为摄影创作，这种创作的过程和显影后黑墨的层次和颜色渐变的效果，特别像中国传统的绘画和书法，显影绘开展时间是5月27日至8月31日，我们此时参观仅开展第四天，我还是第一次见到这种艺术作品。

看点之三，多功能演艺厅。大悲殿，也就是正殿，基本是按原貌进行的修缮，面阔、进深均为三间，四周带廊；重檐攒尖顶，上为砖宝顶，五踩单昂斗栱，角梁悬铃，下檐柱带雀替，三踩单昂斗栱，有旋子彩画，南北各有大门，东西有窗。修复后现在作为多功能演艺厅之用，这里可以接待各种演艺活动。四周廊沿下的地面上有高0.5米的台基，我想应是起保护地基的作用吧，东西南三面台基宽约1米，北面宽2米，与房上边伸出的廊沿相对应，四角各有一盆直径约2米的塔松，很是壮观。在南门口隔玻璃向里看，可以看到西墙上保留的“团结紧张、严肃活泼”年代感十足的标语，用比利时人温守诺的话说，这八个字正好概括了他们修复智珠寺的整个过程。房顶上大概就是纪录片中提到的梵文画作，因光线较暗，看不太清楚；地面上有个舞台和一些摆放的较为规则的椅子，这就是演艺厅了。

看点之四，特写拍照。大殿西面，廊沿下的台基上靠墙有一个仿旧的排椅，排椅前有个长方形桌子，桌边有三把带靠背的椅子，条椅上坐着一个40多岁的妇女，头戴土灰色遮阳帽，上身穿紫花袄，内衬白衫，下身穿橘

红色裤子，脚穿紫色方口盘带皮鞋，戴着耳机，摆着动作，一旁的同事正在用手机为她照相，我也就借用了一下这个免费的模特，给她留了两张特写。再转到北面，廊沿下面门口两边的高台上靠墙也同样各有仿旧的一个排椅、一张方桌和三把椅子，门口东面的桌边有年龄在35岁左右的一男一女两个人正在很悠闲地谈着什么，男的穿白衬衣蓝裤子黑色皮鞋，女的是披肩发，上身穿一件古铜色半袖衫，下身穿黑色短裙，脚穿一双黑色高跟鞋。应他俩相约又拍了一张特写照。

看点之五，工艺品、图书综合厅。建成一处工艺品和图书的综合展厅，里面有世界各地的工艺品和来自各国各种艺术方面的书籍，如：英国美食文化半月刊、法国巴黎的女性杂志、巴塞罗那的室内设计杂志和曾获得洛克菲勒基金会艺术驻地奖、亚洲文化协会艺术基金奖、纽约艺术基金会摄影基金奖的沈玮的肖像画册《几乎赤裸》等等，这里，可以说是一个文化大融合，你可以了解到世界各国的各种艺术形式。由展厅出来，就靠智珠寺北墙了。墙根有一排竹子，都长出了墙头，竹子前面有一个用铁皮拼成的肉体人像，类似于医院的那种人体穴位图，远远看去就像是穿了身铁甲衣，大概是供人们观赏的吧。

我们参观完智珠寺，谢老问我，有何收获，列举感受有四点：一是老外采用多功能复合方式对智珠寺进行了修复，全面保护了智珠寺历史建筑，修旧如旧的办法值得提倡，能够让历史文物建筑得到修缮并得以延续和传承。二是中外联合的独到修复办法和古今结合的独特修缮风格得到了联合国教科文组织的认可，并首次获奖，提高了智珠寺在世界的知名度。三是智珠寺这种合理利用的修复案例可以说是我国文物建筑保护利用双赢的优秀榜样，在保护原则、修缮技术、利用策略、管理模式等方面皆值得进一步深入研究和探讨。四是灵活的经营管理方式促进了中外文明思想和文化理念的融合。

（作者：川石、王继祥，原载于北方企业新闻网，2019年6月25日）

探访魅力车轴山

山不在高，有仙则灵。车轴山别看是一座不起眼的小山，却神通广大。它坐落于唐山市丰润区城南10公里，一座平地而起凸起的孤峰，海拔只有58.9米，山顶平面面积1260.9平方米。因辽代此处林深草密，是轴辕林材的产地而得名。

山上松、柏、柘、槐树峥嵘从茂；南面山脚下，六棵千年古槐苍碧翁郁；北山坡的石洞内泉水潺流；山顶上巍峨高耸的无梁阁、药师灵塔和文昌阁，与山南麓河北省级重点中学——车轴山中学的校园相接，给这冀东数百里大平原平添了一处绚丽风景，浓郁的幽谷秀雅之风韵。车轴山与车轴山中学缘何闻名遐迩？《中国冶金报》为庆祝新中国70周年华诞，开展“我和我的祖国”主题征文活动，记者于8月上旬前往车轴山探访。

丰润为千年古县，文化底蕴深厚，颇有南有无锡，北有丰润之美誉。车轴山被人们称之为丰润“八景”之一，彰显三大诱人的魅力。

一是自然景观有魅力

车轴山形体秀丽，小球玲珑，孤峰独秀，它的形成有着美丽神奇的传说故事。车轴山是自然、原生态的美。山脚下，土地湿润肥沃，古时候许多人养殖了牡丹等花卉，增加许多神采风韵，引来文人雅士前来观赏作诗。清乾隆年间，丰润知县吴慎曾作《车轴山看牡丹》一诗。诗曰：尘海茫茫欲问津，十年此日偶闲身。酒浇愁绪分花面。碑洗苔衣见古人。色到焚宫原属幻，香

车轴山远景

流净域乃全真。西楼宴后谁烧烛？车轴山前别有春。车轴山资源丰富，山石洁白如玉，质地绵柔，是加工上等建筑料石和烧制石灰的好材料。它的地下有丰富煤矿蕴藏。为保护车轴山这一处秀美自然景观，一直封禁采伐，至今山体面貌保存完好。

二是山上文物有魅力

车轴山周围原本是个寺庙，名叫寿峰寺，这里曾有更多的古建筑，后来因民国时期建学校，把一些古建筑给拆了。车轴山中学始建于 1903 年，是一座历史悠久、传统光荣、治学严谨、人才辈出的名校，是河北省首批开办的重点中学之一，现有在校生 4000 余人，400 多教职员工。长长的院墙将车轴山围在校园内。由于学校管理很严格，车轴山不对外开放。不要说游客，就是学生家长也只能在校园门口观景，不能进入校园的教学区。

观赏车轴山优美景观，是我多年的夙愿。今年我的大孙子谢有业中考考进车轴山中学,将在此就读高中。8 月 10 日周末,趁着假期学校改造维修之机,相约现供职于丰润区总工会、与我已有 20 余年交情的老友张俊庭一同前往。

早上八点，他跟门卫联系获准后，我们一行老两口、儿子小两口及孙子五人，在张俊廷的引导下，参观了校园。接着，我们径直登台阶上山，张俊庭指着建在山巅上三座古建筑向我们介绍，中间名为无梁阁、它为三层磚灰结构楼阁式建筑，通高 28.5 米、面阔 12.15 米、进深 9.9 米。左侧的花塔叫药师灵塔，比较少见，全国仅有几座、右侧的小塔其实是一个房子，叫文昌阁是民国建筑。无梁阁、药师塔均是建于辽代，已有 900 多年历史，明代又重修。此三座古建筑为省重点保护文物，保护极为严格，校园很难进入，即使进入校园，文物尚在车轴山顶上，又有铁门上锁很难近观。我们虽进了校园，不料负责管上山开门的工作人员休假，今天开不了铁门，上不了山，我们只好原路返回，站在校门口，远处拍景留念。

三是靓丽名片有魅力

据史料记载，车轴山中学的创建成为丰润步入文化新时代的始端。尤其是1928年，北师大毕业的共产党员董志良任校长，共产国际代表、中国共产党创立筹备者之一的扬和贤以及王硕如、袁效之、刘蒙山、韦秉刚、锦邹城等的一大批进步教师到校任教。他们在车轴山中学建立共产党组织，施行一套与社会革命实践相结合，与先进科学文化相结合的教学方法。他们有计划地在学习中引导学生自治、自动，参加了风起云涌的反帝反封、打倒土豪恶霸的革命斗争，开展了驱逐校内反动迂腐旧教师的斗争，在学生中建立各种进步组织，创办革命刊物，思想、学习出现大飞跃。

原中共中央政治局委员、全国人大常委会副委员长吴德，原中顾委委员铁道部副部长李颉伯，原河北省省长李尔重等十多名党和国家高级领导干部都是20世纪30年代从该校毕业后参加革命的。原中共中央政治局委员、全国人大常委会副委员长、中华全国总工会主席王兆国，四川省委常委、成都市委书记王荣蘚，青海省人大副主任王思科等都是该校五六十年代的毕业生。还有包括著名剧作家宋之的、中国历史学一代宗师杨向奎在内的一大批专家学者。

车轴山中学留影

百年沧桑，百年辉煌。走过

116 年历史的车轴山中学，如今发生了重大变化，兴建了典雅秀丽的教学楼、美观大方的办公楼，集科学馆、图央书馆、报告厅为一体的综合楼。

探访参观车轴山中学校园，我深有感触，车轴山中学以独特的自然环境、人文遗存，深厚的文化积淀，优势旅游资源，成为丰润文化教育的一张靓丽名片。感到学子们天天在这样充满历史氛围校园内读书，真的很幸福！

（作者：谢吉恒，原载政商参考网，2019 年 8 月 23 日）

博鳌美景花絮

南海之滨赏椰风海韵，八方来客绘发展。7 月 26 日我与河北津西钢铁集团市场部张云馨相约，参加由《中国商报》《环球时报》主办的第三届博鳌企业论坛会，乘坐首都机场至海口的 HU7182 航班，12:10 起飞，下午 3:45 到达海口美兰机场。

南海云景

下午三点飞在南海上空，蓝天白云，碧空如洗。我和张云馨坐在靠窗的位置，难得有幸饱览南海云景。透过机舱窗口，身临其境观赏大朵白云连成一片片的云海，心旷神怡。张云馨将手机开启飞行模式，随时捕捉云海形态。云海变化多端，千姿百态。有的像海上的轻舟、羽毛……轻轻飘浮在空中。白云图案不时地变换着，有的像金鱼、白鲸、蟹爪、骏马……一会儿有的像羊群、峰峦、河流……坐在窗前放眼望去，云起云落，云卷云舒，绚丽多彩造就了美丽的云景。我俩置身于云海之中，与白云近距离接触，惊叹不已。蓝天与白云交相辉映，构成一幅美妙的图画。窗外，白云像千万串棉花糖堆积在一起，白茫茫的一大堆、还有的像一座座堆满白雪的山峰。南海天空中的云景，有时像飞腾的巨龙，有时如威武的雄狮、有时又似奔腾的骏马。种种景象十分壮观，冲撞视觉，大饱眼福。回到河北，记忆难忘，张云馨将在飞机上拍摄南海美丽云景小视频，发到朋友圈，别有情趣，网友赞不绝口。

采风组于博鳌亚洲论坛成立会址留影

博鳌奇景

博鳌以前并不出名，自从亚洲论坛在此安家后，逐渐成为“网红”，声名远播。博鳌位于琼海市东部，距琼海市嘉积镇 17 公里、海口市 105 公里、三亚市 180 公里，原来最早作为一个“浦”的名称，博鳌即鱼类丰硕之浦。博鳌现为琼海市的一个镇，面积 86.75 平方公里，人口共 3 万人。

博鳌镇虽不大，却有奇特景色：一是现在博鳌成为国际会议重要举办地、海南十大文化名镇之一、旅游名城，每年接待海内外游客 500 余万人次。二是博鳌风光跟三亚差不多，一片片婆娑椰林、一株株笔直槟榔树，绿的那么纯粹，让人赏心悦目。沙滩海岛、椰汁海鲜……应有皆有。不同是这里游人没有三亚、海口那么拥挤、物价那么贵。三是博鳌景点很多，博鳌亚洲论坛永久会址为国家 4A 级景区,此景游人必看。这里没有太过厚重的历史和文化，有的是大自然赋予的风景，其实都是一些美丽的海滩，秀丽乡村风光，四是有独特奇景。博鳌是世界河流入海口自然景观保存最完美的地方。

博鳌的玉带滩当属最奇特的景点，今有机会亲身感悟，实属难得。玉带滩是一处沙滩半岛，全长 8.5 公里，河海交汇独特景观在这里上演。玉带滩地形地貌酷似澳大利亚的黄金海岸和墨西哥的坎昆，在亚洲区可谓仅此独有。

我们一行三人站在玉带滩外侧，面向大海，烟波浩渺，一望无际，远处渔船星星点点，近处海鸥起起落落，正是一幅绝妙的南海风情画。玉带滩内侧，万泉河，沙美内海湖光山色，内外相映，构成一道奇异景观。此时，停立在玉带滩的我们，面向一河一海，一咸一淡，一动一静恍然身临仙境。

论坛收获

潮起南之海，引航新发展。由《中国商报》和《环球时报》联合主办的"2019（第三届）博鳌企业论坛"，7月27日在博鳌亚洲论坛国际会议中心隆重举行。本次会议以"破局·升级·智胜"为主题。来自各领域、各行业嘉宾汇聚博鳌，关注商业前沿，探讨时代趋势，助力产业融合，凝聚发展共识。《中国商报》社长徐舰、《环球时报》社市场中心主任刘远达等领导嘉宾出席此次论坛并参与论坛启动。

此次论坛，《中国商报》社长徐舰代表主办单位致辞，呼吁企业家们在新的历史时期，在新的发展机遇和挑战下，能肩负起发展的责任，不忘初心，锐意进取去创造中国经济高质量发展的新篇章。论坛进行主题演讲环节，寄语企业家们要做实、要做新、要做优，使得我们企业做久，让我们国家发展的更好，让我们的经济很快走向健康的发展道路。在博鳌领袖圆桌会议环节，各企业家从所处的行业出发，一同探讨企业如何才能从激烈行业竞争中脱颖而出，制胜未来。

2019（第三届）博鳌企业论坛同期举行颁奖典礼。隆重揭晓"中国创新品牌500强""中国十大领军品牌""中国（行业）十大领军品牌"等企业奖项。河北津西钢铁集团荣获"中国（行业）消费者信赖品牌"、河北新金钢铁荣获"中国钢铁行业环保领跑企业"品牌、洛阳鑫润置业有限公司荣获"中国诚信经营企业"品牌。同时，张春晖、袁占朋、徐维国分别获得"中国（行业）创新人物""中国钢铁行业环保卫士""中国商业创新人物"荣誉称号。

（作者：谢吉恒，原载于政商参考网，2019年8月12日）

故地重游——五当召

五当召位于内蒙古包头市东北约 70 公里的石拐区五当沟内。这里是山峦重叠，苍松翠柏的大青山深处，国家森林公园拱为一处气势宏伟、建筑规模盛大的召庙，即为五当召。五当召原名巴达嘎尔庙，藏语巴达嘎尔意为“白莲花”。蒙古语五当意为“柳树”，召为“庙宇”之意。五当召是内蒙古最大藏传佛教寺院，1996 年经国务院确认为全国重点文物保护单位。

为庆祝新中国华诞七十周年，“我和我的祖国”采风组八月中旬，来到草

作者温莹在景区留影

原包头著名景区采风，为扩大景区的知名度和影响力深受青睐。

提起游五当召，15 年前我曾游览过，在我的记忆中，一方面五当召的自然景观很优美。占地千余亩的天然森林公园，园内古木参天，松柏林立，灌木丛生，景点繁多，奇观妙景俯拾皆是。沿沟北上，海拔 2066 米的最高峰敖包山傲然挺立，登山远眺，九曲黄河及周围景致尽收眼底，壮美之际感悟此景区不愧为祖国边陲旅游胜地。另一方面壮美人文景观有魅力。三百多年来，独特的藏式建筑，丰厚的人文资源，吸引着海内外游客和朝拜者。此次，我应老同学、“我和我的祖国”采风组组长谢吉恒相约，写一篇主题为迎接新时代，旅行展风采，游五当召的散文。

（一）

凑巧，近日家里来客人，我首选带他们去五当召看看。

节气不饶人，清晨略带凉意，我们一行驱车前往五当召，请上导游，进行深度重游五当召。

五当召与西藏的布达拉宫、青海的塔尔寺、甘肃的拉卜楞寺齐名，是我国藏传佛教的四大名寺之一。始建于清康熙年间（1662~1722 年），清乾隆十四年（1749 年）重修，赐汉名广觉寺，是第一世活佛罗布桑加拉错在此兴建，顺山势而建，高低不等，大小不一，样式各异的寺庙群体，逐步扩大始具今日规模。

据资料记载，主体建筑群由八大殿、三大活佛府、一座安放历代活佛骨灰灵塔的苏波尔盖陵和 94 栋 2358 间喇嘛住宿的土楼组成，是一座政教合一的寺庙，同时，也是研究藏传佛教（密宗）、哲学、医学、天文、地理等多种学科的研究基地，有蒙古高原藏传佛教"最高学府"之称，现存六大殿。

导游引领我们拾级而上，第一殿苏古沁独宫。独宫是经堂、佛殿的意思，建于乾隆二十二年（1757 年）是五当召最大的殿堂和主要建筑，高 22 米，三层楼。一楼前厅是大经堂，后殿为藏经库，经堂宏伟壮丽，81 根方柱贯通上下，用彩色龙纹栽绒毯包裹。殿顶悬挂经幡和帛画，地上排列数十排座榻，鼎盛时有 1200 多喇嘛诵经，四周墙壁有表现释迦牟尼传说，草原生活壁画，四大天王像。二楼供奉释迦牟尼和黄教创始人宗喀巴的塑像及众佛铜像，东西两侧是十八罗汉。三楼陈放国家一级文物。

第二殿却依拉独宫。它建于道光十五年(1835 年)是讲授佛教教义的场所，蒙语叫拉桑，汉语叫神学院，分四大学部，时轮学部、宗教哲学部、医学部、教义戒律部。

第三殿洞阔尔独宫。建于乾隆十四年（1749 年），是五当召现存的最古老的建筑，壁画以黄色为主，又称为黄庙，有着一世活佛"鹰衔经僧冠帽掉落"而建此庙的传说。此殿是神学院的时轮学部，传授数学、天文、地理、占卜和历法。殿门正中悬挂用蒙汉藏满四种文字铭刻的"广觉寺"匾额。大殿前广场为讲经堂和口试、辩论的地方，殿内供奉第一代活佛洞阔尔 · 班迪达的塑像。

同学聚会景区留影

第四殿阿会独宫。建于嘉庆五年（1800 年）是五当召唯一一座面西朝东的佛殿，主攻胜乐金刚，分纠德巴和门巴两个学部。

第五殿喇弥仁独宫。建于光绪十八年（1892 年）是专攻菩提道教义戒律的学部，全内蒙古只有五当召讲授。所以很多喇嘛不辞辛苦慕名而来。殿中供奉藏传佛教格鲁派（黄教）创始人宗喀巴大师的巨型铜像，高 9 米，重 90 多吨，是内蒙古最大的一尊宗喀巴铜像，两侧有 1 千多个小宗喀巴泥像，称“千佛殿”。

第六殿当圪希德独宫。它是护法秘神殿，建于乾隆十五年（1750 年）是管教喇嘛的地方，俗称训服殿，喇嘛戒律很严，有过失要受处罚，殿内供奉护法金刚，均为“愤怒像”。

三座活佛府是洞阔尔活佛府、甘珠尔活佛府、章嘉活佛府。

苏波尔盖陵是供奉历代七位活佛舍利子（骨灰结晶）和牌位的灵堂，七座灵塔嵌有珍珠宝石，是非常华美的艺术珍品。

导游详讲了转“嘛尼经轮”就是沿山坡修建的转经筒，像时针正转，转动一圈等于诵一遍经文，是普度众生、积德修善的吉祥轮，我们与导游互动，饶有兴致地转了吉祥经轮。

（二）

此次游五当召，没有赶上喇嘛做法事、诵经和法会。经导游介绍五当召经会（法会）是主要的宗教活动形式，通常以喇嘛诵经、敬神、祭礼活动为主要内容，全年大小宗教活动 25 种 70 余次，其中较为隆重的是“佛诞节”“嘛尼法会”“晒佛节”“祭敖包”等四项活动。

“嘛尼法会”每年农历七月二十五，小月为二十四至八月初一为时七天，活动期间，全寺的喇嘛师父们都会集中在苏古沁殿颂持“嘛呢经”，而且七天七夜不会中断，以此祈念风调雨顺，五谷丰登，国泰民安，芸芸众生普皆吉祥、安乐。每年嘛呢法会举办期间，各处僧侣、信众都会在五当召云集，四面八方的游客和民众也多会前来顶级的文化旅游景区感受传统文化内在的魅力，在祈福的人流中去体会善念、善愿、善行对自我心灵的滋养僧侣转庙（主要是一殿、二殿）召上全体僧侣转庙、洞阔尔活佛在活佛府为信徒摸顶赐福是活动最大的盛事。蒙古族的摔跤、射箭、骑马贯穿始终。

八月初一又叫“晒佛节”，把高达 20 米的巨幅弥勒佛像唐卡铺晒在寺庙西北山坡的晒佛台上，历时 1 个小时诵经祈福，甚为壮观。

“祭敖包”也是一种很有特色的活动，僧人诵念祭奠经，献上牲畜、点心、奶食供奉神灵，祈愿一年禄马腾飞、风调雨顺、人畜兴旺。

重游五当召，听了导游详尽生动的介绍，不仅感受到了藏传佛教的神奇，也领略了五当召寺庙宇群的恢宏壮观，听到了很多传奇故事、祭酒的习惯。敬酒前先用右手无名指沾上一点酒，并以大拇指向上、向下、向右上方各弹一次酒才能饮用。弹酒向上是敬天，弹酒向下是敬地，弹酒向右上方是敬先圣和祖辈。

（三）

下山时我们一行又虔诚地顺着山的斜坡转动金色的转经轮，依依不舍的走下山去。导游说五当召于 2002 年被国家旅游局评为国家“AAAA”级旅游景区，2011 年被列入自治区旅游基础设施建设储备项目，2015 年被亚太旅游联合会授予“修学旅游目的地”称号，现在，正举全包头市之力创建国家 5A 级旅游景区。

五当召在“一带一路”背景下，本着“梳理、传承、保护、发展”的主旨，倾力打造以五当召为龙头，低空域通用航空产业和文化创意影视基地为两翼，希望花舞人间主题文化公园等休闲产业基地为补充的全域文化旅游格局，接续、保护、传承好五当召藏传佛教珍贵文化遗存，续写多民族文化密切交流，将五当召打造成为体现草原文化，独具北疆特色，及旅游观光、休闲度假、文化研究、禅修体验和祈福吉祥为一体的国家 5A 级旅游景区。

我们期盼着五当召美好的明天，有机会一定再游五当召。

（作者：温莹、川石，原载于政商参考网，2019 年 9 月 17 日）

曹雪芹公园的健走团

极具古韵新城的丰润，因润泽丰美而得名，是河北省唐山市主城区之一。提起丰润大家都知晓，丰润是生产“和谐号”闻名于世的动车城、是曹雪芹的故乡，其实丰润也是一个值得去旅游的地方。丰润有六个旅游的好去处，包括曹雪芹公园、建于辽代的天宫寺塔和无梁阁、腰带山、麻龙湾清明上河图、震惊世界的潘家峪惨案纪念馆。在新中国迎来华诞70周年前夕，“我和我的祖国”采风组9月下旬到曹雪芹公园采风。

一道靓丽风景

曹雪芹公园（旧称还乡河公园）占地面积1650亩，其中绿地面积1230亩，水域面积420亩，“浭水湖”碧波荡漾，宏大生态文化长廊为景区增添绿色，著名作家的管桦园及他笔下小英雄雨来园等向游人展示丰润的历史和人文特色。曹雪芹公园是一处弘扬红学文化、打造文化产业品牌著称。曹雪芹公园是充分挖掘曹雪芹祖籍在丰润的文化特质，发掘丰润历史文化特征、营造极具红学文化特色的集生态、旅游、休闲、娱乐为一体的公益性综合城市公园，是红学文化和地域文化的展示平台和享誉中外影视拍摄基地。

金秋9月，曹雪芹公园风景如画，秋高气爽，空气清新。《中国冶金报》记者一连几天早晨到曹雪芹公园散步，在绿树簇拥的2.5公里的环形景观道上，看到一队手擎“民为先丰润健走团”旗帜，身着红色的马甲印着“民为先健走团”的标志的健走者，迈着矫健整齐的步伐、精神抖擞、踩着音乐的节拍，手做着健身的动作阔步前行。人数不断增加，起初有几十人，后来增加到近百人，一长串队伍受到晨练围观者的关注和青睐。参与健走者有精神矍铄的古稀老人，也有背着书包的小学生，方显男女老少齐参与健走阵容，成为曹雪芹公园一道靓丽景观。经记者了解，这些键走者是为响应习近平总书记走进新时代，投入到全民健身运动中去的群众性公益活动。

公益故事情深

“丰润健走团缘何组团又怎样组团、为什么受众欢迎等热议话题”，记者采访健走团发起人左占财和马利，他俩都是20世纪70后出生的。左占财告诉记者，秋天，魅力曹雪芹公园环形景观大道两旁，花草五颜六色，碟飞蜂舞，移步一景。然而晨练散步的人们，在四五米宽大道上，散步者三五成群一字排开，跑步者七八个一伙穿插其中，极其不和谐。

全民开展学习习近平强国理论，践行全民健身，重在参与，文明健身，从我做起，一个以“民为先丰润健走团”应景而生。“以民为先”寓意是事事以民为先，全民健身，科学健身，文明健身。把健身运动打造成靓丽风景是民为先团队服务宗旨。

提起如何组团？“民为先健走团是一公益性自发组织社会团体”马利说，健走团性质决定了加入健走团成员只能有奉献精神，克服多种困难。一是没有资金，自力更生。团队发起人自掏腰包购买音响、制作旗帜，健走团成员自费做马甲服装。二是开展健走是公益活动，吸收健走核心团员条件应是有爱岗敬业、舍己为人的无私奉献精神；有服务大众，勇于承担

健走团核心成员留影

健走团在曹雪芹公园合影

责任的宽广胸怀。三是健走团成员从自身做起，严于律己，示范与人。健走团从 8 月 26 日建立至今一个多月，两个发起人左占财手擎大旗领路、马利肩背重 5 公斤音响带队，每天清晨七点前结束 5 公里健走之旅。每一个健走团员都有一个健身故事，苦中有甜，其乐融融。健走团员果淑娟、庞翠云谈起第一次参加 5 公里健走的感悟时回忆，走了一圈 2.5 公里就觉得腰酸腿疼，勇于坚持走了三四天后适应了，也不觉得累了。她俩说，在健走的过程中，其他健身运动者对此十分感兴趣，纷纷加入健走行列，让原来陌生人瞬间变成谈健身、谈运动、谈健康的朋友。记者采访一位退休年逾七旬的老师谈参加健走感受时兴奋说道：“振奋精神、愉悦心情、激活筋骨、健身强体，自己天天参加觉得很有劲。”

记者问道健走团下一步有何打算时，左占财表示为了全民健康，推动全民健身运动健康有序发展，取得政府相关部门的帮助支持下，响应习总书记的号召“全民健身”，目标是打造丰润健身协会，健走团勇于担当做排头兵，让全民走进健身运动中来。

（作者：谢吉恒，原载于政商参考网，2019 年 9 月 29 日）

（二）工业旅游

力铸“环保标杆”幸福多

——德龙钢铁 AAA 景区工业游有感

记者与杨胜敏（右）合影

春色满园关不住，一枝红杏出墙来。2018 年年初，德龙钢铁有限公司（以下简称“德龙钢铁”）捷报频传：2017 年，德龙钢铁吨钢利润为 921 元，位居河北省民营钢企前列，率先在国内建成民营钢企 AAA 级国家旅游景区、入选国家首批绿色示范工厂，在发展中实现了效益与环保并举。德龙钢铁的环保经验，吸引了全国各钢企同行来此交流经验。自 2017 年 7 月份该景区开园至今，已 600 多次接待参观、对标的钢铁同行，参观人数达到 1 万余人。

饱览美景感知幸福

参观“笙雕塑”

4月10日，笔者跟随《中国冶金报》“绿色钢企万里行征文”采风团来到德龙钢铁参观学习。在德龙钢铁党群工作部负责人杨胜敏的陪同下，笔者走进德龙钢铁厂区，立刻被主干道两边优美的景致所吸引：平整的道路、洁净的厂房、成片的绿地、有序的标识、漂亮的宣传画、3D立体画……德龙钢铁给人留下的第一印象是这里更像一个大型公园。随后，我们乘坐观光电瓶车在厂区内参观厂容厂貌，观赏德龙钢铁员工绘制的巨幅牡丹图、百鸟图、太行山水图、邢台人文景观图、二十四孝图等作品，感受这里浓厚的文化氛围。厂区内的电子屏幕上滚动着一行标语——“抬头挺胸说环保，低头弯腰做环保”，可见环保理念已深深融入德龙钢铁的日常工作中。

笔者选择了德龙钢铁独具特色的十大景点中的钢铁博物馆、水处理中心、炼铁炼钢现场、料场等景点进行了深度游。德龙钢铁博物馆是受游人青睐的首选景点。它别具特色，是国内钢企中规模罕见、内容丰富、底蕴深厚的钢铁博物馆。该馆的建设投资为1500多万元，建筑面积达到1720平方米，全方位地展示了世界钢铁、中国钢铁以及德龙钢铁的发展历史，是一座融展览、爱国主义教育为一体的多功能综合博物馆。该馆采用投影和模型等形式，形象地演绎了钢铁生产的整体工艺流程，讲述了钢铁与农业、工业、军事、艺术以及人民生活的紧密关系。置身在这个展示钢铁工业发展历史的展馆中，让人尽享钢铁之美。

我们参观的水处理中心，是德龙钢铁生产污水回收、处理和再利用中心，它保证了生产过程中产生的污水零排放。水处理中心的外墙有彩绘，屋内有绿植，门口的一个大型鱼缸更是吸引人们的眼球：污水经处理后变成纯净水，鱼儿在清澈的水中嬉戏。据水处理中心工作人员介绍，2017 年年初，邢台市负责环保的相关人士在参观了德龙钢铁水处理中心后表示，污水在这里经过处理后，经检测，水质优于国家一级饮用水质标准。

德龙钢铁高炉出铁区域曾经是整个厂区最脏的地方。而现在，工人常说："以前在这呆 10 分钟，鼻子、脸全是黑的；如今在这待上一天也不会黑。"十三届全国人大常委会副委员长、全国妇联主席、中共十九届中央委员沈跃跃曾多次在钢铁企业调研。她来到德龙钢铁高炉生产现场，对德龙钢铁"踏踏实实把环保做到最好"的理念给予了高度评价。中国宝武的高管带队到德龙钢铁参观，看到炼钢转炉平台实施 3 次除尘，很是佩服。

德龙钢铁还建成了跨度大、施工工艺先进的全封闭式环保料场，实现了生产原料全封闭式储存、运输，解决了物料传送和天气影响带来的扬尘问题。全封闭式料场雾炮抑尘设备的使用，进一步抑制了扬尘的产生。德龙钢铁成为继中国宝武、河钢唐钢和邯钢之后在国内率先使用全封闭式料场的钢企之一。

"无愧标杆，不虚此行。"来此参观的人参观后连声说，"这哪里是钢厂，这分明是公园。""钢厂这样做真棒！""在这么优美清洁的环境中工作，德龙钢铁员工真幸福！"

承担责任理解幸福

提起邢台，很多人会想到这里是殷商故都。坐落在太行山革命老区的德龙钢铁，在历史上有过浓墨重彩的记录。20 世纪 90 年代，德龙钢铁前身——邢台新牟钢铁公司，是山东新牟国际集团响应党和国家关于"东西合作、协调发展、共同富裕"号召实施的东西部地区合作项目，是在全国范围内率先实施的重大扶贫项目。1992 年破土动工兴建的邢台新牟钢铁公司，1995 年被列为东西部地区合作示范工程。笔者撰写的《东西部地区合作的示范工程》调查报告，刊于1996年5月5日的《中国冶金报》。当时，新牟钢铁负债接近5亿元，运营困难，德龙钢铁在这种情况下接手。

记者听取打造环保标杆企业的介绍

2000年，步入而立之年的德龙钢铁掌门人丁立国，带领员工艰苦奋斗，创新进取，使德龙钢铁跻身于中国企业500强、世界知名钢企之列。进入新时代，德龙钢铁奋进新征程，打造“环保标杆”企业，创造了新辉煌。

德龙人认为，奋斗是艰辛的，但奋斗同样是幸福的。德龙人说：“能在花园式AAA景区上班，心里感到无比自豪和骄傲，更感到幸福。”德龙钢铁工业游吸引国内外八方来客，争相来此体验这家“环保标杆”企业彰显出的幸福感。

看点之一：德龙钢铁内塑文化、外树品牌，输出模式有魅力。“环保标杆”已成为德龙钢铁的名片。德龙钢铁是如何在国内民营钢企中率先打造AAA级景区、世界级洁净钢厂、行业内“环保标杆”企业的呢？他们是严格按照“五化”标准推进的：一是生产洁净化。即烧结、炼铁、炼钢工序标准均优于国家标准，生产现场干净整洁；对烧结、炼铁、炼钢等工序进行脱硫、除尘、全封闭等共计53项升级改造，使各工序二氧化硫、氮氧化物和颗粒物的排放量均低于国家特别排放限值。他们还将生产现场地面、墙面、设备表面进行美化，让钢铁生产现场更干净、整洁。二是制造绿色化。德龙钢铁从原料入棚、粉灰入仓、运输入廊开始的整个过程，都要确保运输车辆清洁、路面无尘、污水回用。三是厂区园林化。德龙钢铁占地面积为1800亩，是世界上吨钢占地面积最少的钢厂之一。德龙钢铁实施去产能工作后，拆除落后装备腾出的土地用来绿化。目前，德龙钢铁厂区绿化面积占总面积的35%以上。德龙钢铁见缝插绿，种植各种树木79万株、培育草坪18万平方米。德龙钢铁还在厂区外围租用了2000亩土地，种植了可吸收重金属、改良土质的柳树20余万株，形成了200米宽的环厂绿化带，打造了一座林中花园式钢厂。四是建筑艺术化。

参观景区金刚园

德龙钢铁做到厂区道路、管廊支架、料场四周、建筑外墙、设备外观等的美化，并以建筑艺术化为原则，形成了独具德龙钢铁特色的十大景点，其中德龙钢铁博物馆、德龙钢铁金刚园等建筑颇具艺术特色。德龙钢铁金刚园是一个集变形金刚雕塑、球幕投影、攀岩等娱乐设施为一体的游乐园。园内陈列各类变形金刚 215 个，均由德龙钢铁员工自己设计，用废旧汽车零件、废旧钢材制作。五是园区 AAAA 化。德龙钢铁正按照 AAAA 景区标准，对已建成的 AAA 景区进行升级改造。

看点之二：德龙钢铁积极承担社会责任，融于社会有魅力。德龙钢铁秉承“尽社会责任，创绿色财富”的环保理念，用开阔的视野守护青山绿水，努力使钢铁企业与生态城市发展共荣。他们把做好环保工作上升到生存的高度。自 2014 年起，他们实施了大手笔环保投资，截至 2017 年投入的环保资金超过 10 亿元，用于推进绿色发展，实现清洁生产，打造绿色花园式钢厂。多年来，德龙钢铁在水、气、渣、尘全方位无死角治理方面取得了不凡的业绩。

看点之三：德龙钢铁与时俱进，顺应新时代、奋进新征程有魅力。德龙钢铁在环保投入上不设上限。目前，钢铁业环保吨钢平均运营费用是 100 元 / 吨，德龙钢铁环保吨钢运营费用是 180 元 / 吨。丁立国带领着德龙钢铁人，全力打造“无烟工厂”和业内永久性标杆企业。

结束了参观，当笔者走出德龙钢铁大门时，看到了“用行动见证理念，用生命体验经典”标语。

它激励着德龙人，奋斗再奋斗，不断创造人生幸福。

（作者：谢吉恒，原载于搜狐网，2018 年 4 月 1 日；

《中国冶金报》，2018 年 4 月 13 日）

立体园林　文润丰厚

——德龙轧辊园林文化区见闻

记者与郝国彬（左）、杨胜敏（右）合影

6 月 16 日，在北京国家会议中心，“2018 年中国时代风采征评颁奖典礼”正在这里隆重举行，邢台德龙机械轧辊有限公司（以下简称德龙轧辊）荣获《环保生态工业游示范景区》。德龙轧辊巧借自然优势、渗入红色基因，融企业文化、实力展示、素质提升“五位一体”很有特色和底蕴。笔者近三年见证了他们的建设历程和发展变化的轨迹，在当今“质量为王”“品牌为王”的时代，实施精品战略势在必行，德龙轧辊在今年“国家品牌日”，喜获 2018 年度“钢铁装备技术品牌供应商”荣誉，跨入冶金轧辊前三甲行列，率先在国内建成民营钢企德龙钢铁 AAA 级国家旅游景区的重要组成部分、入选国家首批绿色示范工厂，德龙轧辊吸引全国轧辊同行来此交流经验。7 月上旬，笔者又一次陪同北京媒体记者前来采风，现将见闻观感分享如下。

景观之一：层林叠翠，花果庄园

德龙轧辊绿植覆盖苹果树满园

德龙轧辊位于邢台西部太行山脚下，厂区西靠太行、东接平原，得地理山川之胜，呈步步登高之势，纵横通衢、紫气东来。按山势规划为办公区、生活区、生产区、公寓绿化区等几大功能区。德龙轧辊南大门海拔 129 米，巧合的是当年八路军 129 师曾战斗在背后的太行山上，抗大旧址、八路军枪械厂、被服厂、冀南银行等遗迹已开发为红色旅游景区。德龙轧辊南门为牌楼式建筑，命名为“129 紫望楼”，预示着德龙轧辊必能冲出太行、走向全国，誉满世界！

进南门是一处圆形花坛，红黄绿三色篱植组成德龙徽标，内植萱草。此处连同周边几处小园共同命名为“龙兴园”，取德龙轧辊“盛世腾飞、百年兴盛”之意。办公楼为仿古宫殿式建筑，黄瓦白墙、飞檐斗拱，正是龙首之位、龙腾之势！旗台上方国旗、新加坡旗、德龙旗帜高高飘扬；旗台下置“印天池”一座，池水清澈、映衬蓝天，五色锦鲤游弋其中，充满灵气与生机。水不在深可跃蛟龙、池不在大可印蓝天，表达德龙人放眼天下的博大胸怀；院内法梧、塔松青翠挺立，既表示德龙挺立企林的精神，其下规划整齐的客户停车场、职工运动场又体现了细致周到的人文关怀；院内种植玉兰、海棠、牡丹、紫荆、连翘、鸢尾、月季等花灌木，花语“玉堂富贵”之意。

丁立国董事长确立德龙集团的价值观是“立德、立业、立回报”，故南门至生产区主干道命名为“立业路”，路南一片桃园下是 2000 平方米的硬化职工停车场，德龙轧辊总经理孙建勋常说：每隔一段时间就要数一数场内的车辆，看到数量又增加了，他都非常高兴，“这表示我们的职工收入增加了，对未来充满了信心”。停车场向北，通食堂、更衣室、浴池、变电站至锅炉房这条路叫“立德路”,生产区东侧南北道路为“立国路”,环绕生产区外围的道路是“龙泽路”，德龙轧辊必能在中华龙和德龙集团的佑泽下建功立业、蒸蒸日上！

沿立德路向北。首先看到的是“携手园”，靠墙三株青翠塔松，中间一棵代表德龙，左手拉着客户，右手拉着供应商，众多的碧桃和月季代表广大职工，共同拱卫着产业链，踏上立业路（以500余株樱花树作为行道树，故又名樱花大道）是客户与德龙合作的开始，我们一定能携手并肩，赢得市场、赢得客户，盈利多多，共同发展！园北是职工餐厅及西侧的职工休息室，处于法梧、青松、垂柳环绕荫庇下；北侧二层小楼是质保中心，其北是一片海棠园，植有西府海棠、贴梗海棠、垂丝海棠、北美海棠等品种，春风吹拂时，一簇簇一片片红白粉色的花朵灿若云霞，秋风扫落叶之时红白橙色果实缀满枝头，珠圆玉润、满目喜庆。路东是洗衣服、浴池、职工活动室等生活设施，平展的草坪中建有数处花坛，自春至秋连翘、鸢尾、木槿、紫薇、黄菊次第开放，芬芳不断、清香袭人。园名“正清园”，体现德龙人清心正气、扎实进取的风貌。海棠园北是公司35千伏变电站，动力乃企业发展力量源泉，周边环绕着梧桐、女贞、白杨等高大挺拔树木，象征德龙人积极向上、奋勇争先的精神。

来到龙泽北路，俯瞰北门区域。磅房、燃气锅炉房、门卫室等粉红色小屋掩映于绿树丛中，宛如梦幻般的童话世界。近处是上千平方的景观草坪，“扎根中国，服务世界”八个大字彰显着德龙人的追求和远大目标。道路南侧草坪内的景观石大写一个“勤”字，白栏杆圈起的整齐草坪内，放置众多灵动的小动物雕塑，鹤舞鹿奔、松鼠跳跃、五色兔隐现；园内碧桃、石榴、柿子、核桃、山楂等百果飘香，直观地诠释了“天道酬勤”的道理。

立国路和立业路是生产区参观通道，正是从办公楼“龙头”延伸来的龙身。铸造厂房东侧这个三角形小园处于龙足位置，遍植龙爪槐。龙的脚步必然会丈量天有多高、云有多宽。故园名“步云”，表达德龙人雄视天下、遨游四海之意。机加与热处理厂房间绿篱围起四片绿化带，恰似展开的翅膀，名曰“翼展园”。两肋插翅才能飞翔蓝天，两个分厂正是轧辊生产的关键，德龙赖以腾飞的翅膀。出冷处理车间，我们来到龙泽南路，也是参观的终点，这是千株美国竹柳组成的“留林”，既表示德龙对各方朋友的挽留之意，也代表德龙留住客户、永续发展的美好愿望。

此外，德龙轧辊还在各车间、建筑物周边种植木槿、女贞、樱花、连翘、景天、月季等观光带多处，生产区上方的德龙公寓北侧辟为绿化苗圃基地，西门外是千亩核桃园，成为公寓区及德龙轧辊天然的后花园。经数年建设，德龙已做到了有土皆绿，完全消灭了荒地，绿植覆盖率接近 60%。

景观之二：以文化人，实力展示

除着力打造优美的自然景观外，德龙轧辊还打造了三大展示窗口。办公楼为第一展示窗口，一楼大厅是国学展示厅，醒目的《诫子书》《弟子规》时刻提醒员工做人做事的道理，《大学》告诉我们干事业要“苟日新，日日新，又日新”和“修身、齐家、治国、平天下”的规律；拾级而上，两侧及楼梯拐角处挂满董事长国内外考察演讲、出席企业家座谈会、亚布力论坛的照片及人生感悟：“要把公司当道场，把工作当修行”“不是有了希望才坚持，而是坚持了才有希望”。三楼会议室是与客户交流洽谈的主要场所，室内悬挂各色匾额，有《大学》《六韬》经典章句，董事长“静定专精”的经营思想、“内外兼功，提质增量，减欠避险，强化内功”的经营方针等。会议室外是荣誉展厅，正中摆放声光电一体化立体模型，直观地反映德龙轧辊生产布局和工艺流程；东墙展示经营理念、文化生活、市场分布图片；西侧是琳琅满目的公司各类资质荣誉证书和奖牌奖杯；北墙大屏幕循环播放着车间热火朝天的生产场景，演示着废钢铁变身优质轧辊的全过程。

质量保证中心是第二展示窗口。理化、计量、探伤、力学性能等专业检测室外配备展示牌，介绍电子扫描电镜、图像分析仪、X 射线荧光光谱仪、等离子体发射光谱仪、光电直读光谱仪、氢氧氮联合测定仪、合金分析仪、表面粗糙度仪、数字超声探伤仪、涡流探伤仪、万能实验机、显微硬度计等先进的检测仪器以及各室资深专家技师实力。德龙轧辊确定产品检测原则是

“站在客户角度实施苛刻判定”，保证了出厂产品完全满足客户要求；还创造性的在质保中心特设体系管理科，负责产品技术标准、工序操作标准的制修订及执行监督，负责技术体系、管理体系运行的监督检查，有效保证了工序质量及产品质量不断提升，更好地满足客户不断增长的质量需求。

生产车间为第三展示窗口，德龙轧辊统一制作了一批展板在车间门口、车间内醒目位置展出。车间外为车间简介、定置图，使参观者一目了然地了解到本车间装备先进性、主要产品、生产能力和现场规范布置，使职工形成良好的作业习惯；车间内展示牌分为几大板块：一是车间管理规定、定置管理标准、安全警示、班组长九大责任等，使职工日常行为有所遵循和预知，保证安全文明高效生产；二是本车间历史最优纪录、年度奋斗目标，让职工知道肩负的责任和努力方向；三是业绩（产品）展示、发展历程图片，使职工感受到车间的发展变化，知晓所服务的对象，增强自豪感、责任感；四是企业文化理念，潜移默化影响员工的思想和作风，自觉与公司保持一致，为公司发展贡献力量。

景观之三：生态工业，清洁生产

德龙轧辊通过改革创新，研发出以废旧金属料生产轧辊的工艺。年消化社会旧轧辊 15000 吨、废钢 11000 吨、废旧合金料 2000 吨，堆焊修复重新投用旧辊 2000 吨，为减少环境污染、社会资源重复利用做出了突出贡献。公司已成为资源循环利用的转换站，生态化工业生产的典型。

同时，德龙轧辊生产过程也贯彻了资源化、清洁化原则。（1）金属废料。生产过程产生的铸余、料头、切屑及工程维修中产生的废钢、边角料全部回炉使用；加热、热处理、锻造过程中产生的氧化铁皮等，交由铁合金冶炼及化工染料企业回收利用；各类除尘器收集的含铁除尘灰交由集团内钢铁企业作为烧结原料。（2）非金属固废。铸造用沙，全部回收筛分后循环使用；冶炼废渣交由商砼企业作为原料用于铺路材料；筑修炉产生的废旧耐火材料交

采风组来公司采风

由具备生产资格的制砖厂制造免烧环保砖。（3）生产用水循环率、生活废水回用率100%，废水零排放。（4）烟粉尘削减50%以上。公司所有排烟设施全部按国家标准修建，电弧炉、中频炉、电渣炉等冶炼设备全部配备除尘设备，业内率先增设离心机浇铸除尘、合箱浇铸轨道移动式除尘、轧辊切冒口除尘、开箱区雾炮降尘、钢锭抛丸处理设施，环保水平业内领先；烟粉尘及气体排放量比初始核定标准削减50%以上。（5）废液100%回收，零排放。锻造油压机、离心机、机械设备产生的废油、磨削液等废液全部收集定点存放，定期交给专业厂家，回收过滤处理后投入循环使用，环境零排放。

“德龙是一家工厂，也是一座花园，更是一个乐园——一个奋斗者的乐园”（德龙轧辊文化宣传语）；“友善，奉献，诚信，进取，执着”是公司的价值观；“宗教般的信仰，军队般的纪律，政府般的秩序，家庭般的凝聚力，学校般的进取心”是德龙人的团队建设目标；“不是因为有希望才坚持，而是坚持了才有希望”“把公司当道场，把工作当修行”“为弱者付出，为细节付出，为未来付出”是员工的力量源泉和行为准则；“像关注子女一样关注产品，像重视生命一样重视质量”“行动了就一定要做好，承诺了就一定要做到”是德龙轧辊的质量观；“扎根中国，服务世界”“德龙与世界同行”“铸百年德龙，树行业标杆”是不懈的追求。

“中国的轧辊，世界的德龙”“以行动见证理念，以生命体验经典”，德龙轧辊人正以饱满的激情、脚踏实地的实干精神、只争朝夕的实际行动全身心投入，在创建世界一流强企、永久性标杆企业的伟大事业中阔步前进！

（作者：谢吉恒、郝国彬，原载于《中国冶金报》，2018年7月13日；
政商参考网，2018年7月13日）

绿色钢企的窗口

——观津西展厅随感

从1月中旬召开的中国钢铁工业协会2018年理事（扩大）会上传出消息，津西钢铁集团（以下简称津西）在河北民营钢企盈利、吨钢利润排行榜上均名列前茅。闻听这一喜讯，不禁使笔者回想起2017年9月下旬，参加《中国冶金报》“绿色钢企万里行征文”采风活动时参观津西综合展厅的情景。

当时正值金秋时节。我们步入津西厂区的大门时，看到一排排整齐亮丽的现代化厂房和满园的绿树红花，构建起这个正在努力打造国家AAA级工业旅游景区。特别是眼前的津西绿色钢结构研发中心大楼，一下子吸引了我们的注意力。走进研发大楼，我们不禁赞叹，这里真是展示津西打造绿色钢企成果的窗口。

看点之一：“镇厅之宝”——鼎力津钢炉

我们走进研发大楼中区大厅，映入眼帘的是景泰蓝巨作——鼎力津钢炉。

讲解员告诉我们，鼎力津钢炉是津西为纪念建企30周年，委托汉艺煌公司量身定制的。鼎力津钢炉高5.99米，直径3.39米。该作品将现代炼钢工艺流程绘制錾刻于炉体核心区域，喻示钢铁文化世代传承，也体现了津西集团蓬勃向上、斗志昂扬的精神风貌。

鼎力津钢炉

看点之二：叫响品牌——市场竞风流

我们跟随讲解员的脚步来到北区展厅。北区展厅包括产品展厅和文化展厅。

在产品展厅，我们迎面看到墙上的金色大字：“搏潮头创一流品牌，靠精品拓五洲市场。瞄需求优产品结构，敢人先造行业旗舰。”这 32 字，写出了津西人在做强产品和品牌上的不懈追求。

在产品展厅四周的墙壁上，以图文并茂的形式，展示着津西集团和香港上市公司——中国东方集团控股有限公司组成集团的钢铁冶炼、装备制造、节能环保、国际贸易、金融租赁、津西投资、高新科技、绿色地产、龙翔文化等九大板块的发展情况。

在产品展厅的中央区域，展示着多种规格的津西牌 H 型钢、津西牌拉森钢板桩及津西牌电气化铁路线杆产品。历经 30 年的跨越发展，津西牌 H 型钢产品已经形成123个系列、356种规格，不仅广泛应用于鸟巢（国家体育场）、央视新台址、北京国贸四期工程、杭州湾跨海大桥等国内重点工程，还远销美国、日本、欧盟等30多个国家和地区。津西牌拉森钢板桩产品，是填补国内技术空白的产品，自开发至今，不仅广泛应用于南水北调工程、山东济齐黄河大桥工程、青岛地铁工程、广州虎门二桥工程等国内重点工程，且同样畅销海内外市场。津西牌电气化铁路线杆产品在京沪、沪宁、哈大、沪杭、广珠等10余项国内重点高铁项目的建设中屡展雄姿。

展厅中的多种展品

在产品展厅，有一座用型钢焊接而成的雕塑，因其状如一棵大树，又被寄予了津西巍然屹立于钢铁之林、事业蒸蒸日上的美好寓意，被员工们命名为“基业长青”树。

在产品展厅的东侧是文化展厅了。这里以10年为一个节点，展示了津西30年来走过的历程。

第一个节点是1986~1996年，是津西起步腾飞的10年。这十年，津西规模不断扩大，管理不断创新。特别是1994年，时任津西铁厂厂长的韩敬远首创并推出“两册一制”（取消合同制员工和临时工身份差别）劳动用工制度，很快津西用工模式在全国推广。这10年，津西实现了由建厂初期的年产14万吨生铁到形成年产25万吨生铁、20万吨钢和年发电量达1800万千瓦时的综合生产能力的跨越，固定资产由4000万元增加到2.48亿元，工人总数达到2800名。为记住这10年的成绩，津西设立腾空万里的汉白玉宝马雕塑。那骏马腾空的雄姿，像极了发展初期的津西。

第二个节点是1997~2006年，是津西合力奋进的10年。这10年，津西结束有铁无钢的历史，产品不断升级换代，开始向高端型钢领域进军。2004年，津西顺应国家政策改制上市，成为中国率先在海外上市的民营钢企，津西再一次实现了跨越发展。这10年，津西固定资产已激增至42.31亿元，工人总数达到7900名。这10年，体制改革、香港上市、H型钢轧线放歌……为记住这 10 年取得的成绩，津西铸造了青铜合力宝鼎。该鼎铭文曰:“秉诚仁之德，汇五湖英才，聚四海之力，铸津西百年盛景。”

第三个节点是 2007~2016 年，是津西多元发展的 10 年。这 10 年，津西实现了从“一钢独秀”到“九龙腾飞”的华丽转身，在做强做精钢铁主业的同时，在装备制造、节能环保、国际贸易、金融租赁、津西投资、高新科技、绿色地产、龙翔文化等领域蓬勃发展，形成了九大发展板块齐头并进的格局，拥有的境内外控股子公司达 30 余家。2007 年，全球大型钢铁生产商——安赛乐米塔尔成为津西第二大股东；2009 年，津西集团成立；2013 年，钢板桩生产线改造升级成功；2016 年，特大型钢板桩升级改造项目稳步推进。这 10 年，津西固定资产跃升至 300 多亿元，形成了集九大发展板块于一体的大型企业集团。津西集团核心企业——津西股份，正在向世界最大型钢生产基地稳步迈进。为记住这 10 年的业绩，津西制作了鼎力津钢炉，以“情忠国祚，恩报桑梓。翘楚有期，鼎力八方”的豪情砥砺前行。

30 年来，津西不断前行。截至 2017 年年底，津西累计向国家缴税达 120 多亿元，在努力建设资源节约型、环境友好型企业的同时，热心公益事业，向交通、教育、抗灾等累计捐款超过 3 亿多元。

看点之三：文化强企——筑发展根基

我们一行从中区展厅向左直行，便到了南区展厅。南区展厅包括津西党建展和津西文化长廊两部分。

在以鲜红色为主基调的党建展区，8 个巨大的金属字“党建筑基 百年津西”分外抢眼，这也是津西党委的主旨和党建展区的主题。

津西股份副董事长、党委书记、总经理于利峰对笔者说:“津西取得的成绩，主要得益于该公司党委严格按照各级党委的部署和要求，在中国东方集团董事局主席、津西集团董事长韩敬远的带领下，扎实推进党建工作，促进企业健康可持续发展。”

在南区展厅的中央区域是文化长廊，观众参观的先后顺序由地板上的绿色箭头指引。2016 年，在津西建企 30 周年之际，韩敬远在参观文化长廊后说：“文化的根和魂在于传承和创新，要把文化长廊的展示活动坚持下去。”就这样，原本计划只在津西建企 30 周年前后举办的文化长廊展示活动坚持了下来。文化长廊展区的展示活动每年更新两次，每次展示一个主题。这个展区深受广大干部员工的喜爱，不时有人到展区前观看。在参观的人中，还有与津西合作的客户，以及来自天南海北的投资者……

如今，作为河北省唐山市迁西县工业旅游景点，津西正在按照打造国家 AAA 级景区的标准，在烧结、炼铁、炼钢、轧钢、H 型钢等环节改造升级，加快绿色生态典型示范企业的建设步伐。

（作者：谢吉恒、吴杰，原载于《中国冶金报》，2018 年 1 月 19 日 8 版）

津西钢城添美景

听河北津西钢铁集团（以下简称津西集团）的朋友说，该集团绿色转型的标志性建筑——津西研发中心全钢构大楼建成投入使用了。它成为津西十里钢城的新景观。今年 10 月，在河北津西钢铁集团迎来建企三十周年华诞前夕，笔者前往津西集团走访，所见所闻，令人惊叹。

迷人的景观

穿过历史古镇——河北省唐山市迁西县三屯营镇，我远远望见一座造型独特的大楼。据同行的人介绍，那就是津西研发中心。这座大楼造型新颖，通体由玻璃幕墙装饰。特别是楼顶翘起的巨大的雨棚，犹如涅槃的凤凰振翅腾飞，给人一种昂扬向上的感觉。

我们一行人沿着津西集团研发中心大楼前新加宽的道路——冶金路来到大楼门前，看到一块巨石。据介绍，该石来自山东泰安，总重 108 吨。这块

津西集团研发中心大楼

泰山石上面红色楷书大字“津西集团”雄浑厚重。

绕过巨石，呈现在眼前的是一座人工湖。据介绍，该湖湖域面积20000平方米，蓄水深度2米，总蓄水量38000立方米。水源全部采用津西集团制氧冷却水,使生产用水与景观用水形成了有效的循环利用。特别令人称道的是，该湖采取的自然冷却方式，不仅能最大限度降低生产用水在冷却过程中的电能消耗，还在保证生产用水的同时，有效地减少了资源的浪费。

在湖的西岸，均匀分布着10多组造型优雅的喷泉和9只栩栩如生、面向湖面的金蟾雕塑。湖中锦鲤戏水，岸边金蟾矗立，在一动一静间让整个湖面充满生机，也展现出了津西集团保护生态环境的绿色发展理念。

一座七孔拱桥横跨在湖上。该桥桥体由钢筋混凝土浇筑，总长约70米，宽10米。整座桥呈现出“水从碧玉环中过，人在苍龙背上行”的意境。桥的两侧，各有56个汉白玉立柱，含有“全民团结一心，共圆强国之梦”的寓意。湖、桥、鱼、蟾、柱，让人仿佛身处生机盎然、蓬勃向上的唯美画面中。

过了桥，一座广场喷泉吸引了我们的目光。喷泉中央有一个巨大的玉球，球下是直径4米的花岗岩五瓣莲花形底座。喷泉四周有9条栩栩如生的石雕祥龙，整体呈现出“九龙戏珠”的景观。“九龙池中有高台，池下芙蓉台上开”的设计，寓意津西集团九大板块全面发展。

鼎力津钢炉

走到津西集团研发中心大楼门前仰望，整座建筑犹如一艘在大海中劈风斩浪的巨舸。据津西集团的同志介绍，研发中心是一座6层的纯钢结构建筑，建筑面积2.1万平方米。整座建筑均使用津西生产的各种型钢作为骨架，楼外侧配以玻璃幕墙,使楼体更显现代风范。该楼具有钢结构建筑防火、防漏、防腐、隔音、抗震、再生等六大功能特点。除采用绿色钢结构体系，研发中心还引进国际最先进的绿色建筑节能技术，包括组合外窗保温隔热系统、雨水回收、人工景观湖循环水处理、工业余热回收技术等，充分体现人性化设计和健康、绿色、生态、可持续发展的理念。研发中心不仅是津西延伸产业链、加快推进产学研一体化进程的试水工程，也是提升绿色建筑社会认知度的示范工程。

我们沿着楼前的台阶步入研发中心的正门，便被圆形大厅中耸立的景泰蓝庆典重器——鼎力津钢炉吸引。

鼎力津钢炉是津西集团为纪念建企30周年而量身定制的大型景泰蓝作品。鼎力津钢炉总高为5.99米，直径为3.39米。该炉整体庄重大气，不仅展现了中华民族优秀的传统文化，更体现了津西集团蓬勃向上、艰苦奋斗、团结一心的“津西精神”。

鼎力津钢炉的装饰以九龙为主要元素，含有津西人众志成城、共同为发展贡献力量的寓意。炉身镶嵌着30颗特种红色玛瑙，代表津西集团成立30周年。该炉最巧妙的设计是，将炼钢工艺流程绘制、錾刻于炉体核心区域，喻示钢铁文化世代传承。

登顶眺愿景

欣赏过鼎力津钢炉后，我们进入了研发中心的津西集团产品展厅。展厅的迎门横幅上，写有“搏潮头创一流品牌，靠精品拓五洲市场，瞄需求优产品结构，敢人先造行业旗舰”的标语，凸显着津西人的胆魄和豪情。展厅中展示的那一张张记载历史的图片、一件件型钢产品、一个个荣誉证书，以及那用H型钢制作的“基业长青”雕塑，让人领略津西集团艰苦卓绝的发展足迹和九大板块的协同发展的概况。

在产品展厅的东侧，是富有特色的文化展厅。文化展厅以10年一个跨度，全方位展现了津西建企30年来，在各级党委政府和社会各界的支持下，在津西历届领导和广大干部员工的共同努力下取得的辉煌业绩。那厚重的企业文化、布满墙面的荣誉证书、凝固历史的照片、照片上津西人饱含幸福的笑脸，令人振奋。

走出展厅，我们登上大楼楼顶，顿感被一幅巨大的风景画所包围：近看，围绕着研发中心的是一圈绿化带。绿化带上是红果林、柿子林、板栗林和核桃林，林子中间的空地上铺满绿草鲜花。举目眺望，北面，近有山清水秀、20 世纪 80 年代打响“迁西铁矿开发第一炮”的三屯营镇牌楼沟村，远有即将成为新景区的玄武山，更远处是连绵起伏的燕山山脉；东面，是生机盎然的津西十里钢城，就像镶嵌在燕山脚下的一颗璀璨的明珠；南面，素有“京东名岫”美誉的国家 4A 级景区——景忠山；西面，则是明朝民族英雄戚继光曾戍守的文化古镇——三屯营镇。

研发中心大楼这处津西钢城的新美景，是津西集团艰苦奋斗历程和实力的浓缩与象征，是“津西精神”的载体，更是希望和梦想的寄托。

（作者：谢吉恒、庞文泽，原载于《中国冶金报》，2016 年 12 月 2 日 8 版）

“钢铁萌娃”的发现之旅

——新金集团举办首场学生进厂区工业游扫描

“六一”国际儿童节是充满鲜花和快乐、充满未来与希望的日子。在今年第 69 个国际“六一”儿童节到来前夕，五月二十六日下午，两辆大巴车在新金集团绿色厂区中穿行，车身两面分别挂着“欢迎小朋友们到新金集团参观游览”“欢乐和谐庆六一，激情飞扬看新金”醒目标语，车内坐有六十名小学生和六十名孩子的家长，车里洋溢着欢声笑语，孩子们好奇地注视窗外的绿色生态景象。“爸爸妈妈是怎样冶炼钢铁的？”为了让孩子们看看爸爸妈妈的工作环境、现场感受一下，了解冶炼钢铁流程，分享新金集团的新面貌、环保治理、绿色转型的新成果，给孩子过一个别开生面、温馨互动的节日，新金集团为此精心策划，举办了首场主题为“童心童趣看新金，非同凡响过六一”亲子活动，更是企业打造工业生态游景区一次有益尝试，迎来了第一批小客人，到新金欢度“六一”。

新金集团第一届亲子游活动留影

《中国冶金报》记者应邀参加全程跟踪采访活动，据了解，新金集团打造的工业旅游已现雏形，现将采写这场活动中，选取孩子们眼里、心里的萌生出对新金集团感受的几朵精彩花絮。

花絮之一：精心策划

新金集团今年迎来建厂25周年，诞生于20世纪90年代。起初是一个只有两座100立方米小高炉，单一产20万吨生铁，职工不足400人的名不见经传的炼铁小厂。在改革大潮中，勇立潮头、开拓创新、追求卓越，经历三次创业，三次跨越。至今发展成为年产铁、钢、材各350万吨，工艺流程合理、装备水平精、检测设备先进、产品结构配套的大型钢铁企业。今年迎来改革开放40周年，为广泛宣传钢铁业取得辉煌成就，展示新时代的“新金人”的精神面貌，激励员工的士气，“这次活动一定要精心安排，细致周到，全方位保证小朋友和家属们的安全快乐参观。”这是新金集团总裁总经理高扬一再向“六一活动策划小组”强调的重点。

参加此次活动的孩子的爸爸妈妈都是新金集团2015~2017年度企业各条战线的优秀分子，其中有劳动模范、优秀标兵、优秀干部、先进生产者等。组织这场活动人员从半个多月前就开始认真筹划。首先考虑的是员工家属和小朋友们的人身安全问题，给孩子们特别制作了大小合适的安全帽，并统一

统一为孩子们制作了联系胸卡

为孩子们制作了合适的安全帽

制作了写着孩子们姓名和联系方式的胸卡，在整个参观路线中，配备保卫人员和医护人员全程守护；在饮食的准备中，由专人负责监督管理，做到安全、卫生；从每一个环节都做了充足的准备，保证万无一失。

花絮之二：参观流程

5 月 26 日这一天的新金集团，处处彩带、气球飘扬，“欢迎小朋友旅游参观”的红色条幅悬挂在醒目的位置，浓浓的欢快的节日氛围在新金洋溢着，来自不同员工家庭的 7~14 岁的 60 位小客人拉着父母的手，用好奇的眼光打量着眼前绿色的钢铁世界。

下午 2 点，在员工大礼堂，新金集团执行总经理陈丹峰代表新金集团董事长、总裁、总经理向小朋友的到来，表示热烈的欢迎，希望小朋友们继承和发扬钢铁子女优秀的品格精神，不畏艰苦，昂扬向上，并祝福小朋友们健康快乐成长，度过一个有意义的节日。家长代表和小朋友代表也分别做了发言，感恩企业给了大家事业的平台，感谢企业以员工为中心，在不断发展中对员工的关心和爱护。

简单热烈的欢迎仪式后，小朋友们在爸爸妈妈的陪同下，头戴红色安全帽，胸前挂着小小的“来宾卡”，变身“钢铁小达人”，登上集团厂区公交车，开启了有趣的“钢铁发现之旅”。

新金集团以“创新、协调、绿色、开放、共享”理念为引领，做生态钢企先锋、创花园式钢厂典范、投入巨资上各类除尘设备 86 套、建设封闭原料大棚共计 14 万平方米、新增绿地面积 23 万平方米。通过彩色喷漆处理技术，对厂房及厂区设施进行美化，烧结烟气净化工程被北京科技委评为 2017 年首都蓝天行动科技示范工程。通过实施“绿化、美化、亮化、净化”工程，倾力打造工业生态旅游基地，现已形成厂在林中、林在厂中、路在绿中、人在景中的花园式的工厂。孩子们在新金集团院内和谐路生态公园，畅游在绿色的海洋中，摆出各种可爱的 POSS 和父母拍照留念；在成品库旁边的小公园，看到新金员工自行制作的高 5 米的“大黄蜂”和专为孩子们设置的卡通人偶后，孩子们心花怒放,争着与其拍照合影。一位爸爸指着“大黄蜂”骄傲地说:“瞧,这个变形金钢是爸爸和叔叔们一起制作的哦！”宝贝儿立即现出崇拜的眼神,骄傲的喊道:“哇！爸爸太了不起了！”这温馨可爱的一幕为身边参观的人群带来阵阵欢笑。孩子们怀着激动和兴奋的心情,参观了炼铁厂、炼钢厂、轧钢厂、发电厂，每到一处，参观景点的厂长和工作人员都热情接待这些特殊的小“来宾”，他们为孩子们布置出充满童趣的参观现场，员工们扮成米奇、超人、钢铁侠，用浅显易懂的语言讲解钢铁知识。孩子们感受着处处整洁、处处皆绿的工作环境，开心地说:“这里可真漂亮！”。

孩子们看到工人师傅们只需动动鼠标就能操纵巨大的设备进行炼铁、炼钢、发电，体会到高科技在钢铁冶炼过程中发挥的作用；在炼钢厂转炉平台，看到炽热的铁水兑入转炉，在轧钢厂看到火红的铸坯从加热炉缓缓驶向轧机，孩子们发出惊呼的声音，目睹了钢铁是怎样炼成的。在解说员阿姨的解说下，小朋友增长了知识，开阔了眼界，近距离感受到新金钢铁的先进、环保和高效，学到了平时在书本上学不到的知识。

小朋友们在新金愉快地游玩

参观途中新金工作人员为小朋友们发放精心准备的饮品和水果

花絮之三：相互交流

参观结束后，孩子们走进宽敞洁净，绿植和气球装点的员工餐厅，尽情享受着公司为孩子们特别准备的营养丰富的儿童自助午餐，大家三三两两地坐在一起，边用餐边交流着所见所闻，脸上绽放着开心的笑容。小朋友感叹着新金钢铁企业环境原来这么漂亮，像在公园里一样，有鲜花绿草、小桥流水，还有五颜六色的小金鱼；回味着生产工艺流程的神奇，从原料到铁水再到卷板成品，参观下来像看美国大片一样的震撼。

新金为小朋友们准备了丰盛的自助午餐

小朋友们和家长愉悦地享受美食

花絮之四：殷切期盼

结束快乐的午餐，新金集团领导为小朋友们送上了成长礼物——《四大名著》《安徒生童话》《生活百科》等书籍，也特意为每位孩子颁发了一张“修完钢铁工艺全部工艺课程，成绩合格，准予毕业”的奖状，鼓励小朋友们好好学习，快乐成长成才。

新金集团为小朋友们准备了丰厚的纪念品

小朋友在家长陪同下领取纪念品

花絮之五：幸福分享

在活动现场，孩子们手拿画笔，将自己这次的所见所闻，用五颜六色的画笔用心的画出美丽的图画，表达出他们开心快乐的心声。

《中国冶金报》记者从新金集团领导干部笃定的眼神中，体会到了新金砥砺前行的责任和担当；在员工们骄傲的脸庞上，感受到新金昂扬向上的精神力量；在孩子们欢乐的笑脸中，看到了新金充满希望的美好未来。孩子们的幸福，就是家庭的幸福。每个小家庭幸福了，新金这个大家庭也会发展得越来越好。

小朋友用彩笔记录下愉快的钢铁之旅

小朋友们展示自己的作品并合影留念

链接:《中国冶金报》记者采访链接之一，绿色生态发展。

新金集团总裁、总经理高扬，这位年轻的80后海归，在对企业的管理和发展上一直以积极履行社会义务为初心，脚踏实地践行着企业的责任与担当，以习总书记提出的“生态文明建设”“绿水青山就是金山银山”为发展方向，带领企业走向绿色发展转型之路。新金集团投巨资对环境进行美化绿化，如今的新金，处处鲜花绿草，树木葱茏，见缝插绿、围墙透绿、规划见绿、一步一景致，一角一风景，绿意盎然似花园，着力打造“生态旅游花园企业”。

记者采访链接之二，坚持品牌为先。

新金钢铁在绿色生态发展的同时，坚持走质量为本、品牌为先之路，通过技术进步，以“智能”提升“质量”，通过技术改造推动技术进步和创新，锤炼钢铁精品。与多家高等院校和科研院所建立了研发平台，为结构调整和产品升级注入强劲活力，从建企到 2017 年年底，开发新产品 18 种，取得技术专利 18 项，凭着科技优势提升品牌形象，在不断加大安全生产和环保治理的基础上，2017 年 4 月份，河北新金钢铁有限公司荣获“企业信用评价 AAA 级信用企业”；6 月份，荣获“质量效益型先进企业”，热轧薄宽钢带、热轧圆盘条荣获“河北省名牌产品”；9 月份，公司荣获“河北诚信企业”，新金集团总裁、总经理高扬荣获“河北省诚信企业建设优秀工作者”称号；12 月份，公司荣获“金杯奖”。2018 年 5 月 10 日，在第二个中国品牌日，获得“十大卓越建筑用钢生产企业品牌”。这些荣誉见证了新金钢铁在提高产品质量工作上所做的努力，也印证了品牌实力越来越强大。

记者采访链接之三，幸福指数凸现。

员工是企业最宝贵的财富。据新金集团副总经理连全良介绍，新金集团在努力搞好生产经营，不断提高核心竞争力，健康快速发展的同时，时刻关注员工成长，关心员工生活，不忘为员工发展创造良好环境。

为员工建设健身场所，开办职工大学，提升员工文化素养、职业技能；职工医院定期开展体检，保证员工身体健康；员工食堂安装中央空调，配备统一餐具并全自动清洗消毒流程，饭菜花样每天 20 多种，保证员工吃上热乎饭卫生饭，组织员工家庭到青岛旅游等等，员工的积极性、创造性和主观能动性被充分激发，立足岗位，以高度的责任感和使命感投入到企业生产经营活动中。

（作者：谢吉恒、刘辉、李佳、乔玉顺，原载于凤凰网，2018 年 5 月 28 日）

钢厂里见到小猪佩奇

——新金钢铁迎“六一”研学活动见闻

“快看快看，那不是小猪佩奇吗？还有熊大、熊二……”

5 月 26 日，平日里鸟鸣声环绕的河北新金钢铁有限公司（以下简称新金）厂区，荡漾起童声童语。原来，这里正在举办以“生态新金，绿色钢铁”为主题的第二届迎“六一”研学活动。

由 140 余人组成的参观队伍行走在新金钢铁生产现场，颇为壮观。队伍成员一半是学生，一半是成年人，全部来自河北省武安市。他们受邀来到新金，探秘新时代钢铁企业新风貌，感受新时代钢铁企业别样的魅力。

1. 看“美猴王七十二变”

“瞧，这个安全帽多好看！妈妈，看我戴上安全帽像不像炼钢工人？”一个八九岁的小男孩，冲着身边穿着与他有同样图案亲子衫的年轻女士开心地说。

为确保活动期间小朋友和家长们的人身安全，早在半个多月前，新金有关部门就开始策划了。他们专门为小朋友制作了统一的安全帽，还给家长和孩子定做了亲子装，并在胸卡上写上孩子和家长的姓名、联系方式。新金还抽调了 20 多名安保、医护人员全程陪同。

当天上午 8 点 30 分，在家长的陪同下走进新金厂区的小朋友惊喜地发现，小猪佩奇还有哆啦 A 梦、米妮、钢铁侠已在办公楼前的篮球场上迎接他们了。“小猪佩奇是爸爸扮演的！”原来，这些卡通人，都是由新金的钢铁员工“变身”而成的，其中不乏参观小朋友的家长。

“小猪佩奇，看我和妈妈的亲子衫上，都印有一个美猴王嘢！”一个小姑娘指着亲子衫上的图案跟身边扮成小猪佩奇的新金工作人员说。“是呀，美猴王会七十二变，也象征着新金时时刻刻在变美、变绿，一天一个样儿呀！”“小猪佩奇”笑着回答。

在简短的活动启动仪式上，新金执行总经理陈丹峰向小朋友和家长介绍说：“小朋友们，欢迎你们来到新金。你们通过在新金这座绿色之城、科技之城的一天研学活动，在心里种下叩响未来之门的梦想种子，回去后勤奋学习、勇于创新，用真才实学助力祖国工业强国梦早日实现，让武安享誉世界！”

新金钢铁副总经理史志强也向大家介绍说：“近年来，新金不断加大环境治理和投资力度，现在的新金越来越美、越来越绿了。希望你们这些初绽的新蕾，通过参观现代化绿色钢城，分享绿色心得，从小树立起为中国制造贡献力量的成长目标。”

随后，70 余名小朋友及 70 多位家长，跟着新金的讲解员，开始了研学之旅。

活动第一站：新金生态园

小朋友参观新金生态园

“小朋友们，今天研学的第一站是新金生态园。”讲解员阿姨的话音刚落，有一名小男生举手提问：“阿姨，钢铁厂也有生态园吗？”“对呀！新金有占地 188 亩的生态园，这个生态园是新金人自己设计建造的。”讲解员阿姨笑着回答。

“哇，好美呀！”在孩子和家长的惊叹声中，风中摇曳着婀娜身姿的月季，从假山上哗哗淌出的水流，朵朵绽放的睡莲，鹅卵石砌成的小径，柳树、南天竹、金叶榆、火炬、蜀葵等绿的、红的、黄的树木花卉，泥土里冒出尖尖芽角的青草，观鱼湖中游动的鱼儿仿佛欢迎着大家的到来。“妈妈，这些树上有树种的介绍，有冬枣树、苹果树、石榴树、樱桃树、海棠树、杏树、山楂树。”“快来看，那棵开满火红小花的树是石榴树，到了秋天，这里一定是硕果累累！”一位家长赞叹道：“如果说灯光篮球场和办公楼构成了一个现代化的世界，那么这座生态园让人好像走进世外桃源！”

在讲解员的带领下，小朋友们在生态园参观了五指山、百米长廊、观鱼湖、百花溪、花坛、荷花湖等景观。听说这些都是钢厂的叔叔、阿姨自己设计建造的，大家拍手称赞！

活动第二站：智能管控中心

小朋友们在参观新金钢铁公司智能管控中心

参观生态园后，小朋友和家长们乘着大巴车，向着第二站——智能管控中心出发了！沿路，干净宽阔的道路、高大的银杏树、整洁的厂房，还有在“天然氧吧”——成片的杨树林后时隐时现的智能料棚，都给家长和小朋友们留下深刻的印象。一位同车的家长问笔者：“这里每天都是这么干净吗？”笔者回应说：“对啊，欢迎您随时来参观！”

在管控中心门口，气球飘动，彩带飞扬，小猪佩奇、熊大、熊二等“动漫人物”站立两旁，欢迎小朋友们的到来。“如果说新金生态园体现的是‘绿色和生态’理念，那么智能管控中心就是展现‘钢铁智慧’了。”讲解员阿姨自豪地说。

进入能源大厅后，小朋友们一阵惊呼：“哇！好大的屏幕啊！阿姨，这是干什么用的？”讲解员笑着说：“我来讲解给大家听。”

“智能管控中心是新金投资1.25亿元，于2018年9月份建成的。新金钢铁绿色智慧综合决策平台以互联网和大数据技术为核心，通过整合生产、能

新金厂区形态逼真的变形金刚吸引了
小朋友们的目光

源、物流、环保各板块信息，以可视化的方式让公司高层实时、立体掌握新金全貌；同时，基于大数据的分析结果，为公司管理人员在提升产能效率、降低污染排放、保证产品品质等方面提供全方位的决策支持，打造绿色智慧新金钢铁的决策新模式……”随着讲解员的细心讲解，家长们一点点地了解了在钢铁企业高质量发展进程中，智能化、生态化、绿色化如何取代传统粗放型管理，成为现代化新型钢铁生产的代名词，并慢慢地讲给孩子们听。

讲解员对陪同参观的笔者介绍说：“近几年来，新金积极践行习近平总书记提出的‘绿水青山就是金山银山’的发展理念，把新金打造成‘发展与环保并重，生态和工业齐飞’的现代化钢企。”

活动第三站：新金轧钢厂

参观队伍刚一到轧钢厂门口，小朋友们看到眼前的“擎天柱”“大黄蜂”等变形金刚造型的机器人简直乐疯了。小朋友们有的抱着变形金刚的腿，有的争着拉他们的大手，簇拥着工作人员一起跟变形金刚合影。

走进轧钢厂，小朋友和家长们看到火红的钢坯从加热炉内缓缓而出，看到钢铁工人点点鼠标就能操作庞大的机器设备，看到生产车间一尘不染的工作环境，不禁竖起了大拇指。

走出轧钢厂时，小朋友们领到了工作人员发放的学习用品，奖励他们在研学过程中的认真、好学。

小朋友们一看到新金轧钢厂门口的
变形金刚简直乐疯了

2. 画出工人“钢”气质

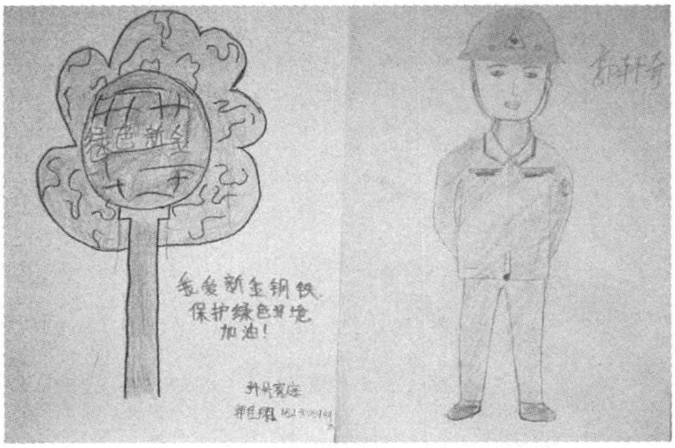

河北武安小朋友参观新金钢铁后画的画

半天的时间转眼就过去了。“小朋友们，新金值得一看的地方还有很多，比如炼铁厂、炼钢厂、污水处理厂等等，每个地方都体现出新金的绿色环保和现代化。这是因为，新金始终以守护家乡的碧水蓝天为己任，先后投资 30 多亿元，以‘治源、减排、抑尘、增绿’等一系列组合拳，实现企业超低排放。同时，以建设‘产城融合示范钢厂’为定位努力实践，获得了全国首批绿色工厂、首都蓝天行动科技示范工程、全国两化融合贯标体系试点单位等称号。欢迎你们有机会再来研学，更欢迎你们长大后到新金来，成为一名现代化钢企的成员！”工作人员的一席话，赢得在场学生和家长的热烈掌声。

（作者：谢吉恒、刘辉，摄影：乔玉顺，
原载于《冶金文苑》，2019 年 5 月 31 日）

第二章

走进新时代　开启新征程

钢企钢铁，工业的基础，素有元帅之称。中国钢铁一跃而居世界之首，但也经受着新时代的拷问和挑战，凤凰涅槃，浴火重生，裂变、聚合、迭代，迎来了高科技、数字化的创新之路，元帅升帐，率先撑起那青山，绿水，蓝天。

（任宝亭）

（一）走进新时代　行业头条选

当标准成为核心竞争力

——津西集团董事长韩敬远的标准实践录

6月中旬，由全国钢标准化技术委员会（以下简称全国钢标委）主办、河北津西钢铁集团股份有限公司（以下简称津西集团）承办的《热轧型钢》和《铁塔用热轧角钢》国家标准宣贯会在津西集团举行。津西集团是全国首家型钢标准研发基地，也是全国首家3年间两次承办国家标准宣贯会的民营钢企。多年来，津西集团全面推行标准化管理，与国际标准接轨，高标准、严要求、针对性强，取得了较好的效果："津西"牌H型钢连续7年荣膺"全国用户满意产品"称号；"津西"牌拉森钢板桩不仅在国内热销，还远销日本、新加坡、孟加拉国、韩国、美国和欧洲等十几个国家和地区。

中国东方集团董事局主席、津西集团董事长韩敬远在接受《中国冶金报》记者采访时指出，津西集团之所以能实现持续跨越式发展，得益于"全力推行标准化工作，提升竞争力"。那么，津西集团是如何全面推行标准化工作的？

领导带头　奋起直追

一流的企业做标准。多年来，津西集团高度重视冶金标准化工作，视标准为提升企业核心竞争力的关键。

在没有参加标准制定和修订之前，津西集团在行业内没有话语权，好的产品也不被客户认可。2006 年，津西集团大 H 型钢生产线投产后，市场占有率一度不高，型钢产品甚至被某集团提出质量异议。在经过鞍钢的国家级物理实验室复检,加之双方根据 GB/T 11263—1998《热轧 H 型钢和剖分 T 型钢》标准进行谈判后，得出了津西集团 H 型钢产品无任何质量问题的结论，但客户仍因“津西集团没有参与国家（行业）标准制定和修订”而不“妥协”。这一次不该出现的“质量异议”，使津西集团充分意识到参与国家（行业）标准制定和修订、提升行业话语权的重要性和必要性。

在韩敬远的大力倡导下，津西集团于 2006 年年底引进 ISO9001:2005 质量体系认证管理，开始正式全面推行冶金标准化工作，并出台 8 项举措：一是以市场为导向，以产品效益为保证，以发展为动力，以服务为宗旨，责成职能部门专人负责，建立健全适合企业发展的企业标准体系，推动贯彻 ISO9000 质量管理体系标准、ISO14000 环境管理体系标准和 OHSAS18000 职业健康安全管理体系规范工作；二是定期对标准进行适宜性和有效性评定；三是审批公司拟定的各类企业标准；四是编制标准化管理规章制度；五是收集标准化管理相关法律法规、各类技术标准；六是提出国（行）标、地方标准的启用实施方案；七是组织确定产品标准和检验方法标准的采用国际标准和国外先进标准方案；八是办理企业标准在市（县）市场监督管理局的注册备案、采用国际标准和国外先进标准证书、特别制造许可采用国际标准和国外先进标准审查证书。

从 2007 年起，津西集团积极参与承担国家（行业）标准、地方标准制定和修订工作，将具有自主知识产权的企业标准转化成地方标准、行业标准或国家标准。津西集团生产的每一种产品，从生产到终端售后服务，都有各自的技术标准做支撑。

2013 年 6 月 27 日，津西集团被全国钢标委确定为全国首家型钢标准研发基地，标志着津西集团迈入了参与国家钢铁行业标准制定和修订的第一梯队，标准化管理工作实现质的飞跃，由标准执行者转变为标准制定者。

手握标准，心中不慌。2010 年，津西集团承接了神华集团国华发电厂钢结构工程。在制作焊接过程中，少量构件发生炸裂。神华集团国华发电厂打算就此起诉津西集团。津西集团拿出 GB/T 11263—2010《热轧 H 型钢和剖分 T 型钢》标准与对方进行沟通交流，并将正确的焊接操作方法告知该厂工作人员。该厂工作人员按此方法操作，构件未发生炸裂。该厂当即与津西集团握手言和，追加了 2000 吨的订单量，同时决定该项工程全部采用津西集团的 H 型钢、工字钢，并与津西集团结成战略合作伙伴关系。

截至目前，津西集团已连任全国钢标委单位 10 年，并成为全国钢标委异型钢结构工作组成员单位，累计参与并部分主导了 43 项国家（行业）、省级标准的制定和修订工作，主要包括 GB/T 11263—2010《热轧 H 型钢和剖分 T 型钢》、GB/T 20933—2014《热轧钢板桩》、GB/T 32285—2015《热轧 H 型钢桩》、GB/T 34199—2017《电气化铁路接触网支柱用热轧 H 型钢》、YB/T 4427—2014《热轧型钢表面一般质量要求》、YB/T 4426—2014《汽车大梁用热轧 H 型钢》等。

标准引领　品牌发力

在推进标准制定和修订工作过程中，津西集团坚持“四步走”战略：一是提高装备标准，引进世界先进的设备和技术，发展成为专业化、系统化型钢生产基地；二是提高质量标准，视产品质量为企业的生命，使综合用户满意率达 98% 以上；三是提高形象标准，采用别具一格的产品包装、商标与标签，展示“津西”产品的品牌形象；四是提高服务标准，秉承“用户满意就是我们的工作标准”的服务信条，及时解决客户遇到的各种问题。

参与标准制定和修订，并实行“四步走”战略后，津西集团品牌爆发出前所未有的力量。

一方面，津西集团国际市场份额得以扩大，企业效益增加，市场竞争力得到了提高。目前，“津西”牌热轧 H 型钢、电气化铁路接触网支柱用热轧 H 型钢（线杆）、拉森钢板桩三大拳头产品在行业内起到引领作用。其中，“津西”牌电气化铁路接触网支柱用热轧 H 型钢（线杆）国内市场占有率达 90% 以上。

津西集团现已成为壳牌公司、美国柏克德工程公司和中海福陆重工有限公司型钢供应商。

参与标准制定和修订，还成为津西集团“阻击”国外竞争对手的“利器”。今年上半年，“津西”牌拉森钢板桩在国内市场占有率高达45.07%，国内市场从日本和韩国进口的热轧钢板桩仅占总量的19.34%，其中从韩国进口的数量仅为6500吨，改写了两年前国内热轧钢板桩主要从日本、韩国进口的历史。

另一方面，津西集团企业软实力得以提升。津西集团连续14年跻身中国企业500强，2016年名列中国企业500强第209位；2015年中国品牌价值评价结果显示，津西集团产品品牌价值为11.87亿元；先后获得“中国行业信用AAA级单位”“全国名优产品售后先进单位”等荣誉称号，并被评为河北省标准化良好行为企业示范单位和河北省标准化良好行为AAAA级企业。其中，“津西”牌H型钢荣获“中国H型钢市场品牌信誉第一品牌”“中国钢铁行业十大畅销品牌”等殊荣。

此外，津西股份副董事长、总经理于利峰被聘任为全国钢标委异型钢结构工作首批工作组专家委员、中国钢结构协会钢材标准化技术委员会委员；津西股份销售公司副经理赵一臣被聘任为全国钢标委（TC183）委员、型钢分技术委员会（TC183/SC8）委员和钢筋混凝土分技术委员会（TC183/SC8）委员。

持续创新　进军高端

推行标准化工作需要不断创新。从2006年开始，津西集团不断调整优化产品结构，一方面以系统开发为主线，瞄准型钢产品，向国际高端市场进军；另一方面以新规格开发为主线，紧跟市场变化和需求，大力开发美标、英标等新规格产品，使产品差异化发展，为提升企业核心竞争力奠定基础。

津西集团将国内标准与国际标准接轨，从德国、意大利等国引进了世界上最先进的大、中、小H型钢生产线，成功开发出满足多个国家标准要求的

114 个系列、310 个规格的型钢产品，实现了型钢产品的高端化、系列化和规模化，市场主流规格覆盖率达到 85% 以上，型钢产品出口量连续 6 年居全国第一。目前，津西集团已形成了专业化、系列化的型钢生产基地。

在维护已有客户的同时，津西集团加大海内外宣传力度，进一步拓宽销售范围。2015~2017 年，津西集团两次承办国家标准宣贯会，印制 GB/T 20933—2014《热轧钢板桩》、GB/T 706—2016《热轧型钢》、YB/T 4163—2016《铁塔用热轧角钢》共 600 份，并加盖津西集团印章，有针对性地向战略合作客户分发，使客户量增加 1.5 倍。此外，津西集团还积极参与国际标准化活动，与安赛乐米塔尔公司子公司欧领特钢板桩中国有限公司联手印制英文版津西集团拉森钢板桩宣传册 5000 份，并积极参与马来西亚、泰国钢板桩标准认证审核工作。

2015 年 9 月份，美国客户慕名来采购"津西"牌美标 H 型钢产品。津西集团型钢产品经受住了全球知名检验、鉴定、测试和认证机构——SGS 和国际知名检验、认证、咨询及工程质量控制机构——BV（法国国际检验局）的严格检验。同时，来自印度、秘鲁等多个国家的客户与津西集团就 H 型钢、拉森钢板桩出口事宜达成战略合作意向。

"津西集团全方位、全过程扎实推进各项标准的制定和修订工作，将标准制定和修订融入企业生产、经营、销售等各项工作中，从而更好地促进了企业转型升级。"津西集团副董事长韩力说。

目前，津西集团高附加值产品比例已提高到 65%；主导型钢产品已成功进入中央电视台新台址、鸟巢等国家重点工程，远销日本、韩国、美国及欧洲等国家和地区。

（作者：谢吉恒、付立军、张继军、白小卉，原载于《中国冶金报》，2017 年 7 月 14 日 1 版）

河北钢铁业采暖季限产攻坚进行时

2017 年 8 月 21 日，环保部、国家发改委、工信部等多部委及北京、天津、河北等省（直辖市、自治区）共同印发了《京津冀及周边地区 2017~2018 年秋冬季大气污染综合治理攻坚行动方案》（以下简称《攻坚方案》），提出要全面完成“大气十条”的考核目标：2017 年 10 月份 ~ 2018 年 3 月份，京津冀大气污染传输通道“2+26”城市 PM2.5 平均浓度、重污染天数均同比下降 15% 以上。

《攻坚方案》实施范围包括京津冀大气污染传输通道上的“2+26”城市。河北省针对被列入“2+26”城市的 7 个城市（石家庄、唐山、廊坊、保定、沧州、衡水、邯郸），提出钢铁企业分类管理措施，按照污染排放水平，制订错峰限产方案。石家庄、唐山、邯郸、安阳等重点城市采暖季钢铁产能限产 50%，以高炉生产能力计算，采用企业实际用电量核实。

河北省作为全国钢铁产量第一大省，如何实现《攻坚方案》提出的目标、深入推进供给侧结构性改革，助力产业转型升级、促进空气质量持续改善？日前，《中国冶金报》记者深入唐山、石家庄、邢台、邯郸、廊坊等地，与业内专家、钢企负责人、当地钢协、市场分析师、钢贸商、下游用户等进行了交流。

如何看待采暖季限产？

今年 8 月份，河北省环保厅公布了《河北省重污染天气应对及采暖季错峰生产专项实施方案》。

大气污染防治是我国改进环境质量的“三大战役”之一，自2013年我国向大气污染“宣战”以来，全国城市空气质量总体得到改善。河北省环保专家指出，空气污染的根源在于以下两个方面。

一是污染物排放。工业排放、燃煤排放、机动车排放和扬尘是PM2.5的主要来源。京津冀及周边地区的产业、能源、交通运输结构分别以重化工、煤炭、公路为主，成为大气污染物排放的主要因素。数据显示，京津冀及周边地区的钢铁、焦炭、水泥产量分别占全国总产量的43%、47%、19%；单位面积大气污染物排放量约为全国平均水平的4倍；采暖季期间污染物排放量增加20%~30%。

二是气象因素。冬季不利的气象因素导致PM2.5浓度高。气象专家表示，华北地区自2013年起，已连续4年出现“暖冬”气候。华北平原三面环山，采暖季风速减小、偏南风增多、冷空气活动偏弱，扩散条件变差，极易造成污染物的混合集聚。

“不过，气象因素难以人为改变，减轻采暖季污染的唯一途径就是减少大气污染物的排放量。大气污染防治是一项长期工程。近年来，河北省钢铁业坚持不懈地推进大气污染防治工作，取得了积极进展。”气象专家指出。

《攻坚方案》是我国首次在国家层面针对秋冬季大气污染部署的专项攻坚工作。河北新金钢铁公司环保部部长袁战鹏对《攻坚方案》进行了解读，他说：“采暖季针对钢铁业的环保政策主要涉及两个方面。一是明确钢厂限产和停产政策，对不同城市各个钢厂的限产策略进行区分，推行‘一厂一策’，大部分钢企采暖季限产50%，部分钢厂以停产为主。二是下游行业的限制政策制订得更加细致严格，包括土方作业及拆迁工程等的停工。”

《中国冶金报》记者了解到，钢企负责人普遍认为今年采暖季限产非同一般。他们表示，河北省各地钢铁业高度重视、积极应对，纷纷出台了比《攻坚方案》更为严格的限产举措。唐山、武安的钢铁企业提前1个月启动了《攻坚方案》提出的错峰生产。11月份，采暖季限产政策落地后，河北省钢铁业掀起了以政府为主导、以钢厂为主体、员工积极参与的“限产潮”，坚决打赢蓝天保卫战。

采暖季限产执行情况怎样？

《中国冶金报》记者梳理了唐山、邯郸、石家庄等地采暖季限产的主要做法。在推进《攻坚方案》落地生根过程中，他们做到了认识到位、决心到位、舆论到位、督察到位“四到位”，把“散乱污”企业和集群综合整治作为主要坚守阵地，把压减燃煤和错峰生产作为主攻方向，把应对重污染天气作为重要突破口，加强联防联控、严格执法监管、强化督察问责，全面实施攻坚行动。

环保倒逼经济转型。11 月 21 日，在河北省文安县召开的京津冀及周边地区“散乱污”企业整治暨秋冬季大气污染综合治理攻坚阶段总结现场会上，环保部部长李干杰通报称，今年年初以来，京津冀区域 6.2 万余家涉气“散乱污”企业得到治理；完成“电代煤”“气代煤”300 多万户，替代散煤 1000 多万吨；淘汰燃煤小锅炉 4.4 万台；淘汰小煤炉等散煤燃烧设施 10 万多个。“通过对‘散乱污’企业进行综合整治，实现了保护环境、发展经济、改善民生的多赢预期目标。”李干杰说。

河北省副省长李谦在会上介绍，今年年初以来，河北省共压减炼钢产能 2555 万吨、炼铁产能 2066 万吨、煤炭产能 1080 万吨、焦炭产能 808.8 万吨，淘汰燃煤小锅炉 3.6 万台，“气代煤”“电代煤”工作均超额完成全年目标任务，排查出的“散乱污”企业全部整治到位。河北省 PM2.5 的平均浓度由今年 1~2 月份的同比上升 46.2%，转变为 1~10 月份的同比上升 8.5%，比 2013 年同期下降 38.5%，超额完成国家“大气十条”下降 25% 的目标任务。河北省通过大气污染综合治理，催生了一批新业态、新产业，产业转型升级和动能转换步伐加快。今年前 3 个季度，河北省装备制造业增加值占比继续高于钢铁，战略性新兴产业保持两位数的增长速度，服务业对经济增长的贡献率超过第二产业，达到 66.5%。

唐山市实施了进一步改善空气质量的强化措施。将钢铁业错峰生产启动时间由 2017 年 11 月 15 日提前至 2017 年 10 月 2 日，比原计划提前 1 个多月。唐山市领导带领干警彻夜检查钢厂限产情况。唐山市政府要求相关县区严格把控标准，确定符合免于停、限产的钢企名单，并向社会公布，接受社会监督。对弄虚作假、瞒报漏报的情况，一经发现，严肃追究相关人员责任。督察人员昼夜严查、突击检查、重点排查，紧盯各类大气污染违法行为。有的违法企业拒不整改，旧疾未治，又出新疾，环境问题，屡查屡犯；个别企业拒不执法，无证排污、非法生产问题依然存在。对于此类情况，督察执法组一经发现，从严惩处，绝不手软。

河北省另一“钢铁重镇”武安市，市长亲赴现场督导检查 14 家钢铁企业错峰生产情况。不久前的一天晚上，武安市副市长带领环保局、公安局主要领导及干警突击检查钢铁企业错峰生产落实情况，发现有的钢厂应该停产的设备仍在生产，钢厂生产负责人、车间主任被立即带走调查。执法力度之大，由此可见一斑。

采暖季限产有何影响?

河北省粗钢产能约占全国的 25%，唐山、石家庄、邯郸 3 地粗钢产能占全省的 70%。此次采暖季环保限产比例高达 50%，限产时间长达 4 个月，必将减少钢材供应，影响钢材市场价格走势。河北省冶金行业协会副会长兼秘书长王大勇认为，采暖季环保限产全面铺开，12 月份钢材价格在高位震荡，供需趋向平衡。进入年末，环保限产对河北省钢材市场供给的抑制更为明显，钢材价格将继续保持高位震荡，钢铁企业效益继续向好。

相关数据显示，12 月 15 日，唐山钢坯价格为 3960 元 / 吨、三级螺纹钢价格为 4530 元 / 吨，分别高于去年同期的价格。钢材价格淡季不淡，创 6 年来新高。

业内市场分析师表示，当前钢材市场主要表现出 3 个特点：

一是高炉开工率较低。高炉限产是“一厂一策”，限“小”保“大”，12

月份以来，河北省高炉开工率仅为50.16%。全国高炉开工率仅为62.02%。进入11月份，采暖季停产、限产由6省“2+26”城市扩至8省34个城市，钢材供需缺口大概是1300万吨，河北省周边地区的钢材产品必将更多地进入限产区域，以此弥补区域内的钢材缺口，行业基本能达到供需平衡。

二是钢材库存偏低。国家统计局最新数据显示，12月8日，主要钢材品种社会库存量为776.35万吨，同比降低11.73%，创5年同期新低。钢贸商到了年终资金短缺，心态淡定，很少出现炒作、大量囤货的现象，对后市持谨慎乐观态度。

三是供需趋向平衡。采暖季环保限产要求一切能产生扬尘污染的建筑工地和企业停工。这类工程虽减少了对钢材的需求，但是，下游汽车、家电等制造业的需求没有下降，钢铁行业供需基本保持平衡，钢材市场淡季不淡，钢价依旧强势。

市场分析师告诉《中国冶金报》记者，采暖季限产政策的实施，使市场供求总体呈现紧平衡的状态，12月份钢材价格保持稳中向上的态势。

（作者：谢吉恒，原载于《中国冶金报》，2017年12月21日）

纵横钢铁整体退出记

9月上旬，《中国冶金报》记者来到邯郸纵横钢铁集团有限公司（以下简称纵横钢铁）。走进厂区，往日车水马龙的景象和机器的轰鸣声没有了，竖立着的设备悄然无声。

8月31日上午，纵横钢铁宣告全线停产、整体退出。至此，这家拥有4座450立方米高炉、2座65吨转炉的钢铁厂，曾经的中国500强企业走完了其近14年的历程。

河北省冶金行业协会副会长兼秘书长王大勇告诉《中国冶金报》记者，纵横钢铁的整体退出是民营钢企成功去产能的典型样本。他概括了此次纵横钢铁退出的3个特点：一是纵横钢铁识大体、顾全局，自我加压，努力提前完成去产能任务。二是职工安置就业、债务等棘手问题得到了妥善解决。三是企业转型升级正有条不紊地进行，目前，纵横钢铁正在进行考察调研，考虑与其他企业合作。

地方政府下决心忍痛割爱

纵横钢铁是邯郸市复兴区利税大户，关停纵横钢铁，不仅会导致复兴区税收减少，而且会使工业指标、上下游产业、物流等受到影响。复兴区政府忍痛割爱，坚持干在实处，全方位、全过程服务纵横钢铁去产能，帮助其转型升级、浴火重生。复兴区政府多次召开会议推进纵横钢铁产能退出，并带领相关部门专家深入调研，摸排具体隐患，详细会商关停步骤；研讨、论证各种安全隐患，制订多种方案和预案，确保钢铁去产能工作圆满完成。

据了解，从 2012 年开始，邯郸市就开始围绕建设“美丽邯郸”的目标，坚持“绿水青山就是金山银山”的发展理念，坚持铁腕治理、铁面问责，用法治手段守护绿水青山、保住蓝天白云。邯郸市坚定地走生态优先道路，不断推进治理大气污染、修复生态环境工作，并支持企业谋划转型发展。邯郸市发改委有关负责人向《中国冶金报》记者介绍，邯郸市是钢铁大市，去产能、防治大气污染任务重。邯郸市把去产能、治污染作为一项重大政治任务、民生工程来抓，“坚决去、主动压、加快转”。

截至 8 月 31 日，邯郸市已提前完成 2017 年全年钢铁去产能任务，共压减炼铁产能 484 万吨、炼钢产能 354 万吨。其中，纵横钢铁实现全部停产，共压减炼铁产能 104 万吨、炼钢产能 78 万吨。

“明星企业”选择自我牺牲

纵横钢铁 2003 年落户邯郸后，创下 4 项不凡的业绩：一是一次性招商引资 35 亿元，创下当时邯郸市之最；二是不到 1 年建成投产，刷新同等规模钢厂建设速度纪录；三是建成了年产 180 万吨的中宽带钢生产线，成为当时全国产能最大的带钢生产厂家；四是从 2004 年投产至今，累计上缴各种税金 30 亿元。

据邯郸市冶金行业协会一位工作人员介绍，纵横钢铁连续多年进入中国 500 强企业榜单，是河北省十大民营钢企之一，是邯郸市的“明星企业”，年产生铁、粗钢、钢材各 250 万吨以上。

2014 年，国家发改委批复河北省钢铁产业结构调整方案，规定 2017 年年底前，河北省要淘汰 450 立方米及以下高炉，淘汰 40 吨及以下转炉，有序退出过剩产能。

纵横钢铁环保部一位工作人员向《中国冶金报》记者介绍道，纵横钢铁的 4 座高炉有效容积均为 450 立方米，被列入整体关停范围。但是，纵横钢铁的2座转炉公称容量均为65吨，大于淘汰标准40吨，考虑到没有高炉，转炉就无法进行生产，纵横钢铁将转炉也列入关停范围。

按照邯郸市钢铁产能化解计划，纵横钢铁启动了关停计划。2015年，纵横钢铁对2号高炉实行封停；2016年10月份，对1座高炉和1座转炉实行了封停；2017年，对余下的2座高炉和1座转炉实行关停。对于今年的关停时间，纵横钢铁进行了3次调整，由年底提前到10月底，又由10月底提前到9月底，再由9月底提前到8月底。在今年钢材市场回暖、钢材价格上涨、吨钢利润增长的大环境下，纵横钢铁提前4个月关停产线，初步估计损失将达4亿元。邯郸钢铁业专家赞道：“纵横钢铁不为一时之利所惑，提前关停产线，是顾全大局、敢于自我牺牲的表现。”

职工转岗无后顾之忧

去产能之路充满艰辛和坎坷，纵横钢铁去产能后，职工去哪里？据纵横钢铁人力资源部一位工作人员介绍，去产能安置员工坚持“两个并举”，即发挥政府引导和企业担当精神并举，政府积极帮扶和发挥企业主体作用并举。在近几年的去产能过程中，纵横钢铁克服困难，妥善安置职工1600余名，没有欠员工一分钱工资，并为员工及时足额缴纳养老、失业、工伤等各项社会保险，陆续为职工建造1000余套福利住房，解决了职工的后顾之忧。

今年全线停产后，面对2000余名需要安置的员工，纵横钢铁郑重承诺，会把职工安置当作去产能的头等大事来落实。纵横钢铁“四管齐下”，多渠道安置职工就业，确保职工转岗不下岗：一是鼓励符合条件的员工到纵横钢铁控股股东——新华联合冶金集团所属沧州中铁装备集团、纵横丰南钢铁公司等企业工作。二是对职工敞开自由择业之路。对符合条件，但不愿意离开乡土到纵横集团外地企业工作的员工，纵横钢铁支持其到邯郸周边30余公里外的钢厂就业，现已分流二三百人到武安多家钢企工作；对有专业技术和工程技术专长的员工，纵横钢铁鼓励他们出国工作，现已有六七十人到马来西亚参加“一带一路”建设。三是对不符合条件又不愿去纵横集团其他企业工作的员工，纵横钢铁做到一视同仁，统一帮助他们办理失业保险，解决职工再就业问题。四是以新华联合冶金集团唐山、沧州新上项目为依托，拓宽企业员工就业渠道。

有序退出无债务之愁

纵横钢铁全线停产、整体退出后，债务问题又该如何解决？《中国冶金报》记者在走访中了解到，纵横钢铁并没有较大的债务问题，债务处理难度不大，其缘由归结如下：其一，纵横钢铁背靠新华联合冶金集团，将银行的债务转交给了效益与纵横钢铁旗鼓相当的沧州中铁装备集团。目前，钢材市场行情转好，沧州中铁装备集团效益颇丰，债务偿还能力较好。其二，纵横钢铁经营工作正常运行。今年年初，纵横钢铁结合 9 月底的停产时间预购原料，并承接了订单，合理安排生产。由于去产能时间节点提前，纵横钢铁产品订单预收客户 4 亿元资金需要退还；原料多付的 1 亿元预付款需要回收；工程客户的近亿元尾款需要结算，目前，这些工作还在进行中。其三，纵横钢铁组织了 600 余名员工拆除设备。留用员工的工资在每月 12 日按时发放，从无拖欠。其四，纵横钢铁库房目前还有 3 万余吨生铁，初步估计这些生铁价值 1 亿余元。

转型升级走向美好未来

产线关停后，纵横钢铁领导层积极推进企业转型升级。一方面，纵横钢铁将建设标志性项目。根据 2016 年 10 月 10 日丰南区人民政府发布的《唐山市丰南区人民政府关于唐山渤海钢铁纵横钢铁联合重组暨城市钢厂搬迁改造项目的招商公告》，丰南区人民政府计划对唐山国丰钢铁有限公司等城市钢铁企业实施搬迁，在丰南区临港经济开发区建设800万吨精品钢铁及配套项目。2016年11月2日，丰南区与新华联合冶金集团签约，双方将通过产能减量置换的方式，在丰南区临港经济开发区建设800万吨精品钢铁及配套项目。该项目占地13000亩，计划总投资达380亿元，预计于2020年建成投产，现已开工。丰南区与新华联合冶金集团的合作，将推动丰南区钢铁行业转型升级。

另一方面，纵横钢铁正在邯郸市积极谋划新项目，计划利用现有厂区、设备等资源，推动企业就地转型升级。

（作者：谢吉恒，原载于《中国冶金报》，2017年9月29日）

钢铁去产能、快转型的迁安样本

1 月 29 日，河北省人民政府网站发布了《河北省人民政府办公厅关于对国务院第五次大督查发现的我省典型经验做法给予表扬的通报》。去年年底，国务院办公厅印发了《关于对于国务院第五次大督查发现的典型经验做法给予表扬的通报》，迁安坚决化解钢铁过剩产能、推进产业转型升级的典型经验做法榜上有名，喜获国务院通报表扬。最近，《中国冶金报》记者来到河北省迁安市进行了深入采访。

汽车驶进迁安城区，钢城崭新面貌映入眼帘：壮观的长 2000 多米的滦河大桥、宽阔的双向八车道的燕山南路、造型现代化的迁安大剧院，还有碧桂园等高端楼盘……这座钢城洋溢着转型带来的勃勃生机。

近年来，迁安市紧扣供给侧结构性改革主线，按照“依托钢、延伸钢、不唯钢”的产业升级思路，一手抓化解过剩产能，一手抓产业升级，形成了化解钢铁过剩产能、推进产业转型升级的典型经验。按照接受《中国冶金报》记者采访的当地官员、业内专家、企业人士等的说法，迁安的做法可以用“坚决去、主动调、加快转”9 个字来概括。

“坚决去”，打赢化解钢铁过剩产能攻坚战

迁安钢铁去产能缘何成为人们关注的焦点？据一位迁安钢铁业内资深人士介绍，因煤而兴、因钢而盛是唐山发展的轨迹，迁安是唐山钢铁产能最为集中的区域。“北有迁安，南有武安。”作为河北的两个钢铁重镇，迁安和武

安在河北钢铁业的地位举足轻重。仅迁安一地的钢铁产量就能与世界排名第四位的德国比肩（后者2018年粗钢产量为0.424亿吨）。

20世纪90年代，发挥资源优势，大力发展钢铁产业，钢企如雨后春笋般在迁安周边冒了出来，经济社会实现了跨越式发展，形成“一钢独大”的产业结构。然而，大而不强的生产格局和高污染、高能耗的生产方式，带来的问题日益凸显。随着我国钢铁产能过剩，特别是2012年后，供需矛盾加剧，大批钢企徘徊于盈亏边缘，钢厂效益开始下降。为了碧水蓝天，钢企必须去产能。

迁安要化解的过剩钢铁产能总量占河北省的11.5%、唐山市的25%，去产能面临着巨大的压力和挑战。为了顺利化解过剩产能，推动产业转型升级，迁安采取多管齐下打“组合拳”的方式，以新动能增强发展活力，开拓出一条发展新路。

首先，依靠有力的思想坚定去产能的决心。迁安市认定去产能是倒逼产业转型的机遇和动力，虽然短时会对税收、就业产生影响，但从长远来看，能为企业腾出更大的发展空间，为企业健康发展备足后劲。在面临诸多困难、矛盾增多的情况下，坚定去产能的决心不动摇极为重要。

其次，依靠公平的制度一把尺子量到底。去多少、怎么去，先去谁、后去谁，迁安市坚持公平、公正、公开的原则，在河北省率先制订了《钢铁企业压减装备综合评价办法》，设置了环境保护、压减进度、企业节能、安全生产等8项指标，赋予不同权重，分别由环保、发展改革、人力资源、社会保障、工信等部门对纳入压减范围的装备进行综合评价，逐家企业、逐台装备、逐个项目进行，一把尺子量到底，按照评价分数高低确定压减顺序。这种“指标约束＋末位淘汰”的办法，得到各方认可。截至2017年年底，迁安累计化解炼铁产能946万吨、炼钢产能1116万吨，提前3年完成河北省下达的压减过剩产能1000万吨的任务。

再次，依靠妥善安置职工防范社会风险。迁安始终紧绷防风险这根弦，去产能的减法做到哪里，安排职工就业的加法就要做到哪里。迁安按照企业主体、政府帮扶、依法依规分流安置的原则，通过企业内部退养一批、转岗培训消化一批、转型重组安置一批、开发公益岗位兜底一批等途径，通过调整岗位、岗位倒班等形式，实现内部安置，累计安置职工13100多人；发挥政府引导作用，深入开展技能培训和创业培训，促进分流职工再就业或自主就业，4100多名解除劳动关系的职工均实现了自主创业。

“主动调”，推进钢铁业量减值增

迁安市围绕推动由钢铁冶炼大市向钢铁产业强市转变，依托京津冀联盟迁安创新研究院，积极延伸产业链条、优化产品结构，推动钢铁业量减值增。

在“主动调”方面，迁安一是做优做强钢铁主导产业，强力推进传统产业向优质高端发展，依法依规实施产能减量置换项目，实现装备水平新提升；二是大力优化产品结构、延伸产业链、提升价值链，坚持高端化、链条化、耗钢化，突出冷轧硅钢、汽车用钢、精品线材、高端板材、特色型钢等发展方向。

《中国冶金报》记者在迁安采访看到，由“要我去”变为“我要去”，企业对去产能的认识越来越清晰，主动性越来越强。《中国冶金报》记者不禁为迁安涌现出的一个个转型励志故事点赞。

故事一：延伸转型代表。建设中的年产6万吨高端索具项目，以迁安九江线材公司生产的线材为原料，主要生产压实股钢丝绳、钢缆绳，海洋工程、吊装工程索具和异型索具等产品，年可耗钢6万吨以上。该项目由迁安世旺金属制品和巨力索具公司投资6.5亿元，分别建设2条钢丝绳、钢丝绳索具生产线及相关配套设施。该项目正在施工，预计投产后可实现销售收入8亿元、利税2.7亿元，安排就业100人。

故事二：跨业转型代表。转型之路不能只走钢铁独木桥。据迁安英诺特生物技术公司老总叶金宝介绍，他曾是迁安钢铁业领军人物，1999年建起迁安第一家钢铁厂，2006年他卖掉钢铁厂，成为迁安退出钢铁业第一人。他当时意识到钢铁业有很多深层次矛盾待解，决定向国家支持的生物技术产业转移。英诺特经过多年发展，现已形成“北京开发，河北生产”产业分工模式，在诊断试剂领域颇有建树，产品出口北美和东南亚等国际市场，年产值破亿元。

故事三：高端转型代表。首钢迁钢建设了冷轧硅钢生产线，生产能力在国内位居前列，尤其是自主研发的取向硅钢，被誉为现代钢铁业“皇冠上的明珠”，大幅提升了附加值，增强市场竞争力。

此外，该市还大力发展制管、制钉、钢结构等耗钢产业和装备制造业，实现了钢铁产品就地转化升值。

“加快转”，着力构建现代产业体系

迁安在完成钢铁去产能任务的同时，围绕钢铁产业量减值增，通过做长产业链、提升价值链推动产业升级。

一方面，迁安坚持以创建国家新型工业化产业示范基地为契机，改造提升传统产业，培育壮大新兴产业，先后实施了天道仓储物流、迁鹤3D玻璃盖板、中唐·天元古文化旅游综合体、金岭矿山公园等项目，成为全市新的经济增长点，初步形成了以精品钢铁、现代物流、新兴产业、文化旅游、生态建设5大产业板块为核心的现代产业发展格局。

特别是在生态建设方面，迁安取得了不俗的成绩。在“2018年度绿色发展百强县市”排行中，迁安列第45位，森林覆盖率达到44.1%，在河北省入围的市、县中名列首位。迁安旅游发展委办公室主任何爱军告诉《中国冶金报》记者，迁安市为塑造山水文化的新形象，这几年致力于治理城市的“伤疤”，累计投入20多亿元，对全市138家矿山、65家尾矿库开展生态修复，完成治理面积2.3万亩。如今百里矿山已重新披上绿衣，环绕城市周边形成了14平方公里的水域面积，打造迁安“高帅甜美”的新形象。如今，迁安发挥生态建设的优势，积极探索“旅游+体育”“旅游+文化”“旅游+美丽乡村”等模式，推动全域旅游业发展。国家4A级景区、国家地质公园——山叶口景区的开发者曾凡凯原是一家铁矿的老总，他说，现在政府提倡创建“绿色迁安”，他对这一转型非常赞同：“搞铁矿和景区两者不同的是，前者有可能破坏资源，后者保护资源。我更喜欢后者。”

另一方面，“以高新技术为支撑，发展战略性新兴产业，做大做强生产性服务业”将成为迁安转型发展的新平台。《中国冶金报》记者走访位于迁安东侧、规划面积 24 平方公里、计划总投资 75.2 亿元的高新技术开发区，看到各重点项目正有条不紊展开，亮点纷呈。

“迁安‘坚决去、主动调、加快转’化解钢铁过剩产能，推进产业转型升级的典型经验取得了丰硕成果。”河北省冶金行业协会副会长兼秘书长王大勇感叹道。2017 年，迁安市 GDP 总量约为 1030 亿元，列“2018 年度全国综合实力百强县市”第 18 位、“2018 年度全国投资潜力百强县市”第 5 位。2019 年，迁安站在新时代的历史起点，继续将存量优化与增量崛起并重，加快推进产业多元化发展；全市将谋划重点项目共 199 个，其中产业转型项目 133 个，继续向高质量发展前进。

“迁安典型经验，受到河北钢铁业热捧。”《中国冶金报》记者近日在河北另一个钢铁重镇武安采访时，武安市钢铁协会信息员王胜介绍，武安正在认真学习迁安做法，将出台“武安版”钢铁业转型升级的新举措。

（作者：谢吉恒，原载于《中国冶金报》，2019 年 3 月 28 日）

（二）走好改革路　回响四十年

逐浪改革开放　迈向高质量发展

——访中国东方集团董事局主席、津西集团董事长韩敬远

津西集团走过32年风雨历程，以持续改革、锐意进取、攻坚担当的时代精神，在中国东方集团董事局主席兼首席执行官、津西集团董事长韩敬远的带领下改革创新，实现了持续跨越式发展，呈现九大板块并驾齐驱、多元化发展格局，走出了一条具有津西特色的转型升级、迈向高质量发展之路。

“改革开放40年来，钢铁行业取得了显著成绩，支撑了国民经济的快速发展。回顾津西集团的发展历程，一次又一次的深层次改革，有力推动了企业持续跨越发展。当前，中国经济进入新常态，也意味着津西集团再迈新征程。”11月上旬，韩敬远在接受《中国冶金报》记者的采访时表示，“十三五”期间，津西集团将认真落实供给侧结构性改革，扎实推进转型升级，以进入世界500强为目标，继续推进“双调”战略（传统产业和新兴产业结构调整），落实“四个一”行动（引进一个专家团队、建立一个研发机构、选投一个战略性新兴产业、实施一个高管培训计划），再增销售收入千亿元，为打造“百年津西”提供有力支撑。

改革破局寻出路：创新、领跑

津西集团前身是津西铁厂，始建于1986年，当时是一座年产14万吨、

名不见经传的小厂。如今，津西集团是河北省冶金行业民营钢企改革开放的领跑者。回望津西集团 32 年改革经验，可以用“创新、领跑”4 字概括。韩敬远视创新为改革的“魂、根、源”，敢为人先，探索改革开放破局出路，使津西集团连续 16 年跻身中国企业 500 强，居河北省民营制造业第一位。

体制创新添活力。起初的津西铁厂，发展缓慢、效益低下的根本原因是旧的体制困扰着企业的发展，束缚了员工的积极性。

机制创新做动力。津西集团推行一套能者上、庸者下的用人机制。干部实行聘任制，层层聘任、层层考核的用人机制；推行“员工双聘制”，企业与员工签订劳动合同，实现员工与企业的合同化管理，形成人员能进能出、择优聘用、竞争上岗的用人机制；在员工中推行末位淘汰制度，使员工形成了“在岗有压力，待岗有危机”的意识。在分配机制上，津西集团大胆创新，全部实行岗效工资制度，对公司领导实行年薪制，对中层干部实行月薪制、易岗易薪工资制度，拉开档次，并注重向“苦、脏、累、险”和技术含量高、责任重的一线岗位倾斜。

技术改造创新壮实力。津西集团以“淘汰落后，滚动发展”为核心，走高起点、高投入、高速度、短工期、高效益、低消耗、结构布局合理的发展道路。津西集团在技术改造扩张中，不仅形成铁、钢、材“一条龙”生产线，而且通过深加工，提高了产品附加值，技术装备水平也得到迅速提升。津西集团引进国外工艺装备和技术，对大 H 型钢生产线进行技术改造、实施钢板桩技改项目，建成国内最大型钢生产基地。

标准创新领跑行业。津西集团与全国钢标委合作，成为全国首家型钢标准研发基地，先后参与了 75 项国家和行业标准的起草、制（修）订，在国内钢铁市场赢得话语权。2017 年，津西集团连任全国钢标委委员单位，并成为全国钢标委异型钢结构工作组成员单位、中国钢结构协会钢材标准化技术委员会委员单位，参与起草修订 GB/T 33162—2016《冷弯型钢用热连轧钢板及钢带》、GB/T 706—2016《热轧型钢》等 12 项国家和行业标准，并承办贯彻《热轧型钢》《铁塔用热轧角钢》国家标准会议。

公益创新造福社会。津西集团在实现经营效益稳步提升的同时，勇担社会责任，积极回报社会。

一是始终坚持诚信经营，依法纳税。津西集团改制当年缴纳税金 1.2 亿元，以后逐年递增，2009 年纳税近 10 亿元、2017 年纳税超过 30 亿元，累计向国家缴纳税金 180 亿元，支撑起了迁西县财政收入的半壁江山，连续多年被国家及河北省、唐山市、迁西县评为“纳税先进企业”。

二是设立西柏坡爱国主义教育基地，弘扬优秀传统。2015 年 6 月份，津西集团西柏坡爱国主义教育基地揭牌，成为首个民营企业爱国主义教育基地，旨在让广大党员干部了解党的历史，增强在中华民族伟大复兴事业中勇于担当的使命感和责任感。

三是造福桑梓，为家乡教育事业做出突出贡献。2004 年 5 月份，津西集团为新建的迁西一中捐款 800 万元；2005 年，韩敬远捐资 200 万元设立河北省静远教育基金，并于 2011 年增至 1000 万元，用于奖励迁西一中优秀师生；2011 年捐资 1000 万元，建立一所唐山市高标准的迁西县静远幼儿园。韩敬远被迁西县委、县政府授予“支持教育发展终身贡献奖”和“迁西县一中荣誉校长”“静远幼儿园荣誉园长”称号。

四是传承中华民族优秀传统文化推出国学启蒙教育精华读本《蒙学十三经》。《蒙学十三经》发布会在人民大会堂召开，引起社会强烈反响。韩敬远任《蒙学十三经》编委会主任，该读本在内容上分为识字、训诫、韵语、典故知识 4 类，包括《三字经》《百家姓》《千字文》等 13 篇，由 10 余位专家、学者历经 10 余年精心编著而成。

迈向高质量发展：“双调”战略＋“四个一”工程

今年 9 月下旬，河北省唐山市人民政府召开新闻发布会，宣布将在该市钢铁企业中开展“四个一”行动，提出推广津西集团深化改革转型升级的经验。韩敬远告诉《中国冶金报》记者，近年来，津西集团主动转型、创新发展，加快传统与新兴并进、跟随向引领转变，实施了“双调”战略和“四个一”工程，有效推动企业向高质量发展。

在实施“双调”战略上，津西集团主要做了以下工作。

一是优化产业调结构，打造型钢生产基地。在传统钢铁产业方面，津西集团以钢板桩和 H 型钢为核心做精做强钢铁主业，打造型钢生产基地，提高供给质量。2017 年，津西集团实施了钢板桩及超大 H 型钢产品升级项目，并过钢试车。该项目可生产最大规格 900 毫米的 U 型、850 毫米的 Z 型钢板桩和 1100 毫米的超大 H 型钢，有 70 多种产品填补国内、国际空白。在此基础上，津西集团进一步延伸产业链，发展钢结构装配式建筑，研发生产 9 度抗震、5 倍节能、20 倍空气净化的装配式钢构建筑产品。目前，其首个钢结构示范项目—津西集团研发中心已投入使用，打造了从钢铁生产到深加工、装配式钢结构建筑的完整产业链，并带动绿色建材等配套产业蓬勃发展。

二是瞄准高科技领域，培育发展新动能。2014 年，津西集团与美国硅谷专家团队合作，在北京经济技术开发区成立东方晶源微电子科技（北京）有限公司。该公司从美国硅谷、日本和欧洲引进掌握核心技术的资深专家 30 余人，组建国家千人计划特聘专家、大数据首席专家在内的 200 人科技研发团队，搭建了以东方晶源微电子科技（北京）有限公司为核心的津西集团高新科技板块。

在转型发展的过程中，津西集团还通过实施“四个一”工程，创造了“创新常态化、产品高端化、产业新兴化、管理职业化”4 条管理经验。

一是引进专家团队，以人才引领产品结构高端化。津西集团主要立足高端技术、装备，新产品开发和市场开拓引进专家团队。例如，津西先后与多家专业从事型钢销售业务的国际营销公司合作，构建国际营销网络，型钢出口量连续 6 年全国第一，钢板桩销售量稳居全国首位。

二是着力建设研发机构，推进科技创新常态化。在产学研深度融合层面，津西集团先后与东北大学、北京科技大学合作成立型钢研发中心等产学研平台，并成立院士工作站、绿色钢构产业技术研究院；在深化技术创新层面，聘请首席工程师为公司副总经理，成立专业技术人才序列，创建 11 个创新工作室等。

三是进军战略性高新技术领域，推进集团产业新兴化。津西集团高新科技板块以东方晶源微电子科技（北京）有限公司为核心，主要生产的硬件产品为用于芯片生产的高速、高精度电子束图像在线检测系统。该产品得到国家的重点支持。在软件方面，津西集团已取得 10 多项软件著作权等，被世界第一芯片供应商认定为首选技术提供者。

四是注重高管培养，推进管理团队职业化。津西集团每年投入5000余万元，有针对性地组织高管团队培训，经营管理向国际一流水平看齐。例如，津西集团先后组织高管人员到多个国家考察学习，到清华大学学习精益管理、全流程管理等专业课程等，使高管人员素质得到显著提升。

（作者：谢吉恒、张继军、白小卉，原载于《中国冶金报》，2018年11月22日1版）

让企业向绿而生，因绿而兴

——记新金钢铁有限公司总裁、总经理高扬

2018 年“中国时代风采·大地之光”征文表彰大会于 6 月 17 日在北京国家会议中心举行，来自全国各条战线的获奖代表近 200 人出席了会议。其中，来自“绿色发展标杆企业”——河北新金钢铁有限公司总裁、总经理高扬荣登“十佳新闻人物”榜，被授予“中国时代优秀企业家”荣誉称号。

高扬，出身于河北武安的一个企业世家。高扬的祖父高云生，是 20 世纪 90 年代名扬武安的创业者、新金集团创始人。1993 年，乘改革东风，高云生创建了武安第一家炼铁厂——津安铁厂。高扬的父亲高万军，将这家小炼铁厂发展成为集铁、钢、材“一条龙”，钢材轧制产能达到 500 万吨的大型民营钢企；企业连续 12 年跻身中国企业 500 强、中国制造业 500 强、河北省百强企业行列。祖父、父亲两代人是改革大潮的犁浪人，长辈们磨砺拼搏的精神，在高扬心中打下深深的烙印。

“80 后”高扬，毕业于北京大学，硕士学位。2014 年 2 月份，他出任新金集团总裁、总经理。他凭借较高的文化素养和国内外现代企业管理学识，扎根基层，走出去向行业内先进企业“拜贤取经”，探索创新。他咬定创新驱动发展观念不放松，坚持走绿色发展之路，演绎着企业“向绿而生，因绿而兴”的故事。

人才兴企　科技领先

国以才立，政以才治，业以才兴。高扬清醒地认识到，提升企业核心竞争力，

人力资源创新是关键。为此，他大刀阔斧地实施人才强企战略：创新人才引进、人才评价、人才培养、人才激励、岗位职称评定、薪酬制度、人才管理、人才稳定、人才任用机制“九管齐下”，让人才留得住、用得上、能干事、干成事，为新金实现跨越式发展提供了强有力的人才保证和智力支撑。

高扬认识到，要加快企业转型升级步伐，走新型工业化发展道路，创新信息化管理势在必行。在他的倡导下，新金投资8000万元，历经3年，建成了信息化上线系统项目。该项目现已形成了“信息在系统中共享，流程在系统中贯通，业务在系统中协同，资源在系统中利用，权力在系统中受控，知识在系统中传承”的数字化体系，增强了企业的核心竞争力。近年来，新金先后获得“中国信息化500强”“河北省两化融合重点企业”“两化融合示范企业”等荣誉称号。

生态环保　绿色标杆

围绕“有效管控环境风险、全面深化绿色制造，致力推进产城融合、全力打造一流绿色生态钢企”的战略目标，新金以“创新、协调、绿色、开放、共享”的五大理念为引领，开展产城融合实践，积极践行环境经营理念，主动承担社会责任。用高扬的话说，就是“四招妙棋，招招见效，盘活全局”。

妙招一：上设备

新金先后投资15亿元，建成能源管控中心，形成能源管理可视化、信息化、一体化的集中管理系统；新上除尘设施86套；建大型原料大棚3座、中型原料大棚2座，总面积达到14万平方米，同时配备相应的除尘喷雾器、喷枪、洗车台；安装在线监测设备29套，实现了主体生产装备在线全覆盖；3台烧结机头均实现了全烟气收集；投资5000万元将120吨转炉一次OG法（湿法）除尘改造为半干法一次除尘；投资800万元，与中科院合作建设烧结机烟气循环利用项目，可削减氮氧化物约30%，实现了超低排放、全面达标。新金烧结烟气净化工程被北京市科技委评为"2017年首都蓝天行动科技示范工程"。

高扬介绍说："新金高度重视二次能源转化，实现了工业废水零排放，蒸气、煤气全部回收利用，自发电率达到70.4%，三废利用率达到100%。企业还投资2亿元，新上了烧结机烟气净化一体化系统，实现脱硫、脱硝、脱二噁英、脱颗粒物等烟气深度治理，实现超低超净排放。废水深度净化后达到饮用水的纯净度。"

妙招二：建体系

全新的矩阵式管理体制，是新金持续改进环保管理运行模式的又一个妙招。高扬说："矩阵式管理体制包括建立健全环保管理制度及运行机制、建立环保检查监督机制、环保管理责任落实机制、环保考核奖罚机制，推动环保目标绩效考评，总体形成了逐级负责、分工明确、管理有序、上下联动、齐抓共管、全员参与的长效机制。"

妙招三：搞绿化

高扬谈到，围绕"优化厂区绿色生态环境，扩大厂区生态环境容量，鼎力打造工业生态旅游基地"战略方针，2017年，新金投资4000万元实施了绿化美化工程；建有专业绿化队、环卫队和专业保洁队；采用彩色喷漆处理技术，对厂房、管网及厂区设施进行美化、亮化。漫步新金厂区，绿树鲜花环绕厂房，道路宽阔畅通，鱼池里金鱼戏游，形成"厂在林中、林在厂中、路在绿中、人在景中"的生态格局。2017年，新金被评为"全国绿色工厂示范单位"。

妙招四：工业游

在今年"六一"国际儿童节到来之际，高扬带领新金领导层精心策划了一次"童心童趣看新金，非同凡响过'六一'"的亲子活动。60名新金职工子女来到新金厂区，目睹"钢铁是怎样炼成的"。孩子们通过畅游绿色工厂，分享新金环保治理、绿色转型的成果。他们拿起画笔，将自己的见闻感悟画成美丽的图画，表达他们的心声。《中国冶金报》副刊用图文并茂的形式对这次活动进行了深度报道，在全行业引起热烈反响。

叫响品牌　研发精品

高扬特别谈到，在当今“质量为王”“品牌为王”的时代，实施精品战略势在必行。

实施品牌战略，高扬拍板决策“三定位”:

定位创新体制建设。新金以完善的科技创新体制为基础，以新产品研发为核心，加大科研资金投入；敞开大门，广纳科技英才，全力抓好“引智工程”；探索新的工艺技术，开发具有自主知识产权的生产工艺和技术；全力开发、生产高新产品，提高产品市场竞争力；大力推进以板材为主的产品结构调整。

定位实施精品战略。近年来，新金开发了QSAE1008热轧线材、HPB300混凝土用热轧光圆钢筋、30C汽车车轮用钢板、有花冷基镀锌板、无花镀锌家电板等新产品，产品畅销广东、上海、山东、河南、天津、杭州、苏州等地市场，并出口到欧洲、南美洲以及中亚、中东、东南亚等地区。

定位打造行业品牌。新金以“智能”提升“质量”，打造新金品牌，彰显强大的品牌实力。据统计，近几年，新金开发新产品18种，取得技术专利18项，热轧圆盘条、热轧宽钢带产品连续10多年荣获“河北省名牌产品”称号，2017年，新金热轧钢带产品荣获国家“冶金产品实物质量金杯奖”；2018年，新金建材产品获得“十大卓越建筑用钢生产企业品牌”殊荣。

员工幸福　回报社会

高扬提出：“企业发展要与社会融合。”为此，新金努力做到“企业发展三同步”：

一是为员工谋幸福。新金坚持以人为本的发展理念，发展企业依靠职工、发展成果与职工共享。新金开办了职工大学，开设了职工医院，建有职工活动中心，职工食堂实行半费就餐，定期组织职工和家属旅游等，职工幸福指数持续提升。

二是为顾客创造价值。新金提出“顾客的需求，就是我们的不懈追求”。高扬介绍说：“新金建立了客户终端服务网络，提供个性化产品和特色化服务。我们还建立了产、供、销、运、研快速联动机制，提高顾客的认可度和满意度。现在，新金已与太钢、天铁、格力、银龙新能源汽车、青岛奥克玛等企业建立了战略伙伴关系，实现了互利双赢。”在新金荣获“河北省诚信企业”称号的同时，高扬也获得了“河北省诚信企业建设优秀工作者”称号。

三是为社会奉献。近年来，新金累计投入 1.28 亿元开展帮扶活动。新金利用冲渣水余热建成两座供热站，为周边农村供热，被当地人称为既环保又惠民的“双赢工程”。

（作者：谢吉恒、郭增地、李佳、冀玉花，原载于《中国冶金报》，2018 年 8 月 10 日）

做砥砺奋进的“领头雁”

——黑山烧结点火炉公司董事长孙小平环保节能风采录

四十载改革开放，波澜壮阔；四十载风雨同舟，共铸辉煌。改革开放四十年是中国人民奋发图强，勇为争先的四十年。2018 年 11 月 30 日北京，晴空万里，蓝天如洗，国家会议中心人头攒动，气氛热烈。来自全国各地 300 余名代表齐聚与此，参加 2018 年中华大地之光、时代风采、名校创新联合举办的“改革开放四十年征文表彰大会”。第十一届全国人大副委员长周铁农亲切会见全体会议代表并合影留念。征文作品致敬改革开放四十年，其中反映钢铁业散文作品《做砥砺奋进的“领头雁”》中的主人公孙小平，被授予“特约新闻人物”殊荣，周铁农副委员长给予颁奖并合影。孙小平如何立足行业展现环保节能风采呢？《中国冶金报》记者受约采访了他。

孙小平是常州市黑山烧结点火炉制造有限公司（以下简称黑山公司）董事长，始于新千年初期，他带领员工在钢铁、铁合金领域，咬定“青山绿水就是金山银山”理念不放松，敢为人先，砥砺前行，创新技术，驻足深耕。据了解，该公司是专业从事烧结点火炉的设计、研发、制造、安装，节能降耗，清洁生产的厂家，谓之江苏省高新技术企业。他们研发的单预热烧结点火炉被中国钢铁工业协会认定为钢铁业重大冶金设备自主创新和国产化战果，获得国家发明专利。该公司研发的单预热烧结点火炉，彰显诸多独有优势备受用户青睐，产品热销江苏、河北、陕西、山西、河南、宁夏、内蒙古等二十余个省、自治区。黑山公司三十一载沐浴改革开放的春风，创新创业，为钢铁业绿色发展留下闪光的印迹，为社会创造更多经济和环保效益得到众多用户的关注和点赞。

创新：从跟跑者变成领路人

黑山公司始建20世纪80年代后期，原是一个名不见经传的村办小厂。厂区占地面积4.8亩，生产场地、办公面积窄小，也都只有四、五百平方米；投资20万元，设备简陋，生产普通高温粘结剂及不定形耐火材料；产品技术含量低，缺乏竞争力，建厂前十年主要服务南京、无锡周边钢厂筑炉项目，举步艰难。改革大潮涌动，企业徘徊于村办企业群中的“跟跑者”。

创新是引领企业发展第一动力。孙小平在建厂第二个十年中，敏锐意识到，面对激烈市场竞争，追求生产科技含量高、适销对路的产品才是企业生存发展之王道。经过认真市场调研分析，钢铁业是高耗能产业，铁前的烧结工序能耗约占钢铁生产总能耗的8%，烧结是节能减排的前沿阵地，开发前景潜力大，果断拍板决定瞄准研发单预热烧结点火炉。船小好调头，拨正方向，不单打独斗，与高等院校、科研单位联姻，聘请国内一流专家指导研发，吸收国内外先进生产技术，培训员工提高素质。孙小平带领员工勤学苦练，攻克一道道难关，终于在2014年研发成功单项预热烧结点火保温炉。

科技是第一生产力。创新技术使企业有了自己科技含量高的特色拳头产品，它具有整体结构合理、构造简单、操作方便、安全可靠、节能显著、使用寿命长等特点，是烧结工序节能降耗的重要推手和又一“利器”。此项创新技术问世，率先在江苏钢铁企业投入使用，并出口印度，得到设计院和用户的广泛认可，黑山公司“柳暗花明”在改革大浪淘沙中，从跟跑者脱颖而出跨入领跑者之列。

周铁农副委员长为孙小平颁奖

合作交挚友，人脉是资源。孙小平在建厂迈向第三个十年征程，黑山公司的“梦想”定位为建成中国最大的烧结点火制造企业。有梦想，就有动力。为推广点火炉新技术，孙小平眼光有高度，智商情商出众，抢抓机遇，广交朋友，汇聚人脉资源的故事在朋友圈广为流传。

源于缘分，千里来京结缘。2014 年春节前夕，我在邢台、石家庄一些民营钢企调研节能减排，环保三查情况。一天下午，从报社打来电话“你是谢记者吗？我在《中国冶金报》看到你写过多篇河北省相关钢铁业环保节能深度报道……很受启发，我想约个时间跟你沟通交流……”，通话者，我并不相识，他是常州市黑山烧结点火炉公司董事长孙小平。原来他听《中国冶金报》编辑介绍，这些年来我重点负责采写河北省民营钢企报道，基层情况熟悉，从报社得知联系我的电话，他说明缘由我愉快答应了他的要求。我俩未见过面，恰好第二天下午我从石家庄回唐山，路过北京站换乘车，约定在北京站出站口见面。出站后按着预先约定的标志：看见出站口对面站着一位高个儿，上身穿着黑色半身呢子服，右手高擎档案袋，举过头顶注视出站人群。我一眼看出他就是约定见面的孙小平。我迎上前去握手，他五十岁左右年纪，慈眉善目，相互介绍，在车站广场简短挚诚交谈十余分钟，有一见如故之感。他指着档案袋内装有企业简介、发明专利、研发点火炉技术报告等要我抽空看看，我答应并接过档案袋，急着换乘车，挥手告别。随后我们多次在电话中进行沟通交流，了解点火炉一些创新技术。

4 月初，我抓住到南京参加 2014 年《中国冶金报》记者会议时机，专程来黑山公司第一次参观采访。直观了解烧结点火炉本体主要由炉体钢结构、耐火材料衬里、空煤气管网、烧嘴、手动阀门等组成，有预热炉时还需要换热器，为保质量可控，点火炉本体部件 99% 由自己制造。我依次参观了耐火材材料、钢结构、模具、实验室等车间，并采访相关人员和细节。采访后确定围绕助力钢铁节能降耗为主题，拟定口碑、灵魂、承诺三个标题，撰写长篇深度报道《单预热烧结点火保温炉在冀“火”起来》，4 月 18 日在《中国冶金报》见报，在业内产生强烈反响，强有力地扩大了企业的影响力和美誉度。

机遇是给有准备之人的。黑山公司不停步不歇脚，继续扩大人脉资源，提升人气。一鼓作气，与有关单位协商合作，旨在推广应用单预热烧结点火保温炉新技术，经过一番细心筹备，5 月上旬成功举办“烧结点火保温炉技术创新研讨会”。特邀请钢铁业专家、领导及北京、河北、河南、天津、陕西、辽宁等省市钢铁业节能环保、烧结技术、设备采购相关人员、媒体记者近40人参加会议采风。会议采用“厂家＋用户＋媒体”的模式，专家报告、用户现场观摩、交流研讨，媒体采风。会议高站位、立意深，指导性强，效果好。会后孙小平带领业务、技术人员跟踪服务，开拓市场，巩固老用户，发展新用户。2014年市场销售取得突破性进展，营销网络扩至全国十多个省市。

2014年夏天，我与媒体记者合作第二次采访孙小平。媒体记者撰写报告文学《他们瞄准了高新技术》——常州市黑山公司专利研发及推广纪实，编入《燕赵儿女走进人民大会堂》一书，由冶金工业出版社出版，北京王府井书店等发行，颇受冶金行业广大读者欢迎。

服务：收获感动必先被感动

做事先做人，助困难之人，高调做事。黑山公司对员工关心备至，员工收入水平整体达到当地中上等水平。一位员工的儿子，患病手术，急需用钱，找到孙小平要求预支一年工资。孙小平明知道这位外地员工有可能不会继续在厂里工作，却同意预支了一年工资，用情感温暖着员工的心。类似这样感动人心的故事不胜枚举。

孙小平（左）阅读《中国冶金报》副刊“庆祝改革开放四十周年主题征文”报道

据钢铁业专家介绍，全国烧结生产上的点火炉约有600座，每隔4至5年更换一次，每年市场需用量有100座左右，市场狭小，竞争异常激烈。黑山公司营销人员说，当今竞争投标有“三难”：一是产品认可过程难。一个产品被用户认可需货比三家，用户真正了解产品，选择采用部分产品到全部采用需要周期长达10~20年。二是招标要求严格，门槛高迈进难，招标压价厉害。黑山公司坚持一分价钱一分货，“质量第一，不打价格战”，优质优价竞标。三是钢厂烧结技改攻关难。近几年钢厂环保达标要求苛刻，技改标准提升、难度随之加大。

黑山公司，与时俱进，接地气，直面应对。首先，市场的竞争就是人才的竞争。黑山公司用好“引进人才、关心人才、使用人才”的一套用人机制。将点火炉设备向自动化方向发展，操作简单化、数据化、信息化、人性化、自动化。其次，动之以情，晓之以理。收获感动必先感动别人。点火炉工况条件较为复杂，黑山公司技术人员心系用户，满意服务。2017年中标陕西龙钢400平方米、265平方米烧结点火炉的旧炉本体更新及自动化改造，将改造前点火炉所用的预热高炉煤气及预热助燃空气改成为采用转炉煤气。因煤气在原管道内流速较低，无法测准流量，为保质量免费更新部分车间空、煤气管网，还免费制作了两台炉子的操作平台。历经一个月的整改，龙钢这两座烧结车间管网整齐划一，加上新建的点火炉，龙钢烧结环境旧貌变新颜，受到龙钢总经理的好评，龙钢电视台还做了报道。

黑山公司把用户需求的，当做就是自己的追求，满意服务。2016年年底，黑山公司为湖北一家钢厂改造一台265平方米高焦混烧的点火炉，顺利完工，所有指标正常。时隔三个月，突然接到用户电话告急，炉内结瘤严重，影响生产，求救派人解决。黑山公司技术人员迅速赶到现场，观察炉点火段与保温段中间隔墙一侧炉墙上，看不出任何故障，随后到中控室查看煤气流量显示表，发现第二排空气阀门处于关闭状态。打开阀门后炉内火焰气氛处于平衡，结瘤也停止。烧结厂技术人员一看炉内正常了，疑惑不解。“是的，你们关了一排空气阀”，黑山公司技术人员说。一位工人师傅内疚地说：“想起来了，上次检修人员停炉检修后忘了开阀，麻烦你们跑了一趟。”

淘汰落后烧结产能，大烧结机在国内开始兴起建设，既是挑战又是机遇。烧结机面积越大台车越宽，原有的管状换热器难以胜任，发展一种大型的吊挂式换热器势在必行。黑山公司经过三年的努力和付出，研发成功一种高效大型吊挂式换热器，跨度大于6米，重量达20吨，每小时预热空气2万立方米，输出热空气温度最高可达到380~400摄氏度。大型吊挂式换热器研发成功，使黑山公司获得一批大烧结点火炉订单。如冲天550平方米、永钢450平方米、兴澄和高义钢厂的360平方米等，投入使用后，用户受益匪浅。冲天钢厂550平方米烧结机点火炉改造后，仅固定焦下降、煤气节约两项指标就能满足全公司大烧结全年的节能降耗指标。河北裕华钢厂先让黑山公司技改一台点火炉，取得良好效益后，不到两年的时间内把烧结机点火炉全部都改造了一遍。

一分耕耘一分收获。黑山公司做产品先做人品、乐于用真诚之心奉献与用户，迎来用户感恩之心以丰厚回报。孙小平高兴地告诉记者，黑山公司笑迎改革大潮，涛头击浪，在第三个十年间夺取稳定发展。已从小型单预热烧结点火炉发展到550平方米大型单预热点火炉的投入使用；由单一使用高炉煤气燃料点火炉到各种燃料、多种矿物料的点火炉的研发制造，在点火炉的技术上日臻成熟；建立一支从设计、制造到安装的工程队伍。黑山公司点火炉的全国市场占有份额增至到约20%，他们在追梦、筑梦、圆梦一路前行……

责任：投身助建旅游示范村

什么是幸福？幸福是旅游，幸福更是产业。党的十八大以来，提出旅游、文化、体育、健康、养老“五大幸福产业”，把旅游产业摆在首位，让人民生活得更幸福、更有尊严。旅游是国家一项庞大而系统的产业，融入亿万百姓的生活，是人们生活过程中最重要的精神消费过程，实现自我精神解放的重要途径。有数据显示，中国连续多年保持世界第一出境旅游资源国和全球第四大入境旅游接待国地位，预计到2020年，旅游市场总规模将达到67亿人次，旅游业对国民经济的综合贡献率达12%，其中美丽乡村生态游，成旅游业百花园中一朵艳丽奇葩。

九月下旬，时隔六年，记者第三次应孙小平邀请参观采访黑山公司，采访重点是黑山公司驻地——丰北村筹建旅游景观。欣闻丰北村纳入申报江苏省旅游休闲观光农业精品村之列，甚为兴奋，深表祝贺。9月26日，丰北村党总书记徐建刚为记者从地理、资源、开发三个层面介绍该村旅游发展思路和概况。

丰北村党总支书记徐建刚（左）、孙小平（右）与记者参观花卉盆景园合影

丰北村位于常州市天宁区郑陆镇东南部，总面积3.85平方公里，农户975户，总人口3159人，村办企业50家，2017年实现工业总产值7.02亿元，村集体经济收入160万元，全村农民均收入18000元……

听了徐建刚相关提高村民福祉，筹建景区情况介绍，很为丰北村凸现出四个鲜明亮点所鼓舞，留下深刻记忆：一是地理位置、交通便捷。距常州京沪高铁站30公里、火车站20公里、常州公交车315路可直达，能满足城市居民日益增长的远郊短线游的需求。二是自然景观美，农业资源丰富。一条2余公里长的河流绕村而过，水资源充沛，有1722亩鳜鱼、大闸蟹精品养殖场；700亩鱼苗繁育基地、70余亩垂钓中心、百亩荷塘。贯穿全村高铁沿线长五六百米绿化带，成为鸟的天堂；有380余亩林果采摘基地、有60余亩花卉盆景园。三是文化底蕴深厚、乡居特色浓。小桥流水，有两座500多年历史的明代古桥和历史久远的消防设施，保存完好及有百年古树银杏。四是环境气候好，宜居宜业宜游。丰北村顺势而为，利用水资源优势，做足水文章，把丰北村打造成为集生态旅游、农业观光、养老、科普休闲为一体的美丽村庄。

参观周氏宗祠留影

丰北村建于明代的古桥流水风光

徐建刚、孙小平等村领导在陪同记者驱车前往景区的路上，边聊边参观。沿着丰北村旅游规划路线图依次参观荷塘悦色、农耕体验、水产养殖中心、育苗繁殖基地、水生花卉农庄、垂钓中心、周氏宗祠、花卉盆景园、林果采摘基地、鸟的天堂等景点。景区正建中的一园一景，人在景中行，景在人中移，景景有特色。

黑山公司身为村内规模较大企业之一，如何参与打造村生态游呢？“公益之心，实力之基，创新之力，助推村里旅游发展。”孙小平一语道破扎根心中的计划。政府牵线搭桥，发展乡村旅游是社会公益事业，企业就要义不容辞，勇于承担责任，有所新作为，主动帮扶已是企业共识。孙小平告诉记者，他们采取“双管齐下”两招，助推村里旅游建设。一招是眼睛向内手心向下，完全融入旅游村建设之中，全方位做好极致的自己。一方面，建设占地面积25亩标准厂房，2000多平方米办公楼，绿化美化环境，环保要求全面达标，努力创建绿色标杆企业，打造绿色品牌，开拓点火炉这片“净土”，深受业内人士和村民的好评。另一方面，将厂区建成村内“工业游”的一个景点，投资20万元将以前烧煤的烘烤炉改造成天然气烘烤炉、耐火搅拌机装上布袋除尘器、把加工车间装上大型吸风扇，环境大改善，厂容厂貌焕然一新。开放生产车间、进行产品展示和品牌宣传。二招是发挥企业资金、技术、信息、市场和管理等优势、村企建立共建合作机制，帮其所需，雪中送炭。例如，帮扶村手捧生态资源优势这张牌，更要打好“生态资源”这个好牌。提议协助村扩大载体，策划制作乡村旅游宣传手册及其他制品，通过强势宣传营销，联系传媒、网媒广泛深入进行宣传报道，扩大景区的知名度和影响力。

村企共建，跻身公益事业，有担当，履行社会责任，我们期盼秀美的丰北村休闲观光农业精品村早日开园……

（作者：谢吉恒，原载于政商参考网，2019年1月2日；
《中国冶金报》，2019年1月4日）

以创新擦亮名片

开栏的话

先进的技术装备和优质的服务，是助力我国钢铁工业快速发展、高质量发展的重要保证。本版从本期开始设立“壮丽 70 年 奋斗新时代 · 与钢铁工业同行”栏目，陆续刊发一些在钢铁装备技术领域不断进取、积极为钢铁工业服务的有关企业的主要做法和取得的成绩等，借此从不同侧面展示为钢铁工业发展而积极进行自主创新和研发的我国钢铁装备技术相关领域的发展历程、实践探索和取得的成果等。欢迎钢铁装备技术领域有关企业和读者积极参与并投稿。

今年 5 月 10 日是第三届国家品牌日。中国钢铁业已快速进入“质量为王”和“品牌为王”的新时代。2017 年起由《中国冶金报》社权威代表中国钢铁行业每年推出品牌评选和发布、推介活动，自此中国钢铁业推出自己的品牌。常州市黑山烧结点火炉制造有限公司（以下简称黑山）荣获 2019 年度“钢铁装备技术品牌供应商”称号。以往规模大、人员多曾是人们对钢铁装备业的传统概念，然而这样的认识已被黑山改写。

山不在高，有仙则灵。2018 年，黑山咬定绿色智慧发展理念不放松，力推绿色环保节能新技术，交出一份靓丽成绩单：科技含量高的烧结点火炉产品，市场营销取得突破进展，市场营销网络扩至全国近 20 个省市，在全国市场的份额增至 20%，并出口印度等国家。作为一家不足百人的企业，黑山缘何能做到呢？“以创新擦亮名片”，5 月上旬，黑山董事长、总经理孙小平接受《中国冶金报》记者采访时响亮答道。

科技创新

黑山始建于 20 世纪 80 年代后期，原是苏南一家名不见经传的生产普通高温黏结剂及不定性耐火材料的村办小厂，主要服务于南京、无锡周边钢厂筑炉项目，因产品单一、技术含量低，面对激烈的市场竞争，效益低下，陷入困境。水到绝处是风景，企业到绝境是重生。进入 20 世纪 90 年代初期，改革大潮浪淘沙，孙小平审时度势，敏锐意识到，只有为市场提供适销对路科技含量高的产品，才是企业奔向生存发展的康庄大道。观念新，寻生机，懂得拐弯是人生的大智慧。他走出去请进来，经过周密详细市场调研分析，看到铁前烧结工序能耗约占钢铁生产总能耗的 8%，节能降耗潜力大，烧结是节能减排的前沿阵地，市场前景看好，发展空间广阔。船小好掉头，他果断拍板决定，选择走专业从事烧结点火炉的设计、研发、制造、安装一条龙之路。市场的竞争归根到底就是人才的竞争，黑山实施“引进人才，关心人才，用好人才”一整套用人机制，激发技术人才的积极性，与科研院校联姻合作，经过近十年的反复攻关试验，2005 年终于研制成功单预热烧结点火保温炉，投入使用并获得成功。该炉型颇具结构合理、操作简便、节能显著、安全可靠、使用寿命长的特点，深受广大用户赞许。黑山自主创新成功地利用高炉煤气进行点火的新技术，是我国烧结工序节能降耗的一大“利器”，被中钢协认定为钢铁行业重大装备自主创新和国产化成果，获得国家专利，2013 年被中钢协环保节能委员会评为“钢铁好技术”。黑山还被认定为江苏省高新技术企业、省民营科技企业和省科技型中小企业。

跨入新世纪，黑山不断创新技术，向钢铁业、铁合金行业提供可以使用各种燃料的烧结点火炉。随着淘汰落后烧结产能的快速进展，大烧结机在国内广泛应用，对于黑山来说，既是机遇又是挑战。黑山迎难而上，科技创新再发力。烧结机面积变大、台车变宽，原有管状散热器难以胜任，开发大型吊挂式换热器势在必行。黑山历经 3 年攻克技术难关，研发成功一种高效大型吊挂式换热器，受到诸多钢厂的青睐并迎来众多订单。河北是黑山客户聚集地之一，黑山向客户大力推广“试验田”经验。如河北一家钢厂先让黑山改造一座烧结点火炉，取得良好效益后，不到两年时间把烧结点火炉全部进行了改造。

创优服务

黑山从一个小企业摇身一变成为全国烧结点火炉行业的领跑者，缘何国内外市场喜爱“黑山制造”？在孙小平看来，黑山的底气既来自于产品质量过硬，也来自创新优质服务。“把满足用户需求当成自己的追求，服务理念超出客户的期待”，孙小平向《中国冶金报》记者介绍。

据钢铁业专家介绍，全国烧结点火炉约有600座，每隔四五年更换一次，每年市场需求量在100座左右，市场小竞争激烈。近几年黑山每年踊跃参与招投标并手握胜券的法宝是什么？孙小平介绍了黑山获胜的妙招是为用户贴心服务并做到三到位：

一是现场跟踪服务到位。黑山技术人员接地气，常年奔波在多条烧结机生产线，及时为用户排忧解难。如炉子空、煤气管网设计不合理，无法发挥烧结应有产能；用混合煤气烧嘴来燃烧高炉煤气；煤气管网管径偏小，压头损失大，煤气压力小一时无法着火等等，若设备使用 一旦出现问题，他们一天之内可以到达客户现场排除故障。

二是诚信承诺服务到位。黑山强调为用户提供过硬产品，为使设备经得住各种考验，不为自身产品质量有问题而反复为用户服务。他们郑重承诺：质量一步到位，一年质保、三年不用向客户卖备件。

三是贴心无偿服务到位。对于烧结点火炉工况条件较为复杂时，黑山技术人员心系用户，贴心无偿服务。2017年，黑山中标陕西龙钢400平方米、265平方米烧结机点火炉的炉体更新及自动化改造工程，需将点火炉所用预热高炉煤气和预热助燃空气 改为采用转炉煤气。因煤气在原管道内流速较低，无法测准流量，为确保施工质量，他们免费更新部分车间空气、煤气管网，还免费制作了两台炉子的操作平台。历经 1 个月的改造，这两个烧结车间管网整齐划一，加上新建的点火炉，龙钢烧结环境大变，受到龙钢好评，龙岗电视台还做了专门报道。黑山正是凭借着这样优质产品和创优服务，让客户满意，巩固老用户，发展新用户，不断扩大市场占有份额。

做优做精

《中国冶金报》记者采访中了解到，黑山以提高黑山科技创新能力为核心，着力构建“产学研用”四位一体产业链式的技术研发新体系，开辟创建烧结点火炉创新技术的多渠道：进一步调整产品结构，重点打造行业政策提倡的大面积烧结点火炉，进一步优化工艺流程，加快研发具有知识产权的核心技术，应用智能装备、互联网等信息化新技术，推进黑山制造过程的智能化。

机遇是给有准备的人的。黑山为把企业做优做精，抢占市场份额，强化实施三项举措：其一，工欲善其事，必先利其器。黑山为把烧结点火炉产品做精，充分发挥工匠精神，鼎力创造绿色环保制造环境。黑山占地 20000 多平方米，标准厂房 15000 多平方米，办公用房 2000 多平方米，固定资产近 7000 万元，添置先进设备上百台(套)。其二，举办烧结点火炉技术创新研讨会。会议采用“厂家 + 客户 + 专家 + 媒体”的模式，开展专家报告、用户现场观摩、交流研讨、媒体采访等活动。会后，孙小平带领业务、技术人员跟踪服务，开发市场。其三，全面强化管理。黑山坚持质量第一，效益优先，实施质量强企战略，注重产品品牌建设，提升品牌价值，提升经营质量，提升整体实力，促进服务升级、产品升级。

（作者：谢吉恒，原载于《中国冶金报》，2019 年 5 月 23 日 5 版）

奋进新时代　砥砺新征程

——记洛阳交运集团21分公司总经理田延通

四月下旬，由京津冀相关媒体、作家、画家、出版、企业家等组成庆祝新中国成立七十周年“我和我的祖国”主题征文采风组来洛阳采风。采风组为新时代涌现出的模范人物点赞，谱写激动人心的故事，留下深刻的记忆。

每一缕阳光都孕育无限生机，每一次黎明都昭示热切希望。承载着十三朝帝都厚重底蕴的文明，激荡着中原儿女创新创业的不息豪情，在华夏文明和中华民族的发源地，在丝绸之路东方起点的中州大地上，飘扬着一面改革创新的旗帜，传颂着一位勇立潮头、敢为人先、锐意进取、创新创业的传奇人物，他就是——洛阳交运集团有限公司21分公司总经理、党支部书记田延通，他被员工称誉“奋进新时代，砥砺新征程的领跑人”。

采风组在洛阳孟津采风

（一）交运战线旗帜

田延通，1981年大专毕业后，到孟津县汽车站参加工作。他已经在孟津的交运领域辛勤耕耘了三、四十年，把青春岁月奉献给交运行业的“老兵”，见证并亲历了孟津交运事业的巨大发展。他无论是在哪个岗位上，对公交事业的洞察力和前瞻性，至今都让人叹服。

梦想不会自动成真，目标不会自动抵达，必须靠艰苦奋斗、不停奔跑才有远方。田延通靠什么精神和力量催人奋进、创新创业呢？

田延通在近四十个风雨春秋历程里，他心系家国情怀，弘扬工匠精神，在平凡的工作岗位上爱岗敬业、干一行爱一行、专一行精一行。他时刻用共产党员标准严格要求自己，牢记家国情怀、爱民之心、兴国之道，保持对党和国家的深情大爱，把国家和人民利益的放在第一位。他始终把忠诚和信仰镌刻在灵魂深处，把使命和责任扛在肩上，用实际行动为党旗增辉添彩。他脚踏实地、真抓实干，开拓创新、奋发进取，用实际行动诠释了什么是爱国之情、强国之志、报国之行的统一。他攻艰克难、直面困难挑战，践行“我能行，让我来”，敢冒常人不敢冒的风险，敢啃最难啃的硬骨头精神，诠释了共产党人的铮铮誓言。

他以“自强不息，厚德载物”为座右铭，乐于担当，将一个负债千万、濒临破产的老大难单位，打造成为洛阳交运集团的明星单位。先后荣获“全国交通运输企业诚信建设先进单位”、河南省“应急维稳模范民兵连”“文明卫生先进单位”“文明汽车站”、洛阳市“青年文明号”“客运工作先进单位”“价格诚信示范单位”、孟津县“安全生产先进单位”“争创国家卫生县城先进单位”“工会工作先进单位”……他以创新创业的骄人业绩，书写了什么是奉献，回答了什么叫担当。他以实干托举梦想，用奋斗成就事业，得到了社会的认可和肯定、百姓的拥戴和赞誉。他先后获得“全国交通运输企业诚信建设先进个人”“全国道路运输站场优秀站长”“中华大地之星特邀新闻人物”“中国时代风采十佳新闻人物”，荣获河南省交通运输厅、河南省交通工会授予的“五一劳动奖章”“河南省道路交通运输一体化示范县工作个人第二名”“洛阳交运集团劳动模范”“孟津县优秀政协委员”“爱国拥军十佳模范人物”等殊荣，留下了一声声炙人的口碑，一道道闪光的足迹。

（二）临危受命敢当

2009 年 2 月，田延通临危受命，被洛阳第一汽车运输集团有限责任公司任命为孟津汽车站站长。新官上任，本应该是一件十分荣耀的事，对荣升者也是人生道路的一个转折点。但对田延通来说却是一种严峻的考验和挑战。他所面对的是一个企业管理混乱不堪，挂靠车辆各自为政，超员、超载、拒载、争客、乱收费现象屡出不鲜；车辆交通事故接二连三，各类潜在安全隐患已成顽疾；站内职工思想消极、人浮于事，人心涣散，不思进取；企业负债累累，拖欠职工养老保险金、失业金 300 万元，借职工款项 400 万元，承诺利息 50 万元，银行贷款累计达 250 万元，拖欠职工工资 60 余万元，企业总负债高达一千多万元；企业经营瘫痪，职工人心动荡，各类矛盾一触即发。企业生存岌岌可危、濒临破产的烂摊子。

媒体记者采访田延通

田延通面对难以逾越的困境，深刻地认识到：企业想要转型发展，就不能满足于小打小闹，小修小补，要有改弦易辙的决断，要有自我否定的勇气，只有从同质化竞争中脱颖而出，走向差异化竞争，才能找到新方法，走出新路径。他以咬定青山不放松的坚韧不拔的刚毅品格，以敢为人先、永不言败的豪迈气概，向孟津汽车站全体干部职工发出了“同心同德应对危机、攻坚克难逆境突围、只争朝夕抢抓机遇、创新创业砥砺奋进”的动员令。他直面困难挑战，义无反顾地带领全体干部职工踏上了创新创业、转型发展的新征程。一场“攻坚克难、逆境突围”攻坚战在黄河岸边、河图之源的孟津大地上拉开了序幕。

（三）创新创业“头雁”

田延通上任伊时，有着多年积淀客运工作经验，深深地认识到：“古之立大事者，不惟有超世之才，亦必有坚韧不拔之志”。要想使企业走出困境，就不能因循守旧、“尸位素餐”、无所作为；要敢为人先、突破自我，大刀阔斧、敢破敢立、创新创先，做与时俱进、务实创新的实干家。他高屋建瓴地提出“以战略创新为导向，以机制创新为核心，以管理创新增效益”；“建一流班子、带一流队伍、创一流业绩、树一流形象”的战略决策。制定出“坚持市场导向、强化专业服务、拓展品牌经营、创新交运模式”经营理念；提出“一年不亏损、二年脱贫困、三年有盈余、四年跨先进”的奋斗目标。

常言说“头三脚难踢”，刚开始很多人对田延通制定的战略决策和奋斗目标，质疑的声音很大，认为他是新官上任意气行事、乱点三把火，不切实际唱高调。田延通面对一些人们的质疑和议论，更加激发了他改革创新、建功立业的奋斗豪情。为了不负众望、不辱使命，哪怕前进之路有激流险滩、万丈深渊，决不能畏惧不前。体现了一个共产党员明知征途有艰险，越是艰险越向前的精神境界。古人云，“朝受命、夕饮冰，昼无为、夜难寐，勇于排雷，善除荆棘。”这是对田延通最中肯的评价，也是对他最高的褒奖。奋进新时代，砥砺新征程，群雁高飞头雁领，他如何带领团队凝心聚力，扬帆远航，奋进新进程呢？

奋进新征程故事之一：创新经营建模式

2009 年 3 月，孟津—洛阳（专线）挂靠车经营即将到期，他大胆创新经营体制，将“私车挂靠模式改革为公车公营模式”。改革创新并不是一帆风顺的，推行公车公营模式，一是遭到既得利益的一些人非议和反对，二是购置新车需要 500 万资金。巧妇难为无米之炊，筹措五百万资金，对于一个负债千万的企业来说绝非易事。可是车辆下线在即，若错过这次机遇，公车公营模式必将泡汤。企业走出困境、改变面貌的梦想也将难以实现。田延通迎难而上，采取双管齐下策略。一是带领干部深入基层，向职工讲解创新经营模式的重大意义和公车公营的可行性。首先取得广大职工的理解和支持；二是千方百计筹措资金，由于企业负债累累，银行贷款无望，只能向集团公司寻求帮助。精诚所至、金石为开，在他的多方努力下，终于取得了集团公司的大力支持、500 万元的购车资金一步到位。当年 3 月 28 日，第一批 13 辆公车顺利上线，宣告孟津站进入了公车公营时代。

2010 年，田延通带领孟津站对站房及维修车间进行了改造，新建了加油站、安检大厅等配套设施，特别是加油站的建设大大节约了公营车的运营成本。

2011 年，为扩大公车公营模式的战果，再次抓住孟津—洛阳（东线）、孟津—扣马车辆到期下线机遇，进一步尝试公司化改造，采取以职工房地产作抵押的形式，借贷款 800 余万元，更新公营车辆 25 台。通过三年的实施，年终实现了盈利的目标。

2012 年孟津汽车站又更新客车 6 台，对运力不足的线路进行补充，满足百姓出行需求，这 6 台车没有贷款，是全资车，当年实现了跨入集团公司先进行列的目标。

2013 年筹贷资金约 850 万元，更新中通气、电混合无级变速公交车 16 台，对孟津—洛阳（西线）精品线路的车辆档次进行了升级。9 月份开通县城内城市公交线路 2 条，引进资金 300 余万元，在县城设立公交候车亭 28 个，投放运力 8 台，填补了孟津县城没有城市公交的历史空白，助推了孟津县城城市品位的提升。

绿色公交惠民爱心服务

2014 年，孟津汽车站企业固

定资产已达3500万元，不仅还清了近千万元的债务，实现了扭亏为赢，而且员工工资较2009年相比翻了两番（由2009年人均每月500元到2014年人均每月2100元），并享受到了住房公积金的待遇。2014年度100%企业股权的公营车辆已达到98台，居全市客运企业之首，步入洛阳交运集团年度考核先进行列（集团公司排名第7名），并且实现了公司化经营的华丽转身和涅槃蝶变。

2015年在全省争创城乡道路客运一体化示范县中，孟津汽车站取得了全省第二名的佳绩，得到了省交通厅工作组的认可，同时也成为全国城乡道路客运一体化的学习榜样，引得省内、外同行业的学习和借鉴。同时争取到上级新能源公营车硬件设施建设补贴资金300万元，成为孟津汽车站创新创业史上运行轨迹新的亮点，并朝着绿色交通的目标奋力前行。

奋进新征程故事之二：创新管理谋发展

田延通深刻地认识到：管理是企业永恒的主题，是企业发展的基石。创新，是现代企业进步的原动力，是增强核心竞争能力，获得跨越式发展，实现持续成长的决定性因素。在当今科学技术和经营环境急剧变化的复杂环境之中，企业管理者必须要把握管理创新发展的新趋势、新要求，不断进行管理创新，把创新渗透于管理整个过程中。创造独具特色的经营模式，使企业在市场竞争中立于不败之地。具体来说，在信息化、市场化、一体化日益深化的背景下，企业要取得持续发展，必须要在理念、技术、组织及制度上不断创新，运用新的理论指导企业管理，在变化中求生存，在创新中求发展。大刀阔斧地开展创新管理促发展，节能增收创效益活动。大力实施组织、理念、制度的“三项创新”和着力强化公司化运作、标准化建设、集约化管控、精益化管理、信息化支撑的“五个强化”活动。如春风化雨，激活了孟津客运市场的一池春水，实现了公司化经营的转型升级。使孟津汽车站用主动创新求变换来了企业持续发展的勃勃生机。一是企业基础管理显著加强。在解决长期制约企业发展的突出问题和薄弱环节上取得突破，企业管控机制进一步完善，管理制度进一步健全，流程进一步优化，制度和流程的执行力进一步提高，管理的标准化、制度化、规范化水平明显提升；二是管理创新机制显著完善。管理创新工作体系进一步健全，形成鼓励全员参与管理创新的文化与氛围，管理创新成果得到有效转化，内部资源配置能力进一步提升，管理创新促进企业管理水平提升的长效机制进一步健全。三是管理现代化水平显著提升。公司治理进一步科学完善，管理体系进一步系统高效，精益思想与管理活动广泛结合，先进管理理念、技术和方法得到有效应用，信息技术对管理提升的促进作用明显增强；四是全员素质能力显著提高。各级领导干部管理理念和素质全面提升，领导科学发展、推动转型升级的能力明显增强；广大员工专业岗位技能不断提高，参与管理、服从管理的自觉性、主动性得到增强，工作质量、效率和水平显著提高；五是企业综合绩效显著改善。企业成本费用得到有效控制，管理短板有效消除，重大风险得到管控，生产经营绩效不断改善，履行责任能力、价值创造能力、市场竞争能力明显提升。

奋进新征程故事之三：创新服务树品牌

田延通用点滴奉献诠释着“百姓所需、党员所及，让党旗飘扬，让百姓满意，让爱心传递”的郑重承诺。

2015 年积极贯彻执行“精准扶贫、交通先行”政策，根据偏远乡镇道路通行条件差、人员居住分散、客流量少、百姓出行难的实际情况，专项投资 178 万元，购置了 19 座少林客车 12 辆，投放县乡线路运营，满足当地群众出行需求。并采取在村委会设置预约点、村中心位置设置预约公示牌、预留电话等多种方式，实行预约班、电话叫班、赶集班多种客运模式，更方便、快捷的满足群众出行。这一惠民举措受到省交通厅、省运管局的高度关注，受到百姓的拥护和赞誉。

2016 年，面对日益严峻的客运形势，田延通带领孟津站抓住县政府提出的年度“十大惠民实事”机遇，在洛阳市率先实现班线客运的公交化服务模式改造，孟津至洛阳西线成功转型为公交化服务专线，此项转型一是顺应了百姓的呼声，二是实现了政府的民心工程，三是增强了企业的抗风险能力。

2017 年 4 月田延通又进一步扩大公交化服务范围，对孟津至洛阳（东线）进行公交化服务改革，不断将惠民、利民工作引向纵深。

2018 年孟津汽车站对县城区域公交线路进行优化升级，改造线路 2 条，开辟新线路 1 条，并与中国银行合作，让利于百姓，乘客通过下载中行客户端或办理中行公交银行卡就可以轻松实现“一分钱坐公交”的实惠。

2019 年 1 月，投资 150 余万元，购进 10 台金龙、9 座小型客车投放到 28 个未开通客运班线的行政村营运。实行自动投币，全程票价 1 元，取消电话叫班、预约班，从根本上解决偏远山区广大群众安全、经济、便捷的出行需求，不断将惠民、利民的工作思路引向纵深。

他积极开展“优质服务、优美环境、优良秩序和服务过程程序化、服务管理规范化，服务质量标准化”的三优三化活动。坚持“三个转变”：一是从“旅客要我服务”向“我要为旅客服务”的观念转变；二是服务由“上级监督”向“旅客监督”的观念转变；三是由“害怕旅客提意见”向“主动向旅客征求意见”的观念转变。并开展多种形式的竞赛活动，使广大员工的服务意识全面提升。他不断创新服务方式，大力提高服务品质，不断满足旅客更高层次的心理要求。温馨的服务、贴心的话语、阵阵的掌声使企业的社会形象得以靓化，客运市场得以拓展，改革创新成果得以巩固。

奋进新征程之四：应急维稳铁汉子

田延通不忘初心，牢记“社会需要交运、交运奉献社会”的企业使命，始终秉持“承载社会使命、成就责任交运”的社会责任理念。他把社会责任视为打造公司品牌的重要组成部分，全力履行社会责任。他心系国防事业，坚持党管武装，注重民兵建设。充分发挥党支部的战斗堡垒作用和党员的先锋模范作用，组建了一支“召之即来、来之能战、战之必胜”的坚强战斗队伍，他亲自担任民兵连长。他带领民兵连热心参与拥军优属、金秋助学、捐助地震灾区、关心离退休职工和社会孤寡老人、志愿执勤等各种公益事业活动。自觉参加高校考生运输、全力完成应急维稳政治任务、在突发公共事件和重大活动中作出突出贡献。

民兵连自组建以来，先后配合上级部门累计出动民兵 5800 多人次，车辆 1000 台次。2004 年 10 月 27 日，他带领民兵连前往中牟平息狼城岗事件；2010 年奔赴玉树地区抗震救灾；同年参加淮河王家坝抗洪救灾；2017 年参加保障建军 90 周年阅兵部队过境；2018 年黄河小浪底大坝下游出现险情，他带领民兵连排除险情；特别是2008年3月14日拉萨暴力恐怖事件发生后，田延通率领50名精干民兵，驾驶军车，过平原、穿隧道、进盆地、翻雪山，千里驰骋，赶赴四川甘孜藏区。历经37个日日夜夜，与部队同甘共苦、不怕牺牲、并肩作战，出色地完成了平暴任务。被河南省委、省政府、省军区授予“应急维稳模范民兵连”荣誉称号，被武警某部授予“赴巴山蜀水支前、助武警战士出征”荣誉称号。2016年，田延通被孟津县双拥工作领导小组评为“爱国拥军十佳模范”光荣称号。

田延通不忘初心、牢记使命，时刻保持党员本色，发挥旗帜作用。弘扬爱国奋斗精神，他重在实践、贵在力行，时刻走在时代的最前沿，争做新时代的奋斗者。他不辱使命、建功立业、砥砺奋进，以新担当、新作为创造出无愧于时代的辉煌业绩！

（作者：郭增地、川石，原载于政商参考网，2019年7月2日）

书写人生风采

——记河南省孟津县民兵运输连

民兵连在训练

新时代、新思想、新作为。党的十八大以来，深入贯彻习近平总书记强军思想，坚持党管武装根本原则，发扬人民战争优良传统，狠抓各项工作落实，国防动员建设取得明显成效，在海上维权、维稳处突、抢险救灾、遂行安保任务、参加军事行动、促进经济社会发展中涌现出一大批奋发有为、实绩突出的，事迹感人的先进单位和个人。近期，人力资源社会保障部、中央军委政治工作部、中央军委国防动员部为鼓励先进、树立榜样，进一步激发国防动员战线奋进新时代、开启新征程的强大动力，调动全社会关心、支持、参与国防动员建设的积极性主动性，决定表彰20个全国国防动员工作先进单位。其中名列榜中就有一个在黄河岸边，河图之源、六朝帝京的孟津城区，飘扬着一面鲜艳的旗帜——河南省孟津民兵运输连。

一面鲜艳的旗帜——孟津民兵连

孟津民兵运输连的前身为孟津汽车站，现有各类运输车辆

127台，民兵60人。在孟津县委、县政府、县人武部和县交通运输局以及洛阳市交运集团的领导下，按照“政治可靠、队伍精干、机动快速、作用明显”的要求，充分发挥党支部的战斗堡垒作用和党员的先锋模范作用，利用得天独厚的运输车辆多、驾驶人员充裕的有利条件，紧紧围绕“平时服务，急时应急，战时应战”的目标任务，努力建设一支召得来、拉得出、冲得上的民兵队伍！

孟津民兵运输连自2003年组建以来，田延通担任民兵连长，先后配合上级部门累计出动民兵5800人次，车辆1000余台次。2004年10月27日，该民兵连出动人员车辆赴中牟平息狼城岗事件；2010年赴玉树地震和淮河王家坝参加特大洪涝救灾；2017年保障建军90周年阅兵部队过境；2018年黄河小浪底大坝下游出现险情，民兵连主动请缨，圆满完成上级赋予的任务。特别是2008年3月14日拉萨暴力恐怖事件发生后，在民兵连长田延通的带领下，集合50名民兵驾驶员，驾驶军车，过平原、穿隧道、进盆地、翻雪山，千里驰骋，赶赴四川甘孜藏区，历经37个日日夜夜，与部队同甘共苦，并肩作战，圆满完成了任务。被河南省委、省政府、省军区授予“应急维稳模范民兵连”荣誉称号。被武警某部授予“赴巴山蜀水支前、助武警战士出征”荣誉称号。2016年，田延通被孟津县双拥工作领导小组评为“爱国拥军十佳模范”光荣称号。

精准扶贫，交通先行，魅力孟津是我家，
绿色出行村村通

开启新时代，踏上新征程。民兵运输连牢固树立全心全意为人民服务的宗旨，以人为本，旅客至上，安全运营，文明服务，开设了“民兵先锋号”专线专车；为精准扶贫开设了28条偏远山村直通车和一元票价乘车；开通了预约班车、赶集班车、电话叫车等服务。一张张笑脸相迎，一面面锦旗再现，一片片真情付出，一个个美好回忆。让每一张车票都成为信用的名片，友谊的桥梁。

田延通带领民兵运输连经历了16个春秋。不忘初心、牢记使命，珍惜荣誉、

民兵攀登训练

再接再厉。在新的历史起点上，民兵连认真贯彻落实习近平总书记关于国防建设的重要指示，在传承中坚持，在坚持中发展，在发展中创新。继续朝着“平时服务，急时应急，战时应战”的目标，为实现中国梦、强军梦作出新的更大贡献。

（作者：谢吉恒，原载于政商参考网，2019 年 7 月 8 日）

丝路上的钢贸人生

《中国冶金报》开展庆祝改革开放四十周年主题征文活动，笔者于 11 月初来到银川钢材市场采访。走进位于宁夏银川市东环路 123 号的钢材市场大院，宁夏津港物资有限公司总经理周少邦操着一口浓重的天津乡音在门口迎接我们。步入知命之年的周少邦，在银川创办宁夏津港公司已有 23 个春秋。时光流逝，这家民营钢贸企业从小到大、由弱到强，在深化改革的创业之路上，演绎出一串充满传奇的故事。

细节暖人心　励志闯新路

周少邦出生在天津市大港区（现滨海新区大港街）的一个小乡村。在农村长大的周少邦，饱经生活磨炼，养成了善于思考、敢为人先的性格。20 世纪 80 年代末，一个偶然的机遇垂青周少邦，使他从乡村走进都市，成为天津一家国有企业的在编职工。他年轻、肯干、点子多，凭着出色的工作业绩，破格晋升为销售科长，肩负起全厂特色产品的销售重任。他不负众望，出奇制胜，把销售工作搞得风生水起，赢得了企业上下一片赞扬声。

1993 年春，受企业领导的重托，他只身来到“塞上明珠”宁夏回族自治区，鼎力开拓祖国大西北消防管道器材销售市场。

初来塞上高原，为打开市场，他在银川市郊租下了一间简易房住下，便开始马不停蹄地东奔西忙。

一个深秋的傍晚，周少邦拖着疲惫的身躯，站在武忠市一家企业工地门前等出租车。他不时抬腕看表，40 分钟过去了，仍找不见出租车的身影。

这可咋回住处？周少邦焦急地想。

嘀、嘀……一辆绿色夏利出租车轻轻地停在周少邦面前。

“大哥，搭不搭车呀？”

“搭车搭车。你来得真是时候。”望着出租车司机微笑的陌生面孔，周少邦兴奋不已。

上车后，司机听他口音便问道：“你不是本地人吧？”

“俺是天津的，来宁夏推销消防管道材料，跑业务。”

一路交谈，出租车在暮色中飞驰，很快便到了周少邦的住处。下车后，周少邦掏出 50 元说：“兄弟，够不够？”

年轻的司机连连摆手说：“见外了。你从天津来俺这里促进经济发展，俺欢迎还来不及哩，咋能要你车费呀？再说，俺是顺路回家捎你一程，不管咋说，钱不能要！”

面对这位出租车司机，周少邦心里好一阵感动。宁夏人的好客热情果然名不虚传。这件小事，让周少邦对这片塞上热土的爱意更深了。

…………

周少邦（左）与作者谢吉恒合影

滔滔海河水如一个巨大的镜头，照下了一组组历史画面。

1995 年春，周少邦供职的那家天津国有企业发生了重大变革。由于多种原因，这家国有企业因债台高筑濒临倒闭。在回天无力的情况下，这家曾一度辉煌得令人羡慕的国字号企业，宣告破产改制。

此时，已近而立之年的周少邦，面临人生的又一次重大抉择：是在家乡天津蜗居，还是前往异地创业？亲友们一致认为，异地创业如同玩火，一旦失败，极有可能倾家荡产。当时，不少国有物资公司解体，就是典型例证。可周少邦凭着自己多年从事钢材销售的实践经验，认真系统地分析了西北钢材市场的需求走向和发展趋势，他认定，宁夏钢材市场空间巨大，有极大的潜力可挖，可持续发展的优势明显；再加上他对宁夏人的感情，便耐心说服亲友，下决心在塞上高原扎根，开创一片新天地。

破关经考验　牵住“牛鼻子”

1995年8月初，血气方刚的周少邦挥动起追求梦想的彩笔——宁夏津港公司在鞭炮声中挂牌营业。

卖了房子买蒸笼，不蒸馍馍争口气。宁夏津港公司成立初期，周少邦兴奋了好一阵子。他暗下决心，摸着石头过河，千方百计也要把企业干出个名堂。他独自一人在银川南郊民乐村租了场地和房屋，当时条件虽然艰苦，但创业的喜悦、必胜的信念，使他浑身上下有使不完的劲。他起五更、睡半夜，独自顶着酷暑烈日、冒着三九严寒，或骑着自行车四处奔走，或乘公交车八方颠簸，足迹遍布银川城乡的各个角落。

记不清多少个日夜晨昏，周少邦常常是泡碗方便面应付“咕咕”乱叫的饥肠，费劲巴力地跑成了一家家业务、签订了一份份供货合同，并按时发出优质消防管道器材，赢得了众多用户的一致好评。树林大了，啥鸟都有。有个别用户故意当“老赖”，收到货物后拖欠货款。无奈之下，周少邦只好聘请律师，采用法律手段追讨货款，但时常是赢了官司赔了钱。累积的巨额货款，像一块巨石压得他喘不过气来。一次，周少邦做了一个梦，梦见自己平白无故地跌倒，摔得心里身上直痛。一梦惊醒，他前思后想，陷入迷惘。

亲友们都为周少邦捏把汗。

世界上从来没有直通成功峰巅的平坦大道。自己跌倒怕什么？顽强地站起来、走下去就行了。亡羊补牢，犹未为晚。周少邦果断提出，要从源头堵死拖欠货款的漏洞，做一个精通本行业务的专家。

为尽快进入角色，周少邦集中精力进行市场调查。凭着一股坚韧不拔的钻劲和犟劲，他终于摸清了银川钢材营销市场的脉搏，熟练掌握了科学经营的诀窍，找到了打开市场营销大门的“金钥匙”。

周少邦讲了个自己童年的往事。六七岁时，他跟着父亲去地里看黄牛拉犁耕田。回家的路上，他调皮地拽着牛尾巴玩，被黄牛一蹄子踢在腿上，疼得他直咧嘴掉泪。父亲郑重告诉他："甭看牛是个庞然大物，其实是非常好驯服。你只要牵住它的牛鼻子，它便会乖乖听你的话，顺顺当当跟你走。"

牵牛鼻子的往事像一阵劲风，驱散了积压在他心头的雾霾。为牵住市场经济的"牛鼻子"，周少邦学习用科学的市场理论指导实践，在变幻莫测的市场面前，始终保持清醒的头脑，以变应变，牢牢掌握住了市场竞争主动权。

奋力加油干　丝路建新功

1999 年金秋，在这个收获季节里，从北京传来令人振奋的好消息。中央经济工作会议果断决策，鼎力支持陕甘宁等 12 省、市、自治区实施西部大开发战略。这一重大战略决策，让周少邦开拓大西北钢材市场的决心更加坚定。

雄鹰展开了翅膀。周少邦抓住机遇，率先在宁夏钢材市场投放国标消防管件——玛钢（可锻铸铁）管件、沟槽管件、衬塑管件等新优特产品，填补了宁夏国标消防管件、给排水配套管件的多项空白，吸引了当地众多新老用户纷至沓来。同时，周少邦不断加大资金投入，扩大产品经营范围，先后在银川各主要钢材市场开设 6 处直销点和产品仓库，货场总面积达 8000 多平方米，可一次性存放 30000 多万元的消防管件物资。紧接着，周少邦又在吴忠、固原、中卫和石嘴山 4 个地级市发展了长期合作的二级销售代理商，形成了覆盖宁夏的销售网络。

经过多年的拼搏，周少邦和宁夏津港公司踏平坎坷、走出低谷，成为宁夏大型消防管道系统材料供应商、西北地区销售管材前三强。2017 年 6 月，宁夏津港公司被天津友发钢管集团评为全国优秀代理商。

今年 11 月 30 日，周少邦走进首都北京，应邀参加"2018 中国时代风采征文活动暨改革开放四十周年表彰大会"。会上，他被授予"钢贸营销杰出策划人”称号。面对荣誉，周少邦表示：“服务‘一带一路’建设，是津港的新目标，为此，我们要为全力以赴，勇建新功！”

（作者：谢吉恒、吴群，原载于《中国冶金报》，2018 年 12 月 1 日）

新时代儒商徐维国

《大地之光》杂志刊发的周铁农副委员长（右）为徐维国颁发获奖照片

我们与徐维国先生结缘是在2018年6月。当时，第二十九届中华大地之光征文表彰大会在北京召开。徐维国被推选为“十佳新闻人物”。在2018年6月16日举行的表彰大会上，国家领导人、第十一届全国人大常委会副委员长周铁农亲切会见徐维国并为他颁发获奖证书。表彰大会后，我随中华全国新闻工作者协会国内部原主任阮观荣一起，在北京京铁大酒店拜访了徐维国。

在酒店里我们见到了这位儒者风范的长者，他中等身材，笑容可掬，与人谈话间妙语连珠。在与徐维国的聊天里，我了解到他的成长历程。

（一）

1948年，徐维国出生于孟津县会盟镇的一个农民家庭。由于家庭经济拮据等诸多原因，不能继续读书，品学兼优的他过早地离开了学校。天生倔强、任性的他，为了生计，16岁时便怀揣10元钱，漂泊异省他乡，开始了木工学徒的生涯。勤奋好学、追求上进的徐维国，短时间内便对各项木工技术了如指掌。在那个特殊年代，一个16岁的孩子，在异地他乡，当过饭店的清洁工、干过工地的杂活、搞过装修，经历过的酸甜苦辣无法想象，苦难没有压垮他，反倒磨炼了他的意志，也造就了他质朴、坚毅的性格。凭着超群的胆量，年仅 18 岁的他在陕西咸阳拉起了一个 60 余人的建筑队伍，并在接下来的两年时间里组建了一支近 200 人的建筑队活跃在三秦大地。

1972 年的一个偶然机会，徐维国当上了孟津县建筑公司的一名临时工，一干就是十几年。由于工作成绩突出，深得领导赏识，他从工人、施工队队长、公司副经理，青云直上当上了县办企业近千名员工的孟津县建筑公司的经理。《洛阳日报》在第一时间以《一个临时工当上了县办企业的领导人》为题报道了此事。在建筑公司担任经理期间，他大胆改革，采取项目总承包制，严把质量关，企业的发展突飞猛进，公司连续多年被评为省市“先进集体建筑企业”。徐维国从零开始，从基层干起，一步一个脚印地在孟津的城市建设大军中实践着他的人生价值。

1981 年徐维国多方筹措资金创办了农房构件厂，在孟津县率先应用了预应力生产线，产品质量在洛阳地区评比中荣获第一名。在他感召下，会盟镇成为孟津县唯一一个砼预制基地，方圆 2 公里内就有预制厂 30 多家，成为该镇的一个支柱产业。1986 年 3 月，徐维国临危受命，走马上任孟津木器厂厂长兼党支部书记，他与员工们一道，夜以继日、废寝忘食，一心扑在工作上，创造了木器厂前所未有的辉煌，在省市产品评比中，受检产品获奖 25 项，获全省同类产品 10 多个项目的第一名，并获两项省优产品，获奖项目居全省县办企业之首，成为河南省省家具行业向全省推广学习的两个厂家之一，在孟津县家具行业竖起了一面旗帜，带动了孟津县家具行业蓬勃发展。20 多年来，徐维国先后领导和创办了孟津县建筑公司、农房构件厂、木器厂并收购了化工厂及工艺美术厂，实现利税数千万元，为社会培养了大批企业管理人才和技术人才，促进了孟津县的经济和社会发展。由于成绩突出，他曾多次被省、市、县授予“先进工作者”“先进企业管理者”“优秀党员”等荣誉称号，先进事迹也被多家新闻媒体报道。因社会贡献突出，1992 年 8 月，他被县委破格提拔为孟津县二工局党总支委员、副局长，并于 1999 年被任命为孟津县二工局局长兼党总支书记。从工地临时工身份走出来的徐维国，走上了行政领导岗位。

2001 年末，53 岁的徐维国调到孟津县政协，任孟津县政协经济委员会主任、县政协常委。2008 年 11 月连续担任了两届孟津县政协经济委主任的徐维国从工作岗位上退下来，本来可以尽享天伦之乐的他，毅然决然重操旧业，创办企业并担任洛阳鑫润置业有限公司董事长，开始了他人生的二次创业。

（二）

2018 年 8 月 29 日，受徐维国邀请，在中华大地之光征文组委会主任阮观荣的带领下，“中华大地之光采风团”一行 12 人赴河南省洛阳鑫润置业有限公司采访。从洛阳沿黄河小浪底大道驶进孟津县，首先映入眼帘的是鑫润财富广场。这座徐维国亲手缔造的财富广场当时是孟津县唯一的一幢小高层商务写字楼，是县城南大门的形象工程，也是孟津县政府的重点工程。紧接着，他又开发了孟津县高档住宅小区——鑫润阳光家园，为提高孟津县的城市品位、发展孟津县域经济注入了新的活力。

“中华大地之光采风团”成员与徐维国董事长合影留念

徐维国董事长在他的办公室接受了“中华大地之光采风团”的采访。参加参访的有中华大地之光北京、河南、陕西、湖北等省市采编工作站站长、采编人员。他们是：周刚伍、王守明、谢吉恒、孔建超、赵铁丹、刘喜斌、张增祥、张向凯、罗红耀、李洪香、唐小勇等。徐维国热情地回答了他们的问题，并进行了录音、录像，在 20 多种报刊、电视、网站上，进行了广泛的宣传报道。《大地之光》杂志封面刊登了周铁农副委员长给徐维国颁奖的照片和徐总的多篇文章。

2013 年，鑫润置业投资近 5 亿元，精心打造的孟津黄河水岸暨大河古渡文化园项目开始启动。 该项目由总经理徐宏阳全面负责。黄河水岸暨大河古渡文化园项目位于孟津县白鹤镇黄河南岸。 西临贯通黄河两岸的洛吉快速通道，东、北两面黄河大渠环绕其身。黄河水岸小区项目占地 100 亩，建筑总面积 20 万平方米，总投资 3.22 亿元。该小区景观工程由深圳奥雅公司主笔设计，绿化面积达到 30% 以上。小区设施完善，双气入户，区内配备国际标准的双语幼儿园和高级物业管理。与黄河水岸小区项目配套的洛阳大河古渡文化园项目投资 1.28 亿元，是集餐饮、住宿、旅游、观光、购物、采摘、垂钧为一体的综合性文化园。占地近 200 亩，建筑面积 20000 多平方米，园内建设有 2100 多平方米的接待中心，9500 平方米的准五星级生态酒店，3000 多平方米的温泉洗浴中心，5000 多平方米的洛阳北线旅游纪念品和土特产一条街，以及具有浓郁豫西风格的面积达 1100 多平方米的 4 个四合院。园内四季长青，三季有花。35 亩的如意水域面积，波光粼粼。长廊水榭，遍布其中，五步一景，十步一画，大道宽广，小道优雅。身临其境，心旷神怡，流连忘返。

该项目是 2014 年孟津县重点项目。项目的建设为洛阳市大力开发北部黄河沿岸生态旅游示范区起到积极的带动作用，也提高了孟津县白鹤镇区的城市品位和居民的生活品质。目前该项目的各项建设进展顺利，预计年底全面竣工。

徐维国年轻时候曾说过："我立志做一名愚公，把面前大山踩在脚下，蹚出一条坦途，闯出一片天地，我要当一名长征者，勇往直前，战胜一切艰难险阻，一定让美丽河山矗起千万座高楼大厦。"

他是这样说的，也是这样做的。

（三）

徐维国以他独特的人格魅力和拼搏精神，取得了生活和事业的不凡业绩，积累了很多经验，也悟出了许多道理。徐维国说，商场如战场，有机遇也有陷阱。无数的商机变化，要求商人必须遵循"有变则通"的规则。社会飞速发展，没有不变的东西。只有求新、求实、求变，才是取胜之道。不断总结经验，把一些复杂的东西变为简单可行的理念，才能带来机遇和发展。他认为，经商办企业要掌握 6 个方面 8 个字，即：一眼、二胆、三智慧、四毅、五责、六沟通。做任何事，首先要有独到的眼光，看问题要准，然后大胆地去干，用持之以恒的决心和毅力，加之一颗强烈的责任心和事业心支配，广交朋友，加强沟通，一定会取得成功。

担任轻工局局长多年的徐维国，要求下属厂长、经理们必须读好"三本书"、唱好"五首歌"。三本书是指《道德经》《孙子兵法》《三国演义》。老子的《道德经》五千言道尽天地玄机，人生智慧，治国权谋，是做人做事之本；《孙子兵法》的战术战法，是谋略智慧的结晶；《三国演义》群雄逐鹿，斗智斗勇，

徐维国董事长参与编纂的系列丛书

讲的是竞争。五首歌里的《国际歌》的“从来就没有什么救世主，也不靠神仙皇帝”，要创造人类的幸福，关键要靠我们自己，要用自己勤劳的双手和智慧创造我们人生的辉煌;《水浒传》里的“该出手时就出手”唱出抢抓机遇才能取得成功，机会都是给有准备的人准备的;《西游记》里“路在何方、路在脚下”，唱出路就在脚下，看你如何走;《朋友歌》里的“结识新朋友，不忘老朋友，朋友多了路好走”。“三本书”“五首歌”影响着一个企业家的成功与失败。我们常说“天有三宝日月星，人有三宝精气神”。徐维国认为，企业发展也是靠“三宝”。这“三宝”是企业精神、企业文化和奋斗目标。做好企业，首先要有主宰企业发展的灵魂和纲领，也就是企业的精神；有了纲领、政策、方向，企业才有前进的动力和目标；有了目标，就需要用企业文化来武装和推动。企业文化是全体员工的价值观，是企业行动纲领的助推剂，是企业发展的基石。具备了这些，企业一定会发展壮大。

做人做事要以诚信为本。徐维国说，人无忠言，难立于世；不信不立，不诚不行。小胜靠智，大胜靠德，全胜靠“道”。人行于天地之间的立身之本是诚信，在商道中就是诚信为本的职业操守。经商办企业以盈利为目的，君子爱财取之有道，做事以道义为原则，在利与义的权衡中不断发展，以德衡量利的取舍。行义立信，是众多商人们一直遵循的商界规则。徐维国认为，立业先立德，做事先做人。不管做任何事都必须从做人开始。古往今来，对人的要求，无不以做人为本。人品是关键，在干事创业过程中，会遇到很多困难。但在困难的时候也会遇到贵人相助，遇难呈祥，摆脱困境。在当今社会，人就是一个品牌，需要经营自己，完善自己，这样才能让别人认可你和尊重你，愿意长期与你合作。

在孟津，徐维国是一位颇有影响的人物。影响力不仅仅体现在他事业上的成功，还体现在他热心公益事业。徐维国致富不忘乡亲，捐资数十万元为家乡修路、装路灯，建学校及广场、装健身器材。他还救济孤寡老人、失学儿童、危难病人、贫困家庭。还积极响应政府的号召，参与各项大型募捐活动。

作为徐姓家族的人物，徐维国是第一届全球徐氏商会副会长，河南省徐氏联谊会和徐姓商会名誉会长，河南徐姓文化研究会的常务副会长。他热心宗亲事业，多次无偿赞助。为了弘扬徐氏家风、教育后人、激励后代，使其发扬为国、为民干事创业和做人做事、德行天下的高尚情操，他编写了徐氏家训。为表达徐氏家族为国、为民的博大胸怀，家训从做人、做事、修身、治家、安天下、重礼从文、德厚重义、全身奉献等多方面入手，可以说是点多、面广、意深、线长，达到让后人在人生旅途中左右链接、上下沟通、四方来财、族业振兴之目的。

鑫润置业开发的“大河文化园”一隅

幼时的坎坷，并没有给徐维国的事业带来不顺。相反，从16岁走出家门，到如今的事业巅峰，一路走来，他十分欣慰。笔者问他有何秘诀？他没有更多的解释，只是笑着对我说：“天道无亲，恒与善人。”他用《道德经》最后一句话总结了自己也回答了我们。

老骥伏枥，志在千里；烈士暮年，壮心不已。如今已是71岁的徐维国，仍在奋力攀登实业高峰。2019年7月，《中国商报》社和《环球时报》社联合主办的第三届博鳌企业论坛上，河南鑫润置业有限公司被评为“中国诚信经营企业”，徐维国被评为“中国商业创新人物”。徐维国奋发向上、永不服输的精神，以及谦虚、严谨、博学、勤奋、淡泊名利的高尚情操，深深地激励着我们。

徐维国告诉笔者，再有3年时间，自己就是74岁高龄了。到那时，因身体原因，将正式退休，好好地享受一下人生。他要在这短暂的3年时间里，再一次冲击人生，把事业做到人生的巅峰。

（作者：谢吉恒、唐小勇）

“草楼模式”树立新航标

——中国华冶草楼铁矿300万吨/年扩建工程创鲁班奖纪实

2015年11月17日，中国华冶科工集团承建的安徽金安矿业有限公司草楼铁矿300万吨/年扩建工程荣获2014～2015年度中国建设工程鲁班奖。

这是中国冶金矿山建设行业的首枚鲁班奖，它象征着中国华冶转型发展的巨大成功，也反映出业主、设计方、监理等社会各方对其项目建设与管理能力的肯定，彰显了中国华冶在矿山施工总承包领域的实力，展现了矿山管理创新的历程，而该项工程组织管理、科技创新管理、数字信息化、标准化管理和合同管理的深度融合被业界称为“草楼模式”。

而“草楼模式”的创始人，中国华冶副总经理、安徽分公司经理马维清先后被授予“中国建筑业优秀高级职业经理人”“全国优秀总工程师”“鲁班奖项目经理”“全国建筑业企业优秀总工程师”。2017年6月，张钢建筑业协会授予马维清“建筑业企业有突出贡献项目经理”；2017年9月授予马维清同志“全国建筑业企业优秀项目经理”等荣誉称号。

科学组织，创造“草楼速度”

在滔滔奔流的淮河岸边，一座现代化矿山拔地而起，它就是中国华冶承建的安徽金安矿业草楼铁矿工程。

草楼铁矿位于安徽省霍邱县这片淮河中上游平原。该矿区四周的林网和稻田阡陌纵横，村落密布，被称为“村庄里的矿山”。霍邱铁矿区已探明的铁矿石储量为25亿吨，居华东第一、全国第五。

草楼铁矿一期设计生产能力为200万吨/年，后扩产至300万吨/年，项目建设总投资15亿元。2004年7月，草楼铁矿竖井、平巷、斜坡道、硐室、设备安装等工程开始建设。在竖井施工中，中国华冶遇到了一只“拦路虎”——主副井工程上部有160米的第四系土层，其间含有多层厚度不等的流砂、黏土层。如果采用常规施工方法，极易出现涌水和塌方等险情，将给工程质量、安全和进度造成极大影响。中国华冶草楼项目部采用冻结法施工，提高井壁强度，控制涌水和塌方，确保竖井顺利通过流沙层、黏土层。冷冻法施工技术难度大，冻结后的砂层，抓岩机抓不动，普通风钻也凿不动。时任项目经理的马维清带领大家开展科技攻关，经过10个昼夜的奋战，他们硬是在零下5~8℃的低温下，穿过了15米的砂层。黏土层施工的困难超出想象，该项目部改进风钻工具，科学分布下挖的角度、深度和厚度。经过40天的艰苦奋战，他们终于降伏了“拦路虎”，矿井采用冻结法施工解决了第四系地层复杂地质条件的穿越难题。

2006年年初，南钢集团提出了该年度草楼铁矿要实现的四大目标：一是确保原矿25万吨、铁精粉8万吨；二是−230米北沿与北风井贯通；三是当年下半年进入拉底采矿；四是主井当年12月底完成掘砌工程。

这无疑是向中国华冶发出的决战命令。

时任草楼项目部项目经理的马维清组织项目部管理和科技人员对工程存在的问题进行了全面分析，对岩石硬度系数进行了重新测定，调整了溜井设计方案，强化建设与开采的过渡。通过优化人力资源，全面调整人员配置，组织开展劳动竞赛和指标竞赛活动，该项目部确保了稳产高产和建矿速度。

草楼铁矿建设从2004年7月18日开工，到2006年年初出矿，仅用了不到一年半时间。2007年7月，井下通风、运输、排水、供电、破碎、提升等7大系统完成，使200万吨/年的大型冶金地下矿山3年建成、1年达产、第5年收回全部投资，创造了国内冶金大型地下矿山最快建成的纪录，被业界誉为“草楼速度”。

2007年7月18日，在草楼铁矿竣工典礼上，南钢总经理杨思明称赞：“中国华冶发扬艰苦奋斗精神，为草楼铁矿建设做出了杰出的贡献，与我们形成了荣辱与共、唇齿相依、合作共赢的长期合作关系，我们为引入中国华冶这个高素质的团队而深感荣幸。没有中国华冶的付出，就没有草楼铁矿的今天。”接着，金安矿业有限公司将草楼铁矿 300 万吨 / 年扩建工程交由中国华冶施工。

科技支撑，成就精品工程

草楼铁矿 300 万吨 / 年扩建工程新增竖井、平巷、斜坡道、溜破系统和硐室等大量结构复杂、施工难度大、质量要求高的核心工程。为保证创鲁班奖目标的顺利实现，中国华冶安徽分公司完善了工程质量管理体系，确定了高于国家规范的质量目标，形成了有目标、有责任、有检查、有考核的创优工作标准化管理模式。

开工伊始，中国华冶安徽分公司就确立了“传承马万水精神、打造优质工程、争创鲁班奖”的质量目标，开展了一系列培训：组织施工技术人员认真审核施工图纸、设计文件；学习国家标准、行业标准和施工规范；邀请鲁班奖评审专家授课，熟练掌握鲁班奖规范标准；组织项目部相关人员将施工生产和安装中涉及的测量、技术、质检、管理等重点程序编制成作业指导书，全体参建人员严格按规范施工。同时，他们加大了对操作岗位人员和分包队伍人员的操作规范培训力度，制定了技术质量工作奖惩办法，增强全员创精品工程意识，严格质量过程管理。

此外，他们还采取了以下措施：

一是建立健全质量管理制度。他们制定了施工技术、安全生产、质量管理、文明施工等一系列管理措施，建立了以项目总工程师为首、全体工程技术人员参与的技术创新体系。

二是从源头上把好质量关。该工程所用的主材料必须经过严格的投标与考察。中国华冶还在材料加工过程中派专人到现场进行质量跟踪，不合格的材料一律清退出场。

三是严格工序质量控制。该项目部制定了工序流程质量控制检定验收签认制度，对每道工序、每个环节、每个部位、每个时限坚持实行自检、专检、联检“三检”制，凡出现工程返工，严格按相关规章制度进行责任追究，绝不手软。

四是开展项目科技攻关活动。例如，巷道施工采用光面爆破技术，解决了围岩节理发育、稳固性差等难题；采用立体化快速施工、深孔爆破成井等特殊工艺，解决了井下溜破系统、溜井等施工难度大、安全风险高的难题；安装工程采用分段组装、整体稳线等技术，解决了空间狭小、精度控制等难题；应用陀螺仪等先进设备测量定向，实现了巷道长距离、多水平精准贯通。该工程成功应用了住建部10项新技术中的8大项13个子项，被中国质量协会评定为全国唯一一家五星级现场管理矿山，并取得了冶金行业优质工程、全国优秀项目管理成果等荣誉称号和一系列成果。

“三化”建设，打造安全矿山

近年来，中国华冶对信息化矿山、现代化矿山、数字化矿山的内涵进行了深入研究，并把应用ERP（企业资源计划）先进理念和技术来提高管理水平、降低安全风险作为矿山创造效益的必要手段。

在施工中，中国华冶引进应用了人员定位系统、监测监控系统、通信联络系统、压风自救系统、供水施救系统和避险硐室6大系统，包括了区间联锁、敌对进路闭锁、信号机、计轴器和转辙机联锁等“信、集、闭”的功能，在调度室可直接对矿井大巷的矿车运输进行监控调度。显示屏上实时显示大巷各列车的位置和车号，以及信号灯、道岔状态和区段占用情况，指挥列车安全运行。该系统的应用促进了机车运输调度的智能化、网络化，保障了运输安全，提高了运输效率，改善了劳动条件，节省了人力资源，实现了矿山信息化。

2010年，中国华冶的井下远程风机控制系统投入运行。该系统的主控计算机、通信控制柜、远程I/O控制柜、传感器、以太网与设在井下和地表的调度室主控计算机连接，通过授权可远程发出指令，完成风机的启停控制，同时完成风机电流、风机频率、主要回风巷道风速等参数的连续监测，并将结果传回主控计算机，显示在屏幕上，根据实际情况控制启停和调节风速。该系统的应用提高了生产指挥效率、降低了成本。该工程井下连接了因特网和 WLAN 网，在地表的任何地方，都可以通过手机直接和井下取得联系，通过网络传递信息，随时了解井下施工动态；在井下，管理人员在生产指挥中通过电话可以保持时时联系。这就保证了一旦发生事故或遇到紧急情况，井内人员能够在第一时间向地表等外部传递信息，保持井上、井下时时畅通，为矿山本质化安全提供了可靠的技术保障。

2011 年 10 月，中国中冶 E 矿山安全生产信息化建设现场会在草楼铁矿现场召开。中国中冶 5 家单位的安全生产管理负责人在观摩了草楼铁矿矿房打孔、铲运机出矿、电机车运矿、振动放矿机放矿、大型设备维修硐室、井下调度室、巷道等主要施工生产现场后认为，工程质量和信息化是保证矿山生产安全的两个重要组成部分，国内许多大型矿山也应走“草楼模式”。中国华冶的矿山现场管理、工程质量、安全文明施工、信息化建设和标准化建设，真正体现了其在矿山生产建设管理方面的综合素质、水平和务实精神。

标准化管理，迎来五星级现场

该工程启动后，中国华冶启动了“创建安全文明施工标准化矿山管理，打造五星级现场管理”活动，先后制定完善了《施工现场安全管理制度》《机械设备检查评定标准》《文明施工管理办法》等管理制度，使标准化管理步入科学化、规范化的轨道，为标准化建设、安全生产和文明施工提供了制度保障。

他们从标准、目标、责任、措施、考核等环节入手，建立健全了安全生产保证体系、安全生产监督管理体系、生产技术管理体系、职业健康管理体系、机电设备管理体系和安全宣传保障体系等管理体系，形成安全文明施工的长效机制。

他们坚持“横向到边、纵向到底”的原则，涵盖安全防护、质量管理、文明施工、人员行为和内业管理等方面，在标准化实施的广度上和深度上进行全面覆盖。在管理上，他们进行区域责任划分，项目部划分到分队，分队划分到班组，班组再划分到个人，从开工时就严格按照标准化进行施工，严格按照管理体系的要求，积极改进监管方式，建立“执行—检查—改进—提高”的 PDCA 循环模式，形成制度不断完善、工作不断细化、程序不断优化的持续改进机制。他们还制定了一系列考核制度，明确安全标准化职责范围、操作方式和考核标准，提高生产环节的预控和风险辨识能力，增强保持安全标准化建设和五星级现场管理的自觉性，逐步达到了管理制度化、教育经常化、行为规范化和作业标准化。

通过持续不断的整改、完善和提高，中国华冶的安全质量标准化管理已经深入人心，员工形成了上标准岗、干标准活、创造并保持良好生活工作环境的习惯，新入职的员工也能很快融入其中，形成了独具特色的企业文化。

在草楼铁矿，铺设的轨道笔直，如同“国铁”；巷道路面洁净、平整，行走其上没有硌脚的不适；排水沟覆盖水泥盖板，明沟变暗渠，似人行道；所有巷道均采用先进的光面爆破技术，眼痕率大于 80%，把爆破后裸露的带有棱角的岩石等分成层次移植到地下；管缆布置标识清晰，照明灯具成行成线；配电盘柜排列整齐、规范；设备维护保养及时，洁净运行；消防设施配备齐全；巷道指路牌、逃生线路图、安全防护栏、危险区域警示牌齐全、完整，标识清晰；巷道沿途均设有垃圾箱和色彩鲜亮的安全、文化宣传板。此外，该工程的主要巷道设有瓷砖铺地水冲式的卫生间；在施工现场和设备维修硐室，工具、乙炔瓶、灭火器等按要求摆放；备件库房货架上的轴承、齿轮、紧固件等摆放整齐，标识清晰；调度室、井下会议室里，饮水机、空调、电脑等一应俱全。工人感慨道：“在这里工作，安全感和舒适度比地面还好。”

“草楼模式”，树立业界新里程碑

草楼铁矿的施工与包采开创了国内矿山运营与管理新的里程碑，为业界提供了借鉴，草楼铁矿采矿合同也作为范本被国内多家矿山引用。2013 年 8 月 23 日，为有序规范国内包采市场，国务院安全生产监督管理总局颁布了第 62 号令，其“同一生产系统分项发包单位不得超过三家”等指导思想和“主要辅助系统的运行不得分项发包”等管理模式与“草楼模式”如出一辙。

十年磨一剑。

中国华冶为矿山施工总承包竖起了新航标，并成功晋升全国冶金矿山工程总承包特级资质。为国内矿山行业的转型发展带来了新启示，提供了新的思考与探索，吸引了业内专家、当地省市领导、各大矿山老总的眼球，纷纷来到草楼铁矿观摩调研。

安徽省金安矿业公司、富凯矿业公司、李楼矿业公司、张庄矿业公司、金日盛矿业公司等多家矿山企业多次组织各驻矿单位负责人和干部到草楼铁矿施工现场进行实地观摩学习，并召开了“学华冶、抓现场、促管理、上台阶”的现场会。这一系列的活动进一步加深了双方合作的分量，提升了中国华冶在业界和安徽市场的示范带头作用和市场影响力。

曾在巴西淡水河谷和澳大利亚必和必拓工作过的专家，参观草楼铁矿现场后认为，草楼铁矿的现场管理和设备管理已领先国内水平，达到国际一流水平。巴西专家马满旗到草楼铁矿考察后，竖起大拇指连连称赞。

马钢、首钢、武钢、太钢、西宁特钢、西藏矿业、河北钢铁、山东招金集团等业界领导、专家参观完草楼铁矿后，纷纷给予了高度评价，并表达了合作意向。

鲁班奖专家组察看草楼铁矿井下现场后说：“草楼铁矿的精细化管理，颠覆了我们以前对矿山的看法。中国华冶建设与管理的草楼铁矿在工程建设、现场管理、文明施工、标准化建设方面，不愧为国内冶金矿山建设与管理的楷模。”

（作者：李红建、侯宪台、川石）

记忆中的逸闻轶事

——记河北省丰润县冶金工业公司原经理丁福友

人的一生，会遇到各种各样的事儿、也会遇见各种各样的人。有些事儿虽然不大，却能激励你一生。有些人虽说只是短暂相处，却能让你铭记于心。

——作者题记

没有改革开放，就没有中国的今天，也不会有中国的明天。2018 年秋天，《中国冶金报》开展“庆祝改革开放四十周年”主题征文活动，《中国冶金报》资深记者谢吉恒约我写篇回忆文章。见面相商，确定最大公约数，撰写与我俩一起共事 5 年，交往密切、情深谊厚，改革大潮领风骚的唐山市丰润区冶金行业风云人物——丁福友。弹指一挥间，回忆 20 多个春秋前，在员工中广为传颂着丁福友一个个脍炙人口的改革故事。

20 世纪 90 年代初，在河北省地方冶金行业，提起丁福友，可谓闻名遐迩。有关他和他所领导的丰润县冶金工业公司（以下简称丰冶）的故事，在一些人的眼里和心目中充满着一种神秘和传奇色彩。

1992 年国庆节刚过，我便由原丰润县化肥总厂调入丰冶，负责行政管理和文字工作，这也使我有更多机会服务丰冶，接触它的掌门人——丁福友。5 年间的耳濡目染，使我在他身上学到了很多……

掌门人的传奇色彩

丁福友，出生于 20 世纪 40 年代，1.82 米的个头，肤色略黑，身材可称的

出版介绍丁福友创业史的书

上魁梧健壮，两眼炯炯有神，眉宇间透出一种聪颖精明干练之气。一嗓子《把根留住》可使得听者如痴如醉，流连忘返；一幅《观瀑图》使观者可感受到无声的大自然的强烈跳动着的脉搏，唤起浮想联翩的历史和使命感。在书画艺术上他孜孜探寻，勇于创新，被接收为唐山市画家协会会员，当选为市书画家协会理事。在企业管理上，他独辟新径，“模拟市场、成本否决、联利计酬”，为企业创造了可观的效益。由他组织指挥研制成功的“单楔预场分切分轧制角钢及孔型工艺构造”先后获河北省科技进步二等奖和国家专利。1987 年后连续多年被评为唐山市劳动模范，并被授予市“青年企业家”称号，这就是丁福友。

邓小平 1992 年的南巡重要谈话，如一夜春风、吹绿了广袤的华夏大地……壬申岁尾，一组动人的数字和词汇，像一串美妙的音符由丰润县冶金工业公司飘出，又似一幅色彩斑斓的画卷向世人展开。1992 年，全公司累计生产角钢 51966 吨，炼钢 26560 吨，完成工业总产值 7747 万元，实现利税 1308 万元；完成专项技改投资近 1000 万元；把质量管理作为企业管理永恒不变的主题，其中 2~5.6# 热轧等边系列角钢在获得省、部优的基础上，1993 年获全国冶金产品博览会金杯奖。以质量求生存，以质量求效益的经营理念相继被《人民日报》、中央人民广播电台、中央电视台宣传报道。其他各项主要经济技术指标均创历史最好水平。率先跨入了唐山市工业“十强”企业行列，成为河北省 300 家最大工业企业之一。赞美之时，人们不禁要问，这曲欢快乐章的弹奏者是谁？这幅宏图的设计和描绘者又是谁呢？他就是丁福友，是他用企业家的智慧和艺术家的灵感，谱写出了“丰润冶金腾飞交响曲”，描绘出了企业多彩多姿的群体振兴图。

有知识更需要智慧

1986年10月，面对汹涌的改革大潮，丁福友义无反顾地辞去了丰润县经济委员会副主任那把稳稳当当的“铁交椅”，决心做一名劈波斩浪的“水手”。带着县委、县政府的殷切期望，带着为振兴丰润冶金工业经济的一个雄心，也带着他那深藏在心底的艺术梦，来到了原丰润县轧钢厂（即丰润县冶金工业公司的前身）开始了他由仕途踏上经营之道的事业生涯。

几年间，他大胆探索，勇于开拓，率先实现了劳动工资制度改革、企业内部银行、目标成本管理……使公司终于挣脱了困境，爬出了低谷，一举成为河北省地方冶金工业的佼佼者。那么，奥秘何在呢？丁福友认为，企业要想树立起一个高大的全新的形象和获得较好的经济效益，要素虽然众多，但其中重要的一点就是管理者的经营和管理艺术，只有把艺术同企业管理、经营融为一体，相得益彰，变粗放经营为集约经营，变单纯的生产管理为以思想政治工作为主的双向管理体制，企业才会如虎添翼，创造出最佳的社会效益和经济效益。丁福友正是以此为出发点，全身心投入，用心劲描绘企业改革的宏伟蓝图。为此，企业家那种大刀阔斧的气魄、艺术家那种气宇高昂的激情，在他身上表现得淋漓尽致。论绘画，丁福友虽不是科班出身，但从他学画起，便在艺术的道路上默默地探索、孜孜地追求，坚持博采众长，为我所用，刻意创新。他的画不仅构图高妙新颖，浓墨浓色，形象传神，而且意境深邃，得到了许多行家名流的指点和赞许。以画开路、以画交友、联络感情，促进经营管理。

记得有一年，丰冶计量工作准备由国家三级计量合格单位升为二级计量合格单位，上级有关部门派人员来公司审核。审核期间，因双方对某一观点有异，僵持不下。为缓和这种气氛，经理丁福友站起身来，和气地对前来审核的领导同志说：“我们工会组织了一期职工画展，轻松一下，去看看如何？”那位领导同志默默地站起身来，随丁福友来到了展室，映入眼帘的每幅画，那意境、那手法、那气韵、那味道，都使得那位领导同志惊叹不已，不禁使他从心底对丁福友、对他领导下的丰冶产生一种敬佩和折服。这样的领导、这样的企业、这样的工作作风，又有什么奇迹不能创造？待那位领导同志返回原处，当初那种紧张的气氛早已风平浪静，云消雾散，满口道出的尽是中肯的、建设性意见。

厚德载物必有福报

在经营上丁福友常说："做生意不能只想着自己，既考虑自己，也要考虑别人。我与人谈生意，总是先替别人算一遍账，看他能赚多少钱，是否'有利可图'，如果利微或者压根就不赚钱，我就将这边的口子适当开大一点，有时候，我们宁愿吃一些亏，即使在不赚钱的情况下，也愿把第一笔生意做成，因为我们彼此还要打交道！他们是活广告。"

一次，外地一客商来丰冶洽谈一项业务，谈判中途，双方陷入僵局，面对那客商铁样的面孔，丁福友胸有成竹地将客人请到了画室。一幅幅笔力雄健、构思精巧的书画，把那客人的心深深地吸引过去，方才还是冰冷的语言，这会变成了对丁福友书画的啧啧称赞声。突然，那位客人在一幅画前停下，望着那幅意境深邃，而且墨浓色亮的画，那客人似乎显得如痴如醉，爱不忍释……智商情商出众的丁福友当即大度地将这幅画取下赠予了他，此举竟使这位谈判桌上的强手感动的连声道着："谢谢！谢谢……"等回到谈判桌上，那位客人俨然故友重逢，一改初衷。

谁也记不清究竟有多少项业务，是丁福友懂得爱，喜欢付出、喜欢助人，朋友越来越多，在多种不利的境况下，靠文化是根、魂、源为动力，增强自信，在书画的铺垫下，以不同的方式成功洽谈业务。同时，也记不清有多少经营圈的朋友是通过丁福友的画和他相识、相交、继而成为知己的，有位文者朋友十分幽默地称丁福友的这种经营术为"曲线经营法"。

同他的"曲线经营法"和绘画一样，在企业管理和思想政治工作中，也十分巧妙地将画之艺术魅力渗透其中，使之潜移默化地影响着职工的行为。

有一年，新年来到之时，丁福友胸有成竹地为企业题写了“春江水暖鸭先知”“随风潜入夜、润物细无声”的春联。全公司干部职工心有灵犀一点通，在他的指挥和带领下，大胆地实行甩掉两广、稳定中原、重点开发江、浙、深、沪、琼，联供联销、布点销售和发展横向联合在夹缝中求生存的经营战略。用三个多月的时间研制成功用400轧机吃120方坯并一次轧成角钢的“单楔预切分最少碟式孔型、最大压下量”轧制角钢新工艺及构造，并获取了国家专利，采用这项新工艺，当年增加效益近120万元。一年秋天，一批钢材要发往上海，需由天津或秦皇岛上船，这就要用铁路运输发运到港口，然后转水上运输，当时铁路部门有规定：凡250公里以内的短途运输，一律不予办理，如改用汽车运输，仅运输费用每吨就需40多元，正在供销人员愁眉不展之时，丁福友送上一幅“曲径通幽图”，即刻使供销人员顿开茅塞，眼前一片光明，经过他们的精心计算，决定先由丰润上站，发运到辽宁锦西葫芦岛，然后再由该处上船运往上海，其综合费用比汽运减少三分之一。这种舍近求远的经营术，是好些人不曾想到的，丁福友却先人一步，想到了，成功了。

谢老心中的丁福友

据《中国冶金报》记者谢吉恒回忆，1991年为进一步加强冶金信息交流，促进技术推广，经冶金部领导批准，在公安和工商等部门注册，正式成立“全国冶金产品博览会组委会”，由中顾委委员李东冶任名誉会长、冶金部副部长殷瑞钰任会长，其任务是组织冶金产品博览，交流科技经济信息，加强用户与企业间协作，促进供需衔接，广泛开展科技成果推广与转让，为冶金工业持续、稳定、协调发展服务，日常工作委托冶金报社负责。经冶金报社领导与丁福友沟通协商决定成立“全国冶金产品博览会河北办事处”，驻地设在丰冶。

丁福友办事干练，性情豪爽，直来直去，仗义洒脱。一天，丁福友把我叫到他的办公室。向冶金报记者谢吉恒介绍道：“这是我们丰冶新来的办公室张俊庭主任。冶金博览会河北办事处成立，对我们丰冶是件大好事，今后有什么需要配合，不要客气，尽管找张主任，会全力配合办事处的工作的。”随后几天，丰冶相继为办事处无偿配备了桌椅板凳、文件柜、电扇电话等办公用品。在我们相处六七个春秋的日子里，经常沟通、协调、合作默契。一方面，丰冶从工作、生活等方面为办事处提供方便，另一方面办事处给力丰冶企业形象宣传和品牌传播，报企双方携手合作，实现共赢。1993 年由冶金工业出版社出版、谢吉恒主编的《迎潮击浪领风骚质量与效益纵横谈》一书，详细介绍由我执笔撰写的“改革大浪弄潮人——记丰润县冶金工业公司经理兼党委书记丁福友”的典型经验，在全行业引起强烈反响。时至今日，《中国冶金报》谢吉恒老师仍念念不忘，称赞丁福友是冶金报河北记者站建站之初遇上的贵人。

丁福友在 20 世纪八九十年代，是燕赵大地在改革大潮中冉冉升起的一颗新星，他在改革中与此交往的那些人和事，他的前世后生、改革轨迹传奇等……一件件、一幕幕的故事。1991 年由中国工人出版社出版、作家刘晓滨为丁福友撰写 13 万余字的人物传记《搏击者》，受到业界好评。除此，上海三联书店出版的《当代中国企业家》里，有一篇介绍他的文章，材料翔实、形象鲜明，令人感动。

丁福友的作为使企业出了名；企业的作为也使丁福友出了名。谢老谈起对丁福友的印象滔滔不绝，其中留下两点不可磨灭的记忆。

一是丁福友兴趣广泛，多才多艺。他对体育、绘画、音乐、文学等都有广泛爱好。尤其喜爱书画艺术，从 19 岁习画。绘画强调意境，他的灵感、悟性、对事物的独到见解融于画中。他的画，曾参加唐山市美术家协会举办的画展；《唐山劳动日报》曾以显著版面刊发他的作品；《冶金报》以大版面刊发他的四幅山水画：《神农架黛色》《春到五台山》《乡间小路》《江南春意》，并配发文章《丁福友和他的山水画》；全国冶金产品博览会在香港印的 1992 年挂历，也选了他的两幅作品。专家评议丁福友的画，不仅构图高妙、新颖、浓墨浓色，而且十分传神。丁福友以画开路，以画觅知音，书画外交取得成功。

二是丁福友善于结交，热情好客。他的朋友很多，三教九流，应有尽有。谢老说，在我的记忆中，他的朋友中有机械部、社科院等部门的；也有著名作家、画家；还有著名评剧演员马泰等等。他与三教九流的朋友交往，使自己耳聪目明，信息增多，眼界开阔，增强企业在市场竞争中的应变力。

从细节上关爱员工

丁福友在搞好企业经营的同时，特别注重职工的思想政治工作，倡导员工开心工作，快乐生活。对员工从思想上关心、精神上鼓励、工作上爱护、生活体贴的原则，持续做到精准关爱。为此实行“五必谈、五必访”，即员工岗位调整变动必谈、员工违纪违规受到批评处理必谈、员工思想情绪变动较大必谈、员工收到表彰奖励必谈、员工之间发生矛盾纠纷必谈；员工生病住院必访、员工遇到特殊困难必访、员工家庭不和睦必访、员工婚丧嫁娶必访、员工本人或家庭必访，收到了良好的效果。同时，融文化娱乐艺术于思想政治工作之中，有目的地开展各项文化娱乐活动，变单纯的照本宣科灌输式教育，为丰富多彩、生动活泼的诱导式教育。丰冶每年都要组织职工进行外出旅游、球赛、田径赛、卡拉OK歌舞等，使职工自然地形成了一种浓厚的文化艺术氛围，职工书画社、球队、周末舞会与钢水和炉火融为一体……丁福友说，职工的文化生活绝不只是为活跃气氛，而是一种无形的向心力和凝聚力量。企业要长远发展，干部职工就应有相应的、或者较高的业务、技术和文化素质。当一名中国的企业家，不能一心只顾现得利，两眼盯着挣现钱，而应立足当前，着眼长远，培养有自己特色的企业文化和企业精神。

这就是丁福友，一个在我心目中值得敬佩的人。

（作者：川石、张俊庭，原载于政商参考网，2019年7月18日）

德龙轧辊：建树高质量发展标杆

“我是德龙轧辊员工，我深知：工作质量决定产品质量，决定企业命运！没有质量，企业就会灭亡！今日，我郑重承诺：遵守规章制度，遵守操作规程，严格执行工艺！”

“我坚决做到：不接受不合格品，不制造不合格品，不放行不合格品！认真学习，提升技能，恪尽职守，为质量保驾护航！为德龙轧辊质量振兴贡献全部力量！”

4 月上旬里一个阳光明媚、百花盛开的日子，《中国冶金报》、中国钢铁新闻网记者来到德龙轧辊有限公司（以下简称德龙轧辊）采访，听到会议室传出铿锵有力的宣誓声。原来是德龙轧辊 200 余名管理、技术骨干正在宣读质量宣言。

技术骨干宣读质量宣言

2017 年德龙轧辊经营指标创新高，取得了可喜的业绩。2013~2017 年，德龙轧辊有四大突破性看点：一是 2017 年提前实现了“3 年生产正常，5 年经营正常”的预定目标，效益指标比 2016 年大增 2300 万元；二是获得国家高新技术企业称号和市级工程技术中心建设资格，企业发展站上了新的平台；三是市场占有量增长 104%、产销量增长 34%，订单突破 3 万吨，产销突破 2 万吨，经营规模进入行业三甲行列；四是取得韩国浦项合格供应商资格，打响了进军世界顶级钢铁企业市场第一炮，具备了与世界一流轧辊企业同台竞技的实力。

当前，我国经济已从注重发展速度进入注重发展质量的新时代。德龙集团董事长丁立国、德龙轧辊总经理孙建勋洞悉了这一发展趋势，冷静分析了与世界先进企业的差距和企业面临的困难,2018 年伊始就做出了德龙轧辊“建树行业标杆、打造一流强企”的质量强企战略部署，制订、实施富有自己企业特色的《2018~2020 质量振兴规划》(以下简称《规划》)。

实施富有特色的企业质量振兴规划

德龙轧辊率先在行业内做出适合自己企业质量振兴的《规划》一事引人注目，其出台缘由是什么呢？孙建勋对记者表示，质量振兴是为了更好地满足客户需要，服务市场。2018 年德龙轧辊开启全新发展阶段，旨在保持经营规模快速发展的同时，增强企业市场竞争力、质量保证能力、技术研发能力和企业盈利能力；全面提升全员素质、绿色环保档次和信息化管理水平，打造行业绿色标杆企业。这是德龙轧辊新的发展定位，是在新经济形势下更加光荣、艰巨的任务。

记者了解到,《规划》指出,德龙轧辊打造绿色标杆企业要达到的总体目标：到 2020 年，质量基础进一步夯实，产品实物质量水平显著提升，品牌建设取得明显成效，为企业经营奠定坚实的基础。目标具体细化为 6 项：攻克技术难题，提升制造质量，综合合格率每一年提升一个百分点，达到行业领先水平；严控出厂质量，质量异议损失每年降低 30%；提升产品实物质量，使用业绩全面达到国内领先（第 1 ~ 第 2 名位置）；推进产品差异化，打造特色服务体系；加快产品研发，高速钢性能达到国内领先，研制成功锻造半高速钢轧辊，形成批量供货能力；保持省优称号、高新技术企业资质，建成省级技术中心，增创质量效益型企业和政府质量奖。

德龙轧辊如何实施质量振兴《规划》？孙建勋表示，落实《规划》路线图强调要做到三到位。

一到位——强化质量文化、夯实质量保障基础

首先，增强质量意识是前提。一方面，德龙轧辊通过培训、会议、质量月活动、市场行等多种形式进行宣传，牢固树立“质量是企业生命”的理念，实施以质取胜的经营战略，将诚实守信、持续改进、创新发展、追求卓越的“质量精神”转化为广大员工的行为准则，形成人人重视质量、追求质量、崇尚质量的良好文化氛围，提升质量文化软实力。另一方面，德龙轧辊按照“行动了就一定要做好，承诺了就一定要做到”，推进企业的质量诚信建设，包括内部诚信、对用户诚信，并施加影响推进供应商诚信；对失信单位和个人，建立考核和淘汰制度。

充分利用省高新技术平台　夯实质量保障基础

其次，增强创新能力和提升标准化水平。德龙轧辊利用省高新技术平台及市级工程技术中心等研发平台，与各类大专院校展开合作，加大质量科技投入，通过科研课题、绩效工作室等多种形式，培育各层级质量人才，形成专利、专有技术等知识产权；通过技术进步，不断提高产品质量，进一步提升产品标准化水平。德龙轧辊还加强计量标准体系建设，从人员素质、计量器具管理监督检查入手，推进德龙轧辊计量管理水平提高；贯彻执行新版有效国际标准，通过质量、环境、职业健康安全认证体系认证推动各项基础管理工作开展，并按照 GB/T 23331、GB/T 19022 逐步推进能源和计量管理进步，具备条件时，进行能源管理体系和测量管理体系认证，进而实现实验室认可，提升企业影响。

最后，加快检验检测技术保障体系建设。德龙轧辊通过培训、取证、考

核等促进检验人员技能提高，实现全员持证上岗；通过优化检验检测资源配置，完善和提高检验检测手段，提高检验检测能力；通过不断完善管理流程、检验规程和激励机制，规范检验检测行为，提高检验检测质量和服务水平。

二到位——全面提升制造质量

一是完善质量责任制，加强工序质量控制。德龙轧辊明确生产单位的关键绩效指标并进行考核，突出生产单位质量责任，严格执行标准化操作、自检、工序转序确认和首件检验管理制度，以考核落实一线作业长、班组长的工序质量责任；做好质量事故预防、分析和改进，严禁违反工艺纪律的行为，以关键工序质量控制点为抓手，狠抓工艺纪律和标准化操作，将关键工序控制与数据统计相结合，定期评价运行效果，优化过程参数；建立工序能力测评制度，对能力不足的工序进行重点攻关和改进。

二是完善责任工程师负责制，推行精益生产。德龙轧辊以现场、市场质量问题为切入点，通过推行质量改进课题攻关制，让“问题管理”取得实效；真正实现全员设备管理，通过培训和政策激励，让操作人员进入设备管理中来，提高点检的有效性，关键和重点设备实现预防维修；加强生产前准备工作，使现场管理由粗放向精细转变；出台各岗位现场管理要求，通过监督检查让工人养成习惯，减少失误和浪费；将 QC 小组活动导入生产单位，让一线基层员工掌握质量分析工具与方法，弘扬精益求精的“工匠精神”。

三到位——创建绿色标杆企业

德龙轧辊在《规划》中对创建绿色标杆企业做出明确规定：一是通过技

术交流、培训、技能评定以及参与质量改进课题和QC小组活动等，提升全员质量素养。该公司建立培训机构，广泛开展质量教育培训，重点加强一线工人的基础理论和操作技术培训，并根据技能评定结果发放技能合格证书，争取到2020年基本实现全员持证上岗。二是从用户使用条件入手，加强产品可靠性设计、试验及生产过程质量控制，依靠技术进步和标准完善，提升可靠性，促进产品质量由符合性向适用性、高可靠性转型，减少用户质量异议。到2020年，主导产品的可靠性达到或接近国际先进水平。三是根据用户需求不同，提供差异化的服务，建立更加有效和科学的用户满意度测评体系，促进用户服务标准化、规范化发展。该公司进一步强化服务意识，建立内部服务质量评价体系，倡导上道工序为下道工序服务、职能部室为生产单位服务、领导干部为一线员工服务，建立员工满意度测评体系，保持一定的人员稳定性。四是通过激励政策引导，不断挑战刷新质量目标，建立最优质量记录，开展不同主体、不同主题的质量提升竞赛活动，制订质量改进和赶超措施，优化生产工艺，更新生产设备，创新管理模式，使先进质量管理理念得到广泛传播，科学的质量管理方法和技术得到普遍采用，内部质量绩效指标和产品实轧业绩达到国际先进水平。该公司还大力开展节能降耗，完善环保设施；积极推进清洁生产模式，改进工艺技术和工艺装备，生产过程污染物的产生和排放得到有效控制和削减，解除和缓解环保困扰，整治和美化环境，建成花园式标杆工厂。

一个全面领先、优美、幸福的德龙轧辊企业正在崛起。

（作者：谢吉恒、郝国彬，原载于《中国冶金报》，2018年5月26日）

牵线搭桥当“红娘”

11 月上旬，进入隆冬季节，全国工商联冶金商会第三届三次会议大厅，春意盎然，大会表决成立闲置设备资源调剂专业委员会（简称闲置设备专委会），举手表决获全票通过。河北企友云仓电子商务有限公司（以下简称企友云仓）董事长刘志辉荣任秘书长。步入不惑之年的他走上讲台，铿锵有力的表态发言，给与会者留下深刻印象。其实与他打过交道的人，评价刘志辉观念新颖，为人处事干练、智商情商兼备。此次设立闲置设备专委会旨在应对全国钢铁业转型升级、兼并重组的转折期，许多钢企不断对自己的装备水平进行升级改造，淘汰原有的生产线和设备，形成很大的社会资源库存，并有大幅增加之势。企友云仓适逢其时，肩负利用好闲置设备资源，降低消耗，发展循环经济，发挥统一规划、沟通协调、组织交流和提高利用率的重托。

《中国冶金报》记者 11 月下旬，专程来到邯郸企友云仓公司采访，围绕缘何要盘活闲置设备、如何实现闲置设备的最大效益以及市场前景等议题与刘志辉交流。

刘志辉向记者简要介绍企友云仓的创新创业经历。自 2017 年 7 月起，近一年半时间，为盘活闲置设备资源，他们以“没有做不到的，只有想不到的”理念引领，主动为企业牵线搭桥当“红娘”，为闲置设备“找婆家”，联姻结亲，已实现注册会员 1800 家、目前上线设备品种 20000 种，已与新金、新普、文丰、江天重工、沙钢永兴等 10 多家钢厂建立合作关系。据了解，这些闲置设备包括钢企常见的设备和备

作者与刘志辉（右）合影

件，如：高、低压大中小型电动机、变频器、阀门、电气仪表、结晶器、辊道、轧机、铁水包、风机、水泵、轴承等。还包括烧结机、发电机组、锅炉、制氧机组、连铸机等大型生产线全套设备。企友云仓为 10 余厂家成功牵手，使闲置五六年的设备，变闲为宝，找到“婆家”，安家落户，收到盘活闲置设备的显著效益。

搭建平台不忘初心

刘志辉谈到当初自己出于崇尚环保的思想意识，对钢铁业深度了解，曾在 2010 年就有了建立闲置设备资源整合平台的念头。让闲置设备流动起来，符合国家建设环保社会的要求，由于种种原因没能兑现。直到 2015 年着手搭建平台，利用互联网形成一个开放的、面临工业制造领域的企业闲置设备资源交易整合平台。2016 年这个开启闲置设备的全国首家钢铁业电商平台，正式运营。两年的运作中克服很多难题，其中一个尤为棘手问题是闲置设备资源盘活滞后。改革开放四十年，社会经济发展飞速，各行各业不断更新换代，研发新产品，导致闲置生产设备库存积压，浪费资源较为严重，大多数企业没能及时解决闲置设备出路。

综观国内外，美国、俄罗斯、新西兰等许多国家都有一些跳蚤市场解决闲置设备。我国早在 20 世纪末也有人提出把闲置资源整合、交流。原冶金部曾成立过相关部门来解决闲置设备，但未能实现。企友云仓公司不忘初心，方得始终。敢为人先，捷足先登，将这一事业继续做下去，为闲置设备资源开辟新出路。

企友云仓盘活部分闲置设备

说起企友云仓公司盘活闲置

设备有何益处呢？设备物流专家站在增加社会、经济和环保效益的高度，跟《中国冶金报》记者说，点赞了盘活闲置设备有两大益处：一是盘活闲置设备，让闲置设备资源流通起来，不仅满足了社会上的真正需求，又解决了企业库存积压问题，还能降低生产成本，节约原材料，从而实现企业资源经济价值和社会价值的最大化。二是减少环境污染和资源消耗，让需要这些闲置设备的企业能用低价买入优质的产品，也使得库存积压中的产品可以变现，从而帮助企业解决设备积压问题，实现“信息互通、资源共享、减少闲置、助力环保，使交易双方实现共赢！这就是企友云仓电商平台希望追求达成的目标。

搭建平台满意服务

企友云仓当“红娘”，攀亲结缘。视用户需求的就是追求的目标，为用户提供满意服务。随着我国经济的快速发展，使得互联网迅速普及了各行各业。2018 年 11 月，习近平主席在民营企业座谈会上提出，决不能让大量的国产资源闲置了、浪费了、流失了。在互联网发展越来越完善的今天，企友云仓平台应运而生，顺势而为，将企业闲置资源整合起来，让这些设备资源实现自己的价值。企友云仓当“红娘”为企业闲置设备资源搭建的整合、流通、最终实现交易的专业平台，对企业进行全方位、多角度、全过程量身服务，提高用户的满意度，实施两手抓。

一方面，企友云仓业务员做到“腿勤、脑勤、手勤”走出去，通过进厂矿车间，面对面深入交谈，实现无缝对接，摸清闲置设备企业处置库存的困难和应对处置办法的真实想法。企友云仓平台，便捷地将用户需要清理的库存商品拍照、上传进行发布，为来自国内外的企业界采购人员看到产品，进而通过沟通交流达成交易，将闲置的资源变成宝贵的现金，为企业的发展注入动力。另一方面，企友云仓当“红娘”，通过请进来，对市场调查的闲置设备建立台账，并根据闲置原因进行分类处置。企友云仓平台的产品种类全天候不断地更新上传，大小件设备一视同仁。

企友云仓当“红娘”，交易平台服务十分注重服务细节，凸显出三个特点：平台的每一个产品都来自正规渠道采购、每一件产品都未曾安装使用、每一个产品的售价都低于市场价。企友云仓交易平台根植于节约、环保的理念，力求让每一件产品都能发挥自身的价值。例如，今年3月，石家庄一家机械厂因设备故障，急需购进12支“西整”生产的600A快速熔断器，因此种产品规格已停产，客户找遍了线下厂家和经销商都没找到，最终从企友云仓平台网上店铺里发现了有这款产品。取得联系后，平台客服立即联系店家——武安市文丰钢厂。此时，店家已将此产品列入报废处理之列，通过平台客服的协调，最终每支以1300元的价格达成交易，解决这家机械厂的燃眉之急，钢厂也变废为宝，取得双赢获得最大的收益，双方都非常满意。企友云仓平台客服告诉《中国冶金报》记者，许多客户感慨地说：“在这里交易成功一件产品，不仅仅是收回了资金，减少了库存，还减少了一次制造，减少了一份环境的污染和资源的浪费，为环保事业做出一份贡献。”

刘志辉与新金钢铁签署库存资源整合协议

眼界决定宽度，观念决定高度，脚步决定速度，思想决定未来。企友云仓当“红娘”，将闲置设备盘活风生水起，作为长期的工作来抓，潜力巨大，前景看好。他们以创新的运营模式，得到了河北省科技厅领导以及全联冶金商会领导专家的一致认可与赞赏。刘志辉认为企业闲置设备资源整合还有很大的上升空间；他又把触角扩大伸向如闲置厂房、闲置土地……探索新课题，开辟新天地。

（作者：谢吉恒，原载于政商参考网，2018年12月10日）

抓环保　增绿色　要效益

——普阳钢铁走绿色发展之路迎来“四喜盈门”

“我们坚持走绿色发展之路，2017年迎来‘四喜盈门’。”2月初，《中国冶金报》记者到河北普阳钢铁有限公司（以下简称普阳钢铁）采访时，员工们高兴地说道。

普阳钢铁员工是这样解读“四喜盈门”的：一喜盈利水平攀新高。2017年该公司实现销售收入216.72亿元，实现利润52.3亿元，人均实现利润80多万元，盈利水平位于河北省钢铁行业第二位。二喜诚信纳税水平居高位。2017年该公司上交税款16.3亿元，人均实现纳税40多万元、吨钢纳税449元/吨，纳税指标居河北省第一位。三喜争做行业绿色发展“排头兵”。2017年，普阳钢铁进入工信部公布的第一批绿色制造企业示范名单。四喜回报社会奉献多。几年来，普阳钢铁利用余热实施冬季供暖工程，惠及一万多农户，并累计向社会各界捐款3亿多元，给当地人民带来实实在在的福祉。2017年，该公司投资4000多万元，为武安市购买了70台洒水车和吸尘车，还对周边13个村庄村民实行医疗保险补贴近270万元。

普阳钢铁是靠什么实现了经济效益、社会效益的双赢呢？“抓环保、增绿色，向循环经济要效益。”普阳钢铁董事长郭恩元开门见山地向《中国冶金报》记者表示。

“在绿色发展之路上，我们努力做到源头治污、守卫蓝天双到位。”普阳钢铁总经理石跃强说。

源头治污——凝心聚力重拳出手到位

普阳钢铁秉承“循环发展，绿水青山就是金山银山”的理念，坚持技术创新，发展循环经济，效果显著。该公司在打造绿色钢企中凸显出五个特点：

其一，舍得投入巨资。亏什么也不能亏环保，普阳钢铁在环保上累计投资达 30 多亿元，其中 2012 年后的投资额占 7 成多。该公司配套建设了 200 多台（套）除尘设施、7 套脱硫脱硝系统，投资 6900 万元建立能源管控中心，高炉配备有余压发电装备和各类除尘设施，全面实现了达标排放。

其二，资源循环利用。普阳钢铁充分利用各类煤气和余热、余压发电，现已建设发电机组 13 台，总装机容量为 319MW，自发电率达到 90% 以上；建有钢渣处理生产线，固体废弃物利用率达到 100%。

其三，严格执行“三同时”制度。普阳钢铁的各生产工序均配套建设有各类环保设施。在项目建设过程中，普阳钢铁严格执行项目建设“三同时”制度，使环保设备与主体设备同时设计、同时施工、同时投入运行。环保设施的投资额占项目总投资额的 10% 以上。

其四，工艺技术先进。新建项目全面采用先进的清洁生产工艺和污染控制新技术。竖炉配有四电场静电除尘器、湿式石灰石膏法烟气脱硫设施和湿式电除尘设施。带式烧结机机头配备四电场静电除尘器、脱硫设施和湿式电除尘设施，机尾配备电袋复合除尘器，皮带转运点安装带式除尘器。炼铁系统出铁场、热风炉配备布袋除尘器。炼钢转炉二次烟气、三次烟气、混铁炉、精炼炉均配备布袋除尘器，一次烟气配备干法净化回收系统和半干法净化回收系统等，共计 130 台（套）除尘设施和 7 套脱硫设施。炼焦工艺设置地面除尘站，装煤、出焦烟气配备布袋除尘器，煤粉破碎配备布袋除尘器，焦炉烟气新建烟气脱硫脱硝系统，焦炉熄焦配备国内先进的干熄焦工艺，酚氰废水处理配备 A_2/O 废水处理工艺。由此，普阳钢铁实现全部烟气达标排放，废水循环利用零排放。

其五，在线监视全覆盖。普阳钢铁高架源主要包括2台265平方米烧结机、3台180平方米烧结机、3台14平方米竖炉和2座焦炉的烟气脱硫等，目前所有高架源实施在线监测全覆盖，并与上级环保部门实现联网传输。

守卫蓝天——加强管理清洁生产到位

为打赢蓝天保卫战，普阳钢铁强化环境管理，使各个方面更加完善。

一是加强对原料场地的管理。2014~2017年，普阳钢铁先后投资约10亿元，在烧结、竖炉、白灰厂、高炉、焦化等12处原料场地建设全封闭式原料棚，并设置喷淋装置，露天原料实现全部进仓进棚。棚化面积达200000平方米，从根本上解决了原料无组织扬尘问题，既改善了环境，又减少了原料浪费。

二是加强对二次扬尘的管理。普阳钢铁购置了6辆吸尘车和2辆洒水车，2017年新增10辆吸尘车和2辆移动式雾炮车。吸尘车对厂区道路和生产场地每天24小时不间断进行清扫，洒水车每天对厂区道路和生产场地进行喷洒作业，有效控制二次扬尘。

三是加强资源循环利用的管理。普阳钢铁于2011年投资9680万元，建设固废综合利用可循环处理工程，年处理钢渣100万吨，炼钢产生的转炉钢渣得到治理和利用。2013~2016年，普阳钢铁投资4000余万元，新建了8400立方米/天的反渗透综合污水处理站、改造建设了100立方米/小时的焦化酚氰废水处理站，使生产废水全部循环利用，实现了废水零排放。普阳钢铁建设了50000立方米和80000立方米转炉煤气柜各一座，把炼钢过程中所产生的煤气进行回收，作为燃料用于生产工序和发电工序，既节约了能源又保护了环境。

四是强化重污染天气管理。2017年，普阳钢铁在接到上级人民政府重污染天气应急响应文件通知后，立即召开各生产厂、生产部、安监部等职能部门会议，会商重污染天气应急响应措施，并第一时间将停限产措施落实到位。

普阳钢铁在各级政府的关怀和指导下，持续、全面推进环保工作，全面实现清洁生产，并以国内外先进企业为标杆，全力向技术一流、管理一流的世界级钢铁企业迈进。“环保后续任务仍然非常艰巨，环保没有终点，我们将永远行走在清洁生产、绿色发展的道路上。”普阳钢铁环保员李剑春在接受《中国冶金报》记者采访时表示。

（作者：谢吉恒、杨建军，原载于《中国冶金报》，2018 年 2 月 28 日）

改革印记　阔步前行

——唐山二十二冶医院发展历程

改革开放四十年，经过几代人不懈努力和奋斗，唐山二十二冶医院做新时代担当者，以新作为推进医院砥砺奋进谋发展。《中国冶金报》启动“庆祝改革开放四十周年”主题征文，中国冶金报记者走访唐山二十二冶医院，为他们遵照“有所为，有所不为”“人无我有，人有我优，人优我精”的创新经营理念，逐步形成自己特色的“院有重点，科有特色，人有专长”高质量发展之路。令人心动振奋，深受鼓舞，启迪！

简要发展历程

唐山二十二冶医院是一所集医疗、预防、保健、康复、社区卫生服务为一体的综合性医院。具有悠久的历史，其前身是第二冶金建设公司职工医院（现包钢三院），1976 年为支援唐山抗震救灾恢复生产，第二冶金建筑公司职工医院近半数科室及职工由内蒙古包头迁来唐山，于 1978 年正式在刘官屯基地建院，命名为第

唐山二十二冶医院

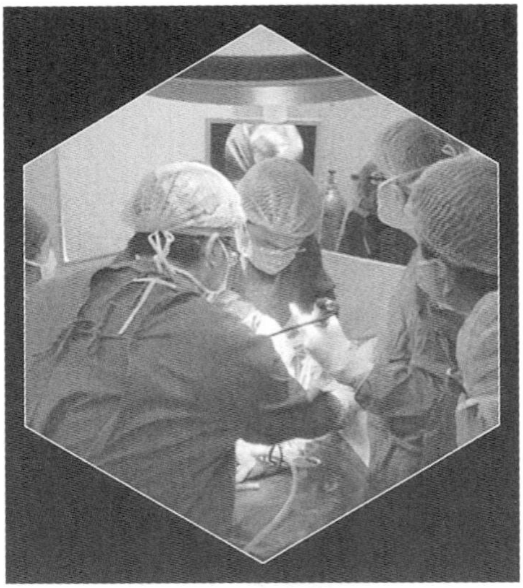

医务人员提高救治水平

二十二冶金建设公司职工医院。开放床位300余张，职工总数400余人，科室齐全，技术力量雄厚，拥有妇产科、眼科、外科、耳鼻喉、内科、儿科等众多知名专家，妇产科拥有享受国务院特殊津贴专家一名，当时技术力量在唐山地区处于领先地位，并担负唐山市部分疑难病例会诊工作，为唐山卫生事业输送了大量人才。1993年被河北省评定为国家级二级甲等医院；1996年被河北省卫生厅评定为“爱婴医院”。

20世纪90年代中期，国家经济调整，企业经营困难，医院投入不足及人员流失，又因刘官屯基地处于采煤塌陷区，存在严重安全隐患，企业全部外迁，医院于1997年12月迁址到唐山市丰润区幸福道副16号。医疗场所由一栋公寓楼改造而成，建筑面积8700平方米，其中业务用房面积7400平方米；编制床位151张；设置内科、外科、妇产科、儿科四个病区，设立急诊、外科、妇产科、中医、眼科、耳鼻喉、慢性病门诊。面对全新环境和服务对象，全院职工以高度主人翁精神开始第二次创业，不断提高医疗质量，改善服务态度，增加医疗设备，前后购置了CT机、阿洛卡彩色超声诊断仪、欧林帕斯电子胃镜、岛津全消化道造影机、全自动生化分析仪等设备。为扩大对外影响和服务范围，争取政府支持成立了一个社区卫生服务站及两个诊所，医疗质量得到明显改善，增强了医院的竞争力,取得了经济效益和社会效益双丰收。2002年被命名为文明服务“三星级”医院；2013年1月审定为唐山市职工医疗定点医院；2004年被唐山市卫生系统授予“诚信医院”。

2005年根据国务院企业主辅分离改制的要求，第二十二冶建设公司和医院职工共同出资成立民营非企业单位，更名为唐山二十二冶医院，改制造成医院人才一定流失，改制后医院有职工128人，面对技术人员短缺、缺少原主办单位无投入、医疗收入不足的现状，医院职工决心与企业共生存，励精图治、共克时艰，自筹资金更新了螺旋CT、日立彩色超声诊断仪、全自动生化仪，增建了 CR、前列腺等离子电切仪、腹腔镜、气腹机等设备。为扩大服务范围增加医疗收入，2006 年争取成为唐山市离休干部医疗统筹定点医院，丰润区城镇居民医保定点医院，河北省职业健康体检资质；2007 年争取为丰润区新农合医疗定点医院；2009 年成立体检中心，通过努力，有效的增加了就医人数，扩大了医院的影响，医疗收入逐年增加。目前在职职工 166 人，其中卫生技术人员 147 人。设有四个病区、一个体检中心、中医、疼痛、五官科、预防接种科、妇幼保健等多个门诊科室。唐山二十二冶医院设备先进、技术力量雄厚，拥有核磁共振、螺旋 CT、C 型臂、彩色超声诊断仪、超声骨刀机等先进水平的医疗设备。

砥砺奋进前行

唐山二十二冶医院因抗灾救灾而成立，始终坚守抗灾精神，圆满地完成了各项医疗任务，不辱使命。面对人民群众对医疗卫生服务更高的需求，在自身困难重重的窘境下，医院自力更生，团结一致，坚持“科技兴院”的方针，采取“走出去、请进来”的模式，先后与北京、上海以及唐山市三甲医院等著名医院专家合作，开展新项目，拓宽服务领域。“请进来”与北京专家团队合作，成立泌尿专科开展了各类泌尿系手术，并开展了腹腔镜微创手术。聘请唐山市三甲医院专家来我院教学查房、坐诊、手术，使患者在家门口就能够享受专家的诊疗技术。“走出去”选派技术团队前往上级医院进修学习新技术，先后成立颈肩腰腿痛门诊、疼痛科，引进等离子多功能手术系统、K 型内热式针灸治疗仪，开展了小针刀手术、低温等离子椎间盘微创消融术、银质针针刺疗法，填补了我院疼痛医疗领域方面的空白。医院烧伤科一直是我院的品牌科室，多次成功抢救成批量大面积重症烧伤病人，对呼吸道烧伤、电击伤及各种化学烧伤均有丰富的治疗经验。开展了休克期切痂、自体皮、异体皮移植、游离皮瓣转移、烧伤整形等治疗，治愈率高，在丰润及周边地区享有一定的声誉。

提高服务质量

在激烈的医疗市场竞争中，唐山二十二冶医院始终坚持以患者为中心的管理理念，全面实施优质服务体系，完善岗位责任制，不断提高医疗和护理质量，塑造了良好的医院形象。医院始终把医德医风建设作为全院各项工作的重中之重，通过抓医疗质量管理，建立健全各项管理制度，极大地激发了全院职工的岗位责任意识。在护理质量方面，医院推行整体护理，以满足患者需求为主线，建立了二级质量控制标准，严格院、科两级质量检查，及时总结、反馈，并提出整改意见和措施，护理管理水平不断提高，患者满意度显著提升。

为了进一步提高医院整体形象，为患者营造一个温馨、舒适的就医环境，医院先后粉刷了病房墙面，重新装修部分科室，更换电梯，更换患者床上用品及职工工作服。同时，医院正式启用视频监控系统，共安装视频探头 86 个，实现医院全覆盖、无死角，为医院的安保工作提供了有力保障。

加强信息化管理，优化诊疗及办公程序。医院先后开展使用临床电子病历和门诊工作站，提高了医疗管理水平。同时优化办公流程，采用无纸化办公，使审批手续方便快捷。为方便患者就医需求，医院为患者免费开放 Wi-Fi 服务。

参加公益活动

唐山二十二冶医院医务人员以保障人民健康为己任，以“团结、和谐、亲情、奉献”为主题，开展“一家亲”系列活动。定期为辖区内居民开展“健康大讲堂”活动，为居民提供健康咨询和义诊服务；定期深入特殊教育学校、幼儿园、居家养老服务中心等为残疾学生、幼儿园家长、老年人、职工进行免费体检；定期组织医务人员进工地，开展急救知识培训活动；定期为辖区内居民进行免费体检，建立电子健康档案，开展家庭医生签约服务；定期慢性病随访，随访率达 80%；定期开展社区妇幼家访工作，进行产妇和新生儿健康保健知识指导。

迎来发展机遇

随着医改的不断深入，医疗行业的市场化竞争日趋激烈，企业医院面临着夹缝中求生存、谋发展的境遇。近日，医院又迎来新一轮的改制，由五矿资产、通用环球医疗的共同经营，在资金、技术和政策的支持下，医院将迎来新的发展机遇，在寻求精准定位的同时，闯出一条符合自身发展特点的差异化竞争之路。遵照"有所为，有所不为""人无我有，人有我优，人优我精"的经营理念，逐步形成"院有重点、科有特色、人有专长"的可持续发展之路。

（作者：杨雪、富丽、川石，原载于政商参考网，2019 年 8 月 7 日）

创新焕发生机

——探秘润达物业发展之路

五年，弹指一挥间。对于润达物业公司，这是极其不平凡的五年，全体润达人团结奋进、锐意进取、改革创新，提升服务品质，开拓市场需求，贴近百姓生活，实现前世今生的靓丽转身。

参加喜迎十九大歌咏比赛

唐山市润达物业服务有限公司前身为成立于1978年的中国二十二冶总务处和房建处，为二十二冶提供职工食堂、工地食堂、招待所、房屋大修、房屋日常维修管理等。2002年成立了唐山市润达物业管理有限公司。2006年，按照国经贸企改〔2002〕859号文精神及中冶集团关于主辅分离辅业改制分流安置富余人员的总体要求，中国二十二冶对原物业服务公司进行改制，由中国二十二冶和职工共同出资成立润达物业公司。近五年来，润达物业进入了快速发展的新阶段。

《中国冶金报》庆祝新中国华诞七十周年，开展“我和我的祖国”主题征文活动，润达物业缘何能取得让人点赞羡慕的业绩呢？6月下旬，润达物业

作者（中）与胡明琦（左一）及国画家合影

董事长胡明琦向前来到访的《中国冶金报》记者道出其中的秘籍。

秘籍一，创新观念。2006 年改制以后，润达物业职工的思想较为僵化、自我意识很强，集体观念淡薄。润达物业转变观念、打造凝聚力迫在眉睫。2014 年 9 月润达物业组织召开了主辅分离 8 年来第一次三年发展规划研讨会。大家经过热烈的讨论，统一了思想、达成了共识，确定了公司发展愿景，制定了公司未来三年的发展目标及发展规划。会后，公司借脑出行，把十几名公司骨干送出去洗脑、学习，目的是认清形势、统一思想，汲取先进理念，助推公司发展。学习结束后，组成专项培训小组给全公司人员讲课，传授外界好的做法及物业行业先进理念。通过这种方式让公司员工看到了外面的世界、听到了外界的声音，知道了什么是 OTO，了解了彩生活、绿城、万科等大牌物业企业。职工思想发生了极大变化，对公司发展有了新的认识，支持公司改革的声音越来越强，一个调子唱起了改革之歌。2015 年年底，润达物业提前一年完成了第一个三年发展规划目标，2016 年 10 月，润达物业公司又召开了第二次三年发展规划研讨会，确定了今后三年的发展目标，为成为“逐步形成现代化、集团化为引领，各项事业协同发展的现代物业服务企业”的发展愿景而不懈奋斗。

秘籍二，升级资质。随着物业市场的规范化运作，作为二级资质的润达物业，已不能满足企业发展需要，如果想在市场上拿到更多份额就必须升级资质。第一个三年发展规划中润达物业把资质升级作为一项重要任务布置，经过两年的努力，终于在 2016 年 1 月公司成功晋级为国家一级资质物业服务企业，这为公司后续创建沈阳分公司、珠海分公司、北京分公司，中标沈阳中冶上和郡、唐海林荫御园、唐山市丰润区国税局项目、参与省外及大型物业项目竞标创造了先决条件，使得润达物业有了走出唐山、走向市场的“出门证”。在第二个三年发展规划中，公司又将原有的单一质量管理体系认证升级为质量、环境、职业健康安全三标一体化认证作为我们的重要工作，并一次性成功通过了三体系认证。资质的升级和三体系的认证带来的是更加开阔的眼界和市场，带来的是可以参与更高层次、获取更多投标与中标机会的可能性，带来的是更加广阔的市场前景。润达物业在资质升级和体系认证中也不断改进自身不足、补强短板、完善制度、规范管理，使润达物业夯实了自身的发展基础，获得了跻身第一行业梯队的“入场券”。

秘籍三，培养人才。在2014年之前，润达物业公司员工年龄普遍偏大，60后是当时公司的中流砥柱，公司后续发展人才梯队出现断层。2014年后，为激发企业活力，打造合理的人才培养梯队，为公司长期发展、拓展新项目储备人才，公司下大力度培养80后、90后员工，一大批新生力量充实到项目一线，为企业带来了新面貌、新思想、新技术。公司大胆提拔使用一批优秀的80后、90后员工，并培养他们走上了管理岗位，这些新鲜血液的加入为公司注入了新鲜的青春活力，他们有思想，有冲劲，提升了公司整体业务水平和综合素质，推动公司更快的接受新理念、新思想、新设备、新知识，公司还吸收并引进了一批具有一定管理经验的财务、信息化等技术人员，为公司带来了外部先进的技术和管理经验，使得公司的财务、信息化工作步入了正轨，少走了弯路，大大提高了公司的整体业务水平，提高了公司的整体生产效率。

秘籍四，信息化建设。2014年7月润达物业成立信息部后，经过3个月的调研，终于在2015年年初，与致远公司达成合作，建立了后台自管的致远平台管理系统，实现了信息化办公和手机移动办公，使不得不在办公室审批文件的管理人员解脱出来，审批效率大大提高，结束了排队等领导的时代。职工食堂、社区实现一卡通，方便了职工和业主的同时也为公司各项目结算创造了便捷。公司与用友合作，采用NC系统软件，实现了财务数据网络化远程控制。预算采用广联达管理软件，与集团公司实现无障碍对接。在润达家幼儿园引入爱维宝贝家园互动平台，让家长把幼儿园装进口袋，通过远程监控实时视频，了解孩子在幼儿园的各项动态。在采购平台运用管家婆财贸双全软件，实现固定资产、库存材料线上管理、调拨，库存数据更加简洁直观。利用微信公众号的功能，建立了润达家微信公众号，及时公布润达家各种服务信息，在宣传公司动态的同时为职工、业主提供方便、快捷的服务。2018年1月，由润达物业牵头，中冶集团资产公司投资的“助我家”App正式启动上线，标志着润达物业向新型互联网企业发展又迈出了坚实的一步。润达物业将依托“助我家”App这个互联网大平台，打造以社区物业为中心，多行业跨界联盟，将“社区经济圈”做细、做强、做大，深度开发“社区经济圈”的商业价值，牢牢把握在手社区资源，使“社区经济圈”成为润达物业今后的长期的、稳定的利润贡献点。未来，借助“助我家”App将润达物业打造成为“物业机场”平台，借助互通、互联、互助的互联网思维，整合区域内各类型物业企业、医疗机构、商业机构、教育机构等资源，打造更大的服务商圈联盟。大力发展信息化、紧跟互联网发展步伐，为润达物业带来的是更大的发展空间、更高效的工作效率、更便捷的工作条件、以及更多的发展机会。

秘籍五，打造品牌。润达物业食堂的饭菜好，一直是二十二冶集团员工称道的，但是好也只是集团内部知道，也只有职工才能吃到，公司并没有将这么好的产品推出市场、走进社区百姓的餐桌。2014年后，公司创建了“润达家”品牌，注册了“润达家”商标，将原来深藏在职工食堂大院里的美食推向了社区、推向了职工家属，受到了热烈的欢迎。公司紧抓机遇相继推出“润达家系列主食”“润达家系列快餐”“润达家手工月饼、手工粽子、手工元宵”“润达家年夜饭系列”“润达家生日蛋糕”“润达家寿桃”等绿色餐饮品类，又在社区中创建“润达家社区一家亲大食堂”“润达家超市”“润达家服务站”，在餐饮品类的基础上又相继推出“润达家桶装水”和“润达家瓶装水”。在公司创办幼儿园和养老中心时，也冠以“润达家幼儿园”和“润达家居家养老服务中心”，使得“润达家”这一品牌成为润达物业的标志性符号，也使得“润达家”这一品牌深入社区居民的生活点滴，走进每一位消费者的内心。同时，也使“一家亲”文化逐步融入百姓生活，真正实现了落地生根。

润达物业在新时代的征途中，将以更加饱满的精神状态，更加砥砺奋进的姿态，秉承“一天也不耽误，一天也不懈怠”朴实厚重的中冶精神，开创更加崭新美好的未来！

（作者：杨雪、谢吉恒，原载于政商参考网，2019年8月7日）

（三）绿色津西篇

导　读

河北津西集团，始建于1986年10月，2009年12月经河北省工商行政管理局核准成立，总部设在北京，并在天津、中国香港和新加坡、美国等地拥有境内外控股公司40多家，年实现销售收入超1000亿元，集钢铁、非钢、金融三大板块为一体的大型企业集团，并于2004年在中国香港联交所主板成功上市。

连续16年跻身中国企业500强。2018年名列第169位，中国民营企业500强第42位，中国上市公司500强第181位，中国民企制造业500强第22位、河北省第一位。

津西集团认真落实国家产业政策，钢铁、非钢及金融三大板块协同发力，以“两横三纵”战略，率先推进产品和产业转型升级，培育企业发展新动能，实现高质量发展。优化传统产业调结构，钢铁主业打造全球最大型钢生产应用基地，已具备钢板桩绿色工程全产业链，部分钢板桩及超大规格H型钢产品填补国内外空白，主导型钢产品已形成123个系列、356种规格，成功进入鸟巢、杭州湾跨海大桥等国家重点工程，高铁线杆市场占有率达到90%以上，远销33个国家和地区，连续6年出口量全国第一，居中国“一带一路”企业影响力50强榜单第27位。进军新兴产业调结构，非钢产业，拥有国家级装配式钢结构建筑研究中心，依托津西型钢优势，形成全国首家装配式钢结构建筑全产业链；进军高新技术领域，微电子高科技公司承担国家3个02重大研发专项，打造集半导体设备和软件研发于一体的国际顶尖高科技企业，推动传统产业转型升级。津西集团已成为省市大力支持和推广的先进典型，并荣获集体最高荣誉“全国五一劳动奖状”。

“十三五”期间，津西集团认真落实国家产业政策，延伸产业链、扎实推进转型升级，通过一到两个“五年计划”，进入世界500强为奋斗目标，以“两横三纵”产业布局为抓手，坚持高质量发展，为社会经济发展做出更大贡献。

特色“工建”砥砺奋进

——记2019年全国五一劳动奖状获得者
河北津西钢铁集团

河北津西钢铁集团（以下简称津西）拥有30多年的发展历程，连续16年跻身中国企业500强，现已成为集钢铁冶炼、装备制造、节能环保、国际贸易、高新科技等九大板块为一体的大型企业集团和中国香港上市公司，主导型钢产品形成123个系列、356种规格，远销33个国家和地区，是专业化系列化规模化型钢生产基地。

4月20日，《中国冶金报》记者深入津西进行采访。津西集团董事局主席韩敬远表示，津西坚持高质量发展，不断调优产业结构和产品结构，全力打造世界最大型钢生产应用基地，向世界500强目标进军。特别是此次津西获得“全国五一劳动奖状”这项荣誉，极大激发了津西广大干部员工干事创业的活力，必将有力推动企业转型升级，不断向高质量发展迈进。

多年来，津西始终坚持党的领导，以贯彻落实十九大精神为指引，以助力企业高质量发展为己任，坚持党建带工建，围绕维护、参与、建设、教育“四项职能”，狠抓民主管理、素质提升、文化建设、参与经营“四项重点”，扎实助力企业转型、创新、和谐、健康“四个发展”，先后荣获“全国模范职工之家”“全国双评双爱先进企业”“全国厂务公开民主管理示范单位”“全国职工教育培训示范点”“中国企业文化优秀单位”“河北省五一劳动奖状”等称号，炼钢二厂、H型钢一厂荣获“全国工人先锋号”称号，充分彰显了工会在企业发展中的作用和企业形象。

健全组织完善机构提供组织保障

一直以来，津西非常重视“工建”工作，不断加大投入，完善工会组织建设，提升工会骨干力量和硬件设施，从办公设施、人员配备、经费保障等多方面为工会创造宽松的工作环境。

为发挥工会作用，强化组织建设，津西建立公司级工会、厂部级工会、车间级工会小组“三级”工会组织；为提高工会干部办事能力，先后为工会配备 8 名具有大专以上学历、具有较强工作能力和经验的专职工会干部；为确保工会工作有效开展，公司严格按工会法足额按时拨付工会经费，由工会财务管理经费。在此基础上，津西投资近千万元，建设能容纳 700 多人的培训礼堂、300 多人的多功能电教室，累计投资 120 余万元建设集党群教育管理、业务培训、思想疏导、图书阅览、健身娱乐等多种功能于一体的党工群服务中心。

在津西这片沃土上，工会组织作用得以全面发挥，真正实现既有为又有位，为助力企业转型发展提供了组织保障。

强化培训校企共建提供人才保障

企业的竞争实质就是人才的竞争。津西工会始终坚持“培训是员工的最大福利”这一理念，由工会全权负责培训工作，不断创新培训方式，形成“体系支撑、以赛促培、校企共建、精准培训”的培训思路，持续推进员工素质提升，培训成果显著。

其一，健全组织体系。专门成立以党委书记为主任、工会主席为副主任，下设 27 个成员单位的教育培训组织机构，先后制订和完善《外聘教师管理办法》和

《干部员工培训工作管理办法》等培训制度，形成了具有津西特色的培训组织体系。

其二，强化硬件保障。投资2000多万元，建有3000多平方米教育培训中心，拥有多功能电教室16个、网络培训教室2个，引入智能考务平台及购置炼铁、轧钢VR模拟仿真等培训设备。

其三，壮大师资力量。投入60万元聘请唐山市职业技能鉴定指导中心老师，开展考评员、企业培训师任职资格培训，现拥有专兼职教师207人。

其四，实施激励政策。一方面，实施职业生涯激励，将职业资格作为干部选聘条件，现已有147名专业技术人员走上各级领导岗位。单独设立专业技术线晋升通道，出台《专业技术人才管理办法》，共有56名高技能员工被聘为各级工程师。另一方面，实施薪酬激励。落实技能津贴，对取得“中级工、高级工、技师、高级技师”的员工，每月分别给予200元、400元、600元、800元的薪酬津贴。建立技能大赛专项奖励，对获得公司状元和能手称号的，给予5000元和3000元的奖励；获得市级状元和能手的，给予10000元和5000元的奖励；获得全国行业的状元和能手的，给予50000元和20000元的奖励。同时，对全国行业大赛中取得技术能手称号的，每月发放董事长特别技能津贴500元，直至本人退休。

其五，实施立体培训。按照“分级分类、以赛促培、以培带赛、校企联合”的培训模式，实施校企联合，强化培训效果；针对公司高管、中层干部、基层干部、岗位员工开展分级培训，组织职业经理人、MBA高级研修班、基层管理干部轮训，并在“奇数年”开展全员职业技能鉴定、“偶数年”开展全员职业技能大赛。目前24个重点技术工种，取得高级工以上职业资格1794人、占全员24.33%，先后培养了6名全国行业技术能手、18名唐山市技术能手，累计培养津西工匠600余名；与燕山大学、华北理工大学等高校联合办学，开办《冶金工程》《机电一体化》《工商管理》本科班，取得本科以上学历1029名；与东北大学、北京科技大学成立“型钢联合研发中心”，与国家钢标委联合成立全国首家“型钢标准研发基地”等产学研平台，为高技能人才创造了良好的培养和发育环境。

其六，鼓励全员创新。津西建立创新工作室11个，其中H型钢一厂创新工作室、制氧厂创新工作室、质检中心创新工作室被评为“唐山市职工创新工作室”，炼钢工吴立保技能大师工作室被评为“唐山市技能大师工作室”，带动全员创新创效。目前，员工累计提出合理化建议 36000 多条；实施技术革新改造 1025 项，修旧利废 12300 台件，创造显著经济效益。同时，针对评选优秀技术创新项目及青工“五小”项目 682 项，奖励金额 287.17 万元。

民主管理广角维权提供机制保障

企业不断发展壮大，要强化民主管理，集中合力，这是津西始终坚持的管理信条。

整章建制。建立民主管理领导小组，认真落实《劳动合同法》《河北省企业民主管理条例》等法律法规的规定，修改完善了《员工代表大会实施细则》《集体合同和工资协商实施办法》《厂务公开实施意见》等规章制度，形成以员工代表大会为基本形式，厂务公开制度、集体协商制度、民主评议制度并存的民主管理机制。

发挥员工代表作用。首先做好员工代表提案工作。自员工代表大会制实施以来，提案落实率达 85% 以上。其次开展民主评议。坚持一年两次民主评议中层干部、科长主任级基层干部，对评议较低的领导干部进行诫勉谈话和组织调查，有效地促进了干部队伍建设。

深化拓展厂务公开。建立“公司—厂部—车间—班组”四级公开制度，建起公司级公开栏 2 组、厂级公开栏 13 组、车间级公开栏 100 个，班组公开栏 280 个，实现了管理、考核、分配等 24 项与员工切身利益息息相关内容的全面公开，进一步增强员工的凝聚力和向心力。

打造文化重塑精神提供动力保障

企业文化就是企业灵魂，是企业持续发展的不竭动力。津西把建设独具特色的企业文化作为促进企业发展的重大方略，制定《企业文化建设纲要》，对企业文化进行全面系统的整合、策划和有效推进，提出和确立了以“四为”，即“为社会创造财富、为股东创造回报、为客户创造价值，为员工创造前途”为使命的企业文化体系，明确了“凝聚钢铁意志、打造百年津西”的企业愿景。

津西工会全面负责企业文化建设工作，坚持以文化引导人、影响人、凝聚人、塑造人，把企业文化建设融入到活动中。一方面关爱员工，增强员工幸福感。健全“五险二金”保障体系，建立“特病大病特困救助基金”，累计救助病困员工 1346 人，救助总金额达 376.22 万元。另一方面大力开展文体活动，增强员工归属感。如五年一届员工代表大会、四年一届员工运动会、两年一届职业技能大赛、每年组织劳模体检、半年一次民主评议中层干部以及每逢重大节日组织登山比赛、篮球赛、青歌赛、春节晚会等大型文体活动。

工作的规范化，活动的经常化，使快乐工作、快乐生活、快乐学习，成为广大员工的共同心声，津西工会真正成为了“员工之家”。

（作者：谢吉恒、赵永春、张继军、白小卉，原载于《中国冶金报》，2019 年 5 月 1 日 5 版）

砥砺新时代　逐梦钢结构

——中国钢结构发展高峰论坛纪略

导读：迎接钢结构发展新时代，杭州萧山是中国钢结构产业基地，钢结构年产值占国内总产值七分之一的规模，形成一批产业集群，涌现一批龙头企业，承接一批精品项目，创新了一批核心技术。为杭州添加一道靓丽景观，创新擦亮了名片。5月18日至21日召开的“第291场中国工程科技论坛暨中国钢结构发展高峰论坛”在杭州萧山拉开帷幕。

杭州，令人心驰神往，是中国八大古都之一，著名旅游城市，以风景秀丽著称，处处皆是美景。杭州与苏州并称“苏杭”，素有“上有天堂，下有苏杭”美誉。迎接钢结构发展新时代，杭州萧山是中国钢结构产业基地，钢结构年产值占国内总产值七分之一的规模，形成一批产业集群，涌现一批龙头企业，承接一批精品项目，创新了一批核心技术。为杭州添加一道靓丽景观，创新擦亮了名片。5月18日至21日召开的“第291场中国工程科技论坛暨中国钢结构发展高峰论坛”在杭州萧山拉开帷幕，《中国冶金报》记者应邀采访并跟踪报道。

2019年中国钢结构发展高端论坛在杭州举行

缅怀前辈业绩

本届论坛主办单位为中国工程院、中冶建筑研究总院、重庆大学、清华大学；河北津西钢铁集团股份有限公司等为承办单位；得到中国钢铁工业协会等单位支持。本届论坛面向中国工程科技 2035 发展战略，围绕高性能结构体系及防灾减灾、高性能结构材料、大型工程结构诊治以及钢结构住宅及桥梁产业化、工程技术及标准、信息化等方向，探讨中国钢结构、组合结构等技术创新和行业发展。本次论坛是中国工程院主办的 2019 年系列学术活动之一。

此类论坛已于 2016 年、2017 年、2018 年成功举办过三届。前三届论坛分别围绕“在结构工程中的大力推广应用钢结构、装配式钢结构建筑的发展路线、海洋钢结构产业发展”等主题，进行深入的探讨，助力钢结构行业转型发展。本届论坛延续前三届辉煌，会聚了钢结构领域的院士、专家、学者，集中再现了我国钢结构发展的新技术、新成果。400 余名来自多个国家和地区的代表出席本届大会，其中中国、日本、美国工程院院士计 28 位。

论坛会上，中冶建筑研究总院董事长、中国钢结构协会会长、中国工程院院士岳清瑞致开幕词，随后进行创意新颖议程，由清华大学工程院院士聂建国与会人员共同缅怀了诞辰 100 周年的钱冬生、陈绍蕃、王国周、钟善桐四位钢结构前辈，大家共同回顾四位前辈致力于钢结构工程事业发展和建设人生历程。会场大屏幕播放画面配音朗诵，讴歌四位钢结构前辈酷爱钢结构、宣传钢结构、服务钢结构、献身钢结构的奋斗人生和闪光业绩，启迪与会代表奋进新时代，逐梦钢结构的激情。

发展前景广阔

《中国冶金报》记者看到与会代表在论坛上尽兴畅谈奋进新时代，新中国成立壮阔70年，特别是改革开放40周年以来，我国建筑钢结构产业取得了巨大发展，钢结构技术也取得飞跃性的发展。随着我国经济飞速发展，人们对住房的需求量也随之增大，形成建筑行业繁荣发展。作为新时代建筑的代表结构钢结构，因其具有工程造价低、强度高、自重轻、施工速度快等巨大优点，已被广泛应用，其发展前景广阔。代表们高度评价此届论坛，认为论坛成功举行，必将推动中国钢结构产业科技创新，可持续发展，对化解钢铁过剩产能，促进钢结构产业结构调整等方面有着极其重要意义。论坛聚焦行业发展凸现的热点话题，邀请院士、专家、学者做专题报告和特邀报告，数百名与会代表围绕报告深入交流与讨论，产生连锁互动效应，共同致力于推动钢结构领域相关技术快速发展。

中国钢结构协会会长岳清瑞在论坛上指出，建筑业粗放式的发展和建筑模式不可持续，钢结构顺应绿色化、工业化、信息化以及智能化的建筑产业发展趋势在中国已具备大力推广应用条件。

据相关资料显示，在发达国家钢结构住宅已有百年发展历史，中国钢结构行业起步较晚，随着社会贯彻绿色发展理论的深入，中国钢结构工程迎来高速发展。面临重大历史机遇。相比之下，我国钢结构建筑占比在8%~10%，与发达国家20%~30%的水平差距较大。尤其在住宅和中小跨径桥梁占比不足1%，与发达国家约30%的水平差距甚远。

机遇挑战并存，我国已具备大力推广应用钢结构条件。岳清瑞会长强调要善于抓住机遇，大力推进钢结构推广应用，尤其是要加快推广钢结构住宅和中小跨径桥梁，每年亿吨级的市场潜力有待挖掘，使钢结构迈入建筑业的主战场，实现钢结构发展的重大突破。

记者采访中国钢结构协会会长岳清瑞（左）

牢记肩负使命

论坛期间，与会代表相互交流、探讨、结下深厚友谊。会场外大厅设置津西等多家企业展台，众多特色产品吸引代表驻足与咨询洽谈，为设计、施工单位与产品企业搭建广阔的交流平台。

记者采访津西副总裁李明东（左）

《中国冶金报》记者在津西展台前，采访津西副总裁李明东，据他介绍，进入钢结构发展新时代，作为钢结构企业领军人必须坚定信心，站在生态文明建设、绿色发展、供给侧结构性改革工业化转型的高起点，立足市场需求勇于担当责任，推出质量好、性能优，造价省的钢结构产品。据了解，津西加快发展钢结构实施“三大硬招”。一招是国家级装配式钢结构建筑研究院落户津西。今年 4 月，中冶建筑研究总院与津西联合组建“国家钢结构工程技术研究中心装配式钢结构建筑研究院”正式成立。标志津西作为世界最大的型钢生产应用基地，在装配式钢结构建筑领域具备研发、生产、设计、施工的全产业链优势，有力促进技术研发和成果加速转化。国家将“大力发展钢结构等装配式建筑”列入 2019 年重点推进领域，到 2025 年，国内重点城市装配式建筑占新建建筑面积将达到 50% 以上、重点特大城市达到 100%，津西乐为此勇于挑大梁。二招是北京津西赛博思有话语权。北京赛博思与津西联手后，名为北京津西赛博思，隶属于津西控股子公司 。津西成为国内唯一一家具备钢结构全产业链的钢铁企业。赛博思拥有自主知识产权的“易构 EGA 智能装配式建筑”五大核心技术体系，由其设计的第六代装配式建筑产品可以实现 100% 装配率、部品化率和工厂化率。三招是承建一批精品项目。津西在国内承接河北雄安新区产业园项目、山东聊城高新技术园项目……国外承接沙特保障房项目、巴基斯坦瓜达尔综合服务大楼项目等。津西连施三硬招，招招掷地有声、强有力地提升津西核心竞争力和影响力，快步跨入钢结构产业知名领军企业之列。

本届论坛一项重要议程参观学习装配钢结构领军企业。代表参观杭萧钢构建设23万方的万郡绿建展示中心。万郡绿建是杭萧钢构子公司，致力于为绿色建筑产业链中的上下游企业服务，促成各类企业快速步入装配式建筑领域，助力企业开拓新市场，促进企业发展，实现共赢。万郡绿建自上线以来，通过整合产业资源，秉承互联网+绿色建筑的理念，帮助供需双方为实现一站式服务，让建筑企业从采购到运营的全流程变得更加高效、可靠和通明。代表通过参观学习，消化吸收装配式钢结构建筑作为钢结构行业当前及未来发展重点成果。

记者采访中国钢结构协会常务副会长刘毅（中）

本届论坛将成为钢结构产业广泛深入交流的新起点，为我国钢结构行业发展注入行动力。中国钢结构协会常务副会长刘毅在论坛闭幕式上提出，推动中国钢结构事业实现高质量健康发展需要学习和借鉴有益经验，也需要企业事业、高校、科研院所、行业协会之间加强协作，加强国内外的合作交流。

（作者：谢吉恒、赵一臣、刘信怡，原载于中国企业报道网，2019年5月27日）

新时代“头雁”风采

——记津西钢铁总经理于利峰

他以赤子之心带领企业，打造世界最大型钢生产应用基地之一，提升中国产品在国际市场上的形象力和影响力；他以奋进之心激发团队潜力，拓出一条转型升级、高质量发展之路；他以感恩之心投身公益事业，积极回报社会，感悟人生真谛。他，就是河北津西钢铁集团股份有限公司总经理于利峰。他先后担任河北省第十一届政协委员、唐山市第十四届人大代表，荣获“中国信息化和工业化融合领袖人物”“全国钢铁工业劳动模范”“全联冶金商会民营钢铁工匠”“河北省政府质量奖个人奖”“河北省劳动模范”等称号。

不久前，《中国冶金报》记者采访了于利锋，聆听了他的故事。

打造一流国际品牌

于利峰带领团队以助力国家工程、打造民族品牌为己任，以打造世界最大型钢生产应用基地为目标，着力塑造津西型钢国际品牌。

坚持创新驱动，提升研发实力。津西与东北大学、北京科技大学、国家钢标委等重点科研院所合作，建立“型钢联合研发中心”“型钢标准研发基地”“特邀院士工作站”等产学研平台，组建200余人的自主研发团队，拥有“省级技术中心”“省级创新中心”和“国家认可实验室”，累计获得国家专利30余项、参与国家（行业）及地方标准制修订70余项。

引进先进装备，推动产品升级。目前，津西以H型钢、钢板桩为核心的主导型钢产品已形成123个系列、356种规格，成功打入鸟巢、杭州湾跨海大桥等近100项省级以上重点工程，并销往日本、韩国等33个国家和地区。其中，高铁线杆市场占有率达到90%以上。

值得一提的是，津西钢板桩打入欧洲市场，形成国际桩基和绿色基础工程领域全产业链优势。津西以钢板桩打桩工程项目为切入点，与科赫（KOHE）合资成立欧洲国际钢板桩和绿色基础工程公司，形成以绿色钢铁产品钢板桩、王桩、组合桩等桩基产品为核心的一站式基础工程解决方案，提升国内钢板桩市场的技术应用和标准，在市政、水利、铁路、港口码头、民用建筑、围堰建桥、防洪护堤等领域带给广大海内外用户新体验。

目前，津西H型钢产品先后荣获“中国H型钢第一品牌”“中国H型钢用户满意首选品牌”等称号，连续8年被评为全国用户满意产品。2018年，津西产品品牌价值达20亿元，在全国跨行业入围的52个产品品牌中名列第16位。

进军装配式钢结构市场

让青春在创新创业中闪光，这是于利峰追求的人生目标。他带领津西认真贯彻落实国家供给侧结构性改革政策，抢抓机遇，依托型钢产品优势，延伸钢铁产业链，向装配式钢结构建筑产业进军。目前，津西已成为国内唯一一家具备从工程总包设计、产品研发生产、钢结构深加工、房地产施工，到面向消费者的完整装配式钢结构建筑产业链企业，引领耗钢产业发展。

在此基础上，国家级装配式标准化钢结构建筑研究院落户津西。该研究院具备新型产学研用、大力发展装配式建筑产业的条件，将发挥创新引领作用，提升关键核心技术能级，在装配式钢结构建筑发展模式、产品结构体系、资源配置方式等方面进行深入研究，加快由建筑工程向建筑产品产业体系转变。

投身社会公益事业

作为一名新时代中国青年，于利峰时刻不忘自己的责任和使命，以关爱他人、帮助他人为乐事，以向善、行善为幸福标尺，用实实在在的行动投身于社会公益事业，默默地帮助着他人，源源不断地传递爱心与真情。

近十几年来，于利峰坚持每年3月份、9月份两次无偿献血，每次献血300~400毫升；与迁西县东荒峪王庄子贫困户王大娘结成帮扶对子，每逢佳节去看望，从未间断；带头捐款，在汶川地震中，一次性捐款4万余元。同时，于利峰积极带领干部员工参加“博爱一日捐”“慈善一日捐”活动，累计捐款近300万元。

目前，于利峰所工作的津西集团，在董事局主席韩敬远的带领下，已累计向国家缴纳税金超300亿元，安排劳动力就业上万人，累计向教育、抗灾、交通和优抚公益捐款超3亿元。特别是在支持家乡教育事业方面，该公司先后建设高标准的迁西县静远幼儿园、三屯营津西小学、东荒峪小学等，并设立“河北省静远教育基金”，累计为迁西一中捐资750多万元，奖励优秀师生达3000多人。

（作者：谢吉恒、张继军、白小卉，原载于《中国冶金报》，2019年6月28日3版）

争当高质量发展的践行者

——津西打造型钢生产基地小记

2018年6月上旬，从2018中国时代风采·中华大地之光征评活动组委会获悉：河北津西钢铁集团股份有限公司（以下简称津西）副董事长、党委书记、总经理于利峰被评为“十佳新闻人物”，授予“中华优秀企业家”荣誉称号。

《中国冶金报》报记者深入津西现场，对于利峰进行了采访。他表示，中国特色社会主义进入了新时代，由过去的高速增长转化为高质量发展，这无疑给津西发展提出了新的要求。在津西集团董事长韩敬远的带领下，我们主动适应新时代发展要求，以高质量发展为己任，积极推进供给侧结构性改革，坚持创新驱动，主动研发高端型钢，致力打造世界最大型钢生产基地；坚持绿色发展，强化节能减排，全力打造花园式4A级旅游工厂；诚信经营企业，热心公益事业，积极回报社会，争当高质量发展的践行者，努力为实现经济社会持续健康发展做出积极贡献。

研发高端型钢实施品牌战略

高质量发展，是钢铁产业转型升级的必然要求。近年来，津西以党的十九大精神为指引，组建型钢研发团队，以生产H型钢和钢板桩钢铁精品为主导，实施品牌营销战略，重视产品质量管理，树立津西精品品牌形象，提升企业核心竞争力和社会贡献率。

其一，组建型钢研发团队，加快产品升级步伐。津西以研发H型钢和钢板桩产品为主导，建有230人的研发团队，并与东北大学、北京科技大学合作成立“型钢研发中心”，不断丰富可满足市场需求的高附加值产品新品种，使型钢新产品开发走在全国同行业前列，先后取得《大H型钢X-H轧法万能轧机辊型结构》《一种防积渣近终型连铸机外弧辊》《一种连铸坯定尺切割瘤消除装置》等10项实用新型专利，主导型钢产品已形成123个系列、356种规格，型钢产品出口量连续6年位居全国第一，电气化铁路线杆市场占有率达到90%以上，成为专业化、系列化、规模化型钢生产基地，被评为“河北省A级工业企业研发机构”，提升了中国高端钢材产品在国际市场上的竞争力和影响力，走出了一条高质量发展之路。

其二，瞄准高端型钢产品，树立津西精品形象。2017年，津西实施钢板桩及超大H型钢产品升级项目，生产代表世界先进水平的Z型钢板桩和超大H型钢，部分产品可填补国内或国际空白，极好地树立了津西国际精品品牌形象。该项目技术世界领先、产品高端，可生产最大规格900毫米的U型、850毫米的Z型钢板桩及1100毫米的超大H型钢，被列为河北省唯一一个“战略性新兴产业”钢铁类项目。随着该项目的投产，津西装备绿色环保、大型化、高端化，已具备参与国际高端市场竞争的实力，为打造世界最大型钢生产基地提供了硬件条件，必将带动河北省钢铁产业走向世界、抢占全球市场。

其三，实施品牌营销战略，扩大市场占有份额。津西型钢产品通过全球知名检验机构——瑞士SGS公司、法国BV公司和天翔集团（Intertek）的严格检验，完全符合标准要求，成为国际知名企业型钢合格供应商，不仅在国内热销，还远销33个国家和地区。同时，强力推进标准化管理工作，与全国钢标委合作成立全国首家“型钢标准研发基地”，已连任全国钢标委单位10年，并成为全国钢标委异型钢结构工作组成员单位，累计参与并部分主导国（行）标制（修）订60项，并获得日标、韩标、欧标等7个国家质量体系认证，提升了行业内影响力与话语权。H型钢产品先后荣获“中国H型钢第一品牌”“中国H型钢用户满意首选品牌”“河北省著名产品”等荣誉称号，连续8年被评为“全国用户满意产品”。2018年，津西产品品牌价值20亿元，在全国跨行业入围的52个产品品牌中名列第16位。

其四，重视产品质量管理，塑造行业一流品牌。津西视产品质量为生命，以产品质量“零缺陷、零异议”为目标，严格按照国家（国际）及行业质量标准，把控工艺流程的每一个环节，先后建立《关于产品质量过程管理的相关规定》《出厂产品质量反馈制度》等多项管理制度，建立质量终身负责制，在全员中开展以全面质量管理促产品质量提升活动，聘请专家为全公司 105 名技术管理人员进行专题 QC 培训。在 2018 年河北省冶金行业质量管理评选活动中，津西科技中心 QC 小组获得河北省质量管理成果特等奖，H 型钢一厂、H 型钢二厂和炼钢二厂 QC 小组分别获得河北省质量管理成果二等奖。

坚持绿色发展创建生态环境

绿水青山就是金山银山。津西认真落实国家产业政策，以高度的社会责任感坚持绿色发展，以“生产洁净化、建筑艺术化、厂区园林化”为目标，将环境保护与企业发展同规划、增投入、重治理、抓完善，全力打造花园式 4A 级旅游工厂，成为河北省迁西县全域旅游一道靓丽的工业风景线。

多年来，津西投巨资强化环保治理，推进节能降耗，自供电率达到行业一流水平，生产生活废水全部回收再利用，“津西余热供暖”被央视《新闻直播间》作为典型进行宣传推广，并入选国际“十大节能实践项目”等等。

美丽中国，我是行动者。于利峰表示，津西将以党的十九大精神为引导，认真贯彻落实国家相关产业政策，继续坚持高质量发展，走绿色发展之路，努力建设绿色津西、美丽津西。

诚信经营企业积极回报社会

诚实守信是企业的立业之道，兴业之本，也是企业持续发展的力量源泉。

于利峰所工作的津西集团，一是坚持依法纳税，2017 年上缴税金超 30 亿元，现已累计达 170 亿元，连续多年被评为“纳税先进企业”。二是带动周边各项事业蓬勃发展，每年仅交通运输一项，就能为周边村镇创造 10 亿多元收入。三是坚持每月按时发放工资，从未延误过一次，使员工收入水平不断提高，生活质量明显改善，为迁西县经济、社会稳定发展做出巨大贡献。四是建立“河北省静远教育基金”和“员工特病大病特困救助基金”，奖励迁西一中优秀师生 2100 多人次，救助员工及家属 1200 多人次，有力增强了津西的凝聚力和向心力。五是注重员工素质教育，发挥“津西教育培训中心”作用，年培训规模达到 6 万人次，50% 以上员工具备中级工以上职业资格，先后培养出 5 名全国钢铁行业技术能手，15 名唐山市技术能手。六是大力弘扬中华民族传统美德，设立“西柏坡爱国主义教育基地”。七是热心公益事业，在投资教育、抗灾、交通和优抚等方面的累计公益捐款近 3 亿元。在此期间，于利峰积极带领干部员工参加“博爱一日捐”“慈善一日捐”活动，累计捐款 289 万元；汶川地震后，于利峰个人一次性捐款 4 万余元；近 10 年来，于利峰以向善、行善为幸福标尺，参加无偿献血活动，向社会输入了源源不断的正能量。

天道酬勤。津西连续 15 年跻身中国企业 500 强。先后荣获“全国企业质量信用等级 AAA 级”“全国民营企业文化建设三十佳企业”“全国党建工作先进单位”“‘十二五’节能减排先进单位”“河北省五一劳动奖状”等荣誉称号。于利峰先后被选为河北省第十一届政协委员，唐山市第十四届、十五届人大代表，荣获“全国钢铁行业劳动模范”“建党 95 周年全国企业优秀党委书记”“中国民营企业文化优秀企业家”“河北省优秀民营企业家”“河北省最受关注企业家”“全联冶金商会民营钢铁工匠”等一系列殊荣。

（作者：谢吉恒、付立军、张继军、白小卉，原载于《中国冶金报》，2018 年 11 月 6 日 2 版）

津西四个战略　强化品牌建设

5月10日是“中国品牌日”，中国冶金报社2018年钢铁行业品牌评选活动揭晓，河北津西钢铁集团股份有限公司（以下简称津西）荣获“十大优秀钢铁企业品牌”称号。近日，《中国冶金报》记者从津西获悉，津西品牌建设“三喜盈门”：即主导型钢产品远销33个国家和地区，其中在电气化铁路接触网支撑钢市场占有率已达到90%以上；型钢出口量连续6年居全国首位；“津西”牌H型钢连续8年荣膺“全国用户满意产品”称号。

“这得益于津西认真贯彻落实国家相关产业政策，推进供给侧结构性改革，以创新驱动企业发展，以标准塑造国际品牌。”中国东方集团董事局主席、津西集团董事长韩敬远谈到津西取得的成绩时，这样表示。

随后，韩敬远详细讲述了津西实施强化品牌建设、推动高质量发展的四个战略。

战略一：创新进军高端，提升供给质量

2017年，津西充分发挥全国首家型钢标准研发基地、专业化系列化型钢生产基地的优势，实施品牌强企战略，开展增品种、提品质、创品牌专项行动，做到勇于创新，进军高端，有效提升了津西的供给质量。

在增品种方面，津西除完善美英标、欧标线杆2个规格外，成功开发角钢、槽钢新品种8个系列、34个规格，使主导型钢产品品种更加丰富。截至目前，津西已成功开发出日标、韩标、美标、英标、欧标等多个系列、百余个规格

出口型钢新产品，产品规格覆盖率达到 80% 以上，仅美标、英标 H 型钢就累计开发 200 多个规格。

在提品质方面，津西不断打造高端钢铁精品，在 H 型钢产品实现专业化、系列化的同时，积极开发生产完全可替代进口且性价比高的高效建筑材料——拉森钢板桩，成功应用于国内外多项重点工程，远销十几个国家和地区。同时，津西大力实施钢板桩及超大 H 型钢产品升级项目，主导产品有 Z 型钢板桩、U 型钢板桩及超大规格 H 型钢，打破国内依赖进口的现状，进一步优化了产品结构，成为 2017 年河北省唯一被列为“战略性新兴产业”项目的钢铁项目。

在创品牌方面，津西型钢产品通过全球知名检验机构——瑞士 SGS 公司、法国 BV 公司和天翔集团（Intertek）的严格检验，成为国际知名企业型钢合格供应商。2017 年，“津西”牌 W6 系列美标 H 型钢成功应用于国外光伏工程；“津西”牌角钢在享有四项世界之最的昌吉—古泉 ±1100 千伏特高压直流输电线路工程中被大量采用，切实满足了客户的需求。

战略二：标准引领品牌，打造国际形象

随着全球经济融合发展，标准化在世界经济活动中的重要性日益显现。津西始终高度重视冶金标准化工作，主动参与承担国家（行业）标准、地方标准制（修）订工作，将企业标准转化成地方、行业或国家标准，使生产的每一种产品，从生产到终端售后服务，都有各自的技术标准做支撑。

2017 年，津西参与起草国标《热轧 H 型钢和剖分 T 型钢》《焊接 H 型钢》和行标《矿用热轧型钢》等 10 余项标准的制（修）订。同时，津西大力推进国际标准开发，构建国际营销网络，已获得多个国际质量标准体系认证。截至目前，津西已连任全国钢标委单位 10 年，并成为全国钢标委异型钢结构工作组成员单位。

通过推进标准化工作，津西 H 型钢、拉森钢板桩、高铁线杆三大拳头产品

受到国内外知名企业的关注和青睐。2017 年，美国五金（CMC）公司、SSW 公司和 PACO STEEL 公司客商来津西实地考察，对钢板桩产品赞叹不已。

战略三：重质量强服务，争创一流企业

在企业生产经营过程中，津西把产品质量放在首位，以产品质量“零缺陷、零异议”为目标，严格按照国家（国际）及行业质量标准，把控工艺流程的每一环节、每一道生产质量关。

2017 年，津西修订《工艺管理考核办法》，建立质量终身负责制，强化全员质量责任意识。同时，津西开展以“产品质量、终身责任”为主题的全员大讨论活动，征集质量管理、产品质量提升等 50 项建议，并聘请专家为全公司 105 名技术管理人员进行专题 QC 培训，为进一步提升产品质量提供了支撑。

此外，津西不断创新服务客户方式，不断探索直销新模式，使终端客户融入率明显提高，并通过与客户直接接触，及时发现和满足客户所需所求，从而拓宽了营销渠道，加快了产品销售、研发进程。2017 年，津西通过直销点广泛服务到散户、小户贸易商，共计新开发客户 30 余家，直销型钢量同比提高 11.75%。在此基础上，津西实行“一站式”综合服务，实现由生产商向技术服务商的角色转变，及时帮助客户解决了各类难题。

战略四：强化社会责任，积极回报社会

在争做推动高质量发展的先行者的同时，津西始终不忘创业初心，强化社会责任，积极回报社会，多方面为区域经济社会发展贡献力量。

2017 年，津西上缴税金超 30 亿元，连续多年被国家及省市县评为“纳税

先进企业”；围绕环保设施升级改造、厂区绿化、道路及厂房亮化美化三大主体工程，投入巨资实施 25 项综合环境治理项目，全力争创唐山市“环保提升治理典型示范企业”，打造“花园式”工厂。

此外，津西已累计为教育、抗灾、交通等公益项目捐款近 3 亿元。韩敬远捐资 200 万元设立“河北省静远教育基金”，并增至 1000 万元，奖励迁西一中优秀师生，已累计发放奖金 520 多万元。

在采访最后，韩敬远满怀信心地表示，津西将深入贯彻落实党的十九大精神，以打造世界最大型钢生产基地和世界一流企业集团为目标，继续全面实施强化品牌建设、推动高质量发展战略，促进企业转型升级，由“中国产品”向“中国品牌”转变，提升津西产品在国际市场上的品牌形象，为促进区域经济发展、提升整体产业形象和实现钢铁强国梦做出积极贡献。

（作者：谢吉恒、张继军、白小卉，原载于《中国冶金报》，
2018 年 5 月 16 日 15 版）

凝聚创新奋进的团队精神

——记2018年全国工人先锋号津西H型钢一厂

河北津西钢铁集团股份有限公司H型钢一厂（以下简称津西H型钢一厂）秉承创新不断、敬业爱岗、锐意进取的团队精神，砥砺搏击，努力提高思想素质和技能水平。近几年该厂各项经济技术指标不断创新高，取得了丰硕的成果。

《中国冶金报》记者4月22日来到津西H型钢一厂进行采访。“在津西集团董事长韩敬远的带领下，津西钢铁已成为专业化、系列化型钢生产基地。此次津西H型钢一厂获得全国工人先锋号这项荣誉，必将增强全员使命感和责任感，更加激发全体员工工作活力，力推加速打造世界级大型钢生产基地的步伐。”这是津西股份副董事长、党委书记、总经理于利峰得知津西H型钢一厂获得2018年全国工人先锋号荣誉称号后，对《中国冶金报》记者表达了发自内心的喜悦和感慨。

津西H型钢一厂靠创新团队奋进精神，从哪些方面为企业跨越式发展作出贡献呢？记者采访中留下了三点深刻记忆。

产品创新　打造“基地”的基石

一流的企业，必须拥有一流的产品，才能在激烈的市场竞争中占有一席之地。

津西H型钢一厂，肩负生产H型钢、钢板桩等高端产品，树立津西钢铁品牌形象、增强企业效益、提升市场竞争力的重任。“在认真贯彻落实国家相关政策的大背景下，要严格按照企业战略部署，充分借助世界一流的先进装备技术优势，将型钢产品做精、做强，不断壮大型钢产品优势，提升产品创效能力，推动企业健康可持续发展。”这是于利峰对津西H型钢一厂全体干部员工提出的要求。

2017年以来，津西钢铁认真贯彻落实党的十九大精神，扎实推进供给侧结构性改革，以打造世界最大型钢生产基地为目标，实施津西钢板桩及超大H型钢产品升级项目，生产代表世界先进水平的最大规格达到900毫米的U型钢板桩、850毫米的Z型钢板桩和1100毫米的超大规格H型钢。待项目正式投产后，可填补国内Z型钢钢板桩和超大H型钢市场空白，有效提升中国产品在国际市场上的形象。

技术创新　培育人才的平台

科技是第一生产力。企业的发展进步，离不开技术创新，而创新需要人才去实现。津西钢铁鼓励全员实施小革小改技术创新，激励全员在实践中探索新技术、新工艺、新方法，先后出台多项相关激励机制，创建创新工作室，每年组织开展技术创新和青工五小项目活动，为发现和培育高技能人才提供平台。

2017年，津西H型钢一厂扎实推进创新管理年活动，以“立功津西全员创新”竞赛活动为主线，充分发挥创新工作室和厂内技术骨干作用，积极开展技术创新、技术培训、技术比武、师带徒等活动，使全员积极投身到企业发展中来。据悉，受到津西公司表彰奖励的技术创新及青工“五小”项目有7项，奖励金额达23500元。

文化创新　增强员工的幸福感

企业文化，是企业的灵魂。凝聚钢铁意志，打造百年津西是企业愿景。

为实现百年津西梦，津西钢铁不断强化企业文化建设，推进企业文化落地工程。津西 H 型钢一厂以打造团结和谐幸福美丽的团队为目标，不断创新文化，有效增强全员使命感、责任感和幸福感，提升了企业凝聚力和向心力。一是打造绿色钢厂。二是开展文体活动。三是提高员工待遇。四是关爱员工生活。2017 年，为 2 名员工申请“特病大病特困救助金”，为困难员工及家属共捐款 19975 元，让员工工作安心，使员工家属乐于支持津西发展。

创新无止境，追梦、圆梦在路中。津西 H 型钢一厂正在为实现打造世界级大型钢生产基地的目标，为打造百年津西奠定坚实基础而奋力搏击！

（作者：谢吉恒、赵永春、白小卉，原载于《中国冶金报》，2018 年 5 月 2 日 7 版）

国家级“宝贝”练成记

在燕赵大地上，有一颗璀璨的明珠——津西钢铁集团（以下简称“津西”）。津西经过30多年的砥砺奋进，现已发展成为销售收入超1000亿元，集钢铁、非钢及金融三大板块为一体的大型企业集团和中国香港上市公司，连续16年跻身“中国企业500强”，先后荣获“全国五一劳动奖状”“中国最具成长性企业”“中国最具生命力企业”等殊荣。

在津西集团研发中心展厅，可以随着津西发展的脚步去旅行，探索参观为数不少的“宝贝”，真正享受一次来自民营钢企转型升级、高质量发展的视觉盛宴。

超大规格钢板桩产品

国际钢板桩主流超大规格只有750毫米，而国内哪家钢企能够生产如此大规格的钢板桩？毫无疑问当属津西。2018年，随着河北省重点项目、全省列入战略性新兴产业钢铁类项目——津西钢板桩及超大H型钢产品升级项目投产，津西成功生产出750毫米大规格钢板桩，有力提升中国产品在国际市场上的影响力和形象力。

在津西集团研发中心产品展厅，有不同系列、不同规格的型钢产品。其中，钢板桩是一种带有锁扣高端异型材，强度高、止水性能好，在沿海及水利工程中应用最为广泛。H型钢不同于大路货，是经济型材，具有强度高、自重轻、施工速度快、抗震性能好等特点，被专家誉为绿色钢材。

津西钢板桩生产线

在转型升级、高质量发展之路上，津西立足高端产品，调优产品结构，提高供给质量。2006 年，津西建设大 H 型钢生产线；2008 年，津西中小 H 型钢生产线投产；2013 年，津西成功实施钢板桩升级改造；2018 年，津西钢板桩及超大 H 型钢产品升级项目正式投产。一次次改革，一项项升级，使津西装备技术更加先进、产品品种更加丰富、企业实力更加强大。津西不仅拥有大中小 H 型钢生产线，还在大规格钢板桩及超大 H 型钢领域生产技术和能力上取得新突破，具备 400~900 毫米 U 型钢板桩、500~850 毫米 Z 型钢板桩和腹板宽度达 1100 毫米超大、超重、超厚规格 H 型钢的全系列大规格产品的生产能力。

目前，津西已成为专业化、系列化、规模化型钢生产应用基地，主导型钢产品已形成 123 个系列、356 种规格，成功应用于国内多项重点工程，并远销 33 个国家和地区，型钢出口量连续 6 年居全国前列。津西型钢产品荣获“中国 H 型钢市场品质信誉第一品牌”“中国 H 型钢市场用户满意首选品牌”“全国用户满意产品”等称号。2018 年，中国品牌价值评价结果发布：津西产品品牌价值 20 多亿元。

国家级装配式标准化钢结构建筑研究院

盖楼如同造汽车、搭积木，用工业化模式进行。装配式钢结构建筑产业，符合国家政策要求，也是钢企转型升级的途径之一。津西集团研发中心展厅

津西集团研发中心产品展厅

专门设置“装配式钢结构建筑产业”展区，充分展示了津西进一步延伸钢铁产业链，在自家生产的 H 型钢上做文章，不是只停留在销售型钢产品上，而是把 H 型钢从原材料转变成直接面向消费者的工业制成品，向钢结构建筑领域进军的作法。

早在 2016 年，津西实施的绿色钢结构建筑示范展示项目——津西集团研发中心投入使用，其为 6 层钢结构建筑，均由自身生产的各种类型、各种规格型钢组合而成，拥有 9 度抗震、5 倍节能、20 倍空气净化等优势，并突破了防火、防漏、防腐、隔音、抗震、再生 6 大建筑难题。

然而，随着高质量发展的需求，津西没有止步，而是积极响应国家政策号召，加快延伸钢铁产业链步伐，壮大专业化、系列化、规模化型钢生产基地优势，大力发展前景广阔的绿色钢结构装配式建筑产业，致力于带动型钢研发生产、钢结构制造、节能环保、建筑设计、地产开发等相关产业集群化发展。2018 年 10 月，津西控股国内知名的钢结构设计企业——北京赛博思建筑设计有限公司，成为具备从工程总包设计、产品研发生产、钢结构深加工、房地产施工，到面向消费者的完整装配式钢结构建筑产业链企业。2019 年 4 月，国家钢结构工程技术研究中心装配式标准化钢结构建筑研究院在津西揭牌成立，具备新型产学研用、大力发展装配式建筑产业的条件。

在高质量发展的征程中，津西将紧随国家战略，发挥装配式钢结构建筑全产业链优势，依托国家级装配式标准化钢结构建筑研究院，提升关键核心技术能级，对装配式钢结构建筑发展模式、产品结构体系、资源配置方式、产业成长路径等方面进行深入研究，加快由建筑工程向建筑产品产业体系转变，为推动国家钢结构建筑迈入高质量发展新征程贡献更大力量。

纳米级电子束芯片检测装备

芯片产业，关系国家安全和经济安全。津西以超强的爱国主义精神、民族精神，探索转型升级、高质量发展之路，进军高新科技集成电路行业领域。

东方晶源高速高精度电子束图像系统 SEpA1

在津西集团研发中心展厅可以了解到，2014年，津西从海外引进掌握核心技术的资深专家30余人，组建国家千人计划特聘专家、大数据首席专家在内的200人科技研发团队，初步形成电子束高端检测装备等产业布局，在北京成立高新科技子公司东方晶源。目前，该公司主要硬件产品为用于芯片生产的高速、高精度电子束图像在线检测系统，该产品得到国家的重点支持，承担了3项（02）重大专项，已完成纳米级电子束芯片检测装备。在软件方面，已取得10多项软件著作权；申报20余项国内外专利；集成电路掩膜优化设计软件产品，已在7纳米产线上应用，被世界知名芯片供应商认定为首选技术提供者。

全国型钢标准研发基地

一流的企业做标准。在转型升级、高质量发展征程中，怎样依靠标准提高核心竞争力？津西以标准创新争当行业领跑者。

津西于2006年年底引进ISO9001：2005质量体系认证管理，开始全面推行冶金标准化工作；2007年起，积极参与承担国家（行业）标准、地方标准

津西型钢标准研发基地

制定和修订工作，并将具有自主知识产权的企业标准转化成地方标准、行业标准或国家标准；2013 年，津西被全国钢标委确定为全国型钢标准研发基地，迈入了参与国家钢铁行业标准制定和修订梯队，由标准执行者转变为标准制定者。截至目前，津西已连任全国钢标委单位 10 余年，并成为全国钢标委异型钢结构工作组成员单位、中国钢结构协会钢材标准化技术委员会委员单位，累计参与并部分主导 GB/T 20933—2014《热轧钢板桩》、GB/T 32285—2015《热轧 H 型钢桩》等近 80 项国家（行业）、省级标准的制定和修订工作，在国内钢铁市场赢得话语权。

津西获得“全国五一劳动奖状”荣誉称号

标准引领，品牌发力。津西从提高装备标准、质量标准、形象标准、服务标准四方面着手，精心塑造津西品牌，有力提升企业综合竞争力。津西热轧 H 型钢、电气化铁路接触网支柱用热轧 H 型钢（线杆）、拉森钢板桩三大拳头产品在行业内起到引领作用。其中，津西电气化铁路接触网支柱用热轧 H 型钢（线杆）国内市场占有率达 90% 以上。同时，津西软实力不断增强，连续 16 年跻身中国企业 500 强，2018 年名列中国企业 500 强第 169 位，先后获得“全国五一劳动奖状”等荣誉称号。

（作者：谢吉恒、张继军、白小卉，原载于《中国冶金报》冶金文苑，2019 年 8 月 13 日）

津西创新营销增活力
着重发力“四个效应”

提要：南海之滨赏椰风海韵，八方来客绘发展。七月下旬，由《中国商报》《环球时报》主办的以“破局·升级·智胜”为主题的第三届博鳌企业论坛，举行颁奖典礼。

津西创新营销增活力

南海之滨赏椰风海韵，八方来客绘发展。七月下旬，由《中国商报》《环球时报》主办的以“破局·升级·智胜”为主题的第三届博鳌企业论坛，举行颁奖典礼。隆重揭晓，河北津西钢铁集团股份有限公司（以下简称津西）荣获“中国（行业）消费者信赖品牌”、津西副总经理张春晖荣获“中国（行业）创新人物”称号。津西以2018年销售收入1082亿元，居2019年中国企业500强第178位、中国制造业企业500强第75位，连续17年跻身中国企业500强，今年销售收入又创新高。有数据显示，前八个月销售收入同比增长超7%。

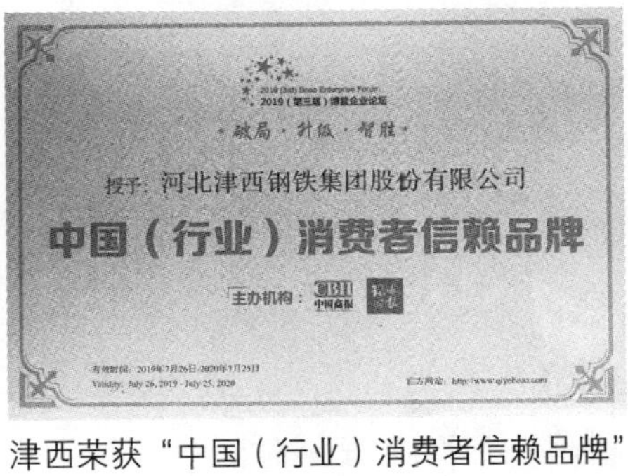

津西荣获“中国（行业）消费者信赖品牌”

营销四喜盈门

八月下旬,《中国冶金报》记者到津西跟踪采访，市场营销部员工高兴的告诉记者，津西市场销售呈现四喜盈门景象：一喜市场占有率高。津西主打产品 H 型钢国内市场占有率达 30%，钢板桩市场占有率达 50% 以上。二喜型钢基地作用强。津西全力打造“世界最大型钢生产应用基地”。以 H 型钢和钢板桩为核心，现已成为专业化、系列化、规模化型钢生产基地，已具备钢板桩绿色工程全产业链，部分钢板桩及超大规格 H 型钢产品填补国内及国际空白，主导型钢产品已形成 123 个系列、356 种规格，成功进入鸟巢、杭州湾跨海大桥等国家重点工程，高铁线杆市场占有率达到 90% 以上。三喜产品畅销海外。津西产品远销 33 个国家和地区，连续 9 年出口量全国第一，居中国“一带一路”企业影响力 50 强榜单第 27 位。四喜客户满意度高。产品质量稳定、产品规格齐全、服务周到细致，对客户从洽谈、询盘、复盘、接单、签约、报检、报验、报关等直到物流，实施全程跟踪满意服务，赢得客户信赖。

津西营销缘何能够、又是如何取得令人刮目相看的业绩呢？“创新营销、三项效应增活力。”津西股份党委书记、副董事长、总经理于利峰一语道出其中的秘籍。

发力“四个效应”

《中国冶金报》记者在采访中了解到，津西拥有明确的远景发展目标——利用一到两个五年时间“跻身世界 500 强”企业行列。为此实施精确产品定位与服务定位，营销思路清晰，战略举措实施得当。鼎力实施“三个推行”，即推行优势区域为主的区域战略，推行产品高端化、营销差异化的拓展战略，推行销售拉动产品研发的升级战略。达到“四个提升”，即产品核心竞争力稳步提升、产品整体创效水平稳步提升、津西品牌价值稳步提升、产品研发能力稳步提升。以市场为导向，找准产品与市场发展的契合点、产品与客户关注的满意点，不断满足市场快速发展的个性化需要，满足客户日益增长的服务需要。

津西副总经理张春晖荣获“中国（行业）创新人物”称号

津西创新营销，着重发力“四个效应”。

其一、创新管理效应。

企业发展靠管理。纵观津西发展历程，从建企之初的“两册一制”，到香港上市，再到集团成立，每一步跨越，都伴随着管理升级。一是吸收引进，学习国际一流的管理方式。每年投入5000万元，聘请全球最大的麦肯锡管理咨询公司，对管理经营全流程诊断和再造，消化吸收代表国际一流水平的管理方法和经验，总结提炼并认真落实“极限思维、数据分析、看板推进、持续改善”管理理念，拉动采购、生产、营销，全价值链管理升级。二是拓展视野。打造职业化管理团队。组织高管到德国、俄罗斯、日本、美国等国家学习考察，选派高管到清华大学等高等学府，学习进修，常态化举办高管领导力专题培训，着力提升团队职业化素养。三是按照上市公司标准，促进管理理念转变。多次聘请专家授课，以“统一目标，引领变革”等为主题开展培训，强化高管人员应对形势变化、把握机遇、规避风险等大局观念。四是向行业一流标准看齐，倒逼管理升级。建立“两面镜子一个标准”对标学习机制，即以国内先进指标和集团历史最好指标为“镜子”、以市场为“标准”，形成对标常态化机制和业绩考核体系，倒逼企业自我加压，提升管理水平。五是集团实力雄厚。在天津、中国香港和新加坡、美国等地拥有境内外控股公司40多家，年实现销售收入超1000亿元，集钢铁、非钢、金融三大板块为一体的大型企业集团，并于2004年在香港联交所主板成功上市（中国东方集团控股有限公司，股票代码00581，2017年9月4日被纳入港股通）。2019年，居中国民营企业500强第51位，中国民企制造业500强第27位，中国上市公司500强第221位，集团董事局跻身“2019年中国最佳董事会50强”榜单。六是全国首家装配式钢结构建筑全产业链集团。

其二、创新品牌效应。

津西认真贯彻落实国家相关产业政策，推进供给侧结构性改革，以创新驱动企业发展，以标准塑造国际品牌。津始终坚持精品化战略，打好津西品牌这张牌。在满足市场高端化、精品化、专用化需求，不断拓展型钢规格种类的基础上，严格控制产品质量，实施客户定制化生产和个性化服务，并先后取得韩标、日标、欧标等7个国际产品认证，被评为“中国H型钢市场用户满意首选品牌”“中国H型钢第一品牌”等称号，连续8年被评为“全国用户满意产品”。津西文字商标认定为河北省著名商标、“河北省名牌产品”“全国产品质量信誉AAA级企业”“中国优秀诚信企业”“全国优秀诚信示范企业”、“津西产品品牌价值21.36亿元”等等。

其三、开发新产品效应。

津西一方面以做精、做强钢铁高端精品为主线，进行新产品开发和各生产线的升级改造，对型钢产品规格、品种进一步填平补齐，使高端型钢产品比重进一步提高；推进产学研一体化进程，开发高精尖型钢、特钢产品，特别是对接民生领域和国家重点项目，开发钢结构住宅用型钢、电气化铁路用线杆、热轧轨道钢等产品。同时，进一步拓展国外市场，参与更多的国际竞争。另一方面坚持科技创新是实现产品高端化、差异化的基础和支撑。津西始终坚持创新发展，致力于向世界顶级技术看齐，不断提升研发实力，抢占型钢领域前沿。与北京科技大学、东北大学建立“型钢研发中心”等产学研平台；与国家钢标委合作，建立全国首家“型钢标准研发基地”。今年5月，又与中冶建筑研究总院，签署全面合作框架协议，在H型钢及钢板桩研究、标准制订等领域，建立全方位合作关系。目前，质检中心被评为“国家级实验室”，科技中心被评为“省级技术中心”，研发团队达到230人，累计实施“超快冷技术”等多项重点科研项目，先后取得29项国家专利，参与并部分主导了80多项（国家、行业、地方）钢标准的制修订工作。

同时，津西全方位进军钢结构装配式建筑产业，带动型钢研发、钢结构深加工、绿色建材等相关产业集群化发展。钢结构装配式建筑被誉为“城市

"我和我的祖国"征文采风组合影

矿山"，国家在今后将大力推广和重点支持，其核心材料是各种型钢。津西集团抢抓机遇，大力发展钢结构装配式建筑这一耗钢产业，延伸钢铁产业链。目前，津西集团不仅拥有开发各种型钢、生产可替代焊接异型钢的生产基地，还拥有国家级高新技术企业——津西重工，对型钢进行钢结构深加工。同时，集团旗下还有房地产开发企业，产品可直接面向消费者。在此基础上，与行业领先的钢结构建筑设计公司合作，打通钢结构产业链的关键环节，具备从工程总包设计、产品研发生产、钢结构深加工、房地产施工，一直到面向消费者的完整链条，成为国内唯一一家具备钢结构装配式建筑全产业链的钢铁企业。钢结构装配式建筑将显著拉动相关产业发展，成为津西集团新的效益增长点。

其四、创新服务效应。

深化全天候客户体验监测机制，明确质量提升、产品升级、品牌创效改善方向。通过客户满意度走访、市场调研等手段，发现市场潜在需求及客户个性化需求，推动由生产制造型向客户导向型转变。以原有"五位一体"为基础，即以市场为核心，集营销、研发、生产、技术、销售为一体的客户服务体系，升级为通过以大数据为手段全面反馈、时效监控、分析视角、推动改善，全面收集客户需求，全面覆盖客户旅程各重要触点、全面调研客户中各决策者和相关方需求，实现服务升级；通过综合评判明确调整营销及服务方向，为客户提供售前、售中、售后的贴身式、闭环式产品服务和技术服务。通过团队协作，识别客户特殊需求。最终实现在产品结构、品种储备、客户黏性、研产能力、核心竞争力等多方面的持续改善。

（作者：谢吉恒、陈庆民、张云馨，原载于《北国网》，2019 年 9 月 9 日）

（四）绿色新金篇

导　读

河北新金钢铁有限公司成立于1993年，位于邯郸市以西30公里处武安市骈山村东，是一家集钢铁冶炼轧制、电力能源、国际贸易、物流于一体的大型钢铁联合企业。

公司先后荣获国家级“首都蓝天行动科技示范工程”“质量效益型企业”“质量信誉AAA等级”“全国诚信守法乡镇企业”“全国创名牌重点企业”“河北省优质产品”“第一届武安市市长质量奖”等荣誉称号，连续12年荣膺中国制造业500强、中国企业500强、河北省百强企业。2017年被工信部评选为全国首批绿色工厂、全国两化融合贯标体系试点单位。

公司在河北省率先通过了质量、环境、能源、职业健康安全管理体系认证。生产装备精良、工艺流程先进合理、综合配套齐全。主要产品有冷轧板、镀锌板、热轧板、高速线材。产品广泛应用于建筑、家电、汽车制造等领域。产品销往国内20多个省市，并出口到伊朗、约旦、南美、土耳其、欧洲部分国家、非洲、中东及东南亚部分国家。凭借优质的产品和良好的企业信誉，产品广泛得到市场的认可，公司不断加大新技术和新产品开发力度，创新生产技术和工艺，确保了公司产品的市场竞争力。

公司一直以致力打造智慧工厂，引领绿色发展为理念，追求整个生产过程绿色环保。于2018年6月投入运行的智能管控中心，是公司生产、环保、能源、安保全面综合管控的指挥中心。通过有组织及无组织监测点位反映现场环保达标排放情况，结合大数据分析，若出现数据异常，可第一时间发现潜在的环境风险，快速启动联动装置，通过调控环保治理设施的运行电流，加大治理设施的治理能力，遏制污染物的排放，降低能耗，提高了能源和环保整体管控水平，全面推动公司环境保护管理系统化建设，将企业生产由“制造”提升为“智造”，鼎力打造武安首家AAA级工业生态旅游基地。

公司还建立了“以成本控制为中心，以配套紧凑均衡高效生产为支撑，以技术进步为指导，以设备管理为基础，以安全生产为重点，以环境建设为生命线，以德才兼备为标准，以价值观为导向”的管理体系。并确立以“打造绿色智慧钢企标杆”为愿景，以实施高端、精品、深加工，主业做强、多元化经营，集团化运作、企业转型升级为发展战略。全力打造立足中原、面向全国、走向世界、备受尊重、客户、员工与企业共同发展、履行社会责任的具竞争力的现代化新型钢铁企业。

“三箭齐发”推动绿色智慧制造

——访新金集团总裁、总经理高扬

1月上旬，河北省首批绿色制造示范名单出炉，新金集团（以下简称新金）名列其中，被评为首批“绿色工厂”；中旬，武安市第二届市长质量奖评选结果揭晓，新金在武安市15家钢铁企业中脱颖而出，新金总裁、总经理高扬获“第二届武安市长质量贡献奖”。

新金是如何走出一条转型升级、绿色发展之路的？高扬近日在接受《中国冶金报》记者专访时给出了答案——以绿色智慧建设为抓手，依靠创新驱动。

高扬介绍说，2017年、2018年，新金的利润均突破20亿元，是河北省邯郸市纳税第二大户。

据了解，历经26年的跨越式发展，新金由一个年产能十几万吨的小炼铁厂成功跻身中国企业500强、中国制造业500强；资产总额从最初的3000万元上升到170亿元，增长近600倍；昔日售卖的“大路货”通过品种调整已经升级为高端精品钢材。

思路决定出路。高扬告诉《中国冶金报》记者，新金始建于1993年，是由县属集体企业改制的民营企业。与很多钢铁企业一样，新金经历了野蛮生长，与此同时也留下了粗放式发展的后遗症——产品结构单一、能源消耗巨大、污染排放严重、效益低下。

近年来，随着国家供给侧结构性改革力度的加大，武安市作为河北钢铁重镇之一，去产能、兼并重组首当其冲。严峻形势下，新金多次组织人员到国内外优秀钢铁企业考察学习。通过到唐钢、德龙，以及德国巴登、日本新日铁住金、韩国现代制铁等钢铁企业参观考察，新金更加坚定了走绿色转型、产城融合、高质量发展之路的决心。

绿色建设、信息化建设、企业文化建设“三箭齐发”，新金实现从传统制造向智能制造的升级，同时将绿色化和智能化深度融合。

绿色建设：让绿色贯穿生产的全链条

以绿色制造推进清洁生产。早在2014年“大气十条”刚刚实施时，新金就积极淘汰落后产能。近3年，新金在有组织排放治理方面投资近22.16亿元，建设各类除尘设施共计86套，配套了相应的环保设施，均实现在线检测；在无组织排放治理方面投资3.25亿元，建造“环保智能料棚”7座，采用射雾器、智能干雾抑尘、鹰眼感应连锁系统、智能洗车台、气力管道、密闭式皮带通廊系统及新能源汽车，实现原料的全封闭无扬尘运输，每年可减少粉尘排放3200吨。此外，新金还投巨资上烧结机烟气循环系统、SCR脱硫脱硝脱二噁英一体化系统、炼铁厂炉台全封闭系统、炼钢厂一/二/三次除尘系统、轧钢厂烟气收集系统，以全流程装备的大型化、集约化、高效化和绿色化全力构建全流程节能减排模式，年可减少二氧化硫排放665吨、氮氧化物排放3052吨、颗粒物排放176吨。

在厂容厂貌方面，新金力争打造园林式的工厂，通过对道路的疏解，拆除不必要的建筑、设备甚至是厂房，使企业的绿化面积从过去的10%提高到了目前的45%以上。

在循环经济方面，新金的综合污水处理中心实现了生产用水循环利用，煤气自发电率达到74.5%，矿渣微粉生产线实现固体废弃物100%综合利用。工业废水、煤气、余热、固废四大综合循环利用系统相继投用，不断提升能源与废弃物的处理消纳、回收再利用的能力。以绿色产品服务社会建设。为快速推进企业高质量发展进程，提升产品附加值，新金充分发挥自主创新优势，坚持创新驱动，以新制胜，积极推进绿色制造，生产绿色产品，全力打造以节能、高效、长寿为特征的绿色战略产品集群；先后投产了热轧板带、酸洗板、冷硬板、涂镀板、有花热基镀锌板、有花冷基镀锌板、无花镀锌家电板汽车板产线；2018 年 4 月份，新金集团钢铁公司和万利新材料公司两个研发中心分别获得由河北省工信厅颁发的“A 级研发机构”证书。同时，新金积极与中国台湾“中钢”、宝信软件合作，上马全自动控制与全面信息化系统。

随着研发力度的加大，新金以汽车板、家电板、汽车配件用板等为主的高端板材产品陆续面市。自此，新金产品结构从过去简单的建筑用长材，全部升级到高端板材。2019 年开年，新金又积极布局黄石新港汽车、家电精品板材项目。

以绿色产业推动产城融合。新金逐步由绿色发展高新技术的获取者、受益者向创新者、输出者转变。通过各项节能减排措施，新金每年可减少二氧化碳排放 5000 多吨；利用高炉冲渣水余热，为周边乡镇居民住宅供暖，供暖面积达到 45 万平方米，使供暖区域内的燃煤小锅炉全部被淘汰，减少了二氧化硫排放量和烟尘排放量，节约了燃煤。新金还通过积极增绿厂区、绿化荒山，净化空气；通过建设污水处理中心，不仅实现厂区废水零排放，二期项目建成后，还可以把周边居民的生活污水净化成饮用水。

信息化建设：以智促制打造高端品牌

一方面，摒弃粗放的生产方式，拥抱信息技术。新金投资 1.25 亿元建成“绿色智慧综合决策平台”，让信息技术与生产经营要素、上下游供应链紧密协同，实现产供销一体化系统、MES 系统、智能物流系统、能源管控系统、环保监测系统、安防监控系统六大系统无缝连接。环保监测设备自下而上采集所有排放数据，再把所有环保设施在线监测数据、生产设备无组织排放监测数据、空气质量监测点位数据、分表计电以及其他能源消耗数据，实时传输到综合决策平台，旨在实现生产—能源—环境和物流数据的实时采集、传输上云，深度发掘应用价值，排除生产和环境隐患，进而实现数据实时采集、信息快捷传输、集中分析共享、隐患及时发现排除，精准调度生产，形成“治、管、控”一体化管理模式。

另一方面，“咬定”高端品牌，加大投入。智能制造是实现制造业高质量发展的必由之路，正是因为这一发展理念的指引，2012年左右，在各家钢铁企业纷纷扩大规模的时候，新金选择培植壮大钢铁深加工产业，做足做优钢铁产业文章，打造了万利冷轧加工基地，成为武安市唯一一家有冷轧生产线的企业。

高扬告诉《中国冶金报》记者，在全球第四次工业革命和打赢蓝天保卫战的背景下，加快绿色化、数字化、智能制造，是新金未来10年在市场生存与发展的决定性因素。新金万利冷轧薄板目前已经和韩国浦项涂镀专业团队、苏州大学涂镀团队开展战略合作，正在全力研发新的金属离子板用技术，拟利用德国先进的设备在中国市场开发全新的产品，最终走向国际市场。

文化建设：重塑理念打造特色

“环保、人才、创新思维，是未来提高企业竞争力最主要的3个因素。”高扬说，新金的成长离不开党和政府及社会的支持，企业若想走得更远更好，必须一手抓生产建设，一手抓文化建设。

一要聚才引智，打造人才高地。在创新驱动的大环境下，新金积极调整人才聘用机制，大力实施人才强企战略，通过制订人才发展规划，完善人才政策体系，优化人才发展环境，统筹推进人才资源整体开发和各类人才队伍建设，实现以才兴企的目标。此外，新金还积极实施“输血”和“造血”两大人才培育工程。所谓“输血”就是通过制订更加科学、更有吸引力的引才、育才、留才的政策，全面优化留人环境，积极到专业院校招聘，为企业引来“金凤凰”。而“造血”就是在企业内部开办职工大学，对企业员工进行内部培训，进一步提升员工技能和职业素养，全力打造高素质人才队伍。

二是以文化凝聚力量，以文化引领发展。新金在发展中始终将企业文化建设作为重中之重，深力挖掘26年文化底蕴，总结提炼出新金的核心价值观、企业愿景、企业精神和管理理念，形成了具有特色的企业文化。新金在厂区建设了党建文化长廊，各生产厂都建立了自己的文化长廊，将企业文化深深融入到新金每一名员工的血液里，时刻营造健康、积极的文化氛围，让员工们拥有坚定的信念和执着的精神，在工作岗位上展现良好的精神风貌。

三是勇于担当，尽大企之责。1 月 17 日，在武安市召开的“五个环境”工作表彰大会上，新金荣获“纳税突出贡献奖”“环保深度治理突出奖”“扶贫突出贡献奖”3 个奖项，获得政府的肯定和社会的认可。高扬认为，做好一家企业，不光要创造经济效益，同时还要保护好生存发展环境，这是一种责任。“绿色经济是未来经济的发展方向，新金将认真贯彻执行国家各项战略方针，实现绿色发展，争做有世界影响力的钢铁企业。”高扬说。

（作者：谢吉恒、郭增地、冀玉花、李佳，原载于《中国冶金报》，2019 年 1 月 31 日 1 版）

新金见闻记

据《中国冶金报》载，河北新金钢铁有限公司（以下简称新金）荣登2018年度“绿色发展标杆企业”榜单，并荣获“环保生态工业游示范单位”荣誉称号。这是新金继2017年入选“国家首批绿色示范工厂”、烧结烟气循环净化治理工程荣获“首都蓝天行动科技示范工程”称号后的又一绿色荣誉，展示了新金绿色转型发展取得了重大进展。8月下旬，新金又喜获由国家工信部授权的评定机构——中国电子技术标准化研究院颁发的“两化融合管理体系评定证书”，标志着新金在推进信息化和工业化融合方面取得了重大突破。新金快速建成绿色智慧工厂的秘籍是什么、又如何走出一条绿色智慧转型发展之路的呢？

近日，笔者来到新金现场采风，在总经理办公室主任程亚洲的陪同下，耳闻目睹了新金人在绿色智慧转型发展中精心策划打组合拳，从绿色厂貌、绿色生产、拥抱信息技术、夯实企业文化建设等方面多管齐下，坚持“绿色制造、智慧创新”的高质量发展模式，成功实现了“生产、环保、信息技术”的深度融合和高能发展。

用技术创新构建绿色工厂

参观感言：走进厂区，整齐的厂房、优美的环境，着实让人惊叹。值得一提的是，新金在绿色生产上一直走在同行业前列，是真正意义的绿色智慧工厂。

建于 1993 年的新金，位于矿藏资源丰富、历史文化底蕴深厚的河北省武安市。沐浴改革的春风，历经 25 年的发展，新金留下一串闪光足迹：由建厂初的两座 100 立方米小高炉生产规模，发展到今天产能达到 550 万吨、总资产达到 170 亿元，集钢铁冶炼轧制、电力能源、国际贸易为一体的大型钢铁企业；成为邯郸市产业链最长的民营钢企，连续 12 年位列中国企业 500 强，2017 年吨钢利润 687 元，位列河北省民营钢企第四；高度履行社会责任，累计向国家缴纳税金 50 多亿元，跻身邯郸市主要纳税大户之列。

程亚洲为笔者安排了参观厂区路线图，边参观边介绍情况。新金分东、西两个厂区。笔者一行参观东厂区后,又来到西厂区。西厂区为新金的老厂区，西炼铁厂、烧结厂、机修厂、质信部等坐落此区。老厂区“名字”带“老”，但环境却与现代化的东区一样“潮”，尤其是作为整个生产源头的烧结厂，完全没有传统印象里皮带众多、烟尘飞扬的景象，所见之处一片绿色。紧邻的西区料场大棚更是与蓝天、绿地融为一景，颇显壮阔。

新金集团总裁总经理高扬告诉笔者，新金在绿色转型发展中，坚持可持续发展和对社会高度负责的理念，将环保摆放在企业生死存亡的高度来对待，积极追求生产高效化、消耗减量化、排放最小化、资源循环化、环境友好化，以绿色发展为引领，以技术创新为支撑，全力打造绿色智慧新金。

新金在环保治理中，实施两步走战略：初期以“打造超低排放，实现全链条无尘作业”为目标；第二阶段是“依托信息技术，打造智慧工厂”，用科技点亮品牌，用文化引领发展，逐步走上高质量发展道路。2017 年，新金环保总投资就达近 20 亿元。

以智慧力量托起绿色梦想

参观感言：中国制造 2025 引发新一轮产业变革，工业互联网已成为推动经济增长的关键枢纽。新金立足当前，着眼长远，携手国家级产业智库，率先驶入信息建设的快车道，坚持把智能制造作为强企的主攻方向，真正做到智慧生产。产供销一体化系统、MES管理系统、智能物流通道、原料大棚抑尘系统等现代信息技术的运用，助力企业生产经营由粗放型升华为智慧管理型。

在此着重提出的是，新金努力践行“拥抱信息，智能管控”的绿色生产环保理念。2017年，投资2000万元，与环保领域专业团队——E20环境平台合作，在邯郸市率先打造企业级钢铁企业环境管理平台，实现对生产厂区污染排放和环境质量的全面监控和管理。荣获邯郸市“最美环保卫士”称号的新金环保部部长袁占鹏介绍说，该环境管理平台集“生产组织、能源调配、安保监控、环保管控治”四大功能于一体，围绕企业环保和治污的核心要务，结合企业现状量身定制，系统实时采集排放口在线监测数据，全面监控厂区内有组织排放和无组织排放实时情况，按1分钟的数据密度进行更新，对颗粒物的测量精度达到1微克/米^3。并与省市环保部门实时联网，实现一张图掌握排放全貌。

智能管控中心的建立，让先进的信息技术与生产经营的要素，与上下游供应链紧密协同，通过环保监测设备，自底而上采集所有排放数据、空气质量数据、能源消耗数据，实现了数据实时采集、信息传输快捷、集中分析共享、隐患及时发现排除，形成“治、管、控”一体化的管理模式，真正实现企业的智能管控。

谋职工幸福福祉

感言：企业谋长远，清洁生产非一朝之功，为职工谋福祉，提高职工的幸福指数，彰显企业的担当。

笔者在新金参观调研中，看到了各种融中国传统元素于一体的，造型优美、富有深意的景观模型。细观之下，所有模型全部由废钢和边角料所制。轧钢厂车间进口处摆放着“创新、团结、忠诚、实干”同心圆雕塑，形象地诠释了员工实干、敬业的精神。厂房四围绿化带内的灯杆上挂着中国结风铃，微风吹过，悦耳的铃声让路过的员工心情愉悦。成品库广场前的赛车模型，彰显着新金员工锐意进取、勇攀高峰的拼搏精神。炼钢厂厂房门口是一座时钟和一部书籍的雕塑，寓意时刻学习成长。这些雕塑富有内涵，既展示了新金的企业文化内涵，又展示了员工的智慧和爱厂如家的情怀。

“企业发展离不开员工的奋斗，离不开社会各界的鼎力支持。新金积极构建以‘创造价值、富有责任、备受尊重、绿色发展的都市型钢企’为方向，全力加快余热供暖、生态旅游等工作进程，着力打造‘幸福活力新金钢城’。”新金集团副总经理连全良介绍说，新金集团在努力搞好生产经营的同时，时刻关注员工成长，关心员工生活。“我们开办职工大学，提升员工文化素养、职业技能；职工医院定期开展体检，保证员工身体健康；员工食堂配备统一餐具并全自动清洗消毒，饭菜的花样每天有 20 多种，保证员工吃上健康饭菜；组织员工家庭到外地旅游等等，员工的积极性、创造性和主观能动性被充分激发。”

在中金路中段，笔者见到了连全良提到的余热供暖加热站。从现场施工人员口我们中得知，该工程投资 5000 万元，冬季利用高炉冲渣水余热为附近城镇供暖 45 万平方米。该工程的实施，使周边村民取暖既安全又减少了因燃煤产生的污染物排放，实现村企共融、环境共建。目前，该项目的管道工程正在全力铺设中，今年冬季可实现正常供暖。

“有了暖气，我们的生活跟城里人就没什么区别了。”“新金就像我们家门口的大公园，能在待遇好、福利好的企业上班，很开心。”正在施工的附近村民开心地向笔者道出心中的幸福。

提到厂区变化，一名竖炉工人高兴地说：“只有想不到的，没有做不到的。竖炉以前是工人最不愿来的地方，厂区被团球、精粉、皂土等原料围绕。每到春季，大风一刮，身上、鼻孔到处是黑粉，路过都是快步跑开。现在黑粉进了棚，棚内还有先进的抑尘设施，棚外就是草坪和鲜花，新金不像钢厂，更像公园。”

“我们的目标是构建绿色低碳循环发展产业体系，加快绿色转型升级，创建绿色标杆钢企。维护蓝天、碧水、绿地是新金肩负的环境责任、社会责任和历史使命。我们有信心实现真正的绿色‘智’造。”新金董事长高万军发出铿锵有力的誓言。

（作者：谢吉恒、冀玉花，原载于搜狐网，2018 年 9 月 29 日）

品质积淀　追求卓越

——河北新金打造品牌实施跨越发展

4 月 13 日，正处于阳春时节，《中国冶金报》记者来到了河北新金钢铁公司（以下简称新金）。一个厂在林中、林在厂中、路在绿中、人在景中的花园式生态工厂展现在眼前。

在新金办公室主任郭江涛的陪同下，《中国冶金报》记者饱览了厂区美景，之后便来到了新金会议室，茶桌上摆放着填写好的“产品生产、销售情况”调研问卷和几份资料，其中一份格外引人注目。

新金用品牌助推跨越式发展，喜讯频传。2017 年，新金打造绿色品牌，被评为“全国绿色工厂示范单位”；连续 10 年入围“中国企业 500 强”，2017 年位居第 424 名；利税多年位列河北民企前 10 名；吨钢利润 687 元 / 吨，位列河北民营钢企前 4 位。

在“质量为王”和“品牌为王”的时代，新金是如何打造品牌的呢？“进入品牌时代，靠品质积淀，追求卓越。”新金总裁总经理高扬开门见山地回答了《中国冶金报》记者的提问。

打造绿色品牌，做生态钢企先锋

新金创建于 1993 年，在 25 个春秋里，经历了三次创业、三次跨越，已成为集烧结、炼铁、炼钢、热轧、冷轧、制氧、发电为一体，主体工艺技术装备综合配套完善的大型钢铁企业，轧钢产能 500 万吨，年销售收入达 205

亿元，利税在河北民企中多年位列前 10 名，连续 10 年入围“河北省百强企业”“中国企业 500 强”“中国制造业 500 强”。

新金是如何打造绿色品牌的呢？

一是奋力打造生态品牌。新金始终站在企业可持续发展和对社会高度负责的高度，持续打造提升绿色品牌形象。新金以“创新、协调、绿色、开放、共享”发展理念为引领，打响“守护青山绿水就是金山银山”攻坚战，不断加大强化节能减排、绿色发展的力度。其内涵是追求生产高效化、消耗减量化、排放最小化、资源循环化及环境友好化并不断取得重大进展。为适应绿色品牌建设常态化，新金建有专业绿化队、环卫队，配备吸尘车、洒水车、洗扫车。新金立足关爱职工、造福社会，进行大规模厂区环境治理，累计投入节能减排资金 15 亿元，厂区绿化面积达 2 万多平方米，绿化率达 45.15%，成为城市重要的“绿肺”和“氧吧”，树立了生态和谐、社企共融的花园式企业形象。

二是促进生态品质提升。新金 2012 年率先在河北民营钢企中建成能源管控中心，目前已形成全方位的可视化、信息化、一体化集中管理系统；高度重视二次能源转化，实现了工业废水零排放，蒸气、煤气全部回收利用，自发电率达到 70.4%，“三废”利用率达到 100%；上除尘设施 73 套；建料厂大棚 3 座，总面积达 12 万平方米；在线监测设备达 29 套，实现了主体生产装备在线全覆盖；投资 5 亿元引进德国技术，实现了脱硫、脱硝、脱二噁英一体化及达标排放。

追求卓越品质，“四创新”打造品牌

我国经济进入新常态，需要品牌引领。品牌的核心是质量，质量是企业的生命。新金董事长高万军把“全面提升质量”列为产品质量管理的重点任务，一丝不苟、一抓到底。高扬强调，产品一定要从“量变”转向“质变”，企业发展只有坚持走质量为本、品牌为先之路，才能增强市场竞争力，为社会提供更多优质产品。

《中国冶金报》记者在深入采访中了解到，新金抓品牌，努力做到“四创新”：

一是“创新管理”。为全面强化质量管理，新金打出“组合拳”，多管齐下。新金从组织设计、体制管理、制度建设、政策引导、绩效考核、科学发展等诸多方面综合发力，质量管理不断创新，把ISO9000质量管理体系全面运用落实到管理之中，在产品质量上下功夫，培育品牌，以质量取胜，使品牌成为竞争的利器。

二是“创新产品”。新金创新研发产品。产品品牌经多年积淀，使用户形成一定的忠诚度、信任度和追随度。如今新金主导产品呈现特色化、多种类、系列化特点，广泛用于建筑、家电、汽车制造等领域。

三是“创新培育”。新金以提高产品稳定性、可靠性和耐久性为核心，加大品牌培育力度，实现质量效益型转变。新金能与太钢、天铁、格力、银龙新能源汽车、青岛奥客玛、山东冠洲股份等“国字”号及大企业建立战略伙伴关系，正是得益于其优异的产品质量。随着国家供给侧结构性改革的推动，新金加快产品结构优化升级的步伐，凭着科技优势提升品牌形象，凭借过硬的品质先后荣获“企业信用评价AAA级信用企业”“质量效益型先进企业”“河北诚信企业”称号。其线材、卷板产品连续多年被评为“河北省名牌产品”“河北省著名商标”“河北省质量效益型先进企业”，2016年荣获武安市市长质量奖。高扬还获得“河北省诚信企业建设优秀工作者”殊荣。

四是“创新技术”。新金着力打造技术型、复合型、知识型职工队伍，通过技术改造推动技术进步和创新，与多家高等院校和科研院所建立了研发平台，为结构调整和产品升级注入了强劲活力，从建企到2017年年底，开发新产品13种，取得技术专利13项，被评为河北省高新技术企业；建立了“管控衔接、产供销一体、三流同步”信息化体系，形成了新的生产经营管控模式，获“河北省两化融合重点企业和两化融合示范企业”称号。

创新营销策略，始终以客户为中心

新金打造产品品牌，努力实现强企之梦。据新金营销人员介绍，新金创新营销策略，以提高产品质量为抓手，把用户利益放在首位，将“精品＋服务”营销模式导入企业品牌范畴，将“以客户为中心”“顾客至上”“一切为了客户需求，一切为了客户满意”作为最高原则；注重细节，上道工序视下道工序为“客户”，并通过对标挖潜，降低生产成本，有效地增强了市场竞争力。另外，新金产品的强大品牌力、完善的售后服务，使得其营销市场辐射至京津冀地区及山东、河南等地，其中建筑钢材产品在北京地铁和高速路等国家重点施工项目中崭露头角，获用户点赞。新金同山东冠洲股份有限公司、河北燕赵蓝天板业有限公司等众多企业建立了战略合作关系。

《中国冶金报》记者在采访中了解到，新金创新营销策略有以下特点：

一是加强市场布局。新金通过稳固现有市场，凭借“运河两岸”区域优势全面开展工作，加大与有信誉度、有资金实力的实体企业的合作力度；积极拓展新市场、新领域，努力挖掘产品的利润点，按照生产定制化、服务个性化、产品系列化、质量精品化的目标稳步前行。

二是提供满意服务。其营销部门通过走访用户、发放产品问卷等多种渠道全方位了解用户的期望和要求，为用户提供满意服务。2017 年，其营销部调查结果显示，用户对新金产品的综合满意度达到 95% 以上，营销部对用户提出的意见和要求做到件件有回音。新金建立客户终端服务网络，提供个性化产品和特色化服务；以市场为导向满足客户差异化需求；为顾客提供最具性价比产品，实现互利双赢。

（作者：谢吉恒，原载于《中国冶金报》，2018 年 5 月 10 日）

新金推进“五化”建设
做超低排放领跑者

正当全国人民满怀胜利的喜悦，欢庆新中国华诞七十周年之际，10月初，河北新金集团（以下简称新金）传来捷报，轧钢煤气反吹回收项目和煤气脱硫化氢项目先后建成投产，通过对煤气数据监测，两个项目投用后，一氧化碳含量最高下降90%。此两个项目的投运，不仅对降低大气污染起着重要的作用，还实现了部分放散煤气重新利用，进一步提高了煤气回收比例，可谓真正的节能环保项目。此意味着新金又向超低排放绿色生产目标迈出了一大步，是新金向超低排放精细管控呈交的又一闪亮答卷。

记者采访新金能源环保副总袁占朋（右）

新金自1993年建企以来，环保工作始终以领跑河北省同行业为目标，不断奋进，率先成为河北省首家拆除烧结旁路的企业，是国家工信部公示的第一批“绿色工厂”入围者。武安市政府授予新金“超低排放突出贡献单位”，武安环保局和邯郸环保局分别推荐新金为“环保领跑企业”，《中国环境报》授予新金“2019年度环境社会责任企业”，《环球时报》和《中国商报》联合授予新金“中国钢铁行业环保领跑企业”。

10月上旬，《中国冶金报》记者来到新金探寻他们如何实现超低排放的秘籍。新金能源环保副总袁占朋告诉记者，新金作为武安市支柱钢铁企业之一，随着“蓝天保卫战”上升为国家战略，董事长号召全员对“绿水青山就是金山银山”的理念要体现在履行好社会责任，做行业超低排放示范和标杆，积极打造 AAAA 级生态工厂。为此，新金确立了“五化”环保理念：“有组织排放超低化、无组织排放系统化、运输方式清洁化、厂区环境景区化、余热暖民减量化”，采取“管、控、治、改、用”的措施，通过打好“组合拳”，定好“路线图”，坚持全面深度综合治理，致力做好超低排放环保领跑者。

有组织排放超低化

新金集团 SCR 全景图

生产排放是大气污染的重要源头，治理大气污染的关键之举，就是从源头上控制排放量。早在 2014 年“大气十条刚刚实施期”，新金就率先以领跑者的态势淘汰了落后产能，并确定“要将环保当做企业生命线来对待”的目标。

自 2016 年以来，新金环保累计投资 22 亿元。先后投资 12 亿元建设各类除尘治理设施 86 套，投资 4600 万元和中科院合作建设的 3 套烧结机烟气循环利用项目，实现烟气循环量达到 30% 以上，年可减少排放颗粒物 100 吨、氮氧化物 756 吨，降低物体燃料消耗 4550 吨，一氧化碳大幅度降低。

投资 2.8 亿元，通过“静电除尘 +SCR 脱硝 + 脱硫 + 湿电 + 脱白”的治理措施，3 台烧结机头烟气均实现了超低排放，烟气中颗粒物、二氧化硫、氮氧化物分别小于 10 毫克 / 立方米、35 毫克 / 立方米、50 毫克 / 立方米，此项目属国内首家投产，是国家及省环保领跑示范项目。其中 1 号带烧烟羽脱白投运后，日回收冷凝水达 500 吨。

此外，为深度治理排放，还对所有烧结机尾配备有电袋复合除尘器。在除尘建设上，通过全流程装备的大型化、集约化、高效化和绿色化方式，构建起超低排放节能减排模式，实现年减少二氧化硫排放665吨、氮氧化物排放3052吨、颗粒物排放176吨。新金率先在全市实现超低排放。烧结烟气净化工程被北京科技委评为2017年“首都蓝天行动科技示范工程”。

无组织排放系统化

相对有组织排放的粉尘汇集到单一排放口集中排放，且有成熟的除尘技术和日趋严格的排放标准进行控制的特点。无组织排放则是大气污染物不经过排气筒的无规则排放，而钢铁行业烟粉尘的无组织排放更显突出，存在很大的不确定性、不规则性，面大、点多，控制难度大，是无组织排放的基本特点。面对难题，新金主动攻坚，制定了全面监控、系统管理的管控措施。

新金通过与武安市政府沟通对接，与北京冶金工业规划研究院合作，制定了“一企一策”深度治理方案，投资3.25亿元治理点位600个，基本做到扬尘全覆盖。

历来原料场地是无组织扬尘的主要污染源，为了实现清洁化装卸料，2017年集团投资3.25亿元，建造7座“环保智能料棚”，总面积26万平方米，改写以往原料露天存放的现状。原料车辆直接进棚卸车，大棚内设射雾器、智能干雾抑尘、鹰眼感应连锁系统、智能洗车台，分表计电等智能设备，真正实现了“原料全进棚、转运全密闭、过程全监控、现场无扬尘”的目标，此措施，年减少粉尘排放1600吨，颗粒物排放3200吨。

新金集团生产能源环保管控中心监控平台

此外，新金还通过对高炉炉台、所有铁水沟、渣沟全封闭，并将烟气全部捕集到炉前除尘。高炉煤气、转炉煤气安装自动点火装置；炼钢厂一次除尘半干法技改为干法，新建炼钢三次独立除尘，轧钢厂烟气收集系统，精轧粗轧新建水膜除尘，实现生产无组织扬尘全流程管控。

同时，为实现治理的高效化，新金还积极瞄准行业高端前沿，借助科技力量，向智能管控迈步。2017年投资1.5亿元，率先在邯郸地区投用无组织“管控治”一体化平台，安装无组织检测点位90余个，用于监测PM2.5、PM10、TSP总悬浮颗粒物、一氧化碳等。安装99台环保除尘分表计电，对扬尘进行集中管控。全面对有组织和无组织排放进行自动在线监测，真正做到主体生产装备在线全覆盖，形成立体化网络监控，实现环保系统自动化运行、无组织排放常态化管控。达到以“机管”代替“人管”的目标，让在线监测、实时调度、超标报警一体化监管成为现实。

记者跟随袁总走进智能管控中心，在主控室的屏幕上，显示着当日15时26分厂区内污染物排放的实时数据，其中烧结机、球团的颗粒物、二氧化硫、氮氧化物排放值分别为1.62毫克/立方米、16.61毫克/立方米、19.83毫克/立方米，远优于超低排放标准。

运输方式清洁化

针对运输产生的流动扬尘，为更好的打赢“蓝天保卫战”，践行国务院办公厅印发的《推进运输结构调整三年行动计划（2018~2020年）》，新金积极响应国家号召，推进“公转铁”绿色运输，打通低碳走廊。重组了保税物流园，成了保税物流铁路专运线股东，也就是有了自己的铁路专运线，并投资1000余万元购置11台节能、减排、高效的LNG新能源车，推进实施“铁路+新能源车”的运输方式。

新金集团铁路运输专用线

厂外原燃料由铁路线运输至保税物流园后，大型装卸机直接将集装箱卸在排队等候的新型能源汽车上，随后运送至公司全封闭物料大棚。集装箱全程“箱不落地”，新能源运输汽车清洁环保，真正实现原料的零污染运输，做到“绿色运输，低碳运行”。袁总告诉记者，“公转铁”运输结构的调整，大大降低了货物在运输过程中产生的氮氧化物和颗粒物的排放量，使生态环境更加优美宜人。

厂区环境景区化

“创绿色工厂典范，做产城融合先锋”是新金在2017年治理之时定下的环保目标。袁总告诉记者，新金环保治理在上硬件的同时，不遗余力大刀阔斧加快企业厂区环境的美化进程，邀请专业园林专家设计厂区景观，鼎力打造武安首家AAAA 级工业生态旅游景点。“只有内外兼修，环保治理才能出成效。新金的终极目标就是让员工在花园里工作，让市民以毗邻新金而幸福，真正打造一座产城融合的园林工厂。”袁总发自内心说道。

对此，新金通过对厂区规划，对主要干道进行重新整修，铺设面积约20万平方米沥青路，并打造了花园式道路景观，建成了独立的物流通道、参观通道。同时以“绿”为核心，积极进行全方位的“美化”活动，不仅对厂房、管网及厂区设施，通过彩色喷漆处理技术进行亮化，还打造出“厂区见缝插绿、闲置区域成片造绿、厂区围墙透绿、厂区沿路同步建绿、营造处处皆绿、人人共享绿色”的生态景观。在推倒的厂房上、主要道路叉口矗立新金特色的景观区，沿路绿化带内精心栽植了银杏、樱花、栾树、三角枫、

新金集团厂区一角靓丽风貌

白皮松、百日红、红宝石海棠、花石榴、雪松等多种花卉苗木，新增绿地面积 23 万平方米，按照不同植物的秉性，形成四季皆有景的景观效果。目前厂区绿化率已达 45%。

此外，新金还因地制宜，举全员智慧，在废弃的渣场上做文章，通过打造人工湖、引进各种名优花卉植物，规划采摘区、人工湖、景观区、养殖区、登山区等 5 个功能分区，将昔日荒山变为鸟语花香、三季有果、四季常绿、水林相依、花草相映、廊桥相连、亭台相望、曲径通幽，集瓜果采摘、园林欣赏、动物展示与养殖、苗圃、餐饮为一体的综合性生态园，成为市民游玩的佳地。

一人力量有限，众人力量无穷。在美化厂区的进程中，新金还充分发挥员工主动性和创造性，积极鼓励全员发挥智慧，建言献策参与到美化、亮化家园行动中来，为企业发展增砖添瓦。通过努力，原先皴裂灰暗的厂区围墙，被画上了各种清新可人的卡通图案；原先冷落在角落的空地，被打扮的绿意盎然；原先退居二线的废旧设备、物件，也被变废为宝，改头换面，各种卡通造型，景观设计分别占据了醒目位置，展现着新金的文化精神……钢铁与自然融为一体、互利共生的和谐景象已经成为日常现实。

同时，为确保日常环境的整洁卫生，新金建有专业绿化队、环卫队和专业保洁队；配备吸尘车、洗扫车、洒水车，为新金的绿色建设保驾护航。2018 年度，新金被冶金报公开投票评选为“绿色发展标杆企业”，时任全国人大副委员长周铁农，在国家会议中心给新金颁发“环保生态工业游示范单位”荣誉称号。

余热暖民减量化

在治理排放的同时，新金还进一步在废气、废渣、废水等废弃能源上做文章。据了解，早在建厂初期，新金就明确提出以建设“产业耦合、资源利用、闭路循环、吃干榨净”的低碳循环经济园区为目标，并在 2000 年前就筹备了资源综合利用煤气发电项目，并随着生产能力的不断壮大，又先后筹建了18兆瓦发电、80兆瓦发电、TRT发电等项目，实现高炉煤气100%利用。

新金集团惠民工程——供热站

随着能源绿色化进程的推进。2017年，新金深入挖掘高炉冲渣水余热价值，经过多方论证考察，提出了利用冲渣水余热为周边居民供暖的设想，并经过市政府批准，在厂区兴建了高炉冲渣水集中供热工程，建设冲渣水换热站和冲渣泵房，铺设供热管网，将公司冲渣水余热重新利用，该项供热工程覆盖了镇周边4个村镇，3009户居民，以及村庄的学校、医院、敬老院和幼儿园等，供暖面积达81.5万平方米。不仅帮助村民实现了集中供暖的梦想，还解决了供暖零排放问题，使供暖区域内的燃煤小锅炉全部被淘汰，减少取暖散煤用量6000吨/年，污染物排放总量400吨/年。深受周边村民好评。

为实现全部能源吃干榨净，同年，新金投资1.3亿元在钢铁生产厂区和冷轧生产厂区分别建设了国内最先进的综合污水处理中心，钢铁厂利用美国进口反渗透膜处理污水，实现日处理量8000立方米的目标，冷轧厂利用MVR蒸发污水处理技术，日处理量1500立方米。净化后的废水经过专业部门检测，可以达到饮用水标准。所有经过净化的废水一部分替代新水重新被用回到生产中，一部分被引进生态园鱼塘，或浇灌花卉，或进行养殖循环利用，废水变新，使新金率先在钢铁行业做到了零排放目标。

针对矿渣等废固资源，新金建成矿渣微粉生产线，利用热焖技改，不仅提高了公司渣钢的处理能力，还为铁、钢工序降本提供了支撑，进一步盘活库存资金。

随着废气、废水、废固等能源的全部循环利用，新金形成“绿色循环经济圈”，实现了“生产洁净化、废物资源化、能源低碳化”的绿色发展模式。绿色发展不仅使厂区环境“脱胎换骨”，也为企业赢得了美誉，实现了经济效益、社会效益和环保效益共赢。

蹄疾步稳，行深致远。记者走进新金厂区，看到全封闭自动化原料场做到了“用矿不见矿”；气力管道、密闭式皮带通廊系统做到了“运料不见料”；高炉出铁场、上料系统、槽上、槽下分别采用高效除尘装置进行除尘，炉台全封闭，做到了“出铁不见铁”；厂区郁郁葱葱，瓜果飘香，整洁的柏油大道两旁高大的银杏树以及冬青、石榴等各种花卉草木在阳光的直射下泛着光亮，俨然一幅生态公园景象。推进“五化”建设，新金已经实现了全工序大气污染物超低排放。其中烧结机脱硫脱硝深度治理、球团污染深度治理项目等项目引领环保发展方向，实现厂区监测数值持续低于市区平均值。

环境治理无止境，在绿色转型发展道路上，新金以“创新、协调、绿色、开放、共享”五大理念为引领，开展产城融合实践，积极践行环境经营理念，主动承担社会责任，始终如一，勇往直前，奋力争做生态钢企的先锋，花园式工厂的典范，同行业环保的领跑者。

（作者：谢吉恒、冀玉花）

抓环保新金祭出“三大硬招”

2018年1月21日，河北省武安市环境保护局执法检查组对河北新金钢铁公司（以下简称新金钢铁）进行执法检查，发现该公司4号、5号高炉重污染天气应急减排措施落实不到位。针对这一问题，新金钢铁高度重视，立即进行整改，当日便整改落实到位。近年来，新金钢铁正是秉持着这种对环保问题“零容忍”、有问题及时积极解决的态度，在绿色发展的道路上越走越远。2017年9月份，新金钢铁入围工信部公布的首批绿色工厂名单。

近日，《中国冶金报》记者走访了新金钢铁。新金钢铁董事长高万军表示，要把环保工作提高到关乎企业生死存亡的高度来认识和对待；要确保资金到位，消除环境污染；要脚踏实地、循序渐进，把环保工作与发展循环经济相结合，并做精做细。

“我们狠抓环保工作，祭出了‘三大硬招’。”新金钢铁环保部部长袁占朋对《中国冶金报》记者说。

硬招一：绿色发展优先，深度根治排放

近年来，新金钢铁始终坚持“协同发展、环保为先”的管理理念，不断加大环保投入，提高清洁生产能力。新金钢铁在环境治理方面已投入资金6.4亿元，建成除尘设施73套、1万平方米封闭料仓1处、抑制料场无组织粉尘射雾器8套等。新金钢铁还配备了3辆吸尘车、2辆洒水车和2个专业保洁队；高炉炉台、铁水沟、渣沟实现全封闭；转炉一次OG（氧气转炉煤气回收）法

除尘全部改为半干法一次除尘，颗粒物排放远低于国家标准。

2017 年，新金钢铁开展了烧结机机头烟气深度治理、转炉车间三次除尘改造、高炉炉前治理、烧结机机尾改造、仓化棚化等项目，旨在消除和抑制扬尘污染，真正打造“无烟工厂”。

在烧结机机头烟气治理方面，新金钢铁引进德国 APS（活性粉末喷涂）烟气净化一体化系统，实现脱硫、脱硝、脱二噁英。新金钢铁烧结机机头烟气深度治理项目总投资为 1.8 亿元，一期工程（1 号 200 平方米烧结机）已于 2017 年年底完成；二期工程（2 号、3 号 200 平方米烧结机）将于 2018 年年底完成。

在高炉炉前治理方面，新金钢铁以钢结构为框架，用钢板将高炉出铁口、铁水沟、渣沟全部封闭，并将烟气集中收集，送至高炉炉前布袋除尘器进行处理。高炉炉前治理工程总投资为 500 万元，已于 2017 年 6 月底完成。

在烧结机机尾改造方面，新金钢铁采用竖式冷却机替代现有的环形冷却机对烧结矿进行冷却，可以节省精煤粉约 10%，在减少污染物排放的同时，可以回收烧结矿余热。烧结机机尾改造项目总投资为 5000 万元，已于 2017 年 12 月底完成。

在仓化棚化方面，新金钢铁拟采用大跨度的球形网架结构，新建 3 个原料封闭大棚，同时建设从原料场到生产车间的全封闭皮带运输通廊。原料封闭大棚是新金钢铁斥巨资兴建的综合性多功能棚化料场，总投资达 2 亿元，面积共计 12 万平方米。3 个原料封闭大棚投运后，可同时存放 23 万吨原料，每年可减少 3500 余吨粉尘无组织排放。

硬招二：开展“三化”改造，让工厂如园林

“环保关乎千秋万代，关乎企业生死存亡。靠牺牲环境来赢得企业发展是行不通的。只有走绿色可持续发展之路，企业才能更好地活下去。”高万军对《中国冶金报》记者说。

2017 年年初，高万军确立了发展必须以环保为先的战略方向，积极组建

专业团队，从厂区环境“三化”（绿化、美化、亮化）改造等工作入手，切实打造绿色现代化工厂。

为保证树木的成活率，该公司实施挂牌管理制度，要求“谁种树、谁负责”。该公司通过5个阶段的植树活动，2017年共植树2万余棵，公司绿化面积大幅增加。据了解，2017年，新金钢铁共投资800万元，新增绿化面积23万平方米，公司绿化率达到45%。

同时，新金钢铁投资2000万元，采用彩色喷漆处理技术，对厂房及厂区设施进行了美化；对厂区道路进行了规划，实现厂区人车分流，使道路两旁绿化带的宽度均达到50米、道路硬化面积达20万平方米。

2017年年底，新金钢铁“三化”工作按照年初规划如期完成，实现了厂如园林的生态建设目标。

硬招三：善借外力，打造绿色环保标杆企业

2017年，新金钢铁总经理高扬在河北省武安市召开的环境综合整治暨“小散乱污”企业清理整治攻坚动员大会上表示，抓好大气污染治理是企业发展的关键，是民心所向。

高扬介绍，为打赢“蓝天保卫战”，新金钢铁将借鉴先进企业的清洁生产治理经验，聘请业内专家院士，针对新金钢铁现状设计整体环保治理方案。新金钢铁计划投资8亿元，在烧结工序清洁生产方面与德国能源部门合作，以实现污染物超低排放、节约资源的目标；在厂区内继续实施“三化”改造，真正形成“厂在林中、林在厂中、人在景中、产城融合”的生态格局。

2017年11月份，新金钢铁与邯郸绿色发展研究院签署合作协议。高万军表示，做绿色环保标杆企业是新金钢铁的愿景，希望在邯郸绿色发展研究院的协助下，新金钢铁能够成为河北省乃至全行业的绿色环保标杆企业。

（作者：谢吉恒，原载于搜狐网，2018年3月18日）

“幸福月饼”亲手做

八月十五月儿圆。中秋节是中华民族最重要的传统节日之一，吃月饼是中秋节最不可或缺的一项仪式了。

中秋节前这几天，河北新金钢铁有限公司（简称新金钢铁）厂区飘散着淡淡的月饼香气，员工们都收到了与往年不同的中秋节礼物——公司食堂师傅精心制作的手工月饼。

河北新金钢铁有限公司食堂师傅正在为职工制作手工月饼

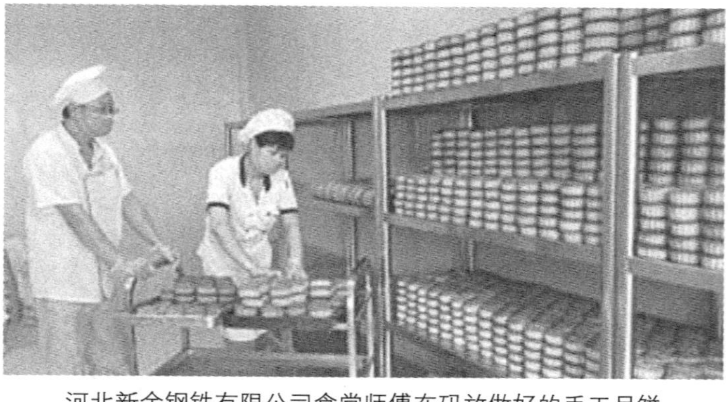

河北新金钢铁有限公司食堂师傅在码放做好的手工月饼

“员工是企业最宝贵的财富，企业的发展目标最终要靠员工来实现。在新金钢铁的每一个日子里，无论大事小事，都要让员工感受到新金大家庭的温暖。”这是新金钢铁总裁兼总经理高扬始终放在心中的责任。为使全体员工过一个祥和、快乐、健康的中秋节，高扬早筹划、早安排。他与总经办主任程亚洲认真研究后决定，今年开创先河，由公司食堂师傅自己制作月饼。做好的月饼不仅要送给员工，还要送给周边村庄的村民，送给兄弟企业，让大家共享佳节的幸福。

80000 块月饼，对公司食堂师傅来说，无论在数量上还是在制作工艺上，都是很大的挑战。

欲善其事，必利其器。新金食堂和机修厂联手，共同制造出具有新金特色的月饼模具。模具上刻有“幸福新金”4 个字，字体舒展潇洒，犹如新金带给大家的甜美。

这次制作月饼，新金食堂在原料采购方面严把质量关，黑芝麻、瓜子仁、花生碎、白莲蓉、食用油等原材料全部是从正规渠道购置的名牌产品，检验的标准严苛到不允许有一粒发霉的瓜子仁。

为了使月饼的口味在传统的基础上有所创新，新金食堂特意委派 3 名大师傅到知名蛋糕店学习月饼的制作技巧，馅料的配比、面皮的薄厚、烤箱的温度……每一项都要经过精密的计算。特别是在糖分的把控上，师傅们在烤制的过程中，经多少次试验，终于摸索出最适合的甜度。

月饼宜鲜不宜久。为保证在最短的时间做出 80000 块月饼，食堂的师傅们在劳动量大、人员少的情况下，计划用 1 个月的时间做好准备工作、用 1 个月的时间突击制作月饼。全体人员在这两个月内不休班、不请假，全部在岗。尤其是在制作月饼的一个月中，他们加班加点，常常通宵做月饼，却没有一个人有怨言。1080 斤的食用油、1000 斤面粉、170 斤鸡蛋……这些数据是他们辛苦劳动的最真切的记录。

一个充满正能量的企业，处处都有感动。在这次制作月饼的过程中，月饼盒的叠制也是一项巨大的工程。员工们自发组织志愿者团队，利用下班后的休息时间，到食堂参与到包装盒的叠制工作中。在包装盒叠制现场，员工们的手不停地翻飞着，迅速地叠着纸盒。他们的笑脸展现了他们的心声：虽然牺牲了休息时间，但是能参与到公司为员工谋福利的活动中，是非常有意义和幸福的一件事情。

走过25年改革发展历程的新金集团，始终致力于践行企业社会责任，以人为本，创建绿色智慧发展、和谐发展的标杆钢企。新金钢铁在建设、发展的同时，注重企业文化建设，尊重员工在企业的主体地位，激发员工的内在活力，给予员工真诚的人文关怀。同时，新金钢铁不忘为周边村民谋利造福。一块儿小小的自制手工月饼，包含了企业对员工、对社会的浓浓真情和美好祝愿。

“小饼如嚼月，中有酥与饴。”五仁馅酥香、豆沙馅甜美，咬一口醇香即刻在齿间融化。想象中秋之夜，全家人聚在一起，仰望明月，闻着阵阵桂香，遥想吴刚砍桂，再吃上一块新金员工自制的美味手工月饼，品尝着自己的劳动成果，品味爱的味道、家的温暖，感恩着新金大家庭带给每个员工小家庭的甜蜜，将是怎样的一种温馨呀！

（作者：谢吉恒、李佳，摄影：乔玉顺，原载于《中国冶金报》，2018年9月21日）

环保潮头犁浪人

——记新金集团能源副总经理袁占朋

钢铁行业面对企业发展与国家环保要求的双重挑战和压力，河北新金集团有限公司（以下简称新金集团）昂首挺立环保潮头、苛护环保红线，创新创业，以骄人的业绩跻身于钢铁业绿色智慧发展先进行列。近三年新金集团绿色环保实现跨越式发展，取得骄人的业绩。2017 年新金集团入围“国家首批绿色工厂”，获得国家和地方相关政策重点支撑；2018 年积极参与《中国冶金报》开展“美丽钢铁，追逐梦想”的绿色钢企万里行征文活动，在“世界环境日”斩获“绿色发展标杆企业”称号；2019 年由环球时报、中国商报主办的（第三届）博鳌企业论坛，入选“中国（钢铁行业）环保领跑企业”行列。新金集团鼎力践行绿色环保，受到业内刮目相看，新金集团职工啧啧点赞负责能源环保领路带头人，以突出的业绩，2018 年被邯郸市提名授予十大“最美环保卫士”荣誉称号，2019 年（第三届）博鳌企业论坛入选“中国（钢铁业）环保卫士”称号，他就是新金集团能源副总经理袁占朋。

记者（右二）在新金集团与能源副总经理袁占朋（左二）、办公室主任程亚洲（右一）座谈交流

7月初，《中国冶金报》记者走进新金集团，零距离采访袁占朋不忘初心，挺立环保潮头，奋勇搏击的故事。

故事一：靓丽环保治理成果

铁肩千斤担，使命铸辉煌。作为企业环保负责人，袁占朋深知环保就是企业的“生存线”和“生命线”，他肩负的不仅是工作的职责，更是企业生存的命脉。

如何更好地贯彻落实社会主义生态文明思想，践行“创新、协调、绿色、开放、共享”五大发展理念，把“绿水青山就是金山银山”的发展理念扎扎实实嵌入到企业生产经营活动中，做到知行合一，稳步前行是他一直以来致力追求的方向。工作中他兢兢业业，认真学习国家环保新政策，对照各项要求列出重点行动方向。2014年，在邯郸打赢大气蓝天保卫战的号召下，袁占朋积极向董事长提议对脱硫烟气进行旁路拆除，成为邯郸市第一家，河北省首例拆除烧结烟气旁路企业，不仅为大气环境整治做出了应有的贡献，更是成为环保企业表率，受到市政府称赞，武安市环保局多次组织全市钢铁企业来新金参观学习。

2015年，新环保法实施，面对被称为“史上最严格的环保法”，袁占朋敏锐意识到，谁先走在环保前列，谁才能更快更好的发展。为此，在面对钢

新金集团能源智能管控中心风貌

铁行业运营不景气、生产经营资金极度困难的情况下，他果断向董事长提议将科技提标作为节能减排、污染治理重要手段，大力引进环保先进技术，实施节能环保、资源综合利用项目。在他的推动下，新金先后完成了烧结机机头、机尾、高炉出铁厂、槽上、槽下，炼钢一次、二次除尘，烧结烟气循环、烧结 2 台 4 电场除尘升级改造、高炉煤气回收综合利用发电、高炉水渣和转炉钢渣资源综合利用超细粉、高炉富氧喷煤、高炉煤气干法布袋除尘、转炉煤气干法电除尘等属于行业先进的节能环保技术。其中 3 个湿电及烧结 2 台 4 电场除尘升级改造，还获得国家发改委奖励资金 1470 万元，为新金绿色转型发展打下了坚实的基础。

2018 年，是新金集团绿色智慧转型发展建设元年。这一年，新金全面启动从硬件到软件的环保建设中，大小项目共计 56 个，工程量巨大，工艺技术先进，这一切都考验着环保工作人员的工作意志。为早日助力企业实现转型升级目标，袁占朋带领环保团队日夜奔忙在项目建设现场，一边抢时间、盯进度，一边学习技术工艺，为早日达效做好准备。从原料大棚建设到烧结 CSR 施工现场再到炼铁、炼钢、轧钢全工序除尘建设，以及 10000 立方米废水处理中心，都留下了他奋斗的身影。在项目建设中，他时刻坚持“节约、高效”的建设理念，对于能自制的坚持自制改造。带烧脱硝、烟气循环、高炉炉顶均压放散煤气回收、2 号高炉槽上除尘利旧炼钢 2 次除尘等项目，在他的提议下，通过废旧利用和自建改造，节约资金 3355 万元，且所有项目均在工期内高质量完成。实现了新金环保项目遍地开花的目标。

其中投资 2000 万元，建设的集自动管控、治理为一体的无组织“管控治”一体化平台的投用，对有组织排放的多个自动在线监测设备和 56 套环保治理设施进行分表计电，全面监控治理设施运行状况，实现智能管控，为管理部门进行源头控制、污染物传输通道分析、追责执法、多维取证以及环保综合治理绩效提供了数据支撑，开启了新金智慧生产新篇章。

在他的指导和参与下，历时一年时间，新金集团全面完成有组织排放和无组织排放的全面精细管控。武安市控制新金的 45 个空气质量监测点位数据指数显示：武安最低，空气质量最优，成为他们奋斗的最有力的说明。

新金集团出色的环保治理成果，更是得到市政府的肯定。近年来，新金每年迎接各类环保参观百余次，成为同行业争相学习的典范。2018 年冬季限产阶段，新金月生产比例高达 73%，创效 2.99 亿元，位列武安市第二。

故事二：全方位从严抓环保

新金集团厂区一角风貌

越是面对困难，越能激发必胜的信心，越能释放高质量奋斗的智慧。国家不断释放的高频环保高压政策，不仅没有压垮袁占朋奋斗的意志，反而进一步激起他不达目标不放弃的斗志。为确保各项环保工作高质量向前推进，他坚持以问题为导向，内部分成在线组、空保组、定置检查组、项目组 4 个环保铁军组织，要求责任明确，分工协作，以铁的措施和行动力为企业环保工作保驾护航。

同时，他还按照“抓关键、补短板”的原则，强化培训教育，要求环保工作者既要组织开展法律法规、标准政策等通识教育培训，又要坚持问题导向开展在线监测、设备操作、过程防控等专业技能培训。盯住目标指标、设备运行、环境监测、能源计量、舆情处置、制度台账、能力建设等基础工作，修订完善基础管理考核办法，用刚性考核促进基础管理再上台阶。

新金集团厂区醒目环保宣传标语

通过不断组织开展“铁腕治污百日专项活动、无组织排放专项检查、环评与环保设施不符专项检查、公司环境风险排查”等活动，对各类专项检查进一步摸清了底数、确定了改进方向。在秋冬季大气污染攻坚推进过程中，坚决落实政府指令，制定了切合实际的《秋冬季大气污染防治工作行动方案》《错峰生产及重污染天气应对“一厂一策”实施方案》，采取超常举措，全方位、全区域、全过程开展整治行动，不折不扣地落实错峰生产工作，积极组织落实重污染天气应对。

一个人的力量有限，集体的力量才是无穷大。为激发企业全员自发自动参与环保的干劲和斗志，他在全公司率先推行环保能源绩效量化考核评价，对所有生产单位采取月环境评价机制，落实红黄旗考核，每月一考评，每月一公布，通过比拼，在公司上下形成“层层落实责任、全员重视环保、从严奖惩兑现”的良好氛围。

“精准管理”“注重实效”，这是他创新工作思路的切入点。针对环保各种检查问题，他仔细查看环保排查问题是否及时整改、高效闭合，并不定期抽查环保数据记录情况，与技术人员共同讨论新课题解决方案。同时，他在连做加法垂直管理的基础上，以“包区域到人”为突破口，加固“检查、整改、验收、再回头看”的环保日常检查链条，通过检查发现问题、查找不足、快补短板，真正做到环保管理无死角。2018 年工作中，他带领的定置管理环保管理人员查出问题 7065 项，并以最短的时间整改到位。

故事三：再攀高峰勇往直前

“居之无倦,行之以忠”是袁占朋一直以来奉守的从业之道。参加工作以来，他始终坚持对环保科技事业孜孜不倦的追求和探索，以“刻苦、严谨、创新”的工作态度，为公司的环保事业贡献着自己的力量。

为不断适应新的工作需要，他积极主动学习各种能源环保知识，研究行业技术和产业发展方向，倡导以“智慧创造效益，以科技引领环保”的理念。在他的办公室占据主要空间的各种项目环保书籍以及他的工作笔记，就是他奋斗的最好诠释和注解。

新金集团智能物流通道

为实现企业环保与国家政策相协调发展，以最小的投入换取更大的效益，在他的积极推动下，新金管控中心数据上线，在运行中袁占朋通过数据对比发现同样量的煤气，同样的煤气用户，煤气有时不够用，有时还放空污染环境，抓住了这根线，他仔细分析，找出了热轧卷板凉坯、热坯之间的煤气消耗关系，据此拟制了卷板均衡用煤气的生产设想，长余煤气用于发电。并根据这一主线，又对炼钢烤包进行改造和减量使用，控制煤气用量，实现发电率从 18% 提升到 36%。之后又上建议并实施了 8 万高温超高压一次中间再热发电机组，同样的煤气，发电量由每小时 36000 度变为每小时 9 万度，发电率从 36% 提升到 70%。不仅实现每小时多发电量 7.2 万度，同时，年可削减二氧化碳排放 37 万吨。

2017 年，袁占朋积极促成企业和中科院合作，联合研制烧结烟气分级循环净化及余热利用工程，实施了中国烧结第一台烧结烟气分级循环净化及余热利用工程，该项目建成后，实现年减排颗粒物 302 吨的目标，且烧结矿转鼓指数提高 0.45%，烧结返粉率降低 0.62%。该项目的先进技术，获得了“2017 年首都蓝天行动科技示范工程”荣誉称号。

工作中，他还与河北省环保厅应急中心联合，结合钢铁工艺特点，完成了钢铁行业重污染天气应急预案大纲编制，并在新金会场通过了环保部闫景军司长、省环保厅孟宪栋主任、环科院等专家组的评审，之后在全国推广。

大浪淘沙，沉者为金。在逐梦之路上，唯有高扬奋斗之帆，紧握奋斗之桨者，才能找到人生出彩的舞台。新金集团历经转型变革，成功开启“有组织排放超低化、无组织排放系统化、运输方式清洁化、厂区环境景区化”的高质量发展模式，走出了独具新金特色的绿色之路。如今的新金，厂区绿化率 45%，三废利用率百分之百，走进新金厂区，绿草茵茵，花果飘香，俨然一幅生态园林美景。2019 年 3 月，环保部大气司司长刘炳江主持召开全国钢铁行业超低排放讨论会议，新金作为河北省民营钢企代表应邀参加。

记者采访结束时，袁占朋深有感悟地说：“环保无止境，工作永不息。既然我选择了环保事业，就要终身去奋斗，无怨无悔，环保永远在路上，就要勇往直前！”

（作者：谢吉恒、冀玉花，摄影：乔玉顺，原载于政商参考网，2019 年 7 月 8 日；《中国冶金报》，2019 年 7 月 12 日）

幸福饭菜吃起来

百草回还春风软，万物复苏岁月香！

春节将至，新金集团的钢铁工人们，开启幸福的舌尖之旅。

带着年味儿般的饭菜香气氤氲飘荡在员工食堂，一碗碗如元宝般胖乎乎的饺子，热乎乎温馨许许，喜乎乎意趣融融，滴滴蘸料，品着香菜紫菜饺子汤，大家吃得喜气洋洋。准备之充分、气氛之热烈、物料之丰富、菜肴之精美，每一顿饭菜，都是食堂厨师们的精心之作。红烧鸡块、干煸豆角、糖醋里脊、宫保鸡丁、鱼香肉丝、香菇油菜、炝炒菜花、滋补羊肉汤、武安地方特色扣碗……吃上一口香喷喷，情浓意浓的丰盛美味，健康与快乐齐飞！

职工排队有序打餐

职工享受美味午餐

新金职工食堂风貌

职工餐厅后厨师傅正在准备餐饮

员工的饭盆子，企业的最大事。2018 年，是新金集团历史上经营形势最好、环保治理任务最重、取得最好效益的一年，也是员工幸福感倍增的一年。食堂内，配备统一的不锈钢餐具，经过服务人员的清洗和严格消毒供员工使用。宽敞明亮的大食堂，大家是“进门就端碗、吃完直接就走人”，还可以在吃饭的间隙，互相沟通一下工作情况、生活趣闻，卫生的餐具、可口的饭菜，让员工们吃得放心吃得舒服，吃出了家的味道。

（作者：谢吉恒、刘辉，摄影：乔玉顺，原载于《中国冶金报》冶金文苑，2019 年 1 月 30 日）

新春走基层　梦幻光，亮钢城：欢聚新金

不久前，《冶金文苑》发布了《新春走基层：梦幻光，亮钢城！》，展示了全国各地多家钢城喜迎元宵佳节之际的瑰丽景观，得到了众多读者的热烈欢迎。应广大读者要求，《冶金文苑》将以企业为单位，把各大钢城的更多元宵美图发布出来，让大家在绚丽的灯光秀与自然景观中，感受祖国钢城的现代时尚！

彩灯装饰下新金集团的一号大门

新金集团雪落花灯鸟瞰图

新金集团东办公大楼广场夜景

新金集团员工自制各种造型优美的彩灯图

春节期间，新金集团处处流光溢彩，营造出辞旧迎新的浓郁新春氛围，诚挚邀请朋友们惬意逛灯会，欢乐过元宵。一帘星空醉新金，三万彩灯情满天——当夜晚来临，万盏璀璨灯光一起点亮夜空，火树银花，熠熠生辉，各单位的花灯展，更是造型美观，寓意深远——扬帆远航，实现绿色智慧发展新金梦。元宵佳节，让我们欢聚在新金，来一场视觉盛宴，文化共享。

（作者：谢吉恒、乔玉顺，原载于《中国冶金报》冶金文苑，2019年2月19日）

（五）绿色龙凤山篇

导 读

河北龙凤山铸业有限公司创建于1999年，位于河北省邯郸市武安青龙山工业聚集区，是工信部认定的专业生产铸造用超高纯生铁、高纯生铁和亚共晶生铁的高新技术企业。

龙凤山现有员工3000人，各类专业技术人员660人，建有省“企业技术中心”和“铸造新材料试验室”。技术中心有50多名专家和高工。拥有全球最大的铸造生铁专用高炉2座、国际最先进的超高纯生铁生产线2条。设计产能200万吨。

2017年公司依托自身资源、人才、装备、技术研发等优势，在高纯生铁基础上，坚持原始创新与世界先进技术相结合，实现集成创新，建成了“三精法+精炼深度提纯”生产工艺装备，成功研制生产出超高纯生铁。产品广泛应用于航天航空、“复兴号”高铁、现代化军工、核电、风电、海洋工程，高档汽车等高端铸造行业。与多家“大国重器”制造企业和高端铸造企业建立了长期合作关系。目前，“LFS”牌高纯生铁国内市场占有率近80%，超高纯生铁和亚共晶生铁享誉国内市场，已出口到亚欧美发达国家。

“LFS”牌铸造用超高纯生铁、高纯生铁、亚共晶生铁获得专利6项，填补3项国家空白，实现替代进口。

公司秉承“用户为天、质量为命、科技为翼、创新为魂”的核心理念，以质量高端化、产品系列化、生产定制化、服务个性化，开发出五大系列111个品种，积极打造中国高端装备制造新材料研发生产基地，助推实现材料大国向材料强国的战略转变，成为全球铁基新材料领域的引领者，创造世界民族品牌。

龙行寰球　凤鸣九天

——写在龙凤山建企二十周年之际

春风送暖，风和日丽。3 月 14 日，《中国冶金报》记者结束对常州市烧结点火炉公司董事长孙小平“绿色环保智慧”采访。相随《中国网》《政商参考》《中华大地》等多家媒体参加迎国庆七十华诞“我和我的祖国采风组”来到在上海新国际博览中心举办的第十七届中国国际铸造博览会，专程参观河北龙凤山铸业有限公司（以下简称龙凤山）展厅。迎来 3 月 24 日龙凤山建企二十周年采风活动。

二十载易春秋，砥砺奋进，硕果累累。龙凤山文化先行，以文化为魂、为根、为源。龙凤山已成为国家高新技术企业、中国民营制造业 500 强企业、中国铸造协会生铁分会理事长单位、铸造生铁行业领军企业、全球最大最优高端铸造铁基新材料生产基地。自主创新研制出高端铸造用的“龙凤山”牌超高纯生铁和高纯生铁产品，填补国内空白，结束了依靠进口的历史。

龙行寰球，凤鸣九天。“龙凤山”牌高纯生铁国内市场占有率已达 80%，超高纯生铁、亚共晶生铁独家占有国内外市场，出口日本、德国、法国、美国等亚欧美发达国家。龙凤山二十年来为我国高端铸造行业发展留下一道闪光的轨迹。

二十载耕耘，风华正茂，激情满怀。龙凤山人谱写一篇篇文化创业的励志故事。一代人的使命、一代人的担当，诸如“文化窗口”“文化铸魂”“文化传播”的经典故事，犹如百花园盛开的奇葩，争芳吐艳。文化创业精神之根，深深扎在一代人的记忆里。

文化窗口

采风组到龙凤山展位参观留影

新时代新征程，铸造业发展日新月异，我国由铸造大国快步向铸造强国转型。铸造博览会在当今世界享有"全球规模最大、国际一流"的美誉，成为行业发展的风向标、晴雨表。龙凤山凭借每届参展博览会的平台，珍惜文化交流的窗口，将中国文化直接推向世界。

据了解，中国铸造博览会创始于 1987 年，经过三十多年的积淀和创新，已经是有全球 300 余家知名行业组织和媒体通力支持的行业盛会，是全球铸造经营的大聚会、新产品新技术的发布会、跨域合作的大型实用商贸会。本届展会面积 5 万平方米，迎来 30 多个国家和地区 1300 多家知名展商，以高端品牌、一流服务等优势吸引来自全球 80 多个国家和地区的 10 万余人次观众参与。

记者目睹采访龙凤山 E8T04 号展位留下美好印象：一是别具特色，文化创意美。宽阔的展厅约 276 平方米，装潢沿用中国传统皇家大院建筑风格，以中国红和金黄色为主基调，展厅庄严大气，中国风十足。二是令人赏心悦目，展位设计美观。陈列展品包括铸造用超高纯生铁和高纯生铁、球墨铸铁用生铁等多个品种实物，并将下游产品实物和模型作为一个重要展览板块。三是文化气息浓郁，弘扬中国文化美。中国文化走向世界、中国文化引领世界，吸引中外客户驻足观看与咨询洽谈。四是参展团队专业素质高，文化形象美。龙凤山参展团队由销售、技术等人员组成，真诚向客户介绍产品、市场信息，为驻展领导、专家和客商准备了各种精美的点心和饮品，提供满意一流服务。展会期间实施全程拍摄，实时报道，信息传递快速准确，如《龙凤山报》主编、我培养的徒弟《中国冶金报》通讯员魏锐波白天忙于展厅跟踪实时拍摄，心中有爱、有善、有奉献精神，连续三天晚上熬夜加班工作到清晨两三点钟，直到赶写完质量较高的系列“龙凤山铸博会展会纪实”稿件，并第一时间用网络报道出时才肯休息，收到极佳效果。我看到他的成长和奉献很欣慰。其实，龙凤山参展团队每一位工作人员都是文化形象大使，有自己独特的故事。龙凤山副董事长刘武成、总经理白佳鑫、副总经理白树良采访时表现的潇洒风度、热情面容、巨大的魄力、坚定信心犹在眼前。德高望重的九十三岁铸造行业资深专家、龙凤山顾问李传轼接受记者采访，语重心长地说：“激烈市场竞争，机遇挑战并存，不应满足现有的成功，而以此为起点，积极进取”，彰显龙凤山文化厚重耐力特色。

展会期间，据统计，龙凤山接待中铸协、中钢协等各级领导 100 余人次，铸造行业专家 200 余人次、国内外用户 6000 余人次莅临龙凤山展位参观，前来咨询的客户络绎不绝。来自英国、韩国、日本、泰国、印度、芬兰等国家客商莅临龙凤山展位，对超高纯生铁及其生产工艺、检测化验手段产生浓厚兴趣，连连点头称赞。龙凤山在本次展会上，斩获超高纯生铁金鼎奖和超高纯生铁“四项技术”奖，向国内外客户秀出了拳头和实力，进一步提升知名度和美誉度。龙凤山凭借展会“文化窗口”，助推开拓国内外市场，为铸造业争光，为中华民族争气！

记者采访 93 岁铸造业资深专家李传轼（右一）与龙凤山副董事长刘武成（右二）、总经理白佳鑫（左一）

文化铸魂

阮观荣（左）到龙凤山进行文化采风
与董事长白居秉（右）合影

二十年龙凤山以文化自信，文化铸魂，创新不止。龙凤山始建于1999年，曾是一家名不见经传的濒临倒闭民营小铁厂，董事长白居秉接手后，初期生产球墨铸铁件用生铁和灰铸铁产品，市场趋于同质化竞争，众多企业受到重创。2008年以来，白居秉敏锐意识到，企业做强要靠文化。在创新路上，用文化点燃灵感的火花。他带领科研团队突围，自主创新，独辟蹊径，研究和生产出属于自己的高端铸造材料。2010年4月，终于在全国率先研制生产出了高纯生铁，龙凤山实现第一次腾飞。《新华社》《人民日报》、中央电视台等20多家媒体纷纷进行了报道。白居秉应邀参加2010年由中宣部批准、全国知名文化品牌的“中华大地之光”的征文评选活动，被评为“十佳新闻人物”，授予“中华优秀企业家”称号，在北京人民大会堂受到全国人大常务委员会副委员长周铁农颁奖和合影。2013年12月中华全国新闻工作者协会国内部原主任、“中华大地之光”组委会主任阮观荣亲率采风团来龙凤山采风，“谱写大地华章，讴歌时代英才”，撰写宣传龙凤山创新、文化铸魂的故事。

创新是龙凤山发展的动力源。我国已有的铸造原材料已满足不了高端铸件的质量要求，龙凤山审时度势，一鼓作气，在原有生产高纯生铁基础上，开启新一轮自主创新，向研发超高纯生铁冲刺。经过两年不间断研发，无数次试验，采用“精炼深度提纯工艺”，2017年3月研制出高纯净度、高稳定性、高一致性的超高纯生铁，为我国铸造和装备制造业奠定了坚实的铁基新材料基础。龙凤山实现又一次腾飞！

这一次又一次的腾飞靠什么？靠创新，靠文化。

龙凤山文化铸魂，实现超越自我，敬业创新，依托“五大优势”铸丰碑。其一、原料优势。河北武安铁矿资源丰富，其较高品质在全国乃世界实属罕见。其二、装备优势。拥有国家工信部认定的“专业生产铸造生铁”800立方米高炉两座及配套装备，精良的铁水精炼提纯装备两套。其三、人才优势。拥有一批懂技术、善管理、勇于创新的综合型人才。其四、工艺技术优势。在原创的“三精法”大高炉冶炼高纯生铁的基础上，进一步自主研创“高炉精炼+深度提纯”技术工艺，生产高质量的铸造用超高纯生铁。五是品种优势。龙凤山至今能生产集铸造用超高纯生铁、高纯生铁、亚共晶生铁、风电用生铁、球墨铸铁用生铁五大系列111个品种，可据不同用户需求，准确调整精炼提纯工艺，完全实现定制化生产、个性化服务，为核电、高铁、军工、海洋工程、航空航天等大国重器，国防科技工业、国家重大项目建设提供高端铸造铁基新材料。龙凤山所取得辉煌业绩无不是来自“文化之魂”，可点可赞！

文化传播

时光流逝二十年，弹指一挥间。我是《中国冶金报》记者，长期重点分担河北省民营钢企的宣传报道，常去燕山、太行山周边钢厂、矿山企业采访。从龙凤山建企那天至今，我见证了龙凤山经历的风风雨雨，在《中国冶金报》不间断、全方位、多角度定格龙凤山发展历程。

记者向龙凤山赠书与董事长自居秉（左）、副董事长刘武成（右）合影

这20年龙凤山怀着庄严使命感在行业中树立口碑，积累文化自信；20年凝聚一大批风雨同舟、志同道合的供销朋友、忠实用户，成为不断前进的动力；20年

培养和锻炼一批优秀团队，勇于面对困难，向理想进军；这 20 年，从零开始，不断积累自己，完善自己，壮大自己……从没有放弃过把龙凤山打造成优秀企业的梦想和努力。这些都是文化的精髓，要浓墨重彩传播出去。

用文化铸就儒商风范的龙凤山领军人，颇具思路敏捷，锐意创新，处事果断，诚信经营，登高望远等儒商优秀素质。为传播龙凤山文化，这 20 年龙凤山与《中国冶金报》结下深情厚谊，手拉手，通过在全国冶金行业有唯一绝对权威的《中国冶金报》开辟“协办栏目”。为出色办好这个栏目，一方面约我定期研究报道内容，制定报道计划，让通讯员在火线上练兵，通过记者传帮带，提高采访写作水平。另一方面，龙凤山副董事长刘武成才华横溢，身为中国散文学会会员、中国诗歌协会会员，通讯、调查报告、散文、诗歌等体裁写作样样精通。他带头并指导通讯员写稿。我俩“三观”颇相近，知己有共同语言，出于学习龙凤山、热爱龙凤山、宣传龙凤山、服务龙凤山的共鸣，能一拍即合。20 年间，经各方面通力合作，在《中国冶金报》等多家媒体刊发以龙凤山为主题的报告文学、散文、诗歌、通信、调查报告、摄影、摄像等系列、深度重头报道稿件约 200 篇、10 余万字。2013 年由冶金工业出版社出版全国发行的《燕赵儿女走进人民大会堂》一书刊有长篇报告文学《白居秉和他的高纯生铁》及由白居秉、刘武成撰写的科技论文《铸造“高纯”》等多篇文章，文化铸魂，创新抢占铸造用高端生铁制高点，为同行业奉献了宝贵的精神财富，在国内外产生深远影响，强有力地传播了龙凤山文化。

祝愿龙凤山在下一个 20 年，文化铸魂、创新不止、扬帆起航，继续健康稳步发展！

（作者：谢吉恒，原载于《中国冶金报》，2019 年 3 月 29 日；政商参考网，2019 年 3 月 26 日）

创新为魂 匠心筑梦

——河北龙凤山研发超高纯生铁纪实

深刻的记忆。八年前（2010年）四月上旬，河北龙凤山铸业有限公司（以下简称龙凤山），自主创新，在国内率先研发生产出铸造用高纯生铁。他们先后投资20余亿元，建成“采、选、烧、炼”工艺配套、装备先进的高纯生铁生产基地、跻身于世界铸造生铁行业前列，为中华民族增光添彩。《中国冶金报》曾进行过深度报道。

今年四月上旬，由《中国冶金报》社举办的2018年度钢铁行业品牌评选活动正式启动，《中国冶金报》记者又一次来到龙凤山采访。龙凤山这一重磅喜讯令人振奋：2017年6月在上海举办的“第十五届中国国际铸造博览会”上，推出了中国“龙凤山”牌超高纯生铁，一个“超”字，轰动了来自国内外铸造专家和高端铸造厂家。这是龙凤山自主创新研发生产出中国自己的铸造用高纯生铁之后，又一重大高端铸造新材料脱颖而出——“龙凤山”牌超高纯生铁靓丽登台。它的钛、锰、磷、硫等有害元素含量大大优于《铸造用高纯生铁》行业标准，铬、钒、钼、砷等11种微量元素总和小于0.020%，在全球行业内属于领先水平。

花香蝶自来。龙凤山超高纯生铁一举成功问世，业内领导、专家和客商，争相参观考察、洽谈合作。“龙凤山”牌超高纯生铁已在核电、高铁、军工、风电、海洋工程等领域高端铸造厂家投入使用，填补高端铸造新材料领域的一项空白，现已销往德国、法国、日本等发达国家和地区。超高纯生铁的诞生，在我国铸造发展史上树立了新的里程碑，将为我国铸造和装备制造业转型升级、由大变强奠定坚实的铁基新材料基础，助圆“中国制造2025”强国梦。

持续创新　增强活力

创新是企业发展的原动力。党中央和国务院提出实施“中国制造 2025”，加快中国从制造大国转向制造强国的奋进目标。

铸造业专家向《中国冶金报》记者介绍，伴随着“中国制造 2025”战略的快速实施，《铸造行业“十三五”规划》中提出的“百吨级核乏燃料储运容器”“7兆瓦及以上风电机组铸件”“高铁铸件”“低温高韧性球铁件”“固溶强化铁素体球铁件”“等温淬火球铁件”“高精度及高精度保持性机床铸件”等高端铸件对铸造原材料提出更苛刻要求，而我国已有的铸造原材料已经满足不了高端铸件的质量需求，中国制造业对高端铸造新材料的需求越来越迫切，急切要求提高铸铁材质的纯净度，解决炉料（生铁、废钢）带来的干扰元素的影响已成亟待解决的问题。

龙凤山董事长白居秉面对机遇与挑战，敏锐地看到，龙凤山要坚持创新不止，不断开发新产品，适应和引领高端铸造行业的新需求。白居秉果断拍板：开启新一轮自主创新，研发超高纯生铁。

思维决定出路，观念孕育生机。龙凤山坚持自主创新，两年多时间的不间断研发，攻关克难，经历无数次试验……2017 年 3 月，成功采用“精炼深度提纯工艺”这一关键技术，成功研制出以铁、碳和硅基本元素为主、其他有害元素和杂质元素含量极低的高纯净度、高稳定性、高一致性的超高纯生铁！超高纯生铁投入工业化生产和应用，受到用户的高度认可和青睐。

技术创新　砥砺奋进

龙凤山赶超世界先进水平，牢记科技创新是第一生产力的真谛，在研发超高纯生铁全过程，全方位践行这一理念，具备了独特的优势。

一是优质原料优势。超高纯生铁特定微量元素的含量极低，冶炼超高纯生铁需要优质铁矿，国内外适用生产超高纯生铁的矿稀少。河北武安当地的铁矿石中磷、硫、锰、钛和对铸造有影响的微量元素含量很低，其品质之高在全国乃至世界也属罕见，得天独厚。

二是装备优势。工欲善其事，必先利其器。龙凤山作为我国最大最优高端铸造新材料生产基地，2016年在原有先进装备基础上先后投资一亿多元，建造了1000平方米的技术中心大楼，配备了等离子体光谱分析仪、荧光分析仪、ICP荧光光谱仪。并建立了国内领先首家生铁试验室，配备了试验用中频感应电炉、金相显微镜、冲击试验机、液压式万能强度试验机、氧氮氢气体分析仪等先进仪器设备，具有完善的研发及试验条件。

三是技术、人才优势。龙凤山建厂近二十年积累了丰富的冶炼经验，秉承人才是第一资源的理念，聘请十多名既有较深理论造诣又有丰富实践经验的炼铁和铸造专家，吸收一批懂技术、善管理、勇于创新的综合性人才。龙凤山不拘一格，多渠道引进各类高端、顶尖人才：他们从中国铸造协会、中国机械研究总院、河工大等高等院校、科研单位聘请专家、教授近20人担任技术顾问，提升超高纯生铁的技术研发水平；建成高纯生铁和超高纯生铁科技研发中心，与多所专业院校、科研单位建立长期、稳定的技术合作关系；多次举办和参加“推广应用高纯生铁和超高纯生铁论坛会”；开展“产学研用”战略合作，优势互补，实现共赢。同时还引进中高层次技术和管理人才百余名，为企业发展注入活力。据统计，龙凤山这支高技能、高素质的技术团队和员工队伍，有极强创新能力的科技人才达到员工总数的二成以上，为持续创新研发超高纯生铁提供了人才支撑。

四是工艺技术优势。龙凤山研制的超高纯生铁，在高端铸造专家的指导帮助下，选择在“三精法”大高炉冶炼高纯生铁的基础上，采用独有技术进行精炼及深度提纯工艺，将生铁中微量有害元素含量去除至极低。并可根据不同用户的需求，调整精炼深度提纯工艺，实现定制化生产、个性化服务。超高纯生铁整个生产流程突出特点是均采用绿色制造工艺，生产纯净度、稳定性、一致性更好的铸造新材料。其P、S、Ti、V等关键元素及微量元素总和等技术指标达到国际领先水平，为我国铸造行业由大变强奠定了坚实的新材料基础。

铸造业权威专家评价龙凤山超高纯生铁有两个显著性能：一是超高纯生铁中的碳含量根据客户需要可以定制。超高纯生铁对钛、锰、磷、硫等常规元素各含量和铬、钒、钼、锡、锑、铅、铋、碲、砷、硼、铝等十一种微量元素提出极限要求，其中主要元素含量 C3.50%~3.80%、Si ≤ 0.50%、Ti ≤ 0.005%、Mn ≤ 0.02%、P ≤ 0.008%、S ≤ 0.010%；十一种微量元素的含量总和≤ 0.020%。二是“龙凤山”牌超高纯生铁，能够显著稳定提高高端铸件的性能要求。保证超低温铁素体球铁件 100% 的铁素体；净化晶界非金属夹杂；对低温和超低温铁素体球墨铸铁，能够显著降低塑 - 脆性转变温度，在超低温下既稳定保证抗拉强度 >400 兆帕，又能稳定达到 >12 焦的低温冲击值，是新一代高端铸件的首选原料。

品牌引领　匠心打造

品牌就是力量，创新就是灵魂，“龙凤山”牌铸造用超高纯生铁“龙行寰球，凤鸣九天”，他们研发超高纯生铁缘何能打造出强大品牌效应呢？

“得益于人才、装备、技术等多方综合研发优势；得益于‘大国工匠’精神，精准极致，增品种，提品质，奋力创品牌”，董事长白居秉接受《中国冶金报》记者采访时，开门见山地说。龙凤山大力实施培育品牌，“龙凤山”牌铸造用高纯生铁先后被工信部、环保部、科技部等四部委联合评定为“国家重点新产品”，获得“中国铸造材料金鼎奖”“中国冶金产品实物质量金杯奖”等殊荣，被中国品牌建设促进会评为“品牌价值产品”。

龙凤山打造的“龙凤山”牌超高纯生铁质量高、用途广、有文化特色烙印，满足和引领了核电、高铁、军工、风电、海洋工程等领域特殊需求，打造了经典品牌，成为龙凤山的靓丽名片，品牌效应凸显，结出丰硕成果。

硕果之一：百吨级核乏燃料储运容器。我国《铸造行业“十三五”规划》提出完成高端球墨铸铁百吨级核乏燃料储运容器的研制并实现产业化生产。目前我国正在进行研制工作。百吨级核乏燃料储运容器最大壁厚为500毫米，生产过程中如果铁水中微量元素杂质元素过高，铸件最后凝固部位容易产生碎块状石墨，晶界偏析夹杂多，也容易产生缩松、缩孔等铸造缺陷，严重影响力学性能和动态性能。在试制中，100%采用“龙凤山”牌超高纯生铁，在砂型铸造自然冷却的条件下，浇铸800毫米 ×800毫米 ×800毫米超大试块，从试块心部取样检测，结果表明未出现碎块状石墨及晶界偏析夹杂，无缩松、缩孔、夹渣等铸造缺陷。采用超高纯生铁生产大断面球墨铸铁件组织及性能得到了良好的保障。

硕果之二：高速列车转向架轴箱。高速列车的转向架轴箱是安装车轮与转向架构架的重要部件，它承载着车体重量，其质量的优劣直接影响着列车的安全性、稳定性与舒适性。其重要性与可靠性处于列车设计关键位置，列为高速列车的核心部件，在高速列车零部件中属A类部件。常州华德机械有限公司等三家高端铸造企业使用河北龙凤山高纯生铁和超高纯生铁生产了10万多件，没有一件不合格。龙凤山成为了国内唯一一家高速列车转向架轴箱原材料供应商。

2017年，常州华德等三家率先使用超高纯生铁进行了超低温、高韧性球墨铸铁（-60~-80℃）QT400-18AL的研究和在高速列车转向架轴箱的使用，取得了更为良好的效果。高铁转向架轴箱研制生产的难点是在低温、超低温使用条件下力学性能达到：抗拉强度≥400兆帕，屈服强度≥240兆帕，伸长率≥18%，在-20~-60℃冲击吸收功≥12焦。

硕果之三：高强度、高伸长率球墨铸铁的研究与生产技术开发受到相关研究机构的关注。吉林大学通过采用龙凤山超高纯生铁净化铁液、多元素合金元素固溶强化、晶粒细化等一系列生产优化工艺和措施，成功研制并生产出铸态QT700-10高性能铸铁件。

用户为“天” 营销创新

龙凤山为适应市场需求，创新营销策略，灵活启用打出“营销组合拳”。

采用两个模式：一是采取 EVI 营销理念，参与到用户的产品设计、模具开发、现场工艺等各个环节中去，提前为客户量身定制产品；二是采取供应链管理供应模式，主机厂配套的 OEM 单位统一选用龙凤山定制化产品，优异一致的铸件性能可有效延长主机使用寿命。提高用户的市场竞争力,实现与用户共赢。一个机制（销供产质联动机制）：对用户进行"一站到位"式个性化服务模式。努力实施四化（生产定制化、产品系列化、质量高端化、服务个性化）的目标，着力全方位为用户服务，市场前景广阔，带来产销两旺景象，营销各项指标均创新高。进入 2018 年，龙凤山注重巩固老用户，发展新用户，新用户、新订单较去年同期增加 70 余户，据统计自去年投产至今已产销 10 余万吨超高纯生铁。

龙凤山对用户有针对性的调整超高纯生铁基体中微量元素组成及含量，为用户个性化定制生产，提供强有力的保障和供给。龙凤山已与中国一重、常州华德、江苏吉鑫、宁夏共享、中国重汽、广西玉柴、山东潍柴等一大批著名铸造企业结成长期战略合作伙伴，与越来越多的"国字号"大用户建立了稳定的合作关系。据测算龙凤山自 2010 年以来生产的高纯生铁、超高纯生铁在显著提高铸件质量和性能的同时，为铸造厂家节约 30 多亿元原材料成本，超高纯生铁市场前景极为可观。龙凤山为铸造行业发展提供高新技术 + 科技新产品 + 满意服务，也为中国乃至世界超高纯生铁定制化生产开辟一条"中国之路"。

（作者：谢吉恒、唐小勇、白新社、魏锐波，原载于《中国冶金报》，2018 年 5 月 4 日；搜狐网，2018 年 4 月 14 日）

力求做到生产全流程“零”污染

——龙凤山绿色发展纪实

近日,《中国冶金报》记者走进河北龙凤山铸业有限公司(以下简称龙凤山)的厂区，发现厂区路面干净整洁，生产现场规范有序。

据记者了解，龙凤山在党的十九大精神的鼓舞下，深入践行“绿水青山就是金山银山”的绿色发展理念，树立高度的主体责任意识和担当意识，于2017年11月份全面打响了再造美丽龙凤山的“大会战”，力求做到生产全流程“零”污染，把绿色环保工作推向了新高度。“龙凤山的奋斗目标，是将自身打造成为‘公园式’绿色标杆企业。”龙凤山董事长兼总经理白居秉对《中国冶金报》记者说。

打造绿色精品龙凤山

自建厂以来，龙凤山坚持创新发展，打造创新型高新技术企业。目前，该公司每年可生产铸造用高纯生铁、超高纯生铁100多万吨，国内市场占有率高达80%。

龙凤山把环境管理工作放在重要位置，把提高资源能源利用率，减少经济活动对环境造成的影响作为影响公司未来发展的重大课题。白居秉清醒地认识到，铸造业能耗高、污染大，节能减排任务艰巨、紧迫。为此，白居秉决定调整结构，走清洁循环可持续的发展之路，打造绿色精品龙凤山。

2010年，龙凤山确立创建资源节约型、环境友好型企业的目标，激发员工推进节能减排、清洁生产。8 年多来，白居秉带领员工狠抓绿色环保工作，一是花大力气治理污染源，确保污染物少排放、“零”排放；二是狠抓基础管理，确保良好的作业环境。白居秉要求龙凤山供应部注重原料的质量，采购低硫、低磷原料，并实现原料封闭式传输。为减少粉尘排放，龙凤山购买了近 20 台除尘设备，实现 24 小时不停歇运转，确保污染物“零”排放。为合理利用煤气资源，龙凤山专门投资建设煤气柜，实现了煤气“零”排放。“从原料进场到成品出厂，我们力求做到生产全流程‘零’污染。”白居秉说。

龙凤山大力发展循环经济，投入 3 亿元建成高炉煤气发电机组、BPRT（煤气透平与电动机同轴驱动高炉鼓风机技术）发电装置、烧结脱硫装置等循环经济体系项目，实现吨铁废水排放量、粉尘排放量、吨铁二氧化硫排放量均低于国家排放标准。龙凤山还积极采用先进的节能环保新工艺和新技术，实现了节能、降耗、减排、增效。

在废气污染防治方面，龙凤山实现铁精粉、煤、焦炭等大宗物料的封闭式厂内运输，除尘灰、炉渣及少量的原料则采用汽车遮盖运输，杜绝了扬尘污染。针对烧结工序，龙凤山给烧结机配料及转运系统配备了集尘罩等设施；在烧结矿的筛分、贮存、转运等产尘点设置集气罩，收集废气并送布袋除尘器处理；在烧结机机头配备四电场静电除尘器和石灰 - 石膏法脱硫装置。针对球团工序，龙凤山在配料间完成 3 面封闭和加顶棚改造，控制粉尘无组织排放；在竖炉配料系统等产尘点配备集尘罩设施，并将收集的废气送往布袋除尘器处理；在焙烧系统配备静电除尘器和石灰 - 石膏法脱硫装置。针对炼铁工序，龙凤山给两座高炉上料地坑配备了集尘罩等设施，并将收集的废气送矿槽布袋除尘器处理；给高炉炉顶装料系统配备集尘罩，收集废气送往铁场布袋除尘器处理；高炉煤气采用重力 + 布袋干式净化工艺处理，净化后的煤气送往 10 万立方米高炉煤气柜，实现高炉煤气“零”排放。

在废水处理方面，龙凤山的废水全部实现封闭分区处理。炼铁、烧结等系统拥有独立的水处理系统，水资源循环利用率达到 100%，实现了废水“零”排放。

在固体废弃物处理方面，龙凤山将生产过程中产生的瓦斯灰、除尘灰等全部送入烧结工序再利用，将冶炼炉渣、脱硫产物等对外销售，将生产过程中产生的废机油送入危险废弃物暂存间，再全部交由有资质的单位处置。龙凤山实现了固体废弃物的综合利用或妥善处置，实现了固体废弃物的“零”排放。

打响再造美丽龙凤山“大会战”

龙凤山坚持以十九大精神为指引，以更广阔的视野，努力在新时代取得新作为。白居秉带领全体员工坚持绿色发展，上下同欲，在已建成绿色精品龙凤山的基础上，2017 年 11 月份，打响再造美丽龙凤山“大会战”，按照“高标准，做极致”的理念，做到环保无死角，建立高效、清洁、低碳、循环的绿色制造体系，打造“公园式”绿色标杆企业。为实现绿色发展，龙凤山采取了以下 3 招盘活绿色发展模式：

一是专家指导，整体规划。为确保再造美丽龙凤山行动更为科学合理，龙凤山特邀请专家，对龙凤山进行了全方位诊断和指导。为确保厂区净化、亮化、绿化、美化“四化”工作有效落实，龙凤山按照“高标准、做极致”的理念，委托专业设计院对全厂“四化”工程进行了整体规划。为加快“四化”工程进展，龙凤山抽调 30 余名设备、电气、环保专业工程师，成立方案设计和机械制图组，负责现场测量、数据采集、方案确定、参数计算、施工监督等，缩短了工期。

二是投入大量资金，确保打赢“大会战”。龙凤山在再造美丽龙凤山“大会战”中，总共投资 5 亿元，实施了近 100 项环保深度治理工作，对烧结球团、炼铁等主要工序进行了全面改造升级，安装、更新除尘设施，企业的吨铁环保治理费从 2016 年以前的 80 元增加到现在的 140 元。其中，龙凤山投资 2.5 亿元对 4 座共计 20 万余平方米的料场进行了全面棚化施工，建了 4 座大棚，有效地防止了扬尘污染；斥资 100 万元购买树苗和冬青对厂区共计 6 万平方米生产、生活区域进行无死角绿化，实现公司绿化全覆盖；投资 3000 万元对公司所有干道进行了全部硬化，确保地面无裸土等。

三是先人一步，确保达标。白居秉表示，要着眼未来，用超前的眼光和意识实现企业绿色可持续发展，积极推进绿色治理，打造高效、清洁、低碳、循环的绿色制造体系，谋求经济增长与资源环境的和谐统一。以烧结工序为例，龙凤山烧结球团分厂对所有脱硫设备进行了升级改造，确保各项排放指标达到最小排放限值，达到环保部《关于发布<钢铁烧结、球团工业大气污染物排放标准>等20项国家污染物排放标准修改单的公告(征求意见稿)》的要求。

白居秉对《中国冶金报》记者说，随着人们对美丽生态环境要求的提高，提升环保水平已经成为企业生存的基本点，龙凤山不仅要做生铁行业的龙头企业，还要做绿色环保的标杆企业。

（作者：谢吉恒、魏锐波，原载于《中国冶金报》冶金传媒，
2018年2月13日）

二十载品牌创新辉煌路

因研制的铸造用超高纯生铁中钛、锰、磷、硫等有害元素含量大大优于《铸造用高纯生铁》行业标准，铬、钒、钼、砷等11种微量元素含量总和小于0.020%，可广泛应用于核电、高铁、军工、海洋工程、航空航天等大国重器、国防科技工业、国家重大项目建设领域的高性能、高质量、超大断面球墨铸铁件的生产，近年来，河北龙凤山铸业有限公司（以下简称“龙凤山”）吸引了国内外专家和用户的广泛关注。下面，我们一起来了解龙凤山20年改革创新、创建品牌的奋斗历程。

绝地求生

1999年，白居秉接手面临倒闭的河北省武安市崇义乡的一家名不见经传的小铁厂，创办了龙凤山。初期，龙凤山以生产球铁件用生铁及灰铸铁产品为主，实施的是“低价＋走量”的营销模式。面对当时生产球铁生铁和灰铸铁产品的企业众多、市场同质化竞争激烈的状况，龙凤山董事长白居秉果断提出“要打造出属于自己的品牌，让国内外市场认可龙凤山、选择龙凤山”，从此，龙凤山以武安市丰富的铁矿资源为优质原材料基础，开始了转型之路。

2008年，严峻的市场让众多同类企业受到重创，龙凤山也面临着如何发展的抉择。经过反复思考，白居秉敏锐地发现，我国铸件质量与发达国家之间的巨大差距的主要原因是没有优质生铁，特别是高纯净度生铁作为原材料保障。在国内大多数铸件生产企业还只注重产量规模的时候，白居秉已认识到了龙凤山改革创新、转型升级的必要性。他提出，龙凤山要全面转型升级，创新的重点是研制和生产出属于中国自己的高端铸造材料，打造自己的品牌形象。于是，龙凤山邀请业界专家，聘请铸造人才，调整产品结构，依托原料、装备、技术优势，开始研发高纯生铁。

2009 年，龙凤山成功冶炼出风电铸件专用生铁。2010 年 4 月，在中国铸造协会专家的指导下制定出中国第一个《铸造用高纯生铁》企业标准，并按照标准，在国内率先成功研制并生产出铸造用高纯生铁；同年 5 月，产品在中国国际铸造博览会上首次亮相，就令业内众多专家欣慰称赞：“太好了，中国终于拥有了自己的高纯生铁！”

2018 年，龙凤山参与制定的《铸造用高纯生铁》团体标准成功入选工业和信息化部团体标准应用示范项目，中国一重、中国二重、中国重汽、中国二汽、常州华德等一大批著名企业也与龙凤山建立了长期合作关系。由此，龙凤山人发出了誓言：全力打造全球高端铸造铁基新材料生产基地。

风生水起

以前，生产高端铸件的超高纯生铁原料供应和冶炼技术始终被少数几个发达国家垄断，而我国装备制造业的发展对高端铸件的需求越来越迫切。面对新的机遇和挑战，白居秉深刻地认识到，要打造全球高端铸造铁基新材料生产基地，必须坚持技术创新，制造出纯净度更高的生铁。于是，龙凤山开始了新一轮创新，挑战研发纯净度更高的铸造用超高纯生铁。

2016 年，龙凤山在原有生产高纯生铁技术基础上，投资 1 亿多元建造了 1000 平方米技术中心大楼，配备了先进仪器设备，实施新一轮技术改造。2017 年 3 月份，经无数次试验，以铁、碳和硅基元素为主，其他有害元素和杂质元素含量极低的高纯净度、高稳定性、高一致性的超高纯生铁成功问世！该产品有两个显著特点：一是可以根据客户需要定制产品的碳含量；二是能够稳定显著地提高高端铸件的性能要求。这两个特点为我国铸造业攻克关键高端铸铁件难关夯实了基础。目前，龙凤山牌超高纯生铁已在大型核电铸件、高速列车核心铸件、超大型风机、超大断面球墨铸铁等制造领域得到应用，并取得了较好的效果。

20年的风雨兼程，龙凤山历久弥新。员工由不足500人壮大到2100多人，产品由简单的球铁生铁和灰铁件发展为五大系列111个品种；资质从风雨飘摇的小铁厂摇身为工信部认定的专业生产铸造用超高纯生铁、高纯生铁和亚共晶生铁的高新技术企业，并与清华大学、北京科技大学、上海大学等20多家知名大学和科研院所形成了产学研用战略合作伙伴关系。如今，龙凤山从新产品研发中试平台着手，深度开发超高纯铁、非晶母材原料纯铁、磁性材料、铁基金属粉末、耐高温、耐腐蚀铁基功能新材料等高端新材料产品，以实现企业产品跨越式升级，为战略性新兴产业发展、国家重大工程建设、国防科技工业和"一带一路"战略提供新材料支撑和保障。

国内外专家在河北龙凤山铸业有限公司开展新产品开发研讨活动

用龙凤山产品制造的核工业产品

龙凤山铸业有限公司生产的产品

在新材料领域挺进的同时，龙凤山还斥巨资投入绿色环保建设，在全厂范围进行技改项目多达 100 余项，实现了生产全流程零污染；并准备成立物流公司，为减少运输环节污染拟建“公转铁”项目……这一系列改革创新举措，既是龙凤山深入贯彻绿色发展理念的具体行动，更是龙凤山人肩上沉甸甸的社会责任。

龙飞凤舞，翱翔蓝天！

（作者：谢吉恒、魏锐波，原载于《中国冶金报》，2018 年 10 月 19 日）

将服务做到用户心坎上

——探寻龙凤山创新市场营销的秘籍

今年3月中旬，河北龙凤山铸业有限公司（以下简称龙凤山）总经理白佳鑫参加上海第十七届中国国际铸造博览会，会间诚邀《中国冶金报》记者去龙凤山采访。6月下旬，迎接中国共产党诞辰98周年前夕，《中国冶金报》记者专程赴龙凤山采写创新市场营销的深度报道。

据了解，龙凤山作为高端铸造铁基新材料生产基地，其自主创新研制出的高端铸造用龙凤山牌高纯生铁国内市场占有率高达80%，超高纯生铁、亚共晶生铁独家占有国内外市场，出口日本、德国、法国、美国等亚欧美发达国家。“龙凤山2019年上半年生产经营平稳，实现尽产尽销，销量比去年同期增加68%，已超额实现上半年销售目标”白佳鑫说。

龙凤山作为国内规模最大的铸造用超高纯生铁、高纯生铁和亚共晶生铁生产基地，龙凤山缘何能在国内外市场连年独占鳌头，创造不凡业绩呢？市场运营部总经理白树良告诉《中国冶金报》记者，“责任在心中，服务无止境”的创新营销秘诀。

打铁还须自身硬

白树良向《中国冶金报》记者介绍，“用户为天，质量为命，科技为翼，创新为魂”是龙凤山的核心理念。龙凤山的每位市场销售业务人员都需提高自身素质。

打铁还须自身硬。那么，龙凤山的营销人员如何修好“自身硬”这堂“必修课”呢，《中国冶金报》记者经采访得知：首先，龙凤山的营销业务人员入选前须经严格把关和精挑细选。其次，业务员历练期间，须进入生产现场实习，对生产工艺和技术指标了如指掌，业务能力达到独当一面，至少要经历 3 年时间，胜任区域经理或主管起码要 5 年时间。此外，业务员还要有“全身心投入，奉献自己”的精神。

为推广龙凤山产品，市场运营部采取分区域地毯式搜索用户，一个省份一座城市地跑，一条街道一条街道地扫，不足 30 人的营销团队用一年时间跑遍了中国，鞋子跑烂了几十双……销售员只要接到用户的电话，就立马有了精神……在他们眼中，做好销售工作，是对家庭、企业、用户的满意交待。

将服务做到极致

龙凤山董事长白居秉经常告诫营销人员，牌子越是大越要低头做事。龙凤山从 2018 年开始，创新营销模式，打造用户服务平台，进一步巩固其市场地位。

其一，产品服务方面，实施定制化生产、个性化服务。他们根据用户企业规模和需求程度不同，为客户量身定做生铁产品，既能满足用户质量要求，又能为用户减少可观的生产成本。在此基础上，龙凤山还提供经济高效的合作模式、便捷的供货系统和强大的专家顾问团队对客户进行技术支持。目前，龙凤山产品有 5 大系列共计 111 个品种，可以满足不同用户在铸造过程中的不同需求，打造现代化铁基新材料供销保障体系。

其二，技术支持方面，实施技术一对一指导，保证售后无忧。龙凤山技术中心有高级冶炼专家和铸造专家共 32 人，各类专业技术人员 587 人。与清华大学、北京科技大学、上海大学、中国机械研究总院等 20 多家国内知名高校和科研院所结成了产、学、研、用战略合作伙伴。强大的售后专家技术团队是龙凤山打造精细化管家式服务的一张“王牌”。除客户企业发出邀请外，市场运营部每年都定期携专家上门拜访，深入了解客户在铸造过程中遇到的难题和疑问，并对用户企业进行交流答疑。

其三，“六管齐下”打造服务平台，力求用户满意。

一是建立强黏性关系。当好让客户放心的供应商角色，向高端铸造行业提供优质原材料，加强上下游企业之间的有效沟通，使原材料、铸造、装备这条产业链联系得更加紧密，从而达到强强联合、优势互补、凝聚力量的目的，在拓展企业发展空间等方面发挥重要作用。龙凤山市场运营部经常不定期与用户企业召开沟通交流会，倾听客户的想法、建议，通过与用户的零距离沟通，不断调整营销战略和合作模式，紧跟客户发展步伐。目前，龙凤山已与中国一重、常州华德、吉鑫科技、宁夏共享、山推等多家重要制造企业和高端铸造企业建立了长期密切的强黏性关系。

二是创新销售理念，完善销售模式。2019 年，市场运营部继续扩大销售团队，招揽技术人才投入销售工作，实行售前、售中、售后技术全过程服务，并建立产学研用一体化技术开发和产品开发体系，加快超高纯生铁、高纯生铁、亚共晶生铁等高端原材料的推广应用，助力用户研制开发高端铸造新产品。

三是强化 4R（关联、反应、关系、报酬）营销方针。他们紧密联系用户，在业务、需求等方面与顾客建立联系，形成一种互助、互求、互需关系；把顾客与公司联系在一起，不断提高顾客忠诚度；提高公司对市场的反应速度，及时地倾听顾客诉求，并及时做出反应来满足顾客需求。

四是采取 EVI（先期介入）营销理念。他们积极参与用户的产品设计、模具开发、现场工艺等各个环节，提前为客户量身定制产品。据悉，在与吉鑫科技合作之初，龙凤山营销人员通过调研了解到，该公司在开发国外某公司大型风电铸件时遇到瓶颈，应用传统原材料生产出来的铸件产品球化率不达标、抗低温冲击韧性达不到要求。经反复实验论证，这是原材料纯净度低、有害微量元素含量超标的问题所致。为此，龙凤山由销售部专门成立技术研讨小组，针对吉鑫科技所遇到的问题进行剖析，深入用户共同对其终端用户所提的要求进行现场讨论，达成一致意见后，最终确立使用超高纯生铁、高纯生铁作为此开发项目中的主要原材料。采用超高纯生铁、高纯生铁后，后续的生产试制取得明显效果，现已成功批量化生产。

五是采取供应链管理供应模式。龙凤山利用自身专项优势、专利技术、特别渠道以及成本优势，加入到山推供应链管理供应模式。山推下辖事业部及配套企业上百家，这些企业主要从事工程机械变矩器、变速箱、减速机组装生产，其中 40 多家为事业部配套的核心零部件产品生产企业。该事业部生产的部件均为整机最受力部件，对整机的正常运行和使用寿命起到了决定性作用。为保障整机动力系统稳定运行，控制部件质量，保证各部件物理性能达到高一致性和高稳定性，山推自 2010 年开始下辖所有核心零部件生产企业事业部所用高端生铁产品集中采用供应链管理供应模式，均采用龙凤山高纯生铁生产，性能优异一致的铸件可以有效延长主机的使用寿命。

六是实施销供产质联动机制。他们对用户进行“一站到位”式个性化服务，努力推动“四化”（生产定制化、产品系列化、质量高端化、服务个性化），全方位为用户服务。

随着时代改变，市场发生了深刻变化，龙凤山的创新服务也在不断加强，充分满足客户的硬性、软性需求，把创新做到点子上，做到用户心坎上，将服务做到极致。

（作者：谢吉恒、魏锐波、李莎莎，原载于《中国冶金报》，
2019 年 7 月 17 日 4 版）

新中国第一块超高纯生铁的诞生

“经评价验收委员会决定，‘铸造用超高纯生铁新材料的研制’项目系统研究了铸造用超高纯生铁生产机理，自主研发了‘精炼深度提纯’稳定的生产工艺，研制生产出具有高纯净度、高稳定性的铸造用超高纯生铁新材料，填补了国内空白，产品替代进口，主要技术指标优于国外水平，整体技术水平达到了国际领先水平。”伴随着中国农业机械科学研究院原副院长、中国铸造协会专家委员会主任张伯明郑重宣布，标志着“龙凤山”牌铸造用超高纯生铁作为高端铸造铁基新材料载入中国高端铸造业的史册。

科技成果评价及新产品验收会议现场

2015 年 3 月，国务院总理李克强提出实施“中国制造 2025”，加快中国从制造大国转向制造强国。近十年来，我国制造业持续快速发展，总体规模大幅提升，综合实力不断增强，不仅对国内经济和社会发展做出了重要贡献，而且成为支撑世界经济的重要力量，目前中国已成为世界上最大的制造业大国之一，有“世界工厂”之称，但我国距离制造强国这一目标还存有差距，其最主要的原因之一是原材料问题。《铸造行业“十三五”规划》中提出的“百吨级核乏燃料储运容器”“7 兆瓦及以上风电机组铸件”“高铁铸件”“低温高韧性球铁件”“固溶强化铁素体球铁件”“等温淬火球铁件”“高精度及高精度保持性机床铸件”等高端铸件对铸造原材料提出了新的更高要求，而我国现有的铸造原材料已经无法满足高端铸造件的质量需求，所以中国制造业对高端金属铸造新材料的呼声越来越高。

“大国重器”，一“大”一“重”，无不体现出实现中华民族伟大复兴的中国梦的愿景。材料工业是国民经济的基础产业，新材料是材料工业发展的先导，是重要的战略性新兴产业。为贯彻落实“中国制造 2025”和“中国铸造行业‘十三五’发展规划”，助推国家供给侧实质性改革，彻底解决我国高端新材料依赖进口的局面，龙凤山依托自身资源、人才、装备、技术研发等优势，瞄准国际、国内新材料高端市场，实施产品创新升级。

2016 年，龙凤山在原有高纯生铁基础上投资 1 亿多元，建造了 1000 平方米技术中心大楼，配备了等离子体光谱分析仪、荧光分析仪、ICP 荧光光谱仪。并建立了国内领先首家生铁试验室，配备了试验用中频感应电炉、金相显微镜、冲击试验机、液压式万能强度试验机、氧氮氢气体分析仪等先进仪器设备，具有完善的研发及试验条件。在研创前期，龙凤山在原有高纯生铁基础上一次次攻破原料选用、炉内冶炼和炉外精处理三大难关，并在“三精法”基础上研创出“深度精炼提纯工艺”。2017 月 3 月 13 日凌晨，随着第一炉以铁、碳和硅基本元素为主，其他有害元素和杂质元素含量极低的高纯净度、高稳定性和高一致性并且符合企业标准的超高纯生铁检验合格，中国首批铸造用超高纯生铁正式在中国诞生！

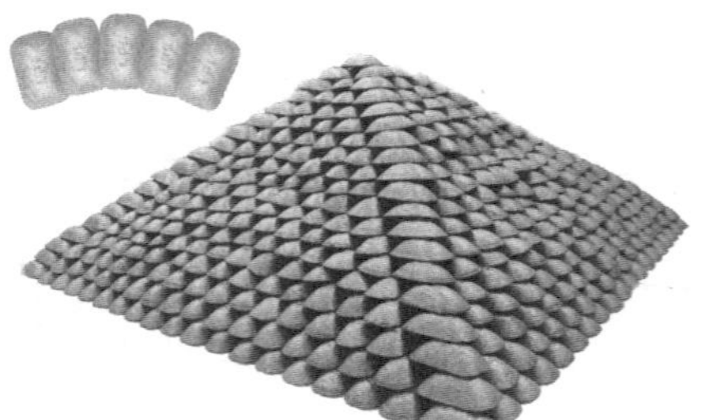
“LFS”牌铸造用超高纯生铁

此后，“龙凤山”牌铸造用超高纯生铁亮相国内、国际各大铸造展览会，在铸造业犹如一声春雷，吸引了无数国内高端铸造企业的纷至沓来，获得了业界领导、专家教授和用户的高度评价。并应用在多家“大国重器”企业，取得突破性进展，为高端铸造业的高速发展奠定了原材料基础。

超高纯生铁亮相 2019 年德国铸造展会 GIFA

龙凤山凭借铸造用超高纯生铁获得发明专利一项，并获得“改革开放 40 周年机械工业杰出产品”及多项科学技术进步大奖。

中华人民共和国国家知识产权局

100080

XQ36169914211

北京市海淀区彩和坊路 11 号 6 层 602 室

北京高沃律师事务所 王加贵(010-82873665)

发文日：

2018 年 01 月 25 日

电子申请通知书纸件副本（网上请求）

申请号或专利号：201810073615.5　　发文序号：2018012501467890

专利申请受理通知书

根据专利法第 28 条及其实施细则第 38 条、第 39 条的规定，申请人提出的专利申请已由国家知识产权局受理。现将确定的申请号、申请日、申请人和发明创造名称通知如下：

申请号：201810073615.5

申请日：2018 年 01 月 25 日

申请人：河北龙凤山铸业有限公司

发明创造名称：一种超高纯生铁制备系统及制备方法

经核实，国家知识产权局确认收到文件如下：

发明专利请求书 每份页数:4 页 文件份数:1 份

专利代理委托书 每份页数:2 页 文件份数:1 份

说明书 每份页数:7 页 文件份数:1 份

权利要求书 每份页数:2 页 文件份数:1 份 权利要求项数： 10 项

实质审查请求书 每份页数:1 页 文件份数:1 份

说明书附图 每份页数:2 页 文件份数:1 份

说明书摘要 每份页数:1 页 文件份数:1 份

提示：

1. 申请人收到专利申请受理通知书之后，认为其记载的内容与申请人所提交的相应内容不一致时，可以向国家知识产权局请求更正。

2. 申请人收到专利申请受理通知书之后，再向国家知识产权局办理各种手续时，均应当准确、清晰地写明申请号。

3. 国家知识产权局收到向外国申请专利保密审查请求书后，依据专利法实施细则第 9 条予以审查。

审查员：自动受理　　审查部门：专利局初审及流程管理部

200101　纸件申请，回函请寄：100088 北京市海淀区蓟门桥西土城路 6 号 国家知识产权局专利局受理处收

2010.4　电子申请，应当通过电子专利申请系统以电子文件形式提交相关文件。除另有规定外，以纸件等其他形式提交的文件视为未提交。

1/1

超高纯生铁发明专利受理书

荣誉证书

HONORARY CREDENTIAL

河北龙凤山铸业有限公司

在庆祝机械工业改革开放40周年活动中，你公司产品：铸造用高纯生铁、铸造用超高纯生铁，被选树为“改革开放40周年机械工业杰出产品”。

中国机械工业联合会

二〇一八年十二月

超高纯生铁、高纯生铁荣获改革开放 40 周年机械工业杰出产品

2018 年 9 月 15 日，受工信部委托，由 14 位中国铸造协会领导、专家教授和用户组成的“新产品验收及科技成果评价评审委员会”对龙凤山最新研创的铸造用超高纯生铁进行新产品验收及科技成果评价。

评委会认为铸造用超高纯生铁主要的技术创新点如下：

（1）在原有“三精法”工艺生产高纯生铁的基础上，自主研发了“精炼深度提纯”成套工艺技术，采用喷吹、脱硫、脱磷等单元，降低了产品中 Mn、Ti、P、S 及 Cr、V、Mo、Sn、Sb、Pb、Bi、Te、As、B、Al 等微量元素的含量，稳定生产出超高纯生铁。

（2）超高纯生铁的技术指标完全优于世界上著名的加拿大、南非和日本的产品。

（3）采用了数字化生产装备，可根据用户的需求实现定制化生产，个性化服务。

项目承担单位生产设备先进、检测手段齐全、质量体系完善，具备批量生产的能力。

项目产品各项技术指标达到了《铸造用超高纯生铁》Q/HLFS02—2017 企业标准要求，是具有优异性能和特殊功能的铁基新材料，也是铸造行业亟需的新材料，龙凤山铸造用超高纯生铁新材料已广泛应用于核电、高铁、军工、海洋工程、航空航天等大国重器、国防科技工业、国家重大项目建设等广泛领域，对生产高性能、高质量、超大断面球墨铸铁件提供了重要的原材料保障，在铸造行业具有很高的推广价值。

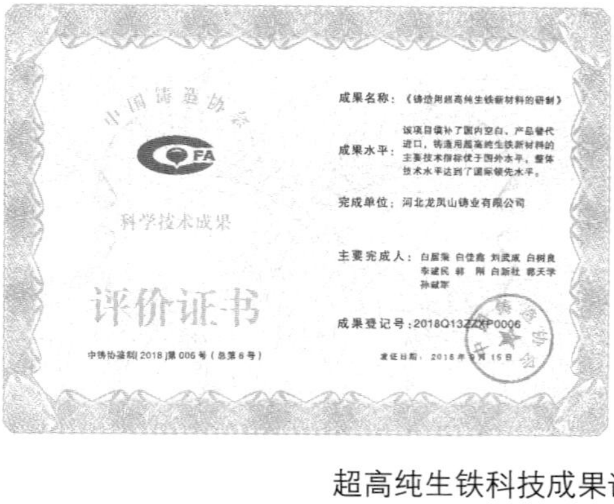

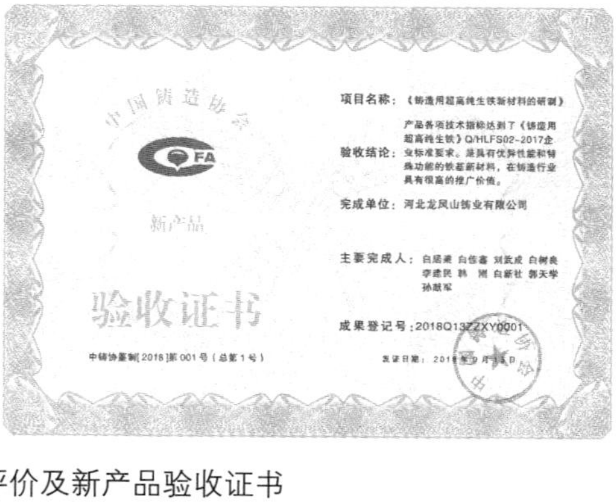

超高纯生铁科技成果评价及新产品验收证书

（作者：谢吉恒、魏锐波，原载于政商参考网，2019 年 8 月）

第三章

拥抱新时代　焕发新气象

文友指点江山，激扬文字，汇入时代的洪流，运用手中的如椽之笔，去追逐时代的潮头，摹写那风浪尖上的弄潮儿。这是文人的责任，是记者的担当。唯其如此，我们才不愧于这个时代。

（任宝亭）

（一）文友人生

《人生“麻辣烫”》序

冬至前几天，河北津西钢铁集团有限公司（以下简称津西钢铁）王继祥同志给我送来《人生“麻辣烫”》这个集子打印稿。嗬，厚厚的、沉甸甸的350余页约40万字，排列井然。惊喜之余，我粗略地翻翻，心里顿时产生一种赞许、敬佩之感。

在众多河北民营钢企队伍中，王继祥所处的津西钢铁的优越环境，“海阔任鱼跃,天高任鸟飞”为他的成长提供了“天时地利人和”条件,使其大显身手、崭露才华有用武之地。

我是连续三十余年辛勤服务于《中国冶金报》的资深记者，到津西钢铁采访，他是我熟知合作伙伴之一。在我的印象中，他在工作岗位上，总是开动脑筋、勤勤恳恳、默默耕耘、士气高昂、心情愉悦、节奏紧张。有两次，他和我一起采访和开会，时间安排满满的，令人真有些应接不暇。

王继祥约我写个序之后，我便开始思考，该为此书写点什么呢？我想，王继祥同志的实践，这本内容丰富的集子，足以说明一位热爱新闻写作、挚爱文艺创作的爱好者，尽管非科班出身，但酷爱此项工作，扎根基层、爱岗敬业、一步一个脚印，全身心投入到采访创作中去，勤学苦练写作基本功，照样可以写出比较好的新闻及文学作品。王继祥常年坚持写作成为民营钢企的佼佼者，作品令专业人士刮目相看。王继祥的《人生“麻辣烫”》结集出版，是一件好事，我乐意写几句话，表示祝贺！汇集到这个集子的224篇作品，印上他成长的足迹，注入他的心血，刻下了他的生命的年轮，是津西钢铁辉煌成就的缩影、一部难得的文化产品。

王继祥见证了津西钢铁从名不见经传的小乡企，亮丽转身，转型升级，由小到大变强，跻身全国500强企业之列。各项主要经济指标位列全国钢企前十位，建成全国最大型钢基地，成为镶嵌燕山山脉一颗璀璨明珠。他由风华正茂的二十几岁年轻后生，历经30余个春秋与津西钢铁风雨同舟，至今已成年过半百、两鬓染霜的“知命之人”。津西钢铁是他成长的温馨港湾，深情感悟到，没有津西钢铁的发展，就没有自己的今天。知恩感恩报恩，梦想筑梦圆梦，使他身为津西人感到骄傲和自豪。王继祥基于热爱津西、亲近津西、宣传津西、服务津西，自己有责任和担当为津西钢铁也是为自己做点什么，三十年磨一剑，把自己作品汇成《人生“麻辣烫”》文集奉献给津西人，这就是他的初衷意愿。

王继祥的《人生“麻辣烫”》文集内容丰富、体裁多样性成为一大看点。一方面，文集以津西钢铁发展为主轴，正能量、接地气、与时俱进，给人希望、给人智慧、给人自信、给人欢乐。文集中的主人公说话让人喜欢、做事让人感动、做人让人想念。另一方面，文集除收录了大部分新闻作品外，还有散文、诗歌、小小说、曲艺、摄影、对联、歌曲创作等作品，意境新颖、诗情画意、引人入胜，被喻之为川渝地区特色风味小吃——“麻辣烫”。《人生“麻辣烫”》作品集犹如城市一道亮丽风景线，众生相喜爱各具特色，有吃得快麻了唇、吃得慢辣了舌、不快不慢烫了心、直到痛快渗出汗水，汪出泪水，酣畅喊出风味的精髓。《人生“麻辣烫”》为读者馈送一份五彩缤纷、美味可口的文化大餐。王继祥多才多艺，全方位多角度展示津西人的七彩人生，增强作品的可读性、知识性、趣味性。他为此自我加压、自找苦吃、苦中求乐、乐在其中。“我的情感和快乐也都融入作品中”（王继祥语）。他写道：“通过此书，让更多的人了解津西，走进津西、亲近津西、合作津西，相互交流学习，汲取鼓舞和力量，感受到些许快意和乐趣我就心满意足了。”这是他结集出书的又一个目的。

我阅读这个集子，还有另一种感受，谈一点本书的写作技巧。总的印象是短、真、精、深！

短，是指行文短。这个集子里的作品每篇多以1000字至1500字左右，真，是指行文真。这个集子里的作品，均以津西钢铁做大背景，真实的反映津西钢铁各个侧面、不同层次的精神面貌；精，是指行文精，这个集子里的作品都能在真实的基础上，去粗取精，截取生活中的一个有意义的横断面，画龙点睛描绘出来；深，是指行文有深度。这个集子里的作品，主题鲜明，并能在一定程度上提炼出富有哲理意味的思想来。

“山不在高，有仙则名、水不在深，有龙则灵。”30多年过去了，王继祥用执着和追求，梦想不灭，用心血凝聚，以朴实优美的文笔，奉献这本文字，字里行间充满着爱。《人生“麻辣烫”》是一部实用的、可供新闻、文艺写作爱好者借鉴学习的好书。与友交流，见仁见智，视为序。

《中国冶金报》河北记者站站长
中国艺术家协会会员
中国报告文学学会会员
中国散文学会会员
谢吉恒

2017年12月30日于北京

《大跨度钢结构张弦梁施工技术》序言

去年初冬，惊喜收到张忠浩送来厚厚一本书稿，书名《大跨度钢结构张弦梁施工技术》。我掂量书稿沉甸甸的，翻开粗略地浏览一遍。嗨！创新钢结构新领域、新技术、新工艺，内容新颖，图文并茂——概括一个“新”字。“八零”后出生的他，步入三十而立之年，虎虎有生气。记得2014年他担任中国华冶天津三建分公司项目总工程师，本职工作表现十分出色，项目部所承担的工程，质量优异，8次获得天津市建筑工程质量最高奖——“结构海河杯”，项目部被授予“安全文明工地”和“观摩工地称号”，这里自然有他的辛劳和贡献。他爱好写作，成绩突出，大有斩获。他撰写的《运河畔展风采》《造文化墙·筑精品梦》等多篇报告文学、散文作品获国家级奖项，受到国家领导人颁奖和接见。经我推荐他加入《中国散文学会》。他调入中建二局三公司任项目总工程师后不忘初心，方得始终，砥砺奋进，笔耕不辍，工作写作双丰收。2018年他撰写的《大跨度钢结构张弦梁施工技术》一文获《中国时代风采》征文金奖。他顺势而为，借此基础更上一层楼，收集、整理编辑成此书稿，请我阅读并作序。我为他的成长和进步感到欣慰和高兴。

钢结构在我国是一个新型的朝阳产业。中建二局勇于创新，大力倡导实施大跨度钢结构张弦梁施工技术，凸显出五大优势：一是承载能力高；二是使用荷载作用下结构变形小；三是结构稳定性强；四是建筑造型适应性强；五是制作、运输、施工方便。诸多优点，它不仅满足人们对大空间建筑的需要，还提升了建筑的美感，为人们带来丰富多彩的视觉享受。伴随我国经济社会高速发展，人们需求更大的建筑空间来满足会议交流、大型展览、体育赛事等各类社会、经济、文体活动，促使着建筑朝着高度更高、跨度更大的方向发展。目前我国上海浦东机场候机楼、广州国际会展中心、哈尔滨国际会展中心、长春会展中心等一批建成项目，采用大跨度钢结构张弦梁施工技术，绚丽多彩的结构形式，如同百花园中，盛开的千姿百态朵朵奇葩，争芳吐艳，前景十分广阔！汇集到张忠浩这本书26万余字、300余幅图片.印上他的足迹，注入他的心血，是一部珍贵、引领专业技术的佳作。

张忠浩基于对以自己企业和专业的热爱，“为培养我的企业和这个专业的从业者贡献哪怕一丝绵薄之力”“伴着初春莺歌燕舞花红柳绿提笔到写完这本书最后一个字已是银装素裹，千里冰封的寒冬”（张忠浩语）乐此不疲，经过近一年艰辛创作，完成书稿。

“人民有信仰，民族有希望，国家有力量”，进入新时代，安居乐业是人们追求的目标。从张忠浩身上看到他爱岗敬业，热爱自己的工作岗位，勤奋有加，全身心投入。激情奉献是一种态度，是一种精神，更是一种境界。张忠浩将企业给自己的发展空间和展示平台，最大限度地发挥自己的聪明才智，实现自己的人生价值，靠的是在自己平凡岗位的爱岗敬业。德国著名作家歌德曾说过：“你要欣赏自己的价值，就得给世界增加价值。”将爱岗敬业当做人生追求的一种境界，将会珍惜自己的工作，知恩感恩报恩，扎扎实实工作，无怨无悔地做出奉献！

让我们在鉴赏他的作品过程中，跟随他的思路和足迹，饱览大跨度钢结构张弦梁施工技术，必将在祖国大地上结出累累硕果。

《中国冶金报》资深记者
中国艺术家协会会员
中国报告文学学会会员
中国散文学会会员

谢吉恒

2019年3月30日于北京

钢铁人爱读《钢铁如此美丽》一书跋

改革潮涌，风帆高悬。改革开放已走过了40年的历程。我国已发展成为世界第一钢铁大国，正向世界钢铁强国迈进，尤其自党的十九大以来，随着“绿水青山就是金山银山”号角的吹响，钢企纷纷实施转型，走上绿色、智能发展之路，“花园工厂”“生态园林”成为钢铁业的新名片。钢铁业高质量发展引领新时代。

7月上旬，《中国冶金报》记者谢吉恒老师告诉我，《中国冶金报》社正在编撰一部记录中国钢铁业改革开放40周年专著，缘于我单位2018年参与《中国冶金报》“庆祝改革开放四十周年”主题征文协办活动，特邀我为此书写跋时，心中异常喜悦，欣然应允，有感而想。

新金钢铁作为多年跨入“中国500强企业”、河北省民营骨干钢企之一，诞生于改革开放年代，成长于新时代，是众多民营钢企发展的缩影。新金钢铁与《中国冶金报》结缘合作20年，一路走来，得到了中国冶金报的关爱，服务新金、宣传新金，报企合作、实现共赢、受益匪浅。

我怀着感恩激动的心情，分享翻阅了《钢铁如此美丽》书稿，感触颇多，留下深刻记忆。归纳突出印象有四点：一是题材新颖多样。书稿甄选了90余篇作品，题材多种多样，既有专访，又有见闻录，还有报告文学和散文、摄影及文艺评论等，围绕改革开放主题，让人目不暇接。二是作品典型有深度。入编的优秀钢企都是耳熟能详，极具代表性，抓住了钢铁业发展的难点、热点问题进行深度剖析报道。三具有浓郁新时代气息。书中每篇文章紧扣新时代、新征程的脉搏，钢企勇于担当，积极突围寻出路，不断攻坚克难、转型升级并化茧为蝶，华丽蜕变，成就卓越的典型案例；作品给人以启迪，催人奋进，具有浓郁时代气息，产生极大鼓舞的引领作用。四是故事传奇色彩浓厚。入编文章犹如一朵朵浪花，收获的绝不是简单的美景，更是冲击心灵的震撼，留下的是珍藏心底的故事，人物形象高大上，闪耀着国与钢的辉煌；此书全方位，多角度，全面展现了钢铁业改革开放40周年取得的辉煌成就，穿越时空再现了时代精神，并折射出钢铁人薪火相传的强国梦想；读者能在阅读此书中多维角度深切感受到我国钢铁业发展创造的奇迹，欣赏钢铁业的最美风景。

改革只有进行时，没有完成时。报道典型，记录历史，是为了更好地继往开来。书中彰显出新时代引领精神，如擂响新征程的战鼓，激励着钢铁人向更高、更精、更美的方向去奋斗，不断创新，擦亮品牌，持续保持强劲的发展势头。

回首过往，40余载春秋，一路既有鲜花，也有荆棘，是钢铁人攻坚克难、用智慧和力量创造了令世人瞩目的辉煌成就。

展望未来，新一代钢铁人有信心书写践行更为美丽的钢铁蓝图。在钢铁大国的基础上，进一步攀登高峰，向钢铁强国奋进，迎来新时代发展的一个又一个春天。

一本好书，可以启迪、明智、悦身心，由衷地希望每一个阅读此书的读者，同我一样读有所感，学有所获。

（作者：高扬、川石、冀玉花，2019年7月13日）

风光绚丽　令人神往

——读沈五群新著《美在太行》有感

2017 年春节前夕，我收到邢台县旅游局沈五群寄来的新著《美在太行》一书，分外高兴。该书今年 5 月初荣获第八届中国时代风采征评散文类银奖。散文界专家认为该书文笔简练流畅，语言优美生动，融知识性、可读性、导游性、互动性于一炉。

记得二十多年前，沈五群在邢台县冶金矿山公司主抓宣传报道，他敬业执着，刻苦勤奋，成绩突出，被聘为《中国冶金报》通讯员。后来，他离开冶金行业，到邢台县旅游局工作，但他对文学写作的兴趣依然有增无减。至今他到了花甲之年，还笔耕不辍，先后在市级以上报刊发表文学、新闻作品 500 余篇，曾被河北省《旅游总览》杂志社聘为特约通讯员，系邢台县作家协会理事。他编辑出版过《邢台县志》《燕赵风流》等著作。

《美在太行》一书封面装帧美观大方，图文并茂。全书以太行山旅游景点为主要内容，集山水名胜、人文景观、生态自然环境、文化底蕴、历史遗存、民间故事等于一体，全书收编 97 篇文章，约 18 万字，内容丰富，取材广泛。

全书分为三个部分：第一部分“美在太行靓点闪烁”，重点介绍 20 余处旅游景点的美丽风光。如有誉为“爱情山”的天河山、“太行明珠”的九龙峡、抗大纪念馆的前南峪，还有紫金山、凌霄山、英谈古寨、玉泉古寺等均是风光秀丽，草木茂密幽深的旅游胜地。第二部分“美在太行神话传说”，以当地民间传说为主要内容，重点介绍历代邢台山区的丰厚文化底蕴。第三部分“美在太行游记撷趣”，汇集作者 20 年来所写成的游记散文及对小西天、云梦山、北武当山、不老青山等景点的美妙特色，写成解说词，供导游人员用，以提升旅游景点的知名度。

看到厚厚的《大美太行》一书，为结识勤奋、笃学、执着有梦想、善于圆梦的文友沈五群而倍感荣幸和欣慰、为他取得的业绩点赞。沈五群在总结自己实现人生事业梦想之路，梳理缘由时概括为梦想有缘随缘。太行山风光绚丽，令人神往。巍巍太行奇特秀美，纵跨京、冀、晋、豫四省市，奇峰林立、秀岭绵延 800 里。素有“太行明珠”之誉的邢台县境内，太行山脉呈南北走向纵长 100 多里，主要山峰有 37 个，海拔均在 1000 米以上，美轮美奂，多姿多彩自然风貌，有典型的嶂石岩、奇峡幽谷、宜人气候、底蕴丰厚的人文景观、得天独厚的旅游资源 ...... 这里是太行山最绿最美最有魅力的地方。独特的太行山优美自然环境，为沈五群有缘产生梦想、追梦、圆梦写作、展示才艺提供了无与伦比的广阔平台。

（作者：谢吉恒，原载于长城网，2017 年 5 月 12 日；《邢台日报》，2017 年 7 月 8 日）

“一带一路”上的记录

近日，《中国冶金报》记者谢吉恒的新著《丝路采风随笔》面世。该书是作者继《难以磨灭的记忆》《走进红松的故乡》之后出版的又一散文专著。此书被摆上北京王府井书店的文学类作品书架后，即受到不少文学爱好者的青睐。

谢吉恒是一位勤奋、敬业的记者，也是感情丰富的散文爱好者。他身上有一种坚韧的精神。他从 20 世纪 60 年代末开始从事新闻、文学写作，做过 30 多年《中国冶金报》记者，发表新闻、报告文学和散文作品 300 余万字，在全国冶金行业产生了良好的影响。

“一带一路”倡议提出后，得到国际社会的广泛关注。这也激发了谢吉恒为“一带一路”建设提供文化传播服务的热情。从 2013 年开始，谢吉恒谋划行走“一带一路”沿线部分地区进行采风的计划。此后的 3 年中，他先后与各家媒体一起到青海、宁夏、内蒙古、甘肃、河南、河北等地采风。所到之处，他把所见所闻都记录下来。他以一位新闻人的眼光，记录下改革开放以来丝绸之路沿线地区的发展和变迁，以及那里人民融入“一带一路”倡议抢抓机遇的奋进精神。他与被采访者深入交流，用文化传播助力“一带一路”倡议。

文化，因交流而多彩；文明，因互鉴而丰富。千年丝绸之路孕育了厚重的文化，千年文化见证着丝绸之路的变化。《丝路采风随笔》全书约 32 万字，分为“旅游长见识，行走即读书”“创刊六十载，浓墨抒深情”“展时代风采，听回声嘹亮”3 个板块，甄选了作者近年来在各类报刊发表的 70 篇文稿。作者用“散文 + 报告文学”的写作手法，将“钢铁元素 + 文学元素”融入作品之中，为读者提供了生动、立体的丝绸之路沿线地区人民的生活场景。正如中华全国新闻工作者协会国内部兼学术部原主任、中华大地之星征文评选组委会主任阮观荣在该书序言中写的那样：“这部随笔取材广泛、立意新颖，连古今、接地气，知识性强，有看点，而且具有互动的特色。全书不但具有纪实性、文学性和可读性，而且生动地再现了丝绸之路沿线地区的风景名胜、文物古迹、民族风俗等，是读者了解丝绸之路文化不可多得的文化专辑。”该书似丝绸之路的导游一般，将他走过的丝绸之路沿线地区的文化脉络、发展变化娓娓道来，语言、文风活泼流畅，极富亲和性、真实性、趣味性，使读者领略了丝绸之路沿线地区文化的发展和变迁，呈现出丝绸之路超越时空的文化历史概貌，表达了一位新闻工作者的文化情怀。

在“旅游长见识，行走即读书”部分，作者写了大美青海的茶卡盐湖、塞上江南美丽宁夏的“东方金字塔”——西夏王陵、河南洛阳的牡丹花会、河北的“太行绿宝石”——黄金寨、唐山世界园艺博览会和山叶口奇景等，记录丝绸之路沿线地区的发展与变迁。在“创刊六十载，浓墨抒深情”部分，作者写了源于缘分与信任的自我超越，以及近年来发表在《中国冶金报》上具有代表性、在国内产生较大影响的一版头条深度报道。这些文章字里行间寄托着作者对《中国冶金报》创刊60年的款款深情。在“展时代风采，听回声嘹亮”部分，作者写了自己多年来与采访企业结下的报企之缘，用散文笔法写企业的创新发展，写企业家的创业激情。在“朋友圈点评的故事”部分，作者写了被新闻同行评价为“深度报道的快手”，与画家、书法家友情交流，与企业以及企业家激情互动，与企业工匠和三农专家交往的一个个故事。

《丝路采风随笔》展现出作者对中华文明和民族复兴伟业的赞颂，仿佛是从遥远的天边传来的阵阵驼铃声，引人遐想。

（作者：侯宪台，原载于《中国冶金报》，2017年3月24日8版）

老谢不老

谢吉恒，祖籍山东莱阳，《中国冶金报》记者，现为中国报告文学学会会员、中国散文学会会员。已经不年轻的他至今笔耕不辍，勤奋敬业，不愧是《中国冶金报》资深记者中的优秀代表。

永不停歇地工作，是老谢一辈子的执着追求。近年来，他整理了自己多年来撰写的新闻报道和散文、随笔、报告文学等文学作品，先后出版了《汗水智慧铸丰碑》《涛头击水竞风流》《迎潮击浪领风骚》《求索生存坐标》《不可磨灭的记忆》《走进红松的故乡》等专著。今年 2 月份，他的 33 万多字散文集《丝路采风随笔》出版发行，受到读者的喜爱。

今年七八月间，老谢带领京津冀钢铁行业部分企业代表赴宁夏采风团，到银川、六盘山等地采访京津冀地区钢铁、冶金行业参与“一带一路”建设和老区建设的情况，同时追寻红军当年的足迹，接受红色教育。

“我就是想把在改革大潮中涌现的模范人物的事迹记录下来，让大家认识他们、了解他们，向他们学习。我要把祖国的山山水水描绘下来，赞美祖国的大好河山！”谢吉恒说：“写作是第一位的，为了歌颂为各项建设事业无私奉献的人们，一切困难都可以用革命的乐观主义解决。”平日里，曾是军人的老谢有着动作快、吃饭快、走路快的生活习惯，给人一种随时准备为写作出发的印象。

“我走进红松的故乡小兴安岭，写红松林，就是要唤起人们保护生态环境的意识，让红松林千年绿来万年青。”谢吉恒说：“这就是我们要守护的绿水青山！”

“当记者”是谢吉恒的人生梦想。30 多年来，谢吉恒的记者生涯光彩照人。早在 20 世纪 60 年代，他就开始从事新闻写作工作。在部队时，他是《解放军报》的通讯员。转业到地方后，他先后在中国二冶、二十二冶担任专职新闻干事、报道科科长和企业报通讯员、编辑等职。1985 年，他担任《冶金报》(《中国冶金报》前身）记者，1990 年担任河北记者站站长，圆了他的记者梦。

在媒体百舸争流的发展期，深度报道作为报纸赢得读者的“杀手锏”，是最能体现记者的睿智和能力的。近几年，谢吉恒在经济发展的“深海”捕“鱼”，以其客观、深入的报道风格，深入浅出的前瞻性思考，采写了大量有分量的深度报道文章，赢得了读者的尊敬。他每年见报的深度报道稿件不少于 30 篇，其中有三分之一刊发在《中国冶金报》的重要位置。仅 2015 年，他撰写的稿件中就有 6 篇刊发在《中国冶金报》一版头条位置，并被国内 20 多家知名网站转发。

进入新世纪以来，谢吉恒开始探索散文与新闻的有机融合。他尝试着以“钢铁 + 文学”方式，将钢铁新闻报道与冶金文化相融合。他借“一带一路”倡议实施的东风，以及河北一些冶建企业、钢铁企业、钢贸商投身宁夏重点工程建设的时机，不顾年龄大和路途远的困难，深入建设工地撰写散文等文学作品，在《中国冶金报》副刊上呈现给读者，使“钢铁报道”充满了文化韵味，受到读者欢迎。

被大家称为“工作狂”的老谢，从事冶金新闻工作 30 多年，从风华正茂到两鬓斑白，不变的是那坚持原则的一身正气，执着事业的不知疲惫。平日里，他一面完成报社交给他的采访任务，一面做好文化传播事业，每天的日程排得满满的。当你见到他的时候，他总是马不停蹄地忙碌却毫无倦意。

回首过往，谢吉恒在2016年出版的《丝路采风随笔》后记中深情地写道：“坦白地说，我之所以出版这个文集，初衷是为了纪念《中国冶金报》创刊 60 周年。‘人生六十花甲子，冶金报有六十春’，作为连续 30 余载耕耘在《中国冶金报》这块沃土上的老记者，我有责任用我饱蘸深情的笔触，抒发对中国钢铁工业蓬勃发展的挚爱，为实现中华民族伟大复兴的中国梦鼓与呼。”

在谢吉恒身上，岁月像一首歌，家国、新闻、生活就如一个个音符，完美地融合在一起，奏响了他人生精彩的乐章。老谢常说：“我痴迷于新闻，是因为我是一位新闻工作者，身上有一份责任和担当。”难怪中华新闻工作者协会国内部兼学术部原主任、高级记者阮观荣说：“我为结识勤奋、笃学的同行谢吉恒而感到荣幸和骄傲。”

（作者：侯宪台，原载于《中国冶金报》，2017 年 9 月 1 日 8 版）

《中国冶金报》的“徐霞客”

——我所结识的资深记者谢吉恒

人的一生中，都希望交往几个三观相合、志趣相投、事业相携、肝胆相照的挚友。这既是上天赐予的缘分，又是人生弥足珍贵的财富。可以毫不夸张地说，拥有这样挚友的人是幸运的、幸福的。

可能是由于上天的特别眷顾，我竟成了这个幸运、幸福大军的一员：儿童懵懂时期，我有几个耳鬓厮磨、情同手足的玩伴；少年求学阶段，我有几位同窗乐读、不分彼此的学友；参加工作后的青年、中年时段，我有几位志同道合、相携共进的同事；退休后的岁月，我又结识了几位助我发挥余热、桑榆逢春的贵人。特别值得庆幸的是能与《中国冶金报》驻河北记者站站长，被冶金行业员工尊称为“《中国冶金报》的徐霞客”的谢吉恒相识。我与谢吉恒擦出从相识到相交、从相交到相知的情感火花，更使我的挚友之歌奏出了强音。

（一）

初识谢吉恒，是在2005年的5月。那时，我刚有幸融入《津西人》报编辑部不久。记得那天上午，时任总编李学田兴冲冲地领着一位身材瘦削、神采奕奕、戴眼镜的老者走进编辑部的办公室。他用一种尊敬的语气向我们介绍：“这位是《中国冶金报》驻河北记者站站长谢吉恒老师，是咱们津西的老朋友了。谢老师的水平高、资历深，今后大家要多向谢老师请教。”伴着大家热烈的掌声，看着谢老师那慈祥的笑靥，听着他那带着浓重山东乡音的谦虚话，心中顿生了几分好感和敬意。

中午，在欢迎谢老师的餐宴上，他十分热情地将我这个陌生的老弟拉到身边，关切地询问我来编辑部的相关情况。他那暖人的笑容和诚挚的话语，一下子就拆除了我心上的藩篱，拉近了我与这位名家之间的距离。席间，他的温文尔雅、博学多才、幽默睿智，不时博得大家的赞同和叫好，使饭局成了温馨愉悦的苗圃，也使他成了反客为主的磁石和中心。望着他那神采飞扬的面孔，听着他那“一个中心、两个基本点”的精彩论述，沐浴着大家那品味享受的温馨，我的心中又平添了几分钦佩和敬仰。

随着时光的流逝和与谢老师交集的增多，对他的了解也慢慢从表层深入到了内核，从平面变成了立体：他是山东省莱阳市人，自幼酷爱文学与写作。从军旅生涯开始，就与新闻结下了不解之缘。持之以恒的不辍笔耕，助他在部队、冶金企业、《中国冶金报》社脱颖而出，先后担任报道员、新闻干事、记者、记者站站长，多有慧眼识珠的大作问世，可谓声名鹊起。特别是近几年来，他撰写的有关钢铁业节能减排、转型升级、钢铁去产能等方面的深度报道在省内外产生较大影响。他曾十余次走进人民大会堂、钓鱼台国宾馆，获报告文学、通讯、散文、调查报告等各类奖项，分别被“中华大地之星”和“时代风采”征文评选活动授予“十佳新闻文化工作者”荣誉称号，光荣地被国家领导人接见并合影留念。如今，从事新闻、文学写作30余年，著有400多万字新闻和文学作品，不仅连续多年被评为《中国冶金报》优秀记者、优秀记者站长，并在文学创作上有所建树，陆续成为中国艺术家协会会员、中国报告文学学会会员、中国散文学会会员。这一顶顶头上的光环，无一不是他渊博学识的写照、献身事业的标签和辛勤汗水的结晶。

（二）

说到辛勤，谢老师可以说是新闻工作者所应具备的眼勤、嘴勤、脑勤、腿勤、手勤等“五勤”的标志性人物。他的眼勤、嘴勤，表现在每次带着采访任务到津西来，从不居高临下地到编辑部布置任务、确定一下交稿日期就完事大吉了，而是按照来前制定的采访提纲亲自组织相关人员的座谈或扎根到一线调研，通过亲眼所见、亲耳所闻来发现和确认符合时代潮流、具有典型引领作用的新闻素材。他的脑勤，体现在非常善于以一个老新闻工作者的精明与练达，将敏锐观察采访得到的一个个过硬的新闻素材经过缜密的思考，经过去粗取精、去伪存真的加工，变成一篇篇集政治性、真实性、时效性为一体，充满鲜活正能量的教科书般的精品。

在这方面，谢老师不仅身体力行、率先垂范，还以一个新闻工作者的高度责任感时刻关心着年轻一代新闻工作者的成长。我们《津西人》编辑部，除了我和总编以外其余五位都是三四十岁的新人。他们虽然酷爱新闻事业、肯钻研、干起工作来很有一股拼劲，但明显阅历浅、经验不足、功底尚缺。面对这样一支新军，谢老师每次来都以极大的爱心和耐心，结合个人多年积累的丰富经验，从发现线索、采访技巧、加工整理、文字润色等各个方面予以辅导。对于他们尚显青涩的稿件和文章，谢老师总是不厌其烦地在百忙中予以认真阅读，之后精心附上自己的修改意见，从而使这些年轻的编辑每次投稿都有收获、都有提高。在他孜孜不倦的谆谆教诲下，大家的业务水平普遍得以大幅提升。特别是通讯和散文这两块更是精品迭出、硕果频现，其中佼佼者还借助谢老师的鼎力相佐，凭个人高品位的作品和实力，荣幸地踏入神圣的文学殿堂，成为中国散文协会会员。与此同频，《津西人》报也以政治性强、特色鲜明、贴近时代、贴近生活、贴近员工成为一份受众满意、有较高的站位和品位的企业喉舌，并多次被评为全国优秀内部连续性出版物。在这些骄人的业绩里，无一不闪现着谢老师这位“编外园丁”的精心培育和持之以恒的甘为人梯。

（三）

在他陪《津西人》一路走来的十几年里，津西被各大报刊网站所刊载的几十篇忠实记录津西从小到大、从弱到强、鲤跃凤翔的历史足迹，深刻反映津西在各级党委政府和社会各界的倾力支持下完美转型、持续抢前沿攀新峰的拓荒精神，全面展示津西舵手韩敬远不忘初心、产业报国、勇博潮头、绿色崛起、造福桑梓的高风亮节，系统描述津西艰苦奋斗、团结协作、开拓创新、强化品牌、全力打造世界最大型钢生产基地和“百年津西”的壮举的文章，几乎篇篇都有他呕心沥血的精细雕琢，篇篇都闪现着他真诚培育桃李的仁者匠心。

此外，谢老师的“腿勤”和“手勤”更令人津津乐道、赞佩不已。在我们相识相知的十几个春秋里，沐浴着钢铁产业转型升级的春风，抗击着侵袭钢铁市场的股股“寒流”，肩负着引领行业发展方向的重任，谢老师就像一台开足马力的机车，每天行色匆匆、不知疲倦地奔赴在采访路上。从莽莽林海的长白，到风光旖旎的南疆；从如诗如画的宝岛台湾，到梦幻迷人的茫茫戈壁，除西藏尚未成行外，其他各省市自治区都留下了他勤奋的足迹。在圆满完成对当地各个钢企采访任务，总结提炼出具有可供借鉴和指导意义的通讯和调查报告的同时，还用自己生花的妙笔将各地的名胜古迹深层次、全方位地展示出来，与广大读者共同品鉴大自然的鬼斧神工，分享形态各异、如诗如画的绝美景观所带来的开阔眼界、愉悦精神、陶冶情操的乐趣。他的这种勤于探索、善于观察、精于描述、乐于奉献的精神，我自然而然地将他与明代著名的游记作家徐霞客联系在一起。

谢吉恒与津西集团董事长韩敬远合影

谢吉恒撰写的散文、报告文学作品刊发在《中国冶金报》副刊上

谢吉恒编著出版的文学作品

徐霞客 (1586~1641)，名弘祖，字振之，号霞客，明朝南直隶江阴 (今江苏江阴市) 人，是著名的地理学家、旅行家和文学家。徐霞客一生志在四方，足迹遍及今 21 个省、市、自治区 。他经 30 年艰辛考察撰成的 60 万字《徐霞客游记》，既是系统考察祖国地貌地质的地理名著，又是描绘华夏风景资源

的旅游巨篇，还是文字优美的文学佳作，在国内外具有深远的影响。

作者（左）与谢吉恒合影

我之所以赞同将谢老师称誉为"《中国冶金报》的徐霞客"，以个人之见主要基于以下四点相似：一是在用双脚丈量大美祖国河山方面，他们都具有同样的追求、同样的精神和毅力。虽然由于时代的不同，在借助出行的工具和出行难度上有所差异，谢老师涉足国内30个省、市、自治区，涉足的面积和难度十分可观。二是饱蘸着对祖国山河的无比热爱，将所发现的各地胜景生动形象地予以记载描述，让一幅幅绝美的画面浮现在读者的脑际，成为一种精神上的享受。谢老师的游记作品巧妙地将自然景观与现代气息有机融合在一起，更多了一份恢宏气势，更多了一份社会进步的元素，深受读者喜爱。三是徐霞客以30年的心血，给后人留下了60万字的经典作品——《徐霞客游记》，开辟了地理学上系统观察自然、描述自然的新方向，可谓是业内一座不朽的丰碑。谢老师虽没有这样的经典专著，但分散于《汗水智慧筑丰碑》《改革大潮赛风流》《燕赵儿女走进人民大会堂》《难以磨灭的记忆》《走近红松的故乡》《丝路采风随笔》等四百万字作品集中的风光胜境、美景撷粹，文笔细腻、描述栩栩如生、考究引经据典，亦足以让人在悦读中增生爱国的豪情，在品赏中荡起投身大自然的冲动。四是谢老师以不惧旅途疲倦的超凡毅力，坚持走一路写一路，从不放过任何一处有观赏价值的景点，留下了一笔可观的精神财富。

如今，精神矍铄、宝刀未老的谢老师，正以青年的澎湃激情、中年的成熟稳重、老年的经验智慧，坚守着他的育桃李、做人梯、勤拓进、树路标的事业，向着人生更远大的目标不忘初心、砥砺前行……

谢老师，我认为他，相似"《中国冶金报》的徐霞客"。

（作者：庞文泽，原载于政商参考网，2018年12月14日）

津西人的文艺情怀

大黑汀水库西岸渔夫水寨的会议室里，虽然开着冷气，幽雅舒适，但是，每个人都仍然感到很“热”——“气氛热烈”的“热”！

津西员工王继祥综合作品集《人生“麻辣烫”》出版发行座谈会正在这里举行。县里有关部门领导、作家，津西领导、文艺骨干，王继祥家乡父老代表等，30余人济济一堂。大家向作者表达祝贺，就著作的装帧、内容、写作技巧等给予恰切中肯的评价。同时，每个人无不为作者多年来孜孜以求的钢花铁水一般炽热的“津西梦，文艺情”深深感动。

其实，王继祥与我是老朋友，我们有着相似的人生履历。20世纪80年代末，刚刚中学毕业的我们，无缘高等学府，急切地或者说无奈地选择了就业——他，进了津西（当年的津西铁厂，今为津西集团）成了一名钢铁工人；我，去了一家县办铁矿。巧的是，我服务的矿长，后来成了他的老总。更巧的是，后来，我和他在电大相识、成为挚友。然后，我们共同培育文艺细胞，一起采风、笔会，作品编选在同一本文集中出版，一起参加县内大型文艺演出。

王继祥做人比我豪爽、仗义，为文比我思路宽、涉猎广，说实在的，我很敬服他。就说这本《人生麻辣烫》，涵盖了新闻消息、特写、通讯，培训员工的讲义，诗歌、散文、随笔、小说，相声、快板、小品，歌曲，摄影等多学科门类的作品。此外，王继祥还擅声乐、懂乐器、会表演，他身边聚拢着好多“铁杆粉丝”。揭开缪斯的面纱，其实，王继祥的真实身份是一名企业中层管理者，我们当下说的是他的另一面，是八小时以外的他。

津西，从一个名不见经传的小铁厂，经30多年“化蛹成蝶”，成长为今日跻身“中国企业500强”的“全国最大型钢生产应用基地”、花园式的绿色钢城，王继祥是亲历者、见证者和记录者。无论新闻作品，还是文学、音乐、曲艺、摄影作品，都凝聚着王继祥对人生的追求、对企业的热爱，抒发着他的心声，传达着他的真情。他写自我，更写企业、写同志们的钢铁情怀。他捕捉钢铁人激情创业、锻造辉煌的每一个精彩瞬间，呈现津西这个巨大“熔炉”、这个和谐友爱的“大家”的五彩缤纷的生活。中华全国新闻工作者协会国内部兼学术部原主任、高级记者阮观荣欣然为《人生“麻辣烫”》题词：“为事而作，为时而歌”。《挥枪玩“酷”的切割工》《收获在金秋》《一块闪光的金子》《浇花要浇根》《现场管理的金科玉律》《津西颂歌》《感恩》《栗乡行》《诗话津西》《安全月里喜事多》《炉前工》《说安全》《我的心中你最美》《国家的事》……仅仅从这些题目，也能让我们看出，王继祥是个有心的人，是个对企业、对家乡有浓重情怀的人。

其实，在津西，有情怀的人又何止王继祥？

专职从事文艺工作后，我有太多的机会走进津西、亲近津西人。这多年来，我见证了津西无数次的书画摄影展、演讲比赛、文学征文笔会、文艺演出，津西浓厚的企业文化氛围，也炽烈地熏染着我。我有幸结识了好多的津西朋友，譬如，原集团总裁办主任、党委副书记杨永成，原工会副主席王继宗，都有着农村电影放映的经历，走上企业高层领导岗位后，愈益重视企业党建和思想文化宣传工作，亲力亲为，既是企业文化建设的“播火人”，又是具体文化活动的“总导演”。王继宗还擅长摄影，多幅作品在影赛中获奖。譬如，《津西人》编辑部的白小卉，不仅多篇新闻大稿登上《中国冶金报》头版，还有文学稿件频频在各级报刊发表；尤其她的散文，文笔娴熟，语言质朴，感情真挚，更让我赞赏。如今，她已是中国散文学会会员。又譬如，有摄影和新闻写作专长的李春静、刘志伟、吴杰，声乐、朗诵和舞蹈表演技艺突出的吴小伟、董海波、崔建武、王振江……

为王继祥《人生“麻辣烫”》作序的《中国冶金报》资深记者、河北省记者站站长谢吉恒老师，与我是相识近 30 年的老朋友。谈起津西，谈起津西人，他如数家珍、津津乐道，他说，“津西，津西人，在一定意义上，是一种精神，一种情怀，一种文化”。我的这篇文字，其实是以王继祥的《人生“麻辣烫”》为由头，尝试着对谢老师的这番话，从文艺视角做个肤浅的阐释或者注脚。有赖谢老师启发，在此，我还想说，其实，津西，津西人，也是我们生活中一道赏心悦目的风景！

（作者：王金保，中国作家协会会员，原载于《今日栗乡》）

跟随谢老师的一次采访

2018年年初，我得知《中国冶金报》资深记者谢吉恒老师又有新著问世，喜出望外，电话和微信联系求赠签名本。

3月27日我回到唐山，急忙联系谢老师。没过几日谢老师就发来微信相约赠书。接到这本散发着浓浓墨香的《丝路采风随笔》一书，心里那个真是高兴啊！说句实在话，我喜欢良师益友写的书要超过名人和大作家的书。因为朋友离得近，亲切，写的书会更爱读，从书中也会更多地对朋友有深入的了解。名人的书易得，朋友的文字且稀罕又珍贵。

我同谢老师交情已久，记得我是因喜欢老师的文字而和他相识，相处的。我没退休在岗时，我俩同属一家大型国企，那时他在公司宣传部工作，作专职《中国冶金报》记者，工作几十年勤奋多产，他的稿子被采用率和质量，我们这些小兄弟只能望其项背。尤其对谢老师从不满足已取得的成绩，总是在孜孜以求的刻苦精神，我更是景仰有加。

赠书后，我同谢老师攀谈，他大致扼要介绍了这本书的采写过程和内容。我读后，享受饕餮盛宴，收益颇多。

初春三月，和煦的春风染绿了杨柳，染红了桃花，给大街小巷送来一派生机勃勃的景色。好季节让人心情舒朗，也会给人带来好运气。果不其然，我同谢老师热聊时，偶遇一位我们都熟悉的朋友告诉谢老师，我们原单位的一名老职工戴国藩也出了《晚年三乐》《写在药盒背面的梦想处方》两本诗集。巧得这种好事儿，出于职业人的敏感，当然不会放过，想到出书人必定有故事。随即，谢老师便对我说："你陪我一块儿，咱们去拜见戴国藩老先生，一是索求诗作；更主要的是对其采访，或许有收获。"这乃是天赐美事儿，何乐而不为呢？当然高兴地一同前往。

年逾九旬老人戴国藩老先生出版两本诗集

记者采访戴国藩夫妻二老

戴国藩老人住在一处老式小区内，三层楼面积不大，家居用品非常简约。老夫妻都届耄耋之年，能走过人生九十多个寒暑，也着实让人钦佩。两位老人家一定会生活，会养生。

陪同谢老师访客，采访是老师的事情。我更多的是在关注，学习谢老师的新闻采访风格和方法，机会难得啊！书本上的新闻采访学知识我学过，但在实践中会遇到不同情况，不同环境，不同人物，所以在实际采访中，方式也一定要因人而异，因事而施，完全搬照书本是行不通的。相比理论，实践更重要。

谢老师亲切，自然，采访经验老道。同戴国藩老夫妻见面后，先简要介绍了我们自己，然后问候老两口，姿态言语谦恭，深得对方好感。谢老师将自己的签名书赠送戴老先生，戴老先生回赠了我们他写的两本签名诗作，这样彼此之间就心心相印，交谈热烈了。谢老师并没有直接向二位老人家说明来意，怕给他们带来紧张情绪，采访效果就会缩水。谢老师只是同老夫妻拉家常，步步深入，在闲聊中得到自己想要的素材。

“二老身体好吗？”谢老师关切地问。

戴老先生答道：“九十多岁了也算满足。”

谢老师又问：“二位退休前都做什么工作？”

戴老说：“我俩都在中国二十二冶工作，我在企业做劳资工作，老伴陈素琴在学校当教师。我们都是普通人，做很平凡的工作。”双方的交谈中，我了解到戴老先生为人老实、正直，在岗工作时兢兢业业，任劳任怨默默为企业出力，为国家做贡献，从不计较个人得失；老伴陈素琴是位优秀园丁，在校时呕心沥血为国家培养人才，如今她的学生遍布全国各地，桃李芬芳。两位老人的表情谈吐都谦和、低调，让人感觉可亲可敬。

戴国藩夫妻二老为记者赠书留念

谢老师不愧是优秀记者、采访高手，他左右着场面淡定从容，不多时就仿佛同采访对象成了老朋友，彼此可以说已敞开心扉，无所不谈了。

谢老师问："你们二老退休后，感觉幸福吗？"

"托共产党的福，我们丰衣足食，退休金足够用，晚年生活美满。尤其是十八大以后，以习近平同志为核心的党中央各项政策深得民心，我们更感到舒心畅意。活在当下我们非常幸福。"戴老由于身体不适，老伴陈老师话语更多些。

老夫妻有一双儿女，如今已四世同堂。儿子在大学任教，女儿做法律工作，受好的家风传承，下一代们的学业和工作，都非常地有佳绩，有成就。他们常告诫儿孙要严于律己，宽以待人；要努力工作，不谋私利。陈素琴老师还特别给我们讲了她外孙女大学毕业后，分配工作选择的事儿：外孙女和女儿一样也是学法律的，毕业分配有两个去向可供选择，一是留校任教搞法理研究；二是去法院做法官。争求姥姥、姥爷意见时，陈老师支持外孙女留校任教搞法理研究，不要去法院，法官是个敏感职业，要远离请客送礼，躲避铜臭。老人要求孩子选择一个让人放心的职业，处处做到未雨绸缪，防微杜渐。

谢老师在和戴国藩夫妻热聊的同时，也不忘细心开导我，采访中要注意观察一些细节。他对我说你看到没有，这是一户书香门第，桌子，床头，沙发都摆放了报纸书刊，主人有喜欢阅读的好习惯。我大致浏览了一下二老的这些书籍，有文学的，健身养生及综合性的等等，比较杂。难怪老先生写了那么多诗作，都是靠平时的阅读和日积月累的知识储备。看到此谢老师说："你们二老这么高龄了还能够读书，看来眼睛还不错？"

“不是的，眼睛不好。”陈老师说。随即老人在桌子上拿过两只放大镜叠加起来，给我们看说：“要这样才能看到字，看书很累的。”我对二老的毅力惊异又赞叹。由此，我也在想：我们所有的“低头族”，如果都能像戴老夫妻这样爱读书该有多好，我们中华民族的国民素质，就会向前迈出一大步。

谢老师伸出大拇指说：“你们精神可嘉，是我们学习的榜样。”

陈素琴老师说：“我们全家都爱读书，早已养成了习惯。阅读就像每天要穿衣吃饭一样，在我们生活中必不可少了。”读书使老人上进；读书给他们的生命增添了活力；读书让二老生活更充实，也更幸福。我也衷心地祝愿二位老先生生活快乐，健康幸福，长命百岁！

由于时间关系，又考虑到戴老夫妻年岁大了，陪我们久了要劳累，简短不到半个小时结束了此次访谈，我们起身同二老告辞。

陪同谢老师这次访客，时间虽短，可我却是收获满满，增长了见识。我更感觉到以后要多多交往谢老师这样访谈技艺高、有正能量的人，不枉费珍贵时光。

回家途中，我看到路边一株株老柳树正发出翠绿的新枝叶，那绿色像热烈燃烧的火苗，催人奋进！

（作者：华政印，原载于政商参考网，2019 年 7 月 8 日）

书香世家喜盈门

——“美好家乡文明邢襄"主题创意晚会在邢台举办

导读:2019年2月21日晚,由邢台市委宣传部,市文明办联合举办的“美好家乡文明邢襄"主题创意大型颁奖晚会在广电大楼演播大厅拉开序幕。

书中自有黄金屋,书中自有彩虹美。

2019年2月21日晚,由邢台市委宣传部,市文明办联合举办的“美好家乡文明邢襄"主题创意大型颁奖晚会在广电大楼演播大厅拉开序幕。

邢台县职教中心教师沈彩虹作为全市百户书香家庭代表,应邀登上流光溢彩的舞台,加入合诵队列,纵情朗诵“读书让我们飞得更高",在雷鸣般的掌声中把晚会推向高潮。

20世纪80年代初,沈彩虹出生在一个书香家庭。她的父亲当时在一家县办企业从事文字工作,回到家里仍是以书为伴,日夜苦读。每每夜幕落下,幼小的沈彩虹看到父亲秉灯苦读,半夜醒来,发现他仍在伏案鏖战。受父亲的熏陶和影响,沈彩虹逐步养成了爱好读书的好习惯。从小学到中学,从初中到大学,从大本到获得省内名牌大学理学硕士学位证书,从走上教书育人的讲台,到登上颁奖晚会的舞台,是唐诗宋词伴随沈彩虹一路书香,是四大名著陪着沈彩虹冲刺追梦……

硕士毕业走向工作岗位后,沈彩虹在百忙缠身的状况下,仍然是利用点滴零散时间博览群书充实自己,忙中偷闲搞业余创作,不断有诗文新作面世。2017年9月,她被市作协批准成为会员,并被《牛城晚报》评为年度优秀通讯员。2018年,在邢台县“纪念改革开放四十周年征文活动"中荣获征文二等奖。她创作的一首题为《娘是太阳》的诗歌,在全国诗歌联赛中获铜奖。她创作的《邢台县职教中心赋》一词赋大气新颖,别具一格,先后在《牛城晚报》《中国当

沈彩虹和儿子参加颁奖晚会

代词曲作家》杂志及中国城市头条等网络平台刊发后，在当地引起轰动效应。

沈彩虹九岁的儿子贾仕涵，在浓浓书香氛围中潜移默化，刚上三年级便也爱上了读书。2017年在全市小学生诗词朗诵大赛中成功晋级决赛。2018 年，贾仕涵被本校评为“三好学生＂和语文学习小标兵及数学优秀小组长等荣誉证书，并有一幅业余美术创意作品在全市联赛中获一等奖。

沈彩虹的丈夫贾伟从建筑工程学院毕业后，更是对书籍爱不释手。他认为，读书是获取知识增长才干的重要方式和途径，“粗缯大布裹生涯，腹有诗书气自华”这句警世名言，已成为他人生的座右铭。他在繁忙的工作之余，广泛涉猎文学、历史、时事、建筑等书籍充实提高，使自己小家的书橱日益丰盈。

为营造浓厚的家庭书香氛围，沈彩虹一家首先从硬件上充实完善。一是购买了电脑和打印机，方便了网上阅读和业余创作，二是购置一个精美的组合书橱，现已藏书数千册。三是特意为儿子从网上淘来好多有趣的儿童图书。

其次是逐步养成全家共同阅读的良好习惯。在这书香家庭，父母以身作则带头读书，默移潜化地培养引导，使孩子从小便迷上了读书，并习以为常成为日常习惯。同时，通过亲子阅读来激活孩子的读书兴趣。儿子贾仕涵刚刚懂事，沈彩虹便抽时间为他读绘本神话，格林童话和经典诗词等，以此来启发小儿子对读书的向往和兴趣。儿子上学后，沈彩虹一有机会便带领孩子去图书馆，有选择地借阅些融知识性趣味性可读性于一体的图书，有意识地培养孩子良好的读书心态和习惯。如今，她的宝贝儿子正读小学三年级，在及时完成家庭作业后，便在一早一晚的业余时间里，自觉习惯性地开始了独立阅读，从而使他的词汇量记忆得到明显增强和提升，并能写出较好的读后感和笔记。

2019 年 2 月 28 日,《牛城晚报》以“最是书香能致远，书香相伴代代传"为题，专题报道了沈彩虹书香家庭的读书事迹，引起社会广泛关注。

“三八”妇女节前夕，沈彩虹以出色的行动和优异的成绩，被邢台县教育系统评选为巾帼标兵。

（作者：谢吉恒，原载于中国企业报道网，2019 年 4 月 9 日）

（二）文友交流

走进西藏

西藏高原，以她平均海拔4000米的高度，以她横亘四周的著名山脉和巅峰的寒光，以她居于“世界第三极”的超然之势，在我们这个星球上，给人们留下种种莫名的诱惑。然而，没有人能够说得清，那诱惑的具体所在，具体所言……

或许，西藏的诱惑首先是大自然的奇迹。这是一片在第三纪著名的喜马拉雅造山运动中从古海里崛起的高地，曾经是波涛汹涌的海洋，成为举世瞩目的万山之源。喜马拉雅山脉耸立于西南，昆仑山脉和喀喇昆仑山脉绵延于西北，冈底斯、唐古拉山脉横亘于中部，横断山脉则是它的东部屏障。西藏境内，海拔8000米以上的山峰有6座，海拔7000米以上的50余座，作为众山之王，珠穆朗玛峰是地球之巅。

由于海拔的高度，西藏的多数山峰终年覆盖着冰雪，组成高原最为壮丽的雪山群落。奇特的地壳运动还在这些山涧谷底创造了许多独具特色的小气候、小环境。有的地方，山顶白雪皑皑，山腰绿树葱葱，山下繁花点点，谷底流泉潺潺，使西藏的山峰在白色的妩媚之外，更有五彩的绚丽。

高山积雪的消融，点点滴滴汇成了一条条奔涌的江河和一处处蓝色的湖泊，在高原织就了一幅纵横交错、星罗棋布的水的锦绣。雅鲁藏布江是藏族人民的母亲河，它哺育出最早的藏族儿女；金沙江、怒江、澜沧江在横断山脉养育出剽悍的康巴群体。而那幽蓝的湖泊，在辽阔的草原上陪伴着牧人和牛羊，以轻风微澜传送着他们世代唱诵的歌谣。在雅鲁藏布江、拉萨河、年楚河、尼洋河流过的地方，铺展着农田、金色的油菜花和青稞，蓝色的河水映衬着一座座宁静的村庄。

用阳光和风雪塑造的高原人们，不能不说是一种极大的诱惑。散居在草原、河谷、山间、田野的人们，领略着不同的阳光和风雪，从而形成了有着明显地域特点的生活方式和人文习俗，以至于从他们的语言、气质、发式、服饰、姿态等方面，便能看到赋予他们这一切的风采。强劲的高原风，挟着沙尘和雪粒，世世代代掠过西藏大地，勾勒出高原人有棱有角的轮廓，犹如岁月精心的雕塑，坚韧、沉着、富有个性。

自然环境的赐予、生存方式的作用以及宗教人文的因素，养成了高原人的善良、淳厚和亲情。他们在丛林狩猎，在草原游牧，在河谷耕耘，在雪原迁徙，写下一部既与大自然相适应，又与大自然相抗争的民族文明发展史。他们世世代代，在劳动中创造欢乐，在寂寞中寻求宽慰，每一个仪式都郑重其事，每一个节日都载歌载舞。藏族人民以巨大的热情和丰富的想象，创造着自己的生活，创造着自己的文化，并将之融入中华民族大家庭之中，成为中国西南边疆一颗明珠。

喇嘛教在西藏产生广泛影响的奥秘，至今人们仍在探索。但有一个特点是明显的，那就是，它一方面对神职人员强调对宗教哲学的研究，日复一日的诵经，年复一年的研析，严而又严的考辩，需要终生不渝，矢志不移；而在另一个方面，对信教者则更注重于外在的仪式——永无穷尽的转经，永不停歇的叩首，永远飘飞的经幡，漫无尽头而要用自己身躯丈量的朝圣路……这一切构成了西藏的宗教奇观，让人不得不惊异于形式的力量。

今天，西藏正以其壮美、以其深邃、以其神秘感召着世人。这种诱惑不是物质的，不是时尚的，更不是宗教的，这种诱惑是共产党的领导，是社会主义制度，是全国各民族之间的亲情和团结。

（作者：甄忠慧，中国散文学会会员）

王铎故居

王铎故居以其深厚文化积淀，优美的自然景观，吸引众多游人慕名前来观光游览。四月下旬，“我和我的祖国”主题采风组，在孟津县美协陆甲甫周到安排下到这里采风报道，宣传推荐。欣喜陆甲甫又是神笔王铎书画院副院长，对王铎故居了如指掌，为我们深度采风提供便利。他一边带领大家参观，一边详细讲解介绍，近两个小时采风，收获满满，不虚此行。聚焦收获有三大看点。

其一：故居是瞻仰书法的好去处

王铎（公元1592~1652）明末清初著名书法家。王铎故居是他的宅第，位于孟津县会盟镇老城村。王铎故居毁于战火。如今故居是20世纪90年代按原貌修复重建的。王铎故居坐北向南，由故居和后花园两部分组成，总面积56000平方米，建筑面积5000平方米。故居陈列王铎书法手迹、碑刻、拓片的同时，展示明清建筑艺术，是后人瞻仰王铎书法艺术的好去处。

王铎故居正门上方的“太保府”三个蓝底金字，康熙皇帝御笔亲赐，足见王铎地位尊崇。王铎故居是一所面阔为五进深宅大院，整体为明清建筑风格，以前屋、客厅、中堂、后堂、后屋为主体，配以东西厢房的庭院，青墙碧瓦。庭院分别以青砖青瓦构成，青石柱础、桃檐石、悬山斗拱，五脊六兽，砖雕图案都古香古色，十分精美，体现明清建筑艺术风格，从整体上体现明清官邸建筑巍然、壮观、肃穆的文化氛围。

后花园——再芝园。这里有一个美妙传说，在王铎25岁时，其家后花园内生有一株三茎灵芝，后又生一株大灵芝，王铎大喜，遂将后花园命名为“再芝园”，它景色优美，碧波荡漾，亭台桥榭宛如江南园林。

古居收藏王铎书法代表作品《拟山园帖》石刻，为河南省重点文物保护单位，现为 AAA 级国家旅游景区。

其二：彰显神笔王铎书法的特性

王铎自幼好古博学，诗书画三绝。他是一位各体皆能，风格多样的书法全才，尤以书法独具特色，无论是伟岸有劲的大楷，高古朴厚的小楷书，在晚明书坛均属一流水平，世称“神笔王铎”。其作品有极高的历史、艺术和文学价值，备受国内外书法界的推崇。王铎书法用笔，出规入矩，张弛有度，却充满流转自如，力道千钧的力量。王铎擅长行草，笔法大气、劲遒洒脱，淋漓痛快。王铎草书特别是长条幅草书，以惊人的笔力，奇矫怪伟的体格，浑厚淋漓的笔墨，达到震撼人心的效果。

其三：观《拟山园帖石刻》大饱眼福

陆甲甫（左）与张世才交流画艺

据说《拟山园帖》是王铎汇聚自己多年临摹精品和自家得意作品而编就的，他曾嘱咐儿孙说：“我一生别无所成，唯有书法一道小有所成，待我死后，可寻良工，将这些作品一一刻石镶置于中室四壁，传留后世。尚子孙后代有衣食不足时，亦可拓卖字帖，以济温饱。”建于300多年前王家老祠堂，存有王铎最著名碑帖作品——《拟山园帖石刻》，共10卷79贴，由90块汉白玉质石碑组成，刻制于顺治8年（1651年），是王铎次子选辑其父在楷、隶、行、草中的精品。

下午五点以后，采风组驱车来到陆甲甫的画室，观摩他挥毫泼墨为采风组创作。他擅长画花鸟、兼作山水、人物画作。作品构图奇巧，调色典雅，逸气自出，形成了鲜明的文人画风格，多次在省市书画大赛中获奖。

陆甲甫为采风组赠送创作作品

（作者：川石、盘石，中国散文学会会员，原载于政商参考网，2019年8月1日）

一本书问世的感悟

——记《大跨度钢结构张弦梁施工技术》出版发行

导读：2018 年迎来我国改革开放四十周年，我的第一本专著《大跨度钢结构张弦梁施工技术》也在这一年应运出版发行。它不仅仅表达了我对大跨度钢结构建筑在当今国内外建筑行业内的认识，更是集合了我自大学学习土木工程专业以来十二年里的建筑理论知识，践行八年工作生涯里的建筑施工经验。它全面阐述了全国甚至全球首例大跨度弦支网壳张弦梁空间结构的成长与落成，也从另一个角度展现了我国改革开放四十年来建筑行业的一大壮美景象。

2018 年迎来我国改革开放四十周年，我的第一本专著《大跨度钢结构张弦梁施工技术》也在这一年应运出版发行。它不仅仅表达了我对大跨度钢结构建筑在当今国内外建筑行业内的认识，更是集合了我自大学学习土木工程专业以来十二年里的建筑理论知识，践行八年工作生涯里的建筑施工经验。它全面阐述了全国甚至全球首例大跨度弦支网壳张弦梁空间结构的成长与落成，也从另一个角度展现了我国改革开放四十年来建筑行业的一大壮美景象。

张忠浩出版《大跨度钢结构张弦梁施工技术》

而今，这部专著付梓问世了。它是一个礼物，承载记录了我创作耕耘舍弃无数个不眠之夜，表达了对建筑技术无限热爱的赤诚之心，奉献出对教育我的母校——内蒙古工业大学的礼物、培养我的企业的礼物、献给伟大祖国改革开放四十周年的礼物。回想我在挚爱建筑业的征途上，悟出苦才是生活，拼才是人生，幸福是奋斗出来的哲理。在人生路上，每有点滴收获，无不浸透辛勤汗水，仔细琢磨，我出书过程，归结起来有四点感悟。

感悟之一：创作初心

这部近30万字的专业作品，涵盖了大跨度钢结构工程在当今国内外建筑领域的发展研究和大跨度弦支网壳张弦梁结构的设计、采购、施工全过程。三百余幅图片，图表与力学计算相结合。图文并茂全景式展现了工程由始到末的点点滴滴。要完成这样一部浩大的作品，离不开对建筑施工技术这个专业由衷的热爱和对这份职业无限的情怀。

党的十八大以来，党中央着力推进振兴东北经济发展，书中案例工程“东北亚（长春）国际机械城会展中心工程”（以下称长展工程）是吉林省政府主导开发建设，作为拉动东北经济发展的动力引擎，是为千百万东北人民谋幸福的福祉工程。作为一名建筑工程师，能参与其中，将自身所学发挥到工程建设，为振兴东北经济发展做贡献是这份职业的责任，更是学习知识而为国家贡献力量的初心召唤。

长春国际机械城会展中心工程在结构形式和建筑造型上极具特色，特别是大跨度张弦梁结构加工、制作、安装等工作在钢结构领域更是难上加难。在工作生涯中，能参建一项这样具有代表性的工程，我是幸运的。作为项目的技术总工程师，主持了项目的整体策划，编写了一系列专业技术方案，主导推进了多项技术发明与科研创新。我始终想着为工程和这种国内首例结构形式总结些什么，为培养我的企业和这个专业的从业者贡献哪怕一丝绵薄之力，是我的本职所在也是作为一名土木工程师为建筑业发展贡献力量的初心所在。

感悟之二：潜心创作

创作这部作品的想法萌生于2017年，那时长展工程正处于基础施工阶段，自此后我便开始收集整理大量的现场资料，也正是这些宝贵的材料奠定了我完成这部作品的基础。

罗列大纲，要完成这样一本技术类作品，清晰的思路和写作方向是创作的根本。首先我要做的就是罗列这本书的写作大纲。为将我想要表达的内容清晰流畅地呈现出来，我便开始按照大跨度钢结构工程目前在国内外建筑领域的发展形势结合国内典型的大跨度钢结构案例工程逐步引入长展项目的概况与定位、钢结构深化设计、原材料进厂、构件加工、工厂组装、现场拼装焊接、钢构件吊装、预应力张拉、防火涂料喷涂及施工安全措施等。

就这样经过近一个月的梳理和组装，一个个的主要节点按照施工的工序先后和时间的推移就像一节节火车厢一样组装在一起，形成一辆即将奔向远方的火车，只要一声令下，他将沿着轨道飞快地驶向前方。

装载内容，有了明确的大纲，编写的思路自然也就是开阔的。由于白天的工作实在繁忙，我的编写基本都在晚上进行了，通常是晚饭后点上一支香烟，冲上一杯咖啡，就开始了这一天的写作。从傍晚伏案执笔，到搁笔离开写字台，第二天窗外的天空已发蓝，变亮的日子随着写作的深入不知不觉中持续了近一年……

技术类作品编写不同于文学类文章，也不需要艺术手法的修饰，但它要严格按照施工工艺的先后顺序，符合建筑法规的要求，遵循建筑流程的时间轨迹。为打破常规技术类作品的填鸭式教条灌输路线，这本著作编写上采取由浅入深、起承转合的手法，沿着工程的推进路线，把读者带进一个个观赏景点，在每个景点详细介绍这里的山水交融、风景特色，让读者仿佛进行一场别具风格的旅行。

这项工作是顺畅的，这一路走来它迎着春的风，沐浴着夏的雨，看尽秋的落叶，舞蹈冬的漫天飞雪。虽然过程无比艰辛，身体疲惫不堪，但内心是无尽的享受。

感悟之三：想过放弃

在没有开始这部作品的编写之前，我没有想过，这项工作到底有多么困难，直到这部作品编写到一半的时候，白天繁重的工作，晚间接二连三的应酬，再加上一个个技术难题摆在面前百思不得其解，一度让我狼狈不堪，四顾茫然。

在这条路上真的要走不下去了……

真的要束手就擒吗？我反复地追问自己……

不，我应该冷静，冷静在这种时候往往使人起死回生。

我走近了伟大的作家路遥，走进了他那用生命完成的百万字长篇巨著《平凡的世界》。他笔下的孙少安、孙少平兄弟在经济极度落后，物质极度匮乏的年代，站在贫瘠的土地上，面对一个个挫折和打击，依然热爱着生活，跟苦难做殊死搏斗。他们脚踩艰辛，仍然对生活充满无限美好的向往，奋勇向前，这是何等的勇气和顽强的精神。

跟他们相比，我这点坎坷又算得了什么？

出于使命感，也出于本能，更出于那份初心，在内心升腾起一种与之抗争的渴望，在巨大的精神鼓舞下，我又振作起精神来，用更加饱满的热情投入到创作中，直至满载累累硕果到达终点。

感悟之四：名家作序

这部作品完成了，在这值得庆祝的时刻，我的心却又不安起来，我反复思量这部作品能有多高的水准，期间我将书稿交于多位业内专家，他们十分透彻的分析和理解，给我许多宝贵的意见更给我莫大的信心，几次修改后我怀着忐忑的心情将书稿交给了我最敬仰的谢吉恒老师，想让他帮忙看看，是否能达到出版的标准。

不久，我就接到谢老师的电话，他对书稿给予了充分的肯定和高度的评价，更是给了我深深的鼓舞。

谢老师是《中国冶金报》河北记者站站长、资深记者，又是中国艺术家协会会员，中国报告文学学会会员，中国散文学会会员。感恩相识，自从与谢老师相识以来，他不仅在工作上给予我莫大的帮助，更在我的成长之路上给予深切关怀。而今，年逾七旬的谢老师仍然遍访祖国大江南北，笔耕不辍，为国家冶金行业的发展做着贡献。

最让我感动的是，谢老师不但为这部书出版多次赶赴北京帮助我处理出版事宜，更在百忙之中为本书写序，大力推荐。

另一给我大力帮助和鼓舞的是我的大学老师王岚教授，王岚老师是内蒙古工业大学土木工程学院的院长，博士生导师，是我们国家著名的结构专家。她在繁忙的工作中对全书进行了细致的审阅，不仅提出了许许多多的宝贵意见，更是为本书写了序言。这让我深受感动。

伴着初春的莺歌燕舞，花红柳绿提笔，到写完这本书最后一个字已是银装素裹，千里冰封的寒冬。经过近一年的艰辛创作，这本书终于付梓问世了。这段时间我时常在想，它能有多大的技术价值，会获得怎样的读者认可度，拥有怎样的生命长度，一切还需要时间的检验。但不管怎样，正如德国作家托马斯·曼说的那句话：“……终于完成了。它可能不好，但是完成了。只要能完成，就是好的……”

（作者：张忠浩，中国散文学会会员，原载于中国企业报道网，2019年6月27日）

云梦山拾景

2018 年《中国冶金报》开展“改革开放四十年”主题征文活动，谢老师来到邢台采风，忙里抽闲与清河合金材料公司苏经理结伴重游云梦山。我们一行三人驱车沿邢昔公路西行，新铺的柏油路面似一条墨龙蜿蜒于太行群峰间，路边白杨挺拔、桧柏青翠，各色花卉姹紫嫣红；两旁的山丘种满松柏和各种果树，再也不是多年前搓板路、土陷车、满树尘蒙的情形，众多的小石灰、小石子、小水泥等散乱污企业也消失不见了，这是中央和地方政府倡导“绿水青山就是金山银山”的理念、加强环境整治、发展全域旅游的重大成果，同时沿途农民产业转型，发展林果业、农家乐等，普遍富裕起来了，再也不用依赖污染产业过活了。

不到一小时的行程 我们来到云梦山下。有资料介绍，云梦山位于太行山中段，太行山最绿的地方，植被覆盖率 95%，以“山雄、水秀、谷幽、洞奇”而著称，国家 4A 级风景区、地质公园，河北省著名风景名胜区。游后，给我留下了深刻感悟，其风景的特点以“雄、幽、灵、秀”四字著称。

特点之一：云梦之雄——三山夹峙 壶天仙境

云梦山景区处于翠阳山、牛群山、轿顶山三山环抱之中，峰顶海拔 1300 米，为晋冀分水岭，西侧是山西省和顺、昔阳县，东侧为河北邢台县，素有“一脚踏两省，鸡鸣闻三县”的民谣广为流传。进入景区，恍如进入一只大肚茶壶中，只见四面山势峭拔，赤壁翠崖，头顶只一片圆天，神秘莫测，故称

“壶天仙境”。这里地貌奇特，自上而下分为 4 层，分别为天上人间“天外天”、水帘仙洞“上壶天”、峭崖飞瀑“中壶天”、碧溪幽谷“下壶天”，景点沿水路分布于两旁。进入景区，首先看到的是烟波浩渺的云梦湖，与其相连的是白龙溪。沿水路溯流而上，脚下溪水潺潺，两旁奇石深潭遍布，步移景换，美不胜收。通过一线天，来到中壶天的神仙道，这里是数百级阶梯组成的天梯，我感觉虽无华山之险确似华山之胜，好一处天然美图，是众多美术爱好者写生作画的绝佳地点。拾级而上以达尽头，我和苏经理已是气喘吁吁、汗流浃背，而七十多岁的谢老师则一路当先气定神闲，四十余年耕耘文坛练就的强健体魄和昂扬的精神令人钦佩！

特点之二：梦之幽——九瀑十八潭 北方九寨沟

云梦云之灵在于水，泉水自上壶天的水帘洞及东西白龙泉喷涌而出，遇崖为瀑、绕石成溪、冲击成潭。至栖鹰瀑从 100 多米高处飞流直下，似两条附壁神龙摇头摆尾，我们三人站在瀑布下，水雾弥漫、银珠飞溅，一片清凉扑面而来，沁人心脾、顿扫疲热，心旷神怡。泉水附丹崖、漫翠坡、绕桧柏、挤幽涧，一路向下，汇集大大小小无数溪泉，形成声势浩大的白龙溪，时而漫坡细流、润物无声，时而激流鼓荡，空谷轰鸣，山光水色蔚为壮观，涛声如鼓动人心弦。沿途形成流蛟瀑、龙吟瀑、晒波瀑等九瀑十八潭，至山下汇入云梦湖。因丰富的水资源和茂密的植被，云梦山人称“太行水世界，北方九寨沟”。

特点之三：云梦之秀——四季如画妙趣无限

游云梦山四季皆宜，各有妙趣。春季 3~4 月，满坡山桃盛开，一片粉装世界，景区举办鬼谷子文化节，追思前贤纵横捭阖、建功立业，影响中国历史发展进程的伟大壮举，抒发人生壮志和大展宏图之感慨。7月炎炎夏日，白龙溪漂流，体验一泻千里之壮阔；云梦湖参与泼水狂欢，彻除压抑一扫酷暑。每年最热的7、8月份，云梦山平均气温23℃，比平原低10℃以上，游客可在云梦假日酒店小住避暑，远离闹市喧嚣，置身天然氧吧，于鸟语虫吟中怡然自得、酣然入梦。金秋十月，黄栌、五角枫满山红遍，是赏太行最美红叶的好时机。严冬时节，千峰皆白万木霜裹，山崖冰挂溪流银封，山洞变冰宫、钟乳为玉柱，元月中旬的云梦冰雪节，正好带你赏冰挂、观冰宫，领略玉骨冰肌琼崖玉宇的冰雪世界，至于攀冰崖、溜冰河则是强驴和勇敢者的游戏，一般人就不要尝试了。

特点之四：梦之灵——智慧鬼谷百家祖师

燕赵自古人杰地灵，相传云梦山是鬼谷子隐居授徒之所，讲经洞、神仙道、洗剑池、孙膑峰、庞涓岭、毛遂洞等遗迹至今尚存，并流传着诸多传奇故事。

鬼谷子名王诩，别号王禅，中华第一智者、百家学说祖师。战国时期著名思想家、道家代表人物、兵法集大成者、纵横家的鼻祖。他精通百家学问，二千多年来被尊为兵家、纵横家、命相家、谋略家、名家等百家祖师。他通天彻地，智慧卓绝，人不能及。主要成就：一曰数学，星象经纬，在其掌中，占往察来，言无不验；二曰兵学，六韬三略，变化无穷，布阵行兵，鬼神莫测；三曰言学，广记多闻，明理审势，出词吐辩，万口莫当；四曰出世，修身养性，祛病延年，服食导引，平地飞升。

相传，在很久很久以前，有一家姓赵的和一家姓周的，他们是邻居，赵家经商，周家务农，两家相交甚厚，关系密切。后来，赵家经商破产了，周家便慷慨接济，赵家为表谢意，许诺将女儿许配周家。过了不久，周家父母相继去世，家境败落，作为商人的赵家，悔婚毁约。周家公子念青梅竹马之情，气恼加相思，竟病亡入黄泉。赵家女是知情达理的贤惠女子，闻其噩耗，赶到周家公子坟前，悲号不止，因哀痛过度，竟哭昏过去，恍惚中，好像有周家公子要求她把坟前的一株稻谷带回家去。赵家女苏醒后，见身边果有稻谷一株，她真的带回去，淘米吃了，以后赵家女怀孕，生下一个男孩，健康成长，成了一个聪明的男子汉，这就是鬼谷子。因鬼生谷，因谷生子，赵家女给自己的孩子取名为鬼谷子，这就是鬼谷子的来历。讲经洞对面有两座山峰，分别是孙膑峰和庞涓岭，景色完全不同。孙膑峰松柏林立郁郁葱葱，庞涓岭则林木稀疏野草满坡。孙庞二人随鬼谷子学习经年，为考察二人品行心性，鬼谷子将事先准备好的松柏籽各一袋交给二人，言明他们分别在对面二岭撒种，半月后谁种的好授予兵法秘籍一部作为奖赏。庞涓心胸狭窄为人狡黠，偷偷调换了树籽并抢先在平缓土厚的西坡撒下种子，而孙膑则在一个风雨交加的夜晚将种子撒在岩隙石缝间。过后，孙膑峰长出了绿莹莹的松柏树苗，庞涓岭因为种子裸露被飞鸟啄食、雨水冲刷，则稀稀落落。下山后，庞涓嫉妒残害孙膑，终于在马陵之战一败涂地自杀身殒，而孙膑终成一代兵法鼻祖。

鬼谷子身处战国乱世，怀旷世绝学，无意人间俗世，唯愿超度聪明弟子同归仙境，所以栖身鬼谷不计年数，授徒 500 余人。鬼谷门人遍布各地、风云一时，个个都建立了不朽之功业：庞涓遇羊而荣，孙膑逢战不输，苏秦佩六国相印，张仪两次做秦国宰相；还有商鞅李斯，一个为孝公改革变法，一个助始皇一统山河！苏秦是七国征战时的著名军事家，而张仪是战国时的著名纵横家，白起则是深得鬼谷子兵法的战国第一名将。此外，帮助越王勾践卧薪尝胆，战胜吴王夫差成功复国的谋略家范蠡、战国著名外交家毛遂、秦朝采药养生大师徐福，相传也是鬼谷子弟子。鬼谷子还有一个师妹，是奇门遁甲创始人，师兄妹两人师承于道家创始人老子。至于后来东渡日本的徐福，据传则成了日本的第一任神武天皇。

鬼谷诡秘，社会纵横、自然地理、宇宙天地玄妙；其才无所不窥，诸门无所不入，六道无所不破，众学无所不通！证得弟子门人无数，翻云覆雨，惊世骇俗，后皆大有作为。鬼谷子堪称万圣先师，绝不为过！鬼谷子不仅有经天纬地之才，还胸怀悲天悯人的救世之心，为天地立心，为生民立命，为往圣继绝学，为万世开太平，为中华历史发展做出了巨大贡献。古有《万圣鬼谷吟》诗为赞：

五行阴阳开天地，
纵横捭阖定生息。
宏图一展惊风云，
霸业千秋震乾坤。
诸子百家创世纪，
奇门鬼谷俱真经！

（作者：郝国彬，中国散文学会会员）

三度冶铁写春秋

庞文泽近照

人的一生中，可能会邂逅许多难以预料的事情。而这些事情，有的只是与你擦肩而过，不会给你留下多深的印象，也不会影响你的生活。有的却是多次相遇，那一个个偶然的叠加会引起你的关注或思考，那一个个在不同年代重复出现的事件，若连接起来则可以成为跨越时空的历史，成为展示社会进步的窗口。

我基本上与共和国同庚，且祖居富有铁矿的古镇三屯。也正是这个特殊的年龄和得天独厚的地域条件，使我在与共和国一起走过的七十年的风风雨雨中，亲眼见证了她从羸弱到强盛，从贫困到小康的质变，并在三屯这块富有文化底蕴、写满传奇的沃土上，分别在50年代、60年代和80年代三次结缘钢铁的冶炼，有幸串起了迁西钢铁发展史的珍珠。

第一次结缘炼铁，是在20世纪50年代末期。那时，我正在上小学。为响应党中央向全国发出的“大炼钢铁，向年产1070万吨钢的目标奋斗”的号召，仿佛一夜之间，三屯城西的空地上便竖起了几座炼铁的土炉子。同时，从全县各机关抽调来的“炼铁大军”也汇聚到这里。如实地说，参与炼铁会战的这些人，几乎都没炼铁的经验，但无比高涨的爱国热情铸就了向一切陌生领域进军的胆魄。于是，在“敢字当头、打破陈规、自力更生、艰苦奋斗、白手起家”的口号下，全体参与会战者纷纷“放下包袱、开动机器”，按照书本和图纸的要求，群策群力、夜以继日地奋战在筹备炼铁的战场上。他们用砖石砌成一人多高的炉子后，在炉底放上木柴，然后将砸碎的从三屯城东牌楼沟采来的铁矿石和城北徐家沟采来的石灰石，以及不知道从哪里运来的有着麻风眼儿、能吸头发的燃料（那时还不知道焦炭这个名字），按照比例分层放入炉中。当火点燃后，由壮小伙组成的突击队便轮番蹬着由自行车驱动系统作动力的鼓风机给炉子加温。由于这都属于不尊重科学的蛮干，虽然人人信心满满、豪情万丈，个个累得汗流浃背、筋疲力尽，但最终仍是无功而返、“胎”死“腹”中。一段时间下来，除了留下几座“风烛残年”的炉体和几大坨难于砸开的化合物凝块之外，从未见过有让人望眼欲穿的铁水流出。然而，就是这功败垂成的“初炼”，却书写了迁西炼铁史的第一页，并且强烈地吸引了我，在我懵懂好奇的心上，留下了深深的印痕。

庞文泽（中）在车间采访留影

第二次结缘炼铁，是在20世纪60年代初。当时，我正在坐落于城东的三屯初中上学。可能是借大跃进誓要赶超英美的余威和充分利用当地铁矿资源发展经济的双重原因，县里在我们学校东面五百多米的地方建起了一座有两座高炉的铁厂。铁厂规模虽然不大，但那两座炉子高大的身躯、雄伟的气魄、配套的动力装备、冶炼的震撼场面，与我第一次见到的土炉子相比，真可谓天渊之别。很快，铁厂就成了古城三屯除景忠山、城内外精美的古建筑外又一处吸引人目光的景点。不仅仅是四周慕名来访的百姓，我和小伙伴们也成了课余和假日光顾那里的常客。

为了勤工俭学，学校经常组织师生去厂里砸矿石、砸石灰石、砸焦炭。每次去了，我们都按老师的安排有秩序地围坐在小山般的料堆旁，每人拿一柄从厂里领的尖头锤，将要砸的物料放在有平面的大块矿石上，用铁圈套好，“叮叮当当”地砸成厂里要求的规格。等完成指标后或中间休息时，我们几个投缘的伙伴就会大模大样地来到高大的炼铁炉旁，找个安全的地方观看炉前工用大锤和铁钎一下下地打开“铁眼儿”，尽情享受铁水奔流那一刻给我们带来的视觉和心灵的震撼。应该说，那种震撼是前所未有、刻骨铭心的，一直成为我脑海中挥之不去的壮丽场景。虽然在以后的三年困难时期，这个带给我们希望、新奇和震撼的铁厂不知因为什么原因倒闭了，但这个寿数不长的铁厂却成为迁西冶炼史上一座真正炼出铁来、具有非凡意义的里程碑。

我与钢铁更深层次的第三次结缘，是在 1986 年。那一年，天津人民为了回报迁西在“引滦入津”工程中所做出的巨大牺牲与贡献，根据迁西铁矿资源丰富的特点，特出资与迁西在三屯城东原铁厂的附近合建了一座拥有两座 50 立方米高炉、设计年产 14 万吨生铁的“津西铁厂”，从而开创了迁西冶炼史上的新纪元。铁厂诞生之初，由于产品低档和销路不畅，曾在亏损的怪圈里挣扎，前景被很多人看衰。但令人惊叹的是，在各级党委政府的坚强领导下，在全县人民和社会各界的倾力支持下，在几届舵手，特别是现任中国东方集团董事局主席兼首席执行官、津西集团董事长韩敬远的正确引领下，津西始终坚守“兴企立县、造福桑梓”的初心，依靠艰苦奋斗、创新拓进的精神，在迄今走过的三十三年的征程中，多次跨激流、越险滩，面对瞬息万变、艰苦卓绝的商海博弈，高屋建瓴地连施妙棋，谱写了一曲感人肺腑、荡气回肠的转型奋进之歌。

在这写满传奇的三十三年里，津西历经从最初单一的炼铁到更进一步的炼钢；从单纯的出钢坯到轧制大幅增值的带钢；从轧制不同规格的带钢到轧制填补省内空白的 H 型钢；从轧制几乎全规格 H 型钢到引领时代潮流的绿色钢构；从绿色钢构的开发、升级到填补国内空白、广受海内外客户青睐的钢板桩的市场热销；从业内瞩目的体制和用人制度的改革到海外上市的凤凰涅槃；从当年“南学邯钢、北学津西”的同行楷模到眼下“多元发展、转型升级”的业内典型；从依靠常规大路货拼搏市场，到按市场需求创优产品结构，取得型钢等高端产品制作标准话语权；从“一钢独大”的单调模式，到优势互补、“九龙齐飞”的成功转型……这几次历史性的鲤跃凤翔，使津西实现了持续健康跨越发展。同时，凭借雄厚的实力和“饮水思源”的社会担当，成为了迁西立县支柱企业，撑起了迁西经济的半壁江山，并与生态、文旅一起成为振兴迁西经济的三张优势牌……

在这开拓创新的三十三年里，津西怀揣“百年津西”的梦想，勇立改革开放的潮头，靠创新驱动、锐意进取，闯出了一条具有津西特色的科学发展之路：把一个仅年产14万吨生铁、默默无闻的县办小企，打造成具有1100万吨钢铁产能、世界一流、全国最大的型钢生产应用基地和为地域经济发展做出突出贡献的立县支柱企业；把一个总资产仅4200万元、弱不禁风的小微企业，发展成拥有350亿元资产和拥有钢铁主业、装备制造、节能环保、国际贸易、金融租赁、津西投资、高新科技、绿色地产、文化产业等九大板块的海外上市集团公司和纳税大户。从2003年起，当年创业时举步维艰的津西，已经连续16年稳居全国500强企业榜单且位次不断提升，并晋升为河北省民营企业的领军旗舰。目前，津西的市场已经扩大到全球33个国家和地区，津西的品牌和影响力已成为业内的翘楚。攀峰不止、基业长青的津西，正蓄势聚力地向挺进世界500强企业的宏伟目标踏石有痕、砥砺前行。

如果说，我儿时见到的原始方法炼铁的夭折，少年时见到的短暂、带给人们惊喜和希望的铁水奔流，中年以后见到的津西日新月异、如日中天的发展，串成了一部迁西冶炼历史的话，我不禁心潮澎湃、思绪万千。我的脑海里立即浮现出了两个成语：一个是星火燎原；一个是见微知著。前者，代表了神州经济势不可挡的迅猛发展；后者，则从迁西变化的一个侧面，展现了整个华夏沧海桑田的巨变！

（作者：庞文泽，原载于政商参考网，2019年7月9日）

砥砺奋进谱写新华章

——读《大跨度钢结构张弦梁施工技术》有感

导读：阳春四月、花红柳绿、万物复苏、生机勃勃。2019 年 4 月中旬，由中国钢结构协会主办，津西集团承办的“首届中国装配式标准化钢结构建筑科技论坛”在唐山召开，并在津西集团设立“国家钢结构工程技术研究中心装配式标准化钢结构建筑研究院”。

4 月 17 日消息：阳春四月、花红柳绿、万物复苏、生机勃勃。2019 年 4 月中旬，由中国钢结构协会主办、津西集团承办的“首届中国装配式标准化钢结构建筑科技论坛”在唐山召开，并在津西集团设立“国家钢结构工程技术研究中心装配式标准化钢结构建筑研究院”。

论坛上，有幸结识“八零”后新友张忠浩。早有耳闻，他聪颖机灵、勤奋多才。见本人时，清爽、谦逊、健谈等留下深刻的印象。初次短暂交流，却有一见如故之感。尤为欣喜的是，获赠张忠浩新作，由冶金工业出版社出版的《大跨度钢结构张弦梁施工技术》一书。

书山有路勤为径，学海无涯苦作舟。据了解，张忠浩现为中建二局三公司天津分公司项目总工程师。张忠浩有多方面爱好，尤为爱好写作，系中国散文学会会员。在他人生的轨迹上，获国家专利 10 余项、参建工程多次获奖……他白天勤奋工作，夜间笔耕不辍，从 2018 年春开始收集整理钢结构施工技术素材，到今年 4 月积集成册到出版，仅用一年多的时间完成 26 万余字的书稿，这种创新开拓、敢于担当、自找苦吃、以苦为乐的精神，难能可贵，可点可赞。

汗水智慧铸丰碑。一部创新钢结构施工技术、实用价值高、专业性强、备受读者青睐的《大跨度钢结构张弦梁施工技术》问世，这是凝聚着张忠浩青春年华智慧的结晶。全书共分 11 个章节，主要包括大跨度钢结构的发展、大跨度张弦梁结构研读、钢结构深化设计、钢结构材料管理、钢结构交底、地下劲性钢结构等内容，从发展前景概述到实际案例分析，从施工关键技术到安全防护知识，从工序具体实施方法到特别注意事项，从精炼的文字描述到丰富的图片展示，每一处分析、每一环归纳、每一点滴践行，均一丝不苟，体现了作者的接地气正能量，注重细节，论述严谨的风格。

钢结构产业是朝阳产业。近年来，我国高度重视装配式建筑发展，力争 10 年左右时间，使其占新建建筑面积比例达到 30%，其中之一就是大力发展钢结构等装配式建筑。此书的出版，为从事相关工作的专业技术人员提供了一份丰富的参考资料，必然在推动装配式钢结构建筑产业中贡献出自己的一份力量，这也是张忠浩写作著书的初衷。

张忠浩表示，津西集团作为中国 500 强企业，又提出向世界 500 强奋进的目标，在发挥型钢生产应用基地优势的基础上，延伸产业链，进军装配式钢结构建筑产业。特别是国家钢结构工程技术研究中心装配式标准化钢结构建筑研究院在津西集团揭牌成立，必将促进津西做大做强。张忠浩告诉记者，珍惜津西搭建的交流平台，知恩感恩报恩，今后更要加强了解津西、热爱津西、宣传津西、服务津西、合作津西、互利双赢。

只有奋斗的人生，才是幸福的人生。祝愿张忠浩不忘初心，继续努力奋斗，不断提升自身专业水平，爱岗敬业，业精于勤、谱写砥砺奋进的新华章，奉献给自己心爱的事业。

（作者：赵一臣、白小卉，原载于中国企业报道网，2019 年 4 月 17 日）

有缘钢铁 为你骄傲

大炼钢铁初结缘，
引滦入津一脉牵，
卅载风雨云烟过，
挺进世界到百年。

河北津西钢铁集团鸟瞰全景图

我的家乡在美丽的板栗之乡迁西县，家住著名的民族英雄戚继光镇守的古镇三屯营，我们现在都叫她钢城，因为那里同样也坐落着河北津西钢铁集团股份有限公司，建企33年，已经由一个年产14万吨生铁，名不见经传的乡镇企业发展成为集钢铁冶炼、装备制造、节能环保、国际贸易、高新科技等九大板块为一体的大型企业集团和香港上市公司，也是专业化、系列化、规模化的型钢生产基地，连续16年蝉连中国企业500强，2018年居全国500强第169位，中国民营企业500强第42位，中国上市公司500强第181位，中国民营企业制造业500强第22位，河北省首位，中国制造业企业500强第70位。可以说津西是一座名副其实的钢城，津西的名牌已经享誉国内外。作为津西的一名元老级员工，我真心地为她骄傲。

说起和钢铁的缘分，应该是在40年前，也就是1979年，那年我才13岁，记得也是这个季节，我和几个同龄伙伴挎着笼子去地里挖野菜。那时我们村里有个果山，在果山的西侧有一条小河自南向北流过，河沟的边上有一处村里的砖瓦窑，父亲就在窑上给砖瓦师傅们做饭，所以我与那里的师傅们都很熟。河沟边上野菜很多，挖野菜口渴了就到窑上去喝水。可是在挖野菜时，我们发现河沟两边有好多黑乎乎好似石块又不是石块的东西砌成的不规则的挡坝，当时我们很是好奇，因为那些类似石块的东西有的表面很光滑，有的又有很多蜂窝，所以就拿了一块到窑上问师傅们，砖瓦窑的师傅告诉我，这是1958年大炼钢铁时留下的炼铁的渣块。他说，那年，这里曾建过铁厂，计划有13座百立高炉，可因为生产技术和原材料等问题，只建成了一座高炉生产了几天就搁浅了。听了师傅们讲的故事，当时我想，如果那时的铁厂要生产到现在，说不定我以后也能成为一名钢铁工人。所以自从那个时间我与钢铁就有了第一次的缘分。

后来我也曾有过好多的理想，上学的时候，我的理想是将来能够成为一名大学生。但由于受家庭生活条件的限制，从小学到初中一直当班长的我，被迫放弃中考走出学校大门，上大学也就变成了梦想。

1984年第一次在电视上看春节晚会时，那一个个精彩的节目又让我冒出一个有一天也能在春节晚会上演出，为大家送去欢乐的理想；

听着电视里的歌星演唱会，就想到有朝一日自己也能站在舞台上为大家唱上一首自己写的歌；

过春节看到家家门口贴的对联，就想什么时候也能把我作的对联贴在门口……

可所有这些理想，随着岁月的流逝，几乎都变成了梦想。

也许是1979年第一次与钢铁的缘分，让我注定与钢铁有缘，因为1984年的引滦入津工程，在1986年，天津市为回报迁西发展经济，与政府合资筹建了当时的津西铁厂，我有幸成了津西的一名员工，开始步入了人生的一个新天地。

转眼间，三十二年过去了。在津西的三十多年，我所有的梦想都变成了现实。在别人眼里，津西可能就是一个钢铁企业，但在我心中，她不仅是一个企业，更是一所大学。在这里，不但能学到大学里的各种理论知识，更能学到大学里学不到的人生真谛。1992 年到 1995 年,我在单位的帮助和支持下，在迁西电大读完了文秘中专课程，实现了我中专的梦想，弥补了我被迫初中辍学的遗憾。2001 年，我又荣幸地被公司安排参加了中层干部大专学习班。2002 年顺利通过成人高考。2005 年拿到河北理工大学的毕业证书，圆了我学生时代的大学梦。

更重要的是，除了以上收获外，在津西我也和更多的同事一样，收获了爱情，生活也应该是顺风顺水，现在大女儿研究生毕业后与同学结婚落户到秦皇岛，并且顺利找到了工作；儿子也大学毕业到云南服兵役。

作者王继祥（左）与工友合说相声

在津西，始终坚持物质文明与精神文明相结合的企业文化理念，每年都组织各种各样、丰富多彩的文化娱乐活动，让员工从内心感受到家的温暖。由于我爱好文艺，所以也就成了公司文化活动的骨干。1994 年，在迁西县第一届“卡拉 OK 青年歌手大奖赛”上，我取得第一名的成绩，在听众如雷的掌声里，我第一次过了把“歌星”瘾，为大家送去欢乐。2006 年春节，由于公司的推荐，我又在迁西第一届春节晚会“津西之春”上登台表演，并且在舞台上第一次为大家演唱自己写的歌《没有安全就没有欢乐幸福的家》，实现了我在春节晚会上把自己写的歌奉献给千家万户的愿望。三十多年来，在工作之余，我得过交谊舞、曲艺作品创作、相声表演、剪纸、对联等多个第一，我拟的对联在 2006 年的公司团拜会场高高悬挂，并荣获一等奖。2018 年，我将在津西三十年来的点滴积累整理成了一本 40 多万字的钢铁业文化践行记，在各界朋友的帮助下，以《人生“麻辣烫”》为名在冶金工业出版社出版，这本书可以说既记录了我本人的人生经历，同样也从一个侧面记录了津西三十年的发展历程。这些对于初中毕业的我来说，原本都是一个个的梦想，但津西让我的每一个梦想都变成了现实。

目前津西在董事局主席韩敬远的带领下，认真贯彻落实党的十九大精神，实施以“双调”促“双转”的战略,主动转型,创出“创新常态化、产品高端化、产业新兴化、管理职业化”的特色发展之路。打造世界最大型钢生产基地已成现实，钢铁主业以钢板桩和H型钢为核心，主导型钢产品已形成H型钢、钢板桩、高铁线杆等123个系列、356种规格，不但在国内热销，并且远销33个国家和地区，连续6年出口量全国领先。2018年10月，津西集团又以60%的比例入股赛博思控股这家国内知名的钢结构设计企业，装配式结构建筑产业是近年来国家大力推广和重点支持的新产业，津西借助自主生产型钢和旗下的重工公司和房地产开发公司，产品可直接面向消费者。津西这次入股赛博思彻底打通了集团钢结构产业链的最关键一环，今后将实现装配式钢结构建筑新技术转化，通过3~5年的努力，可有效增加销售收入并推动集成化配套产业，为津西集团在1~2个五年内进入世界500强奠定坚实的基础。

面对公司一日千里的发展，日新月异的变化，如花似锦的前程，回想自己当年与钢铁的初次机缘，和初入津西的情景，一切一切都历历在目，三十多年的风风雨雨，沧桑巨变，我已不再是那个初出茅庐的毛头小子，津西也不再是那作坊式的工厂，中国是个钢铁大国，津西能够在三十三年内成为国内外瞩目的钢铁集团，足见国家的产业政策对钢铁主业的支持和国家强劲的发展趋势。可以说看到津西的现在，就看到了我们的明天，也听到了钢铁强国的声音，作为一个津西人，强企我有责任，做为一个中国人，强国更是责无旁贷，我骄傲，我是津西人，我骄傲，我是中国人。

（作者：王继祥,中国散文学会会员,原载于政商参考网,2019年7月11日）

想念父亲

父女情是世界上最厚重而深沉的情感。父亲是火，在冰天雪地里给予我们温暖；父亲是树，用身躯为我们遮挡风雨；父亲是灯，在成长路上为我们指引方向。

——作者题记

牢记父亲教诲

父亲出生于20世纪50年代，燕山南麓、长城脚下、滦河北岸的迁西县最大自然村——长岭峰。父亲白凤友在家里排行老末，长得白晰清秀且不善言辞。十八岁时爷爷病逝，两个姐姐相继嫁人，成家的大伯、二伯又另行分家过日子。于是，父亲和奶奶开始相依为命。

父亲白凤友当民兵照

1976年7月28日凌晨3时42分发生的强度里氏7.8级唐山大地震。听父亲讲，震后时间不长，天空就下起了雨，周边几个村庄的地表发生不同程度的裂缝，有的几米宽，着实吓人，还不断向外喷着水和沙。村里的房屋倒塌得厉害，父亲和奶奶住的土坯房靠西的一面房山子被震倒，幸运的是没有砸着人。他们娘俩冒着雨和乡亲们一起跑到村北的长岭山坡上，在简易棚里度过了三天三夜。父亲说，站在山坡上，看着残垣断壁的村庄，心里直发慌，这种恐惧是从来没有过的。后来，大小余震数十次。据权威机构统计数据显示，这次大地震，造成了 24 万多人死亡，16 万多人受伤，位列 20 世纪世界地震史死亡人数第二，地震罹难场面惨烈到极点。

面对这场突如其来的灭顶之灾，在党的领导下，迁西县干部群众在第一时间把大爱奉献给了从唐山来的大批伤员，我村乡亲们也积极投入到抗震救灾的洪流中。作为村里基干民兵排长的父亲，牢记保家卫国的使命，带领民兵和群众冲在前头，抢险救灾。

震后半年多，同年腊月十三，生活还异常艰辛，家里倒了的房山子是用生产队分的棒子秧、高粱杆儿堵上的，因其高度不够，房山子与屋顶之间只能露着一大截，冷风直往屋里灌。就是在这寒冷的低矮土坯房里，26 岁的父亲与大 3 岁的母亲通过传统相亲方式，结缘成亲。母亲说，结婚那天，连吃饭时都冻得直哆嗦。我却偏偏喜欢雪花飘舞、银装素裹的冬季，于来年的腊月十四清晨出生。缸里的水结成厚厚的冰，家里的柴火也不多，能做口热乎饭实属不易。每逢夜里，父亲怕冻着我，就让我贴在他的肚皮上睡。

母亲怀我时想吃一口酸杏都没有，生我时是用奶奶做饭用的补丁摞补丁的围裙包裹着。有次，我连睡三天三夜未睁眼，父亲急了，让母亲请来村里白家胡同口的赤脚医生，看后说只是觉多没什么大碍，想扎针弄醒我，但父亲没让，他不舍得。我的降临，给贫困不堪的家带来了生气，再看我胖得可爱，父亲宠溺地给我起了昵称——“大苹果”。透过这三个字，让我深深感受到父亲的宠爱之情。

父亲干活卖力、肯吃苦，是村民们公认的，后被推选为村生产队队长。家里虽然贫困，但父亲心中始终有杆秤，从没滥用过职权，未曾多拿过生产队的一粒粮食、一分钱，而且和社员们一起摸爬滚打，使自然灾害造成的减产减收现象得以有效改善，不仅大幅超额完成村里下的生产指标任务，还使社员的粮食分配提高很多，挣的工分单价明显高于原来及其他生产队，深受乡亲们的信赖和爱戴。

牢记父亲“人穷不能志短”教诲，像指路的明灯，学习父亲的品德，清清白白做人，一直指引着我前进的方向。

为谋生多磨练

父亲一生尽心尽责，劳碌奔波。随着我渐渐长大和二妹的出生，日子捉襟见肘。父亲既要做好生产队的工作，又要谋生计。父亲果断地向村大队部提出辞职申请，准备跟二大伯开始学习木匠活儿。村大队部干部考虑到父亲养家担子重，同意了父亲的这个决定。

期间，村大队部组织选举生产队队长。因为父亲在职时，生产队产出的粮食多，乡亲们都盼望着父亲继续当队长，就一直给父亲投票，先后三次选举会，也都是父亲得票最多。看到这种情况，父亲为了不让村大队部干部为难，就挨家挨户地做起工作。虽然乡亲们不舍得父亲，但最终还是尊重了父亲的选择。

父亲弃农谋生从做木匠活儿起始。第一次练手做的推车子（手推独轮车），拿到罗屯乡集市上很快就被买家相中，这是父亲挖到的第一桶金。后来，他非常自信地做起难度大、标准高的大红色板柜。当时那可是女孩出嫁时娘家陪嫁的抢手货，多用于盛放粮食、衣物等。

板柜不同于推车子，制作工艺复杂、程序繁琐。从选材到调线、割板、推刨、粘合、刮腻、找平、刮灰、补腻，再到上粉色底料、刷大红色料、涂透明漆，各个环节要求严格。因为无论哪一处出了错，都有可能导致板柜开裂、爆皮、颜色不均或是掉漆等严重后果。考虑到父亲刚刚入行，母亲担心干不来，找来二大伯劝阻，但丝毫没有阻住父亲精修的心。

父亲是个认准就干的主，而且会持之以恒。他内秀，上手快，干活精细，做的板柜颜色喜庆、漆也透亮，而且经久耐用，受到买者的赞赏。为了抢工，父亲没日没夜地干，母亲农活不忙时就帮着拉起大锯割板子。但就是在这种又苦又累的条件下，父亲却从未抬高过价格，而是贴边赚点儿就走货，对老用户更是优惠。那时，一口板柜 80 元，逢订货两口的，父亲只收 150 元。由于父亲做事踏实严谨、木匠活精细靓丽，很快在周边乡村传开，还吸引了好多外县用户登门订购，板柜的销路越来越宽，家里也开始有了积蓄。

随着经济、文化的不断发展，20 世纪 80 年代初，迁西县城乡面貌日新月异，出现了农民盖新房、城镇建楼房的热潮。长岭峰亦是如此，有点儿条件的村民都纷纷盖起了新房。

1981 年，三妹出生，家里的孩子更多了。奶奶和我们一家五口人住在空间异常狭窄的三间土坯房里。看到这种窘境，父亲和母亲一商量，咬咬牙，在街坊四邻的帮衬下，1983 年春开始翻盖房子，由土坯房变成灰瓦房，共设计四个屋子。紧邻西边的住室，是奶奶、我和二妹三个一起享用，隔着窗户地的屋是父亲、母亲和三妹居住，最东面的是父亲做木匠活的工作室。室内非常简陋，只有一个木板拼接的三层黑色柜子，最上层放些镰刀、瓜锄子、浅子等农具或是葫芦瓢、麻袋等杂料，中层和最下层盛放父亲的木匠工具或是木头边角料。室外屋檐下靠窗户处，悬挂着扛耠子、铁耙子、镐等播种时才用的农具。在这一年的冬季，小弟也出生了，父亲肩上的担子更重了。

为了让一家老小过上更好的日子，父亲以 5 天内赶制两口板柜的速度持续了相当的一段时期。一开始，各个环节的活，都靠最原始的手拉锯、斧头、凿子、长短推刨等工具一点点地干。后来，家里花 1100 元钱买了台电锯，给父亲增添助手。

困难家庭的孩子早自立。放学回到家，我除了写作业，就是做些力所能及的事，和父亲一起调线测量木材、熬水胶粘板等等。其中，在割板前调线的这个环节，只要打的黑线不直，父亲从不将就，而是要求极为严格，因为这直接关系到整口板柜组装是否严丝合缝。有时我做得不好，但父亲从未呵斥过，而是嘱咐我慢慢来。这个特权，只有我和三妹独享，二妹和小弟时常会被父亲严厉地教训一通。当时不理解，以为是父亲偏心，但现在想来，同是儿女，父亲同等对待，只是二妹和小弟有些毛手毛脚，造成返工次数多，影响板柜制作进度罢了。这也更加证明父亲是个严谨的人，故而对孩子要求亦加严格。

由于父亲日积月累地忙，再加之生活饮食缺少营养，本来就瘦弱的父亲

父亲与我们姐弟照

时不时就腰疼或是闹肚子，贴心的母亲就会买些蛤蚧精让父亲喝，或是把家里老母鸡下的蛋攒着，每天早晨在烧得滚开的棒子沫子里冲个鸡蛋花给父亲补充营养。

夏天，看着工作室内的父亲汗珠从额头滑落或是由脊背流下湿透衣衫很是心疼，但他从没喊过劳累；冬天，看着父亲长满了老茧的双手因叮叮当当钉木板而裂开道道血口很是心痛，但他从未涂过药粉；春天，看着父亲拍掉身上残余的木屑就又开始忙着耕地播种很是心酸，但他从没丢过庄稼；秋天，看着父亲白天忙着收秋夜里又抓空做板柜很是心碎，但他从未求过安逸。

对于父亲而言，苦算什么，累算什么，只要儿女能够健康成长，能过上幸福平安的生活，父亲又岂会计较付出多少呢？

20 世纪 90 年代初，家居摆设也在更新换代。板柜慢慢地被形式各样的组合家具取缔。父亲为谋生迈开第二步。忍痛放弃干了十几年的木匠活儿，在向有经验的五姨夫讨教后，开始养羊、卖羊肉。这对父亲来说是个陌生的行业，一方面小心翼翼地养羊，一方面还要学会宰羊。记忆中，父亲见不得一点儿血腥，过节宰鸡、鱼都是母亲的事。但自卖羊肉起，父亲就从不让母亲沾手，都是他一个人摸索着干。

父亲喜欢吃羊肉，但从不舍得吃，只有家里来了客人才会告诉母亲做些。有时，母亲会用羊油炸饼，给父亲享用，即便味太膻，但父亲也心满意足。姐妹聊天时，想起放羊时的快乐，也想起了父亲放羊捡拾好吃的：有挂在树梢儿或落在山坡上的山枣，有散落在地上风干透了的栗子、落生或核桃，他从来都是用口袋装回来。看着我们姐弟几个一边吃一边眉飞色舞地叽喳，父亲满脸满眼都是笑。

1994 年秋，我放弃学校保送美术专校的机会，在大舅的帮衬下，来到津西铁厂工作（现为津西集团）。父亲不善言辞，始终从内心深处感激他这个小舅子，感激他为女儿谋了个好差事，但心事又重，深知女儿放弃学业的缘由，故在有生之年从未捅破这层窗户纸，也就形成了父女之间独有的默契。我开始挣工资，多多少少贴补家用。即使现在，偶尔谈起时，母亲还心怀愧疚，说父亲在暗地里没少说，得大闺女济了，初中刚毕业就上班，主要是知道咱俩不容易，考虑到底下妹妹、弟弟多都得上学，想为家里分担子。

父亲耿直，从不让羊糟蹋庄稼，再看到自己养的羊最后宰了再卖，内心实在受不了这种煎熬。时间不长，父亲为谋生又迈开第三步。利用手中的积蓄在南院邻居二叔的帮助下，去遵化市买了辆马力不大的三码子车，与母亲开始收废品。

记得买车回来，父亲没有直接回家，而是来单位找我，和我分享家里又添置了一个大件的喜悦。这是父亲第一次来我工作的地方，但不曾想到会是最后一次。当时，单位宿舍里摆放着用稀有的黄色漆粉刷的小衣柜，是父亲选用最好的木材为我赶制的。现在，这个柜子已被我珍藏，想念父亲时抚摸它还可感觉到父亲的温度，但也不免心中泛起阵阵酸楚。

父亲的不断努力创业，换来了越来越好的日子。每每邻居们说起我家，就会羡慕中流露出对父亲和母亲的敬佩："别看人家孩子多，梯子坎似的，但嚼裹儿硬，穿的、用的一点儿也不差。"

好日子，是父亲与母亲夜以继日的劳作换来的，俗话说，女儿是父母的心头肉。是啊！我结婚时，如果说家里富裕还谈不上，但父亲与母亲商量购买一台电冰箱送我，这在当时真是个奢侈品。后来我才知道，即使我的年龄再大，在父亲的眼里却永远是个孩子，再加之自由恋爱，没有托媒人，定亲时只是婆家的几位长辈坐在一起吃个便饭。虽然没要彩礼，但结婚了也得有拿得出手的嫁妆，就是想给闺女撑门面。我的婚礼，父亲总认为有些委屈，因为是"一天忙"，当天没有"下马杯"，次日也未"躲咳嗽"，"回门"那是三个多月之后的事了。现在我还记得"回门"时，父亲里里外外的张罗，家里七大姑八大姨，包括邻里都来了，包的饺子是一盖顶帘儿又一盖顶帘儿的，家里是热热闹闹、喜气洋洋，父亲更是笑得合不拢嘴。

作为父亲的长女，我应该更加了解他、懂得他。其实不然，父亲这本书，又岂能是一朝一夕读懂的？

选择生命质量

生命的质量和长度如何选择？选择决定生命质量。1999年12月，我婚后一个多月，刚刚49岁的父亲因患结肠癌住进迁西县人民医院。这个月份，对于我和家人而言是个灰色的月份。

那时，医疗条件有限，再加之家里经济条件不允许，父亲没有再去多家医院周折，而是在母亲颤抖着手签字后就草草地做了手术。出院后，休息不到3个月，他就拖着还没有完全恢复的病体，在村西置了块地方，与母亲研究盖起了水泥浇筑、红瓦瓷砖、宽敞明亮的“五大间”房子，而且把院里的围房也一起盖了下来。新居设计的是母亲和他一起住最东面的屋子，有独立的出入门、窗户地和餐厅，说将来闺女、姑爷们回来方便，憧憬着儿孙满堂，也好好享受天伦之乐。

在与病魔抗争一年多后，父亲因癌细胞转移再次住院进行治疗。而这次手术，是毫无意义的手术，不仅不能隔阻癌细胞的疯狂扩散，而且父亲的生活品质遭受前所未有的重创，遭罪劲儿更是无以言表：即使腰部因肿瘤侵袭变了形，父亲也从没打过一针杜冷丁，也没诉说过一次疼痛，连我的搀扶都被用严厉的眼神制止。他在人生的最后时光里，向儿女们展现了一个坚强的父亲应该具备的精神风貌。

2002年9月6日，年仅52岁的父亲、辛苦劳累了一辈子的父亲、永远离开了我、离开了他不舍离开的家。我戴着孝，一路跪着，悲痛欲绝地默念着：父亲，慢慢地一路走好，到天堂世界没有疼痛、一切都好！从这刻起，永远失去了父亲，永远再也见不到父亲。

在父亲去世的前几天，我再也控制不住思念赶回家，只为了深深看父亲一眼。等到了村庄头，正逢有卖秋后收尾西瓜的就买下来给父亲吃。看着父亲吃了吐、吐了吃，心里如针扎似的疼痛。听着父亲不停地说“西瓜真甜”，有了些许欣慰但却随即被苦涩掩盖。后来，在父亲拒绝、我又一再坚持下，给父亲洗了脚，这是第一次，但也是最后一次。想来，我这个闺女真是不孝。“不是你不孝，是他太过坚强”，母亲边宽慰我，边念叨着。

我挚爱的父亲，是一个多么冰雪聪明的人啊！从第一次做手术起，从不顾他人劝阻盖房起，从身体疼痛日渐加剧起，他何尝不知自己得的是什么病？只是不愿戳穿我的这个小把戏,配合着我这个“傻闺女”一起演绎到他生命的终结。

人常说,知女莫若父。我们姐几个从小就胆小,像拉拉蛄、蝎虎脸儿、耗子、蛐蜓这些常见的小动物都不敢碰。父亲故而在离世前,早早为自己选好了墓地:就在离家不远的地方，周围有成片的核桃树、栗树、杨树，也有绿毯式的麦子、棒子、落生，往南望去不远处是向东流的滔滔滦河水，远方若隐若现的是连绵起伏的山峦。在这块土地上，父亲点种，第一次种上了棉花。秋收时，棉花收成极好，一团团像朵朵白云。但于我看来，却白得炫目，刺得眼生疼。只因棉花开时，父亲已然长眠地下。

赋予我生命、视我为珍宝的父亲，离世时两鬓刚刚飞霜，瘦削而蜡黄的脸上皱纹不见几行，双手粗糙而长满了硬生生的老茧，受病痛折磨的体重还不足百斤。出殡时,家和邻近家的大街小巷站满了乡亲,都是来送父亲的。“小三（父亲的乳名）是好人啊，这一辈子忒能干，得这病真是可惜啰。”入耳的是看着父亲长大的长辈们发出的叹惜。

记得父亲弥留之际，眼窝深陷流露出的目光依然是那样慈祥而坚毅。我紧握着他的手，一次次呼唤着他，并叮嘱他听到我的声音一定要回应我——因为我有私心，一次次试图将父亲从死神的手中夺回。然而，从父亲慈祥的目光中，我感受到了强烈的电波，他嘱托我一定要照顾好母亲和妹妹、弟弟;从父亲坚毅的目光中,我读懂了无声的语言,他告诉我一定要坚强地生活下去。父亲有放不下的牵挂和遗憾,牵挂的是儿女们还没长大,不能再尽父亲的责任,还有年逾八十的老母，不能再尽儿子的孝道；遗憾的是不能与母亲陪伴到老,携手一生，再也不能履行婚姻的承诺……

在生命的质量和数量之间，父亲选择了前者。父亲是感性的，他想快乐地与自己的亲人度过有数的时光，最后平静地离开人世；父亲是理性的，他顶着人生缩短的风险放弃化疗和放疗，避免了人财两空的局面，让我们母子能够更好地过活。

如在当下，面对患病的父亲，我又会怎么做？我会带着他去访遍我国最好的医院，选择最先进的治疗方法，使用最好的药去延长父亲的生命。而这,也必须是经过父亲允许的。因为，父亲的抉择，我会尊重，而且不会在父亲身体各个器官处于持续衰竭之时，还用一些高蛋白之类的药物欲盖弥彰，寻求自己的一份心安。因为，作为女儿，怎能让自己挚爱的父亲在生命的尽头还遭受常人难以忍受的痛苦呢？我不忍，也不舍，就如父亲爱我一样爱父亲。

父亲的离世，成了我心中永远的痛，是旁人不可提及的逆鳞。在父亲离世后的日子里，没有一天不想父亲，没有一天不去思念这个世上我最挚爱的亲人。

立家规传家训

家风、家规、家训，不是名门显贵的专属。父亲给我们姐弟几个立下规矩，树立了良好的家风，成为最丰厚的精神财富渗透到生活和工作中的点点滴滴，让我受益终生。

父亲说，要和睦乡里邻居。地边，是农民的命根。春天耕地后，界线有时不分明。临界的乡亲种庄稼时越了界，母亲往往会叨唠上几句，但父亲总是冷处理，从不与乡亲发生争执，反而收效明显，我家的地边也会随着来年的耕种恢复原状。父亲有生之年，从未与人针锋相对，乡亲们也非常敬重他。在他生病的两年多里，不管是老院的邻居还是新院的朋友，都不止一次看望他、祝福他。

父亲说，要宽厚善待他人。住在我家上坎的，是一个孤寡老人，村里的五保户。小时候，我和同学爱去她家玩，听她讲神话故事。父亲告诉我，她年纪轻轻就没了丈夫，也没生养儿女，再去不要瞎闹腾。后来，我去时，会给这位奶奶带些父母亲早已准备好的棒子面、白面或蔬菜之类的，也会和伙伴一起帮忙做粥、疙瘩汤等简单的饭。这与父亲讲的“勿以善小而不为”的道理有些异曲同工吧。

父亲说，要懂得孝敬长辈。小时，我们很少看见父亲和奶奶聊天，一天忙下来说不了几句话。但父亲是个孝子，粮食、柴火都准备充足，有什么美食会先让奶奶分享，因而奶奶在与我们同住的20多年里，她是幸福的。还有我的姥姥，每逢冬天都爱来我家猫冬，父亲也一样是知疼知热，嘴上不会说，但心里有，会去集市上买些好吃的，给姥姥贴补身体。姥姥没少说，不管住多长时间，四女婿从没嫌弃过。记得有一次，我的小学班主任王老师家访时，倒水迟了些，等走后，父亲严厉批评了我，嫌怠慢了客人。“人啊，要合乎礼数，只有先懂得做人才会做成事。”这是父亲时常挂在嘴边的一句话。

父亲说，要夹着尾巴做人。人，活得要实在，不能张狂。无论在学习时，还是工作中，取得成绩时我都喜欢和父亲分享。因为父亲对于我们姐弟几个来讲，是家里的最高权威。得到他的认可，足以让我们兴奋好几天。往往这个时候，父亲高兴是高兴，但更多的是鞭策，说人外有人，任何时候尾巴也不能翘起来，就得踏踏实实的。

父亲说，要学会朴实勤俭。作为父亲的女儿，我深有感触。从小时候起，没戴过头花、发卡、耳坠子，没穿过花花绿绿的衣服，不曾花枝招展，只求穿着得体就好。还有，父亲的勤俭是出了名的。他不光木匠活儿漂亮，还是个好的庄稼把式。一年四季，我家的地和父母亲一样不闲着。村南是农田保护区，庄稼根据时令一茬茬地种。小麦收割前套种一垄垄的棒子，麦收后又种上黄豆、红小豆或是白菜。大秋收后，再种上小麦。在长岭山坡上或是村北坡上，会栽上白薯，或是种上棒子、落生、绿豆、高粱、芝麻、谷子等。每逢秋收，我们一家人累并快乐着。拔麦子时，父亲会让我们几个拾麦穗；掰棒子时，父亲会让我们一行挨着一行的检查有没有漏丢的；出落生时，父亲会让我们耙耙地里的“落角”；摘豆子时，父亲会让我们拿上小布袋把熟落地上的豆粒颗颗捡起；出白薯时，父亲会让我们用小铲找挖土里深处的果实……父亲教会我们，生活要勤俭，粮食不能浪费。我是庄稼人的女儿，乐享农忙的欢娱，畅享秋收时的喜悦，尽享季节更替的美丽，坐享大自然的气息。每当想起与父亲在一起的日子，充满脑海的只有“安全、无虑、幸福”这些字眼。

父亲说，要舍小家顾大家。出嫁后，父亲叮嘱我，只有你的小家和睦，大家才会兴旺，要孝顺公婆，善待老公，教育好孩子，才能事事顺心如意。每次谈到工作时，父亲又叮嘱我，工作难找，单位是迁西县最好的企业，要努力认真，学会珍惜，没什么事情不要请假。为了不辜负他，为了不让他失望，即使在他重病期间，我也没请过一天假。其实，父亲何尝不想让女儿陪在身边说说话、解解愁、化化痛。唉，只是因为父亲心中有大家，才会舍得小家啊！现在，我的生活幸福，工作顺利。是父亲让我明白了一个道理：只有舍才有得。

父亲的家规、家风，处处体现。比如吃饭时，不要吧唧嘴，夹菜这戳一下那翻一下是要绝对避免的。特别是在饭桌上说话打闹、使用筷子竖“二指禅”、戳胳膊肘子等等，这在我家是被严厉禁止的。小弟调皮最看不开眼色，而父亲从不因是男孩而骄宠，批评后免饭还要再强化教育。其中，来客时不让上饭桌，更不让进屋守着，等客人吃完饭，经父亲允许后，我们才能进屋吃饭。如果知道占小便宜、随地吐痰、穿戴邋遢，是会受到严厉责罚的。父亲自身有说不完的优点：

（1）自身要求严格。从不吸烟，只是逢年过节喝点白酒或是伏天奖励自己喝瓶啤酒；他喜好干净，衣服裤脚总是整整齐齐，包括下地干活拔草，身上的土也很少；他讲究卫生，每天早起都会抹上肥皂泡沫刮胡须，还始终坚持使用“中华”牌脱敏牙膏，说是经济实用。

（2）容易知足常乐。与老公去北京故宫游玩成了他向亲戚、邻居炫耀的资本；因家里盖房得到婆家赠送的木头而常挂嘴边；只要一想到小舅子帮忙找医生看病就赞不绝口；明明女儿蒸的馒头又酸又硬却连说好吃。而每每听到有人夸赞我们姐弟几个时，父亲却往往不会附和，只是心里早已乐开了花。

（3）对儿女严中有爱。会讲水浒传、七侠演义故事给我们听，会趁母亲不在家时给我们姐弟几个烙金黄金黄的油饼。他温情展现时，我记忆深刻，如会给我买小女生都喜欢的淡粉色衣服，会不辞辛苦多次往返医院购买山楂丸让我健康，会牵着我的手一起过河谋求工作，会为成家的我夹爱吃的鸡肉……

深深记得，拔麦子时逢多雨季节，往往这时，父亲和母亲为了抢收，都是带上水和干粮，在地里连续住几天几夜，拔累了休息会儿，休息好了接着拔，主要是害怕突然降雨影响了一年的收成。有一回在村南滩地五十亩坎下拔麦子，由于年龄小，只能用镰刀代替手拔，结果麦子没割多少，反而把我的左手大拇指第二关节处割伤，父亲听到喊叫声立刻奔过来，扯下上衣口袋的确凉的里衬就给我包裹上。本来，天气就热，再加上着急，他脸上的汗珠直滑落到我的胳膊上，感觉暖暖的，让我忘记了伤口的疼痛。现在，每逢不经意看到手上这个小小的伤疤，就会忆起父亲疼爱我的模样。

我爱父亲。假如爱有天意，恳请父亲来世还做我的父亲，让女儿继续做父亲的女儿，说今生未说完的话，尽今生无法尽的孝。

（作者：白小卉，中国散文学会会员，原载于《栗花》季刊，2018 年冬）

中国牡丹画第一村印象

采风组与“创意园区”领导留影

千年帝都，牡丹花城。四月下旬，我应邀，跟随“我和我的祖国”主题征文采风组到洛阳采风。采风组一行由京、津、冀地区媒体、作家、画家、企业家等相关人员组成。在孟津县美协陆甲甫等领导陪同下，先后来到被誉为“交运战线旗帜，创新创业楷模”的洛阳交运集团21分公司采访，听取总经理田延通介绍的“建功立业新时代，铸魂追梦写春秋”典型经验；参观被誉为“中国牡丹画第一村”的平乐创意园区，与园区负责人刘小荣、袁永安等交流园区建设及发展愿景，留下深刻的印象。

参观牡丹画创意园区

4月28日上午，采风组来到中国牡丹画第一村——洛阳市孟津县平乐镇平乐村。迈入平乐牡丹画创意产业园区，望见主题艺术馆电子屏幕上“中国牡丹画第一村欢迎您！”一条醒目横额红色条幅。走到一间工作室门口，迎面一位年轻美女画师前来相迎。她叫任红斌，面目清秀，热情大方，言谈举止中散发出画家的知性优雅。进入室内，四、五名画师正在聚精会神地作画，

作者贾宝新（右三）与采风组交流

一笔笔描绘出各色牡丹，多姿多彩，令人目不暇接。环顾四周，墙上挂满了千姿百态、婀娜多姿的牡丹画。定睛细看，画中的牡丹或华滋温润、或朴实无华、或恣肆豪放、或空灵野逸、各具风貌、各臻其妙……我仿佛置身于牡丹的世界，心旷神怡。我问任红斌，牡丹的品种怎么区分呢？她介绍说，牡丹的品种十分繁多，主要是根据它的花瓣形状和花型来进行分类。一般花朵层数在一到三层之间的都属于单瓣，层数在三层以上的属于重瓣。根据花型来分，如常见的有荷花型、菊花型和蔷薇型等。我接着又问道："牡丹最珍贵的有什么品种呢？""牡丹花最珍贵的有八大品种，如赵粉、魏紫、姚黄、洛阳红、御衣黄、豆绿、酒醉杨妃和青龙卧墨池……"她如数家珍般娓娓道来，使我懂得来洛阳采风"行走即读书，旅行长见识"的真谛，难怪自古就有"洛阳地脉花最宜，牡丹尤为天下奇"的说法，牡丹不愧为中华花卉的国粹，博大精深。

任红斌带领我们来到园区内的牡丹"写生园"，这是园区专门为画师和牡丹画爱好者写生创作设计的一个花园，占地 25 亩，种植了牡丹、芍药、海棠、樱花、月季等上百种植物和花卉，一步一景，赏心悦目。喜欢牡丹，爱画牡丹，是平乐人骨子里透露出的一种心性。人们喜爱牡丹花高贵艳丽，更因为牡丹画是幸福美好的象征。

农民牡丹画落地生根

洛阳平乐牡丹画创意产业园区建于 2009 年，占地面积 90 亩，建有画家创作楼158套，约20000余平方米。主题艺术馆4600余平方米，内设牡丹画精品、石刻艺术、三彩艺术、黄河石画、麻布画等文化艺术平台。此外，还设立部分绘画创作室、拓片体验区等。主题艺术馆命名为“中崋楼”，整体造型为中崋的“華”字形，左右平衡。古时“崋”又通“花”，又切合中国牡丹画第一村之名。“中崋楼”完全采用汉代建筑风格，古拙粗狂、结构简单、风格大气、天人合一。“中崋楼”寓意我们的国家繁荣昌盛、我们的文化如同百花一样盛开。

接着孟津县美协陆甲甫引导采风组，来到主题艺术馆二层，参观农民画展。党的十九大提出：“文化兴国运兴，文化强民族强。没有高度的文化自信，没有文化的繁荣昌盛，就没有中华民族伟大复兴。”在第37届中国牡丹文化节隆重开幕的美好时节，“中国平乐第九届农民画邀请展暨产业发展研讨会”如期进行。

我边走边驻足观看，来自11个省份14个地区的180幅画作栩栩如生，展示出乡村风土人情，描绘出农民平凡的劳动和多彩的文化生活。浓厚的乡土气息深深感染了我，令人耳目一新。我饶有兴致地问陆甲甫：“农民画在绘画中算哪一类呢？”“农民画是20世纪五六十年代产生的一个画种，当时社会上还出现了宣传画和版画等多种形式。农民生活农民画，最接地气了。”他不无自豪地回答。“中国牡丹画第一村”为何会花开平乐？

通过园区工作人员的介绍和笔者对部分画师的采访，耳闻目睹，收获颇丰，使我对平乐村这些年如何发展成为“中国牡丹画第一村”有了清晰的认识。

采风组向创艺园区领导刘小荣（右）、袁永安（左）赠书留影

据了解，平乐村在明清时期就涌现出绘画牡丹的农民画师，远近闻名。白马寺大雄宝殿的大门上，雕刻着牡丹花图案，这出自平乐村人郭漪山之手。他在民国时期就以牡丹绘画、雕刻闻名遐迩，新中国成立前，他常常帮大户人家画牡丹、雕刻牡丹。新

中国成立后，他的牡丹绘画技艺日臻完善，名声大噪。原村委会主任郭玉灿介绍，平乐村在民国时期就开办了“完小”，村民家家户户重视教育，争相送孩子上学堂，村民普遍具有一定的文化素质。

平乐村 70 多岁的郭雨均曾是洛阳师院的美术系教授，为村里培养出了一大批优秀的牡丹绘画学生。20 世纪 80 年代，平乐村农民种了很多牡丹，郭泰安带着学生经常到田间和市区公园写生，从那时起，平乐村农民喜欢画牡丹的风气渐渐开始形成。在郭泰安、李天祥、郭戊申等人的带领下，涌现出一大批农民牡丹画家，村里人把郭泰安称为“平乐牡丹画”第一人。

改革开放后，富裕起来的农民开始追求高雅的精神文化生活，喜爱和从事书画艺术的人越来越多。随着每年牡丹文化节的举办和旅游业的日益繁荣，牡丹成为洛阳的重要文化符号。游人在观赏洛阳牡丹的同时，喜欢购买寓意富贵吉祥的牡丹画留念，于是，喜爱和从事书画艺术的平乐村民开始将创作主题集中到牡丹上。2011 年，平乐牡丹画创意产业园区建成并投入运营，同时注册了“中国牡丹画第一村”商标。这些惯于田间劳作的双手不经意间拿起了画笔，竟然画出一片国色天香新天地！一年前，来自广东的客家人刘小荣，追寻祖先的足迹，回到洛阳打理起牡丹画创意园区。采取三项举措：一是加快市场化进程，实施牡丹画产业公司化运营，壮大产业规模。二是实施人才战略，通过强化培训、定期交流、级别评定等各种途径，催生了 1000 多名牡丹画师群体，带动相关从业人员 5000 余人。三是打造“互联网 +”新模式，成立 165 家网商，线上交易额突破 5500 万元，成功创建洛阳首家国家级淘宝村，实现“线上”“线下”联动，推动牡丹画年销量 40 余万幅，作品行销全国，远销海外，综合收益达 1 亿元。

（作者：贾宝新，原载于政商参考网，2019 年 6 月 11 日）

钢铁情缘

2007 年，对我来说是一个悲喜交加的年份：那年的 6 月 1 日，父亲病逝；7 月 1 日，我大学毕业。

当时，踌躇满志的我很想到外面的世界打拼，工作单位业已落定，只待办理手续，便可告别校园，去越南参加工作。就在办理出国护照的前一天，我反复掂量家里的情况，最终决定辞去来之不易的工作，回到母亲身边帮她支撑起这个家。尽管有诸多不舍，但作为一个儿子，我想回家多和家人在一起，以此来弥补没能孝顺父亲的遗憾。于是，四年大学结束后，我又回到了自己的家乡——迁西。

回家的决定，并未得到母亲的支持。很长的一段时间里，母亲但凡和别人谈及此事，总说我上的学白搭了。我理解母亲，十几年的寒窗苦读，带着家人的期望外出求学，却只身又回到原点，确实难以让母亲接受。但自从父亲离世后，我更愿意和家人在一起，以尽到家中长子的责任。我也曾和弟弟谈及此事，弟弟也同意我的做法。对我来说，工作错过可以再找，但亲情却只有一次。父亲早逝了，但我还有母亲和弟弟，我要多孝顺自己的母亲，照顾好弟弟，让她们过得温暖幸福。

回到家乡以后，首先要做的是找工作。为了离家近，为了能时常回家，我拿着求职简历，敲响了津西的大门。这条路走得对不对？虽有疑虑，但那时我还是坚信自己的选择。毕竟，我可以时常回家，帮助母亲干农活，还可以挣钱养家。至今，与津西结下的这份钢铁情缘已经延续了 11 个春秋。回想起来，虽有艰辛曲折，但幸福和收获也沉甸甸的。

来津西之后，我随着那批一起来的大学生，被分配到了 H 型钢一厂。因为刚投产不久，整条生产线引进的都是德国技术。所以，我们那批进来的大学生们也被悉数分配到这里。也许是好奇，也许是出于挣钱养家的渴望，在津西工作的第一年，我并没有觉得工作多苦多累。而作为男人，我深知再苦再累，也要坚持下去。第一次拿到工资，我带着些许的兴奋，把工资分成几部分：一部分偿还在大学时用的助学贷款，一部分给母亲留作家里的开销，还有一小部分作为我工作生活所需。那时每月剩不下几个钱，但可以不用花家里的钱了，而且还可以给母亲一些钱来补贴家用，也算是尽了一份孝心吧。在这一年，我的愿望都实现了，不仅可以时常回家，多和家人在一起，还可以帮母亲干农活、家务，日子过得贫苦但快乐。

第二年，津西为了打造全国最大的型钢生产基地，开始筹建中小 H 型钢，从大 H 型钢抽调好些工人过去，我便在其中。刚刚过了几个月，国际金融危机爆发。受金融危机冲击和经济衰退的影响，8 月份以后，原材料价格上涨，钢材价格却一路下滑，而且市场需求持续低迷，大批中小企业破产倒闭。中国钢铁行业面临前所未有的困境，津西也经历了自 1986 年建企以来最为严峻的困难时期。在这个背景下，津西实施限产战略，只有少部分人留守，大部分员工暂时休假，我成为其中一员。当背着背包，走出津西大门的那一刻，我一度处于十分茫然的状态，我的愿望和理想怎么办？作为一个男人，我不能挣钱养家，怎么向家人交代？怎么向母亲交代？直到我坐上回家的班车，望着窗外这个熟悉的地方，心里充满了种种疑问：难道我和津西的情缘到此结束了？我闭上双眼，心里异常烦乱，如一叶浮萍，不知何去何从。

和我一同暂时休假的还有一位工友——金学新。为了生计，我俩商定后，便一同去了天津。我们在市区、蓟县、宝坻、塘沽等地方辗转了 4 个多月，挣了一些钱，但很少，生活得小心翼翼，很有“人生天地间，忽如远行客”的感慨。除了自己，家人还等着用钱，所以能省就省。天津的“狗不理”包子很有名，但我现在仍清晰记得，在包子铺前经过十几次，都不曾舍得吃一次。

转眼间，2008 年即将过去，在天津辗转的几个月使我筋疲力尽，因为我不喜欢那样的生活，再加上不能时常回家尽孝心，感觉分外的颠沛流离。那年春节前夕，我们俩从天津回到老家，到家已经晚上九点多了。我把省下的钱给了母亲，心里觉得异常愧疚。钱有些少，母亲却异常高兴，问我们有没有吃饭，我说没有。母亲说着就要去做饭。因为夜深了，不想劳烦母亲，我就说自己去买两包方便面，用水煮煮就行了。母亲说：“我去吧，你们歇会儿。”说完，母亲便出了门，消失在漆黑的夜里。母亲是手脚麻利的人，干活做事从不拖泥带水。才一会儿，母亲就迈着碎步赶了回来，买的是我最爱吃的“康师傅”香辣牛肉面。当一大碗热气腾腾的面放在我面前，里面还有一个又大又白的荷包蛋，我感觉到了母亲沉甸甸的爱和家的温馨，连着自己的无限愧疚。还没等吃，眼泪刷的就流了下来。父亲去世后，我从未在母亲面前流过泪。但，那晚我无论如何都没忍住。

母亲没有上过学，没什么文化，也不识几个字，更不懂得很多的人生道理。但母亲总是用她伟大的爱和默默的坚持，在我们觉得挺不住的时候，给我和弟弟莫大的鼓舞和支持。母亲生于20世纪50年代，历经挨饿受苦，但我从来都不曾听母亲有过什么抱怨，仿佛什么事情都能扛得住。正是母亲这种坚韧的品格，给了我和弟弟无限的安慰和力量。

也许与津西的情缘还在。2008年的年关，公司打来电话说可以回来上班了。这真是让人喜出望外，感觉浮萍一般的人生又突然找到了方向。此时，对“山重水复疑无路，柳暗花明又一村”的领悟，仿佛又深了一层。

再回到津西，心有了着落。工作之余，随年龄渐大的缘故，开始思考自己的人生和未来。我是一个地道的农二代，家里没有钱，长相一般，个子也不高，没什么特长，只有尚未还完的助学贷款。有时候，越想心情越低落，看着大街小巷成双成对的恋人，手挽着手、甜蜜依偎，真怕自己连媳妇儿都说不上。

有一天，我的心绪极其低落，甚至有了自暴自弃的灰色想法。在不断翻腾的思绪中，我忽然想起了大学老师曾说的话：“读书是一辈子的事，很多东西书里都有。”从那时起，我开始疯狂阅读。40多本经典的励志书籍，全部读了一遍，书中的重点我用笔记本抄录下来，光笔记就作了10多本。阅读带给我很多的力量和方法。尤其在读到《羊皮卷》的时候，我觉得找到了一本极为宝贵的书籍。就是这本神奇的书，赶走了我悲观失望的心魔，让我以更加积极阳光的心态，来面对人生中的种种困境。我对这本书是如此地着迷，以至于我把整本十卷的《羊皮卷》都背诵下来。在上下班途中、在工作之余、在我遇到的每一个悲伤失望的时刻，那本书都给我指引和力量。我开始变得积极起来，不再因困难、失败而时常愁容满面，脸上时刻荡漾着笑容。

2009年的9月，机遇再一次降临。那时，津西监察室正好招聘。我开始不知道，是车间里的班长告诉我的消息。我遂参加了面向全公司的招聘考试。

可能是学中文的，有些优势，通过笔试和面试，以第一名的成绩被录取。说来也巧，当时《津西人》报社也刚好缺一名编辑。当报社总编李学田老师知晓我是学中文专业的时候，便给监察室主任赵景葆打电话，问他能否忍痛割爱让我来报社。当时正值赵景葆主任出差在外，加上碍于老友相求，便爽快地答应了。李老师通知我来报社报到，令我兴奋激动。从那时起，直到如今，我一直都在报社担任编辑工作，并且一直珍惜并深爱着这份工作。

也许是那几年我的人生太过苦涩了，从 2009 年 9 月 24 日来报社工作之后，生活便出现了拐点——喜事和幸事接连而来。

到报社之后，领导和同事都知道我还未成家，只要有机会，就给我牵线搭桥。那时，我积极阳光，抱着“全面撒网，重点培养”的原则，凡是有提亲的，统统来者不拒。可能是缘分还不到，虽然大家介绍了不少，都没能牵手成功。直到有一天，一个偶然的时机，我终于遇到我如今的妻子。那一天，是 2010 年的端午节，我和她第一次见面。自那之后，上帝给我敞开了爱情的大门。妻子虽然个子不高，但可以说是小家碧玉，不仅长相甜美，而且乐观开朗、极为聪慧，关键是知书达理、懂得孝顺。她知道我家里困难，并没有提特殊的要求。到谈婚论嫁的时候，善良的岳父象征性地提出 3 万元彩礼钱，我理解他老人家的心思，只是为了求个心安，给出嫁的女儿多层“保障”。但当时，我除了偿还助学贷款外，还要支撑家里的开销和自己的生活，工资基本没有富余。于是，在我又一次面临窘迫的时候，热心肠的同事白小卉向我伸出了援手，借给我 15000 元。就这样，我先付了 15000 元的订金。但是，剩下的一半怎么办呢？于是，我聪慧的妻子说：“不用担心，到结婚那天，把 15000 元当着众人的面再给一次，不就行了么？”真的，我们就是这么做的。3 万元的彩礼钱，我只给了一半，而且这一半还是借的。这件事，我的岳父至今都不知道，我也不知道怎么和他说。所以，一直以来，我十分感激妻子，感谢她的善解人意。在写过的一首诗里，我这样描述她：“你是一道美丽的风景，装饰了我曾忧伤的生命。”婚后，我们的生活极为甜蜜和幸福，并且有了两个儿子。大儿子聪明活泼、好动手巧，今年已经 8 岁。小儿子沉稳心灵，今年 4 岁。现在回想起来，能有现在的幸福生活，真心感谢我挚爱的妻子，也感谢津西给我提供的工作平台，成为我生活的经济来源。

津西，让我遇到了人生中的三位老师——李学田、庞文泽和谢吉恒。他们是我的恩师，也可称作益友。

李学田老师，退休后受聘于津西，担任《津西人》报社的总编。到报社之后，我仗着自己是中文系的本科生，有些恃才傲物。那种无名的高傲，在李老师因势利导的“敲打”之下，才渐渐地回归初心。我开始沉下心来，认真查找自己的幼稚和不成熟，在不断纠偏中茁壮成长。记得，李老师常跟我们说的两句话，一句是“办报无小事”，一句是“战战兢兢，如履薄冰”。作为媒体人，李老师是这么说的，也是这么做的。从2005年来津西报社任职，到2012年离开，从来没有丝毫的懈怠。8个年头，400多期的报纸，每一期两万字，从文章的标题到正文、标点，是锱铢必较，力争做到极致。在他严苛的要求和对工作认真负责的感染下，我开始抛弃浮躁和高傲，沉下心来，慢慢地对采编艺术、对摄影技巧、对优化版面、对创造性工作，有了更加深刻的认识和长进。在工作上，李老师是我们的榜样。

庞文泽老师，也是退休后受聘于《津西人》报社，任顾问。庞老师长李老师4岁，但才思极为敏捷，而且非常聪明，尤其是在文字方面，有着自己独到的见解和体会。有时候，一篇大型通讯或者散文，洋洋洒洒几千字，竟然不费吹灰之力便可完成，而且妙语连珠。其中，有些叫法都已经成了津西的经典。比如，把津西写作“十里钢城”，把津西比喻成“燕山明珠”，都出自庞老师之笔。但，给我印象最深的除了他的文笔好之外，还有就是他对生活闲适的心态。来报社工作的这些年，因为眼高手低，挨批评是常有的事儿，有时一点儿自信心都找不到，难免心情低落。这时候，庞老师就开始“出场”了。他从不责怪我们，而是教我们从另一个角度去理解、去思考。庞老师从老师到校长，从业的几十年可谓是阅人无数。每次，经过庞老师的教导，我不仅能进一步理解老师们的为人和苦心，还能重新整理好心情，以更加积极的心态去工作。他极其细心，作息规律，热爱运动，不管平时工作多忙，也得抽出时间来运动。有时候，一边教导我们，一边自己按摩保健，嘘寒问暖之处，尽显细致入微的关心。在生活上，庞老师是我们的榜样。

到《津西人》报社工作后，有了跟媒体打交道的机会。谢吉恒老师在这时走入了我的视野。谢老师是山东人，从2009年认识他的时候起，他就担任《中国冶金报》驻河北记者站的站长，直到9年后的今天，他依然担任该职。初识谢老师，只见他头发花白，脸瘦削黝黑，一副高度近视镜后面透出的眼光深刻而蕴含着知识和智慧。虽然身为记者站站长，并无高高在上的姿态，反而是言谈诙谐幽默，广博的知识在谈吐中显露，深刻的智慧在诙谐中展现。认识谢老师这么多年来，他的话我记得最深的是：脑勤、腿勤、手勤。脑勤，是多思考；腿勤，是多走；手勤，是多写。到今年，谢老师已年逾古稀。但即便这样的高龄，他依然实践着他的脑勤、腿勤、手勤。从东部沿海到西部内陆，从宝岛台湾到最北端的漠河，可以说他的足迹遍布中国的大江南北。他不仅“读万卷书行万里路”，更为可贵的是，每到一处，都带着思考去，带着文字回，可谓所行之处必成文。他的著作颇丰，从《汗水智慧铸丰碑》到《改革大潮赛风流》，从《燕赵儿女走进人民大会堂》到《难以磨灭的记忆》《走进红松的故乡》，每出版一部著作，他都给我们带来一本。一有机会，便和我们侃侃而谈，说他在外面的见闻，说他的书籍怎么一步步走来到出版发行，说他见到过什么人、见到无限美好的人文和风景，总能引人入胜，感觉相聚的时间甚短而匆匆。结识谢老师，堪为人生的幸事。

……

如今，沐浴着改革开放的春风，怀着圆梦百年津西的壮志，伴着昂首迈向世界500强的铿锵脚步，我的这份情缘如同久窖的陈酿愈来愈香醇。从最初不舍得离开，到再一次带着感激回来，转眼间又过了整整十载。在这难忘的10年里，我有了自己挚爱的工作，有了无数尊崇敬仰的人，有了幸福美满的家庭，有了更高更远的人生目标。现在，我正和津西万员一起，用自己的感恩和忠诚，用自己的青春和热血，用自己的智慧和汗水，续写着这份弥足珍贵的钢铁情缘……

（作者：吴杰，中国散文学会会员，原载于《栗花》季刊，2019年春季）

家有“一枝花”

一马平川的冀南平原，是俺生长的可爱故乡。

俺的她属猴，和俺一个村的。20世纪70年代，英姿飒爽的她是生产小队的妇女队长，一年到头带领一队人马，起早搭黑在田野上春种秋收，忙得风风火火，被大伙儿心服口服地誉为庄稼地里的“一枝花”。

后来，“一枝花”看上了俺这坨黑泥巴，便和俺组建了一个和谐幸福的小家庭。

十年动乱结束后，没人再割资本主义的尾巴了。在党的富民政策的光辉照耀下，在改革开放的春风吹拂下，家家户户便都争先恐后地养起猪羊和鸡鸭来，全村上下呈现出一派六畜兴旺、五谷丰登的喜人景象。

“一枝花”自然不肯落后。在一个阳光明媚，枣花盛开的日子里，春风满面的她走向街头，买回10只欢蹦乱跳的小鸡娃。憨态可掬的小鸡一身金黄色绒毛，尖尖的小嘴，细细的小腿，毛茸茸的宛如10个漂亮可爱的小绒球。它们一个个睁着圆溜溜的小眼睛，唧唧地不停地叫着，很是惹人喜欢。“一枝花”喂养小鸡很在行。买回小鸡的当天晚上，她便把新碾的小米捧在碗里，用开水氽一下，然后晾在盘里备用。第二天早晨，她抓起一把晾好的小米，轻轻撒向喂小鸡的纸箱里。唧唧乱叫的小鸡便一窝蜂似的跑过来，你争我抢地啄食起来。七岁的小女儿也早早醒来，一边揉眼一边下床喊着妈，笑眯眯地凑过来看妈妈喂鸡，看可爱的小鸡啄米。

从此以后，每天闲暇撒米喂鸡，便成了“一枝花”母女的开心趣事。

转眼到了金秋。见风就长的10只小鸡，这时已羽毛丰满，长出了翅膀和尾巴，并能分辨出母鸡和公鸡的外貌特征。

10只有8只是草鸡，其余2只是小公鸡。于是，“一枝花”便自行设计，自己动手搬砖和泥，在自家的后杂院的西墙下搭建了通风透光安全新颖的鸡舍。然后让长成大鸡的宝贝们搬了进去。

俺家的后杂院别具一格，南厢是一个猪圈，北侧有两间墙体斑驳、门窗破旧的老屋，里面堆放着一些乱七八糟的杂物。

老屋窗前有一垛谷草，谷草旁有一棵枝叶茂盛的石榴树。东墙下有一小菜畦，里面种着韭菜和几株梅豆丝瓜，绿葱葱的枝蔓爬满了整个东墙头。

搬进“新家"后，可把这群鸡给乐坏了，它们张开翅膀在院子里东跑西跳，相互嬉闹，用坚硬的爪子在空地上树底下乱挠乱扒，累了便卧在树荫下小憩。有的则卧在刚刨出的小土坑里打滚扑腾，然后站起来伸伸懒腰抖落几下身上的尘土，接着再去四处觅食。

“一枝花”很是喜欢这些鸡。在她眼里，这些鸡便是摇钱树，将来下蛋卖钱便可为女儿交学费买零食买书包和日常用品等。为使鸡儿们快乐幸福地成长，她每天去地里采回一些野菜扔在后杂院，让这些宝贝疙瘩们去争抢啄食。

有时从种菜专业户地里捡一些人家扔掉的菜帮菜叶回来，用菜刀剁碎，掺上麸皮和玉米面，洒些水搅拌一下，再倒进鸡食槽里喂食。

转眼到了第二年春暖花开之时。两只小公鸡已变成两只威武帅气的大公鸡，每天清晨拍拍翅膀，伸长脖子打鸣报晓。8只母鸡也都长得俊气可爱，各呈异彩，有黑麻鸡，红麻鸡和黄麻鸡等。

一天早晨，从鸡舍里传来了一阵阵母鸡“咯咯嗒咯咯嗒″的叫声，一家大小急不可耐地便循声来到后杂院。“一枝花”悄悄蹲下，伸手从蛋窝里摸出一枚滚圆雪白的大鸡蛋，惹得全家人都高兴地笑起来。

很快，8只母鸡全都开始下蛋了。头几个月里，每天能收6至8个鸡蛋。到了伏天，按常规有的母鸡开始歇窝，每天收蛋数便逐渐减少了，“一枝花”也没有在意。

又过了一段时间，“一枝花”突然发现那只下蛋又勤又大的黄麻鸡失踪不见了，便去大街小巷村里村外“咕咕咕”地寻找，找了好几天，结果还是失望而归。

过了约有二十多天时间，失踪多日的黄麻鸡居然迈着矫健有力的步伐，昂着头，睁着黑亮有神的小眼睛，领着12只天真可爱的鸡宝宝凯旋而归。

这天傍晚下班回家，“一枝花”兴奋异常地向俺叙述事情的来龙去脉。原来是黄麻鸡伏天歇窝，悄悄钻进后杂院的老屋里，把事先“野”在那里的蛋孵化成了小鸡。好家伙，“一枝花”的麾下队伍迅速扩大了一倍还多，这给俺一家带来了惊喜，带来了欢快的乐趣……

“一枝花”是俺家的骄傲和自豪，“一枝花”是俺家的福星。“一枝花”给俺带来了一生的幸福，带来了一家人的福气和吉祥！

（作者：沈五群，中国散文学会会员）

津西的“轧钢工匠”

《说文》里记载:“匠，木工也。”如今，“工匠”的内涵已愈发丰富。各行各业中，只要专注于某一领域，做出成绩，都可以被称之为工匠。所以，以“工匠精神”厚植的企业，必然是一个气质雍容、活力涌现的企业。在津西股份，就有众多“津西工匠”,而在众多的工匠中,有这么一位“轧钢工匠”——赵建元。

进入津西已经18年的赵建元，现任津西股份轧钢厂一轧作业区作业长，高级维修电工技师，迁西县十大杰出青年，圆圆的脸庞，戴着一副眼镜，自带一种书生气质，又给人稳重、踏实的感觉。他，对待任何一个岗位、一项工作都是精益求精、耐心、专注、坚持、敬业。他的这种正能量，正是工匠精神的核心所在。

无论是做电工，从事设备维修，还是担任作业长，从事一线生产管理，赵建元都踏实务实、勤学本领、刻苦钻研。他的身上,展现了时代所倡导的“工匠精神”。他，18年专注于自动化控制、轧钢领域的探索，不但熟识现场设备、工艺流程,还掌握着仪表、电气、液压、计算机及网络、控制等方面的专业知识,如今，他已经成为轧钢领域诸多专业的行家里手。他先后参与了公司、轧钢厂几十项工艺、设备等创新、改造工作，为企业节省了成百上千万资金。

勤学储能　厚积薄发

多一分耕耘，多一分收获。天道酬勤，在赵建元身上得到了完美诠释。

和他一起工作的人或熟悉他的人都知道，他脑子活，肯学、肯钻、肯吃苦；

做事干练、果敢，有一种执着的韧劲。

一个计算机专业的普通员工，跨专业从事电气自动化工作，继而从事设备工作，每一次历练，都积累了大量的资料和翔实的现场一手资料。自2001年参加工作以来，赵建元一直扎根炼钢生产一线，努力奋进、积极探索、尽职履责、勤学苦练，勇于突破，在炼钢工作中取得了骄人的业绩。2012年，因工作需要，赵建元被调到轧钢厂设备科任科长。面对新的舞台，面对新的困难和挑战，他下定决心要在本岗位干出一番事业来。

作为一名设备管理人员，设备的稳定性直接影响生产的节奏和效率，生产要稳定必须有良好的设备基础。为把工作扎实深入地开展下去，他每天深入一线，帮助车间解决生产设备难题，工作起来靠着一股“牛劲”，有时为完成一项设备改造攻关项目，几天连续奋战现场，半个月不回家一趟是家常事。

现场的每一个部件，小到一枚螺丝，大到轧机减速机、型号、性能、构造、原理及宽带自动化控制原理，都了如指掌，能够熟练运用计算机分析各种轧制过程曲线，准确判断制定相关措施。每一次设备事故分析报告都做到如数家珍。用他的话说：“津西给每个员工提供了出彩的平台，只要你努力，就有机会成长。”

创新管理　渐露锋芒

管理出效益，管理是企业的中心与基本竞争力，因而管理创新对于打造一个具有持续竞争力的现代化企业是非常重要的。推动管理创新，是增强竞争力的重要前提，也是对促进企业转型做出的应有贡献。中国钢铁工业协会党委书记兼副会长刘振江曾指出：“不论是应对当前的困难，还是进行转型升级，管理创新应该是总开关。”

到轧钢厂工作后，赵建元通过探索，整理了一套备件管理方法，先后编制了《轧钢厂大型设备库存管理规定》《轧钢厂常用、易损备件管理办法》《轧钢厂备品备件支领、申报考核规定》《库存、零库存备件月核对表》《轧钢厂现场备件存放使用管理标准》等。2016年12月，担任一轧作业区作业长后，他坚持“做精、做专、做优”的管理理念，以踏石留痕的工作作风，创优各项经济技术指标提升。工作中，他认真钻研一轧各岗位技术专业知识，利用业余时间深入研究二级系统、《自动化仪表》等知识，积极参加公司组织的各种培训，不断提升，拓宽自己的知识储备，给自己的专业技术优势提供创新的源泉。

赵建元亲自修订年度《一轧岗位质量责任制》《岗位工艺技术规程》，每天对重要节点、重要工艺指标，利用微信工作群实时跟踪、反馈，并现场检查，落实奖惩。践行质量终身负责制。在日常工作中，率先垂范，身先士卒，带领各班长督导日常工艺纪律执行情况，对违反工艺纪律行为进行纠正并加以考核通报，抓好轧钢过程管控，细化管理。督导各班组长每班的工艺巡检，及时发现工艺质量问题，把质量事故消灭在萌芽状态。对突发设备工艺问题或事故，第一时间到达现场，结合电仪和维修单位共同分析原因，制定防范措施，避免了大批次质量事故，在保证了产品质量的同时，也为公司挽回了巨大经济损失。在轧钢厂开展的班组竞赛中，取得了9个月轧钢厂第一名。目前，一轧作业区各项管理工作有抓手、每个岗位有目标有任务，充分调动全体员工追求成本、效益的积极性和创造力，指标得以逐月提升。2018年1月份，有6项经济技术指标创全国第一——合格率：99.991%；从业人员实物劳产率：855.154吨/人；工序单位能耗：26.957千克/吨；综合成材率：98.727%；日历作业率：90.923%；电力消耗：48.975千瓦·小时/吨。同时，开展“一岗多能”活动，让所有岗位工都能掌握至少两个岗位的独立操作，使员工主动参与技术改造和创新活动，能够高效完成各级领导交给的任务。

赵建元表示：“要经过管理方面的创新，必须成为轧钢厂乃至全公司转型的样板车间，在转型道路上走得愈加稳健、快捷。”

工艺创新　节能提质

在轧钢技术创新领域，赵建元业绩不俗。

他充分发挥自己的技术优势，结合轧钢工艺流程及相关岗位工艺特点，有针对性地开展创新、创效工作，成效显著。“工作的时候，我几乎不会去关注其他事情，只想着把项目或者任务完成好。”“精准度再高一点，操作更简化一些。”这是赵建元对自己的严格要求。工作中，他常常为了实现一项工艺技术“脑洞大开”地想办法，带领团队边学边做，查找国外的资料，反复多次推敲、试验，一旦突破了难关，就感觉特别高兴，很有成就感。

（1）中宽带粗轧通过压力显示做零调，取消了压铜棒，节约了成本。赵建元经过研究推算，将换辊时间由 50 分钟缩短为 30 分钟；精轧零调由压铜棒改为穿铁板，节约了铜棒成本。同时，换支撑辊做零调时间由 40 分钟缩短为 10 分钟；以上两项节约备件库存，直接创效 36 万元。

（2）粗轧立辊孔型优化。将原凹型辊改为锥型辊，解决了中间坯边部压痕问题，同时减小了立辊和传动轴设备冲击损伤，改造后锥型辊由该厂车床自行车磨，年直接创效 7.68 万元。

（3）加热氧化烧损控制。在除磷箱处增加一台风机，将水汽吹散，避免进入炉内。2017 年 10 月份中修，氧化铁皮比 3 月份减少了 120 吨，且延长了加热炉检修周期，直接创效约 72 万元。

（4）同一坯型轧制 610~630 规格带钢。以前，轧制 610 和 630 系列带钢一直使用两个坯型，每月炼钢都需要改断面停产 2 小时。2018 年 1 月份，赵建元和他的团队通过优化立辊工艺数据，实现使用 610 断面，轧制 610 和 630 系列带钢，最宽轧制 635mm。此项创新，年创效约 56 万元。

设备创新 创效凸显

“在设备管理工作中，遇到哪里出状况、哪里有问题，我喜欢带着笔记本记下来，然后一个个‘击破’，有困难就是有挑战。”在解决问题的过程中，赵建元慢慢积累了经验，也提高了技能水平。他深入分析设备构造原理，大胆颠覆传统思维模式，大胆设计，仔细求证，精准进行设备节能改造，通过一系列深化改革创新之举，收到了明显成效。此外，赵建元将关键指标与绩效挂钩，促使设备维护人员主动深入现场，强化攻关，积极解决问题，提高设备保障能力，解决制约设备效能发挥的瓶颈，促进生产高效稳定运行。同时，赵建元对每个维保、改造项目都提前谋划方案，精心制定每个项目作业施工网络计划，精准计算每个作业节点时间进度。

“近期，作业长带领我们干了许多漂亮活儿，”一见到笔者，一位班长便打开了话匣：“我们重点做了煤气脱水器改造、加热炉净环强制水冷节能改造等项目，目前均匀运行完好平稳，创造效益可观。”

（1）煤气脱水器改造。在手动脱水罐两侧安装两台自动脱水器，污水先流入脱水罐，水达到一定量沉淀后，再溢流到自动脱水器，这样污垢沉淀到脱水罐，清水由自动脱水器排除，既解决了排污问题，又实现了自动脱水，给安全生产提供了有力的保障，得到了员工和公司领导一致好评。

（2）加热炉净环强制水冷节能改造。加热炉原设计炉内强制水冷回流到回水灌内，再用水泵抽回到净环池内。将其回水灌拆除，在回水管路上安装流量计，便于监测回水流量，直接返回净环池。停用两台 18.5 千瓦回水泵，年创效 12.7 万元。

（3）净环高压节能改造。引用浊环高压水，中间增设高速过滤器过滤水质，保证除尘用水水质，这样水质得到了保证，压力也有保证，同样能够达到除尘效果。停用了一台 90 千瓦净环高压泵，年创效 32 万元。

（4）G 辊道整体改造，G 电机或者辊道损坏后，一直采取线上直接更换方式，更换上的电机和辊道使用插口联轴器，同心度不能保证，由于辊道速度高，造成电机或辊道振动二次损坏下线。改造方案：线下将辊道和电机安装在底座上，采用梅花形弹性联轴器，电机安装后加定位。这样保证了电机和辊道同心度，实现了线下调试。试验完毕后，更换时连底座一起更换，底座直接焊接在 G 辊道基础横梁底座上。改造后辊道使用周期由 3 个月提高到 12 个月以上，运转率达到 98% 以上，年直接创效 106.8 万元。

天行健，君子以自强不息。赵建元，在津西这个大舞台上，创造了不凡的工作业绩，也为自己精彩人生书写了浓墨重彩的一笔。他正与许许多多默默无闻的“津西工匠”在自己平凡的岗位上，砥砺传承，匠心筑梦，用执着与坚守，创造出无法用金钱衡量的价值，推动津西在转型航程中昂扬前进。

（作者：李春静，中国散文学会会员，原载于《津西人》）

走进新时代　感悟新气象

——原二冶三中十五班同学毕业50周年聚会侧记

采风组合影

包头的八月，秋高气爽，绿草如茵，是游人来此旅游的最佳季节。《中国冶金报》为庆祝新中国华诞70周年，开展“我和我的祖国”主题征文活动。今年八月十三日喜逢原二冶三中十五班同学，迎来铭刻在心、盼望已久的《五十年师生聚首，今昔相逢续欢乐》的同学聚会。由《中国冶金报》《政商参考网》媒体记者、摄影家、画家、歌手等组成的采风组应邀参加采风活动。记者采写这群年近古稀的老人，进入新时代，精神焕发，感悟新气象、新任务。如今日子过好了，过上幸福生活，越发思念一块长大的儿时伙伴，同学。全班同学从小住在同一个街坊，都是一起长大的发小。工作后，天南地北很少见面。更有分别五十年至今没有机会见面的同学，这些老同学生在红旗下，长在红旗下，为祖国钢铁业发展，建包钢、首钢、唐钢、武钢、宝钢……足迹遍布大江南北，国内外，奉献了青春，丰功伟绩永载史册。如今退休了，渴望同学相见的思念之情更加迫切了。这次聚会，筹备了三个月。为保证聚会圆满成功，参会人员自觉签订了《安全免责书》。尤其值得一提的有三位老师应邀到会，他们是我们的班主任庄鸿浦老师、小学钟福莲老师、采风组长谢吉恒老师的参与，为我们的聚会增辉添彩。

丰富多彩联谊会

八月十三日，上午十一点半，同学们三五成群，来到全国唯一最大城中草原—赛罕塔拉，面积770公顷，园内水草肥美、鸟语花香，一眼望不到边，绿色与蓝天、白云相接。同学相聚联谊会在蒙古包内正式开始。班长张慧君致开幕词，主持人李凤荣代表包头东道主致词，欢迎从上海、唐山、北京、呼和浩特、包头等地前来参会的50余位同学、老师及同学的亲人。庄老师讲话热情洋溢，钟老师说出了对学生的祝福。

同学代表黄金文、徐淑英、王守永、夏凤英四位同学先后发言，倾叙同窗情，思念意，不忘师恩的心，场面沉浸在极其亲切热烈的氛围中。

接着，全体同学一首大合唱《我和我的祖国》抒发了我们这一代人对党和祖国的热爱，感激之情，感恩之心油然而生。用我们的真情唱这首歌，没有共产党，就有没我们晚年的幸福生活。再接下来的是男女声合唱《草原上升起不落的太阳》《走进新时代》，使联谊会达到一个高潮。

表演节目一个接一个，李凯同学的诗，李生同学的词，让人耳目一新。李奎民同学的一首《再别康桥》让人浮想联翩，刘秀平同学的一曲《梨花颂》委婉动听，把大家的思绪带到了那年那月。十个女同学的旗袍秀，虽不娴熟，可落落大方。于月琴同学和老伴的一首《双脚踏上幸福路》情真意切。郭秀玲、刘素忍、崔培娟、李莲娣、詹丽梅五位女同学的四句半新颖大气。冯凯同学的《一壶老酒》如醉如痴。王津、于月琴的口琴合奏《友谊地久天长》道出了同学们的心声和渴望。赵庆文同学的配

春坤山景区留影

乐诗朗颂《感恩的心》让联谊会高潮迭起。

午宴开始，老师同学互换座位，推杯换盏，不亦乐乎。电子屏幕播放同学们从小到大到老的影视，每个人那个高兴劲儿，就像老顽童。直到午后三点主持人宣布：五十年相聚联谊会结束，同学们还久久不愿离去，有说不完的心里话，道不完的同学情。大家齐声赞道，感谢党使我们有一个幸福的晚年，才能圆了半个世纪的同学梦，感谢老师和同学们的支持，协助和参与。

国画（王凤有）

饱览亮丽风景线

旅游长见识，行走即读书。包头的自然景观以山川、河流、湿地、森林、草原风光为主。筹备组将旅游列为此次同学相聚联谊会的重要内容，安排极具地方旅游特色的“两山、一园、一河、一湿地”靓丽景观，让同学尽情饱览包头优美自然风光。

风景线之一：诗情画意春坤山

八月十四日早七点，同学们乘坐旅游巴士，在八一公园北门集合，向鹿城之巅、云中草原、春坤山出发，一路欢歌笑语。欣赏着窗外的美景，黄灿灿的油菜花、一片片的向日葵、一块块的玉米田，不时地映入眼帘，十分养眼。两个半小时的车程，到了距固阳县城56公里的春坤山。

走上人工栈桥，看到了一个好大的敖包。摄影师赵庆文赶紧支起了机架，给同学们拍了一张集体照。眼前景色，犹如歌中唱到的一样，蓝蓝的天上白云飘。蓝天、白云、草地和谐地组成了诗一样的画面。草地上的勒勒车，使人联想到蒙古包、牛羊、牧羊人，让人品味出高山草原的另一种秀美。春坤山为国家级 3A 景区，主峰海拔 2340 米为包头的最高点，也是昆都伦河的发源地，是内蒙古唯一一块高原草甸草场，面积 80 平方公里，生长着黄芪、柴胡等几十种野生药材，自然草种达三百多种。春坤山是一处空气清新、风光秀美、气候凉爽的避暑胜地。观赏高山草甸草原，边走，边看，情趣浓浓，两个小时游玩很快就过去了。

行车一小时，大家来到了聚仙山庄用午餐。同学们品尝到了纯固阳本地饭菜，交口称赞，够味！饭后来到了固阳第二个景点，距固阳县城西北 12 公里的大仙山景区。景区长 5 公里、宽 1 公里。走进景区，如入仙境一般，远观大仙山是由几个似仰非卧的孙悟空，近看巨石林立、千姿百态、色彩斑斓、气象万千，有八戒做梦、玉兔石、骆驼石、“天外奇书”等景点，令人目不暇接，叹为观止。金灿灿与众不同的石山展现在眼前，此山的山石与其他地方的山石不一样，怪就怪在其颜色、形状。不知是天地造化，还是上天给予，只有大仙山有此石，真是大开眼界。

大家也许是走累了，不约而同在一个售货店的凉棚坐下休息，喝喝水，歇歇腿。三十来个年近七旬的老人，坐着休息也不忘说笑，逗乐，搞笑，相互追逐，仿佛又回到了儿时，个个敞怀大笑。在回程的路上下起了“过云雨”，大家的心情也像雨过天晴般畅快。这一天的春坤山之行，不仅使我们领略了高山草原的美景，更重要的是收获了一个好心情！

风景线之二：包头的城市绿肺

八月十四日下午三点半，同学相约来到阿尔丁植物园一游。阿尔丁植物园始建于 1956 年，其前身为包头市第三苗圃，占地面积 90.4 公顷，被称为包头市的绿肺，景观别致、植物种类繁多、植被茂盛，是一处市民乘凉、晨练和旅游观赏理想场所。

参加游园同学在阿尔丁植物园大门口集合照集体照。进入园内，真是叫人心旷神怡。道路平坦，绿树成荫，花红柳绿，生机盎然。到了荷花池边，更是美不尽然。一片片盛开的荷花，争芳斗妍，清清的河水，娇嫩的荷花如芙蓉般美丽。大大的荷叶展满一池河水，粉嫩的荷花娇滴滴地开放，称之为荷花仙子一点也不为过。面对满池的荷花，怎能放过与之争艳的机会。大家争先恐后，自由组合，你拍我照，摆出各种姿势。特别值得一提的是同学的老伴，带来了两套蒙古族服装，为拍照增加了色彩，换上蒙古族服装，往荷花池一亮相，还真是别有一番特色。

同学们在荷花池拍了不少照片，仍兴致不减，又继续沿路游玩。阿尔丁植物园真是挺大，走着走着听到了潺潺的流水声。寻声过去，原来是一个人工瀑布，流水的哗哗声，林中的鸟鸣声，不时有喜鹊飞过，红的花，绿的草，一大片花园里各种颜色的花竞相开放，五颜六色，让人心情舒畅。

城中植物园，城市绿肺，带给市民清新的空气，提供给大家健身的场所。做为文明城市的包头，属实在城市建设中一年一个台阶，带给人民平安的环境，和谐的生活，我为生活在包头感到骄傲和自豪，所以从内心更加珍惜，更加热爱我们美好的生话，更加热爱我们伟大的祖国和祖国的大好河山。

风景线之三：黄河谣文化之旅

八月十六日早八点，我们一行 27 个同学及家人，乘坐线路车，有说有笑一路高歌，行程一小时左右，来到坐落于哈林格尔镇新河村的黄河谣景区。黄河谣景区是国家级 3A 景区，占地面积 40 余亩。黄河谣景区以黄河为依托，以当地的建筑风格、生态植物、沼泽湖泊为核心，配以鱼文化为主题特色的渔家餐饮娱乐，是一个将历史、文化、自然景观融为一体文化休闲旅游景区。

同学们参观游览黄河谣旅游景点，留下深刻记忆。一是品味黄河文化。黄河是中国第二条大河、母亲河。黄河浑厚壮观的景色，世世代代滋润着中华大地，哺育着勤劳勇敢的人民，成为人类文明发展的摇篮。二是传承黄河文明。传播黄河文化，使黄河文明世代留传，是一项任重道远的责任和义务。为配合对黄河文明的宣传，包头建立了黄河谣旅游景点，并设立了黄河谣博物馆，馆建面积 1000 平方米，是自治区首家黄河文化、民俗历史及工匠精神的民办博物馆。黄河谣展示河流文化和农耕文化两个方面的内容。博物馆以静态的场景再现和动态装置艺术两种形式，对黄河流域的人文历史和生活轨迹，进行了回顾和展示。三是透视文化底蕴。黄河谣景区通过艺术化的建筑凸显黄河流域在建筑文化领域独有的厚重和沧桑感。

来到黄河谣既能近距离地观看黄河的壮观，又能很好地了解母亲河博大精深的文化底蕴。

同学们在写有黄河谣的景牌、博物馆前留影。在给我们留下很多小时记忆的水车前流连忘返，在我们喜欢的地方存下可留存的照片。黄河谣一游，使我们舒展了心情。又陶冶了情致。我们出生在四五十年代的这些人，对祖国充满了热爱，对祖国的大好河山心存敬仰。深知是祖国的大好河山滋润了大地，美化了家园。我们能在这样和平、美好的母亲怀抱中安享晚年，时刻不忘党恩，不忘祖国，不忘本。永远铭记着我们是大地之子，祖国是我们的母亲。怀着这样感激和愉快的心情坐上了返城的车回到市区，用更加饱满的精神迎接明天更加明媚的阳光。

风景线之四：甘德尔森林草原

说起草原，咱们内蒙古就有呼伦贝尔大草原、锡林郭勒草原、希拉穆仁草原、鹿城之巅——云中草原春坤山、城中草原——赛罕塔拉、苏泊特草原、甘德尔草原等等。

八月十七日，今天我们乘坐旅游巴士，历时三个半小时的车程，来到了伊金霍洛旗的甘德尔草原，因为从来没来过据说是森林草原的甘德尔。今天有幸一睹其面容。甘德尔在伊金霍洛旗境内，需要穿过鄂尔多斯市才能进入。伊金霍洛旗旅游资源丰富，有甘德尔草原、红海湿地，成吉思汗陵也在此地。

鄂尔多斯真的不错！树多，草多，绿地覆盖面积大，整个市区绿化得相当好，除了水泥地面，基本上没有裸露的土地。鄂尔多斯的软黄金——羊绒、黑金子——煤炭是两大支柱产业。

车在上午十点左右到达了甘德尔，大家下车后受到当地隆重的礼遇，先是为我们每个人献上蒙古族最高的礼物哈达，再敬奉下马酒，一切礼仪就绪。首先映入眼帘的是一大片蒙古包群落，有几十个，大小不一。这些蒙古包是接待来此旅游者就餐的场所，不远处是大片的森林，近距离是草地，山顶有敖包。森林、草地、蒙古包、小木屋、敖包交相辉映，组成了一道优美景观。更为别致的是还有日间篝火，我们在草地上拍照，在蒙古包前留影。将近午时篝火燃起，大家围着篝火跳起了蒙古族舞蹈，个个都兴高采烈，舞罢用了一顿草原舞餐。

下午我们到了红海湿地，这个景点不太大，以休闲为主打，可以坐船游水，慢节奏地烧烤，在凉棚下纳凉，放松一下疲惫的筋骨。

下午四点十分按原计划启程，返回包头市区。这一天的旅行，使我们感觉到祖国处处好风光。如果有闲暇，应该各地走走看看，给自己的身心放个假，去浏览祖国的大好河山。

相聚铭刻在心中

八月十八日，今天同学五十年大聚会就要闭幕了。正巧与国际马拉松赛是同一天，几条路经道路禁行，我们在去往同学聚会闭幕式现场的路上。同学五十年大聚会的开幕式、闭幕式日期早在三个月前就已确定并网上公布了。那时，还没有得到消息，国际马拉松赛在包头举行，更不可能知道和我们的闭幕式是同一天。

更加巧合的是，我们不仅能够按时参加闭幕式，而且还能亲眼观看全程马拉松赛的运动员，经过钢铁大街、友谊大街运动员的赛跑。马拉松赛平常只能在新闻里听到，电视上看到，真没想到还能亲眼观看到，且是近距离。在观看中被参赛运动员的精神和毅力所感动，参赛者中不乏有和我们年纪相仿或年纪更大一些的老者，汗水湿透了他们的衣衫，还看到有女运动员在赤脚参赛。不论是汗流浃背，还是体力受到考验，无论怎样都没有让他们停下前进的步伐。我在想这就是中国精神，中华民族的品格就是不屈不挠，勇往直前！观看时我们时不时地向参赛的运动员高喊：加油！加油！边观看边行走，好一阵子才到达闭幕式现场，看看表，还提前了点时间。同学们又重新挂起了大横幅，大家坐好后，主持人李凤荣宣布闭幕式现在开始！由张慧君做总结发言：她强调了这六天大聚会是在一片欢声笑语中取得了圆满成功！

对为此次大会付出努力的同学予以肯定和赞扬，对为此次大会不辞辛苦、任劳任怨的大会三位会计同学及配合大会工作的有关同学给予了提名表扬和赞赏！特别是为这次大会摄影的同学予以特别肯定，并对支持和参与此次大会的同学及亲人表示衷心的感谢和致意！

这次六天的聚会使我们感觉仿佛回到了学生时代，在下乡劳动和大串联时同学们就是同吃同住，同欢乐。现在我们流连于包头美丽的景区，歌声不断。推杯换盏，情感在交流中不断升华。个个都像孩童一样可爱可亲，历时六天的聚会时间，同学们依依不舍，当要宣布闭幕式结束时，不少同学说：再等会儿，再等会儿。看到同学们亲切的交谈，久久不想离开的情景，自己已经先泪眼婆娑了，直到酒店只剩下我们最后一桌客人时，不得不离开了。

让我们记住这美好的时光，把这六天的相聚铭刻在你、我、她的记忆里，成为永恒！

（作者：李风荣、张慧君、谢吉恒，原载于政商参考网，2019年8月）

用行动诠释忠诚

——孟津县汽车站党支部建设纪实

孟津县汽车站党支部隶属于县交通运输局党总支，现有党员27人，其中担任运营驾驶员党员21名，分为4个党小组。这是一支不怕困难、不怕牺牲、特别能战斗的队伍；这是一支尽心尽责、埋头苦干、团结奋进的队伍；这是一支为民服务、乐于奉献、朝气蓬勃的队伍。十多年来，我们在抓党支部建设上，始终如一地注重实效，狠抓落实，努力把上级指示落实到实际工作中。把每个党员的先锋模范作用体现在本职岗位上。

认识落实到位。提高认识不仅靠学习教育，更重要的是开展活动：我们坚持开展重温入党誓词和入党志愿书活动。要求党员将入党誓词和入党志愿书抄在学习本上，每月进行一次对照检查：看现实的自己是否和入党前基本一致，看对党的忠诚是否和入党前一样矢志不渝，看本职工作是否离党组织的要求还有差距。使全体党员时刻“不忘初心，牢记使命”。我们按照局党总支部署，坚持开展“建立党员成长袋”活动，要求党员每半年对自己的政治学习，本职工作，联系群众，廉洁自律，遵纪守法等方面的内容进行自我总结，使每个党员认清自己的思想轨迹和工作轨迹，激发全体党员的进取心和做好本职工作的动力。我们坚持开展“亮身份、亮岗位、亮标准、亮责任”的“四亮”活动，使全体党员在自己的本职岗位上，自觉接受群众和社会监督，激励党员的荣誉感和光荣感。党员在活动中提高了认识，在认识中促进了活动。

制度落实到位。我们汽车站27名党员大都是运营驾驶员，工作流动性大，上下班时间不一致，又没有星期天节假日，平时党支部要统一组织活动比较困难，这是我们在抓党支部制度落实上面临的一个现实问题。对此，我们提出了“以线分组，按岗定责，结对调班，事后补课”的方法，尽可能保证党员活动时间的落实。我们自觉利用智慧党建平台，组织党员在平台上学习交流；我们坚决落实“三会一课”制度，请上级领导、党建专家、典型代表给党员上党课；我们坚持民主生活会和民主评议党员制度，让党员接受相互监督和群众监督；我们要求党员密切联系群众，每个党员和2~3名群众结成帮学对子。在长期的工作实践中，我们总结出了四个落实：不管党员在位人多人少，落实制度的计划不变；不管上级有无检查，落实制度的标准不变；不管工作上的事多事少，落实制度的时间不变；不管班子成员如何调整，落实制度的质量不变。确保把党支部建设的各项制度落到实处。

行动落实到位。每个党员的行为直接关系到党在人民群众中的形象。我们叫响“一个党员就是一面旗帜”的口号，以实际行动为党旗增光添彩。生死关头冲在前。我们以党员为骨干，自2003年组建民兵运输连以来，先后参加了平息中牟狼城岗事件、淮河王家坝和玉树地震及黄河小浪底下游出现险情等抢险救灾，2008年赴拉萨参加平息3.14恐怖暴力事件，共产党员在生死关头都挺身而出，冲锋在前，为圆满完成任务起到了模范带头作用。平时工作带头干。2009年前，我站负债千万元，是一个老大难单位，2009年新的领导班子组建后，党支部一班人带领职工埋头苦干、奋力拼搏，不仅实现了“一年不亏损，二年脱贫困，三年有盈余，四年跨先进”的目标，而且还使公司效益逐年提高，固定资产达到了4千多万元。服务中心作贡献。我们积极响应县委，县政府的号召：率先在全省开展了公车公营；为了精准扶贫，乡村振兴，开通了13条偏远山村运营线路和一元钱乘车；为了防止大气污染，在全省率先购进新能源汽车上线运营。以实际行动为地方经济建设做出了应有的贡献。

洛阳市党管武装暨民兵工作会议现场

党建引领出成效，各项工作争上游。2009年以来，我们先后9次被上级评为先进党支部，荣获各种奖牌80多块，锦旗19面，荣誉证书30多本。2008年被河南省委、省政府、省军区授予“应急维稳模范民兵连”荣誉称号，2019年7月又被国家人力资源社会保障部、中央军委政治工作部、中央军委国防动员部授予“全国国防动员工作先进单位”荣誉称号。县委书记杨劭春说，孟津县汽车站积极响应县委号召，在抓党支部建设上，注重实效，成绩明显。他们用行动诠释忠诚，用成绩表达信仰。他们的做法值得我们全县 800 多个基层党组织学习借鉴。

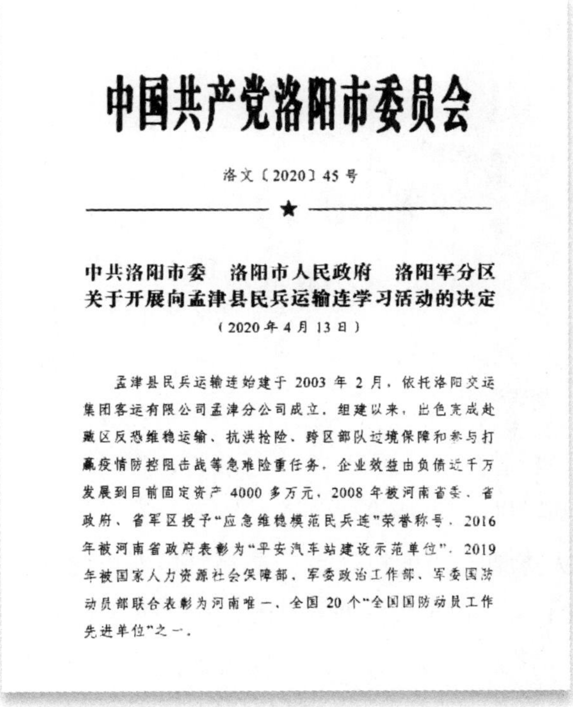

中国共产党洛阳市委员会

洛文〔2020〕45 号

中共洛阳市委　洛阳市人民政府　洛阳军分区
关于开展向孟津县民兵运输连学习活动的决定
（2020 年 4 月 13 日）

孟津县民兵运输连始建于 2003 年 2 月，依托洛阳交运集团客运有限公司孟津分公司成立，组建以来，出色完成赴藏区反恐维稳运输、抗洪抢险、跨区部队过境保障和参与打赢疫情防控阻击战等急难险重任务，企业效益由负债近千万发展到目前固定资产 4000 多万元，2008 年被河南省委、省政府、省军区授予“应急维稳模范民兵连”荣誉称号，2016 年被河南省政府表彰为“平安汽车站建设示范单位”，2019 年被国家人力资源社会保障部、军委政治工作部、军委国防动员部联合表彰为河南唯一、全国 20 个“全国国防动员工作先进单位”之一。

中共洛阳市委关于开展学习孟津民兵连活动的决定

（作者：杨建文、川石，原载于政商参考网，2019 年 8 月）

大树湾乡巨变

大树湾渔村

鄂尔多斯市达拉特旗大树湾乡，位于黄河南岸，乡政府北距包头东河区 8 千米，南距树林召镇 10 千米；东西长 22 千米，南北宽 11.5 千米，总面积 136 平方千米。 全镇辖东城、西城、东海心、学校营子、二河滩、田家营子、二锁圪梁、新民、新胜、九小渡口 10 个行政村，76 个合作社。原属包头县第四区所辖，1958 年划归达拉特旗。

物华天宝、人杰地灵的大树湾乡，是鄂尔多斯市的北大门。座座大桥像彩虹，跨黄河，接包鄂，把包头—西安 210 国道、包（头）茂（名）高速公路，包（头）神（木）铁路、包（头）西（安）铁路运输干线连接了起来，是包头通往鄂尔多斯市政府和晋陕等地的咽喉要道。

夏日蓝色的葫麻花、黄色的油菜花、向阳的葵花争相斗艳。优良的人文与地理环境，便捷的交通，美味的食品，热忱的主人，让这里成为休闲、度假、旅游和投资的好去处，让这里千里逢迎，高朋满座。

新旧社会两重天

渔舟唱晚，雁鹅声欢，村野飘香，黄河胜景。与大树湾毗邻的两个村子——

九小渡口和东海心，紧邻黄河，村民引黄河之水，养起了黄河鱼，养起了雁鹅，注册了商标，成为远近闻名的黄河渔村。该地的养鱼专业户现近半百家，鱼塘面积达1200亩，年产鲜鱼400吨，呼、包二市乃至毗邻省区的人们争相购买，北京、天津、上海等地客商慕名而来，体验“打鱼划划渡口船，鱼米之乡大树湾”的幸福生活。一些养鱼户一二三产联动，做起了加工生意，在鱼塘边建起了餐馆，用自己擅长的农家烹炖手艺，制作出肉香汤美味儿浓的现炖黄河鱼，端上了餐桌，令慕名而来的顾客大饱口福，品尝天然美味的黄河鱼宴。正是：千亩池塘毗连辖，黄河源水至宝榻，餐桌飘香上天涯，鲤跃龙门扶农家，南来北往客蜂至，歇脚赏景品鱼虾。

有的渔户还在鱼塘边修建了度假村，购置了钓具，设置了钓台、台球、乒乓球等休闲、健身、娱乐项目。鱼塘边苇蒲滴翠，鹤汀凫渚；院子里花团锦簇，异禽迎客，鸵鸟、雉鸡等珍稀动物，供游人观赏，把餐饮、休闲、娱乐结合了起来。每逢休假，胜友如云，南来北往的游客在这里度假、驻足，欢乐祥和，一片胜景，提升了农业、农村的生产功能、生活功能、生态功能。

解放前，大树湾的土地基本上属于大军阀大地主阎锡山，耕种这块土地的农民多数来自山西、陕西。杨九小、王银、王玉锁、七板汉、侯福喜等先民是最早的居民，他们从阎锡山手里买下少量的土地，进行打拼和发展，有的成为地主，有的成了中农；另一些人则是逃荒要饭走西口来到这里，他们或者在黄河边上摆渡，或者扛长工、打短工，或者租种阎锡山的土地，成为佃农，耕种贫瘠的土地，辛勤地劳作，艰难地度日。

1947年起，这里兵荒马乱，国军、土匪常来骚扰，今天要粮，明天抓丁，弄得人心惶惶、鸡犬不宁。区、乡、保长应付不暇，疲于奔命；百姓困苦不堪，难以度日。

大树湾村养鱼池

1949年9月董其武将军在包头率部起义，通电毛主席、朱德总司令、华北军区聂荣臻司令员、薄一波政委，庄严宣布："正式脱离依靠美帝国主义的蒋介石、李宗仁、阎锡山等反动派残余集团，坚决走到人民方面来。"毛主席、朱总司令，聂司令员、薄政委回电：对董其武等起义表示热烈的祝贺。绥远获得和平解放。

28日至30日，原包头县第四区区长解蓝田先生率所属大树湾、东海心、二锁圪梁、天义长、昭君坟等乡的乡长、保长、干事等国民党基层党政军人员：王林、唐业封、王明智，王白旦等，在大树湾举行起义。他们再也不愿意过兵荒马乱、人心惶惶的日子，他们要和平，接受董其武等人的《起义通电》，跟随董其武举行起义，脱离国民党，脱离反动派残余集团，接受共产党的领导，愿在中共领导下实行民主主义及革命的三民主义，和平建设新绥远，和平建设新中国，安安稳稳地过日子。

大树湾会议还通报了首届全国政协第一次会议的主要内容，迎接10月1日中华人民共和国成立。

我父亲王兴信先生，时任包头县第四区私立贺家营子小学校长，与二锁圪梁小学、天义长小学等学校的校长们一起，列席了大树湾会议，目睹了会议全过程。

忆第一次挂国旗

作者家居20世纪50年代老房

9月30日上午，布置任务，迎接中华人民共和国成立。皇甫（区委书记）向每所学校发一面赶制出来的五星红旗、彩色书写纸和统一的标语口号。小学校长们的任务是：立即开学上课，10月底作出学校基本情况的书面报告；宣传这次会议内容；各学校必须于下午，将国旗悬挂在学校大门口，并且张贴标语，迎接中华人民共和国成立。

会议一结束，校长们都着急往家里赶。父亲一回到家就忙着写标语、找旗杆，和学生一起挂国旗、贴标语，共同迎接中华人民共和国成立。

崭新的五星红旗和鲜艳夺目的标语，成了村里的一道亮丽风景，人们知道了10月1日要成立中华人民共和国，北京要举行开国大典。

10月底，王兴信先生呈报了《贺家营子小学基本情况报告》。1950年2月共产党执政的包头县人民政府成立，5月批复，将贺家营子小学转为公办小学，迁往刘家营子，更名为“包头县立第四区刘家营子小学校”，父亲继续任校长一职，完成了大树湾会议的使命。

人民政府还在各乡、村建立起小学校，适龄儿童就近入学。从此，我们这些毛孩子在五星红旗的照耀下上学读书，茁壮成长；在队旗下宣誓，成了少先队员；在团旗帜下宣誓，成了共青团员；之后我和王世颖、王爱民、任德义等同学都成了师范生，毕业后当了小学教师，带领小学生升国旗、唱国歌；入党后，在党旗下宣誓，为共产主义奋斗终生，任德义还当上了大树湾学区的区长。

1959年达拉特旗政府又在小学增设了初中班，在大树湾建立乡中学、实现了农村孩子上初中不出村，减少了农民的经济负担。

浓墨重彩写华章

今年是中华人民共和国成立70周年，也是大树湾获得解放70周年。70年，这里发生了巨大变化，“换了人间”。

解放后，经过土地改革、实现了生产资料的均衡，人们的生活得以保障。合作化等运动，改变了单一农业经济的模式，有了社办工业、社办企业。改革开放，家庭联产责任制，大树湾乡和全国一样，发生了翻天覆地的变化。

千百年来黄河水从这里流过，老百姓深受其害。20世纪60年代，东海心、西城等村在黄河边上建立起了扬水站，利用黄河水浇灌村里的几万亩农田，使这里的土地变成稳产高产田。

东海新村的新民居

这里的居民、这里的人，由老一辈文盲型转变为新一代有知识、有文化的新农民。这里的土地由盐碱、高低不平只能小片耕种的旱田被平整改造成了机电井灌溉加黄河水灌溉稳产高产千顷良田。

点灯不用油、耕地不用牛已经成为过去。新时期的大树湾人才济济、腾蛟起凤，年青人有智慧、敢创新、懂科技，他们购回大型农机具，从耕种到喷灌、收割、出产品，全部机械化，极大地解放了劳动力。

粮食产量，通过选用优良品种，推广地膜覆盖、合理密植、轮作、间作、节水滴灌等新技术，由平均亩产 80~90 千克，到超越 400 千克、500 千克。

千百年来农民种地交税纳皇粮，亘古不变。温家宝当总理时，免了农业税，又发种地补贴，1 亩地补 130~140 元人民币，更加调动了农民种粮的积极性。农民的生活，由不够吃的 280（斤），到够不够 360（斤），再到向国家卖余粮，粮食多得没处放。

村里还养起了奶牛，建起了奶站。仅侯福喜圪堵一个自然村，56 户居民就养奶牛七八十头。

这里的住房由地窨子、到草坯房、土坯房，再到全砖瓦、彩钢顶、断桥铝门窗、磁砖地面的新式住宅，虽没有披绣闼，俯雕甍，为期不远矣。有的人家还盖起了小二楼，门市部，种地的同时兼做地膜、化肥、种子、农药的生意。

供销社、综合门市、商业网点星罗棋布。

厕所革命，改天换地，国家在村里盖起了标准化旱厕，每七、八户就有一个。

生活用水是国家出钱从 20 千米外的展旦召引来的优质水。合作医疗全复盖，老有所医，人年缴费 240 元，报销比例 70% 以上，大病报销更多。村村都有卫生室，乡里还有内外妇儿检验全科的中心卫生院，床位 50 多张，院长是内医大毕业的主任医师。城乡居民养老保险平均 6000 元 /（人 · 年），还有老年长寿补贴 1200 元 /（人 · 年）。天灾人祸、因病返贫的贫困户，国家予以扶持，帮助他们脱贫致富。

为保证民生，各村还建有兽医站，植保站。人、畜、庄稼有了病，村内就可以治疗。

在村文化室，年轻人听讲座、学科技；老婆儿们跳广场舞、扭秧歌，老汉们下象棋。

网络早已村村通，不光年轻人买流量、玩微信、扫二维码，搞网购和网上销售，老年人也不落后。

村里的乡间小道，原来是只能行小轱辘牛马车的泥土路，变成了村村通的高标准水泥路，直通国道公路主干线。渡河的船由小划子、小木船到拖轮、到舸舰铁驳、连成浮桥，再到钢筋混凝土双向公路大桥。路况好了，有的人家还买回了小轿车。

解放前这里单一种植业，没有商业、没有副业，没有工业、公路、铁路、交通运输、电力和通讯广播的落后面貌已经全部改变。可以说大树湾基本实现了：农业强、农村美、农民富。

十九大报告提出，按照兜底线、织密网、建机制的要求，全面建成覆盖全民、城乡统筹、权责清晰、保障适度、可持续的多层次社会保障体系，这里已经全部实现。

变化惊人的当数黄河防洪大堤。国民党执政时，黄河包头段没有防洪堤坝，每年的春秋两季南岸的大片农田经常被洪水淹没，沿河的群众深受其害。我家所住的村叫东海心，就是因为黄河洪水残留成海子而得名。1950年春夏期间，人民政府在黄河南岸建筑起了防洪大堤，把黄河的洪水拦截在大堤之外；每年春季还派飞机投弹炸冰坝，老百姓再也不受黄河之害。

现在，国家再次投巨资整修了黄河大堤，大堤增高1米，拓宽4米，坝顶铺水泥路面，实现堤坝公路一体化。大坝的两侧种树，坝的迎水面砌石护坡，为雅鲁藏布江向黄河调水做准备。坝的内侧1米外又砌1米高的石头墙壁，成为黄河全流域旅游的一道亮丽风景。

过几年你再来，将会看到黄河大堤外侧100米宽的果林绿化带，绿化带南侧将是 500 米宽的旅游经济带。

大树湾的人，以自己的勤劳创造文明和幸福，展现真实、立体、全面的新农村的生活，为中国走向世界、世界读懂中国作出应有的贡献，为讲好中国故事、传播好中国声音发挥自己的作用。大树湾的变化，永远写不完。

（作者：王家禄，原载于政商参考网，2019 年 9 月 19 日）

迎来推广应用的春天

——《钢结构建筑综合性能评定标准研究》启动会纪略

10 月 28 日，由国家住房城乡建设部科技与产业化发展中心主办、国家钢结构工程技术研究中心装配式标准化钢结构建筑研究院承办的钢结构建筑综合性能评定标准暨《钢结构建筑综合性能评定标准研究》启动会圆满召开。会议由国家住房和城乡建设科技与产业化发展中心高真主持，出席会议的有住建部科技与产业化发展中心、中国钢结构协会、冶金工业信息标准研究院、国家钢结构工程研究院中心装配式标准化研究院、北京津西赛博思建筑设计有限公司及部分省市相关部门领导、专家、学者代表。会议对钢结构建筑综合性能评定标准进行研讨，并对《钢结构建筑综合性能评定标准研究》进行启动。

钢结构建筑综合性能评定标准启动会合影

姜中桥副主任（右一）、刘毅常务会长（右二）出席会议

会后，《中国冶金报》记者采访北京津西赛博思建筑设计有限公司副总经理赵一臣，他说：“这次研讨启动会情商很高，专家领导发言让人喜欢，将要着手制定的标准让人感动，为民造福让人想念”。参加会议代表普遍反映，这次会议开始制定《钢结构建筑综合性能评定标准》给钢结构产业带来希望、指明方向、给人力量和智慧、让人自信和快乐。记者采访梳理，此次研讨启动会有三大看点：

一是急需综合性能评定标准。

住房和城乡建设部科技与产业发展中心副主任姜中桥在致辞中指出：“装配式钢结构建筑发展的春天已经到来，钢结构行业也迎来了千载难逢的发展机遇。对此我们需要高度重视，深刻领会，结合产业现状与未来趋势，以提高钢结构装配式建筑性能和品质为目标，满足人民对美好生活的需求，推动建筑业供给侧改革向高性能高品质方向发展。开展钢结构建筑相关标准体系的研究是顺应大力发展钢结构建筑的形势所需，也是落实‘一带一路’国家发展战略的战略需求。”

她强调，推动钢结构建筑高品质高性能方向发展，完善标准体系是一个重要抓手，希望本次会议后，通过各级政府、相关机构、各钢结构相关企业，群策群力，精诚合作，能够为我国钢结构建筑的高品质高性能发展在标准规范层面起到积极的推动作用。

中国钢铁协会常务副会长刘毅在讲话中表示，钢结构协会将全力推广和扶持装配式钢结构建筑，装配式钢结构建筑是一种采用“标准化设计、工厂化生产、装配化施工、信息化管理、智能化应用”的现代化工业化生产方式，既实现传统建筑的转型升级，又保证建筑质量；支持钢结构建筑综合性能评定标准的研究，钢结构住宅配套体系的标准、规范应统一。

二是专家悉心讨论课题大纲。

会上，国家钢结构工程技术研究中心装配式标准化钢结构建筑院蔡玉春博士介绍新型钢结构技术体系及课题工作大纲，实施的节点和路线图。

蔡玉春博士、研究院院长介绍课题大纲

《钢结构建筑综合性能评定标准研究》课题工作大纲（以下简称课题工作大纲）共分为任务来源、研究背景，目的和意义、研究工作的原则、研究基础，重点内容和技术路线、预期成果、课题组成员单位、课题分工等七个部分。与会领导和专家讨论课题大纲，解读和分析装配式钢结构建筑最新政策和发展趋势，认为我国是产钢大国，但不是钢结构应用强国，建筑钢结构用钢占全国钢产量的比例不到10%；钢结构在住宅产业中的应用比例也仅为4%左右，与发达国家中钢结构住宅占比40%以上相比，还有很大差距，差距就是还有很大发展空间。随着政府对建筑钢结构应用的鼓励和扶持，钢结构的关键技术难题不断被攻克，都为钢结构住宅的发展提供了广阔空间，推广应用钢结构住宅已成为社会共识。

三是当好标准制定的排头兵。

赵一臣副总经理在大会上

津西集团是被全国标准化技术委员会授予国内唯一一家“型钢标准研发基地”，被唐山市政府授予“唐山市标准化创新突出单位”。记者采访，欣悉津西赵一臣十几年来在行业内，孜孜以求，以做好冶金标准化为己任，参加了国（行）标地方标70余项，做出突出贡献，积累丰富经验。此次在《钢结构建筑综合性能评定标准》课题工作大纲分工中，他又担任重要角色，为津西集团当好标准制定的排头兵努力拼搏。

津西集团当好标准制订的排头兵有这能力，也有这条件。其一、津西集团是国内唯一一家具备钢结构全产业链企业，成立国家级“装配式标准化钢

高真主持会议（右一）

结构建筑研究院”，重点研发热轧替代焊接型钢标准，创新发展装配式钢结构建筑产业。其二、建立绿建产业集团，以装配式标准化钢结构为主体、以型钢构件化研发，装配式建筑为两翼、以工程项目总承包为依托、以绿建集成为手段，以制修订装配式钢结构建筑的产品、标准、图集、工法和综合性能评定国际化为途径，全面拓展国内外装配式房建市场为格局，扩大型钢及装配式钢结构市场消费，积极推动装配式钢结构建筑产业发展。

（作者：谢吉恒）

千淘万漉始见金

今年1月下旬，谢老师将他准备出版的新书——《新时代风采》的目录发给我。我仔细浏览，看到有多篇津西文稿。我为能参与谢老师新书文稿的整理，着实既惊喜又忐忑。惊喜的是，有机会帮谢老师做些力所能及的事，使自己得到锻炼，留住一份美好的记忆。忐忑的是，不知能否做好？

这本书的书名，由起初的《窗口风景散记》后来确定为《新时代风采》，目录章节顺序调整10余次方定音。

书稿的搜集整理凸显三个特点：一是此书是谢老师专著，九成以上书稿为谢老师亲手撰写，不足一成为谢老师与友人合作或交流文稿。二是此书汇集以新时代为主题，特别是党的十九大以来牢记“不忘初心，方得始终”，赋予新时代新作为、新担当、新气象等作品，时间跨度大。三是此书文稿95%以上见诸报刊和网络已发表过的作品。我按照新书目录，将这些文章分门别类整理排序，内容丰富，既有报告文学、散文、记者调查，又有诗歌、绘画等……130余篇文稿，40余万文字、数百张图片，工作量大，确是一项严谨一丝不苟的工作。

谢老师是《中国冶金报》的资深记者，主要承担河北钢铁业的深度报道及副刊文学作品写作。谢老师爱岗敬业，给人的感觉就像《在路上》那首歌唱的一样，为了新闻采访，他一直在路上，接地气，正能量，孜孜以求。在我收集整理书稿的10个月里，谢老师的行踪时而在阳光明媚的海南，时而在幅员辽阔的内蒙古，时而在人间天堂的杭州，时而在中原地区中心城市郑州，时而在平遥古城，时而又在邯郸、北京，时而又在丰润老家参加各种活动……虽年过七旬，但丝毫未见奔波疲惫之意，反倒如童心未泯的孩子，一直乐此不疲。

在这期间，我手机收到的信息最频繁，多是谢老师发来的文章链接，《中国冶金报》《政商参考网》《冶金文苑》《大地之光杂志》……他隔三差五发过来一个链接，我就按照新书的目录，将文章按顺序章节整理好。每过几天，谢老师就会在工作的闲暇，挤时间问问我文稿调整进度如何，把有问题待商榷的文章标记好告诉他等。

今年7月上旬，书稿汇总调整总算有了大概的眉目。文章按格式要求，每篇文稿结尾标注出处（包括作者、发表何媒体、日期）。

7月中旬，出版社看过文稿后，提出要求，"每篇文章的署名、出处、标题、副题、图片说明等需按照固定的格式编排。"听谢老师这么说，我忽然感觉到沉重的压力，若全部重新编排，必将需要大量的时间和精力。谢老师深知，面对工作量大进行分工，将本书的第一部分、第二部分交给我整理，第三部分、第四部分分给冀玉花整理，我俩分工协作。到10月下旬，我俩把所有文稿按照统一的格式编排整理完毕，送交出版社，心里顿感轻松，感觉那一天的天空有着不一般的明媚爽朗。

我俩书稿的编排整理工作都在闲暇时间进行，时有疲惫之感，反观谢老师，他积极的工作态度，细心又耐心的指导，激励着我俩。编排整理书稿属于按图索骥，也算有章可循。谢老师策划编辑出版此书，从一开始的构想，到形成初期目录，到不断地完善，直至最终定稿，他都一直参与其中，这比按图索骥的难度要大多了。况且谢老师已年逾古稀，但他数十年来，一直实践着自己的职业格言：腿勤、脑勤、笔勤。谢老师览尽大江南北，总是走到哪里就想到哪里，想到哪里又写到哪里。由于工作的缘故，谢老师一直天南海北地采访，只能在工作之余，抽出时间打理出书的事情。记得就是在书稿第一部发往出版社的前夜，谢老师还在和我商讨《台湾宝岛环游记》的图片应放哪里、怎么标注。等把文章编排好后，我发给了谢老师。可等谢老师看过之后，又发来信息说："图片说明'日月码头留影'，缺了一个'潭'字。"我一看，可不是，赶忙又把"潭"字加上，再发给他一次。就是在这样一次次的反复斟酌修改后，才最终确定下来新书文稿。10个月的历练，才有了"千淘万漉虽辛苦，吹尽狂沙始到金"的喜悦和收获。

书稿的搜集编排整理过程，谢老师和我，发信息、打电话，进行交流沟通。谢老师也偶尔和我聊生活、谈人生。如今，回想起来，十分庆幸能遇上谢老师这样一位良师，真的就像陈年老友一般，感觉分外香甜。还记得，有一次我跟谢老师说，咱们这是真正的忘年交。谢老师一听，随即说："按照公岁，我才三十多。"瞬间，逗得大家开怀大笑。谢老师不仅见多识广、阅历丰富，还很诙谐幽默。跟他交流，有时候我只需像一个听众或观众，就像听相声、看电视，顺着他的思绪欣赏着、品味着，不乏精彩，还着实吸引人。今年 4 月，唐山举办首届中国装配式标准化钢结构建筑科技论坛，谢老师受邀出席。由于工作的机缘，谢老师和我在会场相遇，我们抓时间对书稿的进展情况作了沟通。谢老师聊起了他在杭州出差期间，在老友的陪同下，游览名胜——灵隐寺一事。他说，到杭州，一看西湖，二看灵隐，到杭州不游灵隐，等于没到杭州。灵隐寺藏于西湖西面深山中，自然景观优美，更让人印象极为深刻的是里面的一副千古名联：人生哪能多如意，万事只求半称心。谢老师还说，当时他和老友，就这副对联做过很深的交流。从而，让我对谢老师豁达的人生态度，有了更为深一步的认识和体会。

书稿的搜集整理编排显得枯燥乏味，但坚持下来，细心体会，这个过程又让我收获、感慨、喜悦颇多……我非常珍惜这份来之不易的机缘，也很期待与谢老师的新书见面。

（作者：吴杰，中国散文学会会员）

精彩风貌　圆满落幕

——记 2019 年全国钢结构装配式建筑设计创新竞赛

瑞雪兆丰年，献给努力追梦人。12 月 16 日，唐山迎来入冬第一场纷纷扬扬的喜雪。《中国冶金报》记者获悉，2019 年 12 月 17 日，由唐山市政府、中国钢结构协会主办的 2019“唐山阔旺杯”全国钢结构装配式建筑设计创新竞赛（以下简称竞赛），在唐山市隆重举行。竞赛由唐山市工业和信息化局、唐山市工业设计协会承办，遵化市阔旺木业有限公司支持。唐山市政府副市长孙文仲、中国钢结构协会常务副会长刘毅出席开幕式并致辞。

今年是唐山市连续两次举办此类竞赛，其缘由是什么？《中国冶金报》记者在采访中了解到，唐山市在加快推进钢结构装配式建筑发展和试点项目上做了很多创新性探索，取得了积极成效。通过竞赛将促进钢结构建筑设计与钢结构产业的融通发展，提高唐山市制造业的供给能力，推动工业提质增效，转型发展。唐山市在全国率先提出，规划出特定区域，用于获奖作品的落地建设，宣传与展示获奖作品。此举是唐山市重大创新举措，必将极大地促进钢结构产业在唐山市的布局和发展，促进钢结构装配式建筑在全国的示范效应。

作者与中国钢结构协会常务副会长刘毅（右）合影

此次竞赛得到各有关方面的高度重视。唐山市副市长孙文仲，市政府副秘书长郑胜宏，工业和信息化局局长徐树成、副局长张振国，市工业设计协会会长王广明，中国钢结构协会常务副会长刘毅、秘书长李庆伟，遵化市阔旺木业有限公司总经理高超，以及国内钢结构领域专家、各参赛队代表和华北理工大学师生代表150余人参加本次活动。竞赛由唐山市工业和信息化局局长徐树成主持。

此次竞赛有哪些看点呢？钢结构专家告诉记者，本次竞赛概括起来有三大看点：

一是推动钢结构装配式建筑提质增效。唐山市副市长孙文仲在致辞中指出，近年来，唐山深入贯彻习近平总书记“三个努力建成”“三个走在前列”重要指示精神，大力实施“四项战略”，坚决打好“五场硬仗”，抓实抓牢“十项重点工作”，加快构建“4+5+4”现代产业体系，唐山市正在推进产业转型升级和实现高质量发展的进程中阔步前行，连续出台了《关于加快建设环渤海地区新型工业化基地的意见》和《唐山市推进建材及装配式建筑部品产业高质量发展工作方案（2018~2020年）》，加快推进钢结构装配式建筑发展。本次竞赛，旨在通过工业设计与钢结构产业的融合互动，提高唐山制造的高端供给能力，推动全市工业提质增效，转型发展。唐山市以办好此次竞赛为契机，将一流的设计理念、一流的设计作品融入唐山市转型升级和高质量发展的生动实践中，携手谱写互利共赢、合作发展的新篇章。

二是促进钢结构装配式建筑示范效应。中国钢结构协会常务副会长刘毅在致辞中表示，钢结构建筑是我国建筑工业化、装配化进程中的主要载体之一。行业协会推广应用钢结构建筑是贯彻落实供给侧结构性改革和化解钢铁

作者与研究院院长蔡玉春博士（右二）、陈建伟（右一）、二十二冶金结公司总经理张世梁（左一）合影

行业产能过剩的重要举措。唐山市在加快推进钢结构装配式建筑发展和试点项目上做了很多创新性探索，取得了积极成效。通过本次竞赛将促进钢结构建筑设计与钢结构产业的融通发展，提高唐山市制造业的供给能力，推动工业提质增效、转型发展。竞赛将极大地促进钢结构产业在唐山市的布局和发展，促进钢结构装配式建筑在全国的示范效应。本次竞赛支持方遵化市阔旺木业有限公司总经理高超在致辞时表示，阔旺公司聚焦资金、技术和人力资源，使阔旺产品在研发、生产和服务等环节保持着强劲的竞争实力，是“河北省科技型中小企业”“唐山市技术创新示范企业”“国家高新技术企业”。借承办本次竞赛的机会，愿意为打造唐山市“工业设计 + 产业”的发展模式，做出积极贡献。

三是竞赛宗旨以创新为主轴。竞赛以“绿色设计 · 生态小镇”为主题，旨在加强设计理念与钢结构建筑的融合互动。11 月初，中国钢结构协会对参赛项目的申报材料进行了初评，最终产生了来自全国 20 余个单位的 14 个作品参加决赛。邀请侯兆新、霍文营、王宇飞、张京、吕强、蔡昭昀、朱忠义、杜志杰、蔡玉春、王昌兴、王林健、陈建伟、张世梁等 13 位国内钢结构装配式建筑领域知名建筑和结构专家共同组成评委会。根据建筑方案设计、结构方案设计、围护体系有必要的构造和材料说明、方案创新性、陈述与答辩等 5 个方面进行现场评分，现场实时展示了 14 支参赛队伍的得分排序。

按照竞赛规则，各参赛代表队才思敏捷、机智沉着讲演和应答，展现设计师的精彩风貌。竞赛排名前三名的作品中评选出了特等奖和一等奖作品。最终：多维联合集团有限公司、清华大学、河北津西钢铁集团代表队的“一水之间 · 钢之韵生态小镇别墅方案设计”荣获特等奖；山东大学代表队的“震后快速恢复的全装配节能房屋”和天津大学建筑学院代表队的“钢的藤蔓”双双荣获一等奖；昆明理工大学、河北杭萧钢构有限公司代表队的“像素迷城”等 4 个作品获得二等奖；浙江汉林建筑设计有限公司代表队的“唐山 · 颐养小镇”等 7 个作品获得三等奖。

12 月 17 日经过全天紧张、激烈的比赛，竞赛活动圆满落幕，并进行了现场颁奖。

（作者：谢吉恒）

中华一品宴

来北京，游故宫，登长城，品中华一品宴！是“京味文化”旅游的一张金色名片。中华一品宴在何处？中国皇家菜博物馆,坐落在凯瑞御仙都大酒楼。中国皇家菜博物馆在饭店中，饭店在博物馆中（位于北京市海淀区西四环北路 117 号，四季青桥西南 50 米），中国皇家菜博物馆外装修富丽堂皇，走进去满眼全是皇家饮食文化的浓郁风情。中国皇家菜博物馆是国家 3A 级特色旅游景区，颇具一站式体验，彰显能看、能吃、能玩、能学的四大功能。

参观游览中国皇家菜博物馆

2019 年 11 月 30 日，我与前来参加第 32 届中华大地之光“庆祝新中国成立 70 华诞，砥砺前行”征评表彰大会的代表一同来到中国皇家菜博物馆参观游览。据导游介绍，此博物馆重点展示皇家菜的发展沿革，能使游客切身体会到皇家菜文化发展之旅。跟随导游的脚步，穿越时空展现中国皇家菜五千年演进脉络。

此博物馆有 1.5 万平方米的楼面，分为三大区：一是皇家菜历史文化展示区，重点介绍历史上中国皇家名菜、名厨，集中解析中国皇家菜的养生之道；二是皇家菜品尝体验区；三是活态观光区。我们在参观游览中，了解中国皇家菜博物馆的展示宗旨：典藏御膳制作技艺国粹，传播健康养生理念，弘扬中华优秀饮食文化。馆藏食器、文献等珍贵史料 1000 多件，通过高科技手段重现一部近乎完整而生动的中国皇家养生史并具体体现了中国饮食文化的精髓——皇家菜，始于夏、商、周，发展于秦、汉，成熟于唐、宋、元，明、清时达到顶峰。

著名山水画家张世才展示画作《龙盘九州之蓟北雄关》

整个展区，以大量文字、图片和陈列的文物、标本、仿真菜模等，辅以现代声光电高新技术手段，呈现恢宏立体场景，使游客更直观地了解源远流长、博大精深、多彩多姿的中国皇家菜历史文化，精选历代帝王将相食事趣闻和名菜典故、名厨故事，具体体现了中国饮食文化的精髓所在，探究古代中国皇家菜养生秘笈。认清现代人饮食养生误区，进而引导民众树立现代养生观念，转变饮食生活方式，养成文明饮食习惯。

到帝都体验超霸气皇家宴席

每一个王朝的独具匠心的宫廷菜，只会为皇亲国戚独享。中华一品宴，御膳还民满堂彩，走近平民百姓，全国各地许多游人慕名而来，享受一次原汁原味的皇家菜，尝到古代皇家独享的美食，带来味蕾的享受，美的享受。

中国皇家菜博物馆，以传统中华饮食文化经典推出的中华一品宴，游客只需花一份“佛跳墙”的钱，就可以品尝到108种食材烹制的12道皇家名馔，还能欣赏6场与皇家菜相关的精彩古装舞蹈节目表演。在体验皇家菜进餐过程中，有 18 次的精美器皿交换，以及一菜一碟的满族格格温馨服务。

晚上七点，与会代表来到演艺大厅，由中央电视台节目主持人，在专题大屏幕下为本届“中华大地之光”十佳新闻人物举行献花仪式，采访获奖代表感言。电视台记者采访结束后，进入下一个环节。

中华一品宴开席。惊艳霸气的宴席场面，有 200 多名员工参与其中，美妙的互动体验，有百名仙女献艺，与 5 块立体视屏、198 组灯光、36 组音响构成的绝伦的乐舞影视为大家带来视觉味觉双重享受。

惊艳霸气的宴席场面

演艺厅大舞台上，首先出现皇上率众臣上朝，使者觐见。独特的大型皇家美食体验剧《御仙都·千年味道》，用一顿饭的工夫，穿越中国传统饮食文化三千年，带领大家在用餐中回味历史，沉浸于体验。这里不仅有皇家菜的气派与口味，诸如七彩迎宾冷头盘、大出天下稚甲鱼、松茸菌菌花鱼圆、宫廷烤鸭配响、芒果虾卷烤羊排、佛跳墙配罗汉齐、灯笼油条牛肉面、秘制桂花酸牛奶及御点小吃四味碟（驴打滚、艾窝窝、山楂糕、豌豆黄）经典的老北京宫廷膳占组合，适度适口，口感细腻。

这里满族格格服务员都是古装扮相，仿古的服装及妆容，代人感十足。一位服务员对应五位食客，以小范围保证服务质量，实时满足食客需要。在饮宴中，格格优雅为你端茶斟酒，带着浓浓清朝皇家文化的风情。演艺过程，除了不时穿插清王朝皇族朝政的场面，更多的是民族舞蹈和杂技、武术，每个节目从演员，服装道具到演出技艺，既精彩又讲究。持续不断的歌舞表演，足以渲染十足的文化主题，调节了现场气氛，大家共享美好时光，既饱了口福，又赏心悦目。

餐后，著名山书画家张世才先生为庆祝新中国成立 70 华诞，新创作大型画作《龙盘九州之蓟北雄关》在友人唐小勇、孔建超、张忠浩、余海洋等陪同下，向大家展示，赢得热烈掌声。大家争相上台与表演的演员合影……

（作者：谢吉恒）

浅议散文细节描写

有句名言“细节决定成败，态度决定一切”。散文是文学范畴的一大类，如同小说、诗歌、戏剧等文学体裁一样需要细节描写。我钟爱散文写作，有三十多年写作探索和实践，深切体会到细节描写是作者必备的基本功和硬功，名家大家的作品，无不身怀绝技，有一手娴熟自如的细节描写的精湛“绝活”。

学会入门散文细节描写，绝非一日之功。我是通过言传身教，带领部分河北钢铁业散文写作爱好者脚踏实地、虚心向行家请教，搭建交流平台、勤学苦练，不懈努力提高散文写作技巧。

一分耕耘，一分收获。回顾十个春秋历练，有三点满意收获：

一是培养推荐散文写作爱好者加入中国散文学会。截至2019年年底已有北京、天津、河北、湖南等省市钢铁业20名散文写作爱好者加入中国散文学会，光荣成为中国散文学会会员。

二是多名中国散文学会会员荣获国家级征文活动大奖。据统计，已有13人次18篇散文作品斩获“中国时代风采”“中华大地之光”征文评选活动金、银奖，5人荣获“优秀新闻文化工作者”称号，在北京人民大会堂、国家会议中心受到国家领导人接见颁奖、合影留念。

三是搭建交流平台。进入新时代，文友们拥抱新时代，焕发新气象。从2016年起，文友以微信网络搭起交流平台，以文会友，并以意境、细节描写等主题深入切磋。此次入编《新时代风采》一书文友交流部分的20篇散文，其中12名中国散文学会会员和10名中国诗歌学会会员名列其中。八仙过海，各显神通，大家踊跃参与散文细节描写交流。这些入编散文、诗歌作品来源于生活，更来源于生活细节，文友们是如何擦亮眼睛，用心捕捉生活细节，去描摹刻画，再现原汁原味的生活，让亲情细节之花在生命中绽放，在笔尖永驻芳华？

感觉的东西，不一定能理解它，只有理解的东西，才能更深刻地感觉它。我认真细读文友撰写交流的每篇文章，深刻领悟到，欲想达到熟练驾驭细节描写的综合技巧目标，更需要细节描写理论知识指导和扎实磨练的苦干精神。

精准吃透细节描写知识

俗话说“内行看门道，外行看热闹”，细节描写固有它的套路。理解吃透诸如细节描写的定义、内涵、作用、功能……等知识，是打开细节描写的开门钥匙。所谓细节，应该是指事物本身的细小环节或情节；描写是对事物的具体状态作描绘和摹写。细节描写指的是在散文创作过程中，对那些有关人、事、物的细微部分，展开精致细微的描写。细节描写包括外貌、语言、动作、神情、心理活动、环境物件等。它是刻画人物性格，揭示人物内心世界，表现人物细微复杂感情，点化人物关系，暗示人物身份、处境等最重要的方法。细节描写是最生动、最有表现力的手法，它往往用极精彩的笔墨将人物的真善美和假丑恶和盘托出，让读者欣赏评价，使文章的描写更加细腻、丰富。

细节描写突出的向导引领作用，谓之使枯燥走向生动、从模糊走向真实、从平淡走向深刻。作品中每一处细节描写，都是作者精心策划设置和安排的。

细节描写在散文作品中地位举足轻重，不可小觑，有何颇深功底呢？我认为恰到好处地运用细节描写，整体就是为提升散文作品的品位增光添彩，“于细微处见真情”。具体来说，细节描写有两个方面看家本领：一方面，运用细节描写能起到烘托环境气氛、刻画人物性格和揭示主题思想的作用；另一方面，运用细节描写是为表现人物性格、发展故事情节以及直接、间接揭示作品意义或主题思想服务的。

如果说细节是明艳的花朵，整篇文章就是生机盎然的花园；如果说细节是洁白浪花，整篇文章就是蔚蓝奔腾的大海；如果说细节是一个人的精神，整篇文章就是一个人的体魄。

综上所述，细节描写对塑造人物形像、推进情节发展、表现生活环境有重要的作用，好的细节描写可以增强作品的真实性，深化文章的主题。散文创作离不开细节描写，充分调度细节描写，才能开拓境界。

坚持苦练内功才是正道

细节描写需要观察与思考。观察就是要关注生活细节，思考就是要从生活细节中得到启发。只有以敏锐的感受力去观察生活，才能写出成功的细节描写。我接触身边众多散文友人，座谈如何苦练细节描写，探寻成功之路的秘诀就是——践行“四到位”。

四到位，一是细致观察感悟到位。要调动自己的各种感官，养成细致观察的好习惯，对事物做非常仔细的观察。细致观察才会有发现，生活不缺少美，而是缺少发现美的眼睛。用眼睛观察发现后，还要认真思考，才能有感悟，才能品味出生活的美。二是精心锤炼词语到位。细节描写要抓住典型细节，以此来突出文章的中心给人留下深刻印象。在细节描写中，选择恰当的词语，精心锤炼，做到以少胜多，乃一字传神。三是妙用修辞方法到位。优秀的散文作品，除了深刻的思想、深刻的社会意义之外，让人回味无穷的是运用修辞的语句。巧妙运用比喻、拟人、排比、夸张等修辞方法，可以增强语言的生动性，变抽象为具体，使无形变为有形，让具体的画面成为打动读者的动情点。四是细节描写真实性到位。艺术是真实的，只有真实才可信，才能产生意想不到的效果。故事情节可以虚构，人物形象可以整合，甚至于情感可以矫饰，但细节不能虚构。细节描写必须符合当时的环境氛围，必须准确表现人物的精神面貌和性格底蕴。

入编《新时代风采》的散文作品，读者和作者用上述“四到位”这把尺子衡量，分享中国散文学会会员作品，读后感悟颇丰。作品细节描写大放异彩，有的字字珠玑，给人以语言之美；有的博大深沉，给人以思想之美；有的感人肺腑，给人以情感之美；有的立意之美，给人以意境之美；有的……

2020 年元旦前夕，我接到“中国散文学会”发来的“第九届冰心散文奖评选活动通知”，通知中说，冰心散文奖是经中国作协批准、由中国散文学会于 2000 年正式设立实施的一项全国群众性散文评选活动。第九届冰心散文奖评选范围为 2018 年 1 月 1 日至 2019 年 12 月 31 日在中国大陆公开出版发表的散文集、散文单篇作品，作品报送截止时间为 2020 年 3 月底，评奖结果拟于 2020 年 6 月公布。

总之，我们创作的散文作品，用细节之花去点缀文章之园，用细节之浪去激荡文章之海，用细节之神去鲜活文章之体。我们只要细致地观察生活，多阅读典型的细节描写方法，散文写作就会更加真实动人。

祝愿文友们，在新的一年里，创新细节描写，攀登新目标，再上新台阶，踊跃参加第九届冰心散文奖评选活动，争取丰硕成果，开启散文创作新篇章！

（作者：谢吉恒）

（三）战疫回声嘹亮

钟南山的故事

钟南山是抗疫英雄，全民偶像。《人民日报》这样评价:“84岁的钟南山，有院士的专业，有战士的勇猛，更有国士的担当。”他逆行抗疫“一线”，给全国人民吃下定心丸。他满腔责任为国为民，令人肃然起敬！民间流传着:“火神山雷神山钟南山‘三山’镇毒,医者心仁者心中国心万众一心”的励志对联。钟南山是祖国的骄傲，民族的脊梁。

宅家战疫期间，很适合阅读。我捧读《钟南山传》，走近、亲近、学习、宣传钟南山精神。阅读钟南山传奇人生，让人汲取一种无私无畏的力量，启迪坚定不移的目标，树立不懈追求的信念，奋发有为。

3月中旬，我接到中国散文学会副秘书长安军女士发来的微信，她策划出版一本《钟南山故事》,约我写几个故事。也是缘分,我正在编校《新时代风采》书稿，结合宣传当前战疫形势，经与冶金工业出版社编辑商榷，他拍板同意增加“疫战”回声嘹亮章节，真是巧合，不约而同。我与北京钟南山创新公益基金会好友交流整理、选写钟南山的四个小故事，可谓一举多得。

关爱青少年创新

这场疫情，让84岁的钟南山再次成为全中国人的偶像。3月中旬，我拜读罗凡华先生在《中国高新科技》期刊发表的《最美奋斗者：钟南山院士》一文，我读后，倍有见其文如见其人之感。罗凡华先生是教育界专家，现任北京钟南山创新公益基金会秘书长、教育部主管智慧工程研究会副秘书长。我俩相识共事六七年，多次一同采风、参加会议，给我留下极为深刻的印象：他是行业盛名的大咖，行事低调，热情饱满，知识渊博，演讲口才出众。他著有《轻松发明》《中国青少年知识产权读本》等 26 部著作，其中有的著作列为全国中小学生发明创造课推荐教材。罗凡华在《最美奋斗者：钟南山院士》一文中以创新为主轴，以钟南山创新奖、钟南山创新公益基金会为两翼，谋篇布局，紧扣创新主题，甄选多个亮点故事，驾驭鲜活、生动的细节描写，高屋建瓴点赞钟南山院士为培养青少年创新能力的博大胸怀和志向。

新冠肺炎疫战，钟南山成为全国青少年心中的英雄偶像。在抗疫期间，他收到来自全国各地各条战线诸多信件，其中有中小学生的来信。钟南山院士对小朋友的来信特别关爱，执笔回信寄语“恰同学少年，愿风华正茂”，鼓励青少年用知识缝制铠甲，大胆追求梦想，为实现中国梦而努力。

钟南山（左三）与创新公益基金会负责人在一起

少年强则国强。钟南山是青少年创新的推动者。2013 年 7 月 9 日，钟南山院士积极在青少年创造力大赛中设立了“钟南山创新奖”，亲笔题字“推进青少年创新，志在实现中国梦”，使用钟南山姓名和肖像，标志“钟南山创新奖”

正式起航！“钟南山创新奖”成为中国青少年创造力大赛的组成部分及重要标志，颁发的所有奖章由“钟南山创新奖”文字和钟南山院士肖像组成。

罗凡华（右）与谢吉恒

2015 年 8 月 12 日，中国青少年创造力大赛组委会在广州接到上级通知，中共中央政治局委员胡春华将要与青少年发明者和文学创作者见面，希望钟南山院士也一起和青少年交流。钟南山院士看一下自己日程全部排满，钟南山说：无论什么事情、会议，还是和青少年见面最重要。经与身边工作人员反复协商，将他在一场中日韩年度论坛上的主旨演讲起始时间从上午 8 点钟调整到 11 点钟，早上 7 点钟他与青少年朋友见面，安排 3 个小时的时间与青少年交流发明创造成果。尽量多一点时间陪青少年创造者，10 点钟他赶往中日韩论坛会。

钟南山院士是“创新公益基金会”的创始人。为持续推动科技创新，2015 年 6 月 6 日，他同意创立北京钟南山创新公益基金会。发起人罗凡华和安永军在北京民政局注册，基金会是钟南山院士亲自创立的公益组织，希望有一个制度和一个专门组织机构，推动全国科技创新。钟南山将基金会宗旨定为：资助创新人才、创新成果、创新活动。基金会联合教育部、科技部、中国作家协会相关机构等主办一系列创新活动。

全国创新名校大会是基金会结合教育部相关要求举行的，为我国一年一度的教育盛会和具有国际影响力的学术会议，奖励全国创新名校长、全国创新名师、全国科技带头人、知识产权专员，推动全国创新名校、全国知识产权实验学校快速发展。他带头鼓励青少年创造、创作、创新，带头支持青少年发明创造。

在钟南山院士的鼓励下，中国青少年创造力大赛创办以来，为普通中小学生提供了一个科技发明交流展示的平台，并得到一批著名科学家的支持，超百万中小学生受到鼓舞，立志成为科技人才，为中国成为创新型国家奉献力量。

少年时励志从医

钟南山的父亲钟世藩，是我国著名儿科医学专家，母亲廖月琴也是广东肿瘤医院创始人之一，曾任中山大学肿瘤医院副院长。因为钟南山父亲是儿科医生，对待病人，尽心尽责，下了班，也给孩子看病，有时孩子很小，还会上门出诊。钟南山小时候，经常有亲戚朋友或街坊邻居带着孩子来家里看病。医者仁心，对于找上门来的病患，父亲从不推迟拒绝。孩子康复后，家长很开心，他父亲也很开心。钟南山那时就觉得当个医生，不仅受人尊敬，还能帮助别人解决问题，钟南山受到耳濡目染，对医生这个职业产生了敬畏，渐渐对医学也产生了兴趣，心里早早埋下学医的种子。

父亲钟世藩努力培养钟南山对医学的兴趣。20 世纪 50 年代初，钟世藩创办中山医学院儿科病毒实验室，这是我国最早临床病毒实验室之一。他的科研题目就是用小白鼠胚胎培养病毒。那时新中国刚建立不久，百废待兴，科研经费缺乏。钟世藩为研究病毒，就在自家三层楼的天台上搭了个棚子，自掏腰包买小白鼠做实验，养小白鼠最多时有三四百只，一养就是三四年。

这时钟南山已上初中，父亲忙碌，他就自觉地当起饲养员，全面负起小白鼠吃喝拉撒睡工作，每天给小白鼠喂谷子、喂水。尽管白鼠窝棚里臭气难闻，但他对这个小白鼠饲养工作十分上心，津津乐道。他在小白鼠饲养工作中，熟悉了小白鼠的习性、生理与技能，也是从这时开始逐步了解到一些最基本的医学、医疗知识，也锻炼了观察力、耐心和责任心，这些正是一个医生必须具备的。

家庭的熏陶让他励志做一名医生。钟南山少年时代，父母对他的影响很大，父亲严肃寡言，为人正直。母亲温柔随和，不仅热爱医术，更博览群书，她最喜欢做的工作就是讲书里、医院里各种感人的故事，让钟南山从故事中汲取人生的营养，度过有趣的童年。钟南山年少时，父亲常教育他要做一个对社会有贡献的人，不负一生。父母亲这种潜移默化的教诲，为钟南山最终选择医学事业埋下伏笔。

诚实做人讲真话

2003年非典，让钟南山院士从一个专家一下子成为了一位公知，一位敢讲真话的公知。

而同样，2020年钟南山抛出了“新冠存在人传人”的声音，让警报在民众中拉响，也让更多人记住了这个敢讲真话的独特“英雄”。

钟南山小时候比较调皮，读小学时成绩不好，常逃学还留过两次级。他在学校逃课出去玩，饿了就用本应交给学校的伙食费，偷藏下来买零食吃，撒谎瞒着父母亲。他明知道私藏伙食费不对，但还是一直隐瞒着，直至事情败露被母亲发觉。

有一天母亲问道:“你交伙食费了吗？”钟南山慌了手脚，他只好跟妈妈说谎:“我不知道，您可以去学校问老师。”这样的回答自然引起了母亲的怀疑，母亲反复追问，钟南山嘴硬只是一句话，“让母亲去问学校”。母亲觉得这件事必须弄明白，就真的带着钟南山到学校。快在到学校门口的时候，钟南山越发慌了，觉得这事快要被揭穿了，紧张得脸色发白，只好向母亲承认是自己买零食把钱花掉了。母亲为弄个水落石出，依然不放过，还是去学校进行了核实。待母亲返回家中，听见母亲向父亲讲起这件事时，钟南山心怦怦直跳，更是惴惴不安，他认为大难当头，一定会被痛打一顿。可没想到，母亲对他并没有过多责怪，只是对他说:“你这么做是不诚实的。”而一向严厉的父亲在闻知此事后，也只是严肃地对钟南山说:“南山，你自己想一想，像这样的事情应该怎么办？”。

父母不动声色但严肃的话语，让钟南山深深体会到了说谎被揭穿后那种难堪和羞耻的滋味，真比打骂一顿更难受，为此他一夜无眠。

又一次，五年级时偶然一次考试，他取得好成绩，母亲非常高兴地说:“南山，你还是很不错啊！”

这一句简单鼓励，钟南山心里豁然开朗，母亲发现自己的一个亮点，有人赞美，顿时有了自尊心，从那时起就开始努力读书了。六年级时，钟南山小伙伴有自行车，母亲与他约定，如果小学毕业能考到前五名，就奖励他一辆直行车。后来学校没有进行毕业考试，而是根据平时成绩发了一份成绩单，钟南山排名第二。当时通货膨胀，家里经济非常困难，母亲依然信守诺言，给他买了一辆崭新的自行车。母亲这一举动，不仅肯定了钟南山在学业上的努力和进步，也让他学到了做人的道理，言必行，行必果。这种说实话、讲真话、做实事的家风传承，深深地刻入钟南山的骨子里。自此，逃学和说谎的错误自然再也没有发生过。而说实话也成为他人生最闪亮的品质。

体育锻炼的达人

钟南山院士出身医学世家，也是体育世家。钟南山热爱运动，篮球、羽毛球、健身、跑步样样精通。20 世纪 50 年代，年仅 20 岁的钟南山，就读北京医学院，展现出很强的体育天赋，短跑项目实力突出，接连创造 110 米和 400 米栏的两项纪录。1958 年代表学校参加北京市大学生运动会，夺得了 400 米栏跑冠军。第二年，钟南山又在第一届全运会大放异彩，以 54 秒 2 的成绩打破男子 400 米栏的全国纪录。

热爱体育运动的钟南山，当年他和妻子李少芬正是结缘于体育。李少芬曾是国家女子篮球队的主力队员，技术全面，投篮精准，还被周总理安排赴苏联深造。回国后，李少芬 1958 年与队友一起战胜欧洲劲敌捷克斯洛伐克队，1961 年获第一届新兴力量运动会冠军，1964 年获匈牙利、法国、罗马尼亚、中国篮球邀请赛冠军。李少芬为国征战 13 年后光荣退役，她还担任过广东女篮教练和篮协副主席，是新中国篮球事业的先驱者。人们还记得，1957 年，由谢晋执导体育题材电影《女篮 5 号》曾风靡一时，这部电影中的女子篮球队的原型，正是李少芬当时效力的中国女篮。

钟南山参加工作后，一直坚持抽出时间进行体育锻炼。他视体育锻炼就是一种生活方式。为方便锻炼，他在家里打造了一个健身房。健身房里有哑铃、

宅在家里阅读《钟南山传》

双杠、单杠、跑步机等健身器材，锻炼项目齐全，坚持多年如一日的锻炼，练就一身肌肉，保持蓬勃的精神状态，健康稳健的身体。年届七旬时，他还曾是医院篮球队的主力，与青年小伙子们共同驰骋篮球赛场。时至今日，钟南山仍保持每周定期锻炼3~4次的良好习惯，每次运动45分钟左右。他的健身法流程是：先是快走，然后跑步共25分钟，接着是各种名称的拉力，然后两三组双杠，每组15~20次，接着是仰卧起坐、最后是单杠。

出生在这样一个热爱运动的家庭，钟南山的孩子们自然也成了运动爱好者。他的女儿钟惟月曾是我国优秀的游泳运动员，儿子钟惟德像父亲一样成为一名优秀的医师，但同样是一位篮球爱好者。钟南山一家人，体育和卫生奇妙地统一起来，医生治病救人，运动强身键体，殊途同归，都带给人们健康。

钟南山简介

钟南山，中共党员，1936年10月出生，中华医学会会长，广州医学院广州呼吸疾病研究所所长，教授，博士生导师，中国工程院院士。钟南山先后获得全国“五一”劳动奖章、广东省模范共产党员、全国白求恩奖章、全国先进工作者等荣誉称号。1997年当选党的十五大代表，为全国政协第八、第九、第十届委员。钟南山，一个在“非常时期”家喻户晓的名字。他是义无反顾的勇敢战士，他是众望所归的道德楷模，他用自己的一言一行，书写着妙手仁心的医者传奇。

（作者：谢吉恒、冀玉花、易雅娇）

宅家战疫手记

山川异域，风月同天。岂曰无衣？与子同袍。2020年的春节，记忆刻骨铭心，注定不平凡。正当大家高高兴兴欢度春节时，突如其来的新冠肺炎，传染性极强，正肆虐湖北武汉，蔓延全国，人人心急如焚。电视、广播等新闻媒体播出禁止商店、饭店等公共场所开门营业的内容，呼吁大家出门戴口罩、不聚会、不访亲等，彰显事态的严重性，国家启动一级防控响应。

病毒无情，大爱无疆。疫情就是命令，为减少病毒的传染，积极响应国家的号召，宅在家中，足不出户，为战胜疫情做贡献。每个人都在用自己的方式，参与这场“战疫”，以实际行动支援武汉，助力全国的疫情防控工作。

宅家微信运动

从年前三十起始，抗疫消息成头条，防疫工作成首要任务。全民宅家时期，我居住的阳光公寓社区实施封闭网络管理。居民凭“疫情管控出入证”出入，限定每户一人两天一次外出小区门市购买蔬菜等生活用品，门岗保卫人员测体温，防控员对公共区域消毒，健全门楼长制，所有居民逐户逐人建档立卡。我老伴被社区推选为门楼长（网络员），我协助她通过微信群、电话等形式，将本楼门居户建档立卡，收集防控疫情信息，及时向社区汇报。宅家战疫，战胜疫情的关键，不只是防护，提高人们的免疫力，运动则是关键词。

生命在于运动，适度的运动有益于身体健康，不但可以提高新陈代谢，还可以提高机体的免疫力，宅家的这个特殊时期，更应该保持一定的运动量。

受疫情影响，许多人宅在家里，选择多种锻炼方式，如跑步机跑步、作俯卧撑、客厅打羽毛球、健步走等，更为人们喜爱的当属宅家“微信运动”。

宅家微信运动

微信运动健身盛行，我去年夏天参与微信运动，许多朋友开始注意自己的行走步数。抗疫期间，参与宅家微信运动的朋友增加到近 200 人，他们大部分是来自钢铁业的老同事，年龄段老中青皆有，年龄最长者有耄耋老人，男女齐参与，大家坚守一个共同信念：每天足不出户，好好吃饭、好好睡觉、好好运动，就是为国家作贡献。

宅家“微信运动”朋友圈关注最多的是看看自己的亲朋好友，谁每天的步数最多，占领了封面。其实步数不重要，重要的是自己每天坚持锻炼身体的意义。

微信运动的功能，不仅可以记录你的步数，还可以将你和你的好友的步数整理成一个排行榜。数据显示，微信运动步距约 0.5 米。据了解，参与宅家微信运动朋友，践行运动三要素，收到显著效果：一是因地制宜。宅家运动因场地面积狭窄受限，采取在阳台间折返、穿厅过堂、绕着床铺转，曲线运动“家里游”。或走步、或健步、或跑步，因人因家而异，选择锻炼方式适合自己就是最好的。二是锻炼力度。宅家有氧运动，适时掌握好“度”，严格遵循量力而行、循序渐进的原则。朋友圈微信运动数据显示多样性，每日少者有几百步，普遍几千步，多者两三万步不等。三是锻炼时间。每天一般锻炼 2~3 次，每次 30~60 分钟，身体开始微微出汗，双腿觉得有点酸累，恰到好处就收手。

封闭管理门卫执勤

截至二月底，我的宅家微信运动朋友圈排名，钢铁业内有 120 余人，其中有河钢集团、津西、新金、德龙、敬业、龙凤山铸业等 20 余家钢企；有中钢协、中国钢结构协会、河北省冶金行业协会、唐山钢协等协会；有《中国冶金报》《河北日报》《唐山劳动日报》等纸媒及多家大网站的网媒朋友。抗疫期间参与宅家微信运动，常位列前十名者有宁夏银川钢贸企业的赵兰女士、河北省冶金行业协会的冷泉主人、邢台德龙轧辊邢欢洁及邢台友人紫气东来、中国钢结构协会刘毅、中国农业大学段娜、武安新金钢铁陈丹峰、唐山宝泰钢铁韦剑飞、内蒙古包头阿荣女士及 84 岁的王宁怀老师、《中国冶金报》居乐等众多朋友。宅家 40 天，朋友们以昂扬向上的心态，驾驭宅家微信运动平台，走步锻炼，贵在坚持，持之以恒，不断前行。据统计，每天行走步数超过一万步直至两万步出头者（折合距离 5~10 公里以上）连续刷屏，携手抗疫，为身体充电，炼出铁骨钢筋，分享更多的快乐和成就感！

宅家晒老照片

宅家抗疫，晒老照片，时间充足；抱来相册，细细翻看，深刻回忆。每一张老照片都有一个难忘的故事。晒老照片，留住历史，记录点滴，总有一种别样心怀涌上心头。

60 多年前爷爷拍照的一张四寸黑白单人照，年久卷边发黄，在搬家整理东西时，翻出这张照片，请中国摄影家协会会员、技术高超的专业摄影师乔玉顺先生精心修复。这张照片修复翻新后挂在厅堂、摆放在相册的首页，让子孙后代瞻仰。相册中众多老照片里有爷爷、奶奶及父母、叔叔、姑姑和岳父岳母，他们的音容笑貌永驻我们心中。

战疫不出门，宅家也精彩。晒老照片，晒出健康、吃出营养、感悟提高免疫力之道。晒老照片，感慨万千，使我回忆起两张老照片相关蔬菜强身健体的故事。

故事一，红薯。

爷爷老照片

我爷爷1886年生于一个穷困的农民家庭，历经清朝、民国、新中国三个历史时期，1975年辞世。他淳朴勤劳、善良智慧的基因，流淌在我幼小心灵里打下深深的烙印，伴随我童年、少年茁壮成长。20世纪60年代，我国遭受严重自然灾害，粮食减产，瓜菜代粮。在我的家乡，红薯成了“救命粮”。爷爷常说:“红薯当粮又当菜，救苦又救难。”当时红薯可谓是农民的命根子。在那个特殊的年代，红薯伴我走过了物质困乏的少年时光，让我感悟到平淡从容度日的真谛。改革开放后，家乡摆脱贫困，走向富裕。红薯从当年餐桌上的主角变成配菜。

人们所熟悉的红薯，在世界卫生组织发布的2007年全球健康食品排行榜中，荣登最佳蔬菜冠军宝座。红薯成为最佳食品，营养极为丰富，被营养专家称之为营养最均衡的保健食品。红薯更为奇妙的是所含蛋白质对米面蛋白质具有补充作用，能明显补充面粉中维生素C、大米中钙的不足和两者中胡萝卜素的缺乏。

红薯具有健身缓老、助于减肥、美容养颜、防治便秘、防癌抗癌、控制血糖六大保健功能（详见2013年出版的我的散文作品集《难以磨灭的记忆》中“浓浓红薯情”一文）。有关资料显示，中国和世界几大高寿地区，不少高寿老人都喜欢吃红薯。宅家战疫，科学食用红薯是增强身体免疫力的最佳食品。

故事二，玉田包尖白菜。

张金齐（中）向记者及友人张国良（右）介绍包尖白菜的故事

“‘慈玉’包尖大白菜，世界只有中国有，中国只能玉田产，打造品牌成国菜，国人用罢更豪迈”，这是记者与友人张国良采访唐山市玉田县黑猫王农民专业合作社董事长张金齐说的一番话。

玉田县被誉为全国大白菜之乡，玉田包尖白菜久负盛名，为地方名优特产。玉田包尖白菜因其叶球直筒拧抱紧实，顶部稍尖，菜体呈圆锥形，故得名。距今有300余年种植历史，是慈禧爱吃的御膳佳品，被人们称之为“慈玉”。它具有耐储藏、不抽苔、叶甜嫩脆、不乱汤、产量高等特点，闻名全国，有“玉菜”美誉。据《本草纲目》记载，“白菜甘湿无毒、通利肠胃、除胸中烦、消食下气、治瘴气、止热气咳。”我国民间流传许多利用大白菜治疗感冒的药方。玉田包尖白菜，营养丰富，富含胡罗卜素、维生素B、维生素C、粗纤维素以及蛋白质、脂肪和钙、磷、铁等。玉田包尖白菜，生食、炒食、馅食、配菜俱佳。一菜切两刀，两刀变三段，三段成三菜：梢部包饺子、中段可熘炒、菜心做凉拌。白菜百吃，百吃百味。玉田包尖白菜是白菜的上品（详见我的散文集《丝路采风随笔》中“‘慈玉’包尖白菜天下赞”一文），“慈玉”包尖白菜成了抢手货，还走俏港澳台地区。疫战时期，增强体质，选购此种大白菜是极佳选择。

宅家是防疫，更是战疫。此次新冠肺炎，是新中国成立以来，在我国发生的传播速度最快、感染范围最广、防控难度最大的一次重大突发公共卫生事件。

宅家晒老照片，与家人说说心里话，晒最美好的记忆，传承家训家风，让社会主义核心价值观在家庭中生根，在亲情中升华，传递正能量。我们兄妹五人牢记父母的教诲，分别将父母二老言传身带的好品质归纳如下：父亲：（1）立场坚定不忘本，甘做革命老黄牛；（2）埋头苦干，任劳任怨，吃苦在前，享受在后；（3）与人为善，乐于吃亏，待人宽容，与人方便自己方便；（4）学习无止境，活到老学到老；（5）树大招风，满招损，谦受益，高调做事低调做人。母亲：（1）自力更生，艰苦奋斗，艰苦朴素，以苦为荣，勤俭持家，贤妻良母；（2）百善孝为先，爹娘恩报不完，一辈留一辈，孝了百事顺；（3）亲是亲，财是财，好借好还，再借不难；（4）穷人家孩子早当家，吃得苦中苦，方知甜中甜；（5）明白人若心术不正，就会贪小便宜吃大亏；（6）恼在心，笑在面，害人之心不可有，防人之心不可无。我们商量，制定了以“勤俭持家，艰苦朴素”为荣的家训，代代相传，留给子孙后代宝贵财富，让其终身受益。

（作者：谢吉恒）

党旗高扬战疫情

——津西党委“四个一”举措助推防疫生产“双胜利”

津西党委牢固树立“疫情就是命令、防控就是责任”工作理念，自新冠肺炎疫情发生以来，引领全体党员战疫情，保生产，始终冲锋在前，敢于担当。

3 月初，《中国冶金报》记者电话采访津西党委书记于利峰，于书记围绕津西如何以“党委领导、党员带头、全员参与”为有力抓手，详细介绍了津西正在践行“四个一”为具体举措，全方位合力打好疫情防控与经济发展双线战役。概括起来“四个一”的具体内容包括：

一是超前部署，绷紧政治“一根弦”。

保卫人员测量体温

疫情爆发之初，津西党委高度重视，超前部署，第一时间召开专门会议，成立由党委书记、总经理为总指挥，党委副书记、工会主席为副总指挥，各党支部书记及部门一把手任成员的新型冠状病毒肺炎疫情防控指挥部，制定《关于做好新型冠状病毒肺炎疫情防控工作的通知》，以部室监管、区域负责为总体原则，设立敏感员工监控组、外来人员监控组、技改项目施工人员监控组、卫生防疫组、卫生防护物资保障组、信息宣传组、监督考核组等 7 个工作组，充分调动各党支部、各级工会、团组织和全体干部员工力量，形成“上下联动、左右协同、责任到人、齐抓共管”的强大合力。

二是精准施策，织密防控“一张网”。

防控员公共区域消毒

津西党委结合企业实际，以“内控源头、外防输入”为原则，开展科学防控和精准施策，将疫情防护网织密、织严、织牢。开展内部人员“大排查”，组织党员对公司 10000 余名员工、600 余名外委单位人员实行每日排查、动态汇总、及时报告；升级工作标准，要求员工在岗期间“必带口罩、必测体温”；取消集中会议，提倡视频会议、电话会议；取消集中用餐，实行“错时领餐、岗位用餐”；严格落实门禁制度，坚持“逢人必检，逢车必查”；加强卫生管理，每日两次对厂区关键部位和人员密集场所进行消杀；悬挂宣传条幅，设置警示标语，帮助员工稳情绪、增信心，最大限度阻断疫情传播蔓延。

三是彰显担当，凝聚万众“一条心”。

在做好自身疫情防控基础上，津西党委积极响应“一方有难八方支援”号召，主动慷慨解囊，为抗疫行动贡献津西力量。1 月 28 日，津西集团率先捐助，通过红十字会向迁西疫情防控指挥部捐款 1000 万元用于疫情防控。2 月 3 日，津西党委响应“抗击疫情河北省民企在行动”倡议，发动公司全体党员、干部、团员、青年、工会会员及广大员工积极行动，爱心捐款，并发挥集团上市公司平台、海外子公司及全球化营销网络优势，在全球采购口罩及呼吸器15400个、防护服10552套、护目镜200个，捐款捐物合计1000万元（含现金和全球采购的医疗物资），用于支援唐山市及迁西县医疗机构、医疗人员抗击疫情。3月6日津西党委积极响应党中央的号召，按照“自觉自愿，量力而行”原则，组织广大党员自愿捐款支援新冠肺炎疫情防控工作。截至目前，津西集团和党委及近千名党员万名员工捐款捐物累计2000多万元，奋力书写“在发展中凝聚钢铁意志，在奉献中彰显津西风采”的辉煌新篇章。

集团领导带头捐款

四是齐头并进，下好双线“一盘棋”。

按照中央、省市县疫情防控各项工作要求，津西党委统筹谋划全局，协调推进工作，在扎实做好疫情防控基础上，克服运输受阻、人员紧张等难题，有序开展安全环保、产品研发、工序降本、精益管理等工作，齐心协力下好防疫生产“一盘棋”。疫情期间，大力推进Z形钢板桩产品研发，在外部技术专家和相关设备未到位的情况下，立足现有装备研究出来的“土办法”，通过自主攻关，成功攻克钢板桩对穿衔接难题，并拿到出口订单，实现2020年产品研发“开门红”，奋力夺取疫情防控与安全生产“两不误、双胜利”。

（作者：谢吉恒、白小卉、吴小伟）

溧阳书画艺术研究会以艺抗疫掠影

在这段举国上下抗击疫情的特殊日子，溧阳书画艺术研究会的书画家、诗人及其爱好者、民间艺人等围绕战疫主题，全方位创作优秀书画作品，用艺术的力量，鼓舞人心，产生轰动效应，深受社会各界的关注和好评。

致敬钟南山（单迹）

用艺术聚心凝力抗疫

疫情发生后，洰阳书画艺术研究会艺术家和艺术爱好者在洰阳书画艺术研究会会长王泉涌带领下，创作了书画作品300多幅、诗歌作品26首、民间艺术作品35幅、原创歌曲1首。

洰阳书画艺术研究会顾问、原吉林省通化市美协副主席成秉羿，创作了歌颂医护工作者的画作《洒向人间皆是爱》《拒之瘟疫人为先》等数十幅作品；画家刘亚军、王泉涌、张铁男、高金香、刘春宇、陈立华、李海文、单迹、王静梅、易雅娇、刘会平、刘小莉的画作，书法家李佩强、陈超、单亚军、李国、钱国龙、韩海英、谷孝俊的书法作品，苗晨的剪纸作品，这些凝聚了很多感人瞬间，歌颂了人间大爱，振奋人心、感人肺腑。

云南财经大学讲师、著名画家范曾弟子陈漫之博士以诗歌、散文加绘画的艺术形式，展现了新冠肺炎疫情阻击战中普通百姓动人而又细腻的情感；诗人田野创作的诗歌《面对疫情》《元宵节有感》《春归》，用诗歌的形式表现了全国人民阻击疫情的决心和力量。

致敬最美逆行者（剪纸作品 苗晨）

请平安归来（刘小莉）

义卖书画捐款物抗疫

浭阳书画艺术研究会名誉会长刘亚军创作了3幅作品，荣宝斋在线拍卖，款项全部捐给武汉。浭阳书画艺术研究会会长、唐山市青联常委王泉涌，浭阳书画艺术研究会国画研究室主任陈立华、浭阳书画艺术研究会副秘书长王静梅分别向灾区捐款。苗晨汴绣工作室负责人苗晨向武汉捐赠了防护物资。

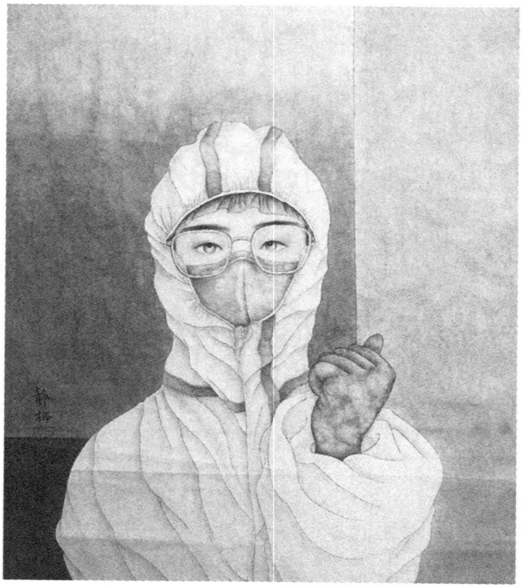

坚守（王静梅）

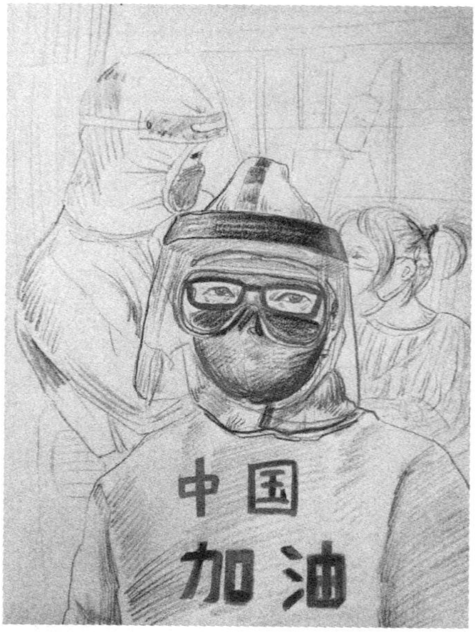

疫情速写（易雅娇）

浭阳书画艺术研究会的企业家、唐山谷津坊食品有限公司总经理谷小光带着价值10000多元的食品物资（谷小光棋子烧饼）、河北浭泉酒业有限公司总经理张树志带着10000元现金和价值10000多元的救助物资、羽华香（唐山）食品有限公司总经理周立华带着价值70000多元的物资，到防控一线慰问了一线工作人员。

网上开公益课堂抗疫

疫情中如何让孩子们“停课不停学”，溧阳书画艺术研究会成员易雅娇、刘小莉，从大年初七开始在抖音直播间开设“空中直播课堂”，为小学员们提供丰富的网络美术教学服务，努力做到“人人皆学、处处能学、时时可学”，与广大师生家长守望相助、共同战疫。

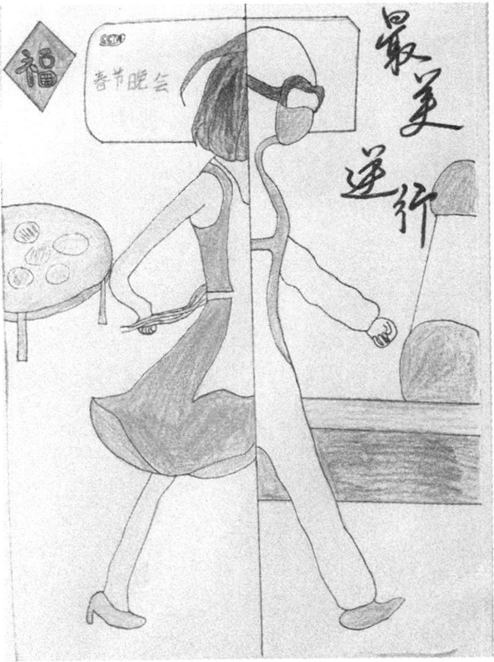

最美逆行（李政睿）

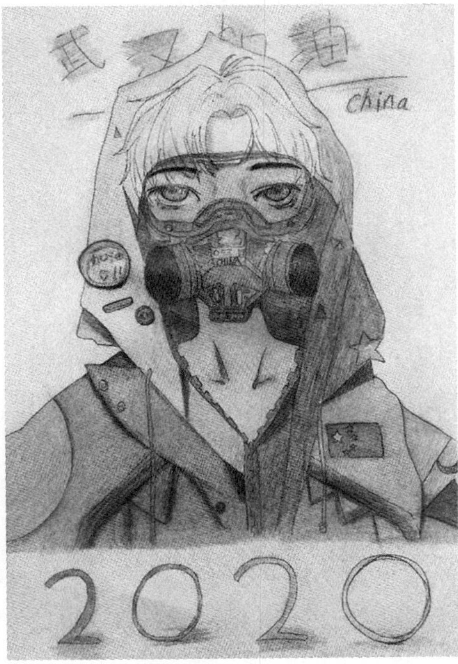

疫情动漫“武汉加油”（肖肖）

溧阳书画艺术研究会国画研究室陈立华是下水路村妇联主任，不仅捐款捐物，还冒风雪、斗严寒，在村庄卡口检查过往车辆和行人；溧阳书画艺术研究会志愿者刘双参加了很多志愿活动……

江山丽景图（隆顺新）

（作者：国海涛、张帅、川石）

（四）诗友情怀

读《新时代风采》赋诗四首

一

退而不休四海游，
谢老旅行写春秋。
北国咏雪哈尔滨，
江南赏春下扬州。
宝岛写意台湾行，
山水放歌阳朔走。
“世外桃源”觅仙踪，
平遥古城露一手。
大美中国遍地春，
妙笔生花诗意稠！

二

走进特色新时代，
追梦路上健步迈。
凤凰涅槃宏图起，
钢铁纵横转型快。

绿色标杆插天际，
惊喜大潮扑面来。
砥砺奋进领头鹰，
追求卓越奇葩开。
多得谢老瘦笔巧，
冶金篇章呈异彩！

三

冶金文坛一枝红，
谢老宝刀赛黄忠。
年过古稀雄心在，
耕云种月忙不停。
连出专著十多本，
年年都有好收成。
激情拥抱新时代，
老当益壮气如虹。
闪光足迹一串串，
大美夕阳耀眼明。

四

本是山东谢家郎，
曾在军营扛过枪。
潇洒豪爽美男子，
天生诚善热心肠。
冶金文坛顶梁柱，
笔走龙蛇著华章。
奉献中华新时代，
宝刀不老岁月忙。

热血一腔夕阳红，
痴情追梦尽洪荒。

（作者：沈五群，中国散文学会会员）

刘武成诗二首

七律抒怀

立世男儿当振雄，
鲲鹏展翮奋苍穹。
一腔浩气腾乾曜，
十载莫干起霓虹。
振国鼎钟凭铉举，
兴邦重器仗镔融。
羽书传捷敲镫庆，
铠甲三千唱大风。

胡杨赋

士穷而节乃见，物穷而性乃彰。大漠之胡杨，世所罕有也。其生，亿有三千万年焉。其所处也，周有千里之浩漠，下有碛土之龟裂，夏有骄轮之燠炙，冬有风刃之摧折。天公作怒，飓风恣虐，汗漫嗥呼，砂侵砾割。然胡杨者，昂首奋脊，笑傲自若。或如龙腾，或如虎踞，或如熊蹲，或如豹跃；或如奔马惊立，或如鹰击隼掠；或如翻飞之孤鹜，或如翔舞之群鹤。其百态千姿，神笔难画也。

其至秋也，落日溢彩，流光金熔。近而观之，幢幢兮巨冠撑穹，似万盖楮伞之接天，眩目耀睛；累累兮黄叶映日，若亿兆铜鑑之闪烁，神幻莫名。远而眺之，宛千群黄骠之骋原，如潮如汐，昂低错落；譬百川熔岩之腾腾，幻化浩瀚之金溟。其雄浑壮美也，妙口难明。

所以然者何？以其有凌寒之志、抗涸之资也。胡杨之本，十夫莫围；胡杨之根，探地八寻；胡杨之干，固土逾亩；胡杨之系，盘结错纫 ；胡杨之体，如磐之坚；胡杨之枝，似铁之纯；胡杨之躯，风沙莫害，胡杨之肌，盐碱莫侵；胡杨之性，倔强坚忍，胡杨之志，愈挫愈伸。固其能生而千载不死，死而千载不倒，倒而千载不朽也；固其能春日青翠，夏月抗烘，秋季灿烂，冬秩傲风也。赞曰：

奇哉胡杨，
天地之 精。
久哉胡杨，
谁与比庚？
伟哉胡杨，
造化之英。
壮哉胡杨，
孰与较衡？
美哉胡杨，
乾坤之贞。
韧哉胡杨，
励我奋行！

（作者：刘武成，中国诗歌学会会员、中国散文学会会员）

刘志远诗三首

妈妈您在哪里

我用心在呼唤妈妈，
我用心在日夜思念妈妈。
妈妈我在工作，
妈妈我在学习，
妈妈我感恩您，
妈妈您在哪里。
妈妈您是我最亲的亲人，
依依离别很多年，
我在天天找妈妈我伟大的母亲，
妈妈我会用心爱妈妈，
希望早日和妈妈团聚。
妈妈您在哪里，
我用最美歌声祝福妈妈，
我用彩笔梦中描绘最美妈妈，
我用诗歌赞美妈妈，
我用真情感动妈妈，
我会一生追寻妈妈，
这是我人生梦想，
妈妈您在哪里，
我在这里等待您妈妈。

思 乡

小时候思念是一串串泪珠，
长大后思念是一句句问候，
今天我终于踏上回家的路，
我思念牵挂我的爸爸妈妈，
我思念牵挂我身边每一位亲人，
我在回家路上回忆一段段感人的故事，
我在回家路上回忆拉住爸爸妈妈的手多么开心快乐，
我在回家路上回忆爸爸妈妈对我的教导激励我前进，
有家的地方没有工作有工作的地方没有家，
我心中时刻思念牵挂爸爸妈妈，
多么熟悉的声音，
多么熟悉的背影，
那是我最亲爱的爸爸妈妈，
我感动地流下泪水，
距离回家的路越来越近，
再次看到家乡美景，
再次感受到家的温馨，
我回家了爸爸妈妈！

歌颂祖国

五千年悠久历史，
创造了优秀的中华儿女，
昨天经历沧桑岁月，
今日优秀中华儿女拼搏奋斗，
曾经最感人的故事，
曾经最美丽的画卷，
留在心灵记忆深处。
五十六个民族心连心手拉手，
相信相爱一家人。
七十年风雨乘载共和国梦想，
不忘初心牢记使命撸起袖子加油干。

优秀中华儿女创造世界奇迹，
中国走向世界世界需要中国。
一带一路全球命运共同体，
与世界联网。
中国引领世界，
中国文化走向世界。
多么熟悉的音符，
激励中华儿女前进。
多么灿烂的中国文化，
成为世界文化焦点。
我们共同举杯祝贺，
祖国明天会更好，
共同歌颂我们亲爱的祖国。

（作者：刘志远）

宝岛行

金秋十月
来到祖国的宝岛
旅游大巴的两侧
高高的山峰
绿莹莹的树木
满目的芭蕉
阿里山的风光
日月潭的碧波
故宫的国宝
国父伟岸的身躯
101 大楼入云霄
淳朴的民风
整洁的街道
自然的景观
太平洋的波涛
啊祖国的宝岛
你在我梦中萦绕
我默默地祈祷
愿两岸同胞
团结合作共赢
祝愿祖国统一
早日到来

（作者：宋维军）

七律·赠谢老

与谢老交往二十年余，深为其勤奋敬业所感动，现七十有六，仍在采访笔耕不辍，故常以此励志。

谢老光华浑然在，迎风金柝自轰鸣。
燕赵徒步三千里，经文撰书十卷中。
躬耕方寸青草绿，收获漫天桃李红。
未许飞天鹏展志，燃烧蜡炬写人生。

（作者：刘运启）

江城子·咏人生

人生起伏两茫茫，不思量，自成伤，少时踌躇，无处觅梦想。纵使时光亦流逝，心如铁，愿如钢。

昨夜幽梦忽起航，小扁舟，正起桨，矢志不改，唯有凌志壮。畅得人生得意时，攀顶峰，铸辉煌。

（作者：韦剑飞，中国诗歌学会会员、中国散文学会会员）

七律 · 一寸清流万里心

一寸清流万里心，谢老培育记犹真。
三元登科东风祝，四时流光来往频。
思雾氤氲构天地，语奇惊呆石头人。
律吾蠢拙憨态去，情抒笔底句词醇。
浮生唯作散文梦，不忘教诲敢沉吟。
借君一捧灵泉水，芝畦兰田共耕耘。

（作者：甄忠慧，中国散文学会会员）

寒　冬

怒吼着的北风只是儿时的记忆，
如今有的只是划过天际的雾霾。
清晨村边小河里坚冰上的笑声，
被干涸的荒芜漫无边际的占领。

瑟缩的窑厂上斑斓了的夜空，
火在巨大的砖窑里奔腾着狂躁。
年轻的荷尔蒙在忽明忽暗的泯灭了寒冬，
厚厚的棉衣下的躯体躺在冰冷的山间舞蹈。

寒夜里，一瓶啤酒在山间荒草地里流浪，
打着酒嗝的年轻人敞开了衣襟，
惊醒了西坡上的野狐狸。

（作者：国海涛，中国诗歌学会会员）

诗和画

优雅的诗句，在画里
是洒落的花瓣，沾满
晶莹的雨滴

落笔素笺
勾勒人生的幸福，和
叹息

（作者：高金香，中国诗歌学会会员）

平型关旧战场——乔沟

秋高气爽已仲秋，
星风追马赴灵丘。
昔日顽寇恶血溅，
今朝乔沟绿苔鲜。
老爷庙前惨烈胆，
杏花美酒洒关前。

（作者：刘亚军，中国诗歌学会会员）

抉　择

一棵树，无力承载太多的负荷
风雨过后，许多花在凋落
我们收获了孤独，和
泪水的苦涩

抉择，抉择
让我们在青春里就此别过吧
另一个春天
我还会捧出更多的花朵

（作者：王志永，中国诗歌学会会员）

风，雨，牵牛花

风对牵牛花说：“我可以让你舞姿翩翩！”
雨对牵牛花说：“我可以让你娇嫩欲滴！”
牵牛花笑了。

风过，雨后，
花瓣，破了。

那正在风中摇曳的水珠，
不知是雨，
还是泪。

（作者：国辉，中国诗歌学会会员）

送走秋天

手心挥洒，
影子的温暖，你走了。
不是很远，
天边的地平线，暮色收拢，
冬，步履姗姗。

送走秋天，
雪扑面，纷纷扬扬的寒，
邂逅昔日的纯真，
朔风，吹送一片片，
洁白的情缘。

送走秋天，
但愿不留下什么遗憾。
藏掖浪漫的春，
热烈的夏，明月之夜，
对花的咏叹。

（作者：王静梅，中国诗歌学会会员）

知 秋

玉米离开成长的家，
又回到她来时的地方。
现在的农村，
只有父母那样年纪的人，
还在守护着这片沃土。
收获之后的田野，
留下一抹苍凉，
西风共流水，
弹奏着一苇忧伤。
秋天是夕阳沉醉的牧歌，
秋天是落叶吻别的箫声，
秋天是流云南飞的大雁。
坚坚的果，
是成功时举起的金鼎，
凉凉的风，
是逆境时放下的执念。
秋天最让人爱恋，
还没来得及拥抱，
她已转身离去，
其实秋天像极了我的一段人生。

（作者：陈超，中国诗歌学会会员）

钢铁情

谢老文刀华夏行，
过客谁能与君同？
笔耕不辍冶金事，
一片丹心钢铁情。
清风两袖因彻悟，
与时俱进志未穷。
淡泊名利初心在，
风流倜傥帅吉恒。

（作者：陈庆民）

杨建文诗二首

题孟津民兵运输连

九朝帝都半孟津，
会盟台上点雄兵。
刀光剑影今何在？
崇文尚武有后人。
黄河滔滔擂征鼓，
车轮滚滚启新程。
只要祖国召唤我，
甘洒热血铸军魂。

路是车的根

路是车的根，
车是路的魂。
条条大路互连通，
车轮滚滚启新程。

民是兵之本，
兵是民之英。
只要祖国召唤我，
甘洒热血铸军魂。

（作者：杨建文）

夕阳红人生

题记：结识六十年，今日相聚，浮想联翩，欣然命笔……

我们老了，眼前是夕阳照亮的万水千山，
我们老了，总在记忆里翻阅那六十个春天。
时间都去哪了？
往事的烟云，浮现在眼前，
开花的日子，好像是昨天。

当年十七八，像旭日东升，
如今七十八，如晚霞漫天。
那时笑脸像一朵花，青春绽放多彩的光华，

当年在操场上奔跑，校园就是骏马的草原。
当年的风华正茂，如今风烛残年，
当年的雄姿英发，如今满头霜寒。
当年，在学校的联欢会上，起舞弄倩影，歌声嘹亮，响彻礼堂，
如今，把舞台移到广场，走三步退两步，瞻前顾后，左顾右盼。
扇子和红绸，是唯一的行头，
蒙古舞，现代舞，让位给大秧歌，
唱歌总是跑调，嗓子漏风，
凭着一腔豪情高喊。

我们老了，疏远了闹市、繁花、圆月，
我们老了，离不开沙发、枕头、药片。
两耳难闻窗外事，一心只记回家的路。
忍看朋辈渐凋零，访朋归来空自叹。

我们老了，
学电脑吧，孙辈们说："爷爷奶奶太笨。"
发微信吧，又念不对拼音。
网购吧，常常买回假货。
刷卡吧，密码老是记错。
老伴说："你真傻，不会把密码写在卡上！"
我们老了，真的老了，
站在窗前，想半生烟云、日落月升，
伫立街头，看人来车往、春夏秋冬。

我们老了，
我们有虚荣，走在街上，
有人喊"爷爷奶奶"，假装听不见，
叫叔叔阿姨，才转身答应。
喊你一声"老头儿""老婆儿"，总是愤愤不平，

叫你声“先生”“女士”，满脸都带着笑容。

我们老了，我们有自尊。
如今，有好多看不惯的事情。
过斑马线，汽车喇叭在催命，
坐公交车，老年卡不受欢迎。
找个座位吧，年轻人假装看手机，无动于衷。
打个车吧，司机说不要现钱，要叫刷微信。
坐飞机吧，非要叫开健康证明。
唉，年老不值钱，谁把你当古董，
一切一切，我们不知说给谁听。

亲爱的同学们，我们老了必须承认。
时光隧道，镌刻着我们岁月的留痕。
茫茫人海中，我们是一群普普通通的人。
我们是谁？ 62 年毕业的师范生，没有高学历、大文凭，
更没有显赫的荣誉、卓著的“战功”。
但是，我们无愧于那个时代，无愧于家长和学生。
无愧于我们的薪酬，无愧于国家和使命。

18 年不变的三十七、八元薪水，
无补贴、无福利的待遇，
坚持了一年又一年，坚持了大半辈……

我们把美好的青春，留在三尺讲台。
我们把远大的理想，书写在水泥黑板中。
把知识和才能，奉献给那些渴望读书的“大眼睛”。
我们没有苛求，没有奢望，
终极的目标是当个优秀班主任，
乡间崎岖的小路上，还留着我们家访时的脚印，

昏暗的煤油灯下，还闪烁着我们批改作业的签名。

国家三年自然灾害，我们忍饥挨饿，
学校三次搬迁，我们流离失所。
承诺学校住大楼，可望而不可即，
应许到中学当老师，却分配到小学，
石拐、固阳、白云和前旗……

我们理解国家的困难，坚守岗位，工作在贫困落后地区，
和乡亲们共过苦日子，我们无怨无悔。

“文革”中，我们遭受不同程度的批判、斗争，
有的同学还蹲了“牛棚”。
那时，你研究些教学吧，说你是“只专不红”，
你多读几本书吧，说你是“封资修的孝子贤孙”……
我们忍辱负重。

凭借改革开放的机遇，有的同学被提拔到领导岗位，
只会辛勤地工作，不懂得走后门、拉关系，更不会钱权交易，
在当前反腐败、除黑恶的浪潮中，没有一个受到波及，
退休时能安全落地，
这就是我们师范生的人格品味。

因为我们恪守做人的底线，
因为我们遵循为人师表的理念。

同学们！今天，我们已年逾八旬，
昨天的故事，没有人再想听。
记忆的视频无人点击，
是非功过已被时光存封。

我们老了，
生命的航船不再远行，停泊的码头越来越近，
健康的仪表，已亮起了红灯。
我们感叹！
“夕阳无限好，只是近黄昏”。

但是，我们不懊悔，不消沉。
不攀比，不忌妒，不怨天尤人。
我们
活的坦然，活的自信，活的简单，活的平静。
不忘初心，牢记使命，欢度晚年，与时俱进。
我们的激情被时光再次唤醒。
不要把衰老当成疾病，不要把岁月换算成年龄。
让我们的生活充满阳光，昂首阔步，
踏上健康快乐的老年征程。

（作者：高凌云）

贺《新时代风采》问世

锦绣河山游众涌，浮图道观诚信来。
环球美景虽青睐，巡月乘舟更壮怀。
钢铁铸成强世梦，国计民生栋梁功。
睿智创新奇迹现，青山绿水傲苍穹。

文化传承国之魂，追求真谛细耕耘。
抒颂人生真善美，弘扬时代奉献心。
琴瑟玉笛天籁鸣，挥毫泼墨势峥嵘。
韶华不负新时代，白首描出圣地情。

（作者：时安）

红色的后洼

寒暑易节，花落花开
不变的只有记忆的色彩
从血与火中走来的后洼
红色的基因脉脉地传承，
风吹也不改
雨打也不败

村口，一面文化墙赫然矗立
每一个字都是赤诚的表白
重温革命历史
发展红色旅游
依旧是堡垒村的铮铮铁骨
依旧是钢铁汉的炽热情怀

村中，一池红莲隔着宽阔的广场
翘首“革命老区后洼红色大舞台”
管弦虽歇，大幕不落
似有战歌从天外飘来
看两侧对联，誓愿铿锵
唱老区热血绘青史
开伟业雄心创未来

高坡上，一棵年老的枣树
虽满身伤疤坚硬如铁
虽一树新叶在清风中摇摆

只是我轻轻地轻轻地一摸
那吊挂在年轮里的背影，触电般
刺痛我不忍触碰的年代

在革命老区纪念馆
我用心跳倾听后洼的壮烈和惨案
我用目光擦去覆盖在历史额头的尘埃
我用想象复活一个个英姿和笑脸
我用敬意拍照一帧帧时光冲淡的风采
啊，忘记了过去就意味着背叛
一句名言的警钟回荡在脑海

此刻，请允许我祝福一位老人
他叫王汝灶，九十五高龄，健在
这个后洼惨难后宣誓入党的人
骨头里肯定有一种钢铁般的气概
还有一位叫王振金的老者
他用深情的文字输送红色的营养
为年轻的信念输血补钙

正值初夏，那是谁家的门口上
鲜红的大麦熟花在阳光下盛开
哦，还有天空中飘扬的旗帜
还有旗帜下佩戴红领巾的崭新一代
还有汽车反光镜里的我
一脸兴奋的红晕
从后洼归来

（作者：祝相宽，中国作家协会会员）

诗情荡漾翰墨香

艺术是相通的。

随着时代的发展，各种艺术流派之间已不再是泾渭分明。而正是这种不同艺术、不同流派之间的悄然触碰，接纳，链接，融合，才使艺术本身的品位和内涵有了新的更有意义的提升。

在河北唐山“浭阳书画艺术研究会”，我不仅大饱眼福地欣赏到了大量书画佳作，而且意外发现了这些书画家写的诗歌，细细读来，颇为欣喜和感慨。

作为北京荣宝斋的职业画家和“浭阳书画艺术研究会”的名誉会长，刘亚军先生的画风已经受到广泛关注和推崇。著名画家、人民美术出版社编审吴传麟先生这样评价他的作品：“生动而不张扬，朴拙而富有灵性”。

而在他的诗歌《平型关旧战场——乔沟》里，我读到了这样的诗句：“秋高气爽已仲秋 / 星风追马赴灵丘 / 昔日顽寇恶血溅 / 今朝乔沟绿苔鲜 / 老爷庙前惨烈胆 / 杏花美酒洒关前”读后令人心潮起伏，对先烈肃然起敬。

青年画家高金香的国画别具风韵，栩栩如生，倍受许多行家和收藏家的推崇。而她的诗句“……落笔素笺 / 勾勒人生的幸福，和 / 叹息”同样掩饰不住作品的静美和她的才气。

陈超也是年轻人，他的书法已经从颜真卿、柳公权的楷书和赵孟𫖯、米芾的传统技法里获得真谛，并形成了自己潇洒，俊朗的个性。

而他的诗歌，则从不同的角度抒发着他对家乡的热爱和对人生的思索。他在诗歌《知秋》中这样写道：“……秋天是夕阳沉醉的牧歌 / 秋天是落叶吻别的箫声……其实，秋天像极了我的一段人生”。读后，令人感慨万千。

韦剑飞的硬笔书法和诗歌都让我眼前一亮。他的硬笔书法刚柔相济、飘逸俊朗，而他的诗歌，展现的则是铁骨柔肠，豪气飞扬。

“……昨夜幽梦忽起航 / 小扁舟 / 正起桨 / 矢志不改 / 唯有凌志壮 / 畅得人生得意时 / 攀顶峰 / 铸辉煌”。带给人的是满满的正能量。

青年画家王静梅的工笔花鸟、动物栩栩如生，唯妙唯肖。而她的诗歌，即使是对一朵花的“咏叹”，也是那么温馨、温暖，寄情深远。

在王志永的诗歌《抉择》里，“……抉择，抉择 / 让我们在春天里就此别过吧 / 另一个春天 / 我还会捧出更多的花朵”。这样的诗句多么朴实，多么执着，写照着奋斗的艰辛和快乐。

多才多艺的青年女诗人国辉婉约、细腻的诗句深深打动了我——“风雨过后 / 花朵碎了 / 那在风中摇曳的水珠 / 不知是雨 / 还是泪”。

拜读沈五群、韵启、刘武成、宋维军、国海涛等几位作者的作品，同样让我感动，感慨，字里行间，表达着作者对生活和生命的理解，尊重，赞美和敬畏。

真诚希望书画家里能多出诗人，也同样希望诗人里也能多出书画家。

（作者：张恩浩，中国诗歌学会理事、河北省作家协会会员、丰润区作家协会副主席）

第四章

献身新时代　担当新作为

书画书法、国画，中国的国粹，民族的瑰宝。那线条点画组成的方块字，那翰墨丹青晕染出的万千气象，蕴藉了无限的信息，镶嵌给你宽博的想象翅膀，任你的思绪无羁地驰骋。这就是中国国粹的魅力，这就是民族瑰宝的现实，未来！

（任宝亭）

（一）书画艺术　精彩人生

艺术家周人兴的晚年情怀

作者与周人兴（左二）、徐建刚（左一）、孙小平（右一）在梦思园门口合影

三月中旬，春光明媚。《中国冶金报》记者采访江苏省常州市黑山烧结机点火炉公司（以下简称黑山公司）董事长孙小平，带领员工30余载坚持绿色高质量发展、立足钢铁业、力推环保节能新技术，成长为江苏省高新技术企业砥砺奋进的故事。孙小平注重企业文化建设，他视文化是魂、根、源。黑山公司簇拥在绿树碧水中、厂容厂貌焕然一新，清洁生产为职工谋福祉扎根员工心中。孙小平对文化充满自信，先做人品后做产品。黑山公司办公室、会议室、走廊的墙壁上镶挂一幅幅名家创作的大型山水画作品，其中一幅是山水国画家张世才先生继为河北津西、德龙、敬业、新金等国内知名钢铁企业创作画作之后，连续第七幅刊发在《中国冶金报》副刊新作“世外桃源何处有？”处处洋溢着“青山绿水就是金山银山”浓郁文化氛围。黑山公司生产科技含量高绿色产品——点火炉，营销网络扩至全国十几个省市，在全国市场份额增至20%。我和孙小平出于“三观相近”，喜爱欣赏山水国画艺术的追求，经他推

荐一拍即合前去参观黑山公司厂区附近的“梦思园”，领悟它幽美人文景观和风采。

艺术光环

记者有幸走进清幽而菲芳的梦思园，访问园中主人公——老书画艺术家周人兴先生。梦思园是位于常州市天宁区郑陆镇丰北村一处占地 20 亩，主营观叶植物、花卉盆景、珍稀苗木于一体的花木园艺场。周人兴历经几十年辛勤哺育，诸如除草修枝、浇水移栽、盆景造型等井然有序。梦思园四季如春、景色宜人、空气清新、香飘袅袅。周人兴虽步入 80 多岁高龄，身板却笔挺硬朗、精神矍铄、思维敏捷、谈吐风雅。他兴致勃勃带我俩浏览园艺场一圈、参观画室……人在园中走，景在步中移，无不为园中的花、叶、木、盆景和书画作品诱发出灵感和深情所吸引。周人兴已到耄耋之年，宝刀不老。“夕阳无限好，只是近黄昏”在他看来，人老了心态不能老。人老了退休后闲下来，应该体验生活的乐趣，领略更多生活的新鲜、追求心灵的满足和快乐。丰北村乡邻说：“他退休后没有停下对艺术追求的脚步，笔耕不辍，不只是把花草养得绿意盎然，更是把花草和四季画进宣纸、写进书法中。”他再忙碌，每天也要抽出三小时画画山水花草，练习书法，形成“雷打不动”的铁规。

我站在宽阔画室前，一字一句默读周人兴艺术简历：周人兴，艺名梦醒，1938 年生于江苏常州。1963 年毕业于南京农业大学经济系，就职于省政府，获高级农艺师职称，中共党员。自幼酷爱书画，后到北京齐白石艺术函授学院深造，得到齐良迟、欧阳中石教授指教。在创作过程中，善于汲取前人艺

术精髓，师古不泥、大胆创新、反复锤炼，逐渐形成自己独特风格。作品雍容大度，古朴隽永，气势磅礴，意蕴悠长，颇受大众乃至国外友人之喜爱与青睐，具有较高的艺术品位。多年来常参与多种书画活动和书画展览，作品入编《世界书画家名录》《世界美术集》《中华人物大典》等书画集和大辞典达100多种。作品获奖数十次。在多个文化单位受聘任职，授予“文化大使”“艺坛名师”“中国实力派书画家”“中国优秀艺术家”等荣誉称号。现为中国艺术家学会常务委员会终身常务委员、中国国家书画院名誉院长、中国书法家协会会员、中国美术家协会会员、中国书法院常务委员、国家一级书法（美术）师。

周人兴半个世纪的书画艺术生涯，留下书画高雅情操，不忘初心，倾心向党，矢志为民，勤于奉献，勇于担当，生命不息，探索不止的真谛轨迹。

周人兴（右）为北京友人唐小勇写书法作品

晚年情怀

周人兴是常州市天宁区丰陆镇丰北村人，1998年在江苏省农林厅退休，享有高级农艺师职称。退休前，他一心想为家乡办点实事好事，立志把晚年情怀奉献给家乡，关心下一代书画教育事业上，发挥自己的艺术特长，培养青少年成长成才，为家乡建设做贡献。他回到家乡租赁20亩荒地，带领弟弟、妹婿和侄儿等先后花费一年多时间，平整凸凹不平的地块，培育广玉兰、香樟等几十种花卉苗木，启动厂区绿化、企业摆放盆景等业务，利用盈利创办家庭青少年书画培训班，把自己擅长的书法、绘画技艺传授给家乡青少年。

一、举办家庭书画培训班

2009年春天，周人兴把自家的四间房屋改造成为两个教室，建设墙壁黑板、添置课桌板凳，其中一个作为课堂上课使用，另一个作为辅导书法、绘画场所。当年招收30余名在校中小学生和幼儿园孩子，开办书法和绘画两个班。书法班培训硬笔和毛笔书法，绘画班辅导在校学生学习油画、棒画、山水花鸟画等。他根据学员年龄参差不齐，把书法班里上幼儿园的孩子编为第一组、上小学的孩子编为第二组、读初中的孩子编为第三组，应人施教。辅导幼儿班教孩子怎样握笔、怎么下笔写横、竖、撇、捺等硬笔书法；辅导小学孩子学习笔画、笔顺、偏旁、部首及结构等毛笔书写技巧；指导初中班学习怎样起笔、行笔、收笔等笔画同时，组织临帖楷书、逐步学习隶书和篆书等书法。周人兴把绘画班办起来后，有时候绘画班忙得不可开交，周人兴女儿，她经过南京书画培训中心正规学习，不辜负父亲的期望，帮助父亲辅导孩子学习绘画。周人兴热心辅导孩子写书法学绘画，尽心帮助部分家长解决孩子中午不能回家就餐和休息等困难，在乡亲邻里传为佳话。周人兴通过举办书画展活动，获得全镇书画爱好者一致称赞。

二、辅导青少年学习绘画

周人兴在举办家庭书画培训班同时，利用早晚和节假日，热心辅导周边青少年写书法学绘画，努力提高在校学生和爱好者书画水平。周人兴不但辅导在校学生书法绘画，而且还辅导企业青年员工写书法学书画。村周边有的冶金企业员工爱好书画，从 2009 年开始就跟着周人兴学习书画。周人兴辅导楷书临帖，首先掌握临摹结合是学习书法最基本方法。其次要掌握先进后退，逐步形成自己的风格。再次要掌握读帖善悟，反复体味，悟出其中的法度和韵味。最后要掌握文房四宝的使用，书写哪种方法。绘画哪类画种，要选用合适的笔墨等。经过 7、8 年持之以恒的学习苦练，有的员工不但写出一手好字，还能绘画出山水和花鸟等多种画类。

三、参加社区培训班教学

2017 年，丰北村成立少年文艺培训中心，每逢周六和星期日举办培训班，组织全村青少年学习书法、绘画、剪纸和二胡等艺术。村里邀请周人兴担任书法、绘画教员，辅导少年儿童学习书法和绘画。参加书法绘画有 30 多名未成年人，其中 60% 以上是幼儿园孩子，余下为在校小学生。周人兴灵活施教。组织幼儿园孩子学硬笔书法、组织中小学生学习辅导油画和棒画。2017 年下半年，周人兴还开展了毛笔书法和国画绘画教学，让更多的孩子在家门口能学到正规书画院的教学课程。

丰北村党总支书记徐建刚告诉记者，周人兴退休 20 年多，退而不休，无论是举办家庭培训班，还是辅导周边青少年学习书法绘画，以及在村委少年文艺培训中心，他都是一心扑在青少年书画教育上，先后辅导近 200 人次学习。从 2009 年起 9 年义务教孩子书画，对家乡关心下一代事业贡献力量。

（作者：谢吉恒，原载于中国网，2019 年 3 月 13 日）

“中华鱼王”国画家宋守友

在纪念毛泽东主席逝世41周年前夕，笔者高兴地欣赏到了国画家宋守友新近创作的一幅一笔鱼画佳作《六顺平安》。拜访这位从普通农家子弟走进中南海，成为毛主席身边的一位警卫战士，又到保护整理研究毛主席文物，怀着对主席、对党、对国家无比忠诚的“大义”，用毕生精力画鱼，开创了画国画鱼一笔画出的先河。更难为可贵的是将身上浩然“大义”赋予所画鱼上，画出的鱼矫若游龙、动如惊鸿，被誉为“中华鱼王”画家，他就是国画家宋守友。

作者与宋守友（右）

画鱼成最大乐趣

四个杯子调好不同浓度的墨，一枝大笔依次浸蘸四杯墨中。然后，大笔一挥，鱼头、鱼身、鱼尾跃然纸上，鱼背至鱼腹色彩由深入浅，透亮鲜活，仅仅一笔，一尾鲤鱼灵动乍现，锦鳞碧游，令人称奇……

观宋守友先生画作，觉一泓清流，锦鳞迎面，情趣无限；观宋先生作画，见一端端长者，轻舞巨笔，将一身静气注入笔端，化一池碧水，引几尾游鱼，更是酣畅淋漓。

宋守友先生说：“我一生与水结缘，出生山村清溪环绕，青年走进中南海成为主席身边警卫战士后，因主席喜水，跟随身边，点滴熏染，才走上了画鱼之路。”

宋守友回忆起20世纪60年代从小山村走进中南海，18岁成为毛主席身边警卫战士的情形仍然非常兴奋，对主席崇拜之情溢于言表，谈及主席和警卫战士之间轻松幽默的故事更是对主席满怀深情。多年在主席身边工作，让他养成了严谨的作风、端正的品格；出生山村，使他身上自始至终保有泥土的质朴、纯粹；两者结合让自幼喜好书画艺术的他，对世界和书画艺术有着自己独特的视角和审美。

宋守友的家乡河北唐山是皮影之乡。他出生于农村，自幼对皮影妙趣横生、借着光和影来表现万千世界的皮影非常痴迷，他自己动手，雕刻出各种性格迥异的人物形象。这种自我创新的能力，是他后来自创画鱼技法的重要铺垫。宋守友进入中南海，对书画更加青睐，一有时间就到北京琉璃厂，感受艺术氛围，临摹大家经典。宋守友与鱼结缘，小时候在自己的小山村，他经常嬉戏于河边，观察河中游鱼；参军后，训练工作之余，他总是流连在中南海碧水边，以赏鱼为乐。他喜欢鱼儿婀娜曼妙的身姿，喜欢鱼儿自由自在的游姿，喜欢鱼儿逆流而上的执着，画鱼成了他人生最大的乐趣。

痴心画鱼受称赞

“儿时春节贴年画是最快乐的事情。鱼是年画的主角。心想，如果自己能够画出鲜活的鱼多好啊！”宋守友喜欢中华文化中的鱼美好寓意：“年年有余”“吉庆有余”“鲤鱼跃龙门”“鱼水情深”。这种质朴的情怀深深渗入到他的血液里。

开始学画，他什么都画，梅兰竹菊，花鸟虫鱼，无所不涉猎。主席辞世以后，宋守友负责毛主席故居图书的管理工作，尤其参加了编辑《毛泽东故居藏书画赠品集》，接触到了张大千、齐白石、王雪涛、陈半丁等大家的真迹，使他的书画艺术水平有了极大的提高。他发现几千年历史传承的国画，画鱼是一个空白。“中国画中画鱼仿佛是山水画和花鸟画的点缀，并非主题，国画大家画作画鱼也仅是轻轻点点。”

“学我者活，像我者死。”一日，宋守友见到齐白石先生的这句话，一下子被点醒：“国画界画虾有齐白石，画马有徐悲鸿，画驴有黄胄，如果继续走他们的道路，也许很难有所成就。我可以开创前无古人的画鱼技法，填补国画画鱼的空白。”这一大胆的想法充盈了宋守友的所有思维空间，就此，开启了他疯狂探索画鱼的道路。

“古今画鱼最大的难题是不能把鱼的头与身体接起来，一笔画出，如解决这一画鱼难题，画鱼就会有一个飞跃，上一个台阶！”北京荣宝斋第一任总经理侯凯先生的一句话，对痴迷画鱼的宋守友先生有了巨大启发。

“鱼和其他动物不同，鱼头、鱼身、鱼尾合为一体，多笔画鱼不能画出鱼自然结构，要想画出鲜活的鱼，必须解决一笔成鱼问题。”宋守友自此画鱼有了一个明确的方向。

一笔画成鱼全靠自己的摸索。他画鱼每天立在画台前，送走黄昏，迎来黎明，不知画了多少刀宣纸，写烂了多少支笔头。

他着力研究墨和水的比例，笔着纸面的力度、速度。开始时，大笔刚一着纸，宣纸就漏了。数千次的调墨，几万次的运笔，某一天，宣纸上一条鱼的主体框架突然成型，无比欣喜。其后经过不断研究，一笔成鱼，跃然纸上。

解决了一笔成鱼后，他通过悉心研究当代画鱼大家鲁人张云鹤“写意鱼”和上海吴青霞画的“工笔鱼”,创作出了兼具写意画鱼的“神”和工笔画鱼“形”的“工笔写意鱼”，开创了画鱼的一个时代。后来，他走出中南海，所画的鱼得到了画坛内外的一致称赞。

执着勤奋成正果

宋守友经数十年的不懈努力，开创性的画鱼艺术在中国画坛声誉日隆。他成为了故宫紫禁城书画艺术协会会员、上海楚天书画院副院长、中华人民共和国文化部中国诗酒文化协会诗书画院副秘书长、新加坡新神州艺术院高级名誉院士、首都企业家俱乐部企业家书画院特邀院士、人民艺术家协会常务理事。

20 世纪 80 年代，当时在档案馆工作的宋守友，与在故宫博物院工作的王玉书相识。王玉书师从我国著名金石大家金禹民，以秦篆见长，还善隶、楷、行等书体，金石功力深厚，作品苍劲老辣，刚柔相济，尺牍间，把篆书神韵、风骨以及结体美表现得淋漓尽致。现为故宫紫禁城书画艺术协会理事、中国书协会员。

王玉书以书法篆刻享誉大江南北，宋守友以画鱼而名满京城，他们都是终以自己的执着和勤奋在艺苑修成正果，并以一书一画、珠联璧合的融洽和默契，成为让人羡慕的画坛好兄弟。20 多年来，他们创作了很多经典之作，如为纪念唐代名相张九龄诞辰 1300 周年创作的《九鱼图》等，成为不可多得的藏品。2013 年，文化部部长蔡武为两位书画家题字：“中华鱼王宋守友、金石大家王玉书”。1 月 31 日，这对好兄弟在上海双双被评为“中国公益艺术家”.

“只有让鱼具有现实意义，才能让鱼真正的自由。”这是宋守友先生艺术追求，他确实做到了，画作活灵活现。宋守友多年坚持书画艺术创作接地气、与时俱进、与生活相联系的旨意。他深入到工厂、下农村、去学校、进部队……进行现场采风活动，并送去鱼画作品，发挥绘画艺术服务社会的功能，受到百姓的点赞。进入古稀之年的他，老骥伏枥，艺术创造不忘众乡亲，帮助家乡洹阳书画艺术研究院办画展，展出艺术家书画作品200余幅。并为唐山一些钢厂现场画鱼献艺、收徒，与绘鱼画家进行艺术交流。

（作者：川石，国海涛、原载于长城网，2017年9月8日）

生我是这片土地

——记中国实力派画家成秉羿

绘画是传递情感的一种表现形式,是一种源于生活的高尚艺术。烟雨如画，山色如画，深情如画……今天，要介绍的是一位将历史如画的画家，他用30年的时间在诠释着足下这方沃土，他就是中国实力派画家成秉羿。

成秉羿，吉林通化集安人，现居住河北唐山丰润。成老师博学多才，高情远致，不仅是画家，还是作家，编剧、客座教授。虽集众多身份、美誉、头衔于一身，但他为人低调淳朴、深藏若谷。成秉羿老师说，人的一生，能认真做好一件事就足够了。对于他来说，那就是绘画。

成秉羿老师文化底蕴丰厚，家乡集安，位于吉林省东南部，东南与鸭绿江相望，西南与辽宁省接壤，是一个沉淀着上千年历史的城市，也是闻名海内外的高句丽古国遗址所在地。

高句丽是公元前1世纪至公元7世纪在中国东北地区存在的一个古代民族，汉元帝建昭二年，扶余人朱蒙在西汉玄菟郡高句丽县建国，故称高句丽。20世纪80年代，高句丽还没有揭开神秘面纱，成秉羿先生就开始涉足高句丽的历史研究。这一举，不容小觑，成老师花费多年时间查阅大量的历史书籍和资料,熟读《汉书》《三国志》《三国史记》《三国遗事》等书籍,观摩国内城、丸都城风貌和艺术价值极高的古墓壁画，汲取历史遗存的营养，历时三年终于绘制创作出史无前例的《高句丽历代君王肖像》，成老师讲，绘制高句丽历代君王肖像，没有参照借鉴图，所依凭者便是无形之文献，有形之壁画，壁画中多是平民，尊贵点的也只是大家族，而无君王肖像。成老师参阅中外学者的研究，将诸王治世、德行、军功、性格融为一体，由抽象思维转变成立体形象，塑造出一个个有血有肉的脸谱来。作品一经问世便引起专家学者们的关注，国外学者也都给予了极高的评价，各地方乃至中央电视台都做了报道，赞誉其“史艺双揖”“独开史学界绘画之先河”。著名的高句丽历史研究者耿铁华先生评说：绘制高句丽历代君王全部肖像，成秉羿乃中外第一人！首创之功，不可泯灭。

随后，成秉羿又参照历代君王出行图，以高句丽壁画为依据，夜以继日，孜孜不倦，绘制创作出一幅 12 米的长卷——《琉璃明王迁都图》。活生生将一幅高句丽君王带领军民百姓举国迁都集安的画面展现在世人眼前。当时长卷画作部分在吉林日报上刊登。吉林省委副书记高度赞扬了成秉羿先生为“长白山文化”所作的贡献。

2000 年，在中国社科院主持下召开的前后六次国际学术研讨会中，东北师范大学、吉林大学、辽宁大学历史系的著名学者与教授以研究东北历史与其他历史问题组成 50 人的专家组，成秉羿被列入 50 名专家之中。他用绘画解读东北史，引起入会专家的极大兴趣。作为历史主题性绘画的大幅国画作品 300 余幅，他以新的视觉艺术，使枯燥的历史文献变为一幅幅立体画面，引起了世人的注意。从而奠定了他在中国画坛的地位。主题性绘画，应突出事件的年代的特殊性、真实性和尽可能的严肃性，很难设想逸笔草草能表现

出主题性的深邃，这一点成秉羿驾驭恰当，他以娴熟的笔墨技法，塑造出的东北历史人物形神兼备、活灵活现，每件服饰、每个道具，从旧石器时期到大唐，都经过缜密的考证。专家们评论他是以新的视觉审视东北古代民族的起源。看他的“长白山文化”画集，可见他良苦用心。他的东北风情系列画作被美国、加拿大、韩国、日本、新加坡画廊收藏。

近几年，成秉羿老师家乡集安市正在建设高句丽主题的大型游乐园，都是依他所创的画作为参照进行施工建筑，可以说他是总设计师。

80年代至今，从中国美术馆展览到国家级报刊杂志、书籍插图，成秉羿发表的作品有300余幅。随着时间的推移，他的中晚期作品风格越来越鲜明，他的人文思想在晚期作品中愈加突出。成老师说：“用文化带动企业，从而带动一方经济，我不是经济学家，我只研究文化，研究绘画。力求用绘画的形式传达每个地域的历史、每个企业的文化。”

作为中国铁建大路美术研究院特聘画家，成秉羿先生为中国铁建创作的多幅作品都实现了企业文化理念的传播，和对员工价值观、行为规范的文化引领，丰富了其价值内涵的精神传承路径。多幅主题性画作入选第十六届大路画展，在中国美术馆展出。获得海内外参观者一致好评点赞。非洲布隆迪共和国大使在中国美术馆见到成秉羿先生作品“天涯共此时”，驻足凝视，用不太流畅的中文说：“你的作品，我们能看得懂……”

多年来，成秉羿老师始终抓住“艺术来源于生活”的创作理念，平时成老师喜欢到市场去细细观察当地的风土人情，每个人物的特点完全都印在脑子里，所以成老师的作品基本都是一气呵成，而且作画速度快，画面构图严谨，布局巧妙，人物动物活灵活现。“绘画，我没有参照图，生活就是我的参照图。”

如今，成秉羿老师虽然已年过七旬，但仍旧坚持每天看书、学习。他喜欢音乐，是为了使自己的画作更富有韵律；他潜心研究文学，是为了所画之物更有考究。他说，要有文化做奠基石，绘画才能更深刻。正所谓读书破万卷，下笔如有神。在绘画技法上大胆创新，画面的表现形式区别于传统国画，画风新颖、独特，巧妙的融多种艺术表现手法于一体，耐人寻味，每次看他的作品，都会有新的发现和新的收获。他的山水画有着田园的诗情，太行山的静寂与苍凉，南国的水肥树秀，北国晶莹剔透的冰雪。皑皑白雪中串一个红灯笼，点出节日的暖意，形成与寒冷的强烈对比，著名歌唱家戴玉强对他的“山居图”都赞赏有加。

成秉羿老师来唐山已有十余载，他致力于“滦河文化”的开发和创作，用质朴的画风纯熟的笔法绘制出大量关于“滦河文化”的作品，其画作演绎出一方又一方沃土上的历史文化。

年过七旬的他，依然保持旺盛的艺术激情，我笑问：“先生动力从何而来？”

“从现实的生活中来，因为生活中一切美都是人创造出来的，艺术家首先要热爱生活，心中有大美，然后才大爱，大爱，就是我的主要动力。”他不假思索地答道。

艺术简历

成秉羿，笔名成秉艺，1946 年生于吉林通化，现旅居唐山。原吉林通化美协副主席。中国铁路建设部大路艺术研究院主要创作人员。

1993 年完成“长白山文化——高句丽系列”“高句丽历代君王系列”73 幅美术作品，史学界给予了高度评价。

1995 年在韩国汉城民俗馆举办“高句丽风情展”。

多次举办个人画展，故宫博物院、民族文化宫、毛主席纪念堂、国家民委、南京军区均收藏其作品。

（作者：易雅娇、川石，原载于搜狐网，2017 年 11 月 23 日）

翰墨风采人生

上篇：专访北京荣宝斋书画名家刘亚军

《中国冶金报》资深记者谢吉恒一行来到北京荣宝斋，拜访著名画家刘亚军先生。对刘亚军先生进行了专访。

作者与刘亚军（左）

刘亚军，1968年生于陕西，现居北京。现为北京市书法家协会会员、北京荣宝斋专职画家。刘亚军自幼酷爱书画，师从国画大家霍春阳、袁武、王忠义。作品多次参加全国书画大赛，十余次获得金、银奖。作品被中央电视台、全国政协、国内外博物馆及艺术组织、知名人士收藏。

刘亚军先生受国画大师王忠义先生垂青，曾在王忠义家中研习中国花鸟画一年，深受书画理论熏陶，得王忠义书画艺术真传。刘亚军先生认为："艺术不能闭门造车，必须来源于生活。"为了画鹰，刘亚军先生曾到天山和猎鹰人生活一年，悉心了解鹰的生活习性、性情。他所画的鹰具有孤傲的冷峻、凌然的风骨，有着西北高山大漠的粗犷和豪迈，身上赋予了一种昂扬的正气。

为了画荷花和鱼鹰，他专门到山东微山湖写生20多天。通过对荷花的观察、

刘亚军作品

写生，他对荷花有了新的发现，掰开莲蓬，莲子竟然是很沉甸甸的。他认为画荷花时，更要画出莲蓬莲子的厚重。对于鱼鹰的写生他发现，有些人画鱼鹰，将鱼鹰的爪画成苍鹰爪实为不妥。鱼鹰的爪与苍鹰不同，脚趾之间有璞，四趾由外向内，由长到短排列。

受国画大师袁武影响，刘亚军醉心人物画和现实主义题材，力求通过人物画，画出人物的精神，甚至画出民族的性格、民族的精神。刘亚军曾与已故文学大师陈忠实结识，为陈忠实画像，画出了陈忠实朴质、不屈、倔强的性格特质。陈忠实的朋友丰润籍著名诗人、诗歌评论家霍俊明见到画作后，赞叹：“画出了陈忠实的‘神气’。”我国已故书画大家吴传麟先生曾评价刘亚军的书画艺术：“朴拙而富有灵性，生动而不张扬，意趣万千。”

刘亚军作品

（作者：谢吉恒、国海涛、贺振平，原载于政商参考网，2018 年 4 月 21 日）

下篇：绘出新时代的钢铁精神

十月（刘亚军　绘）

“在河北唐山钢铁企业采风期间，我的情感炽热得就如同激荡着、澎湃着、奔流着的钢水。”用画家刘亚军自己的话说，就是“感人心者，其先乎情”。

日前，为深入贯彻习近平总书记在文艺工作座谈会上讲话精神，创作出反映时代精神的精品向党的十九大献礼，画家刘亚军深入到河北省钢铁重镇唐山市周边的丰润、丰南、迁安、迁西等地的多家钢铁企业采风，并与这些钢企的美术爱好者进行了交流。

刘亚军，陕西人，1968 年出生，曾在北京画院进行美术研修，先后师从国画家霍春阳、袁武、王忠义等，现任中国榜书协会副主席等职，其作品多次参加全国书画大赛并获奖。

刘亚军画风质朴而深沉。他深情地把时代的精神和生活中的真善美用心展现出来。

“劳动人民是文艺创作的源头活水，一旦离开人民，文艺就会变成无根的浮萍、无病的呻吟、无魂的躯壳。”习近平总书记关于文艺创作的话语，深深地印在刘亚军的心里。

在深入生活过程中，刘亚军总是“咬”住表现时代精神的题材不放松，不断深入挖掘其内涵。此次到唐山钢铁企业采风，他抓住“钢铁工业转型发展”的主题，借助绘画这种艺术形式，表现最近 5 年来，河北省唐山市钢铁产业在转型升级、绿色发展中浴火重生的成绩。

刘亚军谈起这次采风的感受时说：“新时代赋予钢铁企业新的责任。看到如花园般的钢厂、儒雅博学的钢铁工人、自动化程度极高的生产现场，我在思考，如何用线条、色彩，更好地将钢铁企业和钢铁工人展现出的时代风貌和时代精

啸鹰（刘亚军　绘）

神表现出来。”

在唐山钢铁企业采风期间，刘亚军的内心被新时代钢铁企业砥砺奋进的精神震撼着、启迪着，一幅幅生动的画面、一个个感人的瞬间，激发出他的创作灵感。“最让我震撼的是，钢铁企业和冶金矿山企业对‘金山银山就是绿水青山’的深刻认识。”刘亚军被他们的社会担当深深震撼。在那里采风，他听到管理者和员工们谈论最多的是环保、节能和绿色生产。

采风期间，刘亚军听一家唐山钢铁企业的负责人谈到，今后他们将要打造钢铁旅游产业。刘亚军很想深入了解一下这家钢企有什么“旅游资源”。他随这位钢企负责人来到采矿区。在采矿新区，开采作业区采取了严格的环保措施，开采后的矿石被封闭的传送带直接送进工厂进行加工；在老采矿区，种植了各种树木，满山绿意，各色野花盛开。

擅长花鸟画创作的刘亚军，在此次采风中创作了《啸鹰》《光明》等多幅作品赠送给钢铁企业。《啸鹰》气势磅礴，画中的雄鹰展开两翼，英姿勃勃，寓意为我们的祖国如雄鹰展翅、鹏程万里。《光明》一画中，一只雄鸡向着初升的太阳引吭高歌，蕴含了全党、全军、全国各族人民紧密团结在以习近平同志为核心的党中央周围，为全面建成小康社会、实现伟大的中国梦积极奋进的深刻思想内涵。

在结束了唐山钢铁企业采风活动回到北京的工作室后，刘亚军将激荡的情感、感人的画面、时代的主题，沉淀、提炼、升华为一幅题为《十月》的大幅国画作品：巨大的转炉，奔涌的红流，钢铁工人刚毅的面庞和坚定的眼神……整幅画作厚重大气，蕴含着力量与昂扬进取的新时代钢铁精神，表现了钢铁人勇于开拓、砥砺奋进的风貌。

（作者：谢吉恒、国海涛，原载于《中国冶金报》，2017 年 10 月 20 日 8 版）

张世才两篇力作

上篇：《世外桃源》广泛受好评

日前，由著名山水画家张世才精心创作的山水国画《世外桃源》完成创作。此画是张世才先生远赴桂林写生，由实景创作。该作品体现了作者张世才出众的才气与悟性，同时也反映出张世才多年对艺术倾心追求与扎实的艺术功底。此作品也得到书画界及收藏爱好者的广泛好评。

《世外桃源》的作者张世才系河北兴隆人，现为张世才书画艺术馆馆长。他多年痴情于中国山水画创作，钟情家乡燕山的雄强峻拔，深厚苍茫，坚持体验自然、感悟自然，将全部心灵投入到大自然的怀抱，获得创作灵感。他以燕山为创作基地，尊传统、师造化、求己意，用笔或重彩或水墨，创作出大量为人称赞的作品；画为心迹，表现出笔墨随心、刚柔相济、温润华滋、清新秀丽，自然天成的风格；他的作品多次在国家级、省市级书画展中获奖。他的中国山水画作品两次在人民大会堂展示，受到全国人大副委员长周铁农的亲切接见。他本人荣获金奖书画名家殊荣。

张世才1963年出生于河北省兴隆县青松岭镇花园村，高中毕业后回村当会计。他自幼喜欢绘画，吸吮着大山的乳汁长大，对家乡的山水有着深厚的感情，想把家乡一处处的美景都画下来。

1985年，他沐浴着改革开放的春风，到河北师范大学美术系学习，受教于已故著名画家郜雪鸿先生和多位知名画家，多次参加文化部门组织的各种画展。

1987年，张世才在兴隆县小试牛刀，获县文化馆绘画书法大赛优秀作品奖，并在镇文化站和县文化馆成功举办两次个人画展，受到县领导的高度赞誉。先后成为中国当代农民书画研究会会员、河北承德美术工作者协会会员。

20世纪90年代初，他被蓟县下营唐三彩壁画厂聘为美术设计师，负责美术设计工作。2010年的一天，张世才在山坡上的果树地劳作休息间，眼望雨后初晴的家乡群山美景，峰峦叠翠，云雾奔腾，如此壮观。此情、此景唤起他内心深处想用画笔描绘家乡美丽风景的渴望之情。偶然机遇，一次与前来旅游写生的一位画家交谈后，画家帮他引荐了几位天津的著名画家，因而得到了樊兰华、李学亮、刘更中和左月丹等著名画家的精心指导。

功夫不负有心人。在他勤奋的学习与探索中，他的绘画水平得到了大步提高。2013年加入天津柳林书画家研究会会员。作品“三叠飞瀑”荣获柳林书画名家作品展一等奖。同年加入中国国家书画院会员，并获国家书画发展贡献奖。多幅作品被中组部和农业部等有关领导收藏。

痴心追求梦想的张

世才于2017年成立了“张世才书画艺术馆”，艺术馆开业当天。中国记者协会国内部原主任、高级记者阮观荣，《中国冶金报》河北记者站站长谢吉恒，以及书画界知名人士三十余人出席书画院开业活动。

张世才书画艺术馆开业当天，阮观荣主任为张世才书写书法作品后合影。此前，阮观荣主任还为艺术馆题写馆名

下篇：长城图献礼新中国70华诞

在庆祝中华人民共和国成立70周年之际，河北山水画家张世才以传承长城文化为主题的最新画作——《龙盘九州之蓟北雄关》面世，并在河北部分钢铁企业巡展。

为创作这一大幅国画作品，张世才连续多日赴黄崖关长城景区实地写生，在头脑中构思整幅画面。在历时一个半月的创作中，他结合自己的绘画风格和表现技法，以丈二横幅的尺寸，展现黄崖关长城的跌宕起伏、气势磅礴、雄伟恢宏。

黄崖关长城坐落于天津市蓟州区城北28公里处，东倚悬崖，西依峭壁，水陆关隘，边城掩体，战台烟墩，古塞营盘，构成雄关险隘，为历代兵家必争之地。史载黄崖关长城始建于北齐天宝六年，距今已有1450余年。明隆庆二年，抗倭名将戚继光调任蓟镇总兵，对其进行重新设计包砖大修，形成以空心敌台、实心敌台、包砖墙、砖石混筑墙、石砌墙和山险墙等为主的军事防御体系，设施齐全，建筑风格独特，具有小而全的特点，成为中国万里长城之缩影，长城专家称颂其“长城十万里，独数黄崖关”。

观此作品，最吸引人的是其呈现出的以写实为主的创作风格。以长城入画，已成为众多知名画家钟爱的题材，且多以长城本身为主，山体次之。而张世才创作的长城画，既表现出长城的雄伟多姿，又体现出山势的险要和雄厚；既有山上城墙巍峨的雄风，又有山下水流湍急、波浪翻滚的气势，以写实的手法，形成动静结合之势。一位知名老画家看过此画作后即兴作词一首：“宇

宙洪荒，纵远古，天悬日月，地孕山河，乾坤辉映育万物。恢宏长卷，舞狼毫，虎踞龙盘，神州莽莽，指点江山我做主。”

多年来，张世才痴情于中国山水画创作，钟情家乡燕山的雄强峻拔、深厚苍茫。他坚持体验自然、感悟自然，以真情实感投入到大自然的怀抱中，汲取创作灵感。他以燕山为创作基地，尊传统、师造化、求己意，用笔或重彩或水墨，表现出笔墨随心、刚柔相济、温润华滋、清新秀丽、自然天成的风格。其作品多次在国家、省市级书画展中获奖，并两次在北京人民大会堂展出。他还经常到河北的钢铁企业采风，辅导钢企员工进行国画技法练习。

（作者：谢吉恒、唐小勇，原载于网易网，2018 年 4 月 11 日）

桃花映天　翰墨生辉

——北京智通文海书画摄影联展走笔

4月25日，由北京智通文海书画院主办的“桃花映天翰墨生辉”智通文海书画摄影联展在北京平谷区博物馆开幕，来自北京、天津、河北、内蒙古、江苏、安徽等地10余位著名书画家、摄影家的100多幅作品参展。

中国书法家协会会员、故宫紫禁城书画艺术协会理事王玉书先生的书法、篆刻作品，“中华鱼王”、上海楚天书画院副院长、中华人民共和国文化部中国诗酒文化协会诗书画院副秘书长宋守友先生巨幅佳作《和美余千秋》等国画作品，中国摄影家协会会员、北京摄影家协会副主席耿大鹏的摄影作品，河北省美术家协会会员、涞阳书画艺术研究会会长王泉涌和河北省美术家协会会员、涞阳书画艺术研究会副会长李建国等的国画作品参展。

金石大家王玉书

北京智通文海书画院是由故宫书法篆刻大家王玉书先生提议，2013年10月13日成立，开展了众多书法、绘画、篆刻、摄影艺术展示交流活动。

王玉书先生师从著名金石家，多年潜心研习故宫博物院珍藏历代名家碑帖玉玺。所作诗词与书法、篆刻相得益彰，形成劲秀飘逸、生气盎然的风格，其作品令观者爱之。

王玉书先生先后为党和国家领导人及世界名人池田大作、萨马兰奇、陈香梅、帕瓦罗蒂等书篆作品。制印6000余方，书法作品广为国内外艺术馆及个人收藏。

1995年，国务院向十一世班禅授金册、金印，为其中金印奉篆印文。

2000年，被中华人民共和国文化部文化艺术人才中心、中国文化艺术界联合会艺术指导委会员、人民画报（中国画报）社、2000年世界华人艺术展组委会授予“世界华人优秀艺术家”。

2005年，为庆祝故宫博物院建院80周年，策划组织了“中国当代书画名家作品展”及展览图录的出版工作。

2006年5月与英国皇室亲王迈克尔·肯特会面并赠篆书作品“惠风和畅”。

王玉书先生退休回到北京平谷区老家后，常怀“情系故里，艺为人民”之心。一些书画界朋友，如“中华鱼王”宋守友、钢笔画家冯建华等先后来平谷采风、交流。2013年北京智通文海书画院成立后，河北王泉涌成为书画院签约书画家。

中华鱼王宋守友

2009年文化部部长蔡武为王玉书、宋守友两位书画家题字：“中华鱼王宋守友、金石大家王玉书”。2010年1月31日，这对好兄弟在上海双双被评为“中国公益艺术家”。

宋守友先生比王玉书先生年少1岁，生于河北丰润，年轻时是毛主席身边的一名警卫战士。1976年，从事毛泽东故居图书资料管理工作，参加过编辑《毛泽东故居藏书画赠品集》，期间有幸接触到张大千、齐白石、王雪涛、陈半丁等国画大师的真迹。长期的艺术浸染使他迷上了中国书画，并选择了鲤鱼作为描绘对象。他能把鲤鱼争游腾跃、鱼跃龙门的奋进描绘得淋漓尽致，也表现了他百折不挠、雍容大度的乐观生活态度和积极向上的精神面貌。

宋守友先生画鱼，只需一笔，鱼身即成，然后加上眼、鳞、鳍，一条鲜活的鱼就跃然纸上。特别是鱼眼睛，分层处理墨色，凸凹逼真，极为传神。为此，宋守友赢得“一笔鱼”和当代“鱼王”美誉。

1993年，毛泽东百年诞辰之际，作品《武昌鱼》《鱼翔浅底》为毛泽东纪念堂收藏；1996年，参加北京国际艺术博览会；1997年，参加新加坡国际艺术博览会；1998年，参加中国艺术博览会；1999年应邀在新加坡举办个人作品展；2002年，中央电视台播放教学片“如何画鱼”；2010年，被授予“中国公益艺术家”称号。他的作品曾发表于《人民日报》《北京日报》《中国文化报》等数十家报刊。

此次画展上，展出了宋先生最新力作《岁月年年有余》《华龙锦聚》《和谐有余》等数十张精品力作，画面生动，色彩艳丽，格调高雅喜庆，引来众多画家和参观者啧啧赞叹。

工笔画家王泉涌

王泉涌河北丰润人，号左腕居士，是中国实力派工笔画家，擅长动物、花鸟、虫鱼、山水、人物。2016年6月，丰润成立了浭阳书画艺术研究会，推举王泉涌为会长。王泉涌经常到京津各地参加学术研讨会和画展，与王玉书、宋守友相识相交多年，成为了北京智通文海书画院签约画家。

他的作品在全国书画界得到普遍认可。画作《清声清韵》《耕牛》《金玉满堂》，获得“全国第二届生肖书法、绘画大赛”优秀奖；画作《三羊开泰》《春风得意》在海内外影响很大的《中国艺术家》大型期刊上，与全国著名大家李铎、李可染、李肇星、邵华、李小可的作品同期发表；工笔画《大吉图》被2008年奥运会大会组委会永久珍藏。

年过古稀的著名书法家、书法教育家袁其微对王泉涌的画作非常欣赏，认为“后生可畏”，题字“业精于勤”，和他成为了忘年交。原解放军出版社副社长峭岩见到他画的公鸡神采飞扬，非常喜欢，欣然在画作上题写了王安石的诗句：“飞来山上千寻塔，闻说鸡鸣见日升。不畏浮云遮望眼，自缘身在最高层。”著名社会活动家、中华老人文化交流促进会会长会议主席古今生先生来到他的画院，大加赞赏，写下了“研究书画艺术，弘扬中华民族软实力”，希望他在绘画艺术上百尺竿头更进一步。

此次画展上，展出了他的动物、山水、花鸟、人物等精品力作十多幅。他所画的动物，不管是雄鸡、猿猴，还是奔腾的骏马、凶猛的藏獒，都纤细逼真、平和刚毅，弥漫着爱的温情和向上的力量；他的山水画把国画的写意和油画的写实巧妙地结合起来，传达出一种飘逸、祥和的人生境界，含蓄隽永，意境高妙。

中国书法家协会会员、北京平谷区书法家协会主席王友谊先生，中国艺术研究院研究员、中国山水画研究院院长陈克永先生，中国榜书家协会副主席、北京荣宝斋大厦专职画家刘亚军先生等书画名家观摩书画摄影展；北京市残联党组成员、巡视员、北京市残疾人福利基金会理事长梁田等领导前来祝贺；平谷区委常委、区委宣传部部长王红艳宣布画展开幕；数千名书画爱好者，前来享受了一场难得的书画艺术盛宴。

北京智通文海书画院还把王玉书、宋守友、冯建华、耿大鹏、乔焕发、王泉涌等画院名家作品集结成册出版印刷以飨读者。

作者与国海涛（右）

（作者：谢吉恒、国海涛，原载于长城网，2017 年 6 月 2 日）

酣畅淋漓写意翰墨人生

——记国画家张铁男

已过花甲的国画家张铁男，博学多才、温文尔雅、待人谦和，与之相处如沐春风。他人生经历丰富，但始终以平淡、平和的心态面对，谈起过往人生，感觉就如他创作的一幅幅酣畅淋漓的写意花鸟，一枝一蔓，充满温情。

观其画作，笔力雄健酣畅、墨色清新淡雅、意象趣味生动、设色饱满艳丽、用笔轻快活泼，就如他的为人，温和厚重而坚毅刚强、平淡祥和而执着进取。

小学三年级遇名师结下一生情缘

国画家张铁男家中画意书香，墙壁上挂着他不同时期的画作，但是在最显要位置挂着一幅油画。这幅油画构图严谨、笔墨酣畅、意境深远、功力深厚。

“这是我老师戴有强画的，他现在已年近八十。每次回包头，我第一个就去看望他。”张铁男指着这幅画满眼温情，“从小学三年级戴老师开始教我美术，直到初中毕业。”

张铁男辽宁鞍山出生，父母在鞍钢建设公司工作。后随父母到甘肃酒泉，在嘉峪关一小上小学。三年级的时候又随父母来到内蒙古包头市，在包头市二冶三中上学，就此拉开了和戴有强老师的一生的师生情缘。

戴有强老师不是绘画科班出生，但是绘画造诣深厚，精通油画、水彩画，现在是内蒙古美术家协会会员，包头市许多很有成就的画家走上绘画道路就是受戴有强老师影响，张铁男就是其中一个。

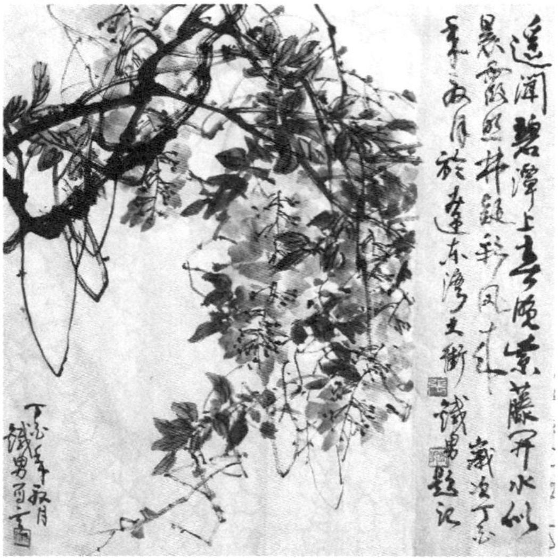

天生具有绘画灵性的张铁男，来到新学校第一堂美术课上的第一幅涂鸦之作就得到了戴老师的表扬。这个男孩更对戴有强老师的绘画课着了迷，课下也经常腻在戴老师身边，看戴老师画画。戴有强老师更是非常宠爱张铁男，私下里教给张铁男素描、水彩和油画。

当时正处于“文革”时期，学生们疏于文化课学习，但是美术却大有用途。写大字报、画革命宣传画、办宣传栏，是“文化大革命”最主要的内容。张铁男刚开始承包了班里的后黑板的宣传任务，后来戴有强老师把整个学校的绘画宣传任务都交给了张铁男。

包头市二冶三中是二冶职工子弟学校，小学、初中近千名学生，校园很大，学校非常正规。学校不但要定期更换墙体上的巨型工农兵宣传画，而且每月都要更换一次巨型宣传栏。

从稚嫩的小男孩到青葱少年，张铁男每天或蹬着高凳在两三米高的墙上画墙画，或在特定的教室里在纸上为巨型宣传栏画更加精细的宣传画。每天张铁男都是一身油墨回家，妈妈开始的时候责怪，后来觉得孩子画画是好事，就非常支持。

在戴老师的指导下，张铁男曾经把油画《毛主席去安源》放大后临摹在学校的墙壁上。闲暇的时候，他就向戴有强学习西画。别的同学忙着各种革命运动，张铁男却每天忙着画画。由于名师指点，张铁男的西画水平精进很大。

画西画还是画国画——最终选择国画

有心栽树树不成，无心插柳柳成荫。张铁男纯属爱好的绘画，帮了他的大忙。

因为张铁男家庭成分高，初中毕业后很多单位政审不要他。但是由于张铁男会画画，包头市自来水公司为了搞好革命宣传工作，为了在全市宣传板报评比上不落下风，为成分不好的张铁男开了绿灯。

张铁男也不负领导信任，在他进入包头市自来水公司后，在全市宣传板报评比上经常拔得头筹，他的名字也因此在全市闻名。也因为绘画这个共同爱好，张铁男结识了在自来水公司工作的梁登慧和在包头市搪瓷厂工作的王维新。

梁登慧痴迷国画，擅长花鸟、山水，与张铁男在一个公司工作，志同道合。后来通过梁登慧认识了王维新。王维新骑兵连连长出身，生性耿直、脾气暴躁，但是天生痴迷书画。退伍后，因为极其出色的绘画技艺，在包头市搪瓷厂画瓷画。王维新绘画造诣很高，他曾经结识过齐白石，并向齐白石请教过书画艺术。所以，王维新画的菊花、螃蟹和虾，深具齐白石的风韵。王维新也很有意思，自己取字号叫做“刃石”。

梁登慧、王维新、张铁男三人经常一起研究绘画。当时绘画是“四旧”，他们就经常把自己关在房间里，放下窗帘，偷偷地画画。由于深厚的西画功底和对国画的痴迷，在梁登慧、王维新的影响下，张铁男国画技艺得到很快提高。

梁登慧、王维新和张铁男的老师戴有强也是好友。梁登慧、王维新非常欣赏张铁男的天赋，鼓动张铁男专心国画；戴有强认为爱徒水彩画、油画已经具有很高的造诣了，希望张铁男继续精研西画。

在经过激烈的思想斗争后，张铁男认为恬淡闲适的花鸟更适合自己，尤其写意花鸟的那种空明的境界更能引起张铁男的共鸣，于是张铁男坚决走上了写意花鸟的道路。

退休后在国画道路上积极进取

1976 年唐山大地震，此时因为张铁男在自来水公司宣传板报工作的多次获奖，已经被包头市地震局强行调了过来。年轻不安分的张铁男满怀抗震救灾的激情，主动要求抗震救灾，离开了包头，支持唐山建设，参与筹建中国二十二冶集团公司，从此扎根唐山丰润。

在中国二十二冶集团公司，张铁男当过工人，做过宣传工作，后来成为了集团中层领导。但是他从来没有放下过画笔，把闲暇时光和工作以外的时间都用到了绘画上了。每次到外地出差，他都会抽空到当地参观一些画展，并购买喜欢的绘画书籍。他最大的乐趣就是每天在灯下研究画史、画论和画画、临摹书法。

但是，最让张铁男畅快的是退休后，他说："误落尘网中，一去三十年。羁鸟恋旧林，池鱼思故渊。晚年了，终于可以畅快地从事自己最喜爱的事情了。"

张铁男退休后把全部时间都用在了书画上了。他独处画室，研读并反复临摹《吴昌硕画集》《吴昌硕作品集》，更是把一本《崔如琢画辑》翻阅得面目全非。张铁男还到白洋淀临摹荷花、游鱼，到洛阳写生牡丹，最多的就是静坐在曹雪芹公园画丰润的树木楼台、花鸟虫鱼。

张铁男最爱写意花鸟。他的花鸟画题材广泛，荷花、紫藤、墨竹、兰花、石榴、墨菊……均有涉猎，并将书法用笔融入到绘画之中。他认为："画要画出意境，画心中的画，中国画，离不开水墨，更离不开用笔。"他画的墨菊《秋魂》以深厚的书法功底和诗文修养为铺垫，大气磅礴、古朴苍茫；他画的《紫藤》笔法老辣、笔墨纵横、雄浑有力；他画的荷花《荷风盛世》，随性又充满理趣、严谨又充满活力，水墨氤氲间，意趣无穷。他的绘画集众家所长，尊重传统的水墨，笔墨厚重、意趣高古，体现了深厚的文化底蕴。

由于早年专攻素描、油画，张铁男将油画的光与影的变幻、透视构图，将水彩画的色彩变幻运用在国画创作上，形成了他作品的构图严谨、笔墨酣畅、意境深远不落传统的特点。国画大家齐辛民见到他的画后赞叹不已，认为："路子走的对，功底深厚。"

张铁男简介

张铁男，1954年出生于辽宁鞍山，现定居河北唐山，二十二冶墨影书画摄影协会会长。2016年，画作《家乡的味道》在"我和美丽乡村"安吉杯第二届全国书画摄影征文大赛中荣获优秀奖;2017年,在“频阳古韵 南湖烟雨”南湖书院首届书画作品展暨富平人第三届中国梦书画展中获优秀奖;荣获中国美术大赛网举办的“全国第十届书法绘画大赛”优秀奖;荣获2017年“东方美”全国诗联书画大赛金奖。

（作者：国海涛、王静梅、川石，原载于政商参考网，2019年6月25日）

皮影相伴人生

——记皮影雕刻大师张雅君的艺术情缘

被称为“冀东民间艺术三枝花”之一的唐山皮影，是国家级非物质文化遗产。唐山的皮影雕刻艺术作品也因其造型精美、雕刻精细，深受人们喜爱。今年春节期间，笔者来到河北省唐山市丰润区任各庄镇小庄子村，采访唐山国际皮影雕刻大赛“神刀”奖一等奖得主——张雅君。张雅君老人热情地把我们迎到屋里。一进屋，大家就被满墙壁的皮影作品所吸引，昭君出寨、唐僧师徒、许仙借伞、十二生肖、吉祥福娃……非常好看。

谈起雕刻皮影艺术，76 岁的张雅君感慨地说：“我一辈子醉心于皮影雕刻艺术，皮影成了我生活中不可或缺的重要一部分。”张雅君与皮影结下 50 余载情缘，至今仍刀耕不辍，并向家乡周边的铁矿山等企业的皮影爱好者传授技艺。

浸润在艺术中的生活

张雅君祖籍河北省秦皇岛，新中国成立前，为了生存，父亲随爷爷远赴东北逃荒。爷爷识文断字，父亲张若章更是写得一笔好字、画得一手好画。张雅君出生不久，一家人回到秦皇岛老家。新中国成立后，丰润车轴山中学广招贤才，身在秦皇岛的张若章便来到在小庄子村的车轴山中学教授俄语。就此，张雅君就留在了小庄子村。

张雅君天生喜欢色彩和线条，张雅君小时候她父亲经常握着她的小手、拿着画笔让她涂鸦。张雅君大些后，父亲教她画工笔画和素描，灵秀的张雅君对此非常痴迷。

现已是古稀之年的张雅君回忆起当年的事，嘴角露出灿烂的笑容："但命运让我和土得掉渣的皮影相守一生。"张雅君初中毕业后，与村民徐树明结婚生子，日出而作，日落而息，但是共同的爱好——皮影，让他们的生活充满阳光。

徐树明家祖辈务农，在兄弟 3 人中，大哥徐贵生和老二徐树明自小酷爱皮影。大哥嗓子好，好唱。徐树明拉一手好二胡，哥俩经常一起你拉我唱，并到周围村庄演戏。

徐树明还痴迷皮影雕刻。张雅君结婚时，当时红火的样板戏也改编成了皮影戏。徐树明雕刻皮影的技艺有了用武之地。他带着张雅君看京剧，反复琢磨构思，画样子，试着雕刻。没想到，张雅君一点就透，甚至"青出于蓝胜于蓝"。"可能是跟父亲学习国画和素描的功底起了作用。"张雅君说。

伴随着 3 个孩子的出生、长大、成家，皮影成了这个家庭每一个人的"挚爱"：大女儿徐艳双、二女儿徐艳梅唱功扎实；儿子徐艳光不仅能拉会唱，而且善于雕刻皮影。一家人闲暇时光，父亲拉二胡，3 个子女舞动皮影，就唱上一折子戏；或者拿起刻刀，分享雕刻技法。

传承皮影艺术

"如果不保护拯救，皮影艺术这门古老的中华瑰宝会有失传的危险。"面对日渐凋零的皮影雕刻、表演以及观众的流失，张雅君忧心忡忡地说，"我的任务就是要整理挖掘，把我的技艺传给下一代。”

张雅君 50 多年对皮影雕刻的不懈追求，让她的皮影雕刻技艺已经达到了“鬼斧神工”的境界。国家非物质文化遗产保护工作专家委员会委员、民俗专家魏力群看到张雅君的皮影作品后眼前一亮：“皮影能够雕刻得如此精美，没有见过。这种样式的皮影，没有见过！”“很多皮影样式、雕刻手法都是我自己独创的。”张雅君介绍说。张雅君学过素描，对人体美学有着自己的领悟，她把西方美术的人体线条美融入了皮影雕刻之中。尤其在塑造旦角美女时，她用镂空手法，雕刻出腰身、双肩、两腿，甚至细到双脚都根据人物性格形象做了调整。在她家墙上有一个王昭君的皮影作品，人物面部圆润、眉目清秀，头饰繁复。尤其是一袭火红色貂皮大氅，自上而下外翻着白色狐狸皮衣襟，用细如发丝的镂空技法展现，达到了丝丝绒毛毕现的效果。

张雅君的皮影雕刻艺术得到了全国业界人士的广泛赞扬，她的作品《孙悟空三打白骨精》《白蛇传》、现代皮影《小康路上》均被拍成电影，并到海内外展演。2006 年，她被评为河北省一级工艺美术大师。她儿子徐艳光因皮影雕刻成绩突出，被命名为“河北省农村青年拔尖人才”。许多本地和外地皮影雕刻爱好者慕名前来拜师，张雅君倾囊相授。现在，张雅君虽已年过古稀，但仍积极参与皮影雕刻艺术传播工作，经常到学校、矿山企业，手把手地给年轻爱好者教授皮影雕刻技艺。

2010 年，徐贵生、金圣恩行文，她和丈夫徐树明画图，合著了《唐山皮影雕刻工艺概述》，该书对传承唐山皮影艺术具有重要意义。

（作者：谢吉恒、韦剑飞、国海涛，原载于《中国冶金报》，2018 年 3 月 30 日 8 版）

观唐活动丰富多彩

八月上旬，由京津冀画家、作家及媒体组成的采风组在银川钢铁大亨周少邦的安排下，来到观唐文化艺术传媒公司（以下简称观唐）采风。采风组参观了观塘展室，广泛进行交流。画家作家现场绘画、赋诗，互赠书刊。观唐成立于2012年，以弘扬传承文化艺术为基础，组织策划文化传播为目标，主要经营各类展览策划、评选、培训、文化交流活动；组织策划政府、企事业单位各类艺术庆典、项目推广、产品推介等大型活动。旗下有尚艺斋文化艺术交流中心、观唐博物馆、收藏有名家书画、紫砂壶珍品、墨锭、翡翠等藏品，面向社会免费开放。

据介绍，观唐是由董事长马秀英女士独资创办。作为一个原是民营钢贸企业家马秀英从经营钢材起家，创建了恒腾物资有限公司，与周少邦是同行。随着文化市场的需要，马秀英又一次开辟了自己新天地，与各界文化领域作交流，不断学习充实自己，以一个收藏家的身份打造观塘，加入中国收藏家协会。

马秀英和她的观唐经过六七个春秋的打拼，经营得红红火火的。她现为银川市人大代表、金凤区政协委员、银川市红十字会常务理事、中国收藏家协会会员。观唐成立以来，一方面广交社会名流，不断丰富馆藏，大力开展各类社会文化活动，反响巨大。另一方面依托特有优势。宁夏，不仅是西方文明和东方文明的纽带，丝绸之路的交通要冲，更是伊斯兰文

作者赠书与马秀英（右）

明和华夏文明的交汇地带。当前，国家正在实施“一带一路”倡议，而历代手抄珍本《古兰经》这一重大发现，更是彰显了宁夏在丝绸之路文化上的重要地位。历代手抄本《古兰经》发现达百余册，《天方幔帐》制作于伊斯兰历1430年，由观唐马秀英女士收藏。这些手抄本《古兰经》的发现，也恰逢国家全力实施“一带一路”倡议。通过这些世界穆斯林文化遗产的展示，全方位展现了宁夏地域文化乃至中华民族传统文化的深厚，多视觉、多维度地展示回族从古到今传承中华文明做出的伟大贡献，展示其作为搭建中阿文化经贸起到桥梁纽带的。

观塘下属的高端文化艺术交流中心设计古朴雅致，藏有名家书画、古墨、陶茶（九龙壁）、紫砂壶珍品等藏品，令人观后流连忘返。观唐代理了唐人祥茶具及茶叶，主要以金、银、铜、铁、石、柴、官、哥、汝、定、天目、紫砂、青花等精美中国传统茶具，茶叶种类齐全，包装精美。

观唐2009~2013年开展各式笔会和采风活动，一批批中国美协会员来宁夏参观，挥毫献宝。同时，观唐公司到全国各地开展活动，为组织举办各项文化交流活动奠定基础。

其中，2014年观唐公司与中国美术家协会及宁夏美协油画艺委会共同举办了宁夏首个综合材料绘画作品展“物化心迹”，并在全国巡展。2015年，与宁夏作家协会、银川文联主办“砚田三友”书法作品展备受好评。2016年，开展“走进埃及”活动，举办书画展览。2017年协办宁夏首届非物质文化遗产博览会，得到社会各界的高度认可和赞扬。同年观塘公司，在银川公司举办“首届首都书画名家宁夏公益行”“中国梦书画院”“首届观唐杯摄影大赛”系列文化活动。为助推宁夏非遗工作，成立宁夏非物质文化遗产保护和传承基地，开展各项展示交流活动。2018年，承办“琵琶大师——方锦龙视听盛宴”、主办观唐读书会、组织承办2018年首届中国泛珠茶叶博览会宁夏巡回展，促进宁夏茶文化发展，促进宁夏对外开放。

观唐公司，热心社会公益事业10多年来做好社会公益活动，为社会奉献爱心。组织社会各界爱心人士举办慈善义拍和公益活动，所筹善款均捐给残疾人托养中心，帮助改善托养中心居住、生活条件。

（作者：川石，原载于政商参考网）

（二）聚焦溸阳书画艺术研究会

我和书画研究会

今年“六一”国际儿童节，对我来说却是最难忘的日子。在丰润区文明办的大力支持下，浭阳书画艺术研究会（以下简称书画研究会）在丰润区曹雪芹文化园广场，举办了一场别开生面的少儿书画公益展览活动。精心布展的会场，主题新颖，弥漫着浓郁书画气息，孩子们精美的书画作品，让观众大饱眼福。我不仅是这次活动的策划者、主持人，更是诸多参展孩子的导师。这次活动也是我们书画教育工作者对学生家长交出的一份满意答卷。此次展览圆满成功，浸透自己辛勤汗水和朋友们的真情相助，得益于书画研究会，为自己搭建了一个茁壮成长的平台。

我的恩师谢吉恒（中国冶金报资深记者）常说：人生，需要机遇；奋斗，需要伯乐；事业，需要平台。在谢老师的举荐下，三年前，我荣幸地加入书画艺术研究会，融入了这个团队，见证了它的发展壮大。

书画研究会

2016 年 6 月 19 日书画研究成立。据了解，书画研究会经丰润区文化旅

浭阳书画艺术研究会成立大会

游局批复，在区民政局注册的专业书画艺术团体。书画研究会的宗旨是发掘和整理浭阳书画艺术遗产，继承和弘扬浭阳书画艺术的优秀传统，给广大书画爱好者搭建相互学习、交流、提升平台，为繁荣全区书画艺术水平，服务文化大发展作出贡献。

书画研究会现有成员 80 多名，既有丰润区书画界的领军人物、书画研究的专家学者，又有国家级、省级美术家协会、书法家协会会员，还聚集了水彩画、陶瓷画、硬笔书法、雕刻等方面的优秀人才，队伍精干、研究领域广泛。

书画研究会成立三年多，在区政协、区委宣传部、区文化旅游局等部门领导下积极工作，大力开展各类社会文化活动，概括起来有四大看点：一是开展系列文化活动。为发掘浭阳深厚文化遗产，团结书画艺术界，举办多次公益活动，开展系列文化讲座，成为常态化，为建设“实力丰润，魅力浭城”做出自己贡献。二是文化走基层受欢迎。书画研究会在区相关部门的监管和领导下，成功举办多次公益书画展，与各界文化社团合作，实践探索书画名家下乡走基层活动，得到相关媒体的热情支持，进行深度宣传报道。三是强化各地间的合作。书画研究会在各界良师益友的大力支持下，以大力扶持德艺双馨民间艺术家为宗旨，扩大与省内外书画创作交流与研究，弘扬中国传统书画艺术，为书画家提供广阔发展交流空间，搭建文艺创作平台，实现与各地业界合作双赢。四是努力提高“两个效益”。书画研究会成立三年多来，遵循“发展一批，提升一批”会员的原则，一方面，为青年书画家当“红娘”，联姻搭桥，拜师学艺、由著名老书画家传帮带，狠抓画艺基本功训练，创新思维，独辟蹊径，提炼主题，接地气正能量，为基层群众创作更多喜闻乐见的优秀书画作品。另一方面，书画家找准位置，对号入座，培养青少年书画艺术兴趣，从娃娃抓起，按年龄特点办各类书画培训班，长年培训不断线，取得显著成绩，受到社会各界的好评。

谢老的助宣

据谢老介绍，由于行业和爱好的缘由，2017年春节前，谢老到唐山宝泰钢厂采访，由时任宝泰钢厂行政处处长韦剑飞的引荐结识了青年国画家王泉涌。没过几天，谢老在《新丰润》报总编国海涛等陪同下，来到王泉涌的家乡——唐山市丰润区女过庄，著名作家、诗人、画家管桦先生出生地采访。谢老采写题目为《画意人生》——记国画家王泉涌，此篇报告文学4000多字，用半个版面图文并茂刊发在《中国冶金报》2017年1月20日副刊彩版，深度报道书画研究会会长王泉涌艺术生涯，自此拉开了谢老助宣书画研究会的序幕。

为宣传书画研究会，谢老受邀担任书画研究会负责宣传的义务顾问。书画研究会成立三年多，谢老师如何助宣呢？在我们交谈中，谢老告诉我，采用三条渠道将毕生积累的宣传经验和广阔的宣传资源无私奉献给书画研究会。

一是发挥专业特长。充分采用钢铁元素＋文学元素进行文学创作，扬《中国冶金报》副刊的知识性、趣味性、可读性等特色。如2018年2月2日《中国冶金报》副刊的“喜迎新春”栏目，刊发“唐山市画家进钢企”用半个彩版刊登宋守友、高金香、李佩强等书画文章；又如《中国冶金报》2017年10月20日副刊用1/3彩版，题目是介绍刘亚军的“绘出新时代钢铁精神”；还有《中国冶金报》2017年6月2日刊用1/3彩版，题目是介绍易雅娇的“留住童年的记忆”散文……也有介绍“唐山皮影戏”，这里就不一一列举。

浭阳书画艺术研究会成立两周年

二是网媒快速传播。发挥网络媒体的快速传播的特点，与《长城网》《凤凰网》《中国网》《政商参考网》等大网站建立长期合作关系，提高稿件点击率、扩大影响力。

三是图书出版功效。充分发挥图书出版发行的功效作用，提高书画研究会的知名度和美誉度。谢老 2017 年 2 月由冶金工业出版社出版的报告文学散文集《丝路采风随笔》，用一幅彩页刊登国画家王泉涌作品选及《画家王泉涌超越自我的艺术人生》等文章。2018 年 5 月由冶金工业出版社出版的王继祥专著《人生“麻辣烫”》由谢老写序，经谢老引荐，内有三幅彩页专门刊登书画研究会国画家高金香、陈立华、成秉羿等作品选。现正在编辑的谢老又一力作《新时代风采》报告文学散文集，为迎接新中国华诞七十周年，选编 11 位书画研究会书画家，讲述他们“献身新时代，担当新作为”的人生故事。书画研究会会员不仅是书画家，还是诗人。此书中还入编 10 余名书画家的诗歌作品，充满诗情画意。

四是推荐优秀会员。谢老积极培养推荐中国散文学会会员，三年多时间，书画研究会韦剑飞、易雅娇二人经过刻苦努力，勤奋写作，提高写作水平，光荣地被吸收批准为中国散文学会会员，成为书画研究会的宣传文艺骨干。据不完全统计，谢老三年多与书画研究会合作，全方位全过程，为传媒、网络、书刊等撰写上百篇文章和图片，宣传书画研究会点点滴滴都是情、都是爱，积极做出了贡献。

我的书画情缘

2016 年冬天，我第一次来到书画研究会，为视感的绘画作品所震撼。一张大篇幅名为《天界卫士》的画作让人惊叹不已，画面中 13 条雪域藏獒，活灵活现，根根毛发细致入微。据了解，为创作这幅作品作者每天作画时间超过十六个小时，历时三个月才完成！一笔笔都是作者的心血。环顾四周，一个个动物栩栩如生。近处细看，笔触极其细腻、工整，中国传统画画法中又融入了西方画法的塑形、透视、明暗关系等，一看便知作者绘画功底之深厚，是常人不所及，让人膜拜、敬仰。这个能人——他就是工笔画家王泉涌，也是溧阳书画艺术研究会的会长。

回忆三年的成长的历程，留下一个个难以磨灭的深刻记忆。

记忆一，参观。书画研究会共三层，一楼画室，也作为会议室，是举行文化活动的场所。二楼会客厅，三楼展厅，每一层都布满了书画家的作品，有细腻的工笔绘画，有清新的写意国画，有各种笔体的书法作品，精美绝伦。自幼喜爱绘画的我，不仅怀揣着这份热爱，更是为肩负一种使命感、责任感加入了其中。

当天参观过后，跟随谢老、《丰润报》总编国海涛一起前往王泉涌会长的老家进行采访。做文字工作，必须有真情实感，必须深入，写的文字才能有温度，这也是跟随老师学到的。深入采访中，进一步加深了对王泉涌会长的了解，从成长经历，到成立书画研究会，他的技艺令人折服，人品更是让人称赞。参加书画研究会工作后，帮助我最多的是陈超，他是研究会的副秘书长，从事书法培训行业，工作中很多事情都向他学习。还有陈立华，一个暖心姐姐，以工笔画的鱼著名，心思细腻如她的画作一样，非常周到，每次活动都会从老家带吃的给我们。作为副会长的高金香老师，丰润区为数不多的实力派女画家，写意画作大气温婉，经常会给我讲些绘画的理论知识。在这里越来越感受到每位老师不仅"身怀绝技"而且精通古今历史、文学诗歌。研究会里的每个人，都有着深厚的文化底蕴，跟他们聊天让我长知识，跟他们开展活动，让我长经验。

记忆二，写稿。写稿，必须深入采访。我接到的第一个任务，就是撰写李佩强老师的文章。之前在笔会上见过面，佩强老师俯身运笔的画面刻在了我的脑海中，并且字体苍劲有力辨识度很高。但从没有详细了解过。当时领导只给了我一个联系方式，通过电话约了时间，在陈超大哥的陪同下，驱车40多分钟前往李佩强老师的老家沙流河镇广家店村登门拜访，感受他与书法的情缘。跟老师交流、学习，回来后梳理思路，为佩强老师写了文稿《白纸黑字书写一笔一划的从容》。此稿，得到李永合、国海涛两位老师的高度评价，也为我增加不少信心。在前不久，这篇文章被政商参考网刊登。

通过撰写文稿，我有幸结识了一位中国画坛的巨匠——成秉羿老师。成老师是一位将历史入画的实力派画家，擅长主题创作，曾用二十多年的时间绘制东北高句丽历史，"独开史学界绘画之先河"。为成老师撰写文章《生我是这片土地》刊登于搜狐网。成秉羿老师博学多才，年过七旬对绘画创作依然满怀激情，笔耕不辍，佳作连连，为铁建大路的邀约画家。每次去成老师工作室拜访，他都在作画，经常在我的画作中给予指点。在这次“迎六一”的活动中，特为我题词“浭阳盛开紫金花”，在此，我想说紫金花的盛开也离不开您对我的帮助。

记忆三，拜师。书画艺术研究会集聚了众多书画界的重量级人物。我也有幸认识了北京荣宝斋专职书画家刘亚军老师。刘亚军老师作为客座教授经常为我们、为丰润区文化爱好者进行公益文化讲座，教授传统绘画知识。亚军老师还专门向我传授留白的艺术技法，令我受益匪浅。

应该说，伴随着书画艺术研究会的发展，我结识了很多良师益友，自己的绘画之路也逐渐开启。通过活动，也结识了许多文化名人、热衷于公益事业的爱心团队、爱心企业家。书画艺术研究会成立三年来，举行文化活动、公益活动上百场，为丰润文化的繁荣与发展作出的贡献，真正让“浭阳书画”实至名归。

王泉涌会长常说，打铁必须自身硬。书画艺术研究会不断加强内部的专业修养和文化的提升，不仅定期进行培训讲座，还经常组织参观唐山市内外书画艺术展览，汲取经验；拜访书画界、诗歌界、陶瓷界等各领域名家和丰润区走出的文化名人，为弘扬浭阳文化，搭建了有力平台。经过一次次的活动，我也从一个参与者慢慢转换成为组织者、转变成家人，融入进大家庭之中，为团队分担更多的工作。

记忆四，培训。2017 年下半年，书画艺术研究会不断加强规范化建设，成立了书画培训部，开设了书法和绘画课程。我的绘画特长得以施展，为丰润区的少年儿童传授绘画知识，教授绘画技法。在绘画方面，我不断提高对自己的要求，不仅每天练习绘画，跟随书画研究会的老师们学习，还在网上报了班，学习插画。作为孩子们的导师，教授知识方面，我经常外出学习，参加培训。不单单是我自己，团队中的老师们都在不停的提升专业技能。经过近一年的努力，培训部从最初十几个孩子发展到现在的百余名。我们的师资力量也得到了越来越多的家长朋友的认可。为了方便学生就近上课，我们从最初一个教学点发展到三个教学点，最近又在丰润区周边镇乡开设教学点，传授书画知识技能。

我和书画研究会是个大命题，谢老有故事，我有故事，会员人人都有故事，天天有新故事……听不完，讲不完。

科学有效的组织架构和规范高效的管理机制，书画研究会日臻成熟和完善，组织力、宣传力、影响力不断提升，得到各级各部门的高度认可，重点工作还写入了丰润区政协常委会工作报告。除了自己组织文化公益讲座，还承担了区政协、区委宣传部、区文旅局、区文明办、区文联的书画展、公益笔会、学雷锋志愿服务等活动。

如何评价书画研究会三年多工作业绩呢？谢老认为：书画研究会“目标到位、策划到位、情商到位、智商到位、实施到位”。三年风雨，铸就辉煌。我见证了书画研究会的发展，一定会珍惜这个平台，与大家一起将这份事业经营好，不辜负领导和老师们的期望，为丰润区的文化事业传承与发展做出更大的贡献。

作者与浭阳书画艺术研究会友人刘国峰（右）交谈

（作者：易雅娇、川石，原载于政商参考网，2019 年 8 月 5 日）

暗香无言　人淡如菊

——记著名花鸟画家高金香

金香仪容端丽，谦静少语，犹如一朵山间静开的菊花，飘逸着淡淡的清香，娴雅芬芳而又有着遗世独立的骨力。

画如其人，人如其画。伫立在她的画前，顿觉惠风迎面 ，身清心舒，仿佛置身于洗净铅华的桃花源，漫步山花古木中，呼吸着大自然亲切而迷人的气息，感受到心底触动灵魂深处对静逸理想生活境界的追求。

静静渤海，滋润了她绘画艺术的沃土

高金香出生在乐亭县，沐浴着清凉的海风长大。孔子曰："仁者乐山，智者乐水。"浩瀚的大海给了乐亭人明慧和灵性。乐亭自古文化昌明、人才辈出，深厚的文化底蕴滋养了高金香艺术的天赋。

高金香的父亲是一名木匠，但不是一名普通的木匠，是一名出名的雕花木匠。艺术是相通的，国画大师齐白石就曾经是一名雕花木匠，而且通过绘制乾隆年间翻刻的《芥子园画谱》帮他打下了绘画的基础。高金香的父亲同样经常绘制雕花的《画谱》，让高金香自小就受到了花鸟画耳濡目染的熏陶。

由于父亲的基因遗传和艺术熏染，高金香自小就痴爱描摹父亲的《画谱》。慈爱的父亲看着灵秀女儿画画，更是喜爱，经常拿起她的涂鸦赞叹不已。有时候还和高金香以画画游戏，就此画画融入了高金香的血脉，成了生活和生命的一部分。

小学高金香就成了学校的名人，有很多粉丝。六年级时，一次下课，她从画报上临摹米雪、刘松仁的画像，惟妙惟肖，同学们把她围在当中，里三层，外三层。正好被路过的校长发现，对同学们如此“不务正业”，非常生气，驱散同学们，把“捣乱”的主角高金香叫到办公室，本想严厉批评几句，但看着她描摹的画像，也不由得赞叹不已。

初一时，高金香在无人指点的情况下，自己照着画报手绘的作品《松鹤延年》获得了全县书画展三等奖。父亲见高金香有很高的绘画天赋，并且痴迷绘画，鼓励她参加了县文化馆美术培训班，和刘志伟老师学习素描、速写、水粉等绘画基础技艺。上了高中，她跟随乐亭县著名画家邸东来老师学习国画写意花鸟。就此，她一生与画相伴。

巍巍燕山，强劲了她艺术追求的筋骨

河北师范大学美术教育专业毕业后，高金香随丈夫来丰润做了一名中学美术教师。从此，她以写意花鸟画为主攻方向，反复临摹吴昌硕、王雪涛、肖郎、孙奇峰等当代大家的作品，悉心体味大师的心境与手法。除了临摹研习大师作品，她更喜欢深入丰润北部燕山山脉，探求山间繁华，以自然为师。

高金香的作品源于生活，题材宽泛。她画的是平民百姓耳濡目染的寻常花鸟，但通过注入个人的气质表现出不同寻常的艺术力量，观后难忘，记忆犹新。

“疏影横斜水清浅，暗香浮动月黄昏。”高金香十分喜欢北宋诗人林逋的《山园小梅》里的这句诗。她说，这句诗表现出了一种唯美的意境。她画的梅花很好诠释了这种唯美的意境：一幅《白梅图》，画面静寂，枝干遒劲横斜于黑白色老石两侧，疏密相间白色的花朵在枝头摇曳，看着画面你就像嗅到一股淡淡的香气，沁人心脾；一幅《红梅图》，画面浓烈，粗壮的主干、老辣的枝条盛开了红艳艳的梅花，两只喜鹊伫立在枝条下嬉戏，仿佛听到了梅的喧闹、春的繁华，让心底涌动起汩汩热流。

高金香将浓浓的书卷气和现代意识注入中国传统花鸟画，用微妙的空间感和浑厚华滋的笔墨，淋漓地展现出了画家卓越的才情，显示出了画家精深的笔墨驾驭功力。她能准确地把握花卉世界的丰富多彩和活泼生气，能在情景交融中体现出转瞬即逝的情趣，创造了清新灵妙、雅俗共赏的鲜明风格。

她是“花仙子”，赋予了花卉灵动的生命：她画的牡丹，群花争艳、摇曳生姿、娇羞百媚；她画的兰花，清逸俊雅、超凡脱俗，一枝一叶都挺拔俊朗；她画的紫藤，似亭亭玉立的舞女，婀娜多姿、眉目传情；她画的葡萄，晶莹剔透、如霞似锦，粒粒颗颗含着清霜，令人垂涎。她对画中的草虫也情有独钟，蜻蜓、蜜蜂、蝴蝶等结构精准，极为传神，尤其小蜜蜂，扇动着薄得透明的双翅，翻飞在花丛中，像是听到嗡嗡的叫声，真切地画出花儿与飞虫间的情韵，令人陶醉。

不懈追求，成就了她艺术道路的梦想

高金香孜孜不倦地行走在自己痴情的花鸟画创作的道路上，她的业余生活几乎与美术创作连在一起不能分离。平时，她都遨游在历代美术理论、古今名家画迹中。同时，她酷爱文学、书法、哲学等书籍，更爱读诗、写诗，增加她多方面的修养。

高金香说:“笔墨的修炼，是一个漫长的过程，用笔用墨的最高境界，是画家在遍观自然造化的过程中逐渐趋向于人格、修养的完美过程，作为一位画家是应该终生去努力攀登来实现的。”

她沉浸在文学的修炼中，浸润在哲理的思考中，更多地痴迷于对自然瞬息万变的光与影的捕捉。她经常到村庄、田野写生，在大自然中，摄取自然花鸟之生态。池塘的清荷、水库的碧波、小溪的清流、柳荫下的喜鹊，还有微雨中燕子、农家小院的公鸡，这些司空见惯的农家生活都成了画笔下绝妙的题材。

由于她勤奋和努力，她被推选为滦阳书画艺术研究会副会长，白洋淀义德斋副院长，河北美术家协会会员，唐山市丰润区政协委员。作品《富贵吉祥》曾在国家级刊物《美术观察》中发表。2012 年，她的作品《塘趣》入选中央电视台书画频道迎新春书画展，并被电视台滚动播出，在网络评选中获优秀奖。2013 年，作品《墨牡丹》入选《华夏之星》中国书画人才海选，并被编辑成册；同年，入选河南省商丘日报社主办的金陵十二钗并参加颁奖活动。2014 年，作品入选中华民间书画联合会知识产权画展，荣获三等奖，作品被设为封面。多次参加本地市书画展，作品曾以礼物送往韩国。2015 年荣获中国领导干部书画研究院首届全国十五个城市巡展二等奖！

高金香简介

高金香，河北省唐山乐亭人现居丰润，毕业于河北师范大学美术教育专业，河北美术家协会会员，中国领导干部书画研究院理事，中国书画联合会副秘书长。河北省北方书画研究院副院长。中华民间书画家联合会会员，唐山市美术家协会会员，丰润区美协理事，中国书画顶品汇签约画家。

（作者：国海涛、川石，原载于政商参考网，2019 年 6 月 25 日）

白纸黑字书写一笔一划的从容

——记祥隶书法名家李佩强

认识李佩强是在浭阳书画院举办的一次活动上，朴实忠厚，这是佩强老师给我的第一印象。笔会上，他俯身运笔，用祥隶在宣纸上苍劲地写下“见贤思齐”，字如其人，一笔一划凝重庄严，雄强遒劲，又不失和风细雨般的古朴典雅。

李佩强书法作品——唐代诗人刘禹锡的《竹枝词》

天生与书法结缘

有那么一种人，似乎天生就会写字。1965年，李佩强出生在丰润区广家店村，上学时，他顽皮好动不爱学习，成绩不好常常被父亲责骂。按理说这样的学生应该是与书法无缘的，可世事总有例外，李佩强虽然不爱学习，却非常喜欢写字，从小就展露出了自己的书法天分。上学期间，无论写作业还是考试答卷，字迹绝对清晰工整，在写字上，一直是学校里最优秀的，这一点老师对他非常认可。当时镇里组织近千人的书法比赛，李佩强代表广家店村参加了比赛，不负众望，他为本村赢得了第一名的好成绩。

1983 年初中毕业，李佩强应征入伍，因为字写得漂亮，被领导看中，就一直干宣传工作，画宣传画、办板报、写大字的活儿都交给了他。在板报评比中，李佩强所在的班一直都是全团第一。为了提高书法水平，他利用业余时间，尝试着临习颜真卿、柳公权、赵孟頫等碑帖，这时的李佩强才算真正接触到了中国毛笔书法，但还属于无头绪的临摹，无论什么字体，只要喜欢就写。

复员以后，李佩强到一家大理石厂做工。热爱书法的他利用闲暇时间在废弃的石料上用毛笔蘸水书写汉字，刚好被偶然经过的领导看到，“嚯！这小子还有这本事！”从此，让他专门负责厂里的文字工作，还为他配备了一间办公室，搞墙体广告和文字雕刻。那个时候刻碑文还没有现在这么先进的机器，完全靠手工：要先把文字用油漆写在石碑上，再用小锤头、铲子，一笔一笔地刻出来。有时候一不小心石头就会嘣到头上、脸上，但李佩强乐此不疲，心里想着不能辜负领导的良苦用心。从那时起，他更加勤奋的练习毛笔书法，临习著名书法家刘炳森的隶书。这些，为他以后的书法生涯打下了坚实的基础。

学在苦中求　艺在勤中练

2009 年，一次偶然的机会，李佩强接触到中国书法五十家之一的祥隶书法创始人王祥之先生。祥隶书法艺术在当今中国书坛可说独具特色，结体扁方，中宫宽大，撇捺收拢，行笔向外，略带弧形，给人庄重舒适之感。李佩强看过甚是喜欢，在心里暗暗许下要学习祥隶的决心。正巧王祥之先生对他写的字也赞誉有加，这更加坚定了李佩强学习祥隶的信念。日后，李佩强专门来到北京王祥之先生家里，登门拜师，从此专门学习祥隶。老师见他稳健笃定、寡言少语，送他了一幅字——“听涛”，李佩强保留至今。

任何一位艺术家背后都会有一段刻骨铭心的履历。李佩强在学艺的道路上也历尽苦难。当年为了能够让老师指正作品，要经常去北京，但是家境不好，买不起来回的火车票。刚好村里有人去北京运输水泥，他便搭顺风车。但是这种车必须夜间去，夜间回，李佩强也只得夜间到北京。凌晨一两点钟，冬日的寒风刺骨，李佩强只得随便找个背风的地方一会儿站，一会蹲，一会原地小跑。好不容易熬到天亮，但一看时间早上六点多钟，怕去太早了影响到老师休息，就在老师家周围兜兜转转一个多小时。到了七点多，觉得老师应该起床吃过早饭了，才去敲老师家的门。老师往往惊讶他为何来的这么早，却不知道他已经在北京蹲了大半宿。李佩强就是靠着这种精神和毅力坚持了八年多。

李佩强书法作品

李佩强不仅肯吃苦，而且非常勤奋。家里书架上满满的都是书法典籍，随便拿出一本，翻看每一页都沾有斑驳的墨迹。让人更为惊讶的是李佩强清楚地知道哪本书的哪一页有哪个字，可见用功至深。在家中，他写字的书案上笔墨纸砚齐全，唯独没有笔洗。因为字练的勤，用笔频繁，洗过之后不一会儿还要用。为此专门用笔套把前面的毛罩着，笔毛总保持着湿润，方便随时拿起来书写。案上零散地放着很多墨汁的空瓶，500 克的大瓶墨汁差不多五六天就用要完一瓶。案板下面有好几个大号纸箱，里面整整齐齐摆放的全是宣纸，他说纸张上平均半年要用掉十二刀。每次在外面回来第一件事就是要练字，有时候会一直写到深夜，李佩强每写完一幅字就平放在地上，站着仔细观察哪里有问题，哪里墨用量该多一些，哪里应该加一些枯笔，这里收一收或那里该放一放。有时候李佩强母亲也会插上几句见解“我看这两个字之间空隙大了点儿”佩强老师定睛一看还真是大了。他就这样日复一日的反复不间断的练习，一年三百六十五天，没有一天不动笔的时候。他的家中，书橱、门后、衣柜顶、炕角边、窗台几乎每个角落都堆满了练的字。因为实在放不下，每隔一段时间还要烧掉一批。看着一摞摞的白纸黑字，是功夫，是心血，也是满满的成就感。见徒弟如此勤奋，王祥之老师特为他的书法工作室赐名——“耕砚斋”，李佩强将其悬挂于墙上，时刻提醒激励着自己。

书法艺术继承传统不易，现在，王祥之先生非常喜欢李佩强，以至于王祥之先生举办讲座时，往往把李佩强叫去，王先生讲，李佩强写字作示范。如今王祥之先生成立了“祥隶书法艺术研究会”，李佩强任副会长，可谓实至名归。

字如其人　人如其字

书法是一个长期临创磨练的过程，不仅要求功夫到，更要求学养、阅历、胸襟的综合素质。佩强老师的书法厚重朴实，正如李佩强为人低调谦逊，憨厚踏实，勤奋。虽然现在自己在书法造诣上已可见一斑，而且集众多名誉头衔于一身，但他都不放在心上。就一股劲儿的研究书法艺术，始终认准老师的东西，踏踏实实地学，老老实实地学，一步一个脚印地往前走。

他常说，把字写好了比什么都重要，其他的事情不擅长，是因为脑子里想的全是如何用这白纸黑字写好书法。由于李佩强的品行和才气，与其交往的不仅有全国各地的文朋墨友，更有像王泉涌、刘亚军、高金香等著名书画家，正可谓是“谈笑有鸿儒，往来无白丁”。

李佩强对音乐也有着难以割舍的情愫，这些元素的互通互融，相辅相成，成就了李佩强对于书法艺术审美独特的理解力和把握能力，使其在书法艺术上不断有新的领悟和突破。

而至今我还能清楚地回忆起佩强老师俯身运笔的画面，每一笔都是他勤学苦练多年的累积，每一划都是中国书法艺术的经典传承。

李佩强简介

李佩强，滦阳书画艺术研究会副会长，祥隶书法艺术研究会副会长，祥隶书法高研班助理讲师，河北省书法家协会会员，唐山市书画家协会理事。作品在国内外书画大赛上多次获奖，被国内外收藏家购藏。

在中国书画家协会、中国书画家杂志社和中国书画艺术报社联合举办的第三届“中华名人全国书法美术作品大展”活动中获得二等奖，在第三届欧阳询奖全国书法大赛上获得银奖，并被授予“德艺双馨书法艺术人才”称号。

（作者：易雅娇、川石，原载于政商参考网，2019 年 6 月 11 日）

淡雅清芬去俗韵

——记工笔画家陈立华

唐山市丰润区王官营镇下水路村，静卧于燕山山脉青翠山间。村北有一眼清泉，唤作马蹄泉，掬来可饮。马蹄泉清冽泉水汩汩滔滔，汇成一条小溪，四季清流不断，水中游鱼细石可见。

青年女国画家陈立华，宛如马蹄泉边一朵兰花，安静、温婉、贤淑而又平和、纯净，带有乡间泥土的芬芳和圣洁。

她说自己是一名普通山村农妇，没有进过大学深造，也没有经过专门正规学习。其实，伫立她的画作前，那种迎面的淡雅清芬的意境，已是成名的工笔国画家。

"中华鱼王"、上海楚天书画院副院长、中华人民共和国文化部中国诗酒文化协会诗书画院副秘书长宋守友和中国书法家协会会员、篆刻家王玉书见到陈立华画的花鸟和鱼惊异于她的天资颖悟，认为她的画作"洗尽铅华、细腻典雅，意境幽远，内涵丰富，情真意切"。

天资源于痴迷。"我从小喜欢画画，可能与我父亲有关。"陈立华的父亲虽是一位普通农民，但是写的一手好字。从记事起，她就喜欢端坐在父亲身旁看墨色浸润宣纸的美丽，或拿着父亲笔墨尽情涂鸦。再大一点，就临摹小人书或者课本上的插图。

山间的美景是她绘画的源泉。春天里漫山的桃花、梨花，夏日里马蹄泉边游鱼、青草和野花，在她眼中都是洁美画作。她或用石头在土地上描摹，或是买来彩笔在白纸上勾勒。山村的闭塞，家境的贫困，让她没能走出大山。但是超出了"欲望"的对绘画痴迷，让她始终沉浸在绘画的热爱之中。

在美丽的山村，陈立华过着朴素和简单的耕作生活，对名利的淡漠和对绘画的执着，让她的工笔花鸟画富有山间的灵性，给人带来精神上的洒脱和陶冶的美的享受。可能是下水路山间的灵气和马蹄泉水的清流赋予了陈立华绘画的“异秉慧根”，让她的工笔花鸟画，画面宁静、清新，格调高雅、超凡脱俗。陈立华喜爱画山间野花，一枝一束都鲜活灵动，这只有在名利至上、物欲横流、繁杂喧嚣的尘世外，保有一份清心寡欲、宁静平和、淡泊悠闲的心境的人才能画出。在她的画作中，你可以感受到那种不以无人而不芳，至贞至纯、自强不息的崇高精神。她创作的《清香》，只是一枝朱顶红，淡雅清新，工整细腻，但是远离了学院派拘谨和做作，粉嫩的花苞，绽放的花蕊，色彩纯和洁净，具有一种无拘无束的生命野性。她创作的《桃花鸳鸯戏水》，粉色桃枝下，一对彩色鸳鸯在飘着片片桃花的碧水间嬉戏。整幅画作，色彩靓丽而柔和，让人感觉到平淡、平静、平凡的高妙，而对桃花和鸳鸯的描摹，分明是下水路马蹄泉静雅生活的再现。

陈立华新近为《中华大地之星》组委会创作一幅工笔画《荷塘鲤情》佳作，作品栩栩如生勾画出一幅气韵生动的场景，静逸不失动感，画出两条嬉戏游鲤，惬意安乐，游荡于碧绿荷叶、粉色荷花下，远离喧嚣，使人回味绵长。画面充盈宁静淡雅之气，给人难得的艺术享受。此作品受到中华大地之星组委会主任、中国书画协会副主席阮观荣高度评价，并进行收藏。

陈立华自幼喜欢画荷花，更崇尚荷花“出淤泥而不染”的高洁品格。她所描绘和追求的是荷花那高洁不凡的气质，欣赏荷花那神韵仙姿。她笔下的白荷冰清玉洁、清香飘逸，在晨雾中散发着清凉的幽香；她画的粉荷亭亭玉立、清澈含露，好像刚刚出浴的少女；更让人心动的是她描绘的红荷，在红日东升的早晨，霞光映照着荷塘，盛开的红荷流光溢彩，蜻蜓在芦苇尖上悠闲，呈现出映日荷花别样红的美景。

陈立华更喜欢画鱼。沉静的她，喜欢坐在马蹄泉边仔细观察清流中的游鱼，喜欢游鱼那样自由自在的惬意和安详。她说：“我就是下水路马蹄泉里的一条鱼。春种秋收，无拘无束，无忧无虑，知足常乐。”她画的鱼不仅形神兼具，而且赋予了山间隐士般最为淳朴的生活意趣。

陈立华如今走出了大山。她和友人一起创建了浭阳书画艺术研究会，任浭阳书画艺术研究会理事、副秘书长。她的画艺取得一定造诣，2014 年，参加唐山市书画比赛，作品《花开富贵》获得了一等奖，牡丹图《国色天香》

在2009获得中华杯书画邀请赛一等奖，2014年工笔荷花鲤鱼在中国梦·燕山情第二届燕东文化艺术节首届中青年国画展上获得奖并被出书留念。

陈立华简介

陈立华，馨逸斋主人。浭阳书画艺术研究会理事、副秘书长、唐山市美术家协会会员，师承著名画家“中华鱼王”宋守友，自幼酷爱书画，尤其是对工笔花鸟情有独钟。2014年，参加唐山市书画比赛，作品《花开富贵》获得一等奖；作品《国色天香》在2009获得中华杯书画邀请赛一等奖，并出书；2014年，为庆祝建党九十三周年，工笔荷花鲤鱼在“中国梦·燕山情”第二届燕东文化艺术节首届中青年国画展上获得三等奖，并出书。

（作者：国海涛、川石，原载于长城网，2017年3月21日）

梅开淡蕊独芬芳

——记青年工笔画家王静梅

初识王静梅，是在一次书画交流活动上。她安静地坐在一个角落，一声不响，身上带着一股江南女子的轻盈与灵气，有着无法形容的精致与典雅，“钟灵毓秀”如雪中寒梅，清新明澈。

王静梅虽出生丰润乡村，但自幼受痴迷书画的父亲熏陶，1995 年考取天津大港石油学校美术专业，后来到河北师范大学学习美术学。王静梅跟赵铁军老师学色彩、素描，跟常旗老师学美术专业理论，为今后的美术创作打下了良好的基础。

生性恬淡、无欲无求的王静梅毕业后，在乡村小学教学。在喧闹的场合有些拘谨的她，喜欢孩子，喜欢带着童稚的孩子们，画石头、画脸谱、画葫芦、画花盆……她还喜欢，独自一人徜徉在乡村河边，看水中游鱼、垂柳下丰收的庭院、秋雨中摇曳着的喇叭花……她还喜欢，一天天捧着潘天寿的《中国绘画史》等绘画书籍，喜欢安静地躲在自己的小屋临摹于非闇的牡丹、陈洪绶的荷花……

加入洭阳书画艺术研究会，是王静梅生活与创作中的一个重要转折。在这喧嚣繁华的尘世间，她与一群醉心书画艺术的“隐者”，一起探讨书画艺术，

摆脱了文化心理上的眩晕与茫然、犹豫与彷徨。她逐渐找到自己的路径，那就是根据个人心理需要和精神状态，选择材料与技巧，悬置思想，以独特的造型与色彩处理，进入生命

的体验与品味。王静梅采用中国传统方法和所学专业相结合的表现手法，经过多年的实践总结了一些适合自己的创作方法，并形成自己的创作风格。

画好画，首先要先养眼。王静梅的作品，注重写生。她用笔工细，敷色淡雅，而背景的处理，避开了面面俱到的匠气，轻敷淡染，将一枝荷花、莲蓬或者菊花、青草，晕染得饱满诱人，格外的赏心悦目。画面虚实相映，情趣盎然。

王静梅最爱画荷花，她画出了荷花的亭亭玉立、清丽娇艳、优雅从容。站在她的荷花前，感到一种沁气浸润骨髓，感到暗藏在画里的宁静与高远，孕育着只有真正纯净如水的心才能画出那份远离尘世的纯净。

王静梅的长卷《牡丹山雀图》，小枝与主干之间不仅在穿插避让上井然有序，而且主次关系明确，表现技巧也更生动自然。主干的线条虽然粗犷却不显粗糙，笔势稳重结实，细致的皴擦使枝干具有很强的立体效果，再加上淡赭色的渲染，很有些西画的韵味。盛开的牡丹花娇柔轻灵，给人以恬淡宁静、端庄秀丽、平和安详之感。层层晕染的花瓣丰满滋润，仿佛是晶莹的玛瑙。

中国的人物画，尤其工笔人物画最讲究抒情，画家往往借助丰富的联想与想象构筑充满感情色彩的诗境，力求画外有情、画外生意。而王静梅，特别喜欢工笔宗教佛像题材人物画。她的佛教题材人物画，虽然没有浪漫梦幻的抒情特点，但是可以感受到画家对于自然、生命、生活的独特的感受。她的人物画不仅重视人物外在的“传神”，更注重表现人物内心的情感，将女性特有的细腻，融入了画作之中。

王静梅的老师、画家常旗在王静梅毕业的时候评价她：“梅，静静地开放，不欲人知，然而一缕幽香即暴露了她的行藏，你就是那个静静地藏于人中而又时时为人瞩目的静梅。”

名如其人，王静梅说，她只想安静地生活，每天和孩子们一起，过简单的生活，画纯粹的画。

王静梅简介

王静梅，1978年出生于河北省唐山市丰润区老庄子镇沙务庄村，河北师范大学美术专业本科毕业。现就职于唐山市高新区瓦房庄小学。2015年，书法作品获高新区“迎新春绘中国梦”师生书画展二等奖；2016年，简笔画获高新区“迎世园我爱我家”简笔画一等奖，获高新区“图说条例准则”廉洁教育漫画一等奖；多次辅导学生作品参赛荣获奖项。

（作者：国海涛、川石，原载于中国网，2019年3月14日）

执着书法艺术　洒下一路墨香

——记青年书法家陈超

三十刚刚出头的陈超，学历不高，但是一身书生气。他虽身为草根，但喜欢纵谈历史哲学；虽家境贫寒，但是自小“不务正业”，不好考学，却遍访名师，痴迷书法。

陈超父母都是普通农民，对他要求也不高。生性恬淡的他，自小就没有什么理想，随遇而安，随心所欲，平平常常。但是，陈超喜欢书法，喜欢读一些与考学无关的人文历史书籍。

上学时，同学们挑灯夜读，专心学习，他却用攒下的钱买来笔墨纸砚，悠闲练字。中专毕业后，同学们或升学或打工，他还在家中写字。后来被父母逼迫自谋生路，因为熟悉笔墨纸砚的进货渠道，做起了卖笔墨纸砚的小本生意，用他的话说：“自己用起来也便宜。”

陈超生性有些内向，但是往往一谈起书法，却两眼有神。因为他谦逊好学，逐渐得到了丰润不少书法家的喜爱，丰润很多书法家都倾囊传授这位有些另类的年轻人。后来，陈超靠着教小学、初中孩子书法维持生计，娶妻生子。虽然收入微薄，但是他乐此不疲。

用妻子的话说：“陈超就是一个书痴，写字写‘傻’了。”一次，妻子早上有急事出门，嘱咐他送儿子上学，他随口答应了。但是转脸，他突然想起某字帖中某字的用笔来了，马上找出字帖不断揣摩，并拿出笔墨反复练习，送孩子上学的事情早就抛到脑后了。中午，妻子回家，看到陈超捧着书本趴在几案上如痴如醉，儿子半天没上学，坐在地上玩积木，玩得不亦乐乎，真是让人哭笑不得。

多年来，陈超笔耕不辍，以笔墨为伴，潜心习字，家人每每夜晚休息时，仍见他一盏孤灯，透过寂寞夜晚散发着光亮。多少个长夜，多少摞写满字的纸张，见证了他努力的步伐。陈超一步一个脚印地踏出一条属于自己的路，洒下了一路墨香。

“宝剑锋从磨砺出，梅花香自苦寒来。”经过勤学苦练，陈超的书法进步神速。近日他临摹的《留简帖》，线条流畅圆浑，细处似见锋颖若鸟飞，粗笔呈现平面如象重，伟岸不羁。结字重心凝聚中宫，充分利用疏密黑白的对比，向两边辐射。字体或放、或敛、或连、或断、或提、或按、或点、或横（短横），锋开四面，汇融为一种和谐的整体美，给人率意无拘，流便痛快的感觉。北京书法家协会会员、浭阳书画艺术研究会名誉会长刘亚军老师见到后，对陈超评价颇高：“陈超有天分、尊古法、路子对，线条拙朴苍劲。”

陈超心系书法，并积极参加书画公益活动，让书法艺术走进学校、乡村、企业。陈超还热爱诗歌创作，创作了大量诗歌作品。他乐于助人、谦逊的品行，加上深厚的文学功底，都对他的书法起到了很好的催化作用。正向他所说的：“学习书法需要博观而约取、厚积而薄发。”这个谦恭好学的书者，一直行走在追逐梦想的道路上。

陈超简介

陈超，简静斋主人，1982年生于河北省唐山市丰润区泉河头镇古石城村。现任浭阳书画艺术研究会副秘书长兼培训部主任，是中国诗歌学会会员、中国公益记录者在线书画事业发展中心特聘书画家、马永林秦皇岛书法工作室学员。

（作者：王静梅、川石，原载于政商参考网，2019年2月25日）

留住童年的记忆

——访青年卡通画家易雅娇

2017 年“六一”儿童节前夕,《中国冶金报》记者在探访唐山画家群体中，年轻画家也别有洞天，85 后卡通画家易雅娇创作的儿童画作——《钢城未来小主人》，画面中由一位钢厂工人带领小朋友参观钢厂，为小朋友讲解钢铁产业转型升级，展望钢城未来的美好愿景。五月中旬，此幅作品荣获第八届“中国时代风采”征文证评活动卡通画类银奖，专家认为她的画作充满童真童趣，笔法简洁，画境纯真，唤起观者心灵深处的共鸣。易雅娇自 2015 年多幅作品被冶金工业出版社选用图书封面和内页插图。她现担任唐山有名气的浭阳书画艺术研究会副秘书长，责任和担当，不到 30 岁的她，青春荡漾，涉足在卡通画业的不归路上,留下自己成长的轨迹。她说:“希望永远别看到尽头的自己，义无反顾地向自己选定的目标前进！”

兴趣——入门向导

梦想成为卡通画家，这是易雅娇瞄准的人生坐标。记得三年前，易雅娇的办公室墙上挂满她运用变形、比拟、象征手法，画出一幅幅有创意的卡通人物画例，给人以温馨、幽默、诙谐之感。她告诉我说，这些有风趣的画作是她根据身边的人物个性特点画出来的，画中有她的家人朋友和客户。她信心满怀坚持在群里发自己创作的画，为粉丝分享卡通绘画技巧、培育画风心得及创作经验。她热衷于卡通画业，20多年来努力画好自己的画，具备了扎实卡通画艺功底，已站在卡通画艺术高峰的山脚下，从零起步，一步步攀登……兴趣是入门的向导，易雅娇自幼酷爱画画。除天赋外，她乐于吃苦，卡通画的艺术人生书写着励志激情的故事。

她出生在一个普通工人家庭，爸爸干木匠活用的一些“兵器”——小锤头、钉子、砂纸、手工锯等成为她小时候的玩具。她还常拿些小废木料块拼积木、打造成自己的玩具。幼儿时喜爱看动画片，生动可爱的卡通形象在她的心里打下深深的烙印。她拿着粉笔在屋子墙上和地上涂画幼儿读物中插画的卡通形象。读小学时，她积攒零用钱买她喜欢的动画贴纸，她把这些卡通人物都临摹描绘在一打打图画纸上，用夹子夹着，当做宝物一样珍惜，只有好朋友到家里玩时才会拿出来“显摆”，给大家欣赏。

中学时的一次美术课，老师挑选班里一位同学做模特让大家画，她画得很像那位同学，她被美术老师选作艺术特长生进行系统的绘画学习。经过她的不懈地努力，中学毕业绘画考试拿了全校第一的好成绩。

临摹——成功之基

临摹是学画画的一种手段，许多画家都曾经临摹过大师的名作。易雅娇四年大学生活，课余时间她从图书馆借来名画集，临摹自己感兴趣的画作，其中尤为喜欢临摹女画家潘玉良的作品。她说，临摹画作一本接着一本，画着画着不用打底稿就能流畅地把形象跃然于纸上。她思考着要想创作出自己的画风还需更多的努力。她大学时开始习作把人物用卡通形象来显现。从她的习作本上几乎能看到全班同学和任课老师的面庞，笔法简练、概括、形象生动有趣。同学见了一眼就能认出这个是某某同学，那是某某老师。后来，她结合着卡通形象把同学的相貌加以细化，有的画成蜻蜓，有的画成青蛙，有的画成动漫人物，画面虽稀奇古怪却趣味横生。同学们看后都会哈哈大笑点赞着说：“还真像！”。

追梦——走在路上

五年前，易雅娇大学毕业，在校期间受过严格的卡通画的专业训练，熟知卡通画的编绘流程，了解卡通画业界的“游戏规则”。参加工作后，随着市场对卡通画需求量的持续增长，她与表哥分析卡通画市场走势，认为只要肯吃苦、勤动脑、肯钻研、就会有较大收获。兄妹二人商定开办自己的广告公司，纳入卡通画业务，开始建立自己的人际关系网络，全身心投入卡通画的创作，突出狠抓两项工作：一是为提高自己的知名度和影响力，跟专业期刊、出版商建立合作关系,参加各种展会和交流活动。二是为实现自己选定的奋斗目标，不管遇到何种困难和挫折，都以只有一丝希望，愿付出百分之百努力，画好画比什么都重要，付出比别人更多的精力。

易雅娇的卡通画作品广泛适用于商业广告、杂志、报刊文章的插图等。她接到选题便开始策划、绘制初稿、加工整理、定稿、直到交付出版。她有时灵光闪现便会一直画到深夜。她介绍，创作一般简单的卡通人头画每天可画 2~3 幅、有主题难度大的，一般 5~6 天画一幅。她说，创作卡通画传达情感比写日记丰富得多。据了解，近两年她仅为钢厂创作近百幅卡通画作品。她自谋创业，卡通画作迈出第一步，作品第一次被出版社编辑、第一次收到读者来信、第一次在网站论坛上有评论……那么多的第一次，这些都是意味着她已是“卡通画”圈里的一员，站在这个圈子的边缘，成为职业卡通画家，开始一步步向圈子中心走去。易雅娇画卡通画也展现出自己的画风，众多用户赞誉她作品的主人公就像从童话中走来，造型新颖，笑态满怀、情感真挚、幽默耐人寻味等。

儿童节画作——《钢城未来小主人》

也正是这样，她的卡通画作深

受周边钢厂及小朋友们的喜爱。微信里，许多家长会拿孩子的照片让她帮忙创作，不仅留住了孩子不一样的童年，这样的画作更有益于对小朋友的智力开发。

易雅娇把自己比作蜗牛——虽行动缓慢，但一直在路上，去圆自己的梦！

易雅娇简介

易雅娇，自幼喜爱文学与绘画，2012 年毕业于安徽建筑大学艺术系，文学学士学位。在校期间成绩优异，屡获奖学金，三好学生等荣誉，多幅绘画、设计作品被留校展览收藏。

2015 年《走进红松的故乡》封面设计荣获第二十三届中华大地之星征文（美术编辑类）一等奖。

2017 年作品《钢城未来小主人》荣获第八届“中国时代风采”征文证评活动卡通画类银奖。

多次组织公益活动，并撰写新闻报道发表于各大网络媒体。

（作者：谢吉恒，原载于长城网，2017 年 5 月 25 日）

跋一　文学能铸造精神品格

与钢铁企业青年文学爱好者座谈，是由冶金文协、中国冶金作家协会开展“深入生活,扎根人民”活动的重头戏之一。《中国冶金报》河北记者站站长谢吉恒、中国宝武作家董宏量、太钢作家蒋殊、包钢作家崔美兰深入多家钢铁企业传经送宝。

“这种流动文学讲堂，通过钢铁行业知名作家与青年文学爱好者面对面交流，推升了钢城青年对于冶金文学创作的热情。这既是对新中国成立70年来、改革开放40多年来中国冶金文学成果的梳理，更是为新时代冶金文学创作勇攀高峰传承前进火炬，值得推广。”对于专门安排冶金行业知名作家与青年文学爱好者开展文学对话的意义，冶金文协常务副主席、中国冶金报社党委书记陈洪飞给予了热情评价。

《中国冶金报》河北记者站站长、资深记者谢吉恒从20世纪60年代开始从事新闻写作，先后在部队、冶建企业、《中国冶金报》任报道员、新闻干事、科长、记者、记者站站长。40多年来，他在各级报刊发表近300万字新闻作品和文学作品，在河北省内外冶金行业产生较大影响。他的获奖作品百余篇，曾12次走进人民大会堂获通讯、调查报告、报告文学、散文等各类奖项。2006年在《中华大地之光》征文评选活动中，他被授予“十佳新闻文化工作者”称号；2011年在由中国报告文学学会、中国散文学会等举办的《中国时代风采》征文评选活动中，被授予“中国最具影响力新闻文化工作者”荣誉称号，连续多年被评为《中国冶金报》优秀记者及优秀记者站站长。谢吉恒从事新闻工作三十年以上，为社会主义新闻事业作出了积极贡献，2019年在庆祝新中国成立70周年、欢度第二十个记者节之际荣获中华全国新闻工作者协会颁发的荣誉证书和奖章。

谢吉恒是一位长期坚守在新闻战线上的资深记者，他经常对年轻同行说，要忠诚于党的新闻事业，勤于笔耕，用笔记录事实、记录人、记录时代、记录坚守信念绝不放弃的人，同时可以通过这些新闻报道，利用文学的形式，让社会上更多的人了解钢铁、喜欢钢铁。谢吉恒十分注意用自己的文学实践，引导钢铁行业的年轻文学爱好者对本行业、本企业火热的现实生活进行文学书写。在平时的采访和交流中，谢吉恒经常跟钢铁企业的文学爱好者论文学、谈传承、讲精神。他寄语年轻人，文学不但能改变一个人的命运，更能铸造一个人的精神品格。

近年来，谢吉恒的文学创作成果颇丰，他的作品集《汗水智慧铸丰碑》《难以磨灭的记忆》《改革大潮赛风流》《走进红松的故乡》《燕赵儿女走进人民大会堂》等著作在钢铁行业及全社会都产生了广泛影响。谢吉恒还为河北钢铁企业培养了一大批新闻通讯员、文学爱好者，他们大多是钢铁企业基层的工人、河北乡村的农民。谢吉恒对年轻人说，做记者，就要坚持到基层采访。当作家，在热爱文学的同时，要对文学创作充满“责任感”。谢吉恒说：“我就把新闻采写和文学创作两方面的追求融化在自己的血液里，伴随自己的一生。因为，新闻和文学都是对时代精神的记录，都是发现美、感受美、传播美的重要途径。”

谢吉恒建议，钢铁行业的文学爱好者要牢固树立新时代中国特色社会主义文艺思想，并将文学精神和情怀与中华优良传统相融合，把几代钢铁人创造的独特的钢铁文化不断接续下去。年轻一代钢铁文学爱好者要从老一代钢铁作家身上汲取更多的营养，用这些营养助力自己迈上更高的文学创作台阶。

谢吉恒经常在深入钢铁企业、矿山、钢材市场等时与钢铁企业文学爱好者进行面对面交流。他说：“搞文学创作一定要扎根生活。我的经验是，一旦置身于工人火热沸腾的劳动生活，顿时就能感受到他们振奋的精神、激情与温暖。钢铁企业青年文学爱好者只有深入挖掘钢铁生活的精神内涵，从中吸收营养，亲身体察钢铁行业在供给侧结构性改革进程中的崭新风貌才能写出有温度、有影响力的作品，并把这种精神力量传播到社会。”

中国作家协会会员
中国冶金作家协会副主席兼秘书长　郑洁
中国散文学会会员
《中国冶金报》新闻中心副主任兼副刊主编

跋二　人间有味是清欢

以前，每当看到别人书前书后由名人大家写的序跋，便不由会想，哦，这是名家写的评语，有资格写这类文章的人，自然非凡夫俗流之辈。此书有此文，品位自然提升不少。后来学写文章，才知，写序和跋可不是件容易的事，即使名家，也敷衍不得。

对此便产生了敬畏。

为人写跋的确不是件轻松的事儿，尤其是面对大家前辈，更要谨之慎之。

何况我从来没有写过这类辞章。

今天，面对谢吉恒先生，我心更是忐忑。

谢先生时任《中国冶金报》资深记者，一次偶然的机会，得于结识，可谓素昧平生。谈起人生，原来有过类似经历。谢先生为《中国冶金报》副刊撰稿深耕多年，而我，也曾在自己任职的媒体主管副刊。于是，一见如故，共同话题自然就多了，三观接近，彼此留下美好印象。谢先生一看就是性情中人，我也是生活的热爱者。每次谢先生因工作来邢采访或他事光临，都会惦记着我，借机晤谈，谈天说地，心悦情深。

一来二去，友情日深，成为挚友。我深为有此好友而幸。

前不久，忽接谢先生电话，说出书约请我作跋。

我觉得自己学识浅陋，这跋，可不敢当，还是另请高明的大家名人好。

谢先生却说，我看过你的几篇散文，弟之功夫，足可担此任。又说，能写出特点就是硬功，高手往往在民间，以独特的视觉，用第三只眼睛观察分析事物，谋篇布局，往往会写出极有深度的好文。

谢先生盛情难却，只好迎难而上。

一部皇皇五十万言的著述，面之广，思之深，非三言两语能概括之。

何况，这仅是谢先生近三年之大作，使我不由望书兴叹。

120余篇文章，有自写自事的心得感悟，有记人记事的世间扫描；有国家大事的热切关注，有亲朋好友的温情展述。每篇美文，皆为心声心韵。文里字间，一个宽厚长者和蔼老人就在你眼前，向你娓娓道来，如叙家常，谈天说地，天南海北，亲情满满。

谢先生有一颗多情的心。文为情所系，有情，于是文泉似涌。只看段落标题，就令人心情澎湃："迎接新时代""走进新时代""拥抱新时代""献身新时代"，只段目，作者心性一览无余。谢先生是一个性情中人，是一个热爱生活的人。细阅谢先生文章，每每使人为谢先生的情致所深深地感动。这是一个激情四射的人，他爱工作，爱人生，爱祖国，爱他身边的所有人。谢先生把他的全部人生和热情奉献给了他所喜爱的工作。

看到谢先生的工作热情，我不仅想到了自己。说起来，我也自认为是一个热爱生活和工作的人，但是留下了多少作品呢？了了几篇愧疚难当。而谢先生已步入古稀之年，仅仅三年时间，就写出这么多的妙语华章。

所有文学，都在表达作者的性情，写人、记事、写景，皆为作者性情之流露。古人论文章，“情者文之经，辞者理之纬”“情理是经，文辞是纬”。说白了，就是情怀第一，文辞次之。

谢先生此书中有一部分是写风物记游的作品。无论柳宗元的“永州八记”，还是朱自清的《欧游杂记》，无不是表达作者的心性。但作文之道，尤其是材料处理，直接反映了一个作者的水平高下。美国作家伯罗斯早在一百多年前就曾说过，真正的文学之所以能够使任何材料成为对于我们有兴趣的东西，是靠他的处理法，即注入处理法里面他的人格的要素。如果我们只埋头在那些材料，即其中的事实、讨论、报告里面，是决不能获得严格意味的文学的。此论在游记这一体裁，更是如此。游记最忌如此。谢先生深谙此道，读谢先生此类文章，犹如看到谢先生在向你畅怀而吟，娓娓而谈，天南海北，步履所至，情景交融。

其实，文章皆性情，虽然写的是别人，但其实是在写自己的兴味。谢先生不少写人物的文章，虽然主要是思考企业管理和经营之道为主，但里面的人性之味浓郁亲切。就像谢先生在面对面向你介绍这些企业家、成功人士的人生百态，使人思考。作者与主人公的性格在进行交融。只有这样的文章，才能感染人、影响人、号召人，这也是作文旨归。

就谢先生整部书，没有造作，不矫情，全凭自己的艺术感觉。无论写人还是记事，皆是心性之作。克罗齐曾说过，艺术无非是直觉，或者说是印象的发表。这是一个作家的最终追求。放眼目前文坛上的有些作品，只重视了技术，而忽视了感情的表达方式方法，一味追求新奇，追求奇思怪想，而竟忽视了文章最根本的目的是让人读下去，完全脱离了文章的起始目的，必然不自觉地脱离了最初的撰文目的。谢先生是个实在人，其文也实。其实，读者有几个喜欢虚文假意呢？与其挖空心思写一些连自己也不相信的假话虚文，倒不如实实地写一些大家都喜欢看的实话。古语有云："真文必淡，真文必质，真文必简。"只有真了，实了，淡了，简了，文章也就美了，好看了。谢先生做到了。正如苏轼在《浣溪沙·细雨斜风作晓寒》词中所说，"雪沫乳花浮午盏，蓼茸蒿笋试春盘。人间有味是清欢。"

序跋不易太长，就此打住。最后祝谢先生拳拳情怀为民谋，墨证劲节老精神。

中国散文学会会员
《邢台日报》副总编辑　甄忠慧
2020年1月

后　记

2019年10月，完成《新时代风采》书稿，交与出版社，我如释重负。书中四大板块内容凸显出两大看点：

一是搭建平台，共同参与。近10年我常与众多中国散文学会会员、中国诗歌学会会员、书画家等友人相约一同采风，凭借多种期刊网络的平台，展示新闻、文学、书画等作品，产生连锁效应，广泛交流、优势互补、效果倍增。

进入新时代，新中国从站起来，到富起来、强起来，我们这一代人既是见证者又是践行者。没有中国共产党，就没有新中国，就没有改革开放的繁荣盛世。实现两个一百年奋斗目标、实现中华民族伟大复兴的中国梦，“人民对美好生活的向往就是我们的奋斗目标”，我身为从业40余载新闻文化战线老兵，义不容辞乐于担当，踊跃为新时代鼓与呼。

庆祝改革开放四十周年、庆祝新中国成立七十周年，我采纳文友建议，创新策划、大家参与、同心协力、分工协作，开启创作。在征得原文作者同意的情况下，我将与我相识的一些中国散文学会会员、中国诗歌学会会员、书画家在报刊网络上发表过的20余篇散文、报告文学和20余首诗歌及书画等作品选编入本书第三章《拥抱新时代　焕发新气象》的“文友交流”和“诗友情怀”部分，第四章《献身新时代　担当新作为》的“书画艺术精彩人生”“聚焦洹阳书画艺术研究会”部分，为读者奉献一份异彩纷呈的文化大餐。同时，我接受文友相约，贴近自己写作实践，撰写一篇散文细节描写的文章。一方面，理解文友们对我的真诚期盼，给予我自信；另一方面，鼓励我肩负对青年文友传帮带之责，与文友加深切磋。盛情难却，我欣然答应，尽心尽力写作，几经修改，完成“浅议散文细节描写”一文。又经友人刘国峰推荐，特约中国诗歌学会理事、唐山市丰润区作家协会副主席张恩浩先生为文友诗歌作品撰写“诗情荡漾浩墨人生”点评文章。

二是分享快乐，愉悦心情。《新时代风采》内容丰富，以聚新时代风采为主轴、深度透视，典型引路为本、以文会友和交友。全书主旋律突出文化是源、魂、根、文化要自信的理念，以文化感染人、熏陶人。在写作过程中，我牢记“行走即读书，旅游长见识”的思路，立足钢铁业，辐射多行业，将“钢铁元素＋文学元素”融为一体，全方位、多角度、多层次力求作品集知识性、文学性、趣味性于一体，融可读性、导游性、娱乐性于一炉，使读者阅读了《新时代风采》一书，达到放松身心、分享旅游快乐、陶冶情操的意愿。阅读《新时代风采》，有胜似旅游指南之感，游览美丽山水，领略自然风光魅力，观赏工业游的独特风景，讴歌钢铁业迈入新时代的光辉历程，展现人民群众奋斗激情，书写新时代的绚丽画卷。

衷心祝愿《新时代风采》能成为旅游者、文学爱好者及钢铁业朋友们度过闲暇时间、陪伴享受高质量人生的挚友，这是我最大的欣慰和向往！

《新时代风采》面世之时，衷心感谢在我写作过程中，给予指导、关心与支持的相关领导和专家；感谢《中国冶金报》和冶金工业出版社领导的关心指导；感谢83岁高龄的中华全国新闻工作者协会国内部兼学术部原主任、“中华大地之光”征文评选组委会主任阮观荣先生，河北省冶金行业协会副会长兼秘书长王大勇先生为本书题字；感谢中国散文学会副秘书长、“中国时代风采”征文组委会秘书长、北京钟南山创新公益基金会执行理事长安军女士和中国作家协会会员、沧州市作家协会副主席祝相宽先生为本书作序；感谢中国作家协会会员、中国冶金作家协会副主席兼秘书长、中国散文学会会员、《中国冶金报》新闻中心副主任兼副刊主编郑洁女士和中国散文学会会员、《邢台日报》副总编辑甄忠慧先生为本书作跋；感谢作家、诗人任宝亭为本书四大板块作创意新颖的卷首诗；感谢书法家侯宪台为本书封面题写书名；感谢吴杰、冀玉花等在整理书稿中，克服困难，不厌其烦，积极配合的协作精神；感谢唐小勇等网媒友人为“讴歌时代风采”提供帮助与合作；还要感谢所有曾为本书流过汗水的企业家和通讯员，他们的辛苦和努力，饱满的热情和信心鼓舞着我……感谢文友们真诚合作。深情感谢曾在本书采编过程中，给予大力支持的韩敬远、高扬、白居秉、田延通、孙小平、徐维国、孙建勋、马维清等企业家；感谢所有给予支持与关心的各界人士。此书因成书时间短促，本人能力所限，书稿中会存在这样或那样的瑕疵和疏漏，敬请广大读者批评指正。

谢吉恒

2020年1月于北北京